John T. Lescroart

DER SCHWUR

John T. Lescroart

DER SCHWUR

Roman

Aus dem Amerikanischen
von Karin Dufner

WILHELM HEYNE VERLAG
MÜNCHEN

Die Originalausgabe erschien unter dem Titel
The Oath bei Dutton, New York

Besuchen Sie uns im Internet:
http://www.heyne.de

Umwelthinweis:
Dieses Buch wurde auf chlor- und säurefreiem Papier gedruckt.

Satz: EDV-Fotosatz Huber / Verlagsservice G. Pfeifer, Germering
Druck und Bindung: Clausen & Bosse, Leck
Printed in Germany

ISBN 3-453-21406-4

Dieser Roman ist Pete Dietrich, Bob Zaro und, wie immer, Lisa gewidmet – Ärztin, Anwältin, Indianerhäuptling

Ich werde meine Patienten so behandeln, wie ... es meiner Ansicht nach zu ihrem Nutzen ist, Schädigung und Unrecht aber ausschließen. Ich werde niemandem, nicht einmal auf ausdrückliches Verlangen, ein tödliches Medikament geben und auch keinen entsprechenden Rat erteilen ...

DER HIPPOKRATISCHE EID

Die Liebe zum Geld ist die Wurzel allen Übels.

1 TIMOTHEUS 6, 10

Teil eins

Ihre dämliche alte amerikanische Schrottkiste streikte schon wieder. Deshalb saß Luz Lopez mit ihrem kranken Sohn im Bus. Ramiro war neben ihr eingedöst. Um diese Uhrzeit, mitten am Vormittag, war der Bus kaum besetzt, was Luz sehr erleichterte, denn so hatte Ramiro, der für seine elf Jahre ziemlich klein war, genug Platz, sich zusammenzurollen und den Kopf auf ihren Schoß zu betten. Zärtlich strich sie ihm mit dem Handrücken über die Wange. Er schlug die Augen auf und lächelte sie erschöpft an.

Seine Haut fühlte sich zwar warm an, glühte aber nicht. Die Schnittwunde an seiner Lippe machte ihr mehr Sorgen als seine Halsschmerzen. Sie sah so merkwürdig aus, und das gefiel ihr nicht. Am Montag hatte Ramiro sich die Lippe am Klettergerüst auf dem Spielplatz aufgeschlagen, und heute, am Donnerstag, war sie dick angeschwollen und an den Rändern gelblich verfärbt. Doch als gestern die Halsschmerzen angefangen hatten, hatte Ramiro mehr darüber als über seine Lippe geklagt. Luz wusste, dass ihr Sohn nur jammerte, wenn es wirklich weh tat. Die halbe Nacht war er wach gewesen, hatte gegurgelt und Schmerztabletten geschluckt. Doch heute Morgen hatte sich sein Zustand offenbar nicht gebessert.

Sie hatte sich den Tag freinehmen müssen, um mit ihm zum Arzt zu gehen, und das war immer ein Risiko. Obwohl sie das Betriebswirtschaftsstudium schon zur Hälfte hinter sich gehabt hatte, als sie ihre Heimat verließ, arbeitete sie jetzt als Zimmermädchen im Hotel Osaka im Japanerviertel, wo man streng auf die Anwesenheit der Mitarbeiter achtete. Obwohl Luz triftige Gründe hatte, wusste sie, dass man ihr aus jedem Tag, den sie der Arbeit fernblieb, einen Strick drehen würde. In der Klinik hatte es geheißen, sie könne noch am Vormittag einen Termin bekommen, was ein wahres Wunder war. Vielleicht würde sie es ja schaffen, das Rezept zu besorgen und Ramiro bis zum Mittagessen in die Schule zu bringen, damit sie noch einen halben Tag im Osaka arbeiten konnte.

Seit mehr als zehn Jahren lebte sie nun schon in San Francisco, auch wenn sie die Stadt nie als ihr Zuhause bezeichnet hätte. Nachdem die Rebellen in El Salvador ihren Vater, einen Zeitungsverleger, und ihren Bruder Alberto, Arzt und völlig unpolitisch, getötet hatten, war sie, bereits schwanger, nach Norden geflohen. Es hatte fast drei Jahre gedauert, bis ihr Mann José ihr hatte folgen können. Und dann, im letzten Jahr, hatte die Einwanderungsbehörde ihn ausgewiesen. Da er zu Hause keine Arbeit finden konnte, wohnte er bei ihrer Mutter.

Sie rutschte auf ihrem Sitz herum. Die Judah Clinic lag nicht etwa in der Judah Street, sondern zwei Häuserblocks davor, wo sie noch Parnassus Avenue hieß. Warum nannte man sie dann nicht die Parnassus Clinic? Luz schüttelte den Kopf. Aber solche Kleinigkeiten lenkten sie wenigstens von ihren Sorgen ab, die ständig um die Gesundheit ihres Sohnes kreisten.

Und natürlich ums Geld. Immer das Geld.

Ramiros winzige Hand lag wie ein toter Vogel in ihrer, als sie von der Straßenbahnhaltestelle zur Klinik, einem umgebauten einstöckigen viktiorianischen Haus, gingen. Als Luz die Tür öffnete, verlor sie alle Hoffung, dass sie bald an der Reihe sein würde. Entlang der Wände des Wartezimmers waren Klappstühle aufgestellt. Weitere Stühle waren willkürlich in der Mitte des Raums verteilt – und die Plätze waren alle besetzt. Auf dem Boden spielte ein halbes Dutzend Kinder mit alten Plastikbauklötzchen, kleinen Blechautos oder Lastwagen, von denen einigen die Räder fehlten.

Hinter dem Empfangsschalter saßen vier Frauen an Computerbildschirmen. Nachdem Luz eine Weile gewartet hatte, räusperte sie sich. Eine der Frauen blickte auf. »Einen Moment bitte«, sagte sie und wandte sich wieder ihrer Beschäftigung zu. Auf der Theke stand eine Glocke mit dem Hinweis, man solle läuten, um bedient zu werden. Allerdings hatte die Frau am Computer Luz gerade um einen Moment Geduld gebeten (obwohl daraus inzwischen fast fünf Minuten geworden waren). Doch Luz wollte die Frauen nicht gegen sich aufbringen, da sie sich dann sicher nur noch mehr Zeit gelassen hätten. Dennoch war sie ärgerlich und hatte nicht übel Lust, Krach zu schlagen.

Endlich seufzte eine der Frauen auf und kam zum Fenster. Sie bedachte Luz mit einem abgrundtief gelangweilten Blick und streckte die Hand aus. »Gesundheitskarte bitte.« Dann tippte sie, ohne Luz anzusehen, ein paar Daten in ihren Computer ein. »Zehn Dollar«, sagte sie. Nachdem sie das Geld entgegengenommen und in einer Schublade verstaut hatte, fuhr sie fort: »Der Hausarzt Ihres Sohnes ist Dr. Whitson, doch der hat heute keine Zeit. Bevorzugen Sie eine bestimmte Vertretung?«

Luz hätte gerne gefragt, warum Dr. Whitson denn keine Zeit hatte, doch sie wusste, dass es zwecklos war, sich zu beschweren. Wenn Dr. Whitson nicht da war, musste sie sich eben damit abfinden. Auf eine Behandlung durch ihn zu bestehen würde ihn auch nicht herbeischaffen. »Nein.« Sie lächelte und versuchte, zwischenmenschlichen Kontakt herzustellen. »Doch es wäre schön, wenn es schnell gehen würde.«

Die Frau zog ihren Bildschirm zu Rate und drückte einige Tasten. »Dr. Jadra könnte Ramiro in fünfundzwanzig Minuten untersuchen. Nehmen Sie bitte Platz. Sie werden aufgerufen.«

»Aber es ist kein Stuhl frei«, stieß Luz unwillkürlich hervor.

Die Frau ließ den Blick über Luz' Schulter hinweg durch den Warteraum schweifen. »Bestimmt steht bald jemand auf.« Sie sah sich um. »Der Nächste bitte.«

Während Ramiro unruhig vor sich hin döste, griff Luz nach der neuesten Ausgabe des San Francisco Magazine. Die Zeitschriften lagen überall im Raum verstreut herum; der Titel zeigte das energische Gesicht eines weißen Geschäftsmannes.

Luz konnte gut Englisch lesen, und bald wurde ihr klar, weshalb es hier so viele Ausgaben dieser Zeitschrift gab: Die Titelgeschichte war ein Artikel über den Geschäftsführer von Parnassus Health, ihrer Krankenkasse. Der Mann hieß Tim Markham. Er hatte eine hübsche Frau, drei reizende Kinder und einen Hund und bewohnte ein großes Haus in Seacliff. Auf allen Fotos lächelte er.

Luz blickte sich im Wartezimmer um. Hier lächelte niemand.

Nachdem sie eine Weile Markhams Gesicht gemustert hatte, betrachtete sie ihren kranken Jungen und sah dann auf die Wanduhr. Anschließend wandte sie sich wieder Mr. Markhams Gesicht zu und las weiter. Er führte ein angenehmes Leben. Sein Unternehmen hatte zwar mit einigen Anfangsschwierigkeiten zu kämpfen, aber Markham würde das Kind schon schaukeln. Währenddessen kamen seine Versicherten, was am wichtigsten war, in den Genuss einer ausgezeichneten Gesundheitsfürsorge. Das war es, was ihm wirklich am Herzen lag. Seine Lebensaufgabe

Endlich, nach einer schieren Ewigkeit, rief eine Krankenschwester Ramiros Namen auf. Luz faltete die Zeitschrift zusammen und steckte sie in ihre Handtasche. Dann gingen sie und ihr Sohn einen langen Flur entlang zu einem winzigen, fensterlosen Raum, der einen mit Papier bedeckten Untersuchungstisch, ein Waschbecken mit Waschtisch, einen kleinen Bücherschrank und Regale enthielt. Verblasste, zerknitterte Poster, die kalifornische Berge und Strände darstellten, zierten die Wände. Vielleicht waren sie früher einmal leuchtend bunt gewesen.

Ramiro legte sich auf den Untersuchungstisch. Als er seiner Mutter sagte, dass er fror, deckte sie ihn mit ihrem Mantel zu. Luz setzte sich auf einen orangefarbenen Plastikstuhl, holte ihre Zeitschrift heraus und wartete weiter.

Um 12 Uhr 22 klopfte Dr. Jadra an die Tür, öffnete sie und kam herein. Der Arzt war klein, präzise, kahlköpfig und stellte sich vor, während er das Krankenblatt studierte. »Heute ist ziemlich viel los«, entschuldigte er sich. »Hoffentlich mussten Sie nicht zu lange warten.«

Luz zwang sich zu einem freundlichen Lächeln. »Es ging so.«

»Wir haben heute zu wenig Personal. Von zwanzig Ärzten haben sich rund acht einen Virus eingefangen.« Müde schüttelte er den Kopf. »Und du bist also Ramiro?«

»Si.« Der Junge hatte wieder die Augen aufgeschlagen und sich aufgerichtet.

»Wie fühlst du dich?«

»Nicht so gut. Mein Hals ... «

Dr. Jadra nahm einen Holzspatel aus einer Schachtel auf dem Waschtisch. »Tja, dann schauen wir uns die Sache mal an. Kannst du so weit wie möglich die Zunge rausstrecken und ›ahhh‹ sagen?«

Die Untersuchung dauerte etwa zehn Sekunden. Anschließend legte Dr. Jadra die Hand auf den Hals des Jungen und tastete ihn vorsichtig ab. »Tut das weh? Und das?«

»Nur beim Schlucken.«

Fünf Minuten später standen Luz und Ramiro wieder vor der Tür. Sie hatten mehr als zwei Stunden in der Klinik zugebracht. Das Ganze hatte Luz zehn Dollar gekostet, mehr als sie in der Stunde verdiente, und dazu noch einen gesamten Tageslohn. Dr. Jadra hatte Ramiro weniger als eine Minute lang untersucht und seine Halsschmerzen auf eine Virusgrippe zurückgeführt. Er verordnete Kinder-Schmerztabletten und ein weiteres frei verkäufliches Medikament und erklärte, dass die Symptome von Virusinfektionen von selbst wieder verschwänden, nach vierzehn Tagen oder nach zwei Wochen, je nachdem, was zuerst käme.

Ein Witz, vermutete Luz, obwohl sie nicht darüber lachen konnte.

Zwei Tage später hatte sich Ramiros Zustand verschlechtert, doch Luz musste trotzdem zur Arbeit. Nach dem letzten Mal war sie wegen ihrer Fehlzeiten verwarnt worden. Schließlich gebe es eine Menge Leute, die nur darauf brannten, ihren Job zu übernehmen, falls sie keine Lust mehr habe, im Hotel zu arbeiten. Also hatte sie erst nachts, nach Feierabend, Gelegenheit, Ramiro, in die Notaufnahme zu bringen.

Im Bus drückte sie ihn an sich und breitete ihre Jacke über seinen zitternden Körper. Sofort rollte er sich zusammen und schlief ein. Sein Atem klang, als knülle jemand in seiner Lunge Papier zusammen. Sein Husten erinnerte an das Bellen eines Seehunds.

An diesem Abend war in der Klinik nicht so viel los. Luz bezahlte ihre zehn Dollar, und schon eine Stunde später – inzwischen war es draußen stockdunkel – hörte sie, wie Ramiros Name aufgerufen wurde. Sie weckte ihren Sohn und folgte einem gedrungenen Mann in ein winziges Behandlungszimmer, das dem von Dr. Jadra ähnelte, nur dass hier keine Poster an den Wänden hingen, nicht einmal verblasste.

Ramiro bemerkte das alles gar nicht. Er kletterte auf den mit Papier bedeckten Untersuchungstisch, zog die Knie an die Brust und schloss die Augen. Wieder breitete Luz ihre Jacke über ihn und wieder wartete sie. Schließlich wurde sie von einem Klopfen an der Tür aus dem Schlaf gerissen.

»Ich könnte selbst ein Nickerchen gebrauchen«, sagte die Frau freundlich und in fließendem Spanisch. Auf ihrem Namensschild stand »Dr. Judith Cohn«. Sie studierte das Krankenblatt und wandte sich dann wieder Luz zu. »Also. Erzählen Sie mir von Ramiro. Wo hat er sich die Lippe gestoßen?«

»In der Schule. Er ist gestürzt. Aber er klagt über Halsschmerzen.«

Die Ärztin runzelte die Stirn und griff nach einem Gaumenspatel. Nachdem sie Ramiro eingehender als Dr. Jadra untersucht hatte, sah sie Luz an. »Der Hals gefällt mir nicht, aber die Schnittwunde macht mir viel mehr Sorgen«, erklärte Dr. Cohn auf Spanisch. »Ich würde gern eine Kultur anlegen. Bis dahin verschreibe ich Ihnen ein Antibiotikum, falls wir es doch nicht mit einem Virus zu tun haben.«

»Aber der andere Arzt ...«

»Ja?« Beschwichtigend streckte die Ärztin die Hand aus. »Schon gut. Was wollten Sie mich fragen?«

»Der andere Arzt sagte, dass es ein Virus ist. Und jetzt ist es vielleicht doch keiner. Ich verstehe das nicht.«

Dr. Cohn, die etwa so alt war wie Luz, lächelte mitfühlend. »Manchmal führt ein Virus zu einer Sekundärinfektion, und die lässt sich mit Antibiotika behandeln. Für mich sieht diese Schnittwunde entzündet aus.«

»Und das Medikament wirkt dagegen?«

Die Ärztin nickte und hatte schon den Rezeptblock in der Hand. »Leidet Ramiro an irgendwelchen Allergien? Also gut. Falls sich sein Zustand dennoch nicht bessern sollte, muss ich ihm vielleicht etwas Stärkeres verschreiben. Aber ich sage Ihnen Bescheid, wenn ich die Testergebnisse habe.«

»Und wann ist das? Wann kriegen Sie die Ergebnisse?«

»Normalerweise in zwei bis drei Tagen.«

»Noch drei Tage? Können wir ihm das stärkere Antibiotikum nicht jetzt gleich geben? Dann müsste ich keinen neuen Termin mehr vereinbaren.«

Die Ärztin schüttelte den Kopf. »Sie brauchen nicht mehr herzukommen. Ich kann das Rezept telefonisch durchgeben, falls es nötig ist.«

Luz wartete eine Weile und flüsterte dann. »Es geht auch um die Kosten für die zwei Rezepte.«

Dr. Cohn schnalzte mitleidig mit der Zunge. »Das tut mir Leid, aber wir möchten Ramiro wirklich kein stärkeres Antibiotikum verschreiben, als er braucht.« Sie tätschelte Luz' Unterarm. »Er wird wieder gesund. Sie müssen sich keine Sorgen machen.«

Luz zwang sich zu einem Lächeln. Aber ihre Angst hatte sich nicht gelegt. Ramiros Zustand hatte sich nicht gebessert, sondern eher verschlechtert. Obwohl sie sich zusammennahm, konnte sie nicht verhindern, dass ihr eine Träne die Wange hinunterlief. Rasch und zornig wischte sie sie weg, doch die Ärztin hatte es bemerkt. »Sind Sie wirklich so besorgt?«

Ein wortloses Nicken. »Ich habe Angst ...«

Langsam nahm die Ärztin Platz und beugte sich vor. »Alles wird wieder gut«, sagte sie leise und eindringlich. »Das verspreche ich Ihnen. Er hat nur eine Infektion. Die Antibiotika werden in ein paar Tagen wirken.«

»Aber ich spüre ... in meinem Herzen ...« Sie brach ab.

Dr. Cohn richtete sich auf. Ihr Tonfall blieb sanft. »Sie sind beide sehr müde. Am besten fahren Sie jetzt nach Hause und schlafen ein wenig. Dann sieht alles gleich viel rosiger aus.«

Luz kam zu dem Schluss, dass ihr nichts anderes übrig blieb, als sich damit abzufinden. Lange sah sie die Ärztin an, nickte dann resigniert und bedankte sich. Kurz darauf standen sie und ihr eingemummter, zitternder Sohn wieder draußen in der bitterkalten Nacht.

1

Es war Dienstagmorgen, der 10. April, etwa zwanzig nach sechs. Ein siebenundvierzigjähriger Geschäftsmann namens Tim Markham befand sich gerade in der letzten Etappe seines täglichen Dauerlaufs. Wenn Markham nicht geschäftlich unterwegs war, lief er so gegen Viertel vor fünf die Auffahrt seines Hauses in der McLaren Street hinunter. Er bog rechts ab und dann wieder rechts in die 28th Avenue, joggte bergab zur Geary Street, rannte nach links zum etwa einen Kilometer entfernten Park Presidio Drive und dann erneut links zur Lake Street. An der 25th trottete er einen Häuserblock nach rechts zum Scenic Way, überquerte die 26th und schlug schließlich den Heimweg über die Seacliff Street ein, wo sie oberhalb des Phelan Beach verlief.

Obwohl Markham eigentlich sonst kein Gewohnheitstier war, änderte er seine Joggingroute oder die Uhrzeit nur selten. Und an diesem Morgen – Tag der Mülltonnenleerung in diesem Stadtviertel – wurde er an der Kreuzung von einem Auto angefahren, kurz nachdem er den Bürgersteig verlassen hatte, um vom Scenic Way in die 26th Avenue abzubiegen. Der Aufprall schleuderte Markham gegen eine Mülltonne am Randstein, sodass sich die Abfälle über ihn ergossen.

Da Markham zum Joggen keine Brieftasche mitgenommen hatte, trug er keine Ausweise bei sich. Er war zwar ein Weißer und bei bester Gesundheit, hatte sich jedoch noch nicht rasiert. Und weil er mit Müll bedeckt, voller Bartstoppeln und mit abgewetzten Joggingschuhen, einer alten Trainingshose und einer Skimütze bekleidet war, konnte man zu dem Schluss kommen, dass es sich bei ihm um einen Obdachlosen handelte, der sich in dieses teure Stadtviertel verirrt hatte.

Als die Sanitäter von der nahe gelegenen Feuerwache eintrafen, machten sie sich sofort an die Arbeit. Markham blutete aus einer schweren Kopfverletzung und hatte vermutlich einen Lungenriss erlitten. Offenbar hatte er sich mehrere Knochen einschließlich des Oberschenkels gebrochen. Wenn bei diesem Bruch eine Arterie in Mitleidenschaft gezogen worden war, stellte dies allein eine lebensgefährliche Verletzung dar. Es waren sicher einige Bluttransfusionen und verschiedene Operationen nötig, damit er eine Überlebenschance hatte.

Adam Lipinsky, der Fahrer des Krankenwagens, hatte derartige Szenen schon häufig erlebt. Obwohl sich die nächste Notaufnahme im Portola Hospital, zwanzig Häuserblocks entfernt im inneren Richmond District, befand, wusste er aus Gerüchten und eigener Erfahrung, dass es mit den Finanzen dieses Krankenhauses nicht zum Besten stand. Laut Gesetz war jedes Krankenhaus dazu verpflichtet, ein Unfallopfer in der Notaufnahme zu behandeln und seinen Zustand zu stabilisieren. Doch wenn es sich bei diesem Opfer – wie Lipinsky vermutete – um einen unversicherten Obdachlosen handelte, würde das Portola Hospital einer stationären Aufnahme des Mannes niemals zustimmen.

Lipinsky war zwar kein Arzt, aber er hatte schon viele Menschen sterben sehen, kannte die ersten Anzeichen und glaubte, einen dieser Fälle vor sich zu haben. Ganz gleich, was man in der Notaufnahme auch mit ihm anstellte, würde der Mann anschließend lange auf der Intensivstation liegen müssen. Und wenn er wirklich nicht versichert war, würde man im Portola Hospital einen Weg finden, ihn für transportfähig zu erklären und ihn ins County General Hospital abzuschieben.

Erst im letzten Monat hatte man ein ein Tag altes Baby – *ein Baby!* – ans County General Hospital überwiesen, ein Fall, durch den das Portola-Krankenhaus eine traurige Berühmtheit erlangt hatte. Das Kind war sechs Wochen zu früh durch einen Kaiserschnitt in der Notaufnahme des Portola Hospital entbunden worden und bereits bei der Geburt crackabhängig gewesen. Natürlich war die Mutter nicht krankenversichert. Ein gütiger Arzt hatte den Schönheitsschlaf der Verwaltung ausgenützt und angeordnet, das Baby in die Intensivstation des Portola Hospital aufzunehmen. Doch seine Entscheidung war am nächsten Morgen revidiert worden: Mutter und Kind konnten nicht zahlen und mussten deshalb ins County General Hospital.

Einige Ärzte im Portola Hospital hatten Krach geschlagen und darauf hingewiesen, die Mutter dürfe so kurz nach der schweren Operation und der Geburt nicht verlegt werden. Ihr Zustand sei weiterhin ernst, und der Transport könne sie umbringen. Die Verwaltung hatte zwar einen Rückzieher gemacht, doch dagegengehalten, die kleine Emily würde – Crackabhängigkeit hin oder her – die Fahrt durch die Stadt durchaus überleben. Also werde man sie allein verlegen. Ohne ihre Mutter, einen Tag nach ihrer Geburt.

Im County General Hospital war Emily nach einem Tag in der überfüllten Frühchenstation dem Tode nah. Dann bekam Jeff Elliot, Verfasser der Kolumne *StadtGespräch*, Wind von dem Skandal und setzte das Portola Hospital unter Druck, bis es nachgab. Lipinsky wusste, dass das arme Mädchen ohne diese Maßnahme die erste Woche vermutlich nicht überstanden hätte. Aber sie wurde wieder ins Portola Hospital aufgenommen und durfte bleiben, bis ihre Mutter zehn Tage später entlassen wurde. Die beiden hatten eine Rechnung von etwa siebentausend Dollar pro Tag verursacht. Und während dieser Zeit hatten Politiker, Journalisten und die Hälfte der Bewohner ihres Sozialwohnungsblocks – die nach Aussage der Klinikverwaltung Medikamente und auch sonst alles stahlen, was nicht niet- und nagelfest war – den harmonischen Klinikalltag gehörig durcheinander gebracht.

Nach diesem Vorfall ließ man im Portola Hospital klipp und klar verlauten, dass sich dieser Fehler nicht wiederholen würde. Lipinsky war fest davon überzeugt, dass man das Verkehrsopfer des heutigen Tage nach einer notwendigen Erstversorgung wieder in einen Krankenwagen verfrachten und ins County General Hospital schaffen würde, das jeden aufnehmen musste, auch und besonders, wenn er keine Krankenversicherung hatte. Lipinsky glaubte nicht, dass der Mann hier diesen zweiten Transport überleben würde. Und selbst dann würde er in der Notaufnahme des County General Hospital auf ein Katastrophengebiet treffen, wo es für die Hälfte aller Patienten keine Betten gab und wo die Krankentragen auf den Fluren herumstanden.

Doch er hatte noch ein paar Minuten Zeit, bevor er diese Entscheidung treffen musste. Die Sanitäter versuchten, den Patienten auf eine Trage zu hieven, während einige Polizisten die Häuser abklapperten und die Schaulustigen, die sich versammelt hatten, fragten, ob jemand das Opfer kannte. Selbst die Wohlhabenden, die sich in ihren Burgen verkrochen und keinen Kontakt mit ihren Nachbarn pflegten, würden den Penner, der sich hier herumtrieb, vielleicht wieder erkennen.

Wegen der schweren Verletzungen dauerte der Abtransport des Opfers länger als erwartet. Doch schließlich gelang es den Sanitätern, ihn an die nötigen Geräte anzuschließen und ihn in den Krankenwagen zu verfrachten. In der Zwischenzeit hatte Lipinsky beschlossen, ihn direkt ins County General Hospital zu bringen. Im Portola Hospital würde man den Mann wieder abschieben, und Lipinsky glaubte nicht, dass er das überleben würde. Gerade hatte er den Gang eingelegt und wollte losfahren, als er bemerkte, dass einige Polizisten, eine verzweifelte Frau im Schlepptau, auf ihn zuliefen.

Er wusste, was geschehen war. Also schaltete er zurück in Parkposition, ließ den Motor laufen, öffnete die Tür und stieg aus. Als die Polizisten ihn erreichten, stand er bereits an der hinteren Tür und öffnete sie. Die Frau kam herangestürmt. Nachdem sie in den Krankenwagen geklettert war, sah Lipinsky, wie sie erstarrte und die Hände vor den Mund schlug. »Oh, Gott«, hörte er sie flüstern. »Oh, Gott.«

Es gab keine Zeit mehr zu verlieren. Er schlug die Tür hinter ihr zu, rannte nach vorn und sprang auf den Fahrersitz. Nun wussten sie, wer der Mann war. Sie würden ihn ins Portola Hospital fahren.

2

In einer fernen Zeit, lange vor dem einschneidenden Ereignis seines vierzigsten Geburtstages, war auch Dismas Hardy regelmäßig zum Joggen gegangen. Seine Route verlief von seinem Haus in der 34th Avenue hinunter zum Strand und dann auf dem harten Sand nach Süden zum Lincoln Way, wo er sich nach Osten wandte und über den Bürgersteig zur 9th und zu der Kneipe namens Little Shamrock lief, deren Mitbesitzer er war. Wenn es ein Wochenende oder früher Abend war, machte er häufig dort Halt, um sich ein Bier zu genehmigen. Doch später war er durch das Alter weiser und langsamer geworden und begnügte sich stattdessen mit einem Glas Wasser. Nachdem er sein Glas geleert hatte, beendete er den sechs Kilometer langen Rundweg durch den Golden Gate Park und kehrte nach Hause zurück.

Als er sich vor etwa drei Jahren das letzte Mal auf ein Fitnessprogramm eingelassen hatte, hatte er nur anderthalb Wochen durchgehalten, bevor er aufgegeben und sich gesagt hatte, dass drei Kilometer für einen siebenundvierzigjährigen Mann gar keine so schlechte Leistung waren. Im vergangenen Jahrzehnt hatte er keine vier Kilo zugenommen, viel weniger als die meisten seiner Kollegen. Und er hatte keine Lust mehr, sich wegen seiner Figur und seiner Kondition ein schlechtes Gewissen einzureden.

Dann jedoch, vor einem Jahr, hatte sein bester Freund Abe Glitsky einen Herzinfarkt erlitten und war dem Tod nur knapp von der Schippe gesprungen. Glitsky war zwar ein paar Jahre älter als er, doch Hardy war bis zu diesem Ereignis fest davon überzeugt gewesen, dass er und Abe noch viel zu jung waren, um Probleme mit der Pumpe zu bekommen. Die beiden Männer waren seit ihrer gemeinsamen Zeit als Streifenpolizisten, kurz nach Hardys Rückkehr aus Vietnam, die besten Freunde.

Inzwischen leitete Glitsky das Morddezernat von San Francisco. Glitsky, halb Schwarzer und halb Jude, hatte am College Football gespielt. Bei seinen Kollegen galt der Lieutenant als harter Bursche. Und sein Äußeres trug dazu bei, diesen Ruf zu festigen – eine dicke Narbe spaltete seine Lippen unter der Hakennase. Hinzu kam, dass Abe sich einen ausgesprochen grimmigen Blick angewöhnt hatte. Über seiner hohen Denkerstirn sträubte sich graues, kurz geschnittenes Haar. Glitsky trank nicht, rauchte nicht und fluchte nicht. Er lächelte nur, um seine Mitarbeiter zu ängstigen (oder um kleine Kinder zum Spaß zu erschrecken). Als er vor sechs Monaten Treya Ghent, die Verwaltungsassistentin des neuen Bezirksstaatsanwalts, geheiratet hatte, hatten einige seiner Inspectors schon Wetten abgeschlossen, das neue Leben würde ihn beträchtlich milder werden lassen. Sie büßten noch immer schwer für diesen Irrtum.

Hardy war ein erfolgreicher Strafverteidiger. Obwohl er und Glitsky beruflich gesehen nicht auf der gleichen Seite des Zauns standen, waren sie schon den größten Teil ihres Lebens miteinander befreundet. Als Glitskys erste Frau Flo vor einigen Jahren gestorben war, hatten Hardy und seine Frau Frannie seine drei Söhne bei sich aufgenommen, bis Abe den Verlust einigermaßen verkraftet und seinen Alltag neu organisiert hatte. Im vergangenen Herbst war Hardy Abes Trauzeuge gewesen.

Obwohl sie nie darüber sprachen – schließlich waren sie Männer –, war jeder ein fester Bezugspunkt im Leben des anderen.

Der Herzinfarkt hatte sie aufgerüttelt.

Also hatten sie sich etwa einen Monat nach Abes Hochzeit angewöhnt, mehr oder weniger regelmäßig gemeinsam Sport zu treiben. Ein paar Mal pro Woche setzte einer dem anderen so lange mit Beschimpfungen oder Hänseleien zu, bis er sich breitschlagen ließ, sich gemeinsam ein wenig Bewegung zu verschaffen. Es hatte eine Weile gedauert, die Phase, in der sie einander ihre Männlichkeit beweisen mussten, indem sie sich ihre unbeschreibliche Kraft und ihr atemberaubendes Durchhaltevermögen demonstrierten, hinter sich zu bringen. Und nachdem sie in den ersten Wochen wegen Muskelkaters und anderer Zipperlein fast aufgegeben hätten, hatten sie sich schließlich darauf geeinigt, zwei Mal wöchentlich einen strammen Spaziergang zu unternehmen und am Wochenende hin und wieder Ball zu spielen.

An diesem Morgen gingen sie in einem Tempo von vielleicht fünf Stundenkilometern um den Stow Lake im Golden Gate Park herum. Es war ein kühler, klarer Vormittag, die Sonne erhob sich gerade am Horizont. Über dem Wasser hing Nebel, und am nahe gelegenen Ufer war ein Schwan mit seinen Jungen zu sehen.

Glitsky sprach über die Arbeit, wie gewöhnlich, und beschwerte sich, die Versetzung zweier Grünschnäbel in seine Elitetruppe habe nur politische Gründe; es handle sich um eine Reaktion auf die unerklärliche Zunahme von Unfällen mit Fahrerflucht in San Francisco. Laut Glitsky waren in Stadt und County innerhalb der letzten zwölf Monate dreiundneunzig Personen von Kraftfahrzeugen verletzt worden. Siebenundzwanzig seien dabei ums Leben gekommen. Und von den sechsundsechzig Fällen von Kollisionen ohne Todesfolge sei der Fahrer in vierzehn unerkannt geflohen.

»Ich finde es toll, wie du all diese Zahlen runterrasselst«, sagte Hardy. »Man könnte schwören, dass du weißt, wovon du redest.«

»Das sind statistische Fakten.«

»Das glaube ich dir gern. Und deshalb freue ich mich, dass wir uns auf diesem Pfad und nicht auf der Straße befinden, wo wir jeden Augenblick grundlos totgefahren werden könnten. Doch was haben diese Zahlen mit deiner Abteilung zu tun? Ich dachte immer, Fahrerflucht gilt nicht als Tötungsdelikt.«

Glitsky warf ihm einen Seitenblick zu. »Technisch gesehen schon, wenn jemand dabei stirbt.«

»Siehst du. Und deshalb wendet man sich wahrscheinlich an dich. Du bist beim Morddezernat.«

»Aber in solchen Fällen ermitteln wir nicht. Das haben wir noch nie getan. Und willst du wissen, warum? Erstens, weil es dazu eine eigene Abteilung mit dem schönen Namen ›Fahrerflucht‹ gibt.«

»Wirklich ein guter Name, wenn die dort das machen, was ich denke.«

»Ein prima Name«, stimmte Glitsky zu. Er wusste, dass seine Inspectors nur einen oberflächlichen Blick auf Fälle von Fahrerflucht warfen, selbst welche mit tödlichem Ausgang – auch wenn der Polizeipräsident das natürlich abstreiten würde. Für gewöhnlich kümmerten sich einige Mitarbeiter der Abteilung Fahrerflucht im Justizgebäude einen Tag nach dem Vorfall um den Papierkram. Vielleicht suchten sie auch den Unfallort auf und sahen sich nach Zeugen um, die den Wagen möglicherweise beschreiben konnten oder sich die Autonummer gemerkt hatten. Falls das nichts brachte oder falls es keine glaubwürdigen Zeugen gab, bedeutete das normalerweise das Ende der Ermittlungen. Wenn man die Autonummer kannte, gab man sie in den Computer ein und führte eine Halterfeststellung durch. Hin und wieder – falls die Presse ausführlich über den Unfall berichtete und eine Beschreibung des Fahrzeugs vorlag – rief man ein oder zwei Autowerkstätten an und erkundigte sich, ob ein Wagen, auf den besagte Beschreibung passte, abgegeben worden war. Meistens lautete die Antwort nein. »An der Abteilung ist nichts auszusetzen. Aber sie machen dort nicht dasselbe wie wir, nämlich Mordfälle untersuchen.«

»Und das, obwohl ihr euch eigentlich für alle Arten von Tötungsdelikten interessieren müsstet.«

»Daher die Verwirrung«, sagte Glitsky. »Einige unserer politischen Entscheidungsträger haben das Konzept noch nicht durchschaut.«

Eine Weile marschierten sie schweigend weiter. »Und zweitens?«, fragte Hardy.

»Zweitens was?«

»Du sagtest, ihr untersucht keine Fälle von Fahrerflucht mit Todesfolge, weil es erstens eine eigene Abteilung für Fahrerflucht gibt. Und wenn man erstens sagt, folgt darauf meistens zweitens.«

Glitsky wurde langsamer, die beiden Männer blieben stehen. »Zweitens handelt es sich bei Fahrerflucht mit Todesfolge normalerweise nicht um einen Mord. Eigentlich handelt es sich nie um einen Mord.«

»Sag niemals nie.«

»Diesmal ist es aber so. Und willst du wissen, warum?«

»Weil es schwierig ist, die Mordwaffe zu beseitigen.«

»Das ist ein Grund. Ein anderer ist, dass du dein Opfer kaum überreden kannst, sich an einem einsamen Ort vor dein Auto zu stellen, damit du es unbeobachtet von Zeugen überfahren kannst. Die meisten Leute würden sich da schlicht weigern.«

»Und wo liegt also das Problem?«

»Das Problem«, erwiderte Glitsky, »liegt darin, dass sich die Bevölkerung nach siebenundzwanzig Toten in zwölf Monaten offenbar im Alarmzustand befindet.«

»Mir jedenfalls geht es so«, entgegnete Hardy. »Ständig.«

»Tja, sicher hast du schon gelesen, dass unser ehrenwerter Stadtrat einen Sonderetat bewilligt hat, um Belohnungen für potenzielle Zeugen auszusetzen und verschärft in allen Verkehrsunfällen mit Todesfolge zu ermitteln.«

»Das ist eine ziemlich gute Idee.«

»Falsch. Es ist eine schlechte Idee«, sagte Glitsky. »Zuerst einmal wird in Verkehrsunfällen mit Todesfolge nicht eigens ermittelt, nicht einmal in der Abteilung Fahrerflucht. In neunzig Prozent der Fälle sitzt nämlich ein Betrunkener am Steuer. In den verbleibenden zehn Prozent kurvt jemand geistesabwesend durch die Straßen, ein Fußgänger springt plötzlich zwischen zwei geparkten Autos heraus, und schon knallt es. Der Fahrer kriegt Panik und haut ab. Wahrscheinlich war er ein unbescholtener Bürger, bis er sich vom Unfallort verdrückt hat. Das ist zwar fahrlässige Tötung, weil der Fahrer verpflichtet ist, vor Ort zu warten, aber kein Mord.«

»Und das beschäftigt dich, weil ...«

»Weil ich jetzt schon seit zwei Monaten die zwei neuen Witzfiguren – Verzeihung, Inspectors – in meiner Abteilung ertragen muss, von denen ich dir erzählt habe, nur weil sie über die richtigen politischen Beziehungen verfügen. Anscheinend fällt es ihnen schwer, sich sinnvoll zu beschäftigen. Und das ist meinen restlichen fähigen Mitarbeitern natürlich nicht entgangen, die die beiden übrigens als ›Verkehrspolizei‹ bezeichnen.«

»Vielleicht ist das als Kompliment gemeint«, sagte Hardy.

Glitsky schüttelte angewidert den Kopf und sah dann auf die Uhr. »Gehen wir weiter.«

Hardy konnte sich die Leiden der neuen Inspectors bildlich vorstellen, denn er wusste, dass die altgedienten Beamten des Morddezernats sie sicher nicht mit Samthandschuhen anfassen würden. Trotz all der Skandale und Kontroversen, die das Selbstbewusstsein der anderen Abteilungen bei der Polizei in den vergangenen Jahren erschüttert hatten, betrachteten sich die zwölf Männer und Frauen des Morddezernats als Eliteeinheit. Sie hatten sich in diese Position hinaufgedient, nahmen ihre Tätigkeit sehr wichtig und waren stolz auf ihre Leistungen. Die Neulinge hingegen waren Außenseiter. »Also setzt man ihnen ziemlich zu?«, fragte Hardy.

»Jemand hat ›Verkehrswacht‹ auf ihren Dienstwagen gepinselt. Und du erinnerst dich doch an die große Ampel, die wir schon seit Jahren im Büro haben. Das Ding ist auf geheimnisvolle Weise angeschlossen und zwischen den Schreibtischen der beiden Jungs aufgehängt worden, damit sie sich nicht mehr ansehen können, wenn sie sich hinsetzen. Ach, und du kennst doch die kleinen Modellautos, mit denen Kinder spielen. Jeden Tag finden sie sechs oder acht neue auf ihren Schreibtischen, in den Schubladen und sonst überall.«

»Ich glaube, das könnte man schon fast als Mobbing bezeichnen.«

Glitsky nickte. »Da hast du vermutlich Recht.«

Kurz nach neun Uhr saß Glitsky am Schreibtisch in seinem kleinen Büro im dritten Stock des Justizgebäudes. Die Tür war geschlossen. Die beiden Neuen – Harlan Fisk und Darrel Bracco – waren in ihren zwei Monaten hier etwa zehn Mal zu Unfällen mit Fahrerflucht und Verletzten gerufen worden. Theoretisch hätten sie sich bereits um Tim Markhams Unfall von heute Morgen kümmern sollen. Doch diesmal wollten sie zuerst den Rat ihres Lieutenant hören, bevor sie etwas unternahmen.

Glitsky konnte es Fisk und Bracco nicht verdenken, dass sie mit den Bedingungen, die sie bis jetzt in der Abteilung hatten erdulden müssen, äußerst unzufrieden waren. Doch er musste zugeben, dass ihm dieser Zustand bis heute Morgen keine schlaflosen Nächte bereitet hatte. Schließlich waren die beiden politische Günstlinge und hatten deshalb verdient, was ihnen während ihrer kurzen Zwischenstopps auf der Karriereleiter nach oben widerfuhr. Immerhin übersprangen sie dabei andere Inspectors, die klüger, besser ausgebildet und fleißiger waren als sie.

Harlen Fisk war ein Neffe der Stadträtin Kathy West. Er war etwa einen Meter neunzig groß, wog rund hundertzehn Kilo und war freundlich bis zur Unterwürfigkeit. Darrel Bracco hingegen war schlank, adrett und gepflegt, ein ehemaliger Soldat, der neben Fisk wirkte wie ein Terrier neben einem Bernhardiner. Seine politischen Verbindungen waren nicht so eindeutig festzumachen wie die seines Partners, allerdings ebenso wirkungsvoll. Sein Vater Angelo hatte dreißig Jahre lang Uniform getragen und war inzwischen zum Privatchauffeur von Bürgermeister Washington avanciert. Also würde der Bürgermeister immer ein offenes Ohr für ihn haben.

Allerdings hätten sich beide Männer jederzeit bei ihren Beschützern beschweren können, was Glitsky eine offizielle Rüge von Polizeichef Rigby eingebracht hätte. Schließlich hätte dieser vom Bürgermeister und einer Stadträtin zu hören bekommen, dass das Morddezernat nicht professionell geleitet würde. Doch die beiden hatten ihn nicht übergangen, sondern sich in seinem Büro eingefunden, um ihr Problem mit ihm zu besprechen. Das verschaffte ihm eine Atempause und erhöhte seine Bereitschaft, sich anzuhören, was sie zu sagen hatten – wenn schon nicht mit Mitgefühl, dann wenigstens mit Verständnis für ihre Situation.

Obwohl Glitsky nun schon seit einer Weile redete und einige der weisen Anmerkungen rekapitulierte, die er bereits bei Dismas Hardy an den Mann gebracht hatte, stand Bracco immer noch stramm. »Deshalb liegt das Büro des Morddezernats im dritten Stock«, schloss er, »mit einem malerischen Blick auf das Dach der Gerichtsmedizin, während die Hintertür der Abteilung Fahrerflucht auf die Gasse hinausgeht, wo die Abfälle aus der Gefängnisküche zwischengelagert werden. Mörder sind schlechte Menschen. Leute, die Fahrerflucht begehen, haben eine falsche Entscheidung getroffen. Das ist der Unterschied.«

Bracco seufzte. »Also gibt es hier für uns eigentlich nichts zu tun.«

Glitsky beugte sich vor und faltete die Hände vor sich auf der Tischplatte. »Tut mir Leid, aber genauso ist es.«

Die Miene des jungen Mannes verdüsterte sich. »Warum hat man uns dann hierher versetzt?«

Diese Bemerkung verlangte nach einer sorgfältig zurechtgelegten Antwort. »Wie ich höre, verfügen Sie beide über einige Verbindungen. Vielleicht sind Ihre Förderer mit den organisatorischen Abläufen nicht richtig vertraut.«

Fisk runzelte die Stirn. »Was ist mit diesem Markham, der heute Morgen überfahren wurde?«

»Was soll mit ihm sein?«, fragte Glitsky.

»Am Unfallort lebte er noch. Aber was passiert, falls er stirbt?«

»Dann wird die Sache, wenn ich es richtig verstehe, von der Abteilung Fahrerflucht an Sie weitergeleitet.«

»Und was sollen wir dann tun?«, fragte Bracco.

»Den Fahrer suchen? Ich weiß nicht.« Glitsky – was sollte er machen – breitete die Hände aus und zuckte die Achseln. »Hört zu, Jungs«, sagte er, »vielleicht kann ich mit dem Chef reden und ihn bitten, sich um eine Versetzung für euch zu bemühen. Möglicherweise sind Sie beide bei der Bandenkriminalität oder beim Raub ja besser aufgehoben. Verdienen Sie sich Ihre Sporen mit richtigen Fällen und arbeiten Sie sich bis in diese Abteilung hoch, damit Sie sich später einmal mit richtigen Morden befassen können. Das hier ist nämlich keiner.«

Bracco, der inzwischen bequem stand, wollte dennoch wissen, wie sein Auftrag lautete. »Jetzt sind wir aber noch hier. Was sollen wir wegen des Unfalls von heute Morgen unternehmen, Sir?«

Die Situation war absurd, doch Glitsky hatte inzwischen durch Erfahrung gelernt, dass bei politischen Schachzügen für gewöhnlich nur Unsinn herauskam. Vielleicht würden diese

Jungs ihre Lektion ja lernen. »Wollen Sie meinen Rat hören? Gehen Sie selbst hin. Schauen Sie etwas gründlicher nach, als die Abteilung Fahrerflucht es tun würde. Vielleicht stoßen Sie ja auf etwas, das die übersehen haben.«

Zähneknirschend klapperten Bracco und Fisk die ganze Nachbarschaft gründlich ab. Sie konnten zwar keine Augenzeugen des Unfalls auftreiben, doch sie mussten trotzdem nicht mit leeren Händen abziehen.

Kurz vor dem Unfall war ein fünfundvierzigjähriger Immobilienmakler namens John Bandolino aus seinem Haus in der Seacliff Avenue, gleich um die Ecke von der 26th Avenue, getreten, um seine Zeitung hereinzuholen. Er wollte gerade wieder ins Haus gehen, als er plötzlich einen Wagen mit defektem Auspuff hörte, der rasch beschleunigte und dann mit quietschenden Reifen um die Kurve bog. Da es sich um ein normalerweise ruhiges Viertel handelte, war Bandolino zurück auf die Straße gelaufen, um festzustellen, wer der Störenfried war, der so früh am Morgen einen solchen Lärm verursachte. Doch inzwischen war das Auto zu weit entfernt, sodass er das Kennzeichen nicht mehr hatte entziffern können. Bandolino erkannte nur noch, dass es grün und vermutlich ein amerikanisches Fabrikat war. Und eindeutig kein Neuwagen.

George und Ruth Callihan Brown, beide Rentner und unterwegs zu ihrem dienstäglichen Frühstück mit Freunden, bestätigten die Aussage, was das Auto anging. Sie waren von der Seacliff Avenue in die 26th eingebogen. George fuhr, und Ruth sah Markham ausgestreckt vor sich auf der Straße liegen. Nach dem ersten Schrecken erinnerten sie sich beide, dass ihnen ein mittelgroßes grünes Auto entgegengekommen war. Als sie beide sich umdrehten, sahen sie den Wagen um die Kurve verschwinden. Sie hörten das Dröhnen des Auspuffs und das Hochdrehen des Motors. Allerdings dachten sie nicht im Traum daran, den Wagen zu verfolgen. Schließlich lag Markham bewusstlos und blutend auf der Straße. Sie hatten ein Mobiltelefon, und er brauchte einen Krankenwagen.

Der Unfallrekonstruktionsexperte hatte Schwierigkeiten, die genaue Stelle in der 26th Avenue zu finden, wo Markham angefahren worden war. Offenbar war er durch den Aufprall ein gutes Stück durch die Luft geschleudert worden. Es fehlten Bremsspuren, die darauf hinwiesen, dass der Fahrer in letzter Sekunde versucht hatte, den Wagen zum Stehen zu bringen. Offenbar hatte er überhaupt nicht gebremst. Doch das war nicht ungewöhnlich, denn Menschen, die Fahrerflucht begingen, waren normalerweise betrunken. Vermutlich hatte der Fahrer das Opfer vor dem Unfall gar nicht bemerkt und dann erschrocken Reißaus genommen. Vielleicht war er ja so betrunken gewesen, dass er sich inzwischen an nichts mehr erinnerte.

3

Um die Mittagszeit war bei Lou, dem Griechen, der Teufel los.

Ohne Konzept oder Werbekampagne – und anscheinend auch ohne Rücksicht auf die Regeln des gesunden Menschenverstands oder des guten Geschmacks – hatte Lou sich wider Erwarten eine Nische geschaffen und war im Lauf einer Generation zu einer Institution geworden. Vielleicht war der Grund ja die Lage direkt gegenüber vom Justizgebäude, obwohl an anderen Kneipen und Restaurants im Viertel kein Mangel herrschte. Allerdings war keines von ihnen je so erfolgreich gewesen oder hatte so lange durchgehalten wie Lou. Offenbar fühlten sich Menschen aller Gesellschaftsschichten hier wohl, und das trotz der vielen offensichtlichen Nachteile, die sich bei kritischer Betrachtung auftaten.

Man betrat das Restaurant durch den eindeutig nach Urin stinkenden Flur, der auch zum Büro eines Kautionsvermittlers führte und an einer unbeleuchteten Treppe mündete. Sechs Stufen brachten den Gast zu einer mit Kunstleder gepolsterten Flügeltür. Das Restaurant lag einen Meter fünfzig unterhalb der Straße, weshalb es dort selbst an einem sonnigen Tag dunkel war. Außerdem waren die Gerüche hier alles andere als appetitanregend. Eine Reihe kleiner Fenster an einer der Wände befand sich, von innen gesehen, auf Augenhöhe, aus der Perspektive von draußen jedoch direkt über dem Bürgersteig, sodass das Tageslicht nur spärlich hereindrang. Leider hatte man auf diese Weise auch einen ausgezeichneten Blick auf das Pflaster der Seitengasse und konnte so einige Mülltonnen, die diversen Abfälle der Großstadt und die Papphütten und anderen selbstgebastelten Verschläge bewundern, in denen die Obdachlosen ihre Nächte verbrachten. Ursprünglich waren die Wände mit einer braungoldenen Samttapete bedeckt gewesen wie in einem Bordell; inzwischen jedoch wirkten sie mehr oder weniger schwarz.

Den Alkoholikern zuliebe öffnete die Bar um sechs Uhr morgens und machte zwei Stunden lang recht guten Umsatz. Wenn auf der anderen Straßenseite der Arbeitstag begann, herrschte kurz Flaute, doch nach Öffnung der Küche um elf füllte sich das Lokal rasch. Jeden Tag kombinierte Lous Frau Chui eine endlose Palette von chinesischen und griechischen Zutaten zu einem Tagesgericht, dem einzigen Posten auf der Speisekarte. Lou (oder einer der Trinker am frühen Morgen) taufte es dann Hühnerpita Kung-Pao oder Lammeintopf Happy Family, und die Gäste konnten offenbar nicht genug davon bekommen. Angesichts der Qualität des Essens (niemand hätte das, was hier geboten wurde, als *cuisine* bezeichnet) und der mangelnden Auswahl war Lous Beliebtheit als Mittagslokal sogar denen ein Rätsel, die regelmäßig hier verkehrten.

Auch die Gesellschaft an dem großen runden Tisch neben der Küchentür gehörte in diese Kategorie. Seit einigen Monaten hatte es sich ohne Verabredung eingespielt, dass sich ein stets wechselndes Grüppchen Angehöriger verschiedener Berufsgruppen dienstags hier zum Mittagessen traf. Es hatte angefangen, kurz nachdem Clarence Jackman vom Bürgermeister zum Bezirksstaatsanwalt ernannt worden war. Damals war Jackman Rechtsanwalt und Geschäftsführer von Rand & Jackman gewesen, einer der bedeutendsten Kanzleien der Stadt. Seine Vorgängerin, Bezirksstaatsanwältin Sharron Pratt, war gerade in Schimpf und Schande aus dem Amt gejagt worden.

Jackman hielt sich eher für einen Geschäftsmann als für einen Politiker. Der Bürgermeister hatte ihn gebeten, das für gewöhnlich heftig umkämpfte Amt zu übernehmen, die Staatsanwaltschaft wieder auf den richtigen Weg zu führen, das Budget nicht zu überschreiten und juristische Lösungen für

San Franciscos finanzielle Probleme zu finden. Jackman, der sich für seinen neuen Aufgabenbereich Anregungen von verschiedenen Seiten holen wollte, hatte einige Kollegen aus diversen Fachgebieten – hauptsächlich Juristen – zu einem unauffälligen Mittagessen zu Lou eingeladen. Dieser Schritt an sich war schon erstaunlich. Doch noch überraschender war, dass jeder Stillschweigen darüber bewahrte. Das Mittagessen bei Lou war nicht geheim, es fand einfach nicht statt. Und falls es jemandem auffiel, dass sich jede Woche dieselben Leute am selben Tisch versammelten, sprach er nicht darüber. Es kam nie in die Schlagzeilen.

Jackman saß mit dem Gesicht zur Küchentür. Das Sakko seines maßgeschneiderten Nadelstreifenanzugs hing über der Stuhllehne. Sein weißes Hemd war steif gestärkt und spannte über seinen gut entwickelten Rückenmuskeln. Er hatte ein dunkles, fast blauschwarzes Gesicht. Der riesige Schädel schien – offenbar ohne die Unterstützung eines Halses – direkt auf seinen Schultern zu ruhen.

Offenbar hatte Lou, der Grieche, eine ganze Wagenladung Glückskekse billig ergattern können. Denn seit einer Woche stand eine Schale der steinharten Gebäckstücke zur Essenszeit auf jedem Tisch. Während des heutigen Mittagessens hatte der Bezirksstaatsanwalt das ernste Thema der Krankenversicherung für die städtischen Mitarbeiter behandelt, und als er nun einen der Kekse auseinander brach, sorgte sein tiefes, grollendes Lachen dafür, dass sich die Stimmung am Tisch ein wenig auflockerte. »Das finde ich prima«, sagte er. »Es trifft den Nagel genau auf den Kopf. ›Bleiben Sie gesund.‹« Er betrachtete seine Tischgenossen. »Wer schreibt nur dieses Zeug? Hat einer von Ihnen Lou bestochen, damit er den Zettel in meinen Keks steckt?«

»Ich glaube, wenn denen in San Quentin die Rohlinge für die Nummernschilder ausgehen ...«, sagte Gina Roake, langjährige Pflichtverteidigerin und inzwischen selbständige Anwältin. Trotz eines Altersunterschieds von dreißig Jahren wurde gemunkelt, dass sie etwas mit David Freeman hatte, der ebenfalls am Tisch saß.

»Auf keinen Fall.« Marlene Ash war Staatsanwältin in Jackmans Stab. Da sie beim Hinsetzen die Jacke ausgezogen hatte, konnte man ihren üppigen Busen unter dem rostroten Pullover bewundern. Schulterlanges kastanienbraunes Haar umrahmte ein offenes Engelsgesicht, dessen Vollkommenheit nur durch ein leicht tiefer sitzendes rechtes Auge gemindert wurde. »Auf keinen Fall würde ein Sträfling ›Bleiben Sie gesund‹ schreiben. Wohl eher ›Kratz ab, Wichser‹.«

»Das wäre dann sicher ein außergewöhnlich höflicher Sträfling, oder?«, fragte Treya Ghent.

»Ganz sicher«, stimmte Glitsky zu. »Und außerdem ist das keine Wahrsagerei.« Der Lieutenant saß zwei Plätze vom Staatsanwalt entfernt neben seiner Frau, die auf dem Tisch seine Hand hielt. »Wahrsagerei beschäftigt sich mit der Zukunft.«

Dismas Hardy meldete sich zu Wort. »Es ist ein Glückskeks, Abe. Deshalb ist es per definitionem Wahrsagerei.«

»Und wenn ein Käfer drin wäre, würde der einem dann die Zukunft vorhersagen?«

»Leute, Leute.« San Franciscos Gerichtsmediziner John Strout brachte alle mit einer Handbewegung zum Schweigen und rückte seine Brille zurecht. Strout, ein hagerer, höflicher Südstaatler, hatte seinen eigenen Keks zerkrümelt und betrachtete den weißen Zettel in seiner Hand. »Das nenne ich Wahrsagerei: ›Sie werden in Ihrem gewählten Beruf erfolgreich sein.‹« Er sah sich am Tisch um. »Ich frage mich nur, was damit gemeint ist.«

»Ich dachte, Sie übten bereits Ihren gewählten Beruf aus«, sagte Gina Roake.

»Ich auch.« Strout machte eine Pause. »Mii-ist. Und was jetzt?«

Alle kicherten. Dann herrschte eine Weile Schweigen, bis Jackman das Wort ergriff. »Das ist auch meine Frage, John. Was jetzt?«

Er ließ den Blick über die Anwesenden schweifen. Nur zwei Personen am Tisch hatten sich nicht an der Debatte über die Glückskekse beteiligt: David Freeman, über siebzig, Hardys Vermieter und der bekannteste und extravaganteste Anwalt der Stadt; und Jeff Elliot, Anfang vierzig, wegen einer MS-Erkrankung an den Rollstuhl gefesselt und Autor der Kolumne *StadtGespräch* im Chronicle.

»Das liegt doch auf der Hand, Clarence«, sagte Freeman nun. »Schließlich hat Parnassus der Stadt eine Rechnung über mehr als dreizehn Millionen Dollar für in den letzten vier Jahren nicht geltend gemachte Forderungen geschickt. Sie verlangen volle Bezahlung plus Zinsen, und zwar innerhalb von sechzig Tagen, da sie sonst angeblich Pleite machen. Das ist schlicht und ergreifend Erpressung. Selbst wenn Sie ihnen das Geld wirklich schulden.«

»Was noch nicht feststeht«, sagte Marlene Ash.

Freeman zuckte die Achseln. »Okay, das wäre sogar noch besser. Dann zeigen Sie diese Geier wegen Betrugs an, damit sie den Laden dichtmachen müssen.«

»Das geht nicht.« Jackman stocherte in seinen Zähnen. »Ich meine, ihnen den Laden dichtzumachen. Wenigstens nicht so schnell, obwohl ich schon dabei bin, Angebote von anderen Versicherern einzuholen. Aber das dauert. In diesem Jahr ist es sicher noch nicht möglich. Und der Vertrag mit Parnassus läuft außerdem erst in zwei Jahren ab.«

»Und die Versicherungen, an die Sie sich gewandt haben, sind vermutlich auch nicht viel besser«, sagte Hardy.

»Wie definieren Sie ›viel‹?« Jackman verzog das Gesicht. »Hoffentlich wird es trotzdem einige positive Veränderungen geben.«

Treya legte ihrem Chef die Hand auf den Arm. »Warum lassen wir sie nicht bankrott gehen? Wir zahlen einfach nicht.«

»Dass wir zahlen, kommt sowieso nicht in Frage«, erwiderte Marlene Ash. »Aber eine Pleite müssen wir dennoch verhindern. Wer würde sonst die Versicherten betreuen?«

»Wer betreut sie denn jetzt?«, fragte Roake. Am Tisch entstand Schweigen.

Die Mitarbeiter der Stadt San Francisco verfügten über verschiedene Möglichkeiten, sich gegen Krankheit zu versichern und zwischen diversen Leistungen zu wählen. Das Konzept schien ganz einfach: Wer bereit war, höhere Beitrage für die Gesundheitsvorsorge zu entrichten, bekam auch mehr für sein Geld. In der Theorie funktionierte das auch, denn selbst die

Leistungen der billigsten Versicherung – in diesem Fall eine bei Parnassus – entsprachen, was die Qualität betraf, den teureren Optionen. Allerdings erstaunte es niemanden, dass es sich in der Realität nicht so verhielt.

»Kann Parnassus denn keinen Kredit aufnehmen, um im Geschäft zu bleiben?«, erkundigte sich Glitsky bei Jackman.

Der Staatsanwalt schüttelte den Kopf. »Angeblich nicht.«

Gina Roake wäre fast an ihrem Kaffee erstickt. »Glauben Sie mir, die würden schon einen Kredit kriegen«, sagte sie. »Vielleicht nicht zum besten Satz, aber zwei Millionen, Vorzugszins plus ein paar Punkte, kein Problem.«

»Wie ich gehört habe«, sagte Jackman, »behaupten sie, dass sie ihn nicht zurückzahlen könnten, ganz gleich, in welcher Höhe. Sie machen jetzt schon täglich Verlust. Und – um auf unser ursprüngliches Thema zurückzukommen – sie bräuchten gar kein Geld, wenn die Stadt ihre Schulden begleichen würde.«

»Die sie gar nicht hat«, wiederholte Marlene Ash. »Die Schulden, meine ich.«

»Können Sie das beweisen?« Als Polizist wollte Glitsky Fakten sehen.

»Das habe ich vor«, erwiderte Ash. »Ich muss erst die Originalrechnungen durcharbeiten.«

»Grand Jury.« Hardy zerbrach seinen Glückskeks.

Ash nickte mit finsterer Miene. »Das denke ich auch.«

»Wie können die einfach behaupten, dass dreizehn Millionen zusätzlicher Außenstände aufgelaufen wären, ohne dass sie etwas davon bemerkt hätten?«, fragte Roake. »Das würde mich wirklich interessieren.«

Jackson drehte sich zu ihr um. »Eigentlich war das sehr schlau. Sie behaupten, ihr Vertrag mit der Stadt decke auch die ambulante Behandlung von Aids-Patienten, Psychotherapie, Drogenberatung und Krankengymnastik ab. Sie hätten diese Leistungen die ganze Zeit über erbracht, ohne dafür eine Erstattung zu erhalten. Dabei ist ›ambulant‹ das Schlüsselwort. Sie haben das Geld vorgestreckt und die Leistungen zur Verfügung gestellt, und nun schulden wir ihnen Geld.

Sie haben den Vertrag ziemlich weit ausgelegt, um derartige Forderungen erheben zu können. Doch inzwischen wollen sämtliche Gewerkschaften ihre Verträge, was diese Punkte angeht, noch einmal unter die Lupe nehmen. Also hat Parnassus politische Unterstützung.«

»Demzufolge handelt es sich um eine vertragsrechtliche Frage«, sagte Freeman. »Sollen die Sie doch vor ein Zivilgericht zerren.«

»Das würden wir ihnen auch raten«, sagte Jackman, »wenn wir nicht allmählich glaubten –«

»Wir *wissen* es«, fiel Ash ihm ins Wort.

»Wir glauben allmählich«, fuhr Jackman fort und bedachte seine Mitarbeiterin mit einem tadelnden Blick, »dass sie das Zustandekommen der angeblich erbrachten Leistungen nicht beweisen können. Schließlich handelte es sich um ambulante Behandlungen. Die Aufzeichnungen darüber weisen gelinde gesagt einige Unregelmäßigkeiten auf.«

»Grand Jury«, wiederholte Hardy.

Jackman lächelte ihm höflich zu. »Ich habe Sie schon beim ersten Mal gehört, Diz. Ich spiele außerdem mit dem Gedanken, ihre Konten einzufrieren und einen Treuhänder zu bestellen, der den Betrieb aufrecht erhält, was Parnassus gar nicht recht sein wird. Doch wenn die denken, dass sie so schneller an ihr Geld kommen ...« Er zuckte die Achseln. »Und sie brauchen es dringend.«

»Sind Sie sicher?«, fragte Freeman.

Jackman nickte. »Sie bezahlen ihre Ärzte nicht mehr. Das halte ich für einen deutlichen Hinweis. In den letzten sechs Monaten sind bei uns Dutzende von Beschwerden eingegangen. Also haben wir ihnen schließlich einen Brief geschrieben, in dem wir sie aufforderten, ihre Angelegenheiten zu regeln und den Mitarbeitern ihr Geld zu überweisen, da wir ansonsten tätig werden müssten. Wir haben jedem Mitglied des Vorstands eine Kopie dieses Schreibens zukommen lassen. Übrigens verdient jeder von ihnen immer noch durchschnittlich dreihundertfünfzigtausend Dollar im Jahr.«

»Im Jahr?«, fragte Glitsky. »Jedes Jahr?«

»Ich glaube, sogar noch ein bisschen mehr«, sagte Jeff Elliot.

»Jedes Jahr.« Der Lieutenant konnte es nicht fassen. »Ich bin wirklich in der falschen Branche.«

»Nein, bist du nicht, Liebling«, sagte Treya. »Du bist genau an der richtigen Stelle.«

Hardy warf Glitsky über den Tisch hinweg eine Kusshand zu.

»Wie dem auch sei«, fuhr Jackman fort, »jedenfalls hat diese Drohung sie aufgerüttelt. Wenn Sie meine Meinung hören wollen, war das vermutlich der Grund, warum sie jetzt dreizehn Millionen Dollar verlangen.«

»Und was passiert, wenn wir sie Pleite gehen lassen?«, fragte Glitsky. »Wie schlimm wäre das?«

Freeman lachte in sich hinein. »Darf ich, Clarence?«, fragte er den Bezirksstaatsanwalt und sprach dann weiter, ohne dessen Erlaubnis abzuwarten. »Ich erkläre es dir. Erstens wird jeder städtische Angestellte, also auch du, den Versicherungsschutz verlieren. Demzufolge wirst du bei jedem Arztbesuch nicht mehr bloß zehn Dollar bezahlen, sondern sechzig, achtzig oder sogar hundertfünfzig. Und zwar pro Termin. Dazu ist bei jedem verschriebenen Medikament der volle Preis fällig. Als Konsequenz daraus wird jede Gewerkschaft in San Francisco die Stadt verklagen, weil eine garantierte Krankenversicherung nämlich Bestandteil des Arbeitsvertrags ist. Daraufhin verklagt die Stadt Parnassus wegen nicht erbrachter Leistungen, was Parnassus mit einer Gegenklage wegen nicht eingegangener Zahlungen kontert. In der Zwischenzeit bleibt den städtischen Mitarbeitern nichts anderes übrig, als sich im Krankheitsfall ans County General Hospital zu wenden, wo man schon mehrere Schusswunden vorweisen muss, um ein Bett zu bekommen. Wenn Sie weiter nichts haben als Krebs, nehmen Sie zwei Aspirin und rufen mich morgen noch mal an. Im Großen und Ganzen läuft es darauf hinaus, dass ein Bankrott von Parnassus die Stadt mit in den Ruin reißen könnte, wenn wir in diesem Jahr eine Grippewelle, viele Aids-Fälle oder ein Erdbeben kriegen.« Freeman lächelte den Anwesenden zu. Schlechte Nachrichten schienen stets eine aufmunternde Wirkung auf ihn zu haben. »Oder habe ich was vergessen?«

»Das war ziemlich deutlich, David, vielen Dank.« Jackman spielte mit den Resten seines Glückskekses auf dem Tisch herum. »Jedenfalls steht Parnassus anscheinend kurz vor der Pleite. Sonst würden sie nicht zu solchen Mitteln greifen.«

»Wir müssen ihnen irgendwie am Zeug flicken«, sagte Ash.

Freeman hatte einen anderen Einfall. »Ich würde ihre Konten einfrieren und einen Treuhänder einsetzen, der ihre Bücher prüft und die Geschäfte am Laufen hält.« Der alte Mann machte den Eindruck, als hätte er nichts dagegen, diese Aufgabe selbst in die Hand zu nehmen.

Jackman schüttelte den Kopf. »Es wird nicht leicht werden, ihnen Betrug nachzuweisen, David. Wir können nicht einfach reinspazieren und den Laden übernehmen.«

»Auch wenn sie ihre Ärzte nicht bezahlen?«, fragte Roake. »Das würde ich einen triftigen Grund nennen.«

»Könnte sein«, stimmte Jackman zu. Seine Miene besagte, dass er diesen Vorschlag zumindest bedenkenswert fand. »Tja«, fuhr er fort, »ich danke Ihnen allen für das Gespräch. Ich werde sicher bald zu einer Entscheidung kommen. Jeff«, fragte er dann über den Tisch hinweg. »Sie waren heute ungewöhnlich still. Soweit ich mich erinnere, haben Sie in letzter Zeit einige Male über Parnassus geschrieben. Haben Sie vielleicht etwas zu diesem Thema beizutragen?«

Der vollbärtige Reporter grinste spöttisch. »Sie haben es ja selbst vorgelesen, Sir: Bleiben Sie gesund.«

4

Trotz seiner fast fünfzig Jahre arbeitete Rajan Bhutan erst seit etwa zehn Jahren als Krankenpfleger. Mit Mitte zwanzig war er mit seiner Frau in die Vereinigten Staaten gekommen. Zuerst hatte er im Einzelhandel gearbeitet und in den Filialen verschiedener Handelsketten Damenschuhe oder Herrenanzüge verkauft. Diese Tätigkeit hatte er bereits in Kalkutta ausgeübt, obwohl sie seiner Persönlichkeit eigentlich nicht entsprach. Rajan war ein zierlicher Mann, der zu Stimmungsschwankungen neigte und eine eher zurückhaltende Art hatte, weshalb es ihm schwer fiel, zu lächeln und freundlich zur Kundschaft zu sein. Allerdings war er tüchtig, ehrlich und intelligent. Er erschien jeden Tag zur Arbeit und kam früher oder machte Überstunden, ohne zu klagen. Deshalb behielt er seine Stellen, obwohl ihm das Talent zum Verkäufer fehlte. In den ersten sechs Jahren war er bei Macy's am Union Square angestellt gewesen. Danach fünf Jahre lang bei Nordstrom's.

Da seine Frau das Familieneinkommen mit Klavierstunden aufgebessert hatte, hatten sie etwa zehn Jahre lang verhältnismäßig sorgenfrei in ihrer kleinen Wohnung im Mission District gelebt. Die einzige Enttäuschung war, dass Chatterjee keine Kinder bekommen konnte. Und dann, schließlich, als sie beide fünfunddreißig waren, glaubte sie schon, das Wunder wäre endlich eingetreten. Doch wie sich herausstellte, wuchs in Chatterjees Gebärmutter kein Baby, sondern ein Tumor.

Nach Chatterjees Tod konnte Rajan es nicht mehr ertragen, tagtäglich den lächelnden Verkäufer zu mimen. Während der

Monate, in denen er seine Frau gepflegt hatte, hatte er bemerkt, dass es ihm Freude machte, die Leiden anderer Menschen zu lindern. Also hatte er in den nächsten vier Jahren den Großteil seiner Ersparnisse in eine Ausbildung investiert, seinen Abschluss als staatlich geprüfter Krankenpfleger am St. Mary's Hospital gemacht und zu guter Letzt eine Ganztagsstelle am Portola Hospital angenommen.

Auch dort legte er die für ihn typische Zuverlässigkeit an den Tag. Die Ärzte und die Verwaltung schätzten ihn aus denselben Gründen wie früher die Filialleiter der Kaufhäuser. Allerdings hatte er unter seinen Kollegen, wenn überhaupt, nur wenige Freunde. Inzwischen wirkte er noch mürrischer und bedrückter als in seiner Zeit als Verkäufer, und er gab sich nur wenig Mühe, freundlich zu sein. Doch er war ein fähiger Krankenpfleger, und im Laufe der Jahre nahmen ihn seine Kollegen in der Schicht kaum noch wahr. Er war tüchtig und höflich, aber undurchschaubar und allen wegen seiner Schweigsamkeit ein wenig unheimlich.

Nun stand Rajan vor dem Bett von James Lector. Nachdem er die Verbindungen zu sämtlichen Monitoren überprüft hatte, strich er die Decke über der Brust des alten Mannes glatt und sah sich um. Hinten im Raum waren Dr. Kensing und Schwester Rowe mit der Infusion von Mr. Markham beschäftigt, der gerade erst aus dem OP hereingebracht worden war.

Wieder betrachtete Rajan Mr. Lector, der nun schon seit zwei Wochen an den lebensverlängernden Apparaten hing. Vor kurzem hatte sich sein Zustand stabilisiert, doch niemand wusste, wie lange das andauern würde. Als Rajan das graue, leblose Gesicht des alten Mannes musterte, fragte er sich wie schon so oft, welchen Zweck die so genannten Wunder der modernen Medizin erfüllten. Er erinnerte sich, als ob es erst gestern gewesen wäre, an die letzten Tage, in denen man Chatterjee künstlich am Leben erhalten hatte. Angeblich litt sie keine Schmerzen, als sie, voll gepumpt mit Betäubungsmitteln, an den Apparaten hing. Aber im Laufe der Jahre war in Rajan die Überzeugung gewachsen, dass es eine unnötige Quälerei gewesen war: In ihm hatte man falsche Hoffnungen geweckt, und ihr hatte man ein friedliches Sterben verweigert.

Für ihn war es wichtig, den Kranken zu helfen und Schmerzen zu lindern. Seit Chatterjees Tod bedeutete das seine Lebensaufgabe. Allerdings fand er es unerträglich, das Leben überflüssig zu verlängern; es machte ihm stets zu schaffen, wenn er in der Intensivstation Schicht hatte.

Wieder betrachtete er Mr. Lectors Gesicht und warf einen erneuten Blick auf Dr. Kensing und Schwester Rowe, die gerade versuchten, einen Menschen zu retten, der wohl für immer hirngeschädigt sein würde, falls er überhaupt am Leben blieb. Es ist so unsinnig, dachte er, alles ist so unsinnig.

Mit einem bedauernden Kopfschütteln und einem tiefen Seufzer ging er zum nächsten Bett.

Dr. Malachi Ross blieb an der Tür der Intensivstation stehen und vergewisserte sich ein letztes Mal, dass alles in Ordnung war. In dem großen runden Raum standen sieben Betten für kritische Fälle, die – wie das ganze Jahr hindurch – auch heute wieder alle belegt waren. Sicher würden zumindest fünf der Patienten, vielleicht sogar alle sieben, nicht überleben. Ross wusste, dass das nicht an mangelnder ärztlicher Kunst oder gar am fehlenden Geld lag, denn der Kostenfaktor war in den letzten Jahren zum Dreh- und Angelpunkt seines Lebens geworden. Ross war der medizinische Leiter der Parnassus Medical Group, dessen Aufgabe darin bestand, die Kosten zu senken und gleichzeitig eine angemessene Versorgung der Patienten sicherzustellen. In seinen Augen bedeutete Letzteres das Minimum dessen, was nötig war, um Kunstfehlerprozesse zu vermeiden – ein zunehmend unerfüllbarer Auftrag.

Außerdem ahnte Ross, dass es bald wieder zu einer, wenn auch vielleicht nur kurzfristigen Krise kommen würde: In einem dieser Betten lag sein Kollege Tim Markham, der Geschäftsführer des Krankenhauses, der beim morgendlichen Joggen von einem Auto angefahren worden war. Und dabei trieb der Mann mit fanatischer Besessenheit Sport, um bis ins hohe Alter hinein bei Kräften und gesund zu bleiben. Es lag eine gewisse Ironie darin, dachte Ross. Allerdings war ihm der Sinn für Ironie schon vor Jahren abhanden gekommen.

Die Monitore gaben ein regelmäßiges Piepen von sich; die übrigen Geräte brummten. Überall im Raum hatte man die weißen Jalousien vor den Fenstern heruntergelassen, um die blässliche Frühjahrssonne auszusperren.

Markham lag, an verschiedene Apparate angeschlossen, im ersten Bett links. Seit drei Stunden war er nun schon hier, und dass er mit derart schweren Verletzungen so lange überlebt hatte, grenzte an ein Wunder. Ross trat einen Schritt auf das Bett zu und blieb stehen. Er war zwar Arzt, hatte aber seit zehn Jahren nicht mehr praktiziert, und er wusste, dass der Beutel für die nächste Infusion an ihrem richtigen Platz am Stahlhaken neben dem Bett hing. Der andere Infusionsbeutel war noch halb voll. Ross musste davon ausgehen, dass alles seine Richtigkeit hatte.

Erschöpft rieb er sich die Augen und ertappte sich dabei, dass er seine Hände betrachtete. Chirurgenhände, wie seine Mutter immer gesagt hatte. Sein Gesicht glühte, doch als er es betastete, fühlte er keinen Schweiß.

Ross holte tief Luft und öffnete die Tür nach draußen.

Er trat auf den Flur hinaus, wo drei weitere Kandidaten für die Intensivstation, frisch operiert oder gerade in die Notaufnahme eingeliefert, an Monitore und Infusionen angeschlossen auf ihren Tragen lagen. Sie waren seit Markhams Einlieferung eingetroffen. Und wenn in der Intensivstation ein Bett frei wurde, würde man sie hineinbringen, wo man sie angeblich besser versorgen konnte.

Heute Morgen hatte Dr. Eric Kensing Dienst auf der Intensivstation. Gerade beugte er sich über eines der Betten auf dem Flur und gab einem Krankenpfleger Anweisungen. Da Ross keine große Lust hatte, mit Kensing zu sprechen, überquerte er den Flur und erreichte, ohne aufgehalten zu werden, auf kürzestem Weg das Wartezimmer der Intensivstation. Anders als die anderen Räume im Haus, die demselben Zweck dienten, war dieser hier mit bequemen Sofas und Sesseln, einigermaßen geschmackvollen Kunstdrucken, einer ansprechenden Tapete und einem geräuschdämpfenden Teppich ausgestattet. Das lag daran, dass der Mehrheit der Leute, die hier warteten, eine schlechte Nachricht bevorstand. Offenbar hatten die Architekten gehofft, den Schock durch eine angenehme Umgebung mildern zu können. Ross hielt das für unwahrscheinlich.

Nur ein weiteres Beispiel für Geldverschwendung.

Als er an der Tür stehen blieb und hineinblickte, stellte er zu seiner Zufriedenheit fest, dass wenigstens Brendan Driscoll für den Augenblick verschwunden zu sein schien. So würde Ross wenigstens von seinen Tiraden und von weiteren Vorwürfen verschont bleiben. Driscoll war Markhams Assistent und schien sich zuweilen in dem Glauben zu wiegen, er – und nicht sein Chef – wäre der eigentliche Geschäftsführer von Parnassus. Jedenfalls kommandierte er alle, auch Ross, herum, als ob genau das der Fall wäre. Sobald Driscoll von dem Unfall erfahren hatte, hatte er die Konzernzentrale am Embarcadero verlassen, um an Markhams Seite Wache zu halten, und war sogar noch vor Ross eingetroffen. Aber inzwischen war er zum Glück gegangen, verjagt von einem erbosten Dr. Kensing, und zwar weil er aus unerklärlichen Gründen die Intensivstation betreten hatte. Wahrscheinlich nur, weil er es wollte und dachte, er könnte es auch.

Doch obwohl Driscoll lästig sein konnte, bedeutete Carla Markham, Tims Frau, das weitaus größere Problem für Ross. Wie in Trance kauerte sie an einem Ende des tiefen Sofas, und als sie den Kopf hob und Ross ansah, verzog sie abweisend und verzweifelt den Mund. Schon im nächsten Moment jedoch setzte sie eine gespielt gleichmütige Miene auf.

»Es geht ihm gut«, sagte Ross und ergänzte dann rasch: »Unverändert.«

Sie nahm die Nachricht ohne eine Regung auf.

Ross verharrte auf der Stelle, konnte den Blick aber nicht von ihr abwenden. Sie saß steif und mit zusammengepressten Knien da und wandte ihm ihr Profil zu. Auf einmal sah sie ihn an, als hätte sie seine Anwesenheit eben erst bemerkt. »Unverändert ist nicht dasselbe wie gut. Das heißt doch, dass er bald sterben wird und dass sein Zustand ernst ist. Und wenn er stirbt ...«

Ross betrat das Wartezimmer und hob die Hand, als wolle er sie zum Schweigen bringen. »Er wird nicht sterben«, sagte er.

»Du solltest hoffen, dass das stimmt, Malachi.«

»Darüber reden wir jetzt besser nicht. Ich habe dich sehr gut verstanden, und du hast Recht, wenn du sagst, dass es Schwierigkeiten gegeben hat. Aber noch lange keine Krise. Wenn Tim das hier überstanden hat, werden wir die Angelegenheit besprechen und einige Schritte in die Wege leiten, wie wir es auch in anderen Fällen getan haben.«

»Diesmal ist es anders.«

Sein Mund verzog sich zu einem wissenden Lächeln. Sie tappte völlig im Dunkeln. Dann neigte er den Kopf zur Seite und sagte im Brustton der Überzeugung: »Mach dir nichts vor. Es war immer dasselbe.« Er fixierte sie mit den Augen und suchte nach einem Anzeichen dafür, dass sie nachgeben würde.

Doch sie hielt seinem Blick nicht stand, sondern schüttelte unwirsch den Kopf. Offenbar war sie zu einer Entscheidung gelangt. »Diesmal wollte er kein Auge mehr zudrücken. Er konnte es nicht länger ertragen. Wenn er stirbt, kann ich auch nicht mehr.«

Er wusste nicht, ob sie damit das Weiterleben meinte – als Markham sie das letzte Mal verließ, hatte sie mit Selbstmord gedroht – oder die Praktiken, mit denen ihr Mann sich inzwischen arrangiert hatte. »Carla«, begann er leise, »lass doch –«

Aber sie hörte ihm gar nicht zu. Auf einmal stand sie vor ihm, und ihr Gleichmut schien wie weggeblasen. »Ich will nicht mit dir sprechen. Begreifst du das denn nicht? Nicht hier, vielleicht nie wieder. Es gibt nichts mehr zu sagen, bevor wir nicht wissen, was aus Tim werden wird. Und nun entschuldige mich bitte. Ich muss die Kinder anrufen.« Ohne ihn eines weiteren Blickes zu würdigen, verließ sie den Raum.

Ross ließ sich in einem der Ledersessel nieder und lehnte sich zurück. Er umkrallte die Armlehnen, damit seine Chirurgenhände aufhörten zu zittern.

Zuerst drang das Alarmsignal des Monitors an Ross' Ohr, dann wurde in der Intensivstation der Notruf ausgelöst. Zwanzig Minuten lang herrschte sogar auf dem Flur hektisches Treiben. Und dann, fast so plötzlich wie sie begonnen hatten, verstummten Durcheinander und Lärm.

Tim Markham war tot.

Ross war aufgestanden und wartete vor der Intensivstation, als Dr. Kensing herauskam. In seinem ebenmäßigen Gesicht malten sich Niedergeschlagenheit und Erschöpfung. Kurz sah er Ross an und wandte dann den Blick ab. »Ich weiß nicht, was passiert ist«, sagte er. »Ich dachte, er wäre über dem Berg, aber ...« Der Arzt verstummte und schüttelte verzweifelt und bedrückt den Kopf.

Wenn er bemitleidet werden will, ist er an den Falschen geraten, dachte Ross. Er musste das Bedürfnis unterdrücken, eine böswillige, ja, sogar vorwurfsvolle Bemerkung zu machen. Der richtige Zeitpunkt dafür würde schon noch kommen. Dr. Kensing war Ross bereits seit einigen Jahren ein Dorn im Auge, denn er stellte seine medizinischen und geschäftlichen Entscheidungen in Frage, widersetzte sich seinen Anweisungen und hetzte die übrigen Mitarbeiter gegen ihn auf. Dass Kensing Dienst in der Intensivstation gehabt und die gescheiterten Bemühungen, Markham am Leben zu erhalten, geleitet hatte, war zwar tragisch, aber ein nicht unwillkommener Zufall. Ross nahm sich vor, ihn auszunützen, wenn sich die erste Trauer einmal gelegt hatte. Doch das würde warten müssen.

Im Augenblick hatte Ross Wichtigeres zu tun. Er blieb nicht, bis Kensing wieder herauskam, um seine zweifellos rechtfertigende Analyse der Todesursache abzuliefern – als ob er darüber jetzt schon etwas sagen könnte. Außerdem hatte Ross keine Lust auf die Beileidsbezeugungen, das Händeschütteln und die Umarmungen, die in den nächsten Stunden sicher das Klima im Krankenhaus bestimmen würden. Also stieg er in den Aufzug und verließ diesen in der Tiefgarage, wo sein Lexus stand. Mit dem Mobiltelefon rief er Joanne, seine Sekretärin, an. »Tim hat es nicht geschafft«, sagte er knapp. »Ich bin in zehn Minuten da.«

5

David Freeman und Gina Roake teilten Dismas Hardy ohne mit der Wimper zu zucken mit, dass sie zu Fuß von Lous Restaurant zu Freemans Wohnung in der Mason Street gehen würden, um noch ein paar Schriftsätze zu studieren. Freeman sagte, er werde später in die Kanzlei kommen, und bat Hardy, das Phyllis freundlicherweise auszurichten.

»Ist mir ein Vergnügen, David. Jeder Vorwand ist mir recht, um Phyllis' reizende Stimme zu hören.«

Als Hardy die Vorhalle betrat, beglückwünschte er sich selbst, weil er sich eine Bemerkung über Davids und Ginas allzu durchsichtige Ausrede mit den Dokumenten verkniffen hatte. Phyllis' süßlicher Tonfall ließ ihn innehalten. »Mr. Elliot vom Chronicle bittet Sie, ihn baldmöglichst zurückzurufen.«

»Danke. Hat er gesagt, ob es dringend ist?«

»Nicht ausdrücklich, aber ich nehme es an.«

Hardy kam näher und lehnte sich an die Empfangstheke. Phyllis konnte das nicht ausstehen, doch andererseits galt das für alles, was Hardy tat. Er lächelte sie an »Warum?«

»Warum was?« Phyllis, die offensichtlich böse Gedanken dachte, musterte seine auf ihrem Empfangstresen verschränkten Arme.

»Warum nehmen Sie an, dass es dringend ist?«

Für Phyllis, die bei Freeman in die Lehre gegangen war, war alles, was mit der Juristerei zusammenhing, automatisch dringend. Hardy hingegen war bildungsresistent, und so sehr sie es auch versuchte, sich in seiner Gegenwart professionell zu verhalten, gelang es ihr einfach nicht, die Ruhe zu bewahren, wenn er sie auf den Arm nahm. Sie stieß einen entnervten Seufzer aus und versuchte vergeblich, ein höfliches Lächeln aufzusetzen. »Wie ich vermute, sind sämtliche Telefonate, die in Ihrem Büro eingehen, wichtig, Mr. Hardy. Mr. Elliot hat sich während seines Arbeitstags die Zeit genommen, um Sie im Büro anzurufen. Er hat um möglichst schnellen Rückruf gebeten. Also war es sicher dringend.«

»Vielleicht wollte er einfach nur plaudern. So was passiert manchmal.«

Offenbar vertrat Phyllis die Auffassung, dass sich derartige Dinge nicht gehörten. »Soll ich ihn anrufen und fragen?«

»Aber Phyllis.« Hardy trat einen Schritt zurück, nahm die Arme von der Theke und betrachtete sie erfreut. »Ich glaube, Sie haben gerade einen Scherz gemacht. Und das während der Bürozeiten, wenn Sie eigentlich arbeiten sollten. Ich werde es David nicht verraten.« Sie schwieg, als er sich zur Treppe umdrehte, die in sein Büro führte. »Ach, apropos David. Er kommt heute später. Er wollte mit Ms. Roake ein paar Schriftsätze durcharbeiten, obwohl ich das anders nennen würde.«

»Wie denn?«, fragte Phyllis.

Hardy befand, dass er ihr genug zugesetzt hatte – oder fast genug. Er wies auf die Treppe. »Ach, nichts. Hören Sie, ich habe unser kurzes Gespräch genossen, aber jetzt muss ich los und Mr. Elliot anrufen. Es könnte dringend sein.«

Hardy arbeitete in einer kahlen, mönchischen, fast fabrikähnlichen Umgebung. Graue Aktenschränke aus Metall kauerten auf einem grauen, flauschigen Teppichboden. Die beiden Fenster, die auf die Sutter Street hinausgingen, waren mit altmodischen Jalousien ausgestattet, die ihre Macken hatten, weshalb Hardy sie normalerweise einfach offen ließ oder vollständig schloss. Den Großteil des Wandschmucks in seinem Büro hatten seine Kinder Rebecca und Vincent gemalt. Doch es waren noch ein Poster vom neuen Stadion der Giants, Pac Bell Park, und ein Kalender des Sierra Club darunter. Sein Schreibtisch aus hellem Holz hatte Normgröße. Die Platte war leer bis auf ein Telefon, ein Foto von Frannie, eine große

Schreibunterlage, eine Süßkartoffelpflanze, die bis zum Boden reichte, und seine grüne Schreibtischlampe. Unter vier Regalen voller juristischer Fachbücher und Aktenordner zierten der getrocknete Kugelfisch und das Flaschenschiff, die er von zu Hause mitgebracht hatte, einen Waschtisch aus Resopal, komplett mit Wasserhahn, einem Papierhandtuchhalter an der Wand und einigen auf dem Kopf stehenden Gläsern. Sofa und Sessel waren funktional und aus Kunstleder und stammten von Sears. Den Couchtisch hatte er bei derselben Einkaufsorgie vor sechs Jahren erworben. Neben der Tür, seinem Schreibtisch gegenüber, hing die Dartscheibe. Ein Stück silbernes Isolierband auf dem Teppich markierte die zweieinhalb Meter entfernte Abwurflinie. Seine handgefertigten Pfeile mit den blauen Federn steckten noch dort, wo er sie zuletzt hingeworfen hatte – zwei in der Mitte, einer in dem Zwanziger-Ring.

Als er die Tür öffnete, läutete das Telefon. Hardy griff über den Schreibtisch und drückte auf den Raumlautsprecher. »Ja«, sagte er.

Wieder hörte er Phyllis' Stimme, und sie gab ihm keine Zeit für eine Antwort. »Lieutenant Glitsky für Sie.«

»Rate mal, was ich gerade gehört habe«, verkündete Abe. »Es wird dir gefallen.«

»Die Giants haben Bonds eingetauscht.«

»In der Wirklichkeit, Diz.«

»Das ist die Wirklichkeit, und es würde mir gefallen.«

»Was hältst du von Tim Markham?«

»Was soll ich von ihm halten? Ist er ein Linksaußen? Ich habe noch nie von ihm gehört.« Inzwischen hatte Hardy seinen Schreibtisch umrundet und den Hörer abgehoben.

»Er ist der Geschäftsführer von Parnassus Health«, sagte Glitsky.

Hardy wurde von Aufregung ergriffen; die Müdigkeit nach dem Mittagessen war wie weggeblasen. Für gewöhnlich rief Glitsky Hardy nicht an, um ihm die Nachrichten des Tages zu melden, wenn nicht gerade ein Mord im Spiel war. Also zählte Hardy zwei und zwei zusammen: »Und er ist tot.«

»Genau. Findest du das nicht interessant?«

Hardy musste zugeben, dass es sich so verhielt, insbesondere nach der Unterhaltung bei Lou. Interessant war noch milde ausgedrückt. »Hat ihn jemand umgebracht?«

»Ja, aber vermutlich nicht mit Absicht. Erinnerst du dich an unser Gespräch über Fahrerflucht heute Morgen?«

»Willst du mich auf den Arm nehmen?«

»Nein.«

»Wir sollten aufpassen, dass wir bei unserem nächsten Spaziergang nicht über den Atomkrieg plaudern. Und er ist wirklich überfahren worden?«

»Umgemäht würde es besser treffen. Bis vor einer Stunde haben sie ihn im Portola Hospital am Leben erhalten. Doch sie konnten nichts mehr für ihn tun.«

»In seinem eigenen Krankenhaus gestorben? Ich wette, das war ein denkwürdiger Augenblick.«

»Ich dachte mir, dass dich das amüsieren würde. Aber offenbar kam jede Hilfe zu spät. Sein Zustand bei der Einlieferung war kritisch, und er hat die Kurve nicht mehr gekriegt.«

»Und es war wirklich ein Unfall?«

»Das habe ich bereits gesagt.«

»Inzwischen sogar zweimal«, sagte Hardy. »Glaubst du es denn?«

»Bis jetzt schon.«

Hardy lauschte dem Brummen in der Leitung. »In derselben Woche, in der er versucht hat, die Stadt zu erpressen? Sein Unternehmen hat gedroht, Pleite zu gehen. Sie bezahlen ihre Ärzte nicht und betrügen ihre Patienten. Und plötzlich ist der Drahtzieher tot, der hinter allem steckt.«

»Richtig.«

»Und das soll ein Zufall sein? Ist das deine Meinung als Fachmann?«

»Vermutlich ja. Wie ich dir heute Morgen erklärt habe, verhält es sich häufig so.«

»Bis auf die Fälle, in denen es nicht zutrifft. Es gibt immer ein erstes Mal.«

»Nicht so oft, wie du denkst«, entgegnete Glitsky. »Aber du hast gerade meine Frage beantwortet. Ich wollte nur die Meinung eines Normalbürgers hören.«

»Da musst du dich an jemanden wenden, der ein bisschen dümmer ist als ich«, erwiderte Hardy. »Aber ich schicke dir trotzdem eine Rechnung.«

Wie sich herausstellte, hatte Jeff Elliot aus demselben Grund angerufen. Allerdings interessierte er sich weniger für Hardys Zufallstheorie, die er noch deutlicher abtat als Glitsky, und zwar mit einem einzigen Satz: »Solange Knarren so billig sind und man umsonst an ein Messer rankommt, bringt man niemanden mit einem Auto um, Diz.«

»Ich wette, dass es schon mal passiert ist, auch wenn Glitsky das Gegenteil behauptet.«

»Siehst du? Und was beweist das? Angeblich soll es in der Sahara schon mal geschneit haben.«

»Wirklich. Das nehme ich dir nicht ab. Und außerdem bestätigt das meine Theorie.«

Ein Seufzer. »Diz? Können wir das nicht lassen?«

Allmählich wuchs in Hardy die Gewissheit, dass alle seine Freunde im Begriff waren zu verbiestern. Er ging zwar auch nicht von einem Mord aus, doch es machte Spaß, darüber zu spekulieren, und war außerdem ein wirklich harmloses Vergnügen. »Schon gut, Jeff, schon gut. Wie kann ich dir behilflich sein?«

»Eigentlich kannst du das gar nicht. Ich rufe dich nur aus Mitleid an, um mich zu erkundigen, ob du nicht Lust hast, den Rest des Tages freizunehmen. Beim Mittagessen ist mir nämlich aufgefallen, dass du dazu in der richtigen Stimmung sein könntest.«

»War es denn so offensichtlich?«

»Ich bin Reporter, Diz. Mir entgeht nichts.«

Hardy betrachtete die gewaltigen Aktenberge auf seinem Schreibtisch – Schriftsätze, die von ihm selbst und von Anwaltskollegen stammten und keine sehr große Anziehungskraft auf ihn ausübten. Notizen. Papierkrieg, den er hatte schleifen lassen. Rechnungen. Ein paar Polizeiberichte von potenziellen Mandanten. Die letzte Änderung der Vorschriften zur Beweisaufnahme, die man unbedingt kennen musste. Im Augenblick hatte er ausgesprochen viel zu tun, und er wusste, dass er sich eigentlich darüber freuen sollte, obwohl er manchmal nicht sagen konnte, welchen Sinn das alles eigentlich hatte.

Elliot sprach weiter. »Ich glaube, dass drüben bei Parnassus bald die Kacke am Dampfen sein wird. Vielleicht bringt es mich ja weiter, wenn ich hinfahre und mich ein wenig umhöre. Es könnte ja jemand mit mir reden wollen, damit ich Stoff für einen oder zwei Artikel kriege. Was hältst du davon? Bist du mit von der Partie?«

»Nichts lieber als das«, erwiderte Hardy. »Aber nicht heute.«

»Ist das dein letztes Wort?«

Hardy zog ein paar Papiere zu sich heran und blätterte den Stapel lustlos durch. Wäre ein erfahrener Reporter wie Elliot im Raum gewesen, er hätte sicher Anzeichen von Erschöpfung, möglicherweise sogar von Überdruss erkannt. Und ganz sicher von Verbiesterung. Hardy seufzte tief auf. »Schreib einen schönen Artikel, Jeff. Damit ich mich fühle, als wäre ich selbst dabei gewesen.«

Nie im Leben hätte Glitsky mit seinen Kollegen über dieses Thema gesprochen. Doch er konnte nicht anders, als seine Sorgen seiner Frau anzuvertrauen.

Hin und wieder gestattete Jackman Treya eine offizielle fünfzehnminütige Pause, wenn sie ihn darum bat. Nun standen sie und Abe auf der Außentreppe des Gebäudes, die auf die 7th Street hinausging, und tranken Tee aus Pappbechern. Es war früher Nachmittag, und da ein Wind aufgekommen war, mussten sie sich mit dem Rücken an die Hauswand lehnen, sodass sich ihre Aussicht auf die Schnellstraße und die Twin Peaks weit draußen in der Ferne beschränkte.

»Und ich habe schon gedacht, du hättest mich mitten am Tag an diesen romantischen Ort gelockt, damit wir wild übereinander herfallen können.«

»Wenn du unbedingt willst«, erwiderte Glitsky. »Ich bin in dieser Hinsicht recht locker.«

Sie küsste ihn. »Das ist mir auch schon aufgefallen. Aber was wolltest du wirklich?«

Er erzählte ihr von Markham und und von dem Unbehagen, das ihn jedes Mal ergriff, wenn er es mit einem Zufall zu tun hatte – wie zum Beispiel jetzt bei Markhams Tod. »Doch ich war ehrlich, als ich Diz geantwortet habe, dass es sich wahrscheinlich nicht um einen geplanten Mord handelt. Das hat die Stimme meiner dreißigjährigen Erfahrung mir ins Ohr geflüstert.«

»Und weiter?«

»Mein anderer Schutzengel, der böse, zischelt ständig: ›Vielleicht, was wäre, wenn, möglicherweise ...‹«

»Du meinst, jemand könnte ihn absichtlich überfahren haben?«

Abe nickte. »Ich habe mir vorstellt, wie ihm jemand früh am Morgen, kurz nach Sonnenaufgang auflauert, aber es kommt mir recht unwahrscheinlich vor. So etwas passiert nicht im wirklichen Leben. Ja, es hätte so sein können, doch ich glaube es nicht.«

»Warum nicht?«

Sie war so ziemlich der einzige Mensch, den er überhaupt je – wie jetzt in diesem Augenblick – anlächelte. »Schön, dass du fragst. Ich erkläre es dir. Der erste und einleuchtendste Grund ist, dass der Fahrer die Sache nicht zu Ende gebracht hat. Markham hat den Unfall um fast vier Stunden überlebt. Und wäre er nicht gegen die Mülltonne geschleudert worden, hätte er es vielleicht sogar geschafft. Der Fahrer konnte gar nicht wissen, ob sein Opfer tot war. Falls er die Tat geplant hätte, hätte er entweder noch mal Gas gegeben oder wäre ausgestiegen, um Markham mit einem eigens zu diesem Zweck mitgebrachten stumpfen Gegenstand eins überzubraten.«

»Klingt ja reizend«, sagte Treya.

»Stimmt aber.« Dann erläuterte er ihr den zweiten Grund, den er auch Hardy gegenüber aufs Tapet gebracht hatte: Ein Auto war als Mordwaffe gänzlich ungeeignet. Auch der größte Idiot hätte sich – wie Abe dachte –, wenn er schon Zeit in die Planung eines Mordes investierte und sich die Mühe machte, dem Opfer aufzulauern, um sein Vorhaben in die Tat umzusetzen, einfach eine Pistole gekauft. Eine Waffe war leicht, wenn nicht sogar leichter zu beschaffen, außerdem viel tödlicher und problemloser zu beseitigen als ein Wagen.

»Okay, du hast mich überzeugt. Vermutlich wurde er nicht ermordet.«

»Ich weiß. Genau das sage ich dir doch die ganze Zeit. Und trotzdem ...«

»Und trotzdem willst du dir alle Möglichkeiten offen halten.«

»Richtig. Was mich zu meinem wirklichen Problem bringt. Hast du heute beim Mittagessen nicht auch den Eindruck gehabt, dass mein Freund und dein Chef Clarence Jackman wegen Parnassus politisch unter Druck geraten wird? Der Tod des Geschäftsführers wird sicher nicht auf den hinteren Seiten des *Chronicle* abgehandelt werden und in ein paar Tagen Schnee von gestern sein, solange die Zusammenhänge ungeklärt bleiben.«

»Nein, das glaube ich auch nicht.«

»Und wer ist für einen Fall zuständig, bei dem es sich eindeutig um ein Tötungsdelikt und möglicherweise, wenn auch wahrscheinlich nicht, um einen Mord handelt?«

Treya war mit den Schwierigkeiten innerhalb des Morddezernats gut vertraut und konnte sich die Folgen bildlich vorstellen. Unter gewöhnlichen Umständen ging ein derartiger Fall Abe gar nichts an. Schließlich war es Fahrerflucht. Man beauftragte einen Mitarbeiter besagter Abteilung mit der Suche nach dem Fahrzeug, und falls dieser – was so gut wie feststand – nichts fand, war die Sache erledigt. Doch da Abe nun einmal Fisk und Bracco am Hals hatte, musste er die beiden – wie bereits geschehen – auf den Fall ansetzen. Wenn er nun zusätzlich einen seiner erfahrenen Inspectors damit betraute, würde der Mann das vermutlich als Beleidigung empfinden und Abe ins Gesicht lachen. Und dann würden der Bürgermeister und die Stadträtin Abes Kopf fordern und ihn wahrscheinlich auch bekommen.

Sofern sich später – Wunder über Wunder – doch herausstellte, dass man es mit einem wahrhaftigen, echten, politisch bedeutsamen Mord an einem Prominenten zu tun hatte, würde man Abe vorwerfen, er habe den Fall zwei Grünschnäbeln übertragen, die ihn sicher vermasseln würden. Das wiederum würde nicht nur Jackman verärgern, sondern vielleicht sogar das Verhältnis des Bezirksstaatsanwalts zur Polizei nachhaltig trüben.

»Ich denke, dass du den beiden Anfängern den Fall lassen musst.«

»Zu diesem Schluss bin ich auch schon gekommen. Aber wie ich es mache, ist es falsch.«

»Zum Glück«, sagte sie und tätschelte sanft seine Wange, »hast du mit solchen Situationen inzwischen genug Erfahrung.«

Allerdings zitierte Glitsky Fisk und Bracco trotzdem kurz vor Feierabend zu sich ins Büro, um sie zu Höchstleistungen zu motivieren. » ... eine Chance für Sie beide, zu zeigen, was Sie können. Wenn Sie es schaffen, kommen die Kollegen vielleicht zu dem Schluss, dass Sie doch das Zeug zu guten Polizisten haben.« Er schwieg und verkniff sich den Nachsatz »und keine politischen Marionetten«.

Darrel Bracco benahm sich genauso wie heute Morgen – also eigentlich wie immer: Er stand hinter dem Stuhl stramm, auf dem sein Partner saß. »Wir haben beide nicht darum gebeten, hierher versetzt zu werden, Lieutenant. Aber wir haben die Gelegenheit beim Schopf gepackt. Das würde doch jeder tun.«

»Okay.« Das konnte Glitsky akzeptieren. »Und jetzt haben Sie die Möglichkeit, etwas daraus zu machen.«

Ein paar Minuten später las er von einem Block die Punkte ab, die ihm im Laufe des Nachmittags eingefallen waren. »... Seitensprünge? Wenn ja, hat es vor kurzem eine Trennung geben? Dann seine Kinder? Wie war sein Verhältnis zu ihnen?«

»Entschuldigen Sie.« Fisk hob die Hand wie ein Schuljunge.

Glitsky spähte über den Rand seines Notizblocks hinweg. »Ja?« Bemüht geduldig: »Harlan?«

»Ich dachte, es hätte etwas mit Markhams geschäftlichen Schwierigkeiten zu tun. Und nun sprechen Sie von seiner Familie.«

Glitsky richtete sich an seinem Schreibtisch auf und legte den Notizblock weg. Seinen blauen Augen war nichts zu entnehmen. »Ich möchte, dass Sie beide sich eines klarmachen: Die Wahrscheinlichkeit, dass Mr. Markham vorsätzlich getötet wurde, dass wir es also mit einem Mord zu tun haben, ist ziemlich gering. Harlan, Sie, ich und Inspector Bracco haben heute

Morgen darüber geredet, dass Sie hier in der Abteilung unterbeschäftigt sind. Also dachte ich, es würde Sie vielleicht interessieren, die Angelegenheit von Grund auf zu durchleuchten. Und der Anfang liegt immer bei der Familie eines Opfers.«

»Soll das heißen, es hat nichts mit dem Auto zu tun?«

Der Lieutenant zügelte seine Ungeduld. »Nein, das soll es nicht heißen. Schließlich hat das Auto ihn überfahren. Und wenn am Steuer jemand saß, den er kannte, kommt ein Mord um einiges eher in Frage. Doch das ist – ich wiederhole, und auch Sie sollten es nicht vergessen – nicht sehr wahrscheinlich.«

»Und außerdem stehen wir so den Kollegen des Morddezernats nicht im Weg herum«, sagte Bracco. »Ist das der Zweck der Übung?«

Glitsky nickte. »Das könnte ein Nebeneffekt sein. Und es ist nur zu Ihrem Besten. Ich glaube, Sie teilen meine Auffassung.«

Bei der Rückkehr von ihrer morgendlichen Erkundungsreise hatten die Inspectors zwei Figürchen aus einer Kinder-Zeichentrickserie auf ihren Schreibtischen vorgefunden. Offenbar waren die Kollegen nicht gewillt, die beiden Neulinge in ihren Kreis aufzunehmen oder sie wenigstens zu dulden. Glitsky fand das zwar lästig, aber er beabsichtigte nicht, sich einzumischen und die Übeltäter zur Rechenschaft zu ziehen. Das gehörte nicht zu seinen Aufgaben; außerdem hätte er seine eigene Autorität untergraben, wenn er etwas unternahm.

Also würde er Fisk und Bracco eben vom Büro fern halten, eine Idee, die ihm sehr zusagte. Glitsky griff wieder zu seinem Notizblock und las weiter. »Hat eines seiner Kinder Freunde mit einem grünen Auto? Wie steht es mit dem Bekanntenkreis seiner Frau, falls sie einen hat? Außerdem braucht jeder, mit dem Sie sprechen, ein Alibi. Vergessen Sie nicht, dass der Unfall um sechs Uhr morgens geschehen ist. Also könnte jeder interessant sein, der nicht antwortet, er hätte geschlafen.«

»Was ist mit seinem Beruf?«, fragte Fisk. »Parnassus?«

»Dazu kommen wir noch. Eins nach dem anderen«, erwiderte Glitsky ausweichend. Schließlich handelte es sich hauptsächlich um eine Beschäftigungsmaßnahme für seine neuen Mitarbeiter. Er musste verhindern, dass die beiden Anfänger bei der eigentlichen Arbeit störten oder Verwirrung stifteten. Denn es war durchaus möglich, dass Jackman beschloss, die Grand Jury einzuberufen, um die geschäftlichen Unregelmäßigkeiten bei Parnassus – mit oder ohne Markhams Beteiligung – untersuchen zu lassen. »Mal sehen, was dabei rauskommt«, sagte er. Dann aber fiel ihm noch etwas ein. »Am besten schauen Sie sich auch den Autopsiebericht an.«

Die beiden wechselten Blicke. Bracco räusperte sich. »Er ist im Krankenhaus gestorben, Sir«, erwiderte er. »Wir kennen die Todesursache.«

»Wirklich?«, sagte Glitsky. »Woran ist er denn gestorben?«

»Er wurde überfahren. Etwa dreißig Meter durch die Luft geschleudert. Gegen eine Mülltonne geworfen.«

»Und worauf wollen Sie hinaus? Lassen Sie uns einmal annehmen, dass jemand Mr. Markham absichtlich überfahren wollte und das auch ziemlich gut hingekriegt hat. Also verhaften wir einen Verdächtigen, ohne jemals einen Blick in den Autopsiebericht getan zu haben. Wissen Sie, was dann passiert? Es stellt sich raus, dass der Mann an einem Herzinfarkt gestorben ist, der mit den durch den Unfall verursachten Verletzungen in keinem Zusammenhang steht. Vielleicht hat ihm auch ein völlig anderer als unser Verdächtiger einen Eispickel ins Ohr gebohrt oder sein Trinkwasser vergiftet. Womöglich war er gar ein russischer Spion und ist von der CIA kaltgemacht worden. Deshalb kommen wir nicht darum herum, uns zuerst mit dem Autopsiebericht zu befassen, wenn wir es mit einem Toten zu tun haben. Und zwar jedes Mal. Kapiert?«

Er blickte auf und bedachte die beiden jungen Männer mit einem diabolischen Lächeln. »Willkommen beim Morddezernat, Jungs. Bei uns ist immer was geboten.«

6

Noch im blutbespritzten grünen OP-Anzug, saß Eric Kensing zusammengesackt in einem Sessel im Aufenthaltsraum der Ärzte im Erdgeschoss. Die langen Beine hatte er ausgestreckt und an den Knöcheln übereinander geschlagen. Er war allein im Zimmer. Eine Locke seines schwarzen, mit Grau durchzogenen Haars hing ihm in die Stirn, die er auf den Handballen stützte.

Er hörte, wie sich die Tür öffnete. Jemand schaltete die Deckenbeleuchtung ein. Als er die Augen aufschlug, stand seine Frau Ann vor ihm, mit der er in Scheidung lebte. »Man hat mir gesagt, dass ich dich hier finden würde«, flüsterte sie bemüht beherrscht.

»Offenbar hatte man Recht.«

Sie kam sofort auf den Punkt. »Du hättest mich wenigstens anrufen können, Eric. Das begreife ich einfach nicht. Stattdessen habe ich es aus dem verdammten Radio erfahren müssen. Und noch dazu in Gegenwart der Kinder«, fügte sie hinzu. »Vielen Dank auch.«

Rasch stand er auf. Er hatte nicht vor, ihr die bessere Position zu überlassen. »Wo sind sie jetzt? Geht es ihnen gut?«

»Natürlich geht es ihnen gut. Ich habe sie zu Janey gebracht. Alles ist in Ordnung.«

»Ausgezeichnet.« Er wartete ab, bis sie weitersprach.

»Und warum hast du mich nicht angerufen?«

Er trat einen Schritt zurück und verschränkte die Arme. Trotz der Sorgenfalten, der Tränensäcke und dem erst kürzlich entstandenen leichten Doppelkinn wirkte sein Gesicht jungenhaft. Doch er hatte in den letzten beiden Jahren gelernt, in Gegenwart seiner Frau seine Miene zu beherrschen. Auch wenn er jetzt keinen Grund dazu sah, wollte er Ann keine Angriffsfläche bieten. Also stand er da wie eine Wachsfigur. Man hätte ihn leicht für Anfang Fünfzig halten können, obwohl er fünfzehn Jahre jünger war. »Warum hätte ich dich anrufen sollen? Seine Frau war hier, seine Familie. Außerdem lautete die letzte Meldung, ihr hättet euch wieder getrennt. Diesmal endgültig.«

Sie kniff die Lippen zusammen und holte entschlossen Luft. »Ich will ihn sehen«, sagte sie.

»Tu dir keinen Zwang an. Falls Carla und seine Kinder schon weg sind. Wenn nicht, bitte ich dich, dich diskret zu verhalten.«

»Ach ja, der große Diplomat. In dieser Rolle fühlst du dich offenbar am wohlsten. Der Familienarzt, der den trauernden Angehörigen das Händchen hält.«

»Hin und wieder.« Er zuckte die Achseln. »Mir ist es egal. Tu, was du nicht lassen kannst. Aber das machst du ja sowieso.«

»Genau. Da hast du ganz Recht.« Sie blähte die Nüstern. »Wie konnte er hier sterben? Wie ist so etwas möglich?«

»Er wurde überfahren, Ann. Er war schwer verletzt.«

»Es passiert häufiger, dass jemand verletzt wird. Doch nicht jeder stirbt daran.«

»Tja, bei Tim war es aber so.«

»Und dir ist das wohl gleichgültig, oder?«

»Was soll denn das schon wieder heißen? Ich verliere nur ungern einen Patienten, aber er war nicht ...«

Ihre Stimme wurde schrill. »Er war kein gewöhnlicher Patient, Eric.« Zornig funkelte sie ihn an. »Erspare mir dein Medizinergequatsche. Ich weiß, was wirklich in dir vorgeht.«

»Ach, tust du das? Und was denke ich deiner Ansicht nach?«

»Du bist froh über seinen Tod, richtig? Du hast ihm schon lange den Tod gewünscht.«

Kensing fehlten die Worte. Nach einer Weile schüttelte er entnervt und schicksalsergeben den Kopf. »Tja, es war nett, mit dir zu plaudern. Wenn du mich jetzt bitte entschuldigen würdest ...« Er schickte sich an, den Raum zu verlassen.

Aber sie trat ihm in den Weg. »Wo willst du hin?«

»Zurück an die Arbeit. Ich habe dir nichts mehr zu sagen. Du bist hier, um Tim zu sehen? Da du offenbar keine Schwierigkeiten hattest, mich zu finden, wirst du sicher nicht lange suchen müssen. Und jetzt geh mir bitte aus dem Weg. Ich habe zu tun.«

Doch sie rührte sich nicht von der Stelle. »Ach, ja, der viel beschäftigte Arzt.« Dann versuchte sie es mit einer anderen Strategie. »Es heißt, du wärst auf der Etage gewesen.«

»Welcher Etage?«

»Du weißt, welche ich meine.«

Er wich einen Schritt zurück. »Wovon redest du?«

»Als er starb.«

Er versuchte, ihrem Gesicht etwas zu entnehmen, aber ihre Miene war wie versteinert. »Richtig«, erwiderte er zögernd. »Warum?«

Er hatte jahrelange Erfahrung damit, wie sie sich verhielt, wenn ihre Gefühle die Oberhand gewannen. In solchen Situationen war sie zu erstaunlichen Gedankensprüngen fähig. Nun erkannte er einen vertrauten Ausdruck in ihren Augen, eine Art wildes Funkeln, das ihn zutiefst beunruhigte. »Ich sollte mit jemandem darüber sprechen«, sagte sie. »Ich habe nämlich so eine Vermutung, was da oben wirklich passiert ist.«

»Wovon redest du?«

»Das kannst du dir doch wohl denken, Eric. Nur ich allein weiß, wozu du in Wahrheit fähig bist. Wie grausam du sein kannst. Was für ein Mensch du wirklich bist.«

»Bitte, Ann, fang nicht wieder damit an.«

»Und ob ich anfangen werde. Du hast ihn doch umgebracht, oder?«

Obwohl Kensing mit diesem Vorwurf gerechnet hatte, versetzte er ihn so in Wut, dass er nicht mehr besonnen reagieren konnte. Mühsam beherrscht blickte er sich in alle Richtungen um und vergewisserte sich, dass niemand in Hörweite war. Dann beugte er sich vor, näherte sein Gesicht dem ihren und verzog den Mund zu einem brutalen Lächeln. »Aber natürlich«, erwiderte so kalt, wie es ihm möglich war. »Sobald niemand hingeschaut hat, habe ich ihm die Infusion mit Scheiße vollgepumpt.«

Sie wich zurück und erstarrte.

Nun hatte er sie so weit. Ihre entsetzte Miene war eine solche Augenweide, dass er sich einen weiteren Hieb nicht verkneifen konnte. »Ich bringe hier ständig Leute um. Das gehört zu den geheimen Vorzügen meines Jobs.«

Einen langen Augenblick starrte sie ihn erschrocken an. Doch er hatte ihr so einen Schock versetzt, dass sie aus ihrer hysterischen Stimmung gerissen wurde. Ihre Schultern lockerten sich, und sie holte ein paarmal tief Luft. »Findest du das witzig?«, fragte sie. »Hältst du es für richtig, über solche Dinge Scherze zu machen?«

»Glaubst du, ich scherze? War deine Frage etwa scherzhaft gemeint?« Dann aber dachte er, dass er weit genug gegangen war. »Also bitte, Ann. Ob ich ihn umgebracht habe? Herr im Himmel.«

»Du warst hier, und du hast ihn gehasst.«

»Na und? Offenbar hast du mich vorhin nicht richtig verstanden. Er wurde von einem Auto überfahren.«

»Und hier eingeliefert.«

»Es handelt sich hier zufällig um die nächste Notaufnahme, Ann. Ich hab das nicht arrangiert.«

»Du hättest ihn einem Kollegen übergeben müssen.«

»Und warum? Um keine Gelegenheit zu haben, ihn zu ermorden? Anscheinend kapierst du es immer noch nicht. Was wäre, wenn ich ihn hätte umbringen wollen? Das wäre doch auch eine Möglichkeit.« Er starrte sie an, eine fremde Frau, mit der er zwölf Jahre zusammengelebt und die ihm drei Kinder geboren hatte. Kurz spielte er mit dem Gedanken, sie weiter zu provozieren.

Allerdings wurde das Spiel allmählich langweilig. Schließlich schüttelte sie den Kopf. »Du hast ihn nicht getötet«, sagte sie. »Dazu hast du nicht den Mumm.«

»Das behauptest du. Aber ganz gleich, ob ich es war oder nicht, er ist tot, richtig? Und das geht der kleinen Annie wohl furchtbar nahe.«

Er hatte wieder einen wunden Punkt getroffen. Sie schob den Kiefer vor und packte ihn plötzlich am Ärmel seines OP-Anzugs. »Du Schwein. Was soll ich jetzt tun, Eric? Verrat es mir. Was soll ich jetzt tun?«

»Tu, was du willst, Ann. Es ist mir egal. Er wäre sowieso nicht zurückgekommen.« Und dann noch eine letzte Breitseite: »Sag jetzt nicht, du hättest keinen Ersatzfreund.«

In blinder Wut stürzte sie sich auf ihn und bearbeitete ihn mit den Fäusten. »Du Dreckskerl.« Sie schlug weiter nach ihm und stammelte Beschimpfungen, bis es ihm gelang, sie an den Handgelenken zu packen und sie festzuhalten.

»Autsch. Lass mich los! Du tust mir weh.«

»Sehr gut.«

»Lass mich los, verdammt!«

»Wage es nicht noch mal, mich zu schlagen! Hast du mich verstanden?« Er hielt sie noch einen Moment fest und drückte so kräftig wie möglich zu. Sie wehrte sich weiter und stieß wegen der körperlichen Anstrengung leise tierähnliche Schreie aus, während sie versuchte, sich loszureißen, und sich hin und her warf. Aber er ließ nicht locker. Schließlich zog er sie an sich und sah ihr in die Augen. Aber sie war noch nicht bereit aufzugeben, noch nicht. Er umklammerte sie mit eisernem Griff, bis er spürte, dass sie erschlaffte. »*Hast du mich verstanden,* verdammt noch mal?«, flüsterte er.

»Ja. Lass mich los.«

Er trat zurück, stieß sie weg und gab sie frei. »Ich gehe jetzt«, sagte er. »Aus dem Weg.«

Sie rieb sich die Arme und streckte sie ihm entgegen. »Schau, was du gemacht hast«, sagte sie. »Du hast mir weh getan.«

»Du wirst es überleben«, erwiderte er.

Wieder stellte sie sich ihm in den Weg, als wolle sie ihn zu einer zweiten Runde herausfordern.

Aber Kränkungen und Wut hatten ihn erschöpft, und er hatte nicht mehr die Kraft, sich weiter mit ihr herumzuschlagen. »Warum fährst du nicht nach Hause, Ann? Zu den Kindern? Du hast hier nichts verloren.«

Sie starrte ihn trotzig an. »Ich muss *ihn* sehen. Wo ist er jetzt?«

Er wusste genau, was sie meinte. Sie wollte zu Markhams Leiche. *Zum Teufel damit,* dachte er. »Im Augenblick kann ich nur Vermutungen anstellen«, sagte er. »Irgendwo auf dem Weg zur Hölle.«

Mit diesen Worten drängte er sich an ihr vorbei und verließ den Raum.

Die Little League stellte Hardys Zeitplanung auf den Kopf. Da Vincent montags und mittwochs Training hatte und Hardy als Trainer fungierte, mussten er und Frannie ihren heiligen gemeinsamen Ausgehabend während der Saison auf den Dienstag verlegen. Als Hardy heute, kurz vor sieben Uhr abends, die Tür des Little Shamrock öffnete, wo sie sich verabredet hatten, war sie noch nicht da.

Nur ihr Bruder, Moses McGuire, stand hinter dem Tresen und plauderte mit einem jungen, in schwarzes Leder gehüllten Pärchen. Da McGuire gerade seine aufgekratzte Phase hatte, übertönte seine Stimme sogar Sting in der Musikbox, der auch nicht gerade flüsterte.

Hardy zog sich einen Barhocker ans Fenster und setzte sich halb seitlich hin, sodass er die Zypressen betrachten konnte, die sich am Rand des Golden Gate Parks auf der anderen Straßenseite in der steifen Brise bogen. Moses warf ihm einen Blick zu und fing an, ein Guinness zu zapfen – in neun von zehn Fällen Hardys übliches Getränk. Es würde ein paar Minuten dauern, bis sich der Schaum im Bier senkte, was hieß, dass Moses bis dahin weiterreden konnte. Warum auch eine gute Geschichte unterbrechen?

Und die ging folgendermaßen weiter: » ... also hat der Typ schon seit neun Monaten Bauchschmerzen. Erst nehmen sie ihm den Blinddarm raus – Fehlanzeige. Dann die Gallenblase – hoppla, wieder ein Irrtum. Nichts nützt. Sie können einfach nichts finden, schicken ihn nach Hause und sagen ihm, dass es wahrscheinlich am Stress liegt. Wirklich, das ist kein Witz. Also lässt er sich akupunktieren, geht zum Chiropraktiker, nimmt Kräutermedizin, geht zum Masseur. Aber umsonst. Und währenddessen« – bei diesen Worten drehte McGuire sich zu Hardy um und deutete auf das fast fertig gezapfte Bier – »und währenddessen versucht der Typ, ganz normal weiterzuleben; in ein paar Monaten will er heiraten.«

»Und was passiert dann?«, fragte das Pärchen fast im Chor.

»Zwei Wochen später wacht er auf und krümmt sich vor Schmerzen. Er kommt nicht mehr aus dem Bett. Also wird er wieder operiert. Sie schneiden ihn auf, aber diesmal machen sie ihn gleich wieder zu und sagen, es täte ihnen Leid. Er hätte noch einen Monat. Offenbar hätten sie was übersehen.«

»Noch einen Monat zu leben?«, fragte die junge Frau. »Haben sie das gemeint?«

»Ja, aber es war kein Monat mehr«, beendete Moses seinen Bericht. »Wie sich herausstellte, waren es nur noch fünf Tage.«

Der Junge starrte in sein Glas und schüttelte den Kopf. »Fünf Tage?«

McGuire nickte ärgerlich. »Vor drei Wochen habe ich ihm noch was zu trinken serviert, und am Montag war ich auf seiner Beerdigung.« Er nahm Hardys Bierglas und brachte es zum anderen Ende des Tresens.

Hardy trank einen Schluck. »Das war aber eine lustige Geschichte. Von wem hast du geredet?«

»Shane Mackey. Wusstest du das nicht?«

Hardy kannte Mackey, der ein paar Jahre in der Softballmannschaft des Little Shamrock gespielt hatte, aus seiner Zeit als Barkeeper. Er konnte nicht viel älter als vierzig gewesen sein. Hardy erinnerte sich, dass er ihm und seiner Verlobten bei der Silvesterparty vor ein paar Monaten einen Drink ausgegeben hatte. Langsam stellte er sein Glas auf den Tresen und ließ es kreisen. »War das eine wahre Geschichte?«

»Wenigstens die spannenden Stellen. Nächsten Monat sollte die Hochzeit sein. Susan und ich hatten schon Geschirr für die beiden gekauft.«

7

Um 21 Uhr 30 saß Malachi Ross in seinem Eames-Ledersessel in seinem Büro. Auf dem Glastisch vor ihm wurde eine Tasse Kaffee kalt. Ihm gegenüber, in seinem Rollstuhl und einen gelben Notizblock auf dem Schoß, saß Jeff Elliot. Seinen Kassettenrecorder hatte er neben Ross' Kaffeetasse gestellt. Durch die Lamellen der Jalousie konnte Ross über die Schulter des Reporters hinweg aus dem sechzehnten Stock der Pyramide auf die Innenstadt hinunter blicken. Allerdings nahm er weder die Lichter von North Beach wahr, die unter ihm funkelten, noch die Sterne, die über ihm im vom Wind klar gefegten Himmel standen. Obwohl er seit dem Frühstück nichts mehr gegessen hatte, spürte er keinen Hunger.

Sie unterhielten sich nun schon fast seit einer halben Stunde. Ross hatte das Gespräch auf sich und seine Vergangenheit gelenkt und berichtete, wie er als Arzt in den Vorstand von Parnassus berufen worden war. Seine ursprüngliche Aufgabe hatte darin bestanden, die profitorientierten Geschäftsentscheidungen des Unternehmens medizinisch zu begründen. Das war damals, in den Anfangstagen der organisatorischen Straffung im Gesundheitswesen gewesen, und nun erklärte Ross Elliot, er habe als Erster das Konzept entwickelt, jedem Patienten einen Vertrauensarzt zuzuordnen, der die Tore der medizinischen Festung bewachte. Inzwischen sei dieses Modell von nahezu jeder Krankenversicherung im Land übernommen worden.

»Sehr populär ist es aber nicht«, stellte Elliot fest.

Ross beugte sich vor und blickte den Reporter an. »Machen Sie mir einen besseren Vorschlag, und ich nehme die Sache noch morgen in Angriff«, sagte er. »Aber im Großen und Ganzen funktioniert es.«

»Auch wenn es den Patienten nicht gefällt?«

Ein resigniertes Achselzucken. »Sehen wir den Tatsachen ins Auge, Mr. Elliot: Es ist nicht leicht, es den Leuten recht zu machen. Meiner Ansicht nach wissen es die meisten Patienten zu schätzen, dass das System reibungslos funktioniert, und das wiederum führt zu größerer Zufriedenheit.« Am liebsten hätte er hinzugefügt, dass die meisten Menschen, wie er fand, zu sehr zu Sentimentalitäten neigten. Schließlich war der Körper nichts weiter als eine Maschine, und es war die Aufgabe von Mechanikern, diese im Schadensfall zu reparieren. Der so genannte zwischenmenschliche Aspekt wurde bei weitem überbewertet. Doch das konnte er Elliot schlecht sagen. »Für die überwiegende Mehrheit der Patienten ist es das Beste.«

»Und warum?«, erkundigte sich der Reporter. »Werden die Betroffenen so nicht von allen Entscheidungen ausgeschlossen?«

»Zugegeben, diese Frage ist vermutlich berechtigt. Aber ich habe eine Gegenfrage, die Ihnen wahrscheinlich nicht gefallen wird: Warum sollte man sie an den Entscheidungen beteiligen?« Als Elliot etwas erwidern wollte, unterbrach Ross ihn mit einer Handbewegung. »Es ist schwierig genug, mithilfe von gut ausgebildeten Fachleuten den Laden am Laufen zu halten. Wenn die Patienten etwas mitzureden hätten, wären wir bald pleite. Das soll natürlich nicht heißen, dass wir auf gut informierte Patienten keinen Wert legen würden, aber –«

»Aber die Leute würden alle möglichen teuren Untersuchungen fordern, die eigentlich überflüssig sind.«

Ross lächelte scheinbar aufrichtig. »Ganz richtig. Die Genesung braucht eben ihre Zeit, Mr. Elliot; Sie wären überrascht, wie viele Beschwerden sich von selbst wieder legen.«

Er stand auf und holte zwei Mineralwasserfläschchen aus dem kleinen Kühlschrank in der Ecke des Raums. Nachdem er eines dem Reporter gegeben hatte, nahm er wieder Platz.

»Sehen Sie«, sagte er und beugte sich vor, als kämen seine

Worte aus tiefsten Herzen. »Ich weiß, dass das ziemlich gefühllos klingt, doch niemand hat etwas dagegen, Geld für Untersuchungen auszugeben, wenn sie nötig sind. Verdammt, dazu ist eine Versicherung schließlich da. Aber wenn jeden Monat fünfzig Leute auf der Matte stehen und jeder sich untersuchen lässt, obwohl es nur bei fünf von ihnen sein muss, verliert Parnassus eine Viertelmillion Dollar anstelle der fünfundzwanzigtausend, die durch die Versicherungsbeiträge abgedeckt sind. Um diese Kosten gegenzufinanzieren, müssten wir die Beiträge und Zuzahlungen verzehnfachen, und das könnte sich niemand leisten. Dann würde das ganze System kollabieren, und niemand wäre mehr krankenversichert.«

Elliot trank einen Schluck Wasser. »Nehmen wir doch mal an, dass zehn der fünfundvierzig Leute, die keine Untersuchung bewilligt kriegen, eigentlich eine gebraucht hätten. Was passiert mit denen?«

»Wir finden sie, Jeff. Vielleicht ein bisschen zu spät, was ein Jammer ist. Das streitet niemand ab. Ich gebe zu, dass es eine schwere Entscheidung ist. Mir persönlich wäre es lieber, wenn kein Mensch Schmerzen leiden müsste. Ich schwöre bei Gott. Deshalb bin ich schließlich Arzt geworden. Aber inzwischen ist es meine Aufgabe, diesen Laden am Laufen zu halten. Und wenn wir bei jedem Patienten alle Untersuchungen durchführen lassen würden, die er verlangt, anstelle von denen, die er wirklich braucht, würden wir mit fliegenden Fahnen untergehen. Das ist die kalte, nackte Wahrheit. Dann könnte sich niemand mehr untersuchen lassen, weil ihm das Geld fehlt. Halten Sie das für besser?«

»Noch eine Frage«, sagte Elliot. »Gerüchten zufolge sind Sie einigen Ihrer Ärzte noch das Gehalt schuldig. Möchten Sie dazu etwas sagen?«

Obwohl Ross keine Miene verzog, erschreckte und beunruhigte es ihn, dass Elliot davon wusste. Außerdem glaubte er, die Informationsquelle des Reporters zu kennen – den Querulanten Eric Kensing. Schließlich hatte er Baby Emily aufgenommen und anschließend – wie Ross vermutete – alles brühwarm Elliot berichtet. Doch er erwiderte nur: »Ich weiß nicht, wo Sie das gehört haben wollen. Das ist unpräzise.«

Offenbar fand der Reporter diese Antwort amüsant. »Ist das dasselbe wie unwahr?«

Ross lehnte sich zurück und gab sich bemüht lässig. »Wir haben unsere Vertragsärzte lediglich gebeten, dem Unternehmen eine bestimmte Summe, natürlich verzinst, leihweise zur Verfügung zu stellen. Dieser Betrag wurde den Gehaltsreserven entnommen. Die Teilnahme war absolut freiwillig, und wir haben jedem auf Antrag das Geld zurückerstattet.«

Nun saß Jeff Elliot schon seit mehr als einer Stunde da und lauschte Malachi Ross' Ausflüchten und Erklärungen. Inzwischen hielt ihm der medizinische Direktor einen Vortrag über die Vorzüge der Medikamenten-Positivliste bei Parnassus, vielleicht in der Hoffnung, dass Jeff diese Rechtfertigungen in seiner nächsten Kolumne zu Gold spinnen würde; denn Ross hatte in seinem bevorstehenden Krieg mit der Stadt eine gute Presse bitter nötig.

»Sehen Sie«, sagte Ross. »Nehmen wir an, die Firma Genesis habe ein neues Krebsmedikament namens Nokance auf den Markt gebracht. Das Budget für Forschung und Entwicklung, einschließlich der Kosten für die unzähligen klinischen Tests, bis zur Genehmigung durch die Arzneimittelbehörde, beläuft sich auf eine Milliarde Dollar. Doch plötzlich gibt es eine Heilungschance für Krebs, und die Nachfrage ist dementsprechend hoch. Die Kranken sind bereit, jeden Preis zu bezahlen, und Genesis muss seine Investitionen wieder hereinholen, wenn das Unternehmen weiter im Geschäft bleiben und eine neue Wunderdroge entwickeln will. Also verlangt Genesis pro Packung hundert Dollar. Und in den ersten Jahren, solange es noch keine Alternative gibt, geht Nokance weg wie geschnittenes Brot.

Doch irgendwann bringen andere Pharmaunternehmen ihre eigene Version von Nokance heraus, vielleicht mit winzigen Änderungen, um patentrechtliche Auseinandersetzungen zu vermeiden –«

»Von denen aber einige möglicherweise Nebenwirkungen haben?«

Ross verzog gequält das Gesicht, und seine Augenlider senkten sich auf Halbmast. »Nur sehr selten, Mr. Elliot. Wirklich nur sehr selten. Diese Medikamente wirken ebenfalls gegen Krebs, doch um Marktanteile zu erobern, kosten sie nur zehn Dollar. Als Reaktion darauf wird der Preis für Nokance auf, sagen wir mal, fünfzig Dollar gesenkt.«

»Das ist immer noch viel teurer als zehn.«

»Ja, genau. Und deshalb möchte man doch meinen, dass die Menschen, nachdem wir sie eingehend informiert und über die Fakten aufgeklärt haben, lieber das billigere Medikament kaufen und auf Nokance verzichten.«

»Und das tun sie nicht?«

»Nie. Wenigstens statistisch betrachtet. Wenn man den Patienten die Wahl lässt, entscheiden sie sich fast immer für Nokance. Sie kennen den Markennamen und vertrauen deshalb dem Produkt.«

»Wie bei Aspirin von Bayer.«

»Richtig!« Ross schlug lautlos die Handflächen aneinander, als wolle er applaudieren. »Also – und genau darauf will ich hinaus – kostet uns Nokance vierzig Dollar mehr pro Rezept, wenn wir es genehmigen und auf der Positivliste belassen. Dagegen zahlt der Patient in jedem Fall dasselbe, also zehn Dollar. Und aus diesem Grund streichen wir es.«

»Nokance?«

»Richtig.«

»Aber – das ist noch immer rein hypothetisch – Sie haben doch gerade gesagt, dass das Zeug wirkt. Und trotzdem enthalten Sie es Ihren Patienten vor.«

»Sie können es gerne haben, aber wir bezahlen es nicht. Ansonsten würden wir bankrott gehen. Das müssen Sie verstehen. Tatsache ist, dass Nokance nicht das einzige wirksame Medikament ist. Genau das versuche ich Ihnen ja begreiflich zu machen. Mit Generika funktioniert es genauso gut.«

Elliot hatte seine eigene, sehr klare Meinung zu Medikamentenlisten. Seit mehr als zwanzig Jahren litt er an Multipler Sklerose und hatte auf den Rat seiner Ärzte vermutlich sämtliche Generika der Welt ausprobiert, um seine verschiedenen und ständig wechselnden Symptome zu bekämpfen. Nicht immer, aber einige Male – zumindest häufig genug, um in ihm gesunde Zweifel zu wecken – hatten diese Generika bei ihm

Nebenwirkungen und Beschwerden ausgelöst, die sich nach der Einnahme des Markenpräparats wieder gelegt hatten. Deshalb würde es Ross nie gelingen, ihn von den durchschlagenden Vorteilen von Generika zu überzeugen.

»Nur um Ihren Standpunkt noch einmal zusammenzufassen«, sagte Elliot. »Ihrer Ansicht nach stehen Abschaffung der freien Arztwahl, Kostensenkungen, profitorientierte Behandlung des Patienten und Verordnung von Generika im Einklang mit dem hippokratischen Eid, der besagt, dass ein Arzt niemandem schaden darf und heilen muss.«

»Im Grunde ja.« Anscheinend gefiel Ross die Wendung, die dieses Gespräch genommen hatte, aber Elliot wusste, dass diese Freude nicht von Dauer sein würde. »Wir im Gesundheitswesen, Mr. Elliot«, fuhr Ross fort, »verfolgen das Ziel, für die Mehrheit der Menschen ein Maximum an Wohlbefinden zu erreichen.«

»Und es besteht kein Konflikt zwischen Ihren Geschäftsinteressen und den Bedürfnissen Ihrer Patienten?«

»Natürlich gibt es den.« Ross lehnte sich bequem zurück und schlug die Beine übereinander. »Aber wir versuchen, ihn so klein wie möglich zu halten. Es ist alles eine Frage der Verhältnismäßigkeit. Das Unternehmen muss am Leben bleiben, damit es seinen Aufgaben weiter nachkommen kann.«

»Und außerdem Profit abwirft, vergessen Sie das nicht. Sie müssen Gewinne vorzeigen können, um Ihre Investoren zufrieden zu stellen, richtig?«

Ross lächelte und breitete schicksalsergeben die Hände aus. »Tja, in letzter Zeit geht es uns in dieser Hinsicht nicht so gut.«

»Das habe ich auch gehört.« Elliot beugte sich in seinem Rollstuhl vor. »Haben Ihre Investoren je Missfallen an den Bezügen Ihrer leitenden Angestellten und Direktoren geäußert?«, fragte er freundlich.

Ross blinzelte ein paar Mal, doch falls die Frage ihn aus dem Konzept gebracht hatte, ließ er sich das nicht anmerken. »Nur selten. Die Mitglieder unseres Vorstands sind erfahrene Manager. Wenn wir sie nicht adäquat bezahlen, wechseln sie das Unternehmen. Gute Mitarbeiter sind dünn gesät, und wenn man welche findet, muss man sich das eben etwas kosten lassen.«

»Und was genau machen diese fähigen Mitarbeiter? Leiten sie das Unternehmen?«

»Richtig.«

»Und dennoch stehen Sie kurz vor dem Bankrott.« Das war keine Frage, und Elliot ließ die Bemerkung eine Weile im Raum schweben. »Das könnte doch zu der Vermutung führen, dass weniger gut bezahlte Mitarbeiter ihre Sache auch nicht schlechter machen würden.«

Auch wenn Fisk und Bracco als Doppelpack beim Morddezernat angetreten waren, hätten sie, menschlich betrachtet, kaum verschiedener sein können. Und das bedeutete, dass sie auch als Cops verschieden waren.

Um kurz vor fünf bat Harlan Fisk seinen Partner, ihn am Tadich's, dem ältesten Restaurant der Stadt, abzusetzen. Obwohl zu Hause seine schwangere Frau und sein kleiner Sohn auf ihn warteten, war er mit seiner Tante Kathy und einigen ihrer Anhänger zum Abendessen verabredet, um bis spät in die Nacht zu plaudern. Er lud Bracco nicht ein, ihn zu begleiten, doch der nahm ihm das nicht übel. Fisk war eben der geborene Politiker und hoffte, irgendwann in ferner Zukunft, den Posten des Polizeichefs zu bekleiden.

Bracco hingegen war der Sohn eines Polizisten. Dennoch hatte er vor seiner Beförderung ins Morddezernat nicht geahnt, wie sehr die Bekanntschaft seines Vaters mit dem Bürgermeister seiner Karriere auf die Sprünge geholfen hatte und wie sehr die Kollegen ihn deshalb ablehnten. Er hatte nie darum gebeten, bevorzugt behandelt zu werden, es war eben einfach passiert. Die Intriganten bei der Polizei glaubten, sich beim Bürgermeister einschmeicheln zu können, indem sie nett zum jungen Bracco waren, und damit lagen sie gar nicht so falsch.

Doch als Fisk ihm gesagt hatte, er spiele mit dem Gedanken, sich bei seiner Tante über die fortgesetzten Schikanen im Morddezernat zu beschweren, hatte Bracco seinem Partner dieses Vorhaben ausgeredet. Wenn er eins von seinem Vater gelernt hatte, dann dass Cops nicht jammerten. Niemals. Statt dessen hatte er vorgeschlagen, mit Glitsky zu sprechen, klare

Fragen zu stellen und sich mit der Antwort abzufinden. Und die hatte gelautet, dass es sich bei diesem Unfall mit Fahrerflucht wohl nicht um einen vorsätzlichen Mord handelte, weshalb es auch nichts zu ermitteln gab.

Bracco war überzeugt, dass das stimmte. Aber was sollte er sonst mit seiner Zeit anfangen?

Also verbrachte er, nachdem er Harlan in der Innenstadt abgesetzt hatte, einige Stunden damit, die Hinweise zu dem Auto zu überprüfen, auf die sie im Laufe des Tages gestoßen waren. Eigentlich rechnete er nicht mit Ergebnissen, aber man konnte ja nie wissen. Seine Erfahrung in der Abteilung Fahrerflucht hatte ihn gelehrt, dass die meisten Fahrer einfach abwarteten, bis sie glaubten, dass niemand mehr nach ihrem Wagen suchte. Sie parkten ihn an einem abgelegenen Ort oder schlossen das Garagentor ab. Nach einem Monat brachten sie das Fahrzeug dann in die Waschanlage oder in die Werkstatt. Und damit war die Sache für sie erledigt.

Doch vielleicht würde es diesmal – nicht sehr wahrscheinlich, aber durchaus möglich – anders sein. Während des Tages waren elf Funksprüche von Streifenwagen eingegangen. Die Beamten hatten Autos gemeldet, auf die die Beschreibung passte und die am Straßenrand oder in Auffahrten, überall in der Stadt verstreut, parkten. Während Fisk diese Art von Lauferei verabscheute, verbrachte Bracco einige Stunden damit, jedem dieser Hinweise nachzugehen. Der Aufprall, der Markham durch die Luft geschleudert hatte, hatte sicher selbst bei einem alten, soliden amerikanischen Straßenkreuzer Spuren hinterlassen. Eine kurze Stippvisite mit einer Taschenlampe würde ihm also sagen, ob er am nächsten Tag mit einem Durchsuchungsbefehl wieder kommen musste. Doch keiner der Wagen wies irgendwelche Schäden auf.

Bracco wusste nicht, warum er eine weitere halbe Stunde mit einem Spaziergang durch die Tiefgarage des Portola Hospital totschlug – keine Spur von einem grünen Auto. Er kam sich ziemlich dämlich vor, als er sich in seinen Wagen setzte und sich eine Liste als Gedächtnisstütze für den nächsten Tag machte: die Billig-Autovermietungen überprüfen, sich mit den Anrufen von Bürgern in der Abteilung Fahrerflucht befassen, die sich für die vom Stadtrat ausgesetzte Belohnung interessierten (zehntausend Dollar für Hinweise, die zur Ergreifung und Verurteilung des Täters führten).

Nachdem er sich in einem Imbiss in der 19th Street eine unverdauliche Pirogge genehmigt hatte, beschloss er, auf dem Heimweg noch in die Seacliff Avenue zu Markhams Haus zu fahren. Um bei der Familie anzufangen, wie Glitsky gesagt hatte, und die draußen geparkten Autos unter die Lupe zu nehmen. Schließlich, so hielt er sich spöttisch vor Augen, war er ja der »Verkehrspolizist«.

»Kann ich Ihnen helfen?«

Erschrocken richtete sich Bracco auf und leuchtete mit der Taschenlampe über die Motorhaube des weißen Toyota hinweg, den er gerade untersucht hatte. Es war der letzte der dreiundzwanzig Wagen, die in Markhams Straße standen. Im Lichtkegel sah er einen ziemlich hoch gewachsenen Mann, der schützend die Hand vor Augen hielt und in unfreundlichem Ton fortfuhr: »Was zum Teufel machen Sie da?«

Zu seinem Entsetzen bemerkte Bracco, dass der Mann mit der freien Hand in die Jackentasche griff. »Keine Bewegung! Polizei.« Etwas anderes fiel ihm nicht ein. Bracco wusste nicht, ob er zuerst seine Polizeimarke vorzeigen oder die Pistole aus dem Schulterhalfter ziehen sollte. Er entschied sich für Letzteres und zielte auf den Mann, während er ihn weiter mit der Taschenlampe anleuchtete. »Ich gehe jetzt ums Auto herum.« Sein Herz klopfte. »Keine Bewegung«, wiederholte er.

»Ich bewege mich ja nicht.«

»Okay, nehmen Sie jetzt ganz langsam die Hand aus der Tasche, damit ich sie sehen kann.«

»Das ist doch albern.« Aber der Mann gehorchte.

Bracco tastete ihm die Jacke ab, griff hinein, holte ein Mobiltelefon heraus und wich wieder einen Schritt zurück.

»Hören Sie, ich bin Arzt«, sagte der Mann. »Einer meiner Patienten, der hier gewohnt hat, ist heute gestorben. Ich mache meinen Beileidsbesuch, komme aus dem Haus und bemerkte bei meinem Auto jemanden mit einer Taschenlampe. Ich wollte gerade selbst die Polizei anrufen.«

Nach einer Weile gab Bracco dem Arzt das Telefon zurück und steckte die Pistole wieder an ihren Platz. Schon in der Krankenhausgarage hatte er sich wie ein Idiot gefühlt, doch jetzt wäre er am liebsten im Erdboden versunken, auch wenn er nicht vorhatte, sich das anmerken zu lassen. »Können Sie sich ausweisen?«

Kurz drehte sich der Mann zu dem Haus um und wandte sich dann wieder dem Inspector zu. »Ich verstehe nicht ...«, begann er. »Ich bin ...« Schließlich griff er seufzend nach seiner Brieftasche. »Ich heiße Dr. Eric Kensing«, sagte er. »Ich war heute der Dienst habende Arzt in der Intensivstation des Portola Hospital.«

»Wo Mr. Markham gestorben ist?«

»Richtig. Er war mein ... Chef, denke ich. Was will die Polizei denn hier?«

»Ich suche nach dem Tatfahrzeug«, erwiderte Bracco unwillkürlich und wahrheitsgemäß.

Kensing schnaubte verächtlich. »Könnte ich bitte meine Brieftasche zurückhaben?« Er steckte sie in die Gesäßtasche und fragte unvermittelt: »Soll das etwas heißen, Sie glauben, dass Tim von jemandem, der ihn kannte, absichtlich überfahren wurde? Und dann soll derjenige hergekommen sein, um die Familie zu besuchen?«

»Nein. Doch es wäre ziemlich nachlässig von uns, wenn wir uns nicht vergewissern würden.«

»Für mich klingt das ein bisschen weit hergeholt. Aber wenn es Sie glücklich macht ...« Er beendete den Satz nicht. »Sind wir jetzt fertig? Ich möchte gerne nach Hause. Ich habe ihn nicht überfahren. Oder sehen Sie an meinem Auto irgendwelche Spuren? Wollen Sie noch mal nachschauen, um sicherzugehen? Schließlich habe ich Sie bei der Arbeit gestört.«

Etwas am Ton des Mannes – eine Mischung aus Arroganz und Gereiztheit – störte Bracco. Er wusste, dass Menschen sehr verschieden auf Polizisten reagierten. Doch hin und wieder glaubte er, dass ihr Verhalten etwas über sie verriet – womöglich sogar Schuldbewusstsein. Als Kensing die Hand nach dem Türgriff ausstreckte, hatte Bracco plötzlich das unerklärliche Bedürfnis, ihn noch ein wenig aufzuhalten.

»Sie sagten, Mr. Markham sei Ihr Chef gewesen? Ich wusste gar nicht, dass er Arzt war.«

Kensing richtete sich wieder auf und stieß einen Seufzer aus. »Das war er auch nicht. Er leitete das Unternehmen, für das ich arbeite. Parnassus Health.«

»Also kannten Sie ihn gut.«

Eine Pause. »Eigentlich nicht.« Er blickte über Braccos Schulter. »Wenn wir jetzt fertig sind ...«

»Was ist im Haus los?«, fragte Bracco.

»Wie bitte? Gar nichts.«

»Weil Sie ständig zurückschauen.«

»Tue ich das?« Kensing zuckte die Achseln. »Das ist mir gar nicht aufgefallen. Wahrscheinlich mache ich mir Sorgen um die Familie. Es war eine schwere Tragödie. Alle sind sehr erschüttert.«

Bracco bemerkte, dass etwas in Kensings Stimme mitschwang, das durchaus Müdigkeit hätte sein können. Vielleicht war es auch etwas anderes. Wenn es ihm gelang, den richtigen Ton zu treffen, konnte er dieses Gespräch möglicherweise in ein Verhör verwandeln. »Ich dachte, Sie hätten gesagt, dass Sie ihn nicht gut kannten.«

»Stimmt.«

»Und dennoch machen Sie sich Sorgen um seine Familie?«

»Stört Sie etwas daran? Als ich das letzte Mal nachgesehen habe, war es noch nicht strafbar, sich um die Familie eines Unfallopfers zu kümmern.« Kensing strich sich mit der Hand über die Stirn und blickte rasch die Straße entlang. »Hören Sie, Inspector, wollen Sie auf etwas Bestimmtes hinaus? Stehe ich auf der Leitung?«

Bracco beantwortete das mit einer Gegenfrage. »Also empfanden Sie nichts für ihn?«

Der Arzt neigte den Kopf zur Seite. »Was meinen Sie damit? Als Chef?«

»Egal wie.«

Diesmal schwieg Dr. Kensing lange. »Wie heißen Sie, Officer? Sie haben sich nicht vorgestellt, und ich weiß immer gern, mit wem ich es zu tun habe.«

»Bracco. Inspector Darrel Bracco. Morddezernat.«

Bracco wusste, dass es ein Fehler gewesen war, sobald er die Worte ausgesprochen hatte. Denn als Kensing das hörte, zuckte er sichtlich zusammen. »Morddezernat?«

»Ja, Sir.«

»Und Sie untersuchen Tims Tod? Warum? Glaubt man etwa, dass er ermordet wurde?«

»Nicht notwendigerweise. Ein Unfall mit Fahrerflucht und Todesfolge ist immerhin ein Tötungsdelikt. Reine Routine.«

»Reine Routine? Die Überprüfung der Autos vor seinem Haus?«

»Richtig. Und Sie haben ihn gerade Tim genannt.«

»Hat das etwas zu bedeuten? Er hieß Tim.«

»Sie kannten ihn nicht gut, und dennoch benutzen Sie seinen Vornamen.«

Kensing schwieg und schüttelte den Kopf. Nach einer Weile seufzte er tief auf. »Hören Sie, Inspector, ich weiß nicht, was ich sagen soll. Der Mann ist heute auf meiner Station gestorben, während er unter meiner Obhut stand. Ich kannte ihn seit fünfzehn Jahren und bin gekommen, um seiner Frau und der Familie noch einmal mein Beileid auszusprechen. Es ist kurz vor zehn Uhr, ich bin seit sechs heute Morgen auf den Beinen, und mir fallen gleich die Augen zu. Mir ist nicht klar, was Sie daraus schließen, dass ich den Verstorbenen beim Vornamen nenne. Wenn es Ihnen nichts ausmacht, würde ich jetzt gerne gehen; ich habe morgen Frühschicht. Ich habe nichts dagegen, mich weiter mit Ihnen im Krankenhaus zu unterhalten, wenn Sie einen Termin vereinbaren.«

Bracco wurde klar, dass er es mit seinem Spontanverhör ein wenig zu weit getrieben hatte. Alles, was Kensing sagte, klang – wenn man seinen Tonfall außer Acht ließ – absolut logisch. Wahrscheinlich war es Unsinn, diesen offenbar harmlosen Arzt weiter zu behelligen, der ihm aus freien Stücken angeboten hatte, das Gespräch morgen fortzusetzen. Der Inspector wusste, dass er zu diensteifrig gewesen war.

»Sie haben Recht. Vielleicht melde ich mich in den nächsten Tagen bei Ihnen.«

»Einverstanden«, erwiderte Kensing. »Ich bleibe in der Stadt.«

Die beiden standen noch kurz nebeneinander auf der Straße. Dann wünschte Bracco dem Arzt eine gute Nacht und drehte sich zum Haus um. Glitsky hatte gesagt, man müsse bei der Familie anfangen. Möglicherweise würde er ja drinnen auf etwas stoßen und wertvolle Eindrücke sammeln können. Doch er war noch keine zwei Schritte gegangen, als er wieder Kensings Stimme hörte. »Sie wollen doch nicht etwa ins Haus?«

Bracco hielt inne und blickte sich um. »Ich habe daran gedacht.«

Dr. Kensing zögerte und schien zu überlegen, ob er etwas dazu sagen sollte. »Tja, tun Sie, was Sie nicht lassen können, Inspector. Aber ich finde, Sie sollten der Familie heute Abend ein wenig Ruhe gönnen und morgen wieder kommen. Alle haben einen schweren Tag hinter sich und sind völlig erledigt. Ich garantiere Ihnen, dass niemand von ihnen das Unfallauto gefahren hat. Ihre Fragen können doch sicher auch bis morgen warten.«

Auch Bracco hatte einen langen Tag hinter sich. Er warf noch einen Blick auf das erleuchtete Haus und hatte plötzlich den Verdacht, dass er es wegen seines Wunsches, Hinweise auf die Hintergründe von Tim Markhams Tod zu finden und Glitsky seine Fähigkeiten zu demonstrieren, ein wenig übertrieb. Er sah Gespenster, und beim Gespräch mit Kensing waren ihm einige Fehler unterlaufen.

Und fast wäre er wieder ins Fettnäpfchen getreten. Er hätte die Familie aufgesucht, ohne sich zuvor eine Strategie zurechtzulegen und ohne zu wissen, was er sie überhaupt fragen sollte. Es war besser, wenn er ihnen Zeit ließ, sich zu erholen und ein wenig über die Trauer hinwegzukommen. Morgen war auch noch ein Tag.

Bracco nickte. »Ein guter Vorschlag. Aber es könnte sein, dass ich mich noch mal an Sie wenden muss.«

»Ich freue mich schon darauf«, erwiderte Dr. Kensing und öffnete die Tür seines Wagens.

8

Seit zwanzig Jahren lebte Glitsky nun schon in der oberen Etage eines Zweifamilienhauses, und er war sicher, dass er, dank der Mietpreisbindung und des kürzlichen Preisanstiegs auf San Franciscos Immobilienmarkt, wohl bis zu seinem Lebensende dort wohnen bleiben würde. Selbst wenn der Besitzer das Haus verkaufte, konnte dessen Nachfolger ihn nicht zum Auszug zwingen. Außer, er hätte Eigenbedarf angemeldet, ein Vorgang, der für gewöhnlich eine Ewigkeit dauerte und ein Vermögen kostete. Hinzu kam, dass Glitskys Miete nur minimal erhöht werden durfte. Und da sogar luxussanierte Ein-Zimmer-Apartments inzwischen überall in der Stadt für eine halbe Million weggingen, wusste Glitsky, dass er sich nie ein Eigenheim würde leisten können. Zurzeit bezahlte er nur knapp tausend Dollar Monatsmiete für diese Wohnung, die in einer ruhigen Sackgasse lag, einer hübschen von Bäumen gesäumten Straße, nur einen Häuserblock nördlich der Lake Street. Sein Garten ging in einen Grünstreifen und einen Joggingpfad am Rand des Presidio über, sodass er oft von Vogelgezwitscher und nicht von heulenden Sirenen geweckt wurde. Häufig ließen sich sogar Hirsche und Waschbären blicken. Glitsky hatte also großes Glück gehabt, da machte er sich nichts vor.

Dennoch bedeutete das nicht, dass er in einem Palast residiert hätte. Das konnte man bei hundertzwanzig Quadratmetern Wohnfläche wirklich nicht behaupten, besonders wenn diese in drei Schlafzimmer, eine Küche und ein Wohnzimmer unterteilt war. Dennoch hatten er und Flo, als sie ihre drei Söhne hier großzogen, nie über Platzmangel geklagt, und das war auch jetzt noch kein Thema. In den vergangenen Jahren hatte eine Haushälterin namens Rita Schultz bei ihm und Orel gewohnt und hinter einem Wandschirm im Wohnzimmer geschlafen. Da Rita inzwischen ausgezogen war, wirkte der Raum nun riesig. Treyas sechzehnjährige Tochter Raney hatte den Raum am Flur hinter der Küche übernommen, der eine kurze Zeit als Fernsehzimmer gedient hatte. Sie hatten viel Platz.

Es war halb acht, und beide Kinder waren schon in die Schule gegangen. Glitsky und Treya tranken Tee und lasen die Zeitung, und zwar am Küchentisch, der nicht groß genug war, um die Seiten darauf auszubreiten. Deshalb machten sie sich einen Sport daraus, jedes Mal beim Umblättern die Zeitung des anderen abzudecken. Jetzt hatte Treya es schon zum vierten Mal getan und den langen Artikel über die Bedeutung der kürzlich entdeckten alten Kanäle auf dem Mars zugedeckt, den Glitsky gerade las. Glitsky stellte seine Tasse ab, riss die störende Seite seelenruhig in zwei Hälften, und ließ eine davon auf den Boden fallen.

»Du bist wirklich ein Spaßvogel«, sagte sie. »Ganz gleich, was die anderen sagen.«

»Gibt es wirklich Leute, die mich nicht für einen Spaßvogel halten?«

»Ein paar bestimmt.«

Glitsky schüttelte den Kopf. »Kaum zu glauben. Hardy hat letztes Jahr etwas ganz Ähnliches behauptet. Ob es eine Verschwörung ist?«

»Dann gehört er ganz sicher dazu.«

»Diz? Nein, er findet, dass ich ein sonniges Gemüt habe. Sonnig, fröhlich und vergnügt. *Moi.*« Er formte die Lippen zu einem Lächeln, das durch seine Narbe zu einer Fratze verzerrt wurde. »Aber wenn du wieder deine Zeitung über meinen Artikel legst, bevor ich ihn zu Ende gelesen habe, erwürge ich dich. Okay?«

»Wir brauchen einen größeren Tisch.«

Er hob den Blick wieder von der Zeitung und sah Treya an. »Ja, stimmt. Doch dazu bräuchten wir auch eine größere Küche, und wie sollen wir das anstellen?«

»Vielleicht könnten wir eine Wand rausschlagen ... nein, im Ernst. Und dann –« Das Läuten der Türglocke unterbrach sie mitten im Satz. Sie schaute auf die Uhr. »Wer könnte das sein?«

»Bestimmt hat eines der Kinder was vergessen.« Abe stand auf und ging zur Tür. »Nein«, sagte er. »Geschäftlich.« Als er die Tür öffnete, war vom Spaßvogel nicht mehr viel zu bemerken. »Guten Morgen, Darrel. Sie sind aber früh unterwegs. Wo ist Harlan?« Dann: »Woher wissen Sie eigentlich, wo ich wohne?«

Harlan Fisk habe es irgendwie rausgekriegt, erklärte Darrel – Politiker waren immer gut informiert –, und ihm das Haus gezeigt. Da Bracco auf der Fahrt in die Innenstadt sowieso bei Glitsky vorbei musste, hatte er beschlossen, ihn aufzusuchen, damit sie sich vielleicht einen Weg sparten.

Nun saßen sie zusammen im Auto. Der Lieutenant bemühte sich sichtlich um Geduld. »Also lassen Sie es mich rekapitulieren. Sie waren gestern Nacht bis kurz vor zehn vor Mr. Markhams Haus und fanden, es sei zu spät, um reinzugehen und Fragen zu stellen. Und warum hatten Sie das überhaupt vor? Fragen zu stellen, meine ich.«

»Sie haben doch gesagt, man müsste bei der Familie anfangen.«

»Stimmt.«

»Also wollte ich, wenn möglich, mit den Angehörigen reden. Aber es waren viele Besucher gekommen, um ihr Beileid auszusprechen, und mir wurde klar, dass die Familie gewiss einen langen Tag hinter sich hatte. Deshalb dachte ich, dass es besser wäre, den Leuten ein wenig Ruhe zu gönnen. Es konnte ja auch bis heute warten.«

»Und wann waren Sie wieder dort? Um halb sieben?«

»Eher kurz vor sieben. Ich hatte mir überlegt, dass die Kinder sicher zur Schule müssen, und ich wollte die Familie noch zu Hause antreffen. Außerdem haben sie bestimmt nicht sehr gut geschlafen.«

»Aber es hat niemand aufgemacht?«

Bracco warf Glitsky einen Seitenblick zu. »Nicht beim ersten Mal, als ich nur geklopft habe. Deshalb glaubte ich, dass sie noch schliefen. Also habe ich noch zwanzig Minuten gewartet, vier oder fünf Mal geklingelt, und dann habe ich weiter gewartet.« Er zögerte. »Als ich gestern abfuhr, waren sie da. Dr. Kensing war gerade aus dem Haus gekommen. Ich bin neunundneunzig Prozent sicher, dass sie dort geschlafen haben. Keine Ahnung, warum niemand an die Tür gekommen ist. Ich kann mir nicht vorstellen, dass ich sie nicht geweckt habe.«

Glitsky, der die Arme verschränkt hatte, nickte nur. Er vermutete nicht, dass in Tim Markhams Haus etwas nicht mit rechten Dingen zuging, denn ihm erschien es durchaus erklärlich, dass der gesamte Haushalt Braccos Klopfen und Läuten einfach verschlafen hatte. Er hatte viele Familien von Mordopfern erlebt, die körperlich und seelisch so ausgelaugt gewesen waren, dass sie mindestens die nächsten vierundzwanzig Stunden lang schliefen. Vielleicht hatten sie auch beschlossen, kurz vor Sonnenaufgang keinem Fremden die Tür zu öffnen.

Andererseits jedoch war Glitsky froh, dass sein Inspector so viel Eigeninitiative zeigte, auch wenn sich sein Verdacht als Irrtum entpuppen sollte. Bald würden sie klüger sein.

Es war wieder ein klarer, kühler Morgen. Sie parkten direkt vor der zweistöckigen Villa und gingen zur Vortreppe, einer gewaltigen gepflasterten Fläche, die breiter und tiefer war als Glitskys Wohnzimmer. Bracco klopfte und drückte dann auf den Klingelknopf. Ein dröhnendes Dreitonintervall erklang, das auch draußen vor der Tür gut zu hören war. »Ich kann mir nicht denken, dass sie davon nicht aufgewacht sind.«

Glitsky drückte noch einmal auf den Knopf. Dann warteten sie. Nach einem weiteren Versuch und eine Minute später wies Abe Darrel an, die Stellung zu halten, und ging rund ums Haus, um die Lage zu sondieren. Die Läden der vorderen Fenster waren geschlossen, doch durch die Garagenfenster erkannte er zwei Autos, die an ihrem Platz standen. Als er das Gartentor öffnete, fiel ihm zuerst die Stille auf, und er ging, nun ein wenig schneller, zum Fenster der Hintertür. Ein großer Hund lag, offenbar schlafend, am anderen Ende eines Geräteraums. Glitsky klopfte heftig ein paar Mal an die Tür. Doch der Hund rührte sich nicht.

Als er im Laufschritt zur Vorderseite des Hauses zurückkehrte, bemerkte er eine Frau, die neben Bracco auf der Vortreppe stand. Ein Blick auf die Uhr sagte ihm, dass es erst acht Uhr war. Er verlangsamte sein Tempo, trat auf die Treppe, zog seine Polizeimarke heraus und nannte seinen Namen. Die Frau hieß Anita Tong. Wie Glitsky vermutet hatte, war sie das Hausmädchen und gerade zur Arbeit gekommen.

»Haben Sie damit gerechnet, dass Mrs. Markham heute Morgen zu Hause ist?«

Ms. Tong nickte. »Mr. Markham ist erst gestern gestorben. Wo sollte sie hingehen?«

»Ich weiß nicht«, erwiderte Glitsky. »Deshalb frage ich Sie ja.«

Keine Antwort.

»Haben Sie einen Schlüssel? Dürfte ich den bitte mal sehen?«

Ängstlich nickte sie und biss sich auf die Unterlippe. Dann wühlte sie in ihrer Handtasche, zog einen Schlüsselbund heraus und ließ ihn dabei auf die Treppe fallen. »Entschuldigen Sie«, sagte sie und hob die Schlüssel auf. »Hier. Der da ist es.«

Glitsky wandte sich an den Inspector. »Darrel, Sie bleiben hier. Ms. Tong, Sie warten bei Inspector Bracco. Verstanden? Rühren Sie sich nicht von der Stelle.«

Glitsky öffnete die Tür und trat in eine große, runde, hell erleuchtete Vorhalle. Rechts von ihm lag ein geräumiges Zimmer. Er machte ein paar Schritte hinein und sah sich um. Alles schien in Ordnung zu sein. Auf der anderen Seite der Vorhalle befand sich ein konservativ eingerichtetes Esszimmer mit Tisch, Stühlen und Kronleuchter. Auch hier erschien ihm nichts verdächtig. Dasselbe galt für die Frühstücksecke dahinter.

Aber es herrschte Schweigen. Im ganzen Haus war es totenstill.

Durch das Esszimmer ging er in die Küche, und bemerkte schon auf der Schwelle eine Frau, die in seitlicher Haltung auf dem Boden lag. Neben ihrem Kopf erkannte er eine Pistole. Mit langen Schritten eilte Glitsky zu ihr, wobei er sich bemühte, nicht in die angetrocknete Blutpfütze zu treten, und kniete sich rasch neben sie. Sofort sah er die Stelle, wo das Blut ausgetreten war, ein Loch in der Kopfhaut, hinter dem rechten Ohr.

Obwohl kein Zweifel bestand, berührte er die kalte Haut an ihrem Hals. Dann zog er die Waffe und machte sich daran, das restliche Haus zu durchsuchen. Zwei Minuten später stand er am Wandtelefon oben im Elternschlafzimmer und tippte die Nummer ein, die er am besten kannte.

Die Spurensicherung war schon seit einer Stunde im Haus beschäftigt. Nun kam der leitende Sergeant, Jack Langtry, durch den Vorgarten auf Glitsky zu, der dort mit einigen Mitarbeitern der Gerichtsmedizin und ein paar Polizisten stand. Obwohl die Sonne inzwischen aufgegangen war, war es nicht viel wärmer geworden, weshalb alle die Hände in den Taschen hatten.

Langtry stammte aus Australien und war ein kräftiger, sportlicher Mann von Ende dreißig. Heute jedoch war sein Gesicht eingefallen und fleckig, und er schien beim Gehen zu schwanken wie ein Betrunkener. Glitsky entfernte sich von den bedrückt herumstehenden Kollegen und ging ihm entgegen.

Langtry seufzte tief auf und rieb sich die Schläfen. Dann stieß er den Fuß in den Rasen, hob den Kopf und blickte zum Horizont. »Wissen Sie, was mir an diesem Land am besten gefallen hat, als ich herkam? Jeder, der will, kann eine Waffe besitzen. Aber allmählich habe ich meine Zweifel. Waffen im Haus von trauernden Menschen ... Ich habe so was zu oft erlebt. Arme Teufel.«

Glitsky glaubte zu verstehen, was Langtry andeutete, doch jetzt war nicht der richtige Zeitpunkt zum Rätselraten. Er wollte genau wissen, wie die Spurensicherung die Lage einschätzte. »Was, denken Sie, ist da drinnen passiert, Jack?«

Langtry kratzte sich unter dem Hemdkragen und blickte erneut zum leuchtend blauen Himmel hinauf. Als er Glitsky ansah, war er wieder ganz Profi. »Die Waffe gehörte Markham. Wir haben die Zulassung in irgendeiner Schublade gefunden, wo er sie vermutlich aufbewahrt hat, und zwar in seinem Arbeitszimmer hinter der Küche. Sie lag genau neben ihrer Hand.«

»Gut. Also hatte sie seine Waffe in der Hand. Und was bedeutet das?«

»Für sich allein betrachtet, noch nicht viel. Möglicherweise kann das Labor uns mehr sagen.«

»Und was könnte das sein?«

»Dass es nicht so war, wie es den Anschein hat.«

»Soll das hier ein Quiz werden, Jack?«, erkundigte sich Glitsky nach einer kurzen Pause.

»Sie haben die Fragen gestellt, Abe. Möchten Sie hören, was ich denke? Meiner Ansicht nach ist die Sache klar. Sie hat alle erschossen und dann Selbstmord begangen.«

»Carla Markham?«

»War das ihr Name?«

»Ja. Hat sie die Kinder auch getötet?«

»Behaupten Sie jetzt bloß nicht, Sie hätten so was noch nie gesehen«, erwiderte Langtry ein wenig gereizt.

»Doch, Jack. Aber vielleicht nicht so wie jetzt.«

»Was soll das heißen?«

Allerdings musste Glitsky feststellen, dass er nicht in Worte fassen konnte, was ihn an der Selbstmordtheorie störte. »Keine Ahnung, Jack. Vielleicht sind es nur unbegründete Vermutungen. Hat Faro was gefunden?« Faro hieß mit vollem Namen Lennard Faro und arbeitete im kriminaltechnischen Labor.

Langtry nickte. »Er ist noch im Haus. Sie können mit ihm reden. Aber wenn Sie meine Meinung hören wollen, ist es genau so gewesen, wie es aussieht. Oder wissen Sie mehr als ich?«

Das war eine Frage, und Glitsky schüttelte den Kopf. »Aber warum? Warum gleich die ganze Familie?«

Doch das warf für Langtry kein Problem auf. »Soweit ich informiert bin, ist ihr Mann gestern gestorben, richtig?«

»Ja. Unfall mit Fahrerflucht.«

»Und möglicherweise hatten die beiden ja davor Schwierigkeiten.«

»Keine Ahnung. Haben Sie das auch irgendwo aufgeschnappt?«

»Nein. Aber es würde zum Profil passen. Das wissen Sie so gut wie ich.«

»Vielleicht nicht«, entgegnete Glitsky, obwohl er wusste, worauf Langtry anspielte. »Klären Sie mich auf.«

Wieder blickte Langtry zum Himmel und ordnete seine Gedanken. »Die Welt ist zu schrecklich, um weiter zu leben. Es gibt so viel Leid, und alles ist ohnehin sinnlos. Und das möchte sie ihren Kindern ersparen. Kann sein, dass sie ihnen einen Gefallen tun wollte.«

Glitsky wusste, dass das die übliche Lesart war. In seiner Laufbahn hatte er schon öfter erlebt, dass trauernde Witwen ihre gesamte Familie auslöschten. Von anderen Fällen wiederum hatte er gehört oder gelesen. Derartige Ereignisse waren immer schwer vorstellbar und kaum zu akzeptieren. Doch seiner Erfahrung nach unterschied sich dieser Vorfall – so tragisch er auch sein mochte – von anderen seiner Art. Es musste etwas Drastischeres, irgendwie Schrecklicheres geschehen sein als nur der Tod des Ehemanns.

Er erinnerte sich an eine Geschichte, die nun schon Jahre zurücklag. Eine Frau war mit ihrer dreiköpfigen Familie aus Vietnam geflohen. Der älteste Sohn, ein Teenager, war auf der Überfahrt gestorben. Später, ein paar Monate nach ihrer Ankunft, lebte die Familie in einer Ein-Zimmer-Wohnung. Eine Bande aus Chinatown brach ein, stahl ein paar Kleinigkeiten und erschoss – vermutlich aus Wut über die kärgliche Beute – den Ehemann. Am nächsten Tag hatte die Frau die beiden kleineren Kinder erstickt und sich selbst die Pulsadern aufgeschnitten.

Er hatte auch eine andere junge Frau kennen gelernt, die eine Verzweiflungstat begangen hatte. Ihr Lebensgefährte hatte sie so lange misshandelt, bis sie ihn im Schlaf erschoss. Anschließend tötete sie ihr Baby und sich selbst. Vor etwa zwei Jahren hatte eine depressive, selbstmordgefährdete Frau namens Gerry Patecik – aus irgendwelchen Gründen hatte er sich ihren Namen gemerkt – sich selbst und zwei ihrer drei Kinder mit in Milchshakes aufgelösten Barbituraten vergiftet, nachdem ihr Mann sie verlassen und die Scheidung eingereicht hatte.

Also kannte sich Glitsky mit solchen Dingen aus. Ein erweiterter Suizid war – so schrecklich es auch sein mochte – keine Seltenheit. Allerdings hatten all die anderen Fälle, die er aus eigener Anschauung oder vom Hörensagen kannte, etwas von einer Kurzschlusshandlung gehabt – ganz im Gegensatz zu dem, mit dem sie es hier zu tun hatten. Außerdem waren ihm bis jetzt noch nie Teenager als Opfer begegnet. Es waren immer kleine Kinder gewesen. In diesem Fall handelte es sich um eine anscheinend glückliche Familie, die ihren Vater verloren hatte. Zugegeben, eine Tragödie. Aber konnte Carla Markham so ungeheuer verzweifelt gewesen sein, wie es ihre Tat zu belegen schien, und trotzdem am Abend davor eine beträchtliche Anzahl an Gästen bewirten? Das konnte sich Glitsky nur schwer vorstellen.

»Verdammt noch mal, Abe«, sagte Langtry plötzlich. Er drehte sich zum Haus um, als könnte das Gebäude ihm die Antwort geben. »So ein gottverdammter schwachsinniger Scheißdreck.«

Glitsky verabscheute es zwar, wenn jemand fluchte, doch er konnte Langtrys Wut gut nachvollziehen. Im Haus lagen vier tote Menschen, eine Frau und ihre drei halbwüchsigen Kinder, die oben in ihren Betten erschossen worden waren. Mit Tim Markhams gestrigem Tod bedeutete das, dass eine ganze Familie innerhalb von vierundzwanzig Stunden ausgelöscht worden war. »Ich verstehe Sie, Jack«, sagte er. »Haben Sie sonst noch was für mich?«

»Nein. Da drin herrscht Grabesstille. Aber das Haus ist ja ein Grab, verdammt.«

In diesem Augenblick kam eine Mitarbeiterin der Spurensicherung aus dem Haus. Sie trug den schlaffen Körper des Hundes der Markhams, einen großen, schönen Golden Retriever. Glitsky sah zu, wie sie sich, ächzend unter dem Gewicht des Tieres, die Stufen hinunterquälte. Langtry näherte sich und sagte: »Carol.« Doch als er ihren finsteren Blick bemerkte, blieb er stehen. Die Frau weinte lautlos vor sich hin, wollte seine Hilfe aber offenbar nicht annehmen. Sie legte den toten Hund in einen der Krankenwagen, die noch am Randstein parkten, ging zu einem Streifenwagen hinüber, setzte sich hinein und schloss die Tür hinter sich.

Glitsky legte Langtry freundschaftlich die Hand auf die Schulter. Dann marschierte er über den Rasen auf die Tür zu.

Drinnen traf er Lennard Faro an. Der Kriminaltechniker lehnte an der Küchenspüle. Er war dunkelhaarig und drahtig und trug einen dünnen Schnurrbart und ein winziges Goldkreuz im Ohrläppchen. Arme und Beine hatte er in einer lässigen Haltung gekreuzt, die gleichzeitig Ungeduld verriet. Der Fotograf machte seine Bilder, und Faro wartete offenbar darauf, dass er endlich fertig wurde.

Kurz blieb Glitsky auf der Schwelle zur Küche stehen und warf noch einen Blick auf Mrs. Markhams Leiche. Dann ging er zu Faro an die Spüle. »Jack Langtry meint, sie habe selbst geschossen«, sagte er.

Faro drehte sich zu ihm um. »Vielleicht. Könnte sein. Nah genug wäre es.«

Die Waffe lag auf dem Boden, etwa dreißig Zentimeter von Carla Markhams rechter Hand entfernt. »War sie Rechtshänderin?«, erkundigte sich Glitsky.

Ein trauriges Lächeln. »Da müssen Sie sie schon selbst fragen.«

Glitsky fand, dass er diese Antwort verdient hatte. »Warum erzählen Sie mir nicht, was Sie wissen? Dann muss ich Ihnen keine weiteren dämlichen Fragen stellen.«

Nach einer kurzen Pause richtete Faro sich auf. »Macht es Ihnen was aus, wenn wir rausgehen? Nach ein oder zwei Stunden kriegt man genug von dem Anblick.« Sie schritten durch die Küche und das große Esszimmer hinaus in die Vorhalle, wo durch die offene Tür frische Luft hereinwehte. »Okay. Bei der Waffe handelt es sich um einen sechschüssigen Revolver Kaliber .22. Wir haben allerdings nur fünf Geschosshülsen sichergestellt, was passen würde. Offenbar hat sie oben bei ihrem Sohn angefangen.«

»Woraus schließen Sie das?«

»Es ist der einzige Schuss, den sie zu dämpfen versucht hat. Er wurde durchs Kopfkissen abgefeuert.«

»Gut. Und dann?«

Faro wies nach oben. Die Vorhalle war gewaltig und nach oben offen. Die mehr als sieben Meter hohe Decke schloss mit einer Glaskuppel ab. Auf halber Raumhöhe verlief ringsherum ein Geländer, hinter dem die Zimmer des Oberschosses lagen.

»Das übernächste Zimmer am Ende«, sagte Faro, »war das der Mädchen. Anscheinend hat sie dort weitergemacht. Da es zwecklos war, den ersten Schuss dämpfen zu wollen, hat sie vermutlich einfach schnell abgedrückt.«

»Und dann ist sie runtergegangen und hat sich selbst erschossen?«

»Zuerst den Hund«, verbesserte ihn Faro.

Endlich wusste Glitsky, was ihn während seines Gesprächs mit Langtry die ganze Zeit gestört hatte, obwohl er es nicht hatte in Worte fassen können. Auch wenn Carla Markham zu dem Schluss gekommen war, dass sie und ihre Kinder in dieser grausamen Welt nicht weiterleben konnten, hatte sie doch keinen Grund gehabt, den Hund zu töten. Normalerweise hinterließen Selbstmörder in solchen Fällen einen Brief, in dem sie ihr Haustier einem Verwandten oder einem engen Freund anvertrauten.

»Sir?«, sagte Faro. »Haben Sie etwas gesagt?«

»Ich habe nur mit mir selbst gesprochen, Len. Was ist mit der Verletzung?«

»Rechts hinter dem Ohr, was wieder passt. Aber keine Austrittswunde, also kann ich zum Schusskanal noch nichts sagen. Strout wird Ihnen da sicher weiterhelfen.«

»Das tut er bestimmt«, erwiderte Abe. »Noch eine Frage, Len. Glauben Sie auch wie Jack, dass es sich um einen erweiterten Selbstmord handelt?«

Der Kriminaltechniker schüttelte den Kopf. »Wir sind hier noch lange nicht fertig, Sir. Allerdings habe ich bis jetzt noch nichts gefunden, was dagegenspräche, um es einmal so auszudrücken. Es sieht aus, als hätte sie geschossen. Nirgendwo Spuren eines Kampfs.« Er zuckte die Achseln. »Aber ich bin nicht sicher. Wenn Sie eine bessere Idee haben, schaue ich gerne noch einmal nach.«

»Keine Ahnung, ob es uns weiterbringt«, sagte Glitsky. »Doch ich werde Strout bitten, sich genauer mit dem Schusskanal zu befassen und rauszukriegen, ob sie Rechtshänderin war.« Glitsky deutete mit der rechten Hand hinter sein rechtes Ohr. »Man muss sich dazu ziemlich verrenken, finden Sie nicht?«

Die Zentrale hatte Harlan Fisk zum Haus der Markhams geschickt, wo Glitsky ihn und seinen Partner damit beauftragt hatte, Anita Tong zu vernehmen. Nun setzte sich der Lieutenant zu den dreien an den Tisch in der Frühstücksecke.

Das Hausmädchen war sichtlich erschüttert. Als Glitsky nach der Entdeckung der Leichen aus dem Haus gekommen war, hatte sie fast einen Ohnmachtsanfall erlitten. Offenbar konnte sie die Nachricht nicht glauben, wiederholte anfangs ständig dieselben Fragen und weigerte sich, sich mit den Antworten abzufinden.

Was sollte das heißen – *tot?* Bestimmt hatte Glitsky sich geirrt. Er hatte doch nicht etwa gesagt, dass alle tot waren. Sie konnten nicht *alle* tot sein, das war unmöglich. Nicht Ian, der mit seinen siebzehn Jahren der älteste war. Er war viel zu groß, kräftig und intelligent und inzwischen fast ein Mann. Sicher hätte er es gehört und wäre aufgewacht, wenn jemand sein Zimmer betreten hätte. Hatte Glitsky wirklich *beide* Mädchen gesehen? Chloe und Siggy? Vielleicht ja nicht. Ob er nicht noch einmal raufgehen und nachsehen könne? Möglicherweise war ja noch jemand am Leben.

Anita Tong war eine zierliche Frau, die gut Englisch konnte. Glitsky hätte sie auf fünfunddreißig geschätzt, fand aber schon zu Beginn der Vernehmung heraus, dass sie zehn Jahre älter war. Sie war seit siebeneinhalb Jahren bei den Markhams, ihren einzigen Arbeitgebern, beschäftigt. Ms. Tong wohnte im ein paar Kilometer südlich gelegenen Sunset District und arbeitete fünf Tage pro Woche – montags und dienstags frei – von acht Uhr morgens bis sechs Uhr abends.

Glitsky zog sich einen Stuhl heran und nahm rittlings darauf Platz. Er hörte, wie Ms. Tong den Inspectors berichtete, sie habe angeboten, über Nacht zu bleiben – vermutlich meinte sie damit den vergangenen Abend –, Gott sei Dank sei es nicht dazu gekommen. »Doch Carla – Mrs. Markham – antwortete, sie und die Kinder würden schon alleine zurechtkommen. Ich könne ruhig gehen. Sie erwarteten keine weiteren Gäste mehr.«

»Wie viele Besucher waren denn da, als sie gegangen sind?«, fragte Bracco.

Ms. Tong überlegte kurz. »Hauptsächlich die Damen von ihrem Kaffeekränzchen. Das sind sechs Frauen. Sie trafen sich jeden Freitag Vormittag. Ich glaube, als sie von Mr. Markhams Tod erfuhren ... jedenfalls haben sie Aufläufe und andere Sachen zum Essen mitgebracht. Also dachte ich, Mrs. Markham wolle vielleicht, dass ich bleibe, um alles aufzuwärmen und zu servieren. Aber nein.«

Fisk nickte, als wäre das alles sehr wichtig. Bracco machte sich Notizen auf einem gelben Block. Wenigstens hatten die Neuen, wie Glitsky erstaunt und erleichtert bemerkte, einen Kassettenrecorder auf den Tisch gestellt. Allerdings war ihm klar, dass sie bis jetzt nicht sehr weit gekommen sein konnten, wenn Ms. Tongs Antworten alle so ausgefallen waren. Er beschloss, sich einzumischen und eine Linie in die Vernehmung zu bringen, damit seine Mitarbeiter vielleicht etwas dabei lernten. »Also, Ms. Tong«, begann er freundlich. »Um wie viel Uhr sind Sie denn gegangen?«

»*Mrs.* Tong«, verbesserte sie ihn. »Kurz vor sieben.«

»Und zu diesem Zeitpunkt waren nur Mrs. Markham und ihre sechs Freundinnen im Haus? Sonst niemand?«

Sie sah ihn an. »Tja, die Kinder und zwei ihrer Freunde. Eigentlich mehr die Freunde von Ian, nicht die der Mädchen.«

»Also zwei Freunde?«

»Ich glaube schon. Jugendliche. Sie saßen da drin.«

»Zwei von Ians Freunden«, sagte Glitsky. »Kennen Sie ihre Namen?«

»Der eine heißt Joel Burrill. Er ist ständig hier. Der andere, Mark, glaube ich, aber ...« Sie schüttelte den Kopf.

»Was ist mit den Namen der Damen vom Kaffeekränzchen?«, fragte Glitsky.

Diesmal wusste Mrs. Tong die Antwort, und ihre Miene erhellte sich sichtlich. »Tja, da war zuerst mal Ruth Fitzpatrick, da bin ich sicher. Und Jamie Rath. Ach, ihre Tochter Lexi war auch dabei. Sie geht mit Chloe in eine Klasse. Jamie wohnt gleich um die Ecke. Ich kann Ihnen das Haus zeigen.«

Glitsky vollführte mit der Hand eine Schreibbewegung und signalisierte Bracco, er solle sich die Namen notieren. Dann wandte er sich wieder an Mrs. Tong. »Das wäre nett, nachdem wir hier fertig sind, falls es Ihnen keine Umstände macht. Nun zurück zu den Gästen. War sonst noch jemand da, als sie das Haus verließen? Außer dem Kaffeekränzchen, Ians Freunden und Chloes Mitschülerin?«

»Ja, natürlich war Mr. Markhams Assistent die ganze Zeit da. Brendan weinte und weinte, manchmal sogar schlimmer als Mrs. Markham selbst. Und dann noch Frank Husic von nebenan, ein sehr netter Herr. Er hatte aus dem Radio von Mr. Markhams Tod erfahren und kam sofort, um seine Hilfe anzubieten.« Einen Moment schloss Mrs. Tong die Augen und nickte. »Das war alles, während ich noch im Haus war. Was danach passiert ist, weiß ich nicht.«

»Also haben Sie Dr. Kensing nicht gesehen?«, fragte Glitsky.

Mrs. Tongs Miene sprach Bände. Offenbar war ihr Dr. Kensings Name vertraut, und Glitsky stellte fest, dass sie erschrocken war. »Erstaunt es Sie, dass Dr. Kensing hier gewesen ist?«

»Tja ...«, stieß sie nach einer Weile hervor und hielt dann inne. Die Inspectors saßen schweigend da, während Mrs. Tong offenbar auf eine Aufforderung zum Weitersprechen wartete. Als diese nicht kam, zuckte sie die Achseln. »Ja, ich denke schon«, sagte sie.

»Und warum?«

Doch Mrs. Tong schien es ratsam zu finden, den Mund zu halten. Sie zog ein wenig den Kopf ein, zögerte und befürchtete offenbar, dass man ihre Aussage falsch deuten könnte.

Aber Glitsky ließ nicht locker. »Kennen Sie Dr. Kensing, Mrs. Tong? War er ein Freund der Familie?«

»Nicht gerade ein Freund. Ich bin ihm nie persönlich begegnet, aber seinen Namen ... den habe ich schon gehört.«

Obwohl Glitsky sich nicht bewegt hatte, wirkte es, als wäre er näher an sie herangerückt. »Und Sie hätten nicht mit seinem Besuch gerechnet? Warum?«

Doch bevor Mrs. Tong Gelegenheit zum Nachdenken hatte, fiel Bracco ihr ins Wort. Offenbar brannte er darauf, seine Informationen zu präsentieren. »Er hatte Dienst in der Intensivstation, als Markham starb. Vermutlich hielt er es für seine Pflicht.«

Glitskys Blick hätte ein Feuer gefrieren lassen können. Doch als er sich wieder der Zeugin zuwandte, war seine Miene freundlich. »Tut mir Leid, Mrs. Tong, was wollten Sie gerade sagen? Warum haben Sie nicht mit Dr. Kensings Besuch gerechnet?«

»Ich dachte nur ...« Sie spürte die Spannung zwischen Glitsky und seinen Inspectors, was nicht eben dazu beitrug, die Stimmung aufzulockern. »Ich weiß nicht«, sagte sie schließlich.

Glitsky war sich darüber im Klaren, dass diese Vernehmung und die Folgen ihrer Unterbrechungen Fisk und Bracco eines Tages eine Lehre sein würden. Doch im Moment tröstete ihn das nur wenig, denn schließlich war eine hilfsbereite und kooperative Zeugin im Begriff, vor seinen Augen zu verstummen, weil es ihm nicht gelang, den richtigen Ton zu treffen und Kontakt zu ihr herzustellen.

Allerdings war er noch nicht bereit aufzugeben. Sie hatte ihm einen weiteren Weg eröffnet; und vielleicht würde sie, was dieses Thema anging, ein wenig mitteilungsfreudiger sein. »Gut«, begann er, »Sie sagten doch gerade, dass Dr. Kensing nicht gerade ein Freund war. Ich glaube, so haben Sie es ausgedrückt. Ist das richtig?«

»Ich denke schon. Ja.«

»Könnten Sie uns das ein bisschen näher erklären?« Er warf seinen Lehrlingen einen weiteren, scheinbar wohlwollenden Blick zu, der jedoch eine eindeutige Botschaft vermittelte: Haltet bloß den Mund und lasst sie antworten.

»Nun ja, er arbeitete für Mr. Markham.«

»Also meinten Sie, er wäre nicht gerade ein Freund gewesen, weil er eher ein Angestellter war?« Als sie darüber nachzugrübeln schien, ergänzte Glitsky: »Oder sollte es heißen, er war eher ein Feind?«

Sie warteten ab. Als Mrs. Tong diesmal den Blick über den Tisch schweifen ließ, bemerkte sie die erwartungsvollen Mienen der drei Männer, was es ihr erleichterte, offen zu sein. »Sein Name wurde manchmal erwähnt«, erwiderte sie. »Von Carla und ihren Freundinnen. Beim Bedienen habe ich es zwangsläufig gehört. Allerdings ging es weniger um ihn als um seine Frau.« Plötzlich schien ihr etwas eingefallen zu sein. »Darf ich überhaupt darüber reden? Brauche ich einen Anwalt?«

Glitsky gab ihr keine Zeit zum Nachdenken. »Ganz sicher nicht, Ma'am. Sie haben ja nichts verbrochen. Sie stecken nicht in Schwierigkeiten.« Er schob gleich die nächste Frage nach, in der Hoffnung, sie von dem Thema Anwalt abzulenken. »Warum wurde beim Kaffeekränzchen über Dr. Kensings Frau gesprochen?«

»Sie wollte sich von ihm scheiden lassen.«

Wer mit »sie« gemeint war, war nicht zu entschlüsseln. »Dr. Kensings Frau?«, erkundigte sich Glitsky deshalb. »Sie wollte sich scheiden lassen?«

»Nein.« Mrs. Tong schüttelte ungeduldig den Kopf. »Carla. Mrs. Kensing hatte ... ich glaube, das ist allgemein bekannt ... Mr. Markham hatte eine Affäre mit ihr.«

Fisk reckte sein Bubigesicht nach vorne. Er strahlte vor Aufregung und Begeisterung. »Mit Dr. Kensings Frau?«, fragte er begierig.

Nein, hätte Glitsky am liebsten gehöhnt, mit dem Golden Retriever. Doch er verkniff sich die Bemerkung. Noch so ein Schnitzer, und er würde die beiden aus dem Zimmer schicken müssen. Aber er bemühte sich um einen ruhigen Tonfall. »Soll das heißen, dass Dr. Kensings Frau –«

»Ann.«

»Gut, Ann. Dass sie und Mr. Markham eine Affäre hatten? Sie meinen, dass sie noch nicht vorüber war?«

»Angeblich hatten sie sich getrennt. Denn als alles herauskam ...«

»Wann war das?«

»Etwa vor fünf oder sechs Monaten, kurz vor Thanksgiving. Damals hat Carla es herausgefunden. Sie hat ihn für ein paar Wochen rausgeschmissen. Ich habe nicht geglaubt, dass sie ihm noch eine Chance gibt. Aber dann war er wieder da. Ich hätte ihm an ihrer Stelle nicht verziehen ... tja, so bin ich nun mal.«

»Doch Mr. Markham zog wieder ein?«

Mrs. Tong nickte. »Natürlich hat er geschworen, dass es vorbei ist.«

»Und das stimmte nicht?«

»Keine Ahnung.« Ein Achselzucken. »Carla war nicht sicher, glaube ich. Doch sie dachte ... sie hat ihren Freundinnen erzählt, sie wolle einen Privatdetektiv engagieren, und falls ihr Mann sich immer noch mit dieser Frau träfe, würde sie ihn verlassen.« Eine lange Pause entstand. Dann drehte sich Mrs. Tong zu Glitsky um und sprach weiter. »Als ich also hörte, dass Dr. Kensing gestern Abend hier war, war ich natürlich überrascht.«

Gespielt lässig, obwohl ihm eigentlich ganz anders zumute war, lehnte sich Glitsky zurück und verschränkte die Arme vor der Brust. Die Affäre zwischen Ann Kensing und Tim Markham konnte zwei Dinge bedeuten: Erstens, dass Mrs. Markham schon lange vor der gestrigen Nacht an Depressionen gelitten hatte, was die Mord-Selbstmord-These untermauerte. Und zweitens ergab sich daraus ein mögliches Motiv für einen Mord.

Er nahm sich vor, zu einem späteren Zeitpunkt gründlich über diese beiden Möglichkeiten nachzudenken. Nun aber musste er dem Hausmädchen noch ein paar Fragen stellen. »Wissen Sie, Mrs. Tong, ob Dr. Kensing über die Beziehung zwischen Mr. Markham und seiner Frau im Bilde war?«

»Ich glaube schon, ja. Als Carla hörte, dass sie sich scheiden lassen wollten ...«

»Kensing und Ann? Sie leben auch in Scheidung? Wegen der Affäre?«

»Ich habe keine Ahnung, ob das letzte Wort schon gesprochen ist. Doch soweit ich informiert bin, haben sie sich getrennt. Als Carla gehört hat, dass sie die Scheidung in die Wege geleitet haben, hat sie alles getan, um Mr. Markhams Namen aus dem Prozess rauszuhalten. Also muss Dr. Kensing davon gewusst haben, meinen Sie nicht?«

9

Dismas Hardy stand in der Irving Street auf dem Bürgersteig und plauderte mit einem Anwaltskollegen namens Wes Farrell. Die beiden Männer waren sich erst zweimal begegnet, das letzte Mal auf Glitskys Hochzeit im vergangenen September, wo sie – zunächst jeder für sich, später gemeinsam – getestet hatten, wie viel Champagner der menschliche Körper zu verarbeiten in der Lage war. Wie sich herausgestellt hatte, in ihrem Fall eine ganze Menge.

Am gestrigen Abend war Frannie schließlich im Little Shamrock erschienen. Sie und Hardy waren chinesisch essen gegangen und anschließend wieder nach Hause gefahren. Doch McGuires Geschichte von Shane Mackey ging Hardy einfach nicht aus dem Kopf, und deshalb hatte er gleich am Morgen herumtelefoniert. Er hatte herausgefunden, dass Mackeys Familie sich einen Anwalt – Farrell – genommen hatte, um einen Kunstfehlerprozess zu führen. Nach den vielen medizinischen Fachgesprächen in letzter Zeit und Tim Markhams Tod am Vortag war Hardy neugierig geworden; sicher würde Farrell ihm weiterhelfen können. Außerdem hatte Hardy seinen Kollegen als ausgesprochen angenehmen Zeitgenossen kennen gelernt. Also sah Wes, als er kurz nach halb neun vor seiner Kanzlei eintraf, Hardy, eine mit einer Schleife verzierte Flasche Schampus in der Hand, vor dem Haus stehen.

Farrell begrüßte ihn wie einen lange vermissten Bruder, wich aber beim Anblick des Geschenks in gespieltem Entsetzen zurück. »Ich glaube, seit Abes Hochzeit habe ich keinen Tropfen von dem Zeug mehr angerührt. Doch das macht nichts, denn ich hatte etwa einen Jahresvorrat intus, sofern ich mich recht erinnere, was allerdings nicht unbedingt der Fall sein muss.«

»Es ist wie beim Reiten«, sagte Hardy. »Wenn man abgeworfen wird, muss man gleich wieder aufsteigen. Wusstest du, dass Churchill jeden Tag Champagner getrunken hat? Zum Frühstück. Und er hat den Nobelpreis gewonnen. Sogar zwei Mal.«

»Fürs Champagnertrinken?«

»Nein. Frieden und Literatur.«

»Frieden?« Farrel trat einen Schritt zur Seite, um Hardy Platz zu machen. »Ich finde es toll, dass der Friedensnobelpreis ständig an diese Weltklasse-Krieger verliehen wird. Henry Kissinger. Ho-Tschi-Minh. Winston Churchill. Das waren nicht gerade Ghandis.«

»Aber Staatsmänner«, sagte Hardy. »Als Staatsmann darf man so viele Menschen umbringen, wie man will, solange man im Krieg ist. Und wenn man mit dem Kriegführen aufhört, sind alle in Schweden so erleichtert, dass sie einem dafür den Friedenspreis verleihen.«

»Vielleicht werde ich auch Staatsmann«, sagte Farrell. »Da gibt es nämlich eine Menge Leute, die ich gerne umbringen würde.« Inzwischen waren sie in seinem Büro, wo er sich setzte und die Stifte auf seiner Schreibtischunterlage ordnete. »Dann könnte ich mich selbst verteidigen, was hieße, dass ich wenigstens einen Mandanten hätte.«

Hardy lehnte sich zurück und schlug die Beine übereinander. »Laufen die Geschäfte in letzter Zeit nicht gut?«

Farrell wies in den Raum. »Es lohnt sich kaum, jeden Morgen in die Kanzlei zu kommen.« Er seufzte. »Wenn mir ein paar meiner Mandanten nicht so wichtig wären ...«

»Die Mackeys zum Beispiel?«

Farrell ließ die Schultern hängen und schüttelte verzweifelt den Kopf. Dann sah er Hardy aus Dackelaugen an. »Sag nicht, sie hätten sich an dich gewandt.«

Am liebsten hätte Hardy laut aufgelacht, doch er hielt sich zurück. Mandanten zu verlieren, war nicht witzig. »Nein«, sagte er. »Ich schwöre. Ich klaue dir keine Mandanten, Wes. Aber mir geht es auch um die Mackeys.«

»Was ist mit ihnen, abgesehen davon, dass ihr Sohn tot ist und sie zu allem Überfluss noch richtig verarscht werden?«

»Warum werden sie denn verarscht?«

»Weil unser wunderbarer Supreme Court, wie dir vielleicht auch zu Ohren gekommen ist, entschieden hat, dass Einzelpersonen ihre Krankenversicherung nicht wegen eines Kunstfehlers verklagen können, weil eine Versicherung keine Arztpraxis ist. Versicherungen sind Wirtschaftsunternehmen, keine medizinischen Dienstleister.« Wes Farrell breitete die Hände aus und ließ sie schicksalsergeben sinken. »Leider, Diz, widerspricht das genau der Klage, die ich im Auftrag der Mackeys und meiner fünf anderen Mandanten eingereicht habe. Und da ich nun mal ein schlauer Fuchs bin, habe ich mich mehr oder weniger ganz auf dieses Thema spezialisiert, da ich es für den Trend der Zukunft hielt. Jedenfalls muss ich meinen Antrag jetzt umschreiben und mich auf neue Anklagepunkte berufen: unterlassene Hilfeleistung, grobe Fahrlässigkeit, Fehler in der Verwaltung und so weiter. Und währenddessen verdiene ich keinen Pfennig.«

Hardy hatte sich in seinen Sessel zurückgelehnt und die Arme verschränkt. Er fand Farrells Verzweiflung fast komisch, denn er kannte die Honorarprobleme. Wer nicht damit zurechtkam, gehörte nicht in diesen Beruf. »Und was war jetzt mit Shane?«

»Shane ist ein Fall wie aus dem Bilderbuch.« Farrell sprang auf und holte einen dicken Aktenordner aus dem Schrank. »Schau dir das mal genauer an.«

Hardy erhob sich und trat an den Schreibtisch. Farrells besaß die ärztlichen Unterlagen, die Moses' gestrige Geschichte bestätigten. Allerdings gingen die Akten um einiges mehr ins Detail, und das Ende des Berichts ließ Shanes Tod in einem noch tragischeren Licht erscheinen. Einer von Shanes Ärzten hatte gemeint, er litte vielleicht an »etwas«, das mit einer neuen, am Cedars of Sinai Hospital in Los Angeles entwickelten Therapie zu behandeln wäre. Doch Shanes Krankenversicherung bezeichnete diese als »nicht erprobte Heilmethode« und verweigerte die Kostenübernahme. Also hätte Shane etwa dreihunderttausend Dollar aus der eigenen Tasche finanzieren müssen. »Nachdem er einige Monate lang höllische Schmerzen gelitten und überlegt hatte, ob er das Geld riskieren sollte, entschied er sich dafür. Er und seine Eltern verkauften ihre Häuser und kratzten ihr gesamtes Vermögen zusammen. Dann fuhr er nach Los Angeles, und dreimal darfst du raten, was dort geschah.«

»Er ist gestorben«, erwiderte Hardy ernst.

»Er ist gestorben«, wiederholte Farrell. »Aber ich habe einen Zeugen, der sagt, man hätte ihn retten können, wenn er drei Monate früher gekommen wäre.«

Hardy stieß einen Pfiff aus. »Wenn der Mann glaubwürdig ist, könnte das für dich eine Menge Geld bedeuten.«

»Schon, aber das wird noch auf sich warten lassen.« Farrell klappte den Aktenordner zu. »Und das Problem ist, dass wir denen Versäumnisse nachweisen müssen, was ziemlich schwierig werden dürfte. Es geht um Dinge, die man hätte tun müssen, aber unterlassen hat, weil Parnassus nicht bewilligt hat ...«

Bei diesem Wort wäre Hardy fast aus seinem Sessel hochgesprungen. »Parnassus? Ist das die fragliche Versicherung?«

Ein Nicken. »Klar. Shane war bei der Stadt beschäftigt und deshalb dort versichert.«

»Und was ist mit deinen übrigen Mandanten? Waren die auch bei Parnassus?«

»Natürlich. Schließlich ist das die größte Versicherung in der Stadt.«

»Und ist bei deinen anderen Fällen auch jedes Mal jemand gestorben?«

»Richtig.«

»Und ist es immer eine Frage von Versäumnissen wie bei Shane?«

»Nicht immer. Da war ein kleines Mädchen – Susan Magers. Sie war allergisch auf Sulfide, und der behandelnde Arzt hat vergessen nachzufragen. Ist so was zu fassen? Man müsste doch meinen, dass die Allergien jedes Patienten sofort bei denen im Computer aufleuchten. Doch man hat vor fünf Jahren beschlossen, die entsprechende Software aus Kostengründen nicht anzuschaffen.« Angewidert schüttelte Wes den Kopf. »Darf ich dich was fragen, Diz? Warum interessiert dich die Sache, wenn keiner deiner Mandanten darin verwickelt ist?«

Hardy hatte sich auf die Schreibtischkante gesetzt. »Um ehrlich zu sein, bin ich nicht sicher. Ich habe gestern Abend von Shanes Tod erfahren und mir überlegt, ob seine Verlobte oder seine Familie vielleicht Hilfe brauchen. Deshalb bin ich zu dir gekommen. Und als ich gehört habe, dass Parnassus schon wieder die Finger im Spiel hat ...«

»Warum schon wieder?«

Hardy runzelte die Stirn. Er zögerte, die Information preiszugeben, die er mehr oder weniger vertraulich erhalten hatte. »Der Name ist in letzter Zeit häufig gefallen«, entgegnete er deshalb ausweichend. »Du weißt doch sicher, was mit Tim Markham passiert ist.«

»Was soll mit ihm sein?«

Hardy betrachtete Wes zweifelnd. Wollte er ihn auf den Arm nehmen? Doch offenbar war er wirklich ahnungslos. »Er ist gestern gestorben. Verkehrsunfall mit Fahrerflucht.«

»Soll das ein Witz sein?«, fragte Farrell entgeistert. »Ich sollte mir wirklich angewöhnen, die Fernsehnachrichten anzuschauen oder die Zeitung zu lesen. Wann war denn das?«

»Er ist gestern Morgen angefahren worden. Man hat Markham ins Portola Hospital geschafft, und dort ist er gestorben.«

»Mein Gott, in seinem eigenen Krankenhaus. Das gefällt mir. Bestimmt geht denen dort jetzt richtig die Muffe.« Farrell grinste. »Vielleicht sollte ich seine Frau anrufen und sie fragen, ob sie die Brüder verklagen will. Wäre das nicht hübsch?«

»Wen verklagen?«

»Das Portola Hospital, Parnassus, die üblichen Verdächtigen eben.«

»Aber die haben ihn nicht umgebracht, Wes. Er wurde überfahren.«

Immer noch schmunzelnd beugte Farrell sich vor und stützte die Ellenbogen auf den Schreibtisch. »Pass auf, Diz. Kanntest du Tim Markham? Tja, ich schon. Wenn der in ein Krankenhaus eingeliefert wird, das von Ärzten, die er er seit fünfzehn

Jahren über den Tisch zieht, nur so wimmelt, kommt er da nicht lebend wieder raus, das garantiere ich dir.«

Auch Hardy musste lächeln. »Eine nette Theorie, Wes, aber ich glaube nicht, dass es so passiert ist.«

Farrell zeigte mit dem Finger auf ihn. »Wart's ab«, sagte er.

Manchmal fragte sich Hardy, warum er überhaupt eine Kanzlei in der Innenstadt unterhielt. Nach seinem Besuch bei Farrell war er gerade mal eine Stunde lang im Büro gewesen. Anschließend hatten er und Freeman gemütlich im Belden Alley zu Mittag gegessen. Und als er sich um drei Uhr endlich seinem Schriftsatz gewidmet hatte, war er von einem Anruf seines Freundes Pico Morales unterbrochen worden: Er wolle zwar nicht stören, aber es handle sich um einen Notfall. Einer seiner Freunde brauche dringend einen Strafverteidiger. Ob Hardy bitte ins Aquarium kommen könne, um mit ihm zu sprechen? Der Mann, so sagte Pico, sei einer seiner freiwilligen Helfer. Und als er hinzufügte, es handle sich dabei um einen Arzt namens Kensing, der bei Parnassus arbeite, war die Sache für Hardy klar. Er machte sich wieder auf den Weg quer durch die Stadt.

Pico war Kustos des Steinhart-Aquariums im Golden Gate Park und wünschte sich nichts sehnlicher, als einen weißen Hai zu erwerben. Wenn vier, sechs oder neun Mal im Jahr ein Schiff einen Hai an Land zog, telefonierte Pico die Liste seiner freiwilligen Helfer ab. Vor einer Ewigkeit hatte Hardy zu den ersten gehört. Mit einem Taucheranzug bekleidet, hatte er sich in die Tiefen des Aquariums hinabgelassen, den Hai stundenlang, immer im Kreis, im Becken herumgeführt und dabei versucht, an nichts zu denken. Diese ständige Bewegung verfolgte theoretisch den Zweck, das Wasser durch die Kiemen des Fisches strömen zu lassen, bis dieser ohne Hilfe atmen konnte. Bis jetzt hatte es noch nie geklappt.

Der Hintereingang zum Aquarium lag, halb hinter Gebüsch versteckt, auf der Rückseite des Gebäudes. Sechs Betonstufen führten nach unten. Im dämmrigen Flur hatte jemand eine kleine Leuchte angelassen. Hardy schob die Drahtglastüren auf, die sofort auseinander schwangen.

Obwohl er schon jahrelang nicht mehr hier gewesen war, erschien ihm der Ort zu seiner Überraschung sofort vertraut. Dieselben Kondenswassertropfen perlten von denselben grünen Wänden. Die niedrige Betondecke ließ ihn unwillkürlich den Kopf einziehen, auch wenn er wusste, dass sie hoch genug war. Er hörte gedämpfte Stimmen, die klangen, als kämen sie aus dem Inneren eines Ölfasses. Seine Schritte hallten vom Boden wider, und er bemerkte ein stetes, kaum wahrzunehmendes Brummen – vielleicht Generatoren oder die Pumpen für die Becken; bis jetzt hatte Hardy die Geräuschquelle noch nie bestimmen können.

Der Flur beschrieb erst eine Linkskurve und ging dann nach rechts. Er endete in einem runden Raum, der von einem nicht in den Boden eingelassenen Meerwasserbecken eingenommen wurde. Und daran lehnte die massige Gestalt von Pico Morales. Picos Gesicht unter dem schwarzen Wuschelkopf erinnerte an eine verwitterte dunkle Granitplatte und wurde lediglich durch den hängenden Schnurrbart und die sanften Dackelaugen ein wenig aufgelockert. In der Hand hatte er eine riesige angeschlagene Kaffeetasse. Er war nur mit der Hose seines Taucheranzugs bekleidet, die sich bedenklich über seinem gewaltigen nackten Bauch spannte.

Im Becken selbst war ein Mann im Taucheranzug mit einem Hai beschäftigt, dem größten, den Hardy je hier gesehen hatte. Der Fisch war mehr als einen Meter achtzig lang. Seine Rückenflosse ragte aus dem Wasser, und sein Schwanz schlug heftige Wellen. Allerdings hielt sich Hardys Begeisterung für Haie nach all den Jahren inzwischen in Grenzen.

Doch mit dem Mann, der den Hai herumführte, war es eine andere Sache.

»Ach«, begrüßte ihn Pico. »Hier kommt die Kavallerie. Diz, das ist Dr. Eric Kensing.«

Der Mann im Becken blickte auf und nickte. Er plagte sich ziemlich ab und setzte mit einem unterdrückten Stöhnen einen Schritt vor den anderen. Als er den Rand des Beckens erreicht hatte, nickte er Hardy zu. »Sie sind also Hardy?«, fragte er. »Ich würde Ihnen ja gern die Hand schütteln, aber ... Danke, dass Sie gekommen sind«, fügte er, ein wenig ernster, hinzu.

»Tja, wenn Pico mich ruft. Er meinte, Sie steckten in Schwierigkeiten.«

»Vielleicht noch nicht, aber ...« In diesem Moment sahen Hardy und Pico, dass der Fisch sich aufbäumte und sich aus dem Griff des Mannes befreite. Dieser stieß einen Fluch aus und machte sich an die Verfolgung.

»Lassen Sie ihn«, schrie Pico.

Der Mann wandte sich wieder dem Beckenrand zu, blieb dann aber stehen und sah sich noch einmal um. Dem Hai hatte dieser kurze Augenblick genügt, um das Becken zu durchqueren, zu wenden und mit zunehmender Geschwindigkeit auf den Mann zuzuhalten. Pico, der den Fisch nicht aus den Augen ließ, hatte es bemerkt. »Raus! Sofort! Vorsicht!«

Kensing machte einen Satz auf den Beckenrand zu. Hardy und Pico packten ihn an den Armen, zogen ihn hoch und zerrten ihn ans Trockene – gerade in dem Moment, als die Kiefer des Hais ins Leere schnappten.

»Spontan würde ich meinen«, sagte Hardy, »dass dieser Fisch gesund ist.«

»Und hungrig«, sagte Kensing. »Vielleicht hat er Pico mit einem Walross verwechselt.«

Hardy nickte nachdenklich und mit unbewegter Miene. »Ein nahe liegender Irrtum.«

Sie standen am Beckenrand und beobachteten, wie der Hai seine Runden zog.

Pico ließ den schwimmenden Fisch im Wasser nicht aus den Augen. Er hatte schon so oft gehofft, dass einer seiner Haie überleben würde, und befürchtete nun eine weitere Enttäuschung. »Ihr beide habt etwas zu bereden. Warum macht ihr das nicht draußen?«

Das Little Shamrock war nur einen halben Kilometer vom Aquarium entfernt. Nachdem der Arzt sich umgezogen hatte, überließen sie Pico seinem Hai, der immer noch munter herumschwamm. Während sie die kurze Strecke mit Hardys Auto zurückgelegt hatten, war es bereits dunkel geworden. Inzwischen hatten sie etwas zu trinken bestellt – Hardy ein dunkles

Bier, Kensing schwarzen Kaffee – und saßen einander diagonal vor dem Kamin gegenüber auf verbeulten, eingesackten Sofas, die eher zum Knutschen als zum Planen einer Verteidigungsstrategie einluden.

»Also«, begann Hardy. »Woher kennen Sie Pico?«

Kensing trank achselzuckend einen Schluck Kaffee. »Sein Sohn ist einer meiner Patienten. Wir haben über seinen Beruf gesprochen, und irgendwann hat er mir von den Haien erzählt. Damals hatte ich nicht so viel Arbeit, und ich fand die Vorstellung interessant. Eines Abends hat er mich eingeladen, und ich war begeistert. Mittlerweile habe ich zwar eigentlich nicht mehr genug Zeit, aber ich komme immer noch, wenn er mich anruft. Was ist mit Ihnen? Ich habe gehört, Sie waren auch mal freiwilliger Helfer. Und dabei dachte ich, dass Pico keine Aussteiger duldet.«

»Er hat mir eine Sondererlaubnis gegeben.« Da diese Erklärung nicht auszureichen schien, fügte Hardy hinzu: »Irgendwann habe ich es nicht mehr ausgehalten, dass sie alle starben.«

Ein bitteres Auflachen. »Dann sollten Sie auf keinen Fall Arzt werden.«

»Richtig«, stimmte Hardy zu. »Dahinter bin ich schon vor langer Zeit gekommen.« Er trank einen Schluck Bier, um Zeit zu gewinnen. »Ich habe Gerüchte gehört, dass Sie einen Anwalt brauchen.« Zum ersten Mal nahm Hardy wahr, wie blass der Arzt unter seiner Sonnenbräune wirkte und wie müde seine Augen waren.

»Sagt Ihnen der Name Tim Markham etwas?«

Hardy merkte auf. »Er ist gestern überfahren worden und im Krankenhaus gestorben.«

»Stimmt. Ich war zum Zeitpunkt seines Todes Dienst habender Arzt auf der Intensivstation. Und er hat mit meiner Frau gevögelt.«

»Und jetzt machen Sie sich Sorgen, die Polizei könnte denken, dass Sie spontan die Gelegenheit genutzt und ihn umgebracht haben?«

»Ich halte das nicht für unwahrscheinlich.«

»Aber Sie waren es nicht?«

Kensing sah Hardy in die Augen. »Nein.«

»Haben Sie mit dem Gedanken gespielt, es zu tun?« Ein Versuch, die Situation aufzulockern.

Dr. Kensing lächelte fast. »Ich habe es mir öfter ausgemalt, nur dass es in meiner Phantasie um einiges schmerzhafter für ihn war. Zuerst habe ich ihm die Kniescheiben zertrümmert und ihm vielleicht noch eine Achillessehne durchtrennt, dann habe ich ihm die Eier abgeschnitten. Alles Mögliche, damit er mehr leiden musste, als er gelitten hat.« Traurig schüttelte Kensing den Kopf. »Es gibt keine Gerechtigkeit, wussten Sie das?«

Hardy fand, dass er in diesem Bereich vermutlich mehr Erfahrung hatte als Dr. Kensing. »Gerechtigkeit hin oder her«, sagte er, »Sie machen sich Sorgen.« Es war keine Frage.

Kensing nickte ernst. »Ich kann mich schon reden hören, wenn die Polizei sich bei mir nach Tim erkundigt. ›Ja, ich habe ihn gehasst. Sie hätten ihn auch gehasst. Ich bin froh, dass er tot ist.‹ Ich halte das nicht für ratsam.«

Hardy tat das auch nicht, doch im Augenblick war das alles noch rein hypothetisch. »Ich glaube, ich kann Sie da ein wenig beruhigen. Soweit ich informiert bin, ist Markham seinen Verletzungen erlegen, und in diesem Fall kann Ihnen niemand ein Verbrechen anlasten.«

»Was ist, wenn jemand behauptet, ich hätte nicht genug getan, um ihn zu retten? Gibt es so etwas wie einen Kunstfehler in böswilliger Absicht? Wäre das ein Tötungsdelikt?«

Hardy schüttelte den Kopf. »Davon hab ich noch nie gehört. Warum?«

»Weil gestern ein Inspector des Morddezernats namens Bracco bei mir war. Und heute wird Markham obduziert.«

»Ich würde mir darüber nicht den Kopf zerbrechen. Jeder wird obduziert.«

»Nein, das stimmt nicht. Vor allem nicht, wenn man nach einer Operation in der Intensivstation stirbt. Wir haben die Leiche im Krankenhaus untersucht, und ich habe den Totenschein unterschrieben – schwere innere Verletzungen. Aber die Polizei hat ihn dennoch mitgenommen.«

»Er ist durch einen Verkehrsunfall mit Fahrerflucht ums Leben gekommen«, erklärte Hardy. »Das ist ein Tötungsdelikt. Also findet eine Autopsie statt. Jedes Mal.«

Doch der Arzt hatte noch eine Frage auf dem Herzen. »Schön und gut. Aber ich habe diesen Bracco gestern Abend dabei angetroffen, wie er vor Markhams Haus mein Auto überprüfte.«

»Bracco?« Verwundert schüttelte Hardy den Kopf. »Sind Sie sicher, dass er beim Morddezernat ist und nicht in der Abteilung Fahrerflucht? Ich kenne ihn nicht.«

»Er hat es wenigstens behauptet. Und er hatte eine Polizeimarke.«

»Er hat Ihr Auto überprüft? Warum waren Sie überhaupt bei den Markhams?«

»Ich kannte Carla, seine Frau. Also hielt ich es für meine Pflicht, sie aufzusuchen, ihr mein Beileid auszusprechen und meine Hilfe anzubieten.« Er seufzte auf. »Man ist machtlos dagegen, dass man sich irgendwie verantwortlich fühlt.«

»Und was wollte der Inspector an Ihrem Auto?«

Kensing blickte sich in der Kneipe um, als wäre er nicht sicher, wie er hierher gekommen war. Nachdem er kurz überlegt hatte, wandte er sich wieder Hardy zu. »Ich glaube, er suchte nach Anzeichen dafür, dass mein Auto in einen Unfall verwickelt gewesen ist. Dafür, dass ich Markham überfahren hatte. Außer mir hatte Carla noch weitere Besucher, alle mit Autos. Ich hatte den Eindruck, dass er jedes davon überprüfte.«

Das hielt Hardy für unwahrscheinlich. Doch dann fiel ihm das Gespräch mit Glitsky bei ihrem letzten Spaziergang ein. Die Verkehrspolizisten. Offenbar war Bracco einer der beiden Neulinge, die im Morddezernat nach Kräften schikaniert wurden. »Tja, nach dem, was Sie mir erzählt haben, zu urteilen, brauchen Sie sich gewiss keine Sorgen zu machen. Schließlich haben Sie ihn nicht getötet.«

»Aber er ist gestorben, während ich Dienst hatte. Und es war allgemein bekannt, dass ich ihn hasste.«

»Also frage ich Sie noch einmal: Haben Sie ihn umgebracht?«

»Nein.«

»Er ist seinen Verletzungen erlegen, richtig? Haben Sie etwas getan, um seinen Zustand zu verschlimmern? Nein? Also sind Sie aus dem Schneider.« Da Dr. Kensing ihn offenbar nicht ganz verstand, fuhr Hardy fort: »Mich würde noch eines interessieren: Wie hoch war die Wahrscheinlichkeit, dass Markham sterben würde, selbst wenn Sie alles richtig gemacht haben?«

»Das habe ich.«

»Meinetwegen, aber das wollte ich nicht wissen.«

Der Arzt überlegte. »Statistisch haben Sie eine Überlebenschance von zwei zu zehn, wenn Sie erst mal auf der Intensivstation liegen.«

Entsetzt sank Hardy auf dem Sofa zurück. »Mehr nicht? Nur zwei von zehn kommen durch?«

Kensing zuckte die Achseln. »Vielleicht drei. Die genauen Zahlen kenne ich nicht, aber sie sind viel niedriger, als die meisten Menschen glauben.«

»Also hatte Markham bestenfalls eine Überlebenschance von dreißig Prozent, auch wenn Sie alles Menschenmögliche getan haben.«

»Das habe ich wirklich. Ja, grob geschätzt, dreißig Prozent.«

»Demzufolge lag die Wahrscheinlichkeit, dass dieser Unfall ihn das Leben kosten würde, ganz gleich, was ein Arzt getan oder nicht getan hat, bei siebzig Prozent. Habe ich das richtig verstanden?« Hardy beugte sich vor. »Ich habe gute Nachrichten für Sie. Selbst wenn Ihnen einen Fehler unterlaufen sein sollte – damit will ich nicht behaupten, dass es so war –, kann derjenige, der ihn überfahren hat, in seinem Prozess nicht auf einen ärztlichen Kunstfehler plädieren. Wer unter Mordanklage steht, ist ausdrücklich nicht dazu berechtigt, zu seiner Verteidigung vorzubringen, dass der Arzt das Opfer schließlich auch hätte retten können.«

Kurz stand ein Funkeln in Kensings Augen. »Das hätte ich eigentlich wissen müssen. Was ist der Grund dafür?«

»Weil anderenfalls jeder Strafverteidiger der Welt gleich zu Anfang behaupten würde, dass es gar nicht der Angeklagte war, der seine Frau mit vier Schüssen ins Herz getötet hat. Nein, es war der Arzt, denn der hat sie nicht gerettet. Also ist der Arzt schuld, nicht der Angeklagte.«

Kensing nahm diese Information sichtlich erleichtert, wenn auch ungläubig auf. »Aber hier liegt kein Kunstfehler vor«, erwiderte er ruhig. »Ganz sicher nicht«, fügte er hinzu.

»Das glaube ich Ihnen ja. Ich will Ihnen nur begreiflich machen, dass ich keinen Anlass für eine Strafanzeige gegen Sie sehe. Markham ist auf Ihrer Station gelandet, weil ihn jemand mit einem Auto überfahren hat. Und nach dem Fahrer eben dieses Autos hat Bracco gesucht.« Dann jedoch fiel Hardy etwas ein, das Kensing vor einer Weile gesagt hatte. »Haben Sie vorhin gemeint, Sie hätten Mrs. Markham gekannt?«

Kensing ließ die Schultern hängen, als ruhe die Last der ganzen Welt darauf. »Haben Sie es denn noch nicht gehört? Das ist mein zweites Problem.«

Hardy wartete ab.

»Offenbar ist in der letzten Nacht etwas vorgefallen.« Kensing hielt inne. »Sie ist tot. Und die übrige Familie auch.«

»Mein Gott.« Hardy blieb die Luft weg.

Kensing fuhr fort: »Heute Morgen hat es sich in der Klinikverwaltung herumgesprochen. Weil ich Sprechstunde hatte, habe ich es erst in der Mittagspause gehört. Kurz darauf rief Bracco an, um sich zu vergewissern, dass ich im Hause war. Er wollte vorbeikommen, um sich mit mir darüber zu unterhalten.«

»Also haben Sie heute noch mal mit ihm geredet?«

Kensing schüttelte den Kopf. »Vielleicht war es ein Fehler, doch ich ließ mich von meiner Empfangssekretärin verleugnen. Etwa um die gleiche Zeit rief Pico wegen seines Hais an. Am Mittwoch Nachmittag habe ich keine Sprechstunde. Und ich wollte keinen Polizisten sehen, bevor ich nicht einige Punkte geklärt hatte. Deshalb bin ich ins Aquarium gefahren und habe mich mehr oder weniger versteckt. Ich habe Francis herumgeführt ...«

»Francis?«

»Den Hai. Pico hat ihn Francis getauft. Also habe ich abgewartet, bis mir die zündende Idee kam, nämlich mir einen Anwalt zu nehmen. Und Pico hat Sie empfohlen.« Entschuldigend und ratlos verzog er das Gesicht. »So war es. Und was machen wir jetzt?«

Hardy nickte und lehnte sich zurück. Als ihm sein Bier einfiel, griff er nach dem Glas und trank einen Schluck. »Tja, Sie werden mit der Polizei reden müssen, ob es Ihnen passt oder nicht.«

»Und was antworte ich, wenn sie mich nach meiner Frau fragen?«

Das hatte Hardy ihm bereits erklärt, doch nun war offenbar der Zeitpunkt gekommen, um Dr. Kensing ein wenig das Händchen zu halten. »Ich würde einfach die Wahrheit sagen und versuchen, die Ruhe zu bewahren. Wenn die Polizei Nachforschungen anstellt, wird sie sowieso dahinterkommen, dass Markham und Ihre Frau ein Verhältnis hatten. Also seien Sie ehrlich und stellen Sie sich den Tatsachen. Das heißt doch schließlich noch lange nicht, dass Sie einen Mord auf dem Gewissen haben.«

Kensing gab sich Mühe, das zu verdauen. »Gut. Es spielt sowieso keine Rolle, wenn die Polizei bloß nach dem Fahrer des Unfallwagens fahndet, richtig?«

»So sehe ich es zumindest.« Hardy betrachtete Kensings Gesicht. Der Arzt wirkte völlig entkräftet, und seine Augen lagen vor Erschöpfung tief in den Höhlen. »Fühlen Sie sich nicht wohl?«

Dr. Kensing lachte leise auf. »Ich bin nur müde, aber das bin ich eigentlich immer«, erwiderte er. »Ich bin seit fünfzehn Jahren müde. Wenn ich nicht kurz vor dem Zusammenbruch stehe, erkenne ich mich selbst nicht wieder.«

Als Hardy sich zurücklehnte, stellte er fest, dass er auch nicht gerade zum Tanzen aufgelegt war. »Und trotzdem führen Sie mitten in der Nacht für Pico Haie herum?«

»Ja, ich weiß«, entgegnete Kensing. »Eigentlich finde ich es auch schwachsinnig. Ich mache es eben.«

»Bei mir war es genauso.« Auch Hardy hatte Haie herumgeführt, als sein Leben an einem Tiefpunkt angelangt war. In den zehn Jahren nach dem Tod seines Sohnes Michael und der Scheidung von Jane war er herumgelaufen wie ein Schlafwandler. Damals hatte er es als ebenso sinnlos empfunden wie Kensing heute. Aber aus irgendeinem Grund schien das Herumführen der Haie *irgendetwas* für ihn bedeutet zu haben. Und in einer Welt, in der ansonsten nur Leere herrschte, war das ein wichtiger Fixpunkt.

Die beiden Männer standen auf. Hardy reichte Kensing seine Visitenkarte und gab ihm noch einen guten Rat mit auf den Weg. »Sicher sind Sie sich darüber im Klaren, dass die Polizei an Ihrem Arbeitsplatz oder zu Hause auftauchen könnte. Sie könnten mit einem Durchsuchungsbefehl oder einer Vorladung vor Ihrer Tür stehen. Falls das geschieht, sagen Sie kein Wort. Lassen Sie sich nicht einschüchtern. Sie haben das Recht auf ein Telefongespräch.«

Kensing blieb vor Schreck der Mund offen stehen, und er seufzte kopfschüttelnd auf. »Das klingt ja, als könnte es ganz schön haarig werden.«

»Und das ist noch milde ausgedrückt.« Hardy war zwar viel daran gelegen, seinem Mandanten Mut zu machen, doch er durfte Kensing nicht in dem Irrglauben wiegen, dass eine Morduntersuchung ein Spaziergang war. »Aber soweit ich es überblicken kann, droht keine Gefahr. Sie saßen nicht am Steuer des Wagens, mit dem Markham umgebracht wurde. Und Sie haben nichts mit dem Tod seiner Frau zu tun, richtig? Richtig. Also kommt es im Großen und Ganzen nur darauf an, dass Sie die Wahrheit sagen. Bloß die Sache mit den Kniescheiben sollten Sie besser weglassen.«

10

John Strout opferte seine Mittagspause, um Tim Markhams Leiche zu obduzieren.

Der Manager hatte beim Zusammenprall mit dem Fahrzeug und der Mülltonne erhebliche Verletzungen erlitten. Dazu gehörten ein zweifacher Schädelbruch und unzählige Schnittwunden im Gesicht, das nach Einschätzung des Gerichtsmediziners zu Lebzeiten außergewöhnlich ansprechend gewesen sein musste: breite Stirn, markanter Kiefer, Spalte im Kinn und eine offenbar früher wohl geformte Adlernase, die jedoch so oft gebrochen war, dass sich das nicht mehr mit Gewissheit feststellen ließ.

Markhams linker Hüftknochen sowie der damit verbundene Oberschenkel hatten dem Zusammenstoß ebenfalls nicht standgehalten. Offenbar war sein Körper gegen die Motorhaube und die Windschutzscheibe des Wagens geworfen worden, vermutlich die Ursache für einen der Schädelbrüche. Den zweiten und den Nasenbeinbruch hatte er sich wahrscheinlich zugezogen, als er seinen kurzen Flug beendete. Außerdem hatte er sich die rechte Schulter ausgekugelt und drei Rippen auf der rechten Seite gebrochen.

Was die inneren Organe betraf, hatten nur Verdauungstrakt, Herz, linker Lungenflügel und rechte Niere den Unfall unversehrt überstanden. Die rechte Lunge war zusammengesackt, Milz, Leber und rechte Niere waren alle mehr oder weniger schwer beschädigt. Strout, der auf vierzig Jahre Berufserfahrung zurückblicken konnte, hielt es für ein Wunder, dass Markham die Notaufnahme überhaupt lebend erreicht hatte.

Seiner Ansicht nach hätten der Blutverlust, die inneren Verletzungen und der durch die Schmerzen herbeigeführte Schock genügt, um den sofortigen Tod herbeizuführen.

Doch Strout war ein methodischer und gewissenhafter Mensch. Selbst wenn Tim Markham keine bekannte Persönlichkeit gewesen wäre, hätte der Gerichtsmediziner seine Unterschrift nie unter ein offzielles Dokument gesetzt, ohne sich zuvor zu vergewissern, dass er die Todesursache mit menschenmöglicher Genauigkeit ermittelt hatte. Deshalb hatte er die übliche Untersuchung von Blut und Gewebeproben angeordnet. Während er auf die Ergebnisse wartete, machte er sich daran, die inneren Verletzungen noch einmal gründlich unter die Lupe zu nehmen.

Obwohl ein besonders beeindruckendes Hämatom hinten auf der Leber seine Aufmerksamkeit völlig in Anspruch nahm, bemerkte er aus dem Augenwinkel, dass Joyce, seine Assistentin, den Raum betreten hatte. Während sie abwartend neben ihm stehen blieb, setzte er seine Untersuchung eine Weile fort und meinte schließlich gedehnt: »Das Ding allein hätte ihm schon den Garaus machen können.« Dann bemerkte er ihre besorgte Miene und hob den Kopf. »Stimmt etwas nicht, meine Liebe?«

Joyce war neu in der Gerichtsmedizin, allerdings nicht so neu wie die Geräte, mit denen das Labor kürzlich modernisiert worden war. In den vergangen Tagen hatte Joyce unter Strouts Aufsicht Tests durchgeführt, um die Maschinen, mit denen komplizierte Untersuchungen von Blut- und Gewebeproben möglich waren, richtig einzustellen. Und da Tim Markhams Leiche heute Nachmittag auf ihrem Autopsietisch gelandet war, hatte Strout Joyce Proben von seinem Körper für diese Tests zur Verfügung gestellt.

Im Augenblick wirkte sie so nervös, dass Strout schon befürchtete, sie könnte eines der teuren Spielzeuge beschädigt haben. »Nichts wird so heiß gegessen, wie es gekocht wird«, sagte er. »Was ist denn passiert?«

Sie hielt ihm ein Stück Papier hin, die Ergebnisse der Laboruntersuchungen, die sie gerade durchgeführt hatte. »Bei diesem Test ist mir bestimmt ein Fehler unterlaufen. Ich meine, die Maschine ...« Sie beendete den Satz nicht.

Strout nahm das Blatt, studierte die Zahlen, bemerkte, was sie ihm mitteilen wollte, und zog die Gummihandschuhe aus. »Sind das die richtigen Zahlen?«

»Genau das wollte ich Sie ja fragen. Kann das korrekt sein? Ich habe den Test noch einmal wiederholt, aber sicher habe ich was falsch gemacht.«

Er sah sie an und betrachtete dann wieder, diesmal noch eingehender, das Blatt Papier. »Ist das Mr. Markhams Blut?«

»Ja, Sir.«

»Verflixt«, flüsterte er, als spräche er mit sich selbst.

Strout verließ die Gerichtsmedizin und eilte den offen liegenden Gang entlang, der sein Büro mit der Hintertür des Justizgebäudes verband. Ihm fiel kaum auf, wie beißend kalt der Nachmittag geworden war. Nachdem er die Mitarbeiter des Sicherheitsdienstes und den Metalldetektor passiert hatte, beschloss er, auf den Aufzug zu verzichten und stattdessen die Treppe zu nehmen, die er, zwei Stufen auf einmal, hinaufstürmte. Glitsky war nicht in seinem Büro. Wie mitten am Tag üblich, schoben nur zwei Inspectors Dienst, und keiner von ihnen hatte den Lieutenant an diesem Tag schon gesehen.

Wieder stieß Strout einen leisen Fluch aus, doch diesmal war er wütend auf sich, weil er nicht daran gedacht hatte, vorher anzurufen und sich so den vergeblichen Weg die Treppe hinauf zu sparen. Nach kurzem Zögern bat er die Inspectors, Abe auszurichten, er möge ihn umgehend zurückrufen. Dann machte er auf dem Absatz kehrt und eilte die Treppe wieder hinunter.

Eine Etage tiefer gewährte man ihm Einlass ins Allerheiligste des Bezirksstaatsanwalts – schließlich war Strout nicht so weit gelaufen, um unverrichteter Dinge wieder abzuziehen. Und kurz darauf stand er vor Treya Ghents Schreibtisch und fragte, ob Clarence Jackman, der im Nebenzimmer saß, zu sprechen sei. Es sei etwas ziemlich Interessantes vorgefallen. Doch schon ehe sie antwortete, verriet ihm ihr Blick, dass heute offenbar nicht sein Glückstag war. »Er hatte den ganzen Vormittag Besprechungen, John. Und für den Nachmittag sind weitere Treffen ausgesetzt. Wie Sie wissen, ist das das tägliche Brot von Bezirksstaatsanwälten. Sie beschäftigen sich nicht mit dem Gesetz, sondern sitzen auf Besprechungen herum.« Strout fand, dass Ms. Ghent – oder sollte er sie Mrs. Glitsky nennen? – eine ausgesprochen attraktive Frau war. Dunkelhäutig, mit ein paar Tropfen asiatischen oder indischen Blutes. Nun lächelte sie ihn hilfsbereit an. »Kann ich irgendwas für Sie tun?«

Er überlegte. »Wissen Sie vielleicht, wo Abe steckt?«

Sie schüttelte den Kopf. »Er hat heute Morgen mit einem seiner Inspectors das Haus verlassen und sich seitdem nicht mehr gemeldet. Warum?« Allerdings kannte sie die Antwort. Strout wollte ihren Mann in seiner Funktion als Leiter des Morddezernats sprechen. Und es bestand kein Zweifel, dass es sich bei der »ziemlich interessanten« Angelegenheit nicht um einen heißen Börsentipp handelte.

Der hoch gewachsene Gentleman seufzte auf, wich einen Schritt zurück und ließ sich, nachdem er Treya um Erlaubnis gebeten hatte, auf dem Stuhl neben der Tür nieder, der dort für Wartende bereit stand. »Ich muss erst mal wieder zu Atem kommen. Ich habe die Treppe genommen, was in meinem Alter nicht sehr empfehlenswert ist.«

»Offenbar ist es sehr wichtig«, sagte Treya, wobei sie hoffte, nicht zu neugierig zu klingen.

Allerdings hatte Strout das Stichwort nicht nötig, denn er brannte geradezu darauf, von seiner Entdeckung zu erzählen. »Erinnern Sie sich noch an unser Gespräch über die Parnassus-Versicherung, gestern bei Lou?« Natürlich tat sie das, denn Mr. Jackman grübelte immer noch darüber nach, was er in dieser Sache unternehmen sollte. »Und jetzt spitzen Sie mal die Ohren. Es wird nämlich gleich spannend.«

Kurz fasste Strout die Lage für sie zusammen. Als er fertig war, fragte sie: »Kaliumchlorid? Was hat das zu bedeuten?«

»Dass er nicht durch den Zusammenstoß mit dem Wagen gestorben ist, obwohl er den Verletzungen wahrscheinlich früher oder später sowieso erlegen wäre, wenn nicht jemand nachgeholfen hätte. Aber da hat jemand dran gedreht.«

»Könnte es ein Zufall gewesen sein? Man könnte ihm eine falsche Infusion gelegt haben?«

Strout zuckte die Achseln. »Alles ist möglich. Egal ob es Absicht war oder nicht, jedenfalls hat er eine gewaltige Dosis Kaliumchlorid intus, und die Sache ist, dass das bei einer Autopsie möglicherweise niemandem auffallen würde. In diesem Fall jedoch war die Dosis so hoch, dass die Werte den Normalbereich überschreiten. Deshalb habe ich gehofft, Sie wüssten, wo Ihr Mann sein könnte. Das interessiert ihn sicher.«

Als Jackman von dem Kaliumchlorid erfuhr, bat er Treya, Abe im Wagen anzufunken und ihn zu ihm zu beordern, sobald er ins Morddezernat zurückkehrte. Anschließend verständigte er Marlene Ash und John Strout, die seinem Ruf sofort folgten und nun ebenfalls in seinem Büro saßen.

Inzwischen war es Viertel vor sieben. Der frische Wind vom Nachmittag hatte sich in einen eisigen Sturm verwandelt, dessen Heulen man selbst im fast hermetisch abgeriegelten Büro des Bezirksstaatsanwalts hören konnte.

Als Jackman aus dem Fenster auf die immer noch verstopfte Bryant Street hinunterblickte, wurden die ersten großen Regentropfen mit explosiver Gewalt gegen die Scheibe geschleudert. Unwillkürlich wich der Bezirksstaatsanwalt einen Schritt zurück.

Er stellte fest, dass hinter ihm heftig debattiert wurde. Die Entdeckung des Kaliumchlorids war schon Sensation genug gewesen. Doch als Glitsky endlich auf Treyas Anruf reagiert und ihr erzählt hatte, wo er den ganzen Tag gewesen und was im Hause Markham vorgefallen war, schien die Krisenstimmung durch das Justizgebäude zu fegen wie eine Flutwelle. Noch während Abe Treya vom Schicksal der Familie Markham berichtete, sprach sich die Tragödie auch auf der Straße herum. Und bald klingelte in Jackmans Büro ununterbrochen das Telefon. Journalisten von Presse, Rundfunk und Fernsehen sowie das Büro des Bürgermeisters, der Stadtrat und der Polizeichef wollten ihn sprechen.

Als Jackman sich gerade vom Fenster abwandte, kam Glitsky herein. »Schön, dass Sie da sind, Abe. Setzen Sie sich.«

Der Lieutenant berührte Treya am Arm und begrüßte die übrigen Anwesenden mit einem Nicken. Jackman ließ sich, ihnen gegenüber, auf der Kante seines Schreibtischs nieder und verschwendete keine Zeit mit einleitenden Floskeln. »Eine prominente Familie wurde innerhalb von zwölf Stunden ausgelöscht. Sämtliche städtischen Mitarbeiter sind beim Unternehmen des Mannes krankenversichert, das kurz vor dem Konkurs steht. Kurzfristig wird das zum absoluten Medienchaos führen. Und langfristig? Was passiert, wenn Parnassus sich nicht wieder erholt, das wissen nur die Götter. Ist jemand anderer Meinung?« Ihm war klar, dass niemand ihm widersprechen würde, und auch bei seiner nächsten Frage rechnete er mit Einstimmigkeit. »Hat jemand hier einen Vorschlag, wie wir uns zu diesen Entwicklungen äußern sollen. Wenn es zu Fragen kommt, brauche ich ein paar gute Antworten.«

Die Narbe auf Glitskys Lippe trat hervor. Er räusperte sich. »Wir sagen, wir untersuchen die Sache. Kein Kommentar.«

»Ich dachte mir, dass das Ihr Standpunkt sein würde.«

»Es ist der einzig mögliche Standpunkt, Clarence.« Glitsky, der sich nach dem Tag im Haus der Markhams immer noch fühlte wie durch die Mangel gedreht, hatte keine Ahnung, worauf der Staatsanwalt mit dieser Besprechung hinauswollte und warum sie überhaupt anberaumt worden war. »Außerdem ist es die Wahrheit«, fügte er hinzu.

»Bis jetzt schon, das ist richtig. Aber ich finde, wir sollten den Leuten helfen, sich eine Meinung über die Angelegenheit und deren Hintergründe zu bilden. Meiner Ansicht nach sollten wir klipp und klar sagen, dass Tim Markham ermordet wurde.«

Glitsky betrachtete die Anwesenden. Im Augenblick schien das Gespräch nur zwischen ihm und Jackman stattzufinden. »Wissen wir denn wirklich, dass es ein Mord war?«

»Angesichts dessen, was passiert ist, Abe«, wandte Marlene ein, »ist es doch offensichtlich.«

»Ich mag keine offensichtlichen Dinge«, entgegnete Glitsky ruhig. »Könnte es auch eine versehentliche Überdosis gewesen sein? Wurde ihm das Kaliumchlorid aus irgendeinem medizinischen Grund verabreicht?« Er sah Strout an. »Hätte jemandem im Krankenhaus nicht einfach ein Fehler unterlaufen können?«

Der Gerichtsmediziner nickte. »Wäre möglich.«

Doch Jackman, dem diese Antwort missfiel, schnaubte höhnisch. »Und warum hat sich seine Frau dann umgebracht?«

»Wer behauptet, dass sie sich umgebracht hat?«, fragte Glitsky.

»Das steht zumindest im vorläufigen Bericht«, sagte Jackman.

»Sie wissen sicher, warum man solche Berichte ›vorläufig‹ nennt, Clarence. Nämlich, weil sie noch nicht abschließend sind. Vielleicht stimmt es ja gar nicht. Wir wissen noch überhaupt nichts über die Frau, die Kinder, die ganze Situation –«

»Sergeant Langtry meinte, es handele sich eindeutig um eine Kombination von Mord und Selbstmord, Abe. So etwas hat er schon häufiger gesehen. Und Sie ebenfalls, oder nicht?«

»Es bestehen gewisse Übereinstimmungen, aber es gibt auch Abweichungen. Ich halte es einfach für klüger, wenn wir den Mund halten, bis wir sicher sind.«

Jackman lief vor seinem Schreibtisch auf und ab. Seine Anwesenheit dominierte den Raum. »Vielleicht weiß ich auch, was klüger ist, Abe. Möglicherweise bin ich sogar Ihrer Ansicht. Aber haben Sie Nachsicht mit mir. Es könnte neugierige Menschen geben, die Fragen stellen. Die Presse zum Beispiel oder das Büro des Bürgermeisters. Sie können es sich aussuchen. Und die werden auf Antworten bestehen. Ich fürchte, wenn wir uns in Schweigen hüllen, dass es dann so aussieht, als wüssten wir nichts –«

»Wir *wissen* nichts! Deshalb macht es auch nichts, wenn es so aussieht. Es ist erst einen Tag her.«

Ohne auf die Unterbrechung zu achten, wiederholte Jackman seine Bemerkung von vorhin. »Wir wissen, dass Markham ermordet wurde. Wir glauben, dass seine Frau sich umgebracht hat.«

»Ich weiß nicht, ob ich das glaube, Clarence. Schließlich hat John die Frau noch nicht mal obduziert.« Glitsky zwang sich zur Ruhe. Ihm war klar, dass Jackman den Advocatus diaboli spielte. Doch er wollte verhindern, dass die Staatsanwaltschaft sich unnötigerweise auf eine offizielle Sichtweise festlegte – die Politiker sollten aufhören, sich in seine Arbeit einzumischen. »Ich meine doch nur, dass sich jemand durchaus die Mühe hätte machen können, einen Selbstmord vorzutäuschen. Ich weiß, dass Langtry auf Selbstmord tippt, aber wir haben die anderen Möglichkeiten noch nicht ausgeschlossen. Deshalb würde ich mich wohler fühlen – und Sie sich bestimmt auch, Clarence –, wenn wir auf Nummer sicher gingen, bevor wir mit der Presse sprechen.«

Jackman runzelte die Stirn. »Soll das heißen, jemand hat Clara Markham und ihre Familie getötet und es dann als Selbstmord dargestellt?«

»Ich sage nur, dass es so gewesen sein könnte.«

»Ist man denn im Haus auf etwas gestoßen, das diese Theorie bestätigt?«

»Bis jetzt nicht, Sir. Aber die Laboruntersuchungen sind noch nicht abgeschlossen.«

Während Jackman ihn finster ansah, fuhr Glitsky fort: »Sobald wir einen Selbstmord beweisen können, werde ich Ihnen nicht mehr im Wege stehen, Clarence. Ehrenwort. Doch im Augenblick haben wir es mit einer Theorie zu tun, die mir ein wenig an den Haaren herbeigezogen erscheint: Markham wird schwer verletzt, eigentlich fast tot, ins Krankenhaus eingeliefert, und jemand beschließt spontan, die Gelegenheit zu nützen und ihn zu töten?«

Aber Jackman gab nicht so rasch klein bei. »Offen gestanden bin ich der Ansicht, dass irgendein Reporter genau das annehmen wird.«

»Okay, dann antworten Sie ihm, dass Ihnen das ein wenig unglaubwürdig erscheint. Zum Beispiel ist da die Frage, warum jemand das Risiko eingehen sollte, obwohl Markham wahrscheinlich ohnehin gestorben wäre.«

»Derjenige muss einen wichtigen Grund gehabt haben.« Jackman wandte sich an Strout. »Und er hätte ja nicht unbedingt sterben müssen, richtig, John?«

Mutmaßungen waren nicht gerade Strouts Stärke, doch da der Staatsanwalt ihn direkt angesprochen hatte, fühlte er sich verpflichtet, etwas zu sagen. »Vielleicht nicht. Vor allem, da er die Notaufnahme lebend verlassen hatte.« Er zuckte die Achseln. »Er hätte es vielleicht schaffen können.«

»Also.« Jackman verstand Strouts Antwort als Bestätigung. »Jemand, womöglich sogar seine Frau –«

»*Womöglich sogar seine Frau!*« Das war neu und klang in Glitskys Ohren völlig absurd. »Wollen Sie behaupten, dass Carla Markham ihren Mann im Krankenhaus getötet hat?«

Jackman machte einen kleinen Rückzieher. »Okay, vielleicht nicht. Doch jemand im Krankenhaus muss damit gerechnet haben, dass Markham überlebt, und das durfte er aus irgendeinem Grund nicht zulassen.«

»Ich verlange doch nur, Clarence, dass wir nach einem Motiv suchen.«

Da die Debatte zu einem Streit auszuufern drohte, mischte sich Treya ein. »Vielleicht sollten wir, was die Ehefrau betrifft, nichts überstürzen, Clarence. Sie brauchen doch lediglich zu sagen, dass irgendjemand Mr. Markham umgebracht hat. Außerdem sind wir uns, wie ich glaube, alle einig«, fügte Treya rasch hinzu und drehte sich zu ihrem Mann um, »dass das Kaliumchlorid eher auf einen Mord als auf ein Versehen im Krankenhaus hinweist. Ist das nicht richtig, Abe? Findest du das nicht auch?«

Glitsky verstand ihre Frage und begriff, worauf sie hinauswollte. Aber obwohl er aufgrund der Überdosis Kaliumchlorid einen Mord für wahrscheinlich hielt, war er nicht bereit, Glauben mit Wissen gleichzusetzen. »Gut«, sagte er zu seiner Frau. »Nehmen wir für den Moment einmal an, dass Markham im Krankenhaus ermordet wurde. Also antworten wir allen, die Fragen stellen, dass wir noch ermitteln. Das tun wir ja schließlich. Warum diese Eile mit den Medien?«

Aus Treyas Miene schloss Glitsky, dass er endlich die richtige Frage gestellt hatte. Jackman stand von seinem Schreibtisch auf. »Die Sache verhält sich folgendermaßen, Abe: Falls Markham ermordet wurde, geht der Fall an die Grand Jury. Ich kann die Untersuchung seines Todes als legalen Vorwand dafür benutzen, um mir seine Bücher anzusehen und die Geschäftspraktiken von Parnassus unter die Lupe zu nehmen. Dann hätten wir einen triftigen Grund, seine Akten zu durchwühlen und den Laden zu zerlegen, um ein Mordmotiv zu finden. Und niemand könnte sich darüber beschweren. Schließlich hat jemand ihren obersten Boss umgebracht. Und demzufolge wäre Parnassus gezwungen, in jeder Hinsicht mit uns zu kooperieren.«

Nach einer Kunstpause fuhr Jackman fort: »Wenn wir einfach so im Rechnungswesen von Parnassus herumstochern und das Unternehmen seine Anwälte darauf ansetzt, könnte es die Beschlagnahmung und die Herausgabe der Unterlagen monate- oder sogar jahrelang hinauszögern. Und bis dahin ist vermutlich alles im Reißwolf gelandet oder wurde gefälscht. Hinzu kommt das öffentliche Aufsehen, der Vertrauensverlust in städtische Institutionen, bla, bla, bla. Doch auf meine Methode werden die uns nicht mehr los. Es handelt sich um Mord, Abe, und selbst in dieser Stadt lehnt die überwiegende Mehrheit der Wähler Mord ab. Kein Mensch wird uns, wenigstens zur Zeit, Hintergedanken unterstellen.«

Marlene Ash, die offenbar bereits in Jackmans Plan eingeweiht gewesen war, musste auch ihren Senf dazugeben. »Wir rufen die Grand Jury zusammen.«

»Schließlich ermitteln wir im Mordfall Tim Markham«, wiederholte Jackman. »Und deshalb kann es uns niemand verdenken, wenn wir seine privaten Beziehungen und selbst seine Geschäftspraktiken durchleuchten. Und da Markham im Portola Hospital getötet wurde, besteht ein nachweislicher Zusammenhang.«

Doch Glitsky rutschte schon wieder auf seinem Stuhl herum. Er war nicht begeistert davon, dass sich die Staatsanwaltschaft in seine Ermittlungen einmischte, insbesondere dann, wenn der Mord an Markham nur als Vorwand diente, um die Finanzen von Parnassus unter die Lupe zu nehmen. »Was ist, wenn wir Markhams Mörder schnappen, bevor Sie fertig sind?«, erkundigte er sich.

»Wir lassen die Grand Jury weitertagen und beschäftigen uns mit den Finanzfragen«, antwortete Marlene.

Abe fand das zwar nicht sehr erfreulich, aber er wusste, dass Marlene, gesetzlich gesehen, die Möglichkeit dazu hatte. Die Grand Jury war, einmal zusammengerufen, auf kein bestimmtes Verbrechen festgelegt – Jackman und Ash konnten sie dazu benutzen, einfach im Trüben zu fischen.

»Aber ich habe doch auch weiterhin Ihre Unterstützung, wenn ich verlange, dass die Ermittlungen im Mordfall Priorität bekommen?«, fragte er. »Schließlich wäre es ziemlich unangenehm, kurz vor einer Verhaftung zu stehen und den Verdächtigen dann nicht dingfest machen zu können.«

»Dazu wird es nicht kommen, Abe«, sagte Marlene.

»Kann es nicht kommen«, schloss sich Jackman an. »Wir stehen auf einer Seite.«

Glitsky bedachte die Anwesenden mit einem Lächeln, das niemanden täuschen konnte. »Tja, wenn das so ist«, sagte er und stand auf, »mache ich mich am besten gleich an die Arbeit.«

Teil zwei

11

Hardy schlug nach dem Knopf und schaltete den Wecker noch vor dem vierten Piepsen aus. Er warf die Decke zurück, setzte sich mühsam auf, gab dann jedoch der Versuchung nach, sich – nur noch eine Minute – wieder hinzulegen. Frannie murmelte etwas, und er spürte, wie ihre Hand seinen Rücken streifte. Er drückte sie rasch, ließ los und stand schließlich auf.

Das Haus wirkte unnatürlich dunkel. Kurz blieb Hardy stehen; es kostete ihn Willenskraft, sich in Bewegung zu setzen. Draußen rüttelte ein frischer Wind an den Fenstern. Der Sturm hatte sich noch nicht gelegt.

Nachdem er geduscht und sich rasiert hatte, zog er Hose und Hemd im Bad an, um die anderen nicht zu stören. Undeutlich erinnerte er sich, dass er unruhig geschlafen hatte, und er war immer noch nicht ganz wach. Frannie schlief tief und fest. Hardy beschloss, ihr eine Tasse Kaffee ans Bett zu bringen. So würden sie noch ein paar ruhige gemeinsame Minuten habe, bevor das tägliche Theater begann, das damit verbunden war, die Kinder schulfertig zu machen.

In der Küche knipste er das Licht an und fütterte seine tropischen Fische. Der lange Flur zur Vordertür erschien ihm heute ebenfalls außergewöhnlich dunkel. Doch da er das auf das Wetter zurückführte, verschwendete er keinen Gedanken mehr daran. Als er die Tür öffnete, stellte er zu seiner Zufriedenheit fest, dass der *Chronicle* auf der Vortreppe lag – keinesfalls eine Alltäglichkeit. Vielleicht war es ja ein Omen: Ihm stand ein Glückstag bevor.

Mein Gott, ist das dunkel, schoss es ihm durch den Kopf.

Hardy tat häufig die Auffassung kund, dass es sich bei der Kaffeemaschine um die bahnbrechendste Erfindung der Moderne handelte. Das Gerät trat etwa dann in Aktion, wenn der Wecker klingelte, und sobald man in die Küche kam, stand das lebenswichtige Gebräu bereit. Doch als er nun an die Kaffeemaschine trat, blieb er stirnrunzelnd stehen. Die Kanne war leer. Und zu allem Überfluss leuchtete das grüne Programmlämpchen noch, das auf Rot umschaltete, wenn die Maschine lief. Hardy wusste noch genau, dass er am Vorabend vor dem Zubettgehen den Kaffee aufgesetzt hatte. Er beugte sich vor und starrte auf die Uhr.

4:45.

Hardy drehte sich um und warf einen Blick auf die große Uhr an der Küchenwand: dasselbe Ergebnis. Schließlich fiel ihm ein, auf seine Armbanduhr zu sehen, und er erhielt die dritte Bestätigung. Es war Viertel vor fünf an einem Dienstagmorgen. Er war hellwach und angezogen und wusste nun nicht, was er mit sich anfangen sollte. Und zwar deshalb, weil irgendjemand offenbar seinen Wecker verstellt hatte. Wenn er herausfand, welches der Kinder es gewesen war, war der Teufel los. Am liebsten hätte er das ganze Haus aufgeweckt, die Daumenschrauben ausgepackt und den Übeltäter identifiziert.

So viel also zum Thema Glück. Außerdem musste er jetzt warten, bis der verdammte Kaffee fertig war. Da er nun etwa zwei Stunden totzuschlagen hatte, schlug er ärgerlich die Zeitung auf und warf sie auf den Esszimmertisch. Als er sich setzte, stellte er fest, dass es immer noch dunkel war.

Wenigstens wusste er jetzt, warum.

Dann fiel sein Blick auf die Schlagzeile: »KRANKENVERSICHERUNGS-CHEF TOT – MAN SPRICHT VON MORD.« Obwohl der Untertitel, in dem von Kaliumchlorid die Rede war, eigentlich genug sagte, las Hardy den gesamten Artikel. Sein neuer Mandant wurde nur einmal erwähnt, und zwar in seiner Funktion als Dienst habender Arzt der Notaufnahme. Doch das reichte. Hardy begann, sich Sorgen zu machen.

Der Begleitartikel über Markhams Familie trug nicht dazu bei, seine Befürchtungen zu zerstreuen. Das Blatt erging sich in finsteren Andeutungen und schrieb, einiges weise darauf hin, dass die Frau erst ihre Kinder und dann sich selbst getötet habe – eine weitere sinnlose amerikanische Tragödie, deren Hintergründe wohl nie aufgedeckt werden würden. Doch Hardys Instinkt sagte ihm, dass alle Vermutungen über den Tod der Familie eindeutig verfrüht waren, solange man Markhams Ableben als Mord betrachtete.

Nachdem er den zweiten Artikel gelesen hatte, saß er eine Weile nachdenklich da. Dann stand er auf, schenkte sich eine Tasse Kaffee ein und kehrte zum Tisch zurück, um sich Jeff Elliots Kolumne zu widmen.

StadtGespräch
von Jeffrey Elliot

Dr. Malachi Ross, medizinischer Leiter von Parnassus Health, der von allen Seiten unter Beschuss stehenden Krankenversicherung, die auch die städtischen Angestellten betreut, hat in den vergangenen Monaten eine Menge einstecken müssen. Dr. Ross' geschäftliche Entscheidungen – angefangen bei seinem später aufgehobenen Beschluss, die Verschreibung von Viagra nicht zu genehmigen, bis hin zu dem viel ernsteren Skandal um Baby Emily im Portola Hospital – sind ins Kreuzfeuer der Kritik von Verbraucherverbänden, Bürgerinitiativen, Interessengruppen und auch dieser Zeitung geraten. Nach dem Tod von Tim Markham, dem Geschäftsführer von Parnassus, und der Ernennung von Ross zu dessen Nachfolger sieht es aus, als wären die Probleme noch lange nicht zu Ende. (Bei Redaktionsschluss erfuhr der *Chronicle*, dass die Polizei von einem Mord an Mr. Markham ausgeht.)

Eine von Mr. Markhams letzten Handlungen in der vergangenen Woche bestand darin, der Stadt eine Rechnung von mehr als dreizehn Millionen Dollar für bislang nicht bezahlte ambulante Behandlungen in diversen Stadtviertelkliniken zu präsentieren. Bei der Staatsanwaltschaft bezeichnet man die dieser Rechnung zu Grunde liegenden Unterlagen als »zumindest fragwürdig« und möglicherweise »betrügerisch«. Gleichzeitig hat Parnassus eine Beitragsanhebung von dreiundzwanzig Dollar monatlich für jeden versicherten städtischen Mitarbeiter beantragt. Falls dieser Antrag genehmigt wird, bedeutet das für den Stadtsäckel ein zusätzliches Minus von monatlich knapp siebenhunderttausend Dollar.

Darüber hinaus reißen die Sorgen von Parnassus und seinem Paradekrankenhaus, dem Portola Hospital, nicht ab. In einem Interview am Dienstag Abend räumte Dr. Ross ein, die Versicherung stecke in einer Finanzkrise. Die Aussetzung der Gehaltszahlungen an einige bei Parnassus beschäftigte Ärzte bezeichnete er jedoch als freiwilliges Darlehen. Eine andere Quelle – ein Arzt und Mitarbeiter – vertritt jedoch eine leicht abweichende Auffassung: »Klar«, sagte er. »Es ist freiwillig. Man bietet an, Parnassus sein Gehalt zu leihen, oder man wird gefeuert.«

Dennoch scheint Ross überzeugt, dass Parnassus die Krise meistern wird. »Das Ziel ist, der Mehrheit der Menschen ein Maximum an Wohlbefinden zu ermöglichen«, erklärte er. Auf die Frage, ob er einen Konflikt zwischen den Geschäftsinteressen von Parnassus und den Bedürfnissen der Patienten sehe, erwiderte Ross: »Das Unternehmen muss am Leben bleiben, damit es seine Arbeit fortsetzen kann.«

Wegen der Geschäftsbeziehungen zur Stadt sind die Finanzen von Parnassus öffentlich zugänglich. Im letzten Jahr betrug das Durchschnittsgehalt eines bei Parnassus tätigen Arztes 98.000 Dollar. Das durchschnittliche Vorstandsmitglied, von denen es dreißig gibt, hatte pro Jahr knapp 350.000 Dollar plus Zuschläge auf dem Konto, was das Unternehmen insgesamt ungefähr 10,5 Millionen kostete. Der verstorbene Mr. Markham kassierte als Geschäftsführer das höchste Einkommen – 1,4 Millionen. Gleich darauf folgte Dr. Ross mit 1,2 Millionen plus Zuschläge.

Stellen Sie sich vor, welcher Wohlstand bei ihm ausbricht, falls Parnassus doch nicht bankrott geht.

Glitsky fuhr mit dem Aufzug nach oben. Als sich die Tür im dritten Stock öffnete, stand Dismas Hardy vor ihm, der sagte: »Ich war gerade bei dir im Büro. Du warst nicht da.«

»Soll das ein Witz sein?« Glitsky stieg aus dem Lift. »Wann?«

»Gerade eben.«

»Und ich war nicht im Büro?«

»Keine Spur von dir.«

»Dein scharfes Auge für Details habe ich unter anderem schon immer an dir bewundert.«

»Ich auch.« Die beiden Männer gingen nebeneinander her zum Morddezernat. »Und was sonst noch?«

»Was was?«

»Was du sonst noch an mir bewunderst? Unter anderem bedeutet, dass da noch mehr ist.«

Glitsky sah ihn an, machte ein paar Schritte und schüttelte den Kopf. »Wenn ich es mir genau überlege, ist es das Einzige. Ein scharfes Auge für Details.«

In Glitskys Büro schob Hardy sich einen der Klappstühle vor den Schreibtisch und musterte prüfend den Raum. »Du könntest hier drin ein paar Bilder gebrauchen. Es wirkt ein wenig deprimierend.«

»Ich mag's deprimierend«, sagte Glitsky. »Auf diese Weise ziehen sich die Besprechungen nicht so lange hin. Apropos« – er wies auf seine überquellende Aktenschale – »das hier ist meine Arbeit für heute, und ich bin bereits im Hintertreffen. Was kann ich also für dich tun?«

»Mein scharfes Auge für Details sagt mir, dass du heute Morgen nicht in Plauderstimmung bist, und deshalb komme ich auch gleich auf den Punkt. Wie ich annehme, gehört Bracco zu deiner Verkehrspolizei.«

»Korrekt.« Glitsky griff nach der Aktenschale mit der Aufschrift »Eingänge«. »Du kannst jederzeit wieder vorbeikommen. War mir ein Vergnügen.«

»Ich hätte da noch eine Frage. Was weißt du über Tim Markham?«

Glitsky hörte auf, mit seinen Papieren herumzuspielen, neigte den Kopf zur Seite und runzelte die Stirn. »Wen vertrittst du?«

»Eric Kensing.«

»Spitze. Seit wann?«

»Seit kurzem.«

Glitsky beugte sich vor und strich mit der Hand über seine

Narbe. »Wenn ich mir recht entsinne, habe ich das letzte Mal, als ich in diesem Stadium der Ermittlungen mit dir über einen Fall gesprochen habe, für ein paar Wochen meinen Job verloren.«

»Stimmt. Aber du hast dich trotzdem richtig verhalten.« Vor einem Jahr war Glitsky vom Dienst suspendiert worden, nachdem er Hardy ein Videoaufnahme vom fragwürdigen Geständnis seines Mandanten gezeigt hatte – und zwar, bevor es von der Staatsanwaltschaft zur Beweisaufnahme freigegeben worden war. »Du weißt ja, was Davy Crocket zu sagen pflegte: ›Sei sicher, dass du Recht hast, und dann vorwärts marsch.‹«

»Ich fand diesen Spruch schon immer ziemlich dämlich. Die Gefängnisse sind voller Leute, die dachten wie der alte Davy. Ich glaube, Dschingis Khan hatte dasselbe Motto.«

»Und er war ein großartiger Anführer. Ich habe nur noch ein paar kurze Fragen. Deswegen wirst du bestimmt nicht gefeuert. Ehrenwort.«

»Lass hören, und dann entscheide ich selber. Und bitte schnell, wenn es möglich ist. Allerdings sagt mir meine Erfahrung, dass das bei dir selten klappt.«

»Steckt er in Schwierigkeiten?«

Glitsky nickte beifällig. »Ziemlich gut für deine Verhältnisse.« Ein Achselzucken. »Tja, unabhängig davon, wo wir mit unseren Ermittlungen im Mordfall Markham stehen, ist dein Mandant vermutlich derjenige, der allein schon wegen des Verdachts auf Kunstfehler einen Anwalt braucht. Außerdem ...« Glitsky warf einen Blick auf die Tür – sie war geschlossen – und wandte sich wieder Hardy zu. »Wahrscheinlich hat er dir erzählt, dass er ein Motiv hat.« Er machte eine Pause, bevor er fortfuhr: »Und darüber hinaus war er der Letzte, der die Familie lebend gesehen hat.«

»Meinst du Markhams Familie? In der Zeitung hieß es, die verzweifelte Ehefrau könnte es gewesen sein.«

»Ja, das habe ich auch gelesen.« Glitsky lehnte sich zurück. »Ich glaube, das waren genug Fragen.«

»Denkst du, die Frau war es? Und wenn nicht, könnte es derselbe Täter gewesen sein wie beim Ehemann?«

»Bis jetzt denke ich noch gar nichts. Ich versuche, für alle Möglichkeiten offen zu sein.«

»Aber wenn mein Mandant des Mordes an Markham verdächtigt wird, ist er doch auch –«

Glitsky fiel ihm ins Wort. »Schluss mit diesem Thema, Diz. Du hast deine Fragenquote bereits überschritten. Genug.«

»Okay. Das ist jetzt keine Frage. Ich habe mit meinem Mandanten – Dr. Kensing – heute Morgen gesprochen, bevor ich das Haus verlassen habe. Er möchte mit reden.«

»Klar möchte er das. Und ich bin die Königin von Saba. Wirst du es ihm erlauben?«

»Ich habe ihm gesagt, dass ich die Idee dämlich finde. Ich bin sogar ein wenig hartnäckig geworden. Aber du hast bestimmt auch schon gehört, dass Ärzte immer alles besser wissen. Er glaubt, dass du ihn in Ruhe lässt, nachdem du seine Geschichte gehört hast. Er ist Zeuge, kein Verdächtiger.«

»Fordert er jetzt schon Immunität?«

»Nein. Nichts dergleichen. Er hat sich nichts zuschulden kommen lassen. Er ist nur Zeuge.«

»Und Angriff ist die beste Verteidigung.«

Hardy zuckte die Achseln. Der Vorschlag war schließlich nicht auf seinem Mist gewachsen. Er wusste, dass Glitsky es vielleicht so deuten würde, doch im Augenblick hielt er es für seine Aufgabe, Kensing zu beruhigen und dafür zu sorgen, dass das Gespräch auf freiwilliger Basis stattfand. »Was hältst du von meinem Büro nach Feierabend?«

Glitsky überlegte und nickte dann. »Okay, wäre möglich.«

»Und er ist Zeuge, kein Verdächtiger.«

»Du wiederholst dich.«

»Aber du hast mir noch nicht gesagt, ob du damit einverstanden bist.«

»Wieder das Auge fürs Detail«, sagte Glitsky. Er lehnte sich zurück. »Er ist, was er ist, Diz. Ich fürchte, wir müssen abwarten, was passiert.«

Nach seinem Besuch im Morddezernat ging Hardy hinunter in Jackmans Büro, um vielleicht eine wichtige Information aufzuschnappen, die seinen neuen Mandanten betraf. Es überraschte ihn nicht weiter, dass Glitsky ihn nicht gerade mit Informationen überschüttet hatte. Es war zwar nicht wahrscheinlich, doch da der Bezirksstaatsanwalt im Strafrecht noch ziemlich unerfahren war, würde er sich vielleicht verplappern, wenn Hardy ihn in ein freundschaftliches Gespräch verwickelte.

Hardy blieb auf der Schwelle von Jackmans Vorzimmer stehen. Treya war am Telefon, wiederholte ständig: »Ja, Sir«, lächelte Hardy zur Begrüßung zu und bat ihn mit einer Handbewegung um Geduld. Er trat ein, küsste sie auf die Wange und ließ sich auf dem Stuhl neben Jackmans Tür nieder. Treya setzte das Telefonat in höflich-professionellem Ton fort, verdrehte aber immer wieder die Augen und schnitt Grimassen.

Hardy, der sie beobachtete, konnte sich ein Lächeln nicht verkneifen.

Nach dem Tod von Glitskys erster Frau hatte Hardy nicht geglaubt, dass sein bester Freund je wieder eine Partnerin finden würde, die Flo das Wasser reichen konnte. Doch in einem knappen Jahr war es Treya gelungen, ihn und Frannie zu überzeugen. Sie war nicht nur tüchtig und selbstbewusst, sondern hatte jede Menge Humor, was dazu beitrug, Abes Reizbarkeit zu dämpfen und seine üblen Launen ein wenig abzuschwächen. Treya war sehr attraktiv, eigentlich eine Schönheit. Ihre Haut war makellos und hatte die Farbe von Milchschokolade. Ihre Figur war sportlich und trotzdem wohl gerundet.

Endlich legte sie auf. »Der Bürgermeister«, erklärte sie. »Ständig will er zu allen Themen meine Meinung hören.« Sie sah Hardy fragend an. »Hast du einen Termin? Erwartet Clarence dich? Ich habe dich nicht im Kalender.«

»Nein. Ich bin einfach so vorbeigekommen, um zu schauen, ob er Zeit hat, ein wenig mit mir zu plaudern.«

»Ich glaube, das passt heute nicht. Er hat mich sogar gebeten, ihn zu verleugnen, wenn der ehrenwerte Bürgermeister anruft.« Sie lächelte reizend. »Möchtest du vielleicht den üblichen Weg nehmen und einen Termin vereinbaren?«

»Vielleicht, aber ich weiß nicht, wann ich wieder im Justizgebäude sein werde.«

»Ich habe einen Vorschlag, Diz. Du könntest es einplanen. Es heißt, dass andere Leute das auch tun.«

»Aber Clarence und ich kennen uns schon seit vielen Jahren. Wir sind Kumpel.«

»Das empfindet er auch so.«

»Ich fände es nur schade, wenn unserer Freundschaft die Spontaneität verloren ginge.«

Treya nickte mitfühlend. »Clarence denkt genauso. Er klagt ständig darüber. Ich schreibe dich für morgen um drei auf. Dann könnt ihr euch aussprechen.« Das Telefon auf ihrem Schreibtisch läutete. Treya winkte Hardy zum Abschied zu und nahm ab.

Zurück in seiner Kanzlei, rief Hardy im Aquarium an und erfuhr, dass Francis, der Hai, noch lebte und ohne fremde Hilfe herumschwamm. Allerdings sah Pico noch keinen Grund zum Feiern. »Er hat noch keinen Bissen gefressen. Das mit dem Schwimmen ist ja schön und gut, aber er muss auch was essen.«

»Woher weißt du, dass es ein ›er‹ ist?«

»Wie, glaubst du, bin ich hier Kustos geworden? Könnte das vielleicht an meinem Doktor in Meeresbiologie liegen? An der Fähigkeit, einen männlichen von einem weiblichen Fisch zu unterscheiden? Was meinst du?«

»Ich dachte immer, der Grund wäre irgendeine Quotenregelung für Minderheiten. Womit hast du ihn denn zu füttern versucht?«

»Mit Fischfutter.« Offenbar hatte Pico genug von Hardys Beiträgen zu diesem Thema. »Können wir nicht über was anderes reden? Wie ist es mit Eric gelaufen?«

Hardy runzelte die Stirn, und sein Tonfall wurde ernst. »Ich habe eine Frage an dich. Wie gut kennst du ihn?«

»Ziemlich gut. Er ist schon seit Jahren unser Hausarzt. Früher standen wir uns näher – privat meine ich. Das war, bevor er und Ann sich getrennt haben. Warum?«

»Traust du ihm einen Mord zu?«

Pico schnaubte verächtlich. »Auf keinen Fall.« Eine Pause. »Soll ich dir mal eine Geschichte über ihn erzählen?«

»Nichts lieber als das, wenn sie ihn in einem guten Licht darstellt.«

»Okay. Erinnerst du dich noch an damals, als Dannys Beschwerden anfingen?«

»Klar.« Picos Ältester war inzwischen siebzehn. Vor zehn Jahren war bei ihm Leukämie festgestellt worden. Hardy wusste noch, wie dramatisch Diagnose und Behandlung verlaufen waren. Schließlich hatte man eine Knochenmarktransplantation durchgeführt, und es sah aus, als ob die Krankheit nun gebannt sei. »War Eric euer Arzt?«

»Ja. Doch vermutlich weißt du nicht, dass er die vorläufige Diagnose schon lange gestellt hatte, bevor die Verwaltung die von ihm verordnete Behandlung bezahlen wollte. Es hieß, sie sei zu teuer. Man wollte abwarten und es zuerst mit anderen Medikamenten versuchen. Und rate mal, was Eric gemacht hat?«

»Erzähl's mir.«

»Er fand, dass wir keine Zeit zu verlieren hatten. Wenn wir abgewartet hätten, hätte Danny sterben können. Also hat er gelogen.«

»Wen hat er angelogen?«

»Die Krankenversicherung. Wann hast du zum letzten Mal von einem Arzt gehört, der seinen Job riskiert, um einen Patienten zu retten. Tja, Eric hat es getan. Er hat Dannys Unterlagen gefälscht, damit es aussah, als wäre die Leukämie schon viel weiter fortgeschritten. Wenn er sich geirrt hätte, hätte die Versicherung eine Menge Geld in den Sand gesetzt, tut uns Leid. Aber er lag richtig, und heute ist Danny am Leben.« Pico senkte die Stimme. »So ein Mensch ist Eric also, Diz. Hör dich um. So etwas tut er öfter. Mein Gott, er macht sogar *Hausbesuche*. Er führt meine Haie herum. Wenn du meine Meinung hören willst, ist der Mann zumindest ein Heiliger, wenn nicht sogar ein Held.«

Doch nachdem Hardy aufgelegt hatte, ließ ihn ein Gedanke nicht los. Picos Geschichte hatte auch einen Haken. Kensing mochte ein Heiliger und ein Held sein, doch ein guter Staatsanwalt konnte im Kreuzverhör herausstellen, dass er sich in der Vergangenheit schweren Betrug hatte zuschulden kommen lassen. Er hatte Krankenberichte gefälscht und seinen Arbeitgeber möglicherweise um viele tausend Dollar erleichtert. Und wenn er es einmal, bei Danny Morales, getan hatte, dann sicher auch bei diversen anderen Patienten. Und die Wahrscheinlichkeit war hoch, dass er sich in manchen dieser Fälle geirrt hatte.

David Freemans riesiges Büro war mit poliertem dunklem Holz getäfelt. Burgunderfarbene Vorhänge zierten die beiden Fenster, zwischen denen der Schreibtisch mit den Löwenpranken und der mit Leder bezogenen Platte prangte. Der Großteil der zwei Quadratmeter messenden Arbeitsfläche war mit Papieren, Akten, Aschenbechern, Aktenschalen, Briefbeschwerern, Fotos von Prominenten und einigen Telefonen bedeckt. Zur gut ausgestatteten Hausbar gehörten auch ein Weinkühler, eine Bierzapfanlage, zwei Humidore für Zigarren und eine Espressomaschine. Zwei Sitzecken ermöglichten Mandanten – und gegnerischen Anwälten – die Wahl zwischen einer ungezwungenen oder einer eher formellen Atmosphäre. Auf verschiedenen Konsolen und Tischen standen die Geschenke reicher dankbarer Mandanten, die sich in einem halben Jahrhundert angesammelt hatten. Eine Statue von Bufano, die den heiligen Franziskus von Assisi darstellte, schmückte die eine Ecke des Raums. Eine Kollektion erotischer Original-Lithographien von John Lennon schufen ein Gegengewicht dazu. In einer byzantinischen Glasvitrine legten verschiedene mutmaßliche Mordwaffen (»mutmaßlich«, weil ihre Besitzer alle freigesprochen worden waren) beredt, wenn auch stumm Zeugnis von Freemans Fähigkeiten im Gerichtssaal ab. Dass es Freeman überhaupt gelungen war, sie nach dem Prozess Staatsanwälten und Polizisten abzuschwatzen, war ein weiterer Beweis für seine Beliebtheit.

Hardy schlug ein Bein über das andere, nahm einen Schluck aus seiner Espressotasse und stellte sie zurück auf die Sofalehne. Sein Vermieter hatte sich auch eine Tasse aufgebrüht und mit an den Schreibtisch genommen. Er pustete einmal, beugte sich über ein paar Papiere, leerte die Tasse mit einem Schluck und platzierte sie sorgfältig in der Mitte der winzigen Untertasse. Eine volle Minute lang blickte Freeman nicht auf. Er blätterte die Seiten um, machte sich mit seinem allgegenwärtigen Bleistift, Stärke 2, Notizen und murmelte ab und zu vor sich hin, um seinem Missfallen mit oder seiner Zustimmung zu dem Gelesenen Ausdruck zu verleihen.

Da niemand wusste, wie Freeman das schaffte, störte es Hardy nicht, dass er ebenfalls im Dunkeln tappte. Doch als er Freeman bei der Arbeit beobachtete, war er wieder einmal überrascht von der Energie und der kindlichen Begeisterungsfähigkeit, die der alte Mann an den Tag legte. Freeman war sechsundsiebzig Jahre alt und seit fünfzig Jahren Anwalt. Und obwohl er in diesem Beruf alles schon einmal gesehen hatte, konnte er sich immer wieder darüber freuen und Interesse dafür aufbringen. Jeden Tag in der Woche kam er etwa um sieben Uhr morgens in die Kanzlei und saß – wenn er nicht vor Gericht erscheinen musste, was er so häufig wie möglich tat – bis spätabends an seinem Schreibtisch. Häufig kehrte er nach dem Abendessen auf einen Schlummertrunk zurück, um rasch noch zwanzig Aktennotizen oder Briefe zu verfassen.

Hardy hatte den Eindruck, dass der alte Mann in den acht Jahren, die sie nun schon zusammenarbeiteten, zehn Zentimeter geschrumpft war und fast sieben Kilo zugenommen hatte. Sein langes, dünnes weißes Haar hätte er fast flechten können. Und wenn er seine Augenbrauen hätte wachsen lassen, hätte es dort wohl auch zu Zöpfen gereicht. Er hatte sich schon immer lässig, um nicht zu sagen schlampig, gekleidet – »Geschworene werden misstrauisch, wenn man zu gut angezogen ist« – und bevorzugte braune Anzüge, die er meistens, ohne Rücksicht darauf, ob sie passten, in Secondhand-Läden erwarb. Bügeln ließ er sie nie. Ständig rauchte und kaute er Zigarren, und Hardy wusste aus eigener Anschauung, dass er jeden Tag im Büro mindestens eine Flasche Wein leerte. Zum Mittagessen genehmigte er sich eine zweite, und die dritte trank er abends. Er trieb nie Sport. Seine Hände und sein Gesicht waren mit Leberflecken bedeckt. Die Blutflecken an seinem Kragen wiesen darauf hin, dass er sich heute offenbar beim Rasieren geschnitten hatte. Doch als Hardy ihn ansah, kam er zu dem Schluss, dass Freeman der glücklichste und vermutlich auch der gesündeste Mensch auf dem ganzen Planeten war.

Außerdem entging ihm nichts. »Fühlst du dich nicht wohl, Diz. Zu wenig geschlafen?«

Hardy hatte ihn zwar betrachtet, aber nicht bemerkt, dass er aufgeblickt hatte. Es war zwecklos, die Einzelheiten zu erläutern

– der falsch gestellte Wecker, die Folgen des Zusammenlebens mit Kindern. Wenn Hardy sich beklagte, sagte Freeman nur: »Wie man sich bettet, so liegt man. Reiß dich zusammen.« Also ging Hardy nicht weiter darauf ein. »Nur ein bisschen Müdigkeit nach dem Essen. Außerdem bin ich früh aufgestanden.«

»Hoffentlich kannst du es in Rechnung stellen«, sagte Freeman. Er wies auf die Hausbar. »Wenn du noch eine Tasse möchtest, bedien dich. Apropos Rechnungen: Ich stehe dir gern zur Verfügung, aber du musst schnell sprechen. In vierzig Minuten werde ich vor dem Bundesgericht erwartet. Die Revision im Fall Latham. Gott segne sein wohlhabendes, mörderisches Herz. Also, wo drückt der Schuh?«

Hardy fasste kurz seine Unterredung mit Dr. Kensing zusammen. Der alte Mann schnalzte missbilligend mit der Zunge. »Du hast mehr als eine Stunde lang mit einem neuen Mandanten gesprochen, seinen Fall mehr oder weniger übernommen, der möglicherweise auf eine Mordanklage hinausläuft, und mit keinem Wort dein Honorar erwähnt?«

Als Strafverteidiger kassierte man seine Honorare am besten im Voraus. Nachdem Hardy ein- oder zweimal versucht hatte, in diesem Punkt etwas weniger rigoros zu sein, hatte er festgestellt, dass manche Konventionen doch etwas für sich hatten. Wenn man erfolgreich war und der Mandant freigesprochen wurde, brauchte er keinen Anwalt mehr und sah deshalb auch keinen Grund, das Geld herauszurücken. Verlor man hingegen den Prozess, und der Mandant musste in Haft, warum sollte er dann dafür bezahlen? Deshalb war es ratsam, in den ersten sechs wichtigen Minuten nach der Begrüßung beiläufig das Wort »Anzahlung« fallen zu lassen.

Freeman, sein gütiger Mentor, wollte ihn nur daran erinnern. »Deshalb, mein Sohn, wirst du, wie ich befürchte, in Armut sterben. Und ich sehe wirklich keinen Grund, warum ein guter Anwalt arm sein sollte.«

»Jawohl, Sir. Ich glaube, das hast du schon öfter gesagt. Wie dem auch sei, habe ich Glitsky gegenüber betont, dass er kein Verdächtiger, sondern ein Zeuge ist.«

»Aha.« Freeman nickte gönnerhaft und trank einen Schluck Kaffee. »Der gute Lieutenant will ihn zuerst ein bisschen besser kennen lernen, richtig?« Der alte Mann richtete sich auf und donnerte in dem Tonfall, der normalerweise dem Gerichtssaal vorbehalten war: »Bist du völlig übergeschnappt?« Er dämpfte die Stimme. »Ein Zeuge, kein Verdächtiger? Er ist der Hauptverdächtige! Und ich verrate dir noch etwas: Das glaubt Kensing selbst ebenfalls. Warum, meinst du, würde er sich sonst einen Anwalt nehmen? Je länger ich es mir überlege, desto verdächtiger erscheint mir der Mann.«

»Du bist ihm doch nie begegnet.«

»Na und? Du hast ihn auch erst einmal gesehen. Willst du etwa behaupten, du wüsstest, dass er den Mord nicht begangen hat?«

»Denkst du, er hat Markham das Kaliumchlorid gespritzt?«

»Oder ihn überfahren. Vielleicht auch beides.«

»David –«

»Warum nicht? Der Tote hat schließlich seine Frau gevögelt, und das ist das älteste Motiv der Welt.«

»Und er hat zwei Jahre gewartet, bis er ihn endlich getötet hat?«

Freemans Ansicht stand fest. Feierlich wie ein Buddha lehnte er sich zurück. »So was passiert täglich. Mal im Ernst, Diz. Was ist, wenn du schief liegst? Für mich sieht es ziemlich wasserdicht aus. Jedenfalls scheinen die Beweise für eine Anklage und ganz sicher für eine Festnahme zu reichen. Du kennst doch das Spiel.«

Als Hardy den Fall mit Freemans Augen betrachtete, musste er einräumen, dass sein Mandant tatsächlich ein Motiv, die Mittel und die Gelegenheit gehabt hatte, Tim Markham zu töten. In seiner Zeit als Staatsanwalt hatte Hardy vor der Grand Jury viele Anklagen auf der Basis nur zweier dieser Punkte erwirken können, gelegentlich sogar nur mit einem.

Und nun hatte er dieses dumme kleine Treffen mit dem Leiter des Morddezernats arrangiert, das in wenigen Stunden stattfinden sollte. Kensing würde in seinem Büro erscheinen. Und falls inzwischen weitere Beweise aufgetaucht waren, würde Glitsky ihm an Ort und Stelle eine Vorladung der Grand Jury präsentieren. Oder ihn gar verhaften.

Hardy hatte nichts weiter für Kensing getan, als ihn mit einigen lahmen Ratschlägen und ein bisschen Galgenhumor zurück zur Arbeit zu schicken. Inzwischen war ihm klar, dass die vertraute Umgebung des Aquariums und des Little Shamrock und der Umstand, dass er und sein Mandant beide mit Pico Morales befreundet waren, sein Urteilsvermögen getrübt hatten. Eine kurze Zeit hatte er nicht bemerkt, in welcher Situation Kensing wirklich steckte. Wo hatte er nur seinen Kopf gehabt?

Unvermittelt sprang er auf. »Entschuldige mich, David«, sagte er. »Ich muss los.«

»Ich habe so ein komisches Déjà-vu-Gefühl«, sagte Glitsky. »Hatten wir das nicht schon mal?«

»Das war heute Morgen«, erwiderte Hardy. »Es tun sich unzählige Gelegenheiten auf, aber wir haben den Mut, sie zu ergreifen.«

Der Lieutenant musterte seinen Freund, der ihm am Schreibtisch gegenübersaß, eindringlich. Dann öffnete er den Reißverschluss seiner Windjacke, nahm ein paar Scheiben weißes Zeug heraus, brach ein Stück ab und steckte es in den Mund. »Möchtest du eine Reiswaffel? Sie schmeckt scheußlich.« Er betrachtete das Gebäckstück lange und warf es dann in den Papierkorb.

»Was ist mit den Erdnüssen passiert?«, fragte Hardy. Jahrelang waren in Glitskys Schreibtischschubladen die Erdnussvorräte des Morddezernats gelagert worden, und der Lieutenant hatte meistens ein paar Hand voll bei sich. »Ich könnte ein paar Erdnüsse vertragen.«

»Zu viel Cholesterin oder Fett oder alles beide. Ich vergesse immer, was es ist.«

»Hast du jetzt zusätzlich zu den Herzbeschwerden auch noch KAM?«

Glitsky lehnte sich zurück, verschränkte die Arme und blickte ins Leere. »Ich frage nicht nach.«

»Okay, einverstanden. Was man nicht weiß, macht einen nicht heiß. Und wenn du falsch geraten hättest, würdest du trotzdem was Negatives sagen. Aber es ist nie zu spät, sich zu ändern. Du könntest auch mal das Positive hervorheben.«

»Bestätigen statt verneinen.« Glitskys Tonfall war der Inbegriff von spöttisch. »Ich habe einen Vorschlag: Blasen wir das Ganze ab.«

Hardy runzelte die Stirn. »Ein neues Lied. Und wie ich bemerke, wieder mit einem negativen Thema. Diesmal jedoch deckt es sich genau mit meinen Vorstellungen.«

»Und die wären?«

»Tja, ich bedauere, dir mitteilen zu müssen, dass mein Mandant heute Nachmittag doch nicht für ein Gespräch zur Verfügung steht. Der Fall ist einfach zu heikel, als dass ich ihm erlauben könnte zu reden. Aber wenn du mir deine Fragen aufschreibst, werde ich dir gern alle benötigten Informationen besorgen.«

Glitsky kicherte. »Und wenn du mir die Zehen küsst, werde ich vielleicht doch noch Ballerina. Das war schon immer mein Traum.«

Die beiden Männer musterten einander wohlwollend. Schließlich brach Glitsky das Schweigen. »Gut«, sagte er. »Was ist KAM?«

Hardy machte eine dramatische Pause. »Keine ... Ahnung ... mehr.« Er grinste. »Eines traurigen Tages wirst du nicht mehr fragen.«

12

Glitsky hatte Bracco und Fisk unmissverständlich klargemacht, dass ihre Vernehmungsmethoden während der Befragung von Anita Tong einiges zu wünschen übrig gelassen hatten. Aus diesem Grund hatte er ihnen auch untersagt, allein mit einem der anderen Zeugen zu sprechen, die Mrs. Tong erwähnt hatte. Insbesondere sollten sie sich von Dr. Kensing und den Mitarbeitern in der Parnassus-Firmenzentrale fern halten. Falls sie selbst auf neue Informationen und dadurch auf weitere Zeugen stießen, hatten sie die Erlaubnis, nach eigenem Ermessen vorzugehen – allerdings unter der Bedingung, dass sie täglich im Morddezernat über ihre Ermittlungsergebnisse Bericht erstatteten.

Und da es sich nun einmal um ihr Fachgebiet handelte, hatte der Lieutenant sogar vorgeschlagen, ihre Zeit zu nützen, indem sie einige Autowerkstätten und Waschanlagen aufsuchten und weiter den Hinweisen der Streifenwagen auf verdächtige Fahrzeuge in den Sozialwohnungssiedlungen und Stadtvierteln nachgingen. Fisk machte sich verhältnismäßig gut gelaunt an die Erfüllung des Auftrags; vermutlich hatte er sich damit abgefunden und war sogar ein wenig erleichtert. Doch Braccos Geduld neigte sich, nachdem sie stundenlang im Dauerregen durch die Stadt gefahren waren, allmählich ihrem Ende zu.

»Verdammt, wir haben es hier nicht mehr mit einem Unfall mit Fahrerflucht zu tun, Harlan. Glitsky hat uns angewiesen, Beweise zu sammeln, und man muss eben damit leben, dass beim Hobeln Späne fallen. Aber ich habe es satt, bei diesem

Mistwetter weiter in der Gegend rumzukurven und das bescheuerte Auto zu suchen. Schließlich ist Markham nicht bei dem Unfall ums Leben gekommen.«

Sie waren die Mission Street stadteinwärts gefahren und standen nun in der Van Ness Avenue, unweit des Rathauses, an einer roten Ampel. Fisk, der sich wegen der Kälte mit verschränkten Armen in den Beifahrersitz kuschelte, schüttelte den Kopf. »Glitskys Befehl lautet, wir sollen das Auto suchen und die Finger von Kensing lassen.«

»Gut, aber was ist mit seiner Frau? Sie hat mit Markham gevögelt, und dir ist doch klar, dass sie in die Sache verwickelt ist.«

Fisk gefiel diese Wendung im Gespräch gar nicht. »Keine Ahnung. Damit könnten wir Kensing ebenfalls auf die Füße treten. Außerdem wissen wir gar nicht, wo sie wohnt.«

»Oben in der Anza Street, hinter der Uni. Ich habe ihre Adresse.«

»Woher?«

»Ich habe die Auskunft angerufen.« Bracco grinste seinen Partner an. »Ob du es glaubst oder nicht, das klappt. Sie wohnt vier Blocks entfernt vom Kaiser in der Masonic Avenue. Ich habe auf gut Glück dort angerufen. Volltreffer. Ist dir schon aufgefallen, dass alle Ärzte mit Krankenschwestern verheiratet sind? Ich finde, wir sollten mit ihr reden.«

Fisk hatte immer noch Zweifel. Doch nach einer Weile erhellte sich seine Miene. »Erinnerst du dich, dass du mich letztens am Abend bei Tadich's abgesetzt hast? Ich habe meiner Tante Kathy von unserem Fall erzählt, und sie meinte, das ganze Theater mit Parnassus sei Nancy Ross sehr an die Nieren gegangen. Die arme Frau täte ihr schrecklich Leid.«

»Wer ist Nancy Ross?«

»Malachis Frau.«

»Ich kenne keinen Malachi Ross«, gab Bracco zu.

Fisk lächelte gönnerhaft. »Parnassus«, erwiderte er. »Seit Markhams Tod leitet er das Unternehmen. Hast du heute *StadtGespräch* nicht gelesen? War ziemlich interessant.«

»Willst du mich verhören, Harlan? Also kennt deine Tante seine Frau?«

»Ziemlich gut, glaube ich. Sie kennt Gott und die Welt.«

»Das wäre doch etwas.« Bracco zeigte mit dem Finger. »Und während wir uns hier unterhalten, ragt zu unserer Rechten das Rathaus auf.« Er traf eine spontane Entscheidung und hielt am Straßenrand. »Gehen wir doch rein und sagen hallo.«

Kathy West sah ihrem Neffen nicht im mindesten ähnlich. Vielleicht, so dachte Bracco, war sie ja nur eine angeheiratete Verwandte von Harlan. Sie war Mitte fünfzig und erinnerte Darrell Bracco mit ihrer ernsten Art, den ruckartigen Bewegungen und dem grau melierten kurzen Haarschopf an einen Spatz. Einen freundlichen, ausgesprochen klugen Spatz.

Ihr Büro im ersten Stock war klein, eher winzig, aber gemütlich. Es enthielt einen antiken Schreibtisch und eingebaute Bücherregale. Trotz des Regenwetters fiel durch eine Reihe von Fenstern an der nach Westen zeigenden Wand viel Licht herein. Der unangemeldete Besuch ihres Neffen und seines Partners schien sie nicht zu stören. Sie begrüßte die beiden freundlich und schickte ihren Sekretär, einen eleganten, zurückhaltenden jungen Mann namens Peter, zum Kaffeeholen.

Nachdem sie ein wenig geplaudert und das gesamte Büro – ein Vorzimmer mit drei Schreibtischen und einen voll gestopften Raum, der als Bibliothek und Archiv diente – besichtigt hatten, wurde der Kaffee gebracht. Ms. West schloss die Tür, und alle nahmen Platz. »So«, begann sie. »Wie ich annehme, seid ihr hier, um über Parnassus zu sprechen. War die Kolumne *Stadt-Gespräch* nicht verheerend? Ich weiß nicht, wie Malachi Ross heute seinen Mitarbeitern gegenübertreten will, ganz zu schweigen vom Vorstand. Tja ...« Erwartungsvoll brach sie ab.

Bracco ergriff das Wort. »Harlan meinte, dass Sie Mrs. Ross kennen. ich habe mich gefragt, ob Sie uns ein bisschen von ihr erzählen könnten, bevor wie hinfahren und mit ihr reden.«

»Warum sollten Sie das tun? Sie wird doch nicht etwa verdächtigt?«

Fisks jungenhaftes Gesicht rötete sich verlegen. »Man könnte sagen, dass Lieutenant Glitsky uns an der kurzen Leine hält. Das hier ist unser erster richtiger Fall, und ich glaube, er will, dass wir uns mit den Nebenaspekten beschäftigen. Wir sollen wichtige Zeugen nicht mit naiven Fragen verrückt machen.«

»Falls es ein Motiv gibt, ist es vielleicht bei Parnassus zu suchen.« Braccos Ton war selbstbewusst, als hätte er solche Gespräche schon hundertmal geführt.

»Aber Nancy?«, sagte Ms. West. »War sie überhaupt im Krankenhaus? Sie hätte dazu doch im Krankenhaus sein müssen.«

»Sie wird nicht verdächtigt«, entgegnete Fisk. »Wir interessieren uns nur für die persönliche Seite von Parnassus, um es einmal so zu sagen. Für die Beteiligten. Ob dort vielleicht das Motiv liegt.«

»Tja ...« Sie stellte die Tasse weg, hielt sich die Hände vor den Mund, pustete darauf und rieb sie. »Eigentlich kenne ich Malachi gar nicht, obwohl wir uns natürlich einige Male begegnet sind. Mit Nancy hingegen bin ich ziemlich gut bekannt. Sie ist so ein reizender Mensch. Sehr sozial engagiert. Außerdem betätigt sie sich ehrenamtlich im Opernverein, bei der Stiftung für Nierenkranke und einigen anderen wohltätigen Organisationen, die sich zum Großteil mit Gesundheitsfragen befassen.« West verzog argwöhnisch das Gesicht. »Ich sollte auch nicht verschweigen, dass sie eine Parteifreundin ist. Also werdet ihr von mir keine schmutzigen Geheimnisse erfahren.«

»Danach suchen wir ja gar nicht«, versicherte ihr Bracco. Auch wenn ihm der Gedanke, dass Nancy Ross vielleicht eine Leiche im Keller hatte, recht gut gefiel, war es zwecklos weiterzufragen. »War sie früher eigentlich Krankenschwester?«

West schüttelte den Kopf. »Ich glaube, Nancy hat noch nie gearbeitet. Ich meine, in einem richtigen Beruf. Das hatte sie nicht nötig, denn sie stammt aus einer wohlhabenden Familie.«

»Auch nicht, als ihr Mann noch jung war. Um ihn zu unterstützen?«, erkundigte sich Bracco.

Die Frage erschien West ziemlich albern. »Als ihr Mann jung war, Inspector, war Nancy noch ein Baby. Sie ist Mr. Ross' zweite Frau. Ich würde wetten, dass sie noch keine fünfunddreißig ist.« Sie runzelte die Stirn. »Ihre Eltern waren nicht sehr glücklich über diese Ehe. Ich erinnere mich an Gerüchte, dass sie ihrer Tochter den Geldhahn zugedreht haben. Ihnen gefiel es nicht, dass Nancy einen älteren Mann geheiratet hat, der sich nur mit ihr schmücken wollte, und sie haben sie deshalb enterbt. Wie sich herausstellte, spielte das keine Rolle. Malachi verdient sehr gut ...« Mitleidig schüttelte sie den Kopf. »Und das weiß inzwischen die ganze Stadt.«

Endlich fiel Harlan auch eine Frage ein. »Arbeitet sie mit ihrem Mann zusammen? Für Parnassus?«

Die Stadträtin schüttelte den Kopf. »Ich glaube nicht, dass sie etwas mit dem Unternehmen zu tun hat. Doch sie bewirtet ständig Gäste, das gehört in gewisser Weise auch zum Geschäft.«

»Ständig?«, erkundigte sich Bracco.

Ein Nicken. »Ich weiß nicht, wie sie das mit den kleinen Kindern schafft. Sie hat Zwillinge, Mädchen, sie sind ungefähr sechs. Aber vermutlich werden ihre Kindermädchen ...« Sie überlegte eine Weile. »Um auf Ihre Frage zurückzukommen: Einmal im Monat veranstaltet sie ein rauschendes Fest. Und zwei oder drei Mal pro Woche gibt sie kleinere Partys für wohltätige Zwecke.«

Bracco, dem ein solches Leben fremd war, schien nicht ganz zu verstehen. »Also in den meisten Wochen?«

»Ich denke schon. Sofern sie in der Stadt ist.«

»Wo ist sie sonst?«

»Tja ...« Lächelnd breitete sie die Hände aus. »Wo sie eben so hinfährt. Sie haben ein Ferienhaus – wirklich beeindruckend, ich war schon dort, sechs- oder siebenhundert Quadratmeter Wohnfläche – direkt am Ufer des Lake Tahoe. Und ich weiß, dass sie – sie und die Mädchen – Weihnachten in Aspen oder in Park City verbringen. Ich glaube, sie haben ein Privatflugzeug.«

Darrel Bracco und sein Partner liefen durch den Regen zu ihrem Auto. Während Harlan sich anschnallte, sah Bracco ihn an. »Alle Achtung.«

»Die haben echt Kohle«, stimmte Fisk zu. »Richtige, echte Kohle.«

»Ein Privatflugzeug? So was hätte ich auch gern.«

»Wovon willst du denn den Sprit bezahlen?«

»Ja, das wäre echt ein Problem.« Bracco fädelte sich in den Verkehr ein. Es regnete, als wollte es nie wieder aufhören, dichte Regenschleier wurden vor ihnen hergetrieben. Obwohl es schon fast Mittag war, herrschte Dämmerung, und nach einer Weile schien sich auch Braccos Miene zu verfinstern. »Aber wir wussten bereits vorher, dass sie reich sind. Sonst haben wir, wie ich es sehe, nicht viel erfahren.«

Fisk überlegte. »Jedenfalls war der Kaffee besser als in Eds Autowerkstatt.«

»Wenigstens ein Trost.« Offenbar wollte Fisk damit andeuten, dass sie – endlich! – doch ein Stück weitergekommen waren: Sie ermittelten in einem leibhaftigen Mordfall, nicht nur wegen eines banalen Unfalls mit Fahrerflucht. Und das war wirklich Neuland für sie. Jetzt hieß es, sich ohne Anweisungen von oben auf seinen Grips und seinen Instinkt zu verlassen. Allerdings trugen sie im Augenblick nur willkürlich Informationen zusammen, von denen ein großer Teil vermutlich belanglos war. Aber vielleicht würden sie doch noch auf etwas Wichtiges stoßen – man konnte ja nie wissen.

Ohne dass sie noch einmal darüber sprachen, fuhr Bracco nach Westen, auf das Kaiser Center und Ann Kensings Haus zu. Fisk saß eine Weile schweigend da und überlegte angestrengt. »Darrel«, sagte er schließlich.

»Ja?«

»Wie viel kostet deiner Ansicht nach so ein Flugzeug?«

»Ich glaube, das gehört zu den Dingen, die man sich sowieso nicht leisten kann, wenn man es nötig hat, nach dem Preis zu fragen.«

Doch seinem Partner gelang es heute immer wieder, ihn zu überraschen. Offenbar hatte dieser Fall eine anregende Wirkung auf seine Phantasie, und er schien einen ganz bestimmten Gedanken zu verfolgen. »Nein, das meine ich nicht. Es geht allein um den Unterhalt – der Hangar, der Sprit, monatliche Gebühren, Versicherung.«

»Keine Ahnung. Das hängt vermutlich davon ab, wo man die Maschine unterstellt. Von ihrer Größe und so weiter. Warum?«

Fisk zuckte die Achseln. »Ich rede von eins Komma zwei Millionen. Wie lange würden die wohl reichen?«

Darrel brauchte nicht lange zu überlegen. »Wenn ich eins Komma zwei Millionen hätte, würde ich in Rente gehen und in Costa Rica am Strand liegen. Woher hast du die Zahl?«

»Das ist Ross' Jahresgehalt.« Als Bracco ihm einen zweifelnden Blick zuwarf, fuhr Fisk fort: »Hey, das stand in der Zeitung – *StadtGespräch*. Also muss es stimmen. Aber mich interessiert weniger, ob das eine hohe Summe ist, sondern ob sie genügt.«

Bracco lachte auf. »Glaub mir, dieser Ross nagt nicht am Hungertuch.«

»Bist du sicher? Zwei Villen. Eine Ex-Frau, was Alimente und wahrscheinlich Unterhalt für die Kinder bedeutet. Eine junge zweite Frau aus der besseren Gesellschaft, die gerne Partys gibt. Die Kinder in Privatschulen. Dazu Personal, Flugzeuge, Urlaubsreisen.«

»Aber es sind doch eins Komma zwei Millionen.« Für Darrel Bracco, den Sohn eines Polizisten, bestand zwischen einer Million und einer Milliarde kein großer Unterschied. Es handelte sich in beiden Fällen um einen unvorstellbar hohen Betrag, das Einkommen eines ganzen Arbeitslebens.

Bei Fisk verhielt sich das offenbar anders. »Hast du je ein Buch mit dem Titel *Fegefeuer der Eitelkeiten* gelesen?«

»War das ein Buch? Ich glaube, ich habe den Film gesehen.«

»Na ja, der Film war Scheiße. Doch zuerst ist die Geschichte als Buch herausgekommen. Und in einer tollen Passage darin listet der Typ seine Lebenshaltungskosten auf und beweist, dass es unmöglich ist, mit einer jämmerlichen Million im Jahr klarzukommen. Und das war vor rund zehn Jahren.«

»Warum hat er mich nicht angerufen?«, sagte Bracco. »Ich hätte ihm schon ein paar Tipps gegeben.«

»Die Sache ist«, fuhr Fisk fort, »dass wir vielleicht gerade etwas Wissenswertes von Tante Kathy erfahren haben. Anstatt darüber nachzugrübeln, wie reich Ross ist, sollten wir uns lieber damit befassen, wie arm er ist. Du musst den Tatsachen ins Auge sehen: Wenn die Ausgaben die Einnahmen übersteigen, ist man arm, richtig? Da ist es ganz egal, wie viel man verdient.«

Zuerst sprachen sie im Kaiser Medical Center vor und erhielten die Auskunft, dass Mrs. Kensing sich krank gemeldet hatte.

Der Regen, der schon seit gestern Abend unablässig fiel, hatte wieder zugenommen. Ein heftiger Wind vom Meer trieb dicke Tropfen vor sich her, sodass das Wasser wie bei einem Monsun auf die beiden Inspectors herniederprasselte, als sie auf Mrs. Kensings Vortreppe warteten. In dicken grauen Socken, Designerjeans und einem roten Pullover mit Schalkragen kam sie an die Tür. Bracco hatte den Eindruck, dass sie seit ein paar Tagen nicht geschlafen hatte.

Ihr schulterlanges Haar war zerzaust. Ihr ungeschminktes Gesicht wirkte bleich und erschöpft. Dennoch war nicht zu verhehlen, dass sie eine attraktive Frau war. Besonders auffällig waren ihre Augen, weit auseinander stehend, eindringlich und von einem leuchtenden Blau. Bracco hatte noch nie solche Augen gesehen.

Nachdem sie sich vorgestellt und ihre Polizeimarken vorgezeigt hatten, starrte Mrs. Kensing sie einfach nur ratlos an, bis Bracco schließlich fragte, ob sie hereinkommen dürften. Nickend trat sie einen Schritt zurück und hielt ihnen die Tür auf. »Tut mir Leid«, murmelte sie tonlos, und es dauerte ziemlich lange, bis sie die Tür wieder hinter ihnen schloss.

In der Diele herrschte Dämmerlicht. Tropfnass standen die beiden Polizisten auf dem Fleckenteppich, der den Boden des winzigen Raums bedeckte. »Vielleicht sollten wir ...«, sagte sie geistesabwesend und führte sie, ohne den Satz zu beenden, einen kurzen Flur entlang in die Küche.

Auf Tisch und Boden häufte sich Schmutzwäsche. Ohne darauf zu achten, zog sich Mrs. Kensing einen Hocker heran. Auf der Anrichte standen noch immer die Sachen vom Frühstück herum – eine Milchtüte, ein Saftkarton, zwei Schachteln Frühstücksflocken, ein paar bräunliche Scheiben Birne und Banane auf einer angeschlagenen Untertasse. Endlich schien sie die beiden Männer wahrzunehmen, die immer noch mitten in dem engen, feuchtwarmen Raum standen.

»Gut. Was gibt es?« Die erstaunlichen Augen wanderten zwischen den Inspectors hin und her.

Bracco zog den Kassettenrecorder heraus und stellte ihn vor Mrs. Kensing auf die Anrichte. Nachdem er sich geräuspert hatte, sprach er seinen Namen, das Datum, seine Dienstnummer und die übliche Einleitung auf. Er hatte sich nicht überlegt, was er sagen wollte, und auch keinen Gedanken an die psychische Verfassung der Frau verschwendet, bevor sie ihnen die Tür geöffnet hatte. Doch wenn er jetzt nicht den Anfang machte, würde sie sie sicher beide vor die Tür setzen. »Mrs. Kensing, Tim Markham und Sie hatten doch ein Verhältnis – ist das richtig?«

Sie räusperte sich. »Früher einmal, aber er hat sich von mir getrennt. Zweimal.«

»Warum?«

»Weil er ein schlechtes Gewissen wegen seiner Familie hatte. Vor allem seinen Kindern wollte er nicht weh tun. Doch er liebte seine Frau nicht mehr, und deshalb kam er immer wieder zu mir zurück.«

»Allerdings hatte er Sie erneut verlassen, oder? Stimmt das?«, erkundigte sich Bracco.

»Vorübergehend. Er wäre gewiss wieder zurückgekommen.«

»Warum hat er Sie dann überhaupt verlassen?«

»Er wollte es noch einmal mit ihnen versuchen. Ein letztes Mal, sagte er.«

»Und wann war das?«, wollte Fisk wissen.

»Letzte Woche. Ende letzter Woche.«

»Und waren Sie mit seiner Entscheidung einverstanden?«, fragte Bracco.

»Wie hätte ich das sein können? Ich wusste ...« Ihr Blick wurde hart. »Ich wusste, dass er irgendwann zu mir zurückkommen würde, so wie immer. Er liebte mich. Ich verstand nicht, warum er uns allen das noch einmal antat. Dieses ganze Hin und Her. Ich sagte, er sollte sich von ihr trennen. Einen klaren Schnitt machen.«

»So wie Sie in Ihrer Ehe?«, hakte Fisk nach.

Falls diese Frage sie gekränkt hatte, ließ sie sich das nicht anmerken. »Ja, genau wie ich. Sobald mir klar wurde, dass ich Tim und nicht Eric liebte, verlangte ich von ihm, dass er auszog. Was für einen Sinn hätte es noch gehabt? Ich wollte nicht in einer Lüge leben.«

Fisk warf seinem Partner einen Blick zu. »Und wie hat seine Frau die Trennung verkraftet?«

»Er hat sich nicht von ihr getrennt«, verbesserte sie ihn bitter. »Unsere Beziehung war immer heimlich.«

»Aber Sie wusste doch von Ihnen. Was geschah dann?«

»Nun, sie hat ihn natürlich unter Druck gesetzt. Sie drohte, ihn zu verlassen und ihm sein ganzes Geld abzunehmen. Das Besuchsrecht für die Kinder wollte sie ihm auch verweigern. Deshalb ist er ja zu ihr zurückgekehrt.«

»Meinen Sie damit das letzte Mal?«

Doch Fisk gab ihr keine Gelegenheit, auf die Frage seines Partners zu antworten. »Wissen Sie, dass seine Frau und die Kinder ebenfalls tot sind?«

Sie schwieg einen Moment. »Ich habe es im Fernsehen gesehen, aber ich habe es abgestellt. Diese Frau ist mir gleichgültig. Sie geht mich nichts an.« Trotzig musterte sie die beiden Polizisten. »Ich möchte nicht mehr über sie reden. Sie ist mir egal.«

»Vielleicht wollte sie ihn ja gar nicht zurückhaben«, wandte Fisk ein. »Vielleicht war sie noch sauer auf ihn.«

Plötzlich schien sie die Geduld zu verlieren. »*Haben Sie mir nicht zugehört?*«, schrie sie. »Es war vorbei.« Der Wind frischte auf, und schwere Tropfen prasselten ans Küchenfenster. »Er wollte ihr alles beichten, was er im Leben falsch gemacht hatte. Noch einmal von vorne anfangen. Was für ein verdammter Idiot!«

»Und hat er es ihr gestanden?«, erkundigte sich Fisk.

»Wen interessiert das? Es spielt doch jetzt keine Rolle mehr. Nachdem er mich verlassen hatte, habe ich ihn nicht wiedergesehen«, zischte sie. »Ich habe keine Ahnung, was er getan hat.«

»Und wann war das?«, fragte Bracco, ein wenig freundlicher. »Wann haben Sie ihn das letzte Mal gesehen?«

Zornig schlug sie auf die Anrichte. »Verdammt! Es ist mir egal! Sind Sie taub? Alles, was zählt, ist, dass ich hier zurückgeblieben bin.« Verzweifelt wies sie auf die kleine, unaufgeräumte Küche. »Hier. Ganz allein.«

»Wussten Sie, dass Ihr Mann Markham im Portola Hospital behandelt hat?«, fragte Fisk unvermittelt.

»Ja, ich wusste es. Ich habe kurz danach mit ihm gesprochen.« Ihr Blick wurde argwöhnisch. »Warum fragen Sie das?«

»Markham hatte Ihre Ehe zerstört. Vielleicht hasste er ihn deswegen.«

»Ja, na und?« Müde schüttelte sie den Kopf. »Das ist alles zwei Jahre her. Schnee von gestern.«

Die Inspectors wechselten Blicke. »Soll das heißen, dass er nicht mehr wütend war?«, fragte Fisk.

»Klar war er wütend. Er nahm kein Blatt vor den Mund und sagte, dass er Tim verabscheute. Er hat immer ...« Sie zögerte. »Warum?«

»Wir versuchen herauszukriegen, wer ihn umgebracht hat, Mrs. Kensing«, erwiderte Fisk. »Das müsste Sie doch eigentlich auch interessieren.«

Sie betrachtete ihn misstrauisch. »Was meinen Sie damit, ihn umgebracht? Er wurde von einem Auto überfahren.«

»Nein, Ma'am. Er wurde ermordet«, sagte Bracco.

»Wussten Sie das denn nicht?«, fragte Fisk barsch. »Haben Sie heute Morgen nicht die Zeitung gelesen?«

»Ja«, sagte sie sarkastisch. »Zuerst habe ich die Kinder zur Schule gefahren, und dann hat mir mein Hausmädchen die Zeitung mit Kaffee und Pralinen gebracht. Die Wäsche und das Geschirr hat sie noch nicht geschafft.« Ohne Fisk eines Blickes zu würdigen, drehte sie sich zu Bracco um. »Soll das heißen, dass ihn jemand absichtlich überfahren hat?«

Bracco schüttelte den Kopf. »Der Unfall war nicht die Todesursache«, erwiderte er. »Er wurde im Krankenhaus getötet. Jemand hat ihm Kaliumchlorid gespritzt.«

Panik zeichnete sich in ihrem Gesicht ab. »Ich verstehe kein Wort von dem, was Sie sagen.«

Fisk machte einen Schritt auf sie zu. »Sie als Krankenschwester wissen nicht, was Kaliumchlorid ist?«

»Natürlich weiß ich das. Aber was hat es mit Tims Tod zu tun?«

»Daran ist er gestorben«, entgegnete Bracco. »Wirklich.«

Allmählich schien sie zu begreifen. »Im Krankenhaus?« Ihre Miene veränderte sich, während sie diese Nachricht verdaute, und schließlich war ihr Gesicht verzerrt vor Wut. »Dieses Schwein. Dieser elende Dreckskerl.« Sie blickte zwischen den beiden Inspectors hin und her. Ihre Stimme klang heiser, als sie mit dem Brustton der Überzeugung sagte: »Sie können aufhören zu ermitteln. Ich *weiß*, wer ihn getötet hat.«

13

Kensing hatte Dienst in der Judah Clinic und schien keine Lust zu einem Rückruf zu haben. Deshalb beschloss Hardy, seinem Mandanten einen Überraschungsbesuch abzustatten, in der Hoffnung, dass er am unerwarteten Erscheinen seines Rechtsbeistands erkennen würde, wie mulmig diesem inzwischen war. Also wagte Hardy sich in den tosenden Sturm hinaus und traf rechtzeitig in der Klinik ein, um noch eine weitere halbe Stunde in einem überfüllten Wartezimmer verbringen zu können. Endlich kam Kensing, im weißen Kittel und mit einem Stethoskop um den Hals, zu ihm heraus, teilte ihm aber mit, er könne leider nicht fort, nicht mal ein paar Minuten.

Wie er erklärte, liege das nicht an mangelndem Interesse. Doch seine Patienten seien eben wichtiger. Hardy könne doch sehen, wie es hier zuginge. Außerdem hätten sie doch ohnehin einen Termin für heute Abend nach Dienstschluss.

Obwohl Hardy sein Bestes tat, um Kensing den Ernst der Lage zu verdeutlichen, schien dieser ihn nicht zu verstehen.

»Wie ich es sehe, hat sich seit gestern nichts an der Situation geändert«, erwiderte Kensing mit einer ratlosen Geste.

»Ganz im Gegenteil«, gab Hardy bemüht geduldig zurück. »Gestern ging niemand davon aus, dass Markham ermordet wurde. Und deshalb spielte es gestern auch noch keine Rolle, dass Sie ihn gehasst haben. Inzwischen jedoch ist es wichtig. Und zwar ausgesprochen wichtig. Sie hatten ein Motiv, die Mittel und die Gelegenheit zur Tat. Und in einem Mordfall kann einem jeder dieser drei Punkte zum Verhängnis werden, glauben Sie mir.«

Doch Kensing tat Hardys Befürchtungen mit einem Kopfschütteln ab. »Wir haben das doch heute Morgen schon ausführlich am Telefon erörtert.« Er legte Hardy die Hand auf den Arm. »Hören Sie, ich weiß Ihre Bemühungen zu schätzen, aber wenn ich hier in der Klinik nicht mein Pensum abarbeite, fällt unsere Verabredung heute Abend sowieso flach. Tut mir Leid, dass Sie umsonst den weiten Weg gemacht haben, doch jetzt geht es nicht.«

Hardy trat einen Schritt näher heran und senkte die Stimme. »Genau das versuche ich Ihnen doch die ganze Zeit klarzumachen. Das Gespräch heute Abend findet nicht statt. Zumindest nicht das mit der Polizei. Ich habe es abgesagt.«

Kensing wirkte ein wenig verschnupft. »Warum denn das?«

»Weil ich Ihr Anwalt bin, und weil es meine Aufgabe ist, Sie vor Dummheiten zu bewahren.«

»Ich brauche keinen Schutz. Wenn die Polizei mich erst einmal angehört hat, vor allem wenn ich mich aus freien Stücken an sie wende, wird sie mich von der Liste der Verdächtigen streichen.«

»Wirklich? Und zu diesem Schluss sind Sie dank Ihrer langjährigen Erfahrung mit dem Strafrecht gekommen?« Hardy rückte seinem Mandanten noch ein Stück näher auf die Pelle. »Jetzt passen Sie mal gut auf, Doktor. Ich verspreche Ihnen – und ich gebe Ihnen mein Ehrenwort darauf –, dass das nicht passieren wird. Machen Sie sich nichts vor. Sie werden des Mordes verdächtigt, ob Ihnen das nun gefällt oder nicht. Genau genommen sind Sie sogar der Hauptverdächtige. Und die Polizei wird nicht nach Gründen suchen, Sie laufen zu lassen, sondern einen Grund suchen, Sie zu verhaften. Und ich habe nicht vor, ihr eine Gelegenheit dazu zu geben. Deshalb müssen wir beide uns ausführlich unterhalten. Und zwar ein bisschen länger als bis jetzt. Was halten Sie vom Wochenende?«

Kensing schüttelte den Kopf. »Ich weiß nicht, ob das möglich ist. Ich habe am Samstag Eintrittskarten für ein Spiel der Giants und wollte mit meinen Kindern hin.«

»Das ist ja wirklich toll«, erwiderte Hardy, »aber wenn Sie im Knast sitzen, können Sie das Spiel ohnehin vergessen. Die Sache ist, dass Sie und ich uns etwas Zeit füreinander nehmen müssen. Die Sache ist ernst, verstanden?«

Im Wartezimmer hinter Kensing begann ein Baby zu schreien.

Kensing sah auf die Uhr, runzelte die Stirn und warf einen Blick auf den weinenden Säugling. »Gut«, sagte er und wies auf die Lärmquelle. »Aber das hier ist auch ernst. Mein Beruf.« Er lächelte Hardy höflich an. »Am Sonntag ginge es vielleicht, einverstanden?« Er klopfte ihm verschwörerisch auf den Rücken, machte kehrt und verschwand durch die Tür, die zu den Sprechzimmern führte.

Hardy, der den halben Häuserblock vom Parkplatz hierher zu Fuß gegangen war, spürte die Nässe in seinen Schuhen und den feuchtkalten Stoff seiner Hose unterhalb der Knie. Nachdem Kensing sich verabschiedet hatte, ließ er sich kurz auf einem der Plastikstühle nieder, fuhr sich dann mit den Fingern durchs nasse Haar, stand auf, knöpfte seinen Regenmantel zu und machte sich durch das Unwetter auf den Rückweg zu seinem Auto.

»Ich wollte nur den Stand meiner Investition überprüfen«, sagte Hardy, als Moses McGuire erstaunt hinter dem Tresen des Little Shamrock aufblickte. Er war allein im Lokal.

»Welcher Investition? Ich habe dir deinen Viertelanteil als Tauschgeschäft überlassen, falls dein Gedächtnis dich nicht trügt, was es eigentlich nie tut. Willst du was trinken?«

Seit sechs Monaten hatte Hardy tagsüber keinen Alkohol mehr getrunken. Doch nach seinem vergeblichen Versuch, mit jemandem im Justizgebäude zu sprechen, Freemans Standpauke, dem Wetter und seiner Auseinandersetzung mit Kensing war er bereit, alles zu tun, um sein Glück zu wenden oder sein Timing zu verbessern. »Hast du Sapphire auf Lager?«

Obwohl McGuire Gin in jeglicher Form missbilligte, brauchte er Hardy nicht zu fragen, was er wollte: Martini dry, ohne Eis, gekühltes Glas. Beim Einschenken fragte er: »Alles in Ordnung? Geht es Frannie gut?« Er hatte seine kleine Schwester,

Hardys Frau, mehr oder weniger allein aufgezogen und fühlte sich immer noch als ihr Beschützer.

»Bei uns ist alles in Butter. Ich hatte nur einen ziemlich frustrierenden Termin. Hat nichts mit Frannie zu tun.« Er nahm einen Schluck von seinem Martini und nickte beifällig. »Ein vollendeter Genuss«, sagte er.

Moses, der wie immer einen Macallan pur auf dem Tresen stehen hatte, hob sein Glas, stieß mit Hardy an und setzte es an die Lippen. »Was du da hast«, entgegnete er, »ist Gin und trockener Vermouth und Eis. Das hier« – er hielt sein eigenes Glas hoch – »ist der vollendete Genuss. Aber ich nehme dein Kompliment mit Anmut und Bescheidenheit entgegen. Warum hast du ihn nicht zu dir in die Kanzlei zitiert?«

»Wen?«

»Denjenigen, mit dem du den Termin hattest. Ich wusste gar nicht, dass du Hausbesuche machst.«

»Mach ich sonst auch nicht. Aber diesmal schien es wichtig zu sein.«

»Zumindest für einen von euch beiden.«

Angesichts dieser weisen Worte nickte Hardy niedergeschlagen. »Vielleicht brauchte ich auch nur einen Grund, um aus dem Alltagstrott auszubrechen.«

Moses zog sich den Hocker heran, den er hinter der Bar stehen hatte. »Ich verstehe dich«, sagte er. »Hast du Lust zu einem kleinen Ausflug? Wenn wir uns jetzt auf den Weg machen, könnten wir bis zum Abend in Mexiko sein.«

»Führe mich nicht in Versuchung.« Hardy griff nach seinem Glas, trank einen Schluck und sagte wehmütig: »Wenn ich die Kinder aus der Schule nehme ...«

»Ich hatte eigentlich nicht vor, den Nachwuchs mitzuschleppen.«

Als Hardy den Tonfall seines Schwagers bemerkte, musterte er dessen zerfurchtes Gesicht. »Ist mit dir und Susan alles in Ordnung?«

»Scheiden lassen werden wir uns vermutlich nicht, glaube ich wenigstens.« Er nahm einen Schluck Scotch. »Aber manchmal denke ich, das liegt nur an unserer Abmachung, dass derjenige, der zuerst davon anfängt, die Kinder kriegt. Ich habe gehört, in Mexiko soll es um diese Jahreszeit warm sein.«

»Da ist es immer wärmer als hier.«

Die beiden blickten aus dem großen Fenster. Draußen regnete es immer noch in Strömen. Die Zypressen am Rande des Parks bogen sich im Wind bis fast zum Boden.

Unvermittelt stand Hardy auf und schob sein halb volles Glas an den Rand des Tresens.

»Willst du schon wieder weg?«, fragte McGuire. »Du bist doch gerade erst gekommen.«

Hardy deutete auf seinen Drink. »Wenn ich den austrinke, und das würde ich nur zu gerne tun, gehe ich gar nicht mehr.«

»Zum Glück musst du das auch nicht.«

»Doch, leider. Ich habe Arbeit, und mein innerer Schweinehund findet ständig Gründe, sie vor mir herzuschieben. Doch ich habe einen Vorschlag für dich und Susan. Warum suchst du dir keine Vertretung für die Kneipe und bringst die Kinder heute Abend zu uns? Wir passen auf sie auf. Und ihr geht aus. Was hältst du davon?«

»Das wäre eine Idee«, sagte McGuire. »Obwohl es nicht Mexiko ist.«

»Schon, aber wenigstens ein Anfang.« Hardy versetzte McGuire einen freundschaftlichen Klaps auf den Arm. »Überleg es dir.«

Nach einem Arbeitsessen mit Clarence Jackman und Abe Glitsky stand Marlene Ash vor der Grand Jury. Sie war in ihrem Element. Zwanzig Bürger hatten sich im Sitzungssaal des Polizeipräsidiums im vierten Stock des Justizgebäudes, eine Etage über Glitskys und zwei über Jackmans Büro, eingefunden, und sie schienen darauf zu brennen, dem Gesetz zu seinem Recht zu verhelfen. Es war ein bunt zusammengewürfeltes Trüppchen: Vertreter beider Geschlechter und der meisten Bevölkerungsgruppen der Stadt waren anwesend. Marlene wusste, dass Menschen wie diese, die im ganzen Land ihren Geschworenendienst (nicht nur in Grand Jurys) versahen, das Rückgrat des Rechtssystems darstellten, in dem sie selbst tätig war. Ohne diese Leute, die »gesetzestreuen Durchschnittsbürger«, wäre das Recht eine leere Hülle und der Untergang der Gesellschaft vorprogrammiert gewesen.

Da Marlene Ash den Verstand und die Lebenserfahrung der Geschworenen zu schätzen wusste, schenkte sie ihnen reinen Wein ein. »Meine Damen und Herren Geschworenen«, begann sie. »Am Dienstag, dem 10. April, brach Timothy Markham wie jeden Tag zu seinem morgendlichen Dauerlauf auf. An der 26th Avenue, hier in dieser Stadt, wurde er von einem grünen Wagen, einem alten amerikanischen Fabrikat, überfahren. Der Fahrer floh in seinem Fahrzeug vom Unfallort.

Allerdings ist Mr. Markham nicht durch diesen Zusammenstoß ums Leben gekommen.

Statt dessen haben ihm eine oder mehrere unbekannte Personen eine Dosis Kaliumchlorid injiziert, nachdem sein Zustand in der Notaufnahme des Portola Hospital mehr oder weniger stabilisiert worden war und er hilflos in einem Krankenhausbett lag.

Kaliumchlorid ist ein herkömmliches Medikament, das in Notaufnahmen und Intensivstationen jederzeit zur Verfügung steht. Doch Kaliumchlorid kann auch töten, wenn man es dem Patienten in hohen Dosen verabreicht. Und eine derartige Dosis erhielt auch Mr. Markham.

In derselben Nacht wurden seine Frau Carla und ihre drei Kinder in ihrem Haus erschossen. Wir sind heute hier zusammengetreten, um den oder die Täter in dieser brutalen Mordserie zu ermitteln.«

Alle hingen an ihren Lippen. Die meisten Geschworenen hatten Schreibblöcke vor sich auf dem Tisch liegen, um sich Notizen zu machen. »Der Gerichtsmediziner hat festgestellt, dass es sich bei Carla Markhams Tod durch Erschießen möglicherweise um einen Selbstmord handelt; allerdings sind die Details weiterhin ungeklärt. Lieutenant Glitsky, Leiter des Morddezernats, wird in wenigen Minuten hier aussagen. Er wird diesen Aspekt des Falls parallel untersuchen und vielleicht zu dem Schluss kommen, dass Mrs. Markham wirklich zuerst ihre Familie und dann sich selbst getötet hat. Es kann aber auch sein, dass er einen Verdächtigen festnimmt, bevor sie genügend Beweise gesammelt haben, um Anklage zu erheben.« Sie sah einigen der Geschworenen in die Augen. »Doch damit befassen wir uns, wenn es so weit ist. Darüber hinaus hat die Stadt eine Rechnung über dreizehn Millionen Dollar erhalten, und zwar für Leistungen ...«

Hardy war nicht sicher, warum er überhaupt ins Portola Hospital gefahren war. Er hatte mit dem Gedanken gespielt, mit jemandem aus der Verwaltung zu sprechen, doch kein Mensch war bereit, ihn zu empfangen, denn er hatte keinen Termin vereinbart – offenbar heute sein Schicksal. Niemand hatte Zeit für ihn; die wichtigen Leute waren alle zu sehr mit den Folgen der schrecklichen Ereignisse im Krankenhaus, ganz zu schweigen von dem Chaos in der Konzernzentrale, beschäftigt, um sich einem unangemeldeten Besucher zu widmen.

Anscheinend war die Lektion des heutigen Tages, dass er seinen jugendlichen Überschwang unbedingt bremsen musste, sagte sich Hardy, als er auf triefnassen Schuhen den Flur entlang in Richtung Vorhalle und Ausgang schlurfte. Gerade bereitete er sich innerlich auf den Sprint durch den Regen vor, als er eine Reihe von Wegweisern bemerkte. »Kantine« stand auf einem von ihnen. Und da ihm niemand den Zutritt verwehren konnte, wenn er einfach nicht um Erlaubnis fragte, machte er kehrt und folgte dem Pfeil. Die Mittagszeit war längst vorbei, weshalb der Raum zwar nicht gerade leer, aber auch nicht überfüllt war. Hardy nahm sich ein Muffin und eine Tasse Kaffee, zahlte an der Kasse und stand dann, auf eine Inspiration wartend, da. Allein, an einem Fensterplatz, saß eine Frau in Schwesterntracht und las in einem Buch. Hardy ging auf sie zu.

Als er nahe genug herangekommen war, schätzte er sie auf dreißig oder fünfunddreißig. Recht attraktiv, hellbraunes, ziemlich kurzes Haar, mittelgroß. »Entschuldigen Sie«, sagte er.

Ohne den Blick von ihrem Buch abzuwenden, hielt sie einen Finger hoch. Nachdem sie den Absatz zu Ende gelesen hatte, blickte sie auf. »Ja? Kann ich Ihnen helfen?«

Freundliche Worte. Allerdings war Hardy noch nicht sicher, ob ihn ein Gespräch mit ihr weiterbringen würde. Doch wenn er jetzt nichts sagte, würde er es nie herausfinden. »Ich heiße

Dismas Hardy und bin Dr. Kensings Anwalt. Darf ich mich einen Moment zu Ihnen setzen?«

Kurz flackerte Argwohn in ihren Augen auf, war aber rasch wieder verschwunden. Sie zuckte die Achseln. »Klar, aber warum?«, erwiderte sie. »Stecke ich in Schwierigkeiten?«

Hardy zog sich einen Stuhl heran und nahm ihr gegenüber Platz. »Ich glaube nicht. Oder gibt es einen Grund dafür?«

Sie war verdattert. »Nein! Es ist nur, weil Sie Anwalt sind. Hat man normalerweise nicht Schwierigkeiten, wenn einen ein Anwalt aufsucht?«

»Wo Sie es jetzt erwähnen, muss ich zugeben, dass es meistens so ist. Aber bei Ihnen ist es nicht der Fall.« Er reichte ihr seine Visitenkarte, und während sie sie betrachtete, fragte er sie nach ihrem Namen.

»Rebecca«, erwiderte sie. »Rebecca Simms.«

»Meine Tochter heißt auch so. Wir nennen sie Beck.«

Ein wenig beruhigt, nickte sie und musterte wieder die Karte. »Dismas? Richtig?«

Er nickte. »Der geläuterte Dieb vom Kalvarienberg. Außerdem der Schutzpatron der Mörder. Ich habe mich schon oft gefragt, was meine Eltern sich bloß dabei gedacht haben.«

»Hat Dr. Kensing Probleme?«, erkundigte sie sich.

Hardy versuchte, Zeit zu gewinnen. Er pustete in seinen Kaffee und stellte ihn unberührt weg. »Kurz gesagt, ja.«

»Wegen Tim Markham? Weil man von einem Mord ausgeht?«

Allmählich glaubte Hardy, dass er sich für den richtigen Tisch entschieden hatte. »Genau.«

Verärgert schüttelte sie den Kopf. »Aber das ist doch lächerlich. Mord. Ich bitte Sie.«

»Warum albern?«

»Tja, ich behaupte ja nicht, dass es unbedingt ein Versehen gewesen sein muss. Jemand könnte ihm absichtlich die falsche Dosis verabreicht haben. Doch in der Notaufnahme verwenden wir häufig Kaliumchlorid.«

»Arbeiten Sie in der Notaufnahme?«

»Hin und wieder«, entgegnete sie. »Wir wechseln öfter. Doch ich habe einige Male dort Dienst gehabt.«

»Und ist es einfach, an Kaliumchlorid heranzukommen?«

»Ja, für die Mitarbeiter schon. Es steht gleich hinter dem Schwesternzimmer.«

Von Hardys Warte aus betrachtet war das eine gute Nachricht. Denn es bedeutete, dass außer seinem Mandanten noch weitere Personen Zugriff zu dem Medikament gehabt hatten. »Also hätte die Überdosis Kaliumchlorid Ihrer Meinung nach keine Absicht sein müssen? Keine böswillige Absicht?«

»Nein. Normalerweise ist es nicht so.«

»Passiert so was häufig?«

»Gelegentlich.« Es schien sie nicht weiter zu bekümmern. »Ich weiß noch, dass es Ende letzten Sommers auch schon mal passiert ist. In Western Addition hatte es eine Schießerei gegeben, und dann kamen noch ein paar Verkehrsunfälle hinzu. Wie Sie sich sicher vorstellen können, war in der Notaufnahme die Hölle los. Die Ärzte liefen hin und her und brüllten Anweisungen. Einer der Angeschossenen war am Verbluten, sein Herz drohte zu versagen, und er brauchte Flüssigkeit und Kaliumchlorid. Also verabreichte man ihm eine Dosis, und bevor der Arzt sich um ihn kümmern konnte, gab ihm jemand noch eine zweite, in der Annahme, dass es die erste war.«

»Und was geschah? Starb der Mann?«

»Nein. Der Arzt bemerkte sofort, was los war. Also gab er ihm Elektroschocks und pumpte ihn mit Insulin und Glukose voll, und der Mann überlebte.«

»Und warum, glauben Sie, ist man bei Mr. Markham nicht so verfahren?«

»Ich weiß nicht. Ich war nicht dabei. Zuerst hätte man das Problem erkennen müssen, richtig? Ich meine, in meinem Fall, bei dem Mann mit der Schussverletzung, war der Arzt, der die Anweisung gegeben hatte, direkt vor Ort. Vielleicht wusste Dr. Kensing nichts davon. Oder er hat nicht schnell genug geschaltet. Was sagt er denn selbst dazu?«

Hardy verzog entmutigt das Gesicht. »Er war sehr beschäftigt. Bevor es in den Nachrichten kam, glaubte er, Mr. Markham sei an den Folgen seines Unfalls gestorben.«

»Das geschieht häufig, wissen Sie? Dass Patienten einfach sterben.«

Ein knappes Nicken. Hardy war sich darüber im Klaren. Bald würde sich der Geburtstag seines vor vielen Jahren verstorbenen Sohns Michael jähren. Mühsam verscheuchte er die Erinnerung. »Unter anderem bin ich heute hier, um mir ein Bild von diesem Krankenhaus und dem Klima hier zu machen. Ich habe Gerüchte gehört, dass einige Ärzte nicht sehr glücklich mit der Verwaltung sind. Patienten werden abgewiesen. Und dann war da noch die Sache mit Baby Emily.«

Sie riss die Augen auf, offenbar war ihr ein Licht aufgegangen. »Das war doch auch bei Dr. Kensing, richtig? Er hat sie aufgenommen. Als Sie seinen Namen nannten, kam er mir gleich so bekannt vor. Jetzt weiß ich, warum.«

Hardy tat so, als hätte er diese Information über Dr. Kensing von Anfang an gehabt, obwohl er es zum ersten Mal hörte. »Hat er deshalb Schwierigkeiten gekriegt?« Unvermittelt wandte Rebecca sich ab und blickte, über Hardys Schulter hinweg, in eine Ecke des Raums. Ihre plötzliche Anspannung verriet ihm, dass seine Fragen offenbar ihren Argwohn geweckt hatten. »Was ist?«, erkundigte er sich.

Sie seufzte tief auf, ließ den Blick noch einmal durch den Raum schweifen und sah auf die Uhr und auf ihr Buch. Schließlich hob sie wieder den Kopf. »Was wirklich geschehen ist, werden wir wohl nie erfahren. Doch Sie können sich gar nicht vorstellen, was für dämliche interne Rundschreiben ...« Sie schnaubte noch einmal empört und beruhigte sich dann wieder. »Jedenfalls wurde noch wochenlang darüber geredet. Wir alle – das Pflegepersonal, ja sogar die Ärzte, und es kommt selten vor, dass wir uns in einer Sache so einig sind – fanden, dass Kensing absolut richtig gehandelt hatte. Es war immerhin ein Baby! Was hätte er tun sollen? Zulassen, dass es ohne seine Mutter ins County General Hospital verlegt wird?«

»Und wie ich annehme, war die Verwaltung gar nicht einverstanden?«

Sie lachte rau auf, beugte sich über den Tisch und flüsterte: »Ich habe gehört, dass sie ihn sogar rausgeschmissen haben, und dann hat er sich an die Presse gewandt –«

»Verzeihung.« Die Liste der Dinge, die Hardy an seinem Mandanten unbekannt waren, schien ständig länger zu werden und voller Überraschungen zu stecken. Er musste dringend mit seinem Mandanten sprechen. Unbedingt. Doch jetzt durfte er sich nicht weiter darüber den Kopf zerbrechen. »Soll das heißen, dass Dr. Kensing die Sache publik gemacht und mit der Presse geredet hat?«

Sie nickte. »Er hat es nie zugegeben, aber alle wussten, dass er es gewesen ist. Wahrscheinlich ist es nur noch eine Frage der Zeit, bis sie ihn endgültig feuern, auch wenn sie sich einen Grund dafür aus den Fingern saugen müssten. Aber da wäre er nicht der Einzige.«

»Was meinen Sie damit?«

Wieder vergewisserte sie sich, dass niemand in Hörweite war. »Ich meine, die meisten hier befürchten, ihren Job zu verlieren, wenn sie irgendwas tun oder nicht tun. Es ist ziemlich unschön.« Sie runzelte die Stirn. »Wird man Dr. Kensing wegen dieses Mordes vor Gericht stellen? Das wäre ein Skandal.«

»Ich weiß nicht«, erwiderte Hardy. »Könnte sein.«

»Weil Mr. Markham ihn rauswerfen wollte?«

»Das wäre vielleicht ein Motiv.« Noch eines, dachte Hardy, doch er fragte: »Sind Sie sicher, dass es Markham war, der ihn feuern wollte?«

»Klar«, entgegnete sie. »Der hat den Laden doch geleitet. Wer hätte es sonst tun können?«

14

»Glitsky, Morddezernat.«

»Wer spricht da?«

»Sind Sie taub? Hier ist Abe Glitsky, Morddezernat, San Francisco. Und wer sind Sie?«

»Jack Langtry. Abe? Sind Sie es wirklich?«

»Ja, ich bin es, Jack. Was ist denn los?«

»Das ist aber echt komisch. Ich habe gerade auf Carla Markhams Mobiltelefon die Wiederwahltaste gedrückt. Offenbar hat sie vor ihrem Tod das Morddezernat angerufen.«

»Wo sind Sie jetzt?«

»Unten in der Asservatenkammer.«

»Rühren Sie sich nicht von der Stelle. Ich bin gleich da.«

Langtry erwartete Glitsky in seinem Büro tief unten in den Gedärmen des Justizgebäudes. Eine seiner Mitarbeiterinnen von der Spurensicherung, Sergeant Carol Amano, war bei ihm. Er hatte das Telefon mitten auf den Schreibtisch gelegt, fast als wäre es eine Bombe. Außerdem hatte er bereits sämtliche Unterlagen angefordert, die den Festnetzanschluss der Markhams und dieses Mobiltelefon betrafen. Anschließend hatte er Lennard Faro im Labor angerufen und ihn gebeten, so schnell wie möglich vorbeizukommen.

Auch Glitsky war inzwischen eingetroffen. Beim Sprechen lief er auf und ab, etwas, das er nur selten tat. Langtry merkte ihm an, wie aufgeregt er war. »Okay, aber wir müssen auch andere Möglichkeiten in Betracht ziehen«, sagte Glitsky. »Der

Apparat steckte in ihrer Handtasche. Vielleicht hat einer Ihrer Jungs kein Telefon gefunden und hier angerufen, während Sie das Haus durchsucht haben.«

»Niemals.« An so etwas hätte Sergeant Amano nicht im Traum gedacht.

Auch Langtry schüttelte den Kopf. »Ich stimme ihr zu. Auf keinen Fall, Abe. Sie haben ja gesehen, wer von uns am Tatort war. Ich, Len, Carol, die anderen Jungs. Wir sprechen hier von Top-Leuten. Von denen nimmt niemand am Schauplatz eines Tötungsdelikts ein Telefon aus einer Handtasche, um zu Hause anzurufen. So etwas kommt einfach nicht vor. Wenn wir von unserem ersten Eindruck ausgehen, hat sie also selbst das Morddezernat angerufen. Was hat das zu bedeuten?«

»Es wäre hilfreich zu wissen, um wie viel Uhr das war«, sagte Glitsky.

»Das werden wir, wenn wir Glück haben, in ein paar Stunden erfahren«, erwiderte Langtry. »Doch ich glaube, wir können annehmen, dass sie telefonierte, nachdem sie das Krankenhaus verlassen hatte und bevor die Besucher bei ihr erschienen.«

»Vermutlich auf der Fahrt nach Hause«, fügte Amano hinzu.

Glitsky überlegte eine Weile. »Und das war, ehe die Sache mit dem Kaliumchlorid bekannt wurde. Ehe wir ahnten, dass wir es mit einem Mord zu tun haben.«

»Vielleicht wusste sie, dass es ein Mord war«, sagte Amano mit kaum verhohlener Aufregung. »Möglicherweise war sie die Täterin und rief an, um ein Geständnis abzulegen. Und dann hat sie ihre Meinung geändert.«

»War sie im Krankenhaus, als er starb, Abe?«

»Ja«, erwiderte Glitsky geistesabwesend.

»Also gut«, sagte Langtry. Als er Glitskys Miene bemerkte, fragte er: »Warum nicht?«

»Ich habe keine Ahnung.«

»Er könnte sich wieder von ihr getrennt haben.« Amano erwärmte sich für ihr Thema. »Er wollte sie endgültig verlassen. In ihrer rasenden Eifersucht ...«

Glitsky schüttelte den Kopf. »Und dann wurde er, welch ein glücklicher Zufall, von einem Auto überfahren, was ihr die

Möglichkeit gab, ihn im Krankenwagen zu begleiten und ihn im Krankenhaus mit Kaliumchlorid zu vergiften? Anschließend fuhr sie dann nach Hause und plauderte sechs oder sieben Stunden lang mit ihren Freundinnen, ehe sie schließlich sich selbst und die Kinder umbrachte. Das ergibt für mich keinen Sinn, Leute. Es ist einfach nicht logisch.«

Die beiden Mitarbeiter der Spurensicherung wechselten Blicke. »Haben Sie eine andere Theorie?«, fragte Langtry schließlich.

Glitskys Narbe spannte sich über seine Lippen. »Nein. Ich halte nichts von Theorien. Ich weiß nicht, wann und warum sie telefonierte und ob jemand in der Abteilung den Anruf entgegengenommen hat. Sie könnte genauso gut Zeugin des Unfalls gewesen sein.«

Amano ging zur Tür und blickte auf den Flur hinaus. Dann drehte sie sich um: »Da kommt Faro.«

Kurz darauf marschierte der elegant gekleidete kleine Spurensicherungsexperte herein, begrüßte die Anwesenden und erkundigte sich, was geschehen war. Als er von dem Mobiltelefon erfuhr, nickte er nachdenklich. Offenbar hielt er es für wichtig, wollte jedoch keine Vermutungen anstellen. Wie Glitsky bevorzugte es Faro, wenn eine Theorie sich aus Beweisen ableitete, und nicht umgekehrt. »Aber ich habe Neuigkeiten für Sie.«

»Schießen Sie los«, sagte Glitsky.

»Nun ja, zwei Dinge. Erstens, der Einschusskanal – also die Kopfwunde von Mrs. Markham – verlief von hinten nach vorn.«

Glitsky wiederholte die Worte und fragte dann: »Also hat sie sich die Waffe hinters Ohr gehalten, und die Kugel ging nach vorne los? Hat Strout gesagt, wie häufig er das schon bei Verletzungen gesehen hat, die man sich selbst zugefügt hat?«

Faro zuckte gleichmütig die Achseln. »Sie kennen ihn besser als ich, Sir. Er meinte, manchmal käme es vor.«

»Sehr hilfreich.«

»Das fand ich auch. Aber da wäre noch etwas: Sie war Linkshänderin.«

»Wie ist Strout denn darauf gekommen?«

»Ist er nicht. Ich war es. Im Haus habe ich eine Sammlung von Kaffeetassen für Linkshänder entdeckt. Sie wissen schon, welche mit Aufschriften: ›Beste Mama der Welt‹, ›Mutters Linke schlägt alles‹ und so weiter. Außerdem lagen ein paar von ihr adressierte Umschläge herum, und die Schrift hat einen Neigungswinkel wie bei einem Linkshänder.«

»Aber die Waffe befand sich in ihrer rechten Hand?«

»Daneben«, verbesserte Faro. »Die Schmauchspuren werden uns besser Aufschluss darüber geben, ob sie das Ding wirklich selbst abgefeuert hat. Doch das dauert noch ein paar Tage.«

»Okay, Len. Danke.« Glitsky runzelte heftig die Stirn. »Nun ja, ich danke Ihnen allen. Wenn Sie was Neues rauskriegen, lassen Sie es mich sofort wissen.«

Glitsky hatte zwar nicht vor, sich offiziell an dem Ratespiel zu beteiligen, aber angesichts des letzten Untersuchungsergebnisses war er mehr oder weniger überzeugt davon, dass er vermutlich von Anfang an richtig gelegen hatte. Offenbar war Carla Markhams Tod doch kein Selbstmord gewesen, denn sie hätte sich sicher nicht mit der falschen Hand aus einem derart merkwürdigen Winkel erschossen. Außerdem hätte sie nie ihren Hund getötet. Oder ihre halbwüchsigen Kinder.

Und das wiederum bedeutete, dass jemand sie umgebracht hatte. Glitsky wusste noch nicht, warum, doch der Anruf im Morddezernat an ihrem Todestag war ein Hinweis darauf, dass sie entweder Zeugin des Mordes an ihrem Mann geworden oder zumindest von einem Verbrechen ausgegangen war.

Glitsky hatte die Tür seines Büros geschlossen. Er trommelte mit den Fingern beider Hände auf die Schreibtischplatte und hielt sich vor Augen, dass er keine voreiligen Schlüsse ziehen durfte. Er sagte sich, dass er noch nicht genug wusste, um sich eine Meinung zu bilden, geschweige denn, um zu einem Ergebnis zu kommen.

Doch der Gedanke bohrte immer weiter: Wenn Carla Markham tatsächlich ermordet worden war, dann ganz sicher von demselben Täter, der auch ihren Mann auf dem Gewissen hatte. Glitsky hatte keine Ahnung, was das Motiv für den Mord an der Ehefrau gewesen sein könnte. Aber er hatte bereits einen Verdächtigen, der ein starkes Motiv für den Mord an ihrem Mann hatte. Und die Mittel. Und die Gelegenheit.

Es war an der Zeit, ihn auszuquetschen.

Als Kensing von der Arbeit nach Hause kam, wurde er von Inspector Glitsky erwartet. Wegen des Regens stand Glitsky dicht vor der Eingangstür. Kensing begrüßte ihn höflich, wirkte aber ein wenig verdattert. »Ich dachte, Mr. Hardy hätte das Treffen abgesagt.«

Glitsky zuckte beiläufig die Achseln. »Manchmal ist es Anwälten nicht recht, wenn ihre Mandanten mit der Polizei sprechen. Für gewöhnlich dann, wenn diese Mandanten schuldig sind. Er hat mir mitgeteilt, dass Sie mit uns reden wollen.« Im Plauderton fügte Glitsky hinzu: »Ich dachte, so sparen wir uns ein wenig Zeit.«

Nachdem Kensing kurz überlegt hatte, bat er Glitsky herein, ohne ihn nach einem Durchsuchungsbefehl zu fragen. Er wohnte in einer sanierten Drei-Zimmer-Eigentumswohnung gegenüber der Alta Plaza, einem Park an der Upper Fillmore Street. Die Wohnung nahm eine gesamte Etage eines stattlichen dreistöckigen Altbaus ein und verfügte über hohe Decken, freigelegte dunkle Holzbalken und Parkettböden. Durch ein riesiges Panoramafenster, das aus drei Scheiben milchigen antiken Glases bestand, konnte man den Park überblicken. Glitsky sah kurz hinaus und machte eine Bemerkung über den Regen.

Wenig später, als Kensing gerade Teewasser für den Lieutenant aufgesetzt hatte, läutete es wieder an der Tür. Die Besucher entpuppten sich als der Inspector, mit dem Kensing draußen vor dem Haus der Markhams gesprochen hatte – Bracco –, und ein anderer Mann, der sich als Fisk vorstellte. Kensing ließ die beiden ebenfalls herein und bot ihnen etwas zu trinken an.

Glitsky hatte eine tragbare Videokamera mitgebracht; diese ließ sich an den kleinen Kassettenrecorder anschließen, den er auf dem Küchentisch aufbaute. Als das Tonband lief, erklärte er Kensing noch einmal der Form halber, was er ihm bereits auf der Vortreppe erläutert hatte: Durch sein Gespräch mit

Hardy habe er, Glitsky, den Eindruck gewonnen, dass der Arzt die Vernehmung durch die Polizei hinter sich bringen wolle. »Natürlich können Sie die Aussage verweigern«, fuhr Glitsky in leutseligem Ton fort. »Oder diese Unterredung verschieben, damit Mr. Hardy dabei sein kann. Allerdings wissen wir, wie beschäftigt Sie sind. Um offen zu sein, sind wir das alle. Wie ich unten schon sagte, hielten wir es für das Einfachste, die Sache gleich zu Anfang der Ermittlungen zu erledigen.«

Kensing nickte. »Genau das habe ich auch zu Mr. Hardy gemeint. Ich habe nichts zu verbergen.«

Doch der zurückhaltende, höfliche Lieutenant wollte auf Nummer Sicher gehen und fügte hinzu: »Und Sie wollen wirklich nicht lieber Mr. Hardy dabei haben?«

»Nein, schon in Ordnung. Ich finde, er ist sowieso ein bisschen übervorsichtig. Ob er nun hier ist oder nicht, wird meine Aussage nicht beeinflussen. Mir ist es egal.«

»Vielen Dank«, erwiderte Glitsky betont aufrichtig. Er wusste, dass er Kensing gerade dazu überredet hatte, ohne Anwesenheit seines Anwalts eine Aussage zu machen, doch das war absolut legal. Nur der Verdächtige, nicht sein Anwalt, konnte sich auf das Recht zu schweigen berufen. Also war es Kensings freie Entscheidung, ob er redete. »Wir sind Ihnen sehr dankbar.«

Er ließ Kensing vor der Kamera Platz nehmen, schaltete sie ein und begann: »Also gut, Dr. Kensing. Drei, zwo, eins. Ich bin Lieutenant Abraham Glitsky, San Francisco Police Department. Meine Dienstnummer lautet eins, eins, vier, vier, eine Fallnummer wurde noch nicht zugeteilt.« Er setzte die übliche Litanei fort und nannte den Namen des Zeugen, den Ort und die übrigen Anwesenden. Schließlich warf Glitsky seinen beiden Untergebenen einen raschen Blick zu. Dann zog er kurz den Notizblock vor sich auf dem Tisch zu Rate und fing an. »Dr. Kensing«, sagte er, »haben Sie Mr. Markhams Totenschein unterschrieben?«

Kensing setzte eine bedrückte Miene auf. Er ahnte, welche Frage folgen würde. »Ja, das habe ich, obwohl meine Unterschrift in einer derartigen Situation stets nur unter Vorbehalt erfolgt.«

»Unter Vorbehalt? Was genau bedeutet das?«

»Anstelle einer Autopsie. Sie kann, wie in diesem Fall geschehen, vom Gerichtsmediziner für nichtig erklärt werden.« Ungerührt fuhr er fort: »In vielen Fällen, insbesondere wenn der Patient zuvor länger im Krankenhaus lag, ist die Todesursache offensichtlich, wodurch sich eine Autopsie erübrigt. Allerdings hat Mr. Hardy mir erklärt, dass die Opfer von Verkehrsunfällen mit Fahrerflucht stets obduziert werden.«

»Da hat er Recht. Doch Sie wussten es nicht, bevor er es Ihnen sagte?«

»Nein.«

»Und bei Mr. Markham schien Ihnen die Todesursache klar zu sein?«

»Ja. Damals zumindest. Er war von einem Auto überfahren worden und hatte dabei schwere innere Verletzungen mit starken Blutungen erlitten. Es war ein kleines Wunder, dass er es überhaupt bis in die Intensivstation geschafft hat.«

»Also rechneten Sie nicht mit einer Autopsie?«

»Ich habe überhaupt nicht daran gedacht.«

»Gut. Dr. Kensing, sind Ihnen die Symptome einer Überdosis Kaliumchlorid vertraut?«

»Ja, natürlich. Laienhaft ausgedrückt, schlägt das Herz nicht mehr wirksam.«

»Und was tut man dagegen?«

Kensing zuckte die Achseln. »Wenn wir wissen, dass Kaliumchlorid im Spiel ist, spritzen wir Glukose und Insulin und führen Wiederbelebungsmaßnahmen mit einem Defibrillator – einem Stromstoß – durch.«

»Und Sie hatten keine Möglichkeit, den wahren Grund für Mr. Markhams Problem, das Kaliumchlorid also, zu erkennen?«

»Nein, ich wüsste nicht, wie.«

»Okay.« Glitsky warf einen Blick auf seine Notizen und schien sich auf die nächste Attacke vorzubereiten. »Nun, Doktor, Sie kannten doch Mr. Markham recht gut, stimmt das?«

»Ich kannte ihn lange. Er war mein Chef. Ob ich ihn gut kannte, ist eine andere Frage.«

»Und genau die habe ich Ihnen gestellt. Ist es nicht richtig, dass er und Ihre Frau eine Beziehung hatten, die zum Scheitern Ihrer Ehe beigetragen hat?«

Kensing schluckte. Sein Mund war staubtrocken. Allmählich keimte in ihm der Gedanke, dass es möglicherweise ein schwerer Fehler gewesen war, sich auf dieses Gespräch einzulassen.

Eine Dreiviertelstunde später waren die persönlichen Themen abgehakt. Glitsky ging sofort dazu über, Kensing wegen seiner Rolle im Skandal um das Baby Emily und Parnassus ziemlich scharf zu befragen.

»Und Mr. Markham hat Sie gefeuert?«

»Nicht richtig. Aber er hat mich gewarnt, es würde ernste Folgen für mich haben, falls ihm zu Ohren kommen sollte, dass ich derjenige war, der die Geschichte an die Presse weitergegeben hat.«

»Und hatten Sie?«

Kensing zwang sich zu einem Lächeln, das ihm reichlich schief geriet. »Darüber würde ich lieber nicht sprechen, falls das geht.«

Glitsky deutete das als Ja und beschloss, dass er diese Information nicht brauchte.

»Und wo fand diese Unterredung mit Mr. Markham statt?«

»Er zitierte mich in sein Büro. Wir haben dort miteinander gesprochen.«

»Und fand er später heraus, dass Sie die undichte Stelle gewesen waren?«

»Ich glaube nicht. Jedenfalls habe ich nichts dergleichen gehört.« Wieder ein gescheiterter und zudem fataler Versuch, die Situation aufzulockern: »Da er mich nicht gefeuert hat, offenbar nicht.«

Glitsky fuhr unbeirrt fort. Kensing hatte gerade zugegeben, dass es abgesehen vom Baby Emily zwischen ihm und Parnassus »ein paar« weitere Streitpunkte gegeben hatte. Kensing räumte ein, er habe häufiger Medikamente verordnet, die nicht auf der Positivliste standen.

»In anderen Worten solche, die Parnassus nicht genehmigt«, stellte Glitsky klar.

»Eigentlich lag es nicht daran«, erläuterte Kensing. »Mit den von mir verschriebenen Präparaten war alles in Ordnung. Sie waren sogar besser geeignet.« Kensing tupfte sich mit einem bereits schweißfeuchten Taschentuch die Stirn ab. »Es ging nur darum, dass wir Ärzte laut Vorgabe ausschließlich Medikamente von der Positivliste verordnen sollten.«

»Und Sie haben diese Liste gewohnheitsmäßig ignoriert?«

»Nicht gewohnheitsmäßig. Nur, wenn ich es für angemessen hielt.« Der besseren Verständlichkeit halber fügte er hinzu: »Generika sind in ihrer chemischen Zusammensetzung nicht immer *identisch* mit dem Markenpräparat und deshalb manchmal nicht so wirksam. Oder sie haben andere Nachteile.«

»Und die wären?«

»Da gibt es verschiedene. Zum Beispiel, dass man sie doppelt so häufig einnehmen muss oder dass sie unerwünschte Nebenwirkungen wie Verdauungsstörungen verursachen. Also habe ich in manchen Fällen, in denen ich mit einem bestimmten Generikum auf der Liste bereits schlechte Erfahrungen gemacht hatte, das Markenpräparat verordnet.«

»Und Parnassus hat Probleme damit?«

Kensing zuckte die Achseln. »Es kostet mehr Geld.«

»Könnten Sie das näher erklären?«

»Tja, bei Parnassus funktioniert es so, dass der Großteil der Patienten dieselbe Zuzahlung leisten muss. Ich glaube, es sind zehn Dollar, unabhängig vom Preis des Medikaments. Wenn also das Markenpräparat dreißig Dollar kostet und das Generikum von der Positivliste zehn, verliert das Unternehmen zwanzig Dollar an jeder Verschreibung eines Markenpräparats, die es ersetzt.«

»Und Sie haben diese Markenpräparate regelmäßig verschrieben?«

»Wenn es nötig war, ja. Meine Aufgabe ist es, Leben zu retten und nicht das Geld des Unternehmens.«

Inzwischen zitterten Kensings Hände sichtbar. Er nahm sie vom Tisch und legte sie in den Schoß. Während der letzten quälenden Stunde hatte er sich gewünscht, er hätte auf seinen Anwalt gehört und dessen Rat angenommen, nicht mit diesen Männern zu sprechen. Aber da er sich nun einmal auf diese Situation eingelassen hatte, wusste er nicht, wie er sie beenden sollte. Schließlich machte er einen Versuch. »Wenn Sie mich bitte einen Moment entschuldigen würden«, sagte er.

Doch Glitsky hatte nicht vor, ihn zur Toilette gehen zu lassen, auch nicht, damit er sich wieder sammeln konnte. »Einen Moment noch«, erwiderte er knapp und wiederholte seine Frage. »Hatten Sie wegen der Sache mit den Medikamenten eine Auseinandersetzung mit Mr. Markham?«

»Nein. Wir haben nicht mehr miteinander gesprochen.«

»Seit wann?«

»Seit etwa zwei Jahren.«

»Seit zwei Jahren? Der Baby-Emily-Skandal fand doch erst vor ein paar Monaten statt. Und Sie sagten, Sie hätten damals mit ihm deshalb gestritten.«

Kensing wischte sich mit dem Papierhandtuch übers Gesicht. »Ich dachte, Sie hätten gemeint, wann wir das letzte Mal über die Verschreibungen geredet hätten.«

Nachdem die Polizisten endlich ihre Ausrüstung zusammengepackt und sich verabschiedet hatten, saß Kensing lange, am ganzen Leibe zitternd, auf dem Wohnzimmersofa. Erst nach einer Weile konnte er sich dazu aufraffen, Hardy anzurufen und ihn zu bitten, den Schaden zu begrenzen. Draußen war es fast dunkel geworden. Immer noch prasselte Regen gegen die Fensterscheiben.

Hardy saß in seinem Büro und versuchte, den Papierkram seiner übrigen Mandanten aufzuarbeiten. Kensing schilderte ihm, was geschehen war, und sagte, die Vernehmung sei ausgesprochen unerfreulich verlaufen. Offenbar war es doch ein Fehler gewesen. »Anscheinend glauben die wirklich, dass ich etwas damit zu tun habe«, schloss er seine Ausführungen.

Eine lange Pause entstand, und als sie endete, war Kensing nicht im Geringsten auf Hardys Wutausbruch vorbereitet. »Ach, wirklich, Doktor? Der Leiter des Morddezernats verhört Sie zwei Stunden lang wegen eines Mordes, von dem es täglich auf den Titelseiten heißt, dass er vermutlich mit dem brutalen Abschlachten einer ganzen Familie in Zusammenhang steht. Sie hatten ein Motiv, die Mittel und die Gelegenheit zur Tat. Und jetzt vermuten Sie, dass die Polizei Sie vielleicht, aber wirklich nur vielleicht, dieses Verbrechens verdächtigt? Sie haben doch Anatomie studiert, Doktor? Liegt bei allen Menschen das Hirn im Arsch oder nur bei Ihnen?«

Kensing saß da und starrte auf den Hörer in seiner Hand. Er spürte, wie ihm das Blut zu Kopf stieg, und dann wurde er von Übelkeit ergriffen, sodass er schon befürchtete, sich übergeben zu müssen. Er umklammerte den Apparat so fest, dass sich seine Fingerknöchel weiß verfärbten. Seine Kehle war staubtrocken und wie zugeschnürt. Nach ein paar weiteren Sekunden, in denen er kein Wort herausbekam, legte er auf.

Als Hardy Kensing zwanzig Minuten später zurückrief, um sich für seinen Ausbruch zu entschuldigen, stellte er fest, dass er doch nicht gefeuert war. Stattdessen bat sein Mandant ebenfalls um Verzeihung und endete seine Ausführungen mit der Feststellung, Lieutenant Glitsky denke offenbar wirklich, »dass ich Tim getötet habe«.

Wurde allmählich Zeit, dass bei ihm der Groschen fällt, dachte Hardy, aber er erwiderte nur: »Das ist eine kluge Vermutung.« Allerdings war die Entschuldigung nicht sein einziger Grund für den Anruf bei seinem Mandanten gewesen. Falls er den guten Doktor weiter verteidigen sollte, musste er ihm noch ein paar wichtige Fragen stellen. »Eric, ich war heute im Portola Hospital und habe mit ein paar Schwestern geplaudert. Wie hoch schätzen Sie die Wahrscheinlichkeit ein, dass die Überdosis ein Versehen war?«

»In diesem Fall praktisch gleich null. Warum?«

Hardy berichtete ihm von Rebecca Simms' Theorie, es könne hin und wieder unbeabsichtigt zu einer Überdosis kommen. Als er fertig war, wiederholte Kensing: »Nein, das kann nicht sein.«

»Wie wollen Sie das wissen?«

»Ich war dabei. Markham bekam überhaupt kein Kaliumchlorid. Sein Zustand war stabil. Zumindest den Verhältnissen entsprechend.«

»Und wer bleibt sonst noch übrig?«, fragte Hardy. »Wer hatte außer Ihnen Zugang zum Patienten?«

»Carla, wenigstens theoretisch gesehen. Vielleicht Brendan Driscoll, irgendwann früher am Tag. Außerdem Ross, ein paar andere Ärzte. Die Schwestern und Pfleger.«

»Wie viele Schwestern?«

»Keine Ahnung, da müssen Sie in den Dienstplan schauen. Normalerweise sind es zwei, manchmal auch drei. Ich glaube, dass es zwei waren.« Zum ersten Mal schien ihm die Tragweite dieser Bemerkung zu dämmern. »Soll das etwa heißen, dass einer dieser Leute Markham getötet hat?«

»So sieht es wenigstens aus, Eric.« *Entweder die oder Sie*, hätte er am liebsten hinzugefügt.

»Mein Gott«, stöhnte Kensing. »Und was machen wir jetzt?«

Hardy zögerte kurz. Sein Wutanfall von vorhin war ihm noch ein wenig peinlich. Doch er fuhr fort: »Nach allem, was Sie durchgemacht haben, mag es Ihnen ein wenig unpassend erscheinen, Eric. Aber bevor wir Pläne schmieden, müssen wir über mein Honorar reden.«

»Können Sie die Rechnung nicht einfach an meine Versicherung schicken?«

Keiner der beiden Männer lachte.

Hardy ließ eine angemessene Zeit verstreichen und sagte dann: »Wir sollten die Angelegenheit zu Ihrer Zufriedenheit klären. Es wird nämlich eine Weile dauern.«

Da Glitsky mit seinen »Verkehrspolizisten« abschließend über die Vernehmung sprechen wollte, machte er sich, obwohl es schon spät war, auf den Rückweg in die Innenstadt. Nun saß er an seinem Schreibtisch im Morddezernat und wartete auf Fisk und Bracco, um zu erfahren, ob sie durch seine Verhörtechnik klüger geworden waren und wie sie sich den Fortgang der Ermittlungen vorstellten. Draußen im Großraumbüro saßen fünf seiner Inspectors und arbeiteten ihren Papierkram auf. Einer von ihnen hatte sich eine Pizza geholt, deren Geruch Glitsky schier in den Wahnsinn trieb, da er sein früheres Leibgericht wegen des hohen Käse- und Fettgehalts inzwischen meiden musste.

Wo blieben diese Burschen nur? Eigentlich hatte er gedacht, dass sie in ihrem Wagen dicht hinter ihm fuhren. Endlich hörte er im Großraumbüro jemanden lachen, und er stand auf, um nachzusehen. Er hielt es durchaus für möglich, dass jemand Fisk Sekundenkleber auf den Stuhl geschmiert hatte, weshalb es ihm nicht möglich war, in Glitskys Büro zu kommen.

Glitsky vergaß seine guten Vorsätze, schnappte sich ein Stück Pizza von Marcel Laniers Schreibtisch und steckte die Hälfte davon in den Mund, bevor er es sich anders überlegen konnte. Nachdem er so viel davon heruntergeschluckt hatte, dass er wieder sprechen konnte, erkundigte er sich, was denn so lustig sei.

Lanier war ein alt gedienter Mitarbeiter des Morddezernats. Er hatte sich in seinem Stuhl zurückgelehnt, die übereinander geschlagenen Füße auf den Schreibtisch gelegt und die Hände hinter dem Kopf verschränkt. »Die Staatsanwaltschaft hat uns heute schon wieder einen Spinner hochgeschickt. Endlich ist mir eingefallen, wie ich diesen Leuten helfen kann, ohne sie gleich ans FBI zu verweisen.«

Glitsky wusste, dass es in der Stadt von Verrückten nur so wimmelte – Menschen, die auf der Straße lebten, Stimmen hörten, mit Außerirdischen in Kontakt traten oder glaubten, vom Teufel besessen zu sein. Hin und wieder wandten sich diese Personen mit ihren Anliegen an das Büro der Pflichtverteidiger, das sie wiederum an die Polizeizentrale im Erdgeschoss des Justizgebäudes verwies. Der Dienst habende Beamte dort nickte mitfühlend und schickte den Betreffenden zur Staatsanwaltschaft, von wo aus er unweigerlich im Morddezernat landete. In den meisten Fällen reichte das Morddezernat ihn an ans FBI weiter, und nur der Himmel wusste, was dort mit ihm geschah.

»... aber heute hatte ich eine Spitzenidee«, sagte Marcel. »Ich habe dem armen Mann empfohlen, aus Büroklammern eine Kette zu flechten, die von seinem Kopf bis zu seinen Füßen reichte. Dazu habe ich ihm einen ganzen Karton voll gegeben, und er hat etwa eine Stunde dafür gebraucht. Dann ließ ich ihn das eine Ende an seinen Haaren befestigen und das andere über den Boden schleifen und sagte ihm, die Stimmen würden jetzt aufhören.«

»Und warum sollte er das tun, Marcel?«, fragte Glitsky, obwohl er nicht sicher war, ob er die Antwort hören wollte.

»Weil er dann geerdet sein würde.« Marcel hob die rechte Hand und stimmte wieder in das Gelächter seiner Kollegen ein. »Ich schwöre bei Gott, Abe, er ist geheilt hier rausgegangen.«

»Du bist ein Zauberer, Marcel. Das ist eine schöne Geschichte. Kann ich noch ein Stück Pizza haben?« Glitsky wollte in sein Büro zurückkehren, blieb aber stehen, als Bracco auf der Schwelle erschien. »Wagen vierundfünfzig, wo sind Sie?«, leierte einer der Jungs hinter ihm, und seine Kollegen brachen wieder in Gelächter aus.

Glitsky verzog unwillig das Gesicht und deutete erst auf den Neuling und dann auf sein Büro. Als Bracco, diesmal bequem stehend, drinnen war, verharrte Glitsky in der Tür. »Haben Sie eine Spazierfahrt gemacht? Wo ist Harlan?«

»Er ist, äh, er ist nicht da.«

Glitsky schloss die Tür hinter sich. »Darauf bin ich auch schon gekommen, Darrel. Ich wollte wissen, wo er *ist*, und nicht, wo er nicht ist.«

»Keine Ahnung, Sir. Er hatte einen Termin.«

»Einen Termin?«

»Ja, Sir. Eine Spendensammelaktion seiner Tante –«

Glitsky fiel ihm ins Wort. »Sind Sie nicht davon ausgegangen, dass Sie hier mit mir verabredet sind? Lauteten meine letzten Worte an Sie nicht etwa ›Wir sehen uns dann im Büro.‹? Oder haben Sie daraus etwa geschlossen, dass damit morgen Früh gemeint ist?«

»Nein, Sir. Er sagte, er müsse weg, und außerdem habe er für heute Feierabend, Sir.«

Glitskys Stirnrunzeln wurde heftiger, doch dann musste er unwillkürlich kichern. »Feierabend. Das gefällt mir. Von welchem Planeten kommt dieser Junge? Gut, dann setzen Sie sich, Darrel, das heißt, natürlich nur, wenn Sie nicht auch schon Feierabend haben. Mit Harlan befasse ich mich morgen. Mein Gott.« Nachdem Bracco Platz genommen hatte, schob Glitsky seinen Stuhl zurück, verschränkte die Hände über dem Bauch und legte die Füße hoch. »Also, wie schätzen Sie Dr. Kensing ein?«

Bracco saß genauso, wie er stand, nämlich als hätte er einen Stock verschluckt. Er nutzte nur die vordere Hälfte des Stuhls und hielt die ineinander verschränkten Hände auf dem Schoß. »Ich glaube, der hat mehr als genug Motive. Wer sonst hätte Grund gehabt, Markham ans Leder zu wollen? Doch ohne schlagkräftige Beweise werden die Geschworenen ihn vermutlich nie verurteilen.«

»Da stimme ich Ihnen zu.«

»Ich fand, dass er einen schuldigen Eindruck machte, wenn das was zu bedeuten hat«, ergänzte Bracco. »Außerdem glaubte er offenbar, klüger zu sein als wir und die Richtung des Gesprächs beeinflussen zu können.«

Glitsky gestattete sich den Anflug eines Lächelns. »Ich halte mir zugute, dass ich ihn in dieser Beziehung vielleicht enttäuscht habe.«

»Und was machen wir jetzt?«

»Zuerst hätte ich gerne einen genauen Bericht darüber, wie Dr. Kensing jede Minute des vergangenen Dienstags verbracht hat, und damit meine ich, ab dem Aufstehen.«

»Glauben Sie, dass er es war?«

Glitsky nickte. »Ich hätte gern mehr Beweise. Aber auch ohne sie war er vor Ort, er hasste Markham und fürchtete ihn vielleicht auch, und er hatte genug Möglichkeiten. Manchmal haben wir eben nicht mehr in der Hand.«

Etwas schien Bracco zu beschäftigen, und schließlich rückte er damit heraus. »Falls er Markhams Mörder ist, glauben Sie, dass er auch Mrs. Markham umgebracht hat?«

»Ich zweifle stark an der Theorie, dass sie Selbstmord begangen haben soll. Drücken wir es einmal so aus.« Er erzählte Bracco von dem Mobiltelefon in ihrer Handtasche, mit dem das Morddezernat angerufen worden war. Außerdem erklärte er ihm, der Schusskanal verliefe von hinten nach vorn, und die Waffe habe neben der falschen Hand gelegen.

»Sie hat das Morddezernat angerufen? Mit dem Mobiltelefon? Wann denn?«

»Um sechs.« Langtry hatte eine Nachricht auf Glitskys Voice-Mail hinterlassen. Die Informationen tröpfelten zwar nur langsam herein, aber das Wichtigste war, dass man sie überhaupt bekam.

»Also während sie das Haus voller Gäste hatte?«

»Ja. Und hier war niemand. Sie hat keine Nachricht hinterlassen.«

»Etwa um sechs ist Kensing bei ihr angekommen, richtig?«

Glitsky nickte. »Soweit ich weiß, ist das ziemlich gut geschätzt.«

Schweigen entstand.

Wieder schien Bracco zu zögern. »Wir haben heute mit Kensings Frau geredet und –«, stieß er schließlich widerstrebend hervor.

Glitsky zog die Augenbrauen hoch. »Wann war das? Und warum?«

»Sie haben doch schließlich gesagt, dass es Ihnen lieber wäre, wenn wir die Finger von bestimmten Zeugen lassen. Da wir Ihnen nicht im Weg herumstehen wollten, haben wir uns mit den weniger wichtigen befasst. Zuerst haben wir Harlans Tante einen Besuch abgestattet und danach Ann Kensing.«

Glitsky rieb sich die Augen. Dann sah er Bracco über den Schreibtisch hinweg an. »Ich hätte Ihnen nicht den Eindruck vermitteln dürfen, dass es mir nicht recht ist, wenn Sie mit den Beteiligten sprechen. Sie können vernehmen, wen Sie wollen. Es ist Ihr Fall.«

»Ja, Sir. Vielen Dank.«

»Allerdings erwarte ich, dass Sie mir jeden Tag Bericht erstatten. Bevor Sie losziehen und wenn Sie zurückkommen.«

»Ja, Sir, aber wenn ich mir eine Frage gestatten –«

»Sie dürfen. Und Sie brauchen mich nicht um Erlaubnis zu bitten. Was gibt's?«

»Gehen wir immer noch von der ursprünglichen Vermutung aus, dass es sich bei dem Unfall mit Fahrerflucht um einen Zufall handelt? Harlan will weiter nach dem Auto suchen. Schließlich ist das Opfer überfahren worden. Vielleicht war es ja doch Absicht.«

Glitskys Blick war unbewegt. Seine Stimme klang ruhig und gelassen. »Im Augenblick wäre ich überrascht, wenn wir es nicht mit einem Unfall zu tun hätten. Aber ich hätte auch nicht vorausgesagt, dass Markhams Familie erschossen wird. Warum? Haben Sie einen Tipp, was das Auto angeht?«

»Nein, Sir. Ich wollte nur klären, ob wir uns weiter damit beschäftigen sollen oder nicht.«

»Wenn der Moment gekommen ist, Darrel, werden Sie es verstehen. Bis dahin sollten Sie sich alle Möglichkeiten offen halten. Und jetzt sagen Sie mir am besten, was Sie mir gerade von Mrs. Kensing erzählen wollten.«

Bracco überlegte eine Weile angestrengt und sagte dann zögernd: »Tja, sie behauptete mehr oder weniger, er habe ihr die Tat gestanden. Aber Harlan und ich glaubten nicht, dass sie es so gemeint hat. Sie war sehr aufgebracht und wusste nicht mehr, was sie sagte.«

Glitsky hörte auf, an seiner Pizza herumzukauen. »Wer hatte Mrs. Kensings Ansicht nach was gestanden?«

»Dr. Kensing. Dass er Markham getötet hat.«

»Sie hat gesagt, er habe das ihr gegenüber geäußert?«

»Ja, aber eigentlich glaube ich nicht ... Sie hätten dabei sein müssen. Sie kreischte nur rum und war völlig außer sich.«

Glitsky traute seinen Ohren nicht. Er wollte sichergehen, dass er alles richtig verstanden hatte. »Soll das bedeuten, Ann Kensing hat Ihnen erklärt, ihr Mann habe den Mord an Mr. Markham ausdrücklich gestanden? Hat er es ihr ins Gesicht gesagt?«

»Ja, Sir. Das hat sie behauptet, aber ...«

»Und Sie haben bis jetzt nicht die Zeit gefunden, mir das mitzuteilen?«

»Sie hatten die Kamera doch schon aufgebaut und wollten loslegen, Sir. Sie erinnern sich bestimmt, dass wir keine Gelegenheit zum Reden hatten, bevor Sie anfingen. Also hielten wir es für besser zu warten, bis wir –«

Es kostete Glitsky sichtlich Mühe, sich zu beherrschen. »Und diese Information ist keinem von Ihnen wichtig erschienen?«

Bracco rutschte verlegen auf seinem Stuhl herum. »Tja, ich hatte es so verstanden, dass wir auf Hörensagen nichts geben sollten, und mehr war es eigentlich nicht. Das glaubten wir wenigstens.«

Glitsky legte die Fingerspitzen vor den Lippen zusammen und senkte die Stimme, um zu verhindern, dass er zu brüllen begann. »Nein, Darrel, es handelt sich hierbei um den Bericht einer Augenzeugin, die bei einem Geständnis anwesend war, und das ist einer der besten zulässigen Beweise, die man kriegen kann. Hatten Sie vielleicht zufällig den Kassettenrecorder an?«

Das Tonband belegte eindeutig, dass Ann Kensing getobt hatte wie eine Wahnsinnige. Ihre Tirade strotzte von Beschimpfungen und wurde von Weinkrämpfen, heftigen Schluchzern und immer wieder von schrillem Geschrei und hysterischem Gelächter unterbrochen. Allerdings stand außer Frage, was sie gehört und was dies zu bedeuten hatte. Sie hatte Bracco und Fisk gegenüber geäußert, sie sei nur deshalb am Vortag nicht zur Polizei gegangen, weil sie vermutet habe, dass Tim Markham durch einen Unfall mit Fahrerflucht ums Leben gekommen sei. Sobald ihr jedoch klargeworden sei, dass es sich um Mord handelte und *wie* er ermordet worden war …

»Hören Sie mir zu! Hören Sie mir zu! Ich sage Ihnen, er hat mir gestanden, er hätte ihn mit Scheiße voll gepumpt. Genauso hat er sich ausgedrückt. Ja, mit Scheiße. Wortwörtlich. Das heißt doch, dass er der Mörder ist, oder? Etwas anderes kann es gar nicht heißen. Zu diesem Zeitpunkt wusste doch sonst niemand davon. Nicht vor der Autopsie. Oh, du Schwein, Eric! Du elender, elender …«

Glitsky hörte das ganze Band ab und wies Bracco dann an, es sofort zur Abschrift in die Staatsanwaltschaft zu bringen. Sicher sei noch jemand da. Und wenn nicht, müsse er eben einen Mitarbeiter zu Hause anrufen und ihn umgehend ins Büro zitieren.

Als Bracco fort war, holte Glitsky einen Haftbefehl-Vordruck aus seiner Schreibtischschublade und fing an, ihn auszufüllen. Doch nach den ersten paar Zeilen hielten seine Hände wie von selbst inne. Es handelte sich zugegeben um einen neuen und eindeutigen Beweis, der vermutlich allein schon genügte, um Eric Kensing festzunehmen. Doch angesichts der überwältigen Menge an Motiven und der politischen Folgen, die der Fall Parnassus haben würde, entschied Glitsky, dass es klüger war, sich bis zum nächsten Tag in Geduld zu üben und sich an Jackman zu wenden, bevor er den letzten Schritt unternahm.

Nun blieb nur noch die Frage, ob er Carla Markhams Namen – und die der Kinder – in das Formular eintragen sollte.

15

Als Hardy sich um Viertel nach elf durch die Vordertür seines dunklen und stillen Hauses schleppte, fragte er sich, ob seine Kraft wohl ausreichen würde, um es die Treppe hinauf bis ins Schlafzimmer zu schaffen. Vielleicht war es ja besser, wenn er stattdessen einfach auf dem Wohnzimmersofa schlief.

Im offenen Kamin glühten noch ein paar Scheite. Hardy stellte die Aktentasche ab und drückte auf den Lichtschalter an der Wand, um die gedämpfte Deckenbeleuchtung anzuknipsen. Dann schlüpfte er aus Regenmantel und Sakko und durchquerte das Zimmer. Auf dem Kaminsims zog eine Karawane von Glaselefanten – Frannies nach dem Brand neu begonnene Sammlung – rings um einige Kakteentöpfchen. Hardy hatte sich angewöhnt, die Elefanten fast jeden Tag umzustellen. Es war wie ein Schachspiel ohne Regeln und ohne Brett, das eine Gemeinsamkeit zwischen ihm und seiner Frau schuf. Eine unausgesprochene und positive Verbindung; jede Kleinigkeit zählte. Wegen der Kinder, ihres Studiums und seines Berufs hatte er manchmal fast das Gefühl, dass sie einen Termin miteinander vereinbaren mussten, um sich wenigstens guten Tag zu sagen. Ohne ihre festgelegten gemeinsamen Abende hätten sie sich wohl völlig aus den Augen verloren. Also schob er die Elefanten ein wenig herum.

Die Scheite fielen, kleine Funken sprühend, in sich zusammen. Hardy lehnte den Arm an den Kaminsims und legte den Kopf darauf. Wenig später fand er sich auf der Ottomane wieder. Die Ellenbogen auf die Knie gestützt, starrte er stumpf in die verlöschende Glut.

»Ich dachte, ich hätte die Tür gehört.« Franny hatte sich in einen weißen Frotteebademantel gehüllt, den sie bei ihrem letzten gemeinsamen verlängerten Wochenende vor fast einem Jahr in Napa gekauft hatten. Sie kuschelte sich neben Hardy und streichelte ihm den Rücken.

»Warum bist du noch auf?«, fragte er.

»Moses und Susan sind erst vor ein paar Minuten gegangen«, erwiderte sie. »Ich war noch wach.«

»Moses und Susan? Was wollten die denn?«

»Und Colleen und Lexi. Offenbar hast du ihnen angeboten, dass wir heute Abend auf ihre Kinder aufpassen, damit die beiden mal ausgehen können.« Es klang fast wie eine Frage. »Sie haben sich zwar sehr gefreut, aber das nächste Mal könntest du mir vielleicht Bescheid geben. Vor allem, wenn du beabsichtigst, nicht zu Hause zu sein.«

Er ließ den Kopf hängen und schüttelte ihn müde. »Was soll ich dazu sagen? Ich bin ein Idiot. Es tut mir Leid.«

»Dass es dir Leid tut, ist schon mal gut.« Ihre Hand streichelte weiter seinen Rücken. Sie war nicht wütend, auch wenn es ihr lieber gewesen wäre, wenn er sich an seine Zusagen auch erinnerte. Insbesondere dann, wenn diese auch sie betrafen. »Ist schon gut«, fuhr sie fort. »Alles hat prima geklappt. Es war nur ein Glück, dass ich überhaupt zu Hause war. Übrigens hat Abe angerufen. Und eine Frau namens Rebecca, die gesagt hat, es könnte wichtig sein.«

Vor ein paar Stunden hätte das vielleicht noch einen Funken von Interesse geweckt. Doch im Augenblick bedeutete es für Hardy nur zusätzliche Arbeit. »Sie ist Schwester im Portola Hospital, und ich habe heute mit ihr gesprochen. Der neue Fall.« Hardy war immer noch wütend, weil Glitsky hinter seinem Rücken seinen Mandanten vernommen hatte. Aber er bemühte sich, sich seinen Zorn nicht anmerken zu lassen. »Was hat Abe denn gewollt?«

»Er meinte, du wüsstest schon.«

Hardy dachte nach. »Das war eine Lüge.« Er überlegte, ob er Lust auf eine lange Erklärung hatte. Doch ihre Hand auf seinem Rücken fühlte sich gut an. Sie waren zusammen. Er kuschelte sich leicht an sie. »Er hat heute meinen Mandanten vernommen, obwohl ich ihm gesagt hatte, dass er es lassen soll. Mit schweren Geschützen; das ganze Programm. Vielleicht ist er ja dahinter gekommen, dass mein Mann unschuldig ist, und möchte mich um Verzeihung bitten. Aber das bezweifle ich.«

»Offenbar glaubt er, dass dein Mandant Dreck am Stecken hat.« Dieses Thema hing immer zwischen ihnen in der Luft. Seit Hardy sich als Strafverteidiger selbständig gemacht hatte, beschäftigte Frannie, dass ihr Mann sich nicht nur mit zu Unrecht Beschuldigten, sondern auch mit Menschen abgab, die das ihnen zur Last gelegte Verbrechen tatsächlich begangen hatten. Lautete die Anklage auf Alkohol am Steuer, Diebstahl oder Betrug, konnte sie noch darüber hinwegsehen. Doch wenn es um Mord ging, zermürbte sich Frannie mit der nicht von der Hand weisenden Befürchtung, dass jemand, der schon einmal getötet hatte, möglicherweise einen Groll gegen eine weitere Person – beispielsweise seinen Anwalt – entwickeln und seine Tat wiederholen könnte. »Und ist dein Mandant der Mörder?«

»Er sagt nein«, sagte Hardy schlicht. »Doch wer tut das nicht?«

»Und glaubst du ihm?«

»Natürlich.« Er sah sie an. »Mein Problem ist Abe. Ich habe keine Ahnung, was er im Schilde führt.«

»Vermutlich hat er angerufen, um dir alles zu erklären.«

»Ganz bestimmt.« *Nicht*, ergänzte Hardy bei sich. Er sah auf die Uhr. »Am liebsten würde ich ihn jetzt gleich zurückrufen und seinen jämmerlichen Arsch aus dem Bett jagen.« Er unterdrückte ein Gähnen. »Wer war der andere Anrufer? Rebecca? Die Krankenschwester. Sie sagte, es könnte wichtig sein?«

Er merkte Frannie an, dass sie es nur ungern wiederholte. Sie hatte ihre Pflicht erfüllt und ihm die Anrufe ausgerichtet. Vermutlich hatte sie gehofft, dass er es vergessen würde. Aber nein. Wenn es um seinen Beruf ging, hatte Hardy ein ausgezeichnetes Gedächtnis. Leider traf das nicht auf Verabredungen zum Babysitten mit der Verwandtschaft zu. Frannie seufzte auf. »Sie hat gesagt, du sollst dich melden, egal wie spät es ist.«

»Wahrscheinlich auch jetzt noch, was?«

»Ich dachte, du kommst vielleicht auch mal irgendwann ins Bett.«

»Ich versuche mich kurz zu fassen.«

Er spürte, dass sie enttäuscht war. »Ich habe die Nummer neben das Telefon gelegt«, sagte sie und stand auf. »Hast du überhaupt schon was gegessen?«

Er schüttelte den Kopf. »Endlich beginnt Kensing zu begreifen, dass er in großen Schwierigkeiten steckt. Doch es war ein ganzes Stück Arbeit, ihn so weit zu kriegen, wenigstens am Telefon mit mir zu reden. Eigentlich hatte er geplant, den Abend mit seinen Kindern zu verbringen. Er dachte, die Sache mit Glitsky wäre in einer halben Stunde abgehakt. Ich habe ihn gefragt, wann er sich denn ein paar Minuten freimachen und vielleicht ein paar Dinge mit mir besprechen könnte, damit ich nicht alles von Dritten erfahren muss. Und er antwortet mir tatsächlich, das wüsste er nicht. Schließlich hätte er an diesem Wochenende auch die Kinder. Er arbeite eine Million Stunden am Tag. Aber wenigstens hatte ich ihn am Telefon. Mehr Zeit konnte er nicht erübrigen. Also habe ich ihn aufgefordert, seine Ex-Frau anzurufen, umzudisponieren und für heute Abend abzusagen. Wir müssten miteinander reden.«

Frannie sah ihn nur wortlos an. Sie hatte die Arme vor der Brust verschränkt, und ihre Körperhaltung drückte Enttäuschung und Missbilligung aus. Traurigkeit. »Im Kühlschrank stehen noch die restlichen Spaghetti«, sagte sie.

»Ich weiß nicht, ob es wichtig ist«, sagte Rebecca Simms.

»Schon gut«, erwiderte Hardy. »Wenn es Sie wach hält, ist es wahrscheinlich wichtig genug, um darüber zu sprechen.« Er saß, einen gelben Notizblock vor sich und den Telefonhörer am Ohr, am Esszimmertisch. Nachdem er sich ein Glas Orangensaft eingeschenkt hatte, leerte er es mit einem Schluck. »Ist Ihnen etwas zu Dr. Kensing eingefallen?«

»Nicht ganz. Eigentlich gar nicht.«

Hardy wartete ab.

»Ich habe darüber nachgedacht, wie ich es am besten ausdrücken soll, denn schließlich bin ich nicht sicher und weiß nichts Genaues. Nach unserer Unterhaltung bin ich wieder auf die Station gegangen, und ich glaube, das Thema – Sie wissen doch noch, das Klima hier?«

»Klar. Ich erinnere mich.«

Wieder herrschte eine Weile Brummen in der Leitung. »Es ist nämlich so«, platzte sie heraus. »Alle Mitarbeiter wissen, dass hier etwas schrecklich faul ist. Die Schwestern und Pfleger, meine ich. Wahrscheinlich auch einige Ärzte. Aber niemand redet darüber. Es ist eher ein Gefühl, so als ob es irgendwo spukt.«

Hardy schloss die müden Augen. Sie klang, als meinte sie das wörtlich. Ist ja spitze, dachte er. Die Frau, die er sich rein zufällig in der Krankenhauskantine herausgepickt hatte, hatte zwar, bei Tage besehen, recht vernünftig gewirkt, war aber in Wirklichkeit geisteskrank und besaß jetzt seine Privatnummer. Frannie hatte Recht – er hätte sie nicht auf seine Visitenkarten drucken lassen sollen.

»Nun.« Hardy war kurz davor, das Telefonat zu beenden. »Ich weiß nicht, ob ein Gefühl –«

»Nein, nein«, fiel sie ihm ins Wort. »Das habe ich nicht gemeint ... Es geht darum, dass Leute hier sterben.«

Hardy stellte das Saftglas weg, nach dem er gerade gegriffen hatte. Seine Erschöpfung war auf einmal wie weggeblasen. »Was meinen Sie mit ›Leute‹?«

»Patienten. Solche, die eigentlich hätten überleben sollen.«

»Was für Patienten genau?«

»Fast nur alte Menschen, denke ich. Die meisten in der Intensivstation.«

»Aber Sie sind nicht sicher?«

»Nicht hundertprozentig.« Ihr Ton wurde gereizt. »Ich habe doch schon zu Anfang gesagt, dass ich nicht sicher bin.«

»Gut«, erwiderte er, in der Hoffnung, dass sie beim Thema bleiben würde. »Schon gut. Ich höre zu.«

»Aber niemand weiß etwas Genaues. Und wenn doch, gibt es keiner zu.«

»Richtig. Aber eigentlich interessiere ich mich mehr für die allgemeinen Verhältnisse. Es muss nichts Spezielles sein – schlechtes Betriebsklima oder so ...«

»Tja, das stimmt eindeutig. Die Geldknappheit, die Angst um den Arbeitsplatz und so weiter. Während wir uns unterhalten haben, ist mir einfach nicht eingefallen, was es war. Erst heute Abend, als ich nach Hause kam ...«

»Worum geht es denn?« Es war wie Zähne ziehen, auch wenn sie sich allmählich zu lockern schienen.

Sie legte eine kleine Pause ein. »Es klingt einfach zu albern.«

»Können Sie es nicht versuchen? Ich werde Sie bestimmt nicht auslachen, egal, was es ist. Ehrenwort.«

Eine längere Pause. »Tja«, sagte sie, »wenn Menschen sterben, die eigentlich außer Lebensgefahr sind ...«

»... werden sie vielleicht umgebracht«, beendete Hardy den Satz für sie.

»Ja.« Sie klang merklich erleichtert. »Genau darauf wollte ich hinaus. Das war es.«

»Haben Sie einen Verdacht, wer der Täter sein könnte?«

»Nein. Tja, vielleicht, ich weiß nicht. Wie ich schon sagte, bin ich ja nicht einmal sicher, ob es stimmt. Doch von dem ersten Fall habe ich vor etwa einem Jahr gehört. Ein Mann hatte einen Schlaganfall. Aber seine Familie hoffte, wie es so oft vorkommt, dass er sich wieder erholen würde. Falls er aus dem Koma aufgewacht wäre, wäre die Prognose optimistisch gewesen. Also wollten sie nicht den Stecker rausziehen und warteten ab. Alle glaubten, dass es noch lange dauern würde, und dann, zwei Tage später, starb er plötzlich.«

»Schön und gut«, sagte Hardy. »Kommt so was nicht öfter vor?«

»Manchmal schon.«

»Und es bedeutet nicht notwendigerweise, dass ihn jemand umgebracht hat.«

»Nein, natürlich nicht.« Sie schwieg. »Wenn es nur dieser eine Mann gewesen wäre, hätten es wahrscheinlich alle längst vergessen. Aber er war ungefähr der dritte Patient, der innerhalb eines Vierteljahrs starb. Also hat es eine Schwester aus der Intensivstation im Aufenthaltsraum erwähnt. Dort arbeitet auch ein komischer kleiner Bursche als Pfleger. Er heißt Rajan Bhutan. Er hatte bei allen drei Todesfällen Dienst.«

»Und jemand vermutet, dass er vielleicht Patienten tötet?«

»Nein, nicht wirklich. Ich weiß nicht einmal, warum ich das überhaupt gesagt habe. Schließlich ist damals niemand auf diesen Gedanken gekommen, aber dann ... Es passierte immer wieder.«

»Es passierte immer wieder«, wiederholte Hardy. »Wie oft denn?«

»Ich weiß nicht. Ich weiß es wirklich nicht. Ziemlich oft eben.« Er hörte, wie sie erleichtert aufatmete.

Hardy konnte es nicht dabei bewenden lassen. »Hat man deswegen die Polizei verständigt und sie auf diesen Rajan hingewiesen?«

»Nein. Keine Ahnung. Wenn das so wäre, hätten wir es bestimmt erfahren.«

»Möchte man meinen.«

»Und ...« Sie brach ab.

»Was ist?«, bohrte Hardy nach.

»Nichts.« Eine Pause. »Wirklich nichts.«

»Rebecca, bitte. Sie wollten doch etwas sagen.«

Sie brauchte eine Weile, um sich zu entscheiden. »Tja ... drücken wir es mal so aus, dass jeder, der sich an die Polizei oder die Presse wendet, gewissermaßen seinen Job gefährdet. Schauen Sie sich nur die Sache mit Dr. Kensing und Baby Emily an. Und dann stellen Sie sich vor, was passieren würde, wenn es sich herumspräche, dass im Portola Hospital Patienten getötet werden. Alle legen dort« – sie suchte nach dem richtigen Wort – »großen Wert auf Verschwiegenheit.«

»Das ist in den meisten Organisationen so«, erwiderte Hardy. »Aber ich weiß nicht, ob ich es in diesem Fall glauben kann. Wollen Sie behaupten, dass die Verwaltung die Augen vor den Tatsachen verschließen würde, wenn ein Mitarbeiter Patienten tötet?«

»Oh, interessieren würden sie sich sicher dafür. Doch sie würden verhindern wollen, dass es sonst jemand mitbekommt. Das ist wie mit unfähigen Ärzten.«

»Was ist wie mit unfähigen Ärzten?«

Ein kurzes Auflachen. »Tja, die gibt es nämlich nicht.«

»Was bedeutet das?«

»Dass jeder Arzt im Team großartig ist, bis man ihn, sagen wir mal, nach Illinois versetzt. Er kriegt ein tolles Zeugnis, vielleicht sogar eine Gehaltserhöhung, und man bezahlt ihm die Umzugskosten. Warum? Weil es keine unfähigen Ärzte gibt.«

»Und keine Nestbeschmutzer.«

Eine harte Bemerkung, und Rebecca Simms hatte sofort das Bedürfnis, sich zu rechtfertigen. Ihre Stimme wurde leise, sodass Hardy sie kaum noch verstehen konnte. »Ich bin keine Nestbeschmutzerin, Mr. Hardy. Ich habe drei Kinder und einen Mann, und sie sind alle darauf angewiesen, dass ich diesen Job behalte. Ich weiß nichts Genaues. Ich dachte nur, es würde Ihnen helfen, wenn ich Ihnen etwas vom allgemeinen Klima erzähle, wie Sie es nannten. Schließlich ist Mr. Markham eindeutig ermordet worden. Vielleicht ändert das etwas.«

»Vielleicht sollte sich jemand an die Polizei wenden.«

»Ich glaube nicht, dass es dazu kommen wird. Welche Vorwürfe sollte derjenige denn vorbringen?«

»Genau die, die Sie mir gerade erläutert haben.«

»Aber es ist doch alles so vage. Es gibt ... es gibt keine richtigen Beweise.«

»Doch, die Leichen«, widersprach Hardy, so ruhig er konnte. »Man könnte sie obduzieren. Wurde überhaupt je eine Leichenschau durchgeführt? Wenigstens in einem oder zwei der Fälle?«

»Ich weiß nicht. Für gewöhnlich wollen die Familien nicht ...« Sie beendete den Satz nicht und wiederholte stattdessen noch einmal, dass sie nichts wisse. »Sie sind ein Außenstehender. Ich meine, Sie arbeiten nicht im Krankenhaus. Möglicherweise könnten Sie etwas unternehmen.«

Hardy wurde klar, dass er – zumindest heute Nacht – nicht mehr von ihr erfahren würde. »Mag sein«, entgegnete er. »Ich werde es versuchen.« Er bedankte sich bei Rebecca für den Anruf. »Sie hatten Recht. Es war wichtig. Und ich glaube nicht, dass Sie sich Sorgen machen müssen. Ganz gleich, was ich tue, ich werde Sie nicht mit hineinziehen. Es war sehr mutig von Ihnen, mich anzurufen.«

Er hörte ihr die Erleichterung an. »Danke«, sagte sie. »Sie sind ein guter Mensch. Tut mir Leid, dass ich Sie so spät gestört habe.«

Nachdem er aufgelegt hatte, blieb er eine lange Zeit reglos am Tisch sitzen. Da es ihm nun doch nicht gelungen war, sich kurz zu fassen, war Frannie inzwischen sicher schon eingeschlafen. Und selbst wenn nicht, war die angenehme Stimmung inzwischen vorbei; sie war bereits verflogen gewesen, als Frannie nach oben gegangen war. Rebecca Simms hatte ihn einen guten Menschen genannt. Aber im Augenblick fühlte sich Hardy ganz und gar nicht so.

Sein Saftglas war leer. Hardy stand auf, ging in die Küche und spülte es. Als er gerade beim Abtrocknen war, hörte er hinter sich ein Geräusch. Er drehte sich um und sah seinen Sohn, der, einen Fuß auf den anderen gestützt, in der Tür stand und ihn beobachtete. »Hallo, Kumpel«, sagte er leise. »Was läuft denn so?«

Obwohl Vincent noch kein Teenager war, konnte man ihn auch nicht mehr als kleinen Jungen bezeichnen. Er hatte kurz geschorenes Haar und abstehende Ohren, und seine früher rundliche Figur war schlaksig, ja, beinahe mager geworden. »Ich konnte nicht schlafen.«

Hardy kam näher und ging vor ihm in die Hocke. »Hast du etwa noch gar nicht geschlafen?«

Der Junge setzte sich auf sein Knie und schlang ihm die Arme um den Hals. »Nein. Ich hatte Albträume.«

»Und wovon handelten die?«

»Du bist verschwunden. Wir waren alle im Wald, und du bist nur kurz weggegangen, um etwas zu erledigen. Und dann haben wir gewartet und gewartet, bis Mama sagte, dass sie nach dir suchen will. Aber wir haben sie angefleht, nicht zu gehen, weil sie sonst auch nicht wiederkommen würde. Doch sie ist trotzdem gegangen, und Beck und ich waren ganz allein. Wir haben nach ihr gerufen, und davon bin ich aufgewacht.«

Hardy brauchte seine Phantasie nicht sehr anzustrengen, um zu verstehen, was dieses Szenario zu bedeuten hatte, auch wenn er sicher war, dass Vincent ihm kein schlechtes Gewissen einreden wollte. Jedenfalls hoffte Hardy, dass sein Sohn noch nicht gerissen genug war. Bei seiner Schwester wäre Hardy nicht so sicher gewesen. Er zog Vincent an sich, was der Junge um diese Uhrzeit geschehen ließ. »Nun bin ich ja hier«, sagte er tröstend. »Und wenn du aufgewacht bist, heißt das doch, dass du geschlafen hast. Und das wiederum bedeutet, dass du auch wieder einschlafen könntest, richtig?«

»Wahrscheinlich«, erwiderte Vincent.

Die Anwaltslogik hatte wieder einmal gesiegt. »Komm, ich bringe dich ins Bett.«

Doch Vincents Bett im Zimmer hinter der Küche war unberührt. Vincent zeigte ins Hintere des Hauses, wo Hardys früheres Arbeitszimmer lag. »Ich schlafe in Rebeccas Zimmer. Mama hat es erlaubt.«

An der Tür bemerkte Hardy den Deckenhaufen neben dem Bett seiner Tochter. »Warum schläfst du hier drin?« Hardy hielt es für nicht weiter erstaunlich, dass sein Sohn auf dem Parkettboden kein Auge zutun konnte.

»Du kennst doch Rebecca. Sie kriegt öfter mal Angst«, flüsterte Vincent.

Hardy wusste das nur zu gut. Angeheizt vom Aufklärungsunterricht in der Schule, hatten Rebeccas tief sitzende und unerklärliche Ängste – vor Tod, Selbstmord, Entführung, Aids, Drogenabhängigkeit und so weiter und so fort – im vergangenen Jahr in einer Krise gegipfelt. »Ich dachte, wir hätten die meisten Punkte schon geklärt. Wovor hat sie denn jetzt noch Angst?«

»Hauptsächlich vor der Dunkelheit. Und manchmal vor dem Alleinsein.« Als Vincent das Aufstöhnen seines Vaters bemerkte, sprang er rasch für seine Schwester in die Bresche. »Es ist ja nicht jede Nacht. Und außerdem ist es schon viel besser geworden.«

»Gut, das habe ich mir gedacht. Hast du unter den Decken einen Futon oder sonst was zum Draufliegen?«

»Nein, auf dem Boden kann ich genauso gut schlafen.«

»Das sehe ich«, sagte Hardy, »abgesehen davon, dass du Albträume hast und um halb eins noch herumgeisterst.« Doch Hardys Tonfall war verschwörerisch, nicht tadelnd. Schließlich waren sie die beiden Männer im Haus und mussten zusammenhalten. »Komm, wir holen dir eine Unterlage.«

Sie nahmen die Polster von den Sesseln in Vincents Zimmer und breiteten sie auf dem Boden aus. Nachdem der Junge es sich bequem gemacht hatte, deckte Hardy ihn zu. »Du könntest dich jetzt eigentlich auch in dein eigenes Bett legen. Beck würde es nicht merken.«

Aber Vincent schüttelte den Kopf, froh, dass man ihn brauchte. »Ist schon okay. Sie braucht mich hier manchmal. Du weißt ja, Dad, Mädchen.«

Hardy zauste seinem Sohn den Stiftenkopf. Es lag nicht in Vincents Absicht, Salz in seine Wunden zu streuen. Er übte nur, sich als Mann zu beweisen, was ihm eines Tages hoffentlich besser gelingen würde als seinem Vater. »Ich verstehe«, sagte Hardy und rubbelte noch einmal über die Haarstoppeln. »Gibt es heute wieder keinen Gutenachtkuss?« Dieses nächtliche Ritual hatte erst vor ein paar Monaten, kurz nach Weihnachten, geendet. Doch hin und wieder, wenn Vincents Wachsamkeit nachließ und sich niemand in der Nähe befand, vergaß er, dass Küssen absolut uncool war. Heute hatte Hardy Glück, und da er sich dachte, dass es vielleicht eines der letzten Male war, drückte er seinen Sohn noch einen Sekundenbruchteil an sich. »Okay, und jetzt schlaf noch ein bisschen, Vin.«

»Wird gemacht. Danke, Dad.«

»Gern geschehen.«

»Soll ich dir einen Witz erzählen?«

Hardy, der schon fast aufgestanden war, zwang sich zur Geduld. »Aber nur einen«, erwiderte er.

»Was kriegt man, wenn man einen Elefanten in eine Katze verwandelt?«

»Keine Ahnung.«

»Nein, du musst raten.«

»Okay. Ich versuche es. Schau, meine Augen sind geschlossen.« Lautlos zählte er bis drei. »Gut, ich gebe auf. Was kriegt man?«

»Du weißt es wirklich nicht? Einen Elefanten in eine Katze? Überleg mal.«

»Vin ...« Er stand auf.

»Eine Katze«, sagte Vincent. »Wenn man einen Elefanten in eine Katze verwandelt, kriegt man eine Katze. Kapiert?«

»Guter Witz«, sagte Hardy. »Den musst du Onkel Abe erzählen. Er findet ihn sicher klasse.«

Hardy wusste nicht, warum er ein paar Mal im Haus auf und ab lief und die Elefanten noch einmal umstellte. Dann setzte er sich ins Wohnzimmer, bis er sicher war, dass Vincent wieder schlief. Er pirschte sich zurück in Rebeccas Zimmer, beugte sich erst über die Polster und anschließend über das Bett, und betrachtete die ruhigen, friedlichen Gesichter seiner schlafenden Kinder im Dämmerlicht.

Endlich ging er ins Schlafzimmer. Als er den Wecker kontrollierte, stellte er fest, dass er immer noch – oder schon wieder? – auf halb fünf stand. Er würde eine Hausregel einführen müssen, die jedem außer ihm und Frannie verbot, den Wecker anzufassen. Hardy stellte den Wecker zwei Stunden vor.

Als er neben seiner regelmäßig atmenden Frau im Bett lag, dachte er kurz über die unterschwelligen Botschaften nach, die in seinem Haus, seiner Familie, ausgetauscht wurden. Er und Frannie mit ihren Elefanten. Rebecca mit ihren inzwischen unausgesprochenen Ängsten, die ihr offenbar immer noch zu schaffen machten. Vincents Witz, ein eindeutiger Versuch, seinen Vater noch ein paar Sekunden länger im Zimmer festzuhalten, obwohl er ihn nie ausdrücklich darum gebeten hätte. Von ihm unbemerkt hatte sich ihr Umgang miteinander verändert. Hardy fühlte sich, als würde er von dieser Entwicklung mitgerissen und schwebe, nur gehalten von einer Art Erdanziehungskraft, zwischen den anderen Familienmitgliedern hin und her. Doch es gab nichts Greifbares mehr, das sie miteinander verband.

Inzwischen war er hellwach und konnte, wie zuvor sein Sohn, trotz seiner Erschöpfung nicht einschlafen. Denn ihm war ein Widerspruch in den Sinn gekommen, der ihn einfach nicht mehr losließ. Noch am Vormittag hatte Rebecca Simms die Vorstellung, jemand könne Tim Markham im Krankenhaus getötet haben, als lächerlich abgetan. Das sei doch albern, hatte sie erklärt. Ganz bestimmt sei es ein Versehen gewesen.

Oder der Mann sei einfach gestorben, was, wie sie Hardy vor Augen gehalten hatte, »hin und wieder eben vorkam«. Vorhin am Telefon hingegen hatte es geklungen, als seien solche Todesfälle – womöglich sogar unaufgeklärte Morde – während des vergangenen Jahres im Portola Hospital gang und gäbe gewesen. Am liebsten hätte Hardy sie noch einmal angerufen. Vielleicht war es ihm ja gelungen, die Mauer des Schweigens im Krankenhaus zu durchbrechen, auch wenn man Kritik dort für gewöhnlich nicht duldete. Indem er Schwester Simms gezwungen hatte, im Fall Markham das Undenkbare in Erwägung zu ziehen, hatte er weitere Geister auf den Plan gerufen.

Schon allein die Todesfälle – sofern sie sich beweisen ließen – würden weite Kreise ziehen, von denen nicht nur sein Mandant betroffen sein würde, obwohl sich die Ermittlungen dann ganz sicher auf ihn konzentrieren würden. Das wiederum bedeutete für Hardy zusätzliche Arbeit, zusätzliches Engagement, zusätzlicher Aufwand, weniger Zeit mit seiner Frau, weniger Zusammensein mit seinen Kindern und weniger Kraft, sich auf den Alltag in seinem Haus einzulassen.

Eine weitere Konsequenz war, dass er sich selbst in Gefahr brachte. Falls jemand – Rajan Bhutan oder ein anderer Mitarbeiter des Portola Hospital – wirklich eine Reihe von Morden auf dem Gewissen hatte und wenn Hardy sich an der Aufdeckung dieser Verbrechen beteiligte, würde er damit sicher den Unwillen dieser Person erregen.

Er drehte sich wieder auf die Seite und döste ein. In seinem Traum schwamm er in einem unruhigen Gewässer, umkreist von Picos Haien, die nach ihm schnappten und immer näher kamen. Dann jedoch ließ ihn etwas – ein Knacken im Haus oder ein zufälliges Geräusch – zusammenfahren. Er schleuderte die Bettdecke weg und setzte sich ruckartig auf. Sein Atem ging stoßweise.

Frannie war davon aufgewacht. »Dismas. Fehlt dir etwas? Wie spät ist es?«

»Alles in Ordnung. Alles in Ordnung.« Aber das stimmte nicht. Die nicht eingestandene und dennoch allgegenwärtige Angst, die laut Rebecca Simms' Schilderung im Portola Hospital herrschte, schien auch ihn zu verfolgen. Selbst das vertraute dunkle Schlafzimmer hatte plötzlich etwas Bedrohliches an sich, so als ob gleich um die Ecke eine schreckliche Gefahr lauerte.

Er versuchte, nicht auf diese Einbildungen und irrationalen Ängste – denn das waren sie ganz sicher – zu achten. Nur das Nachspiel eines Albtraums. Doch es ließ ihn nicht los. Nach einer Weile knipste er kurz die Nachttischlampe an, obwohl er sich dabei albern vorkam.

Natürlich war da nichts. Gar nichts.

Allerdings dauerte es einige Zeit, bis er wieder ruhig durchatmen konnte. Schließlich legte er sich hin, deckte sich zu und schmiegte sich an den Rücken seiner Frau.

Ehe seine Gedanken Gelegenheit hatten, ihn weiter zu martern, schlief er zum Glück endlich ein.

16

Kensing beendete die Morgenvisite in der Intensivstation des Portola Hospital und ging ins Schwesternzimmer. Dort wurde er vom Verwaltungschef der Klinik, dem hoch gewachsenen, mageren Michael Andreotti, erwartet, der unter vier Augen mit ihm sprechen wollte. Schweigend schritten sie einen langen Flur entlang und fuhren mit dem Aufzug ins Erdgeschoss, wo Andreotti Kensing in einen Konferenzraum bat, der neben seinem Büro im Verwaltungsflügel lag. Er schloss die Tür hinter sich.

Obwohl sich Kensing inzwischen mehr oder weniger denken konnte, was ihn erwartete, fragte er trotzdem nach. »Also, was gibt es?«

Die beiden Männer waren sich ohnehin nicht recht grün, weshalb Andreotti keine Zeit mit Höflichkeitsfloskeln verschwendete. »Ich fürchte, der Vorstand hat beschlossen, Sie vorübergehend zu beurlauben.«

»Das ist unmöglich. Sie können das nicht tun. Ich habe einen Vertrag.«

Mit dieser Antwort hatte Andreotti natürlich gerechnet, und die notwendigen Unterlagen mitgebracht. Nun reichte er Kensing den Brief. »Es ist nicht meine Entscheidung, Doktor. Wie ich schon sagte, handelt es sich um einen Beschluss des Vorstands.«

Kensing schnaubte verächtlich. »Der Vorstand! Sie meinen wohl Ross. Endlich wittert er Morgenluft.«

Andreotti hielt es für unnötig, etwas darauf zu erwidern.

»Welchen Vorwand hat er denn diesmal?«

»Die Gründe werden in diesem Schreiben ausführlich erklärt. Was Ihre Beteiligung an Mr. Markhams Tod angeht, bestehen zu viele offene Fragen.«

»Das ist Affenscheiße. Ich habe nichts damit zu tun.«

Als Andreotti den unglücklich gewählten Kraftausdruck hörte, verzog er missbilligend die Mundwinkel. »Das will Ihnen der Vorstand auch gar nicht unterstellen. Es geht um den Eindruck nach außen.« Andreotti war der geborene Bürokrat und hatte in etwa so viel Gefühl wie eine Schaufensterpuppe. Er hatte nun die Aufgabe, das Schreiben zu übergeben und dafür zu sorgen, dass der Beschluss des Vorstandes umgesetzt wurde.

»Was für einen Eindruck? Was meinen die damit?«

Andreotti breitete die Hände aus. »Das entzieht sich meinem Einfluss, Doktor. Ich schlage vor, dass Sie sich an Dr. Ross persönlich wenden, wenn Sie gegen die Entscheidung Einspruch einlegen wollen. Jedenfalls werden Sie weder hier noch in der Tagesklinik praktizieren.«

»Was wird aus meinen Patienten? Ich muss sie doch weiter behandeln.«

»Wir haben Ihre Fälle an andere Ärzte übertragen.«

»Ab wann?«

»Ab sofort, wie ich fürchte.«

»Sie fürchten sich also. Jede Wette.« Kurz ging das Temperament mit Kensing durch. »Dazu haben Sie auch allen Grund.«

Andreotti wich einen Schritt zurück. »Wollen Sie mir drohen?«

Kensing war versucht, das Spiel weiterzutreiben. Am liebsten hätte er diesem Befehlsempfänger ordentlich Angst eingejagt. Doch seit Glitskys Besuch am Vorabend dämmerte ihm allmählich, dass ihn diese Morduntersuchung und der Verdacht gegen ihn in ernstliche Schwierigkeiten bringen konnten. Die Vorsicht setzte sich durch. »Sie sind im Unrecht«, sagte er nur. Nach einem Blick auf die Papiere in seiner Hand machte er auf dem Absatz kehrt und ging hinaus.

Es war kurz vor neun Uhr morgens. Der Sturm hatte sich endlich gelegt. Der Himmel war klar, tiefblau und wolkenlos.

Kensing saß im Wohnzimmer seiner Eigentumswohnung. Nach einer Weile öffnete er die Fenster, um frische Luft hereinzulassen, und ging dann in die Küche, wo Glitsky ihn am Vorabend in die Mangel genommen hatte. Die Teetasse des Lieutenants stand noch im Spülbecken. Sie gehörte zu einem Service, das er nach dem Tod seines Vaters von seinen Eltern geerbt hatte. Nun drehte Kensing geistesabwesend den Wasserhahn auf und griff dann vorsichtig nach der zarten Porzellantasse. Über dem Spülbecken befand sich ein Fenster. Plötzlich erstarrte der Arzt mitten in der Bewegung und blickte hinaus über den westlichen Rand der Stadt, ohne etwas wahrzunehmen.

Die Tasse zerplatzte in seiner Hand – er hatte zu fest zugedrückt.

Wütend senkte er den Kopf. Die Scherben hatten ihm die Hand zerschnitten, Blut floss heraus und sammelte sich in der weißen Untertasse aus Porzellan, die zwischen den Bruchstücken im Spülbecken lag.

Zwanzig Minuten später rief Jeff Elliot an, der aus der Zeit des Skandals um Baby Emily noch Kensings Privatnummer hatte. Den Großteil des Tages hatte sich der Reporter bei Parnassus umgehört und so von Kensings Beurlaubung an diesem Morgen erfahren – vermutlich kurz nachdem Kensing selbst die Nachricht erhalten hatte. Nun machte Elliot Kensing das Angebot, einem Journalisten, der auf seiner Seite stand und der gründlich in dieser Angelegenheit recherchierte, seine Version der Dinge zu erzählen. Falls der Arzt die Zeit erübrigen könne, werde er, Elliot, sofort vorbeikommen.

Elliot traf auf Krücken ein und machte es sich in der Küche bequem. Da er wegen Baby Emily bereits hier gewesen war, kannte er sich in der Wohnung aus. Nachdem er sich gesetzt hatte, ließ er sofort eine Bemerkung über die Pflaster an Kensings Hand fallen.

»Ich wollte mir vor Verzweiflung die Pulsadern aufschneiden und habe offenbar daneben gezielt.« Der Arzt lachte gekünstelt auf und erklärte dann: »Nehmen Sie nie ein Fleischmesser an der Klinge! Man möchte meinen, dass ich das im

Laufe der Jahre gelernt hätte.« Geschickt wechselte er das Thema. »Hey, Ihre Kolumne über Ross hat mir gefallen. Sie haben ihn ausgezeichnet beschrieben.«

Elliot nickte. »Ich kann mir nicht vorstellen, warum so ein Mensch überhaupt Arzt geworden ist. Seine Einstellung gegenüber seinen Patienten könnte man mit der von Holzfirmen zum Regenwald vergleichen.« Dann kam er auf den Punkt. »Also hat man Sie jetzt endlich rausgeschmissen?«

Nach einer Weile wandte sich das Gespräch den Mitarbeitern von Parnassus, den handelnden Personen also, zu. Elliot sagte, er habe sich lange mit Tim Markhams Assistenten, einem verbitterten und sicher bald arbeitslosen jungen Mann namens Brendan Driscoll, unterhalten.

»Klar kenne ich Brendan. Jeder kennt Brendan.«

»Sie sind für ihn offenbar auch kein Unbekannter. Sie haben sich im Krankenhaus gestritten?«

Kensing zuckte die Achseln. »Er weigerte sich, die Intensivstation zu verlassen, als Markham dort lag. Ich musste ihn hinauswerfen. Das hat ihn nicht sehr gefreut.«

»Warum war er überhaupt dort; er ist doch nur Sekretär?«

»Schämen Sie sich, Jeff. Brendan ist Assistent der Geschäftsleitung, und vergessen Sie das bloß nicht.«

»Und was ist sein Problem? Warum hat er so eine Wut auf Sie?«

»Anscheinend geht zurzeit ein Virus um. Ein Wunder, dass Sie ihn sich noch nicht eingefangen haben. Doch die wirkliche Antwort lautet einfach nur, dass Brendan zu der Gattung übereifriger Sekretär gehört. Er lebt für seinen Job und hat schon vor Markhams Zeit bei Parnassus für ihn gearbeitet. Jedenfalls hat er Markhams Leben bis ins Kleinste geregelt. Sogar die Affäre mit Ann, obwohl Sie das nicht unbedingt zu schreiben brauchen.«

»Mit Ihrer Frau Ann?«

Kensing nickte. »Sie ... nun, sie kann ihn auf den Tod nicht ausstehen. Aber Brendan ist einer der Mitarbeiter, die sich so absolut mit ihrem Chef identifizieren, dass sie sich mit der Zeit für unfehlbar halten. Ich würde ihn und alles, was er sagt, mit Vorsicht genießen.«

»Nun, das habe ich auch getan. Aber er könnte Ihnen wirklich schaden. Seiner Ansicht nach soll jeder erfahren, dass Markham kurz davor stand, Sie zu feuern, und dass Sie beide Todfeinde waren.«

»Nun, da hat er mehr oder weniger Recht«, erwiderte Kensing lässig. »Wir vertrugen uns nicht sehr gut. Doch rausschmeißen wollte er mich deshalb nicht. Man könnte eher sagen, dass er auf meiner Seite war. Er wusste nämlich genau, was er mir durch seine Affäre mit Ann angetan hatte. Wie hätte es ausgesehen, wenn er mich vor die Tür gesetzt hätte? Dann hätte ich ihn und das Unternehmen auf eine Milliarde Dollar verklagt und gewonnen. Und das war ihm klar.«

»Was hatte es mit den Abmahnungen auf sich?«

Ein Achselzucken. »Markham wollte sich gegenüber dem Vorstand absichern. Schließlich war es seine Aufgabe, die Kosten zu senken und aufmüpfige Ärzte wie mich zu bändigen, aber wir wollten einfach nicht hören. Vor allem ich nicht, fürchte ich. Mir fehlt nun mal die richtige Einstellung. Ich bin kein Teamarbeiter. Doch Tim konnte mir nichts anhaben.«

»Aber jetzt, wo Ross am Ruder ist, hat sich das geändert?«

Kensings Miene wurde ernst. »Ross ist ein Riesenproblem. Eigentlich sollte ich meinem Anwalt von diesem guten Einwand erzählen: Markham umzubringen wäre das Dümmste gewesen, was ich hätte tun können, wenn ich meinen Job behalten wollte. In Wahrheit war Markham der Einzige, der mich vor Ross geschützt hat. Jetzt ist er tot. Und wenn ich die Ohren spitze, kann ich schon hören, wie das Eis unter mir allmählich Risse kriegt.«

Ein Schlüssel drehte sich im Schloss, und hinter ihnen fiel eine Tür zu. Kensing wollte gerade aufstehen, als eine Frauenstimme aus dem Flur rief: »Hier ist jemand, der bestimmt einen guten Fick vertragen könnte. Hoppla!«

Eine kraushaarige Frau von Mitte dreißig, die aussah, wie einem Gemälde von Modigliani entstiegen, stand in der Küchentür. Als sie Elliot am Tisch bemerkte, schlug sie – das Sinnbild des Erstaunens – die Hand vor den Mund. »Oh, Mist.« Mit hilfloser Miene sah sie Kensing an und hob theatralisch die Hände.

»Nun ja, das ist vielleicht der richtige Zeitpunkt für eine förmliche Vorstellung.« Kensing war aufgestanden und ging auf die Frau zu. »Judith, das ist Jeff Elliot vom *Chronicle.* Jeff, das ist Judith Cohn.«

»Verzeihung«, sagte sie ins Zimmer hinein. »Jetzt versinke ich am besten im Erdboden.«

»Ich werd's verkraften«, erwiderte Elliot. »Manchmal könnte ich selbst einen vertragen.«

Wie sich herausstellte, war Judith Cohn auch nicht gerade ein Fan von Ross.

»Dieser Scheißkerl. Er kann dich doch nicht einfach rausschmeißen«, schimpfte sie. »Du hättest bleiben und weiterarbeiten sollen.«

Kensing, der wieder am Spülbecken stand, schüttelte den Kopf. »Offenbar hatte Andreotti bereits den Sicherheitsdienst alarmiert. Die Jungs machten ganz den Eindruck, als würden sie ein bisschen nachhelfen, falls ich nicht freiwillig ginge.«

Die Frau, Judith Cohn, erhob sich, schlug mit der Faust gegen die Wand neben der Küchentür und drehte sich dann wieder zu den Männern um. »Diese verdammten Idioten! Die können doch nicht einfach –«

Plötzlich schnippte Elliot mit den Fingern. »Judith Cohn? Sie sind *die* Judith Cohn?«

Sie hielt inne. Ihre Augen blitzten zornig und argwöhnisch. »Offenbar schon. Oder gibt es noch eine andere?«

Doch Elliot ließ sich davon nicht einschüchtern. Als Reporter war es sein täglich Brot, unangenehme Fragen zu stellen, und er war an negative Reaktionen gewöhnt. »Sie sind Judith Cohn aus dem Fall Lopez.«

»Die bin ich«, entgegnete sie erbost. »Berüchtigt für falsche Diagnosen. Vielleicht eine Kindesmörderin.«

Kensing beugte sich vor. »Judith«, sagte er mitfühlend. »Beruhige dich.«

Plötzlich schien die Luft aus ihr zu entweichen. Sie kehrte an den Küchentisch zurück, zog sich einen Stuhl heran und nahm Platz. »Hört das denn niemals auf? Vielleicht haben Sie ja Recht damit, dass niemand es vergessen soll.«

»Es lag nicht an dir«, sagte Kensing. »Es war nicht deine Schuld.«

»Hoppla«, sagte Elliot. »Moment mal!« Er lehnte sich zurück und sah die beiden Ärzte nacheinander an. Schließlich blieb sein Blick an Ms. Cohn hängen. »Hören Sie, es tut mir Leid. Als ich den Namen hörte, hat es bei mir klick gemacht. Ich wollte Ihnen keine Vorwürfe machen.«

Ms. Cohns Miene war wie versteinert. »Aber mein Name ist den Leuten doch in Erinnerung geblieben.«

»Schließlich ist es noch nicht so lange her«, sagte Elliot entschuldigend. »Und als Journalist habe ich ein gutes Namensgedächtnis.« Er kratzte sich am Bart. »Aber ich glaube, die genauen Einzelheiten sind mir entfallen.«

Kensing nahm das Stichwort auf. »Der Junge hieß Ramiro«, sagte er.

»Genau«, erwiderte Elliot.

Ms. Cohn hob die Hand, um Kensing zu unterbrechen. »Schon gut, Eric. Es ist vorbei.«

»So viel Zeit ist nun auch wieder nicht vergangen. Markham hatte sich von dem Schrecken sicher noch nicht erholt.«

»Jetzt schon.« Offenbar empfand Ms. Cohn diesen Gedanken als tröstlich.

»Was ist passiert?«, fragte Elliot

»Okay, die kurze Zusammenfassung der Geschichte kennen Sie ja. Ein Kind kommt mit seiner Mutter in die Ambulanz. Der Junge hat Fieber, Halsschmerzen und eine eitrige Schnittwunde an der Lippe.«

Elliot nickte. Jetzt fiel es ihm wieder ein. »Irgendein anderer Arzt hatte ihn ein paar Tage zuvor behandelt und eine Virusinfektion diagnostiziert.«

»Richtig. Und an diesem Abend hat Judith Dienst in der Klinik. Sie ist total überlastet, kann sich kaum noch auf den Beinen halten. Sie untersucht Ramiro und schickt ihn mit einem Antibiotikum und Schmerztabletten wieder nach Hause.«

»Und zwei Tage später«, schloss Elliot, »liegt der Junge mit der Fleischfresserkrankheit in der Intensivstation.«

Kensing nickte. »Entzündliche Nekrose des Muskelgewebes.«

Nun fiel Elliot alles wieder ein. Die Fleischfresserkrankheit war immer eine Schlagzeile wert. Und wenn dazu noch Lokalpolitik im Spiel war, führte sie stets zu aufgewühlten Emotionen. Auch er hatte davon erfahren und die Gerüchte gehört, Judith Cohn trüge – zusammen mit vielen anderen – angeblich die Schuld an der Tragödie. Die offiziellen Berichte erwähnten ihren Namen nicht. Und als Elliot im Krankenhaus Erkundigungen eingezogen hatte, war er auf die erwartete Haltung gestoßen – den für Parnassus typischen bürokratischen Eiertanz und die entsprechenden Beteuerungen, sämtliche dort beschäftigten Ärzte sowie alle Entscheidungen der Verwaltung seien selbstverständlich ohne Fehl und Tadel. Aus dem geplanten Artikel war damals nichts geworden, da die ihm bekannten Fakten seiner Ansicht nach nicht genügten.

Ms. Cohn sprach weiter mit Kensing, als ob der Reporter gar nicht im Raum gewesen wäre. Ihr Tonfall war bedrückt. »Die Leute hatten Recht. Ich hätte die Krankheit erkennen müssen.«

Kensing zuckte die Achseln. »Dasselbe könnte man auch dem Kollegen vorwerfen, der ihn zuerst untersucht hat. Doch der Junge ist weder an seiner noch an deiner Diagnose gestorben.«

»Was soll das heißen, Eric?«

»Dass Parnassus sich während der gesamten Behandlung so lange geziert und wegen der Kosten herumgezetert hat, bis es zu spät war, das Kind zu retten. Ramiro hatte nicht die richtige Versicherung. Eines der Formulare in seiner Akte wies einen Fehler auf. War diese oder jene Untersuchung abgedeckt? War der Sauerstoff genehmigt? Wer sollte das bezahlen?« Wütend schüttelte Kensing den Kopf. »Kurz gesagt, sie haben die ganze Zeit über Pennys gezählt und auf diese Weise den Behandlungserfolg gefährdet. Mit tödlichen Folgen.«

Ms. Cohns Augen waren verschleiert. Die Erinnerung schien ihr immer noch wehzutun. »Nach seinem zweiten Besuch in der Klinik haben Sie ihn nicht mehr behandelt?«, fragte Elliot freundlich.

»Nein. Ich habe ihn nie wieder gesehen. Erst bei seiner Beerdigung.«

»Doch das hinderte Markham nicht daran, von allen Ärzten einzig und allein ihr die Schuld an diesem Behandlungsfehler in die Schuhe zu schieben«, ergänzte Kensing.

»Diesen Eindruck hatte ich auch«, gab Elliot zu. »Aber niemand wollte sich offiziell äußern.«

»Es war der Eindruck, den jeder hatte«, erwiderte Kensing. »Natürlich ging es nur darum, dass Markham einen Sündenbock brauchte. Er war wegen der unglaubwürdigen Ausflüchte, warum man dem Jungen diverse Leistungen verweigert hatte, unter Beschuss geraten. Und nun sollte Judith als Sündenbock herhalten. Zum Glück stand die Ärztevereinigung auf ihrer Seite.«

»Wenigstens so sehr, dass ich meinen Job nicht verloren habe«, fügte sie verbittert hinzu. »Mein einziger Trost ist, dass ich Luz – die Mutter – bei der Beerdigung gesehen habe. Sie schien Verständnis für mich zu haben und machte mir keine Vorwürfe. Sie hielt Markham für den Schuldigen.«

»Markham?«, fragte Elliot. »Woher kannte sie Markham?«

Offenbar fand Ms. Cohn diesen Einwand berechtigt. »Erinnern Sie sich an den Lobgesang, den das *San Francisco Magazine* über ihn gedruckt hat? Die Zeitschrift lag überall in den Ambulanzen herum, die die arme Frau mit ihrem kranken Kind aufsuchte. Markhams glückliches Gesicht und die Aussage, wie sehr ihm seine Patienten am Herzen lägen. Sie hatte die Titelseite bei der Beerdigung dabei und zeigte sie mir.«

»Und möchten Sie wissen, was der größte Witz dabei ist?«, sagte Kensing. »Eigentlich hat Ross all diese Entscheidungen getroffen. Er ist der medizinische Leiter. Er hat die entsprechenden Anrufe getätigt. In Wahrheit ist Ross ganz allein schuld am Tod dieses Jungen, und niemand ahnt etwas davon.«

Schweigen entstand. »Wohnen Sie hier, Judith?«, erkundigte sich Elliot nach einer Weile.

»Manchmal übernachtet sie bei mir«, erwiderte Kensing rasch und fügte dann hinzu: »Warum?«

»Mich interessiert nur, ob sie am letzten Dienstag Vormittag hier war.«

»Warum?«, fragte Judith.

Elliot wollte den beiden zwar keine Angst einjagen, aber er fühlte sich verpflichtet, ihnen zu erklären, was er in Erfahrung gebracht hatte. Seine Gespräche mit Mitarbeitern des Krankenhauses und ein Blick in die Dienstpläne hatten nämlich ergeben, dass Eric am Tag von Markhams Unfall über eine Stunde zu spät zur Arbeit gekommen war.

Kensing schloss die Augen, rieb sich die Schläfen und sah dann Elliot an. »Ich kann mich nicht erinnern. War ich zu spät? Und was würde das bedeuten?«

»Dass Sie für die Zeit des Unfalls mit Fahrerflucht kein Alibi hätten.« Elliot wandte sich an Judith. »Und Sie könnten bestätigen, um wie viel Uhr er zur Arbeit gefahren ist.«

»So etwas Albernes habe ich ja noch nie gehört!« Judiths Verhalten bestätigte wieder einmal Elliots anfänglichen Eindruck von ihr: ein Bündel brodelnder Energie. »Jetzt unterstellt man Eric wohl auch noch, dass er Markham angefahren hat.«

»Nicht notwendigerweise«, erwiderte Elliot. »Ich habe nur mitbekommen, dass die Frage im Raum steht.«

»Solche Idioten«, sagte Judith.

»Nun, ob es Idioten sind oder nicht«, sagte Elliot, »Sie können nicht einfach ignorieren, was andere Leute reden.«

»Ich glaube, allmählich kriege ich ein Gefühl dafür«, antwortete Kensing erschöpft.

»Dienstag Abend war ich hier«, sagte Judith. »Nützt das etwas?«

»Schon«, sagte Kensing. »Aber das war um Mitternacht.« Er wandte sich an Jeff. »Ich bin bei den Markhams vorbeigefahren. Als ich nach Hause kam, schlief Judith schon.«

Nachdem Judith eine Weile überlegt hatte, schüttelte sie den Kopf. »Komm schon. Du gehst einer geregelten Arbeit in einem Krankenhaus nach, und das heißt, dass du nicht irgendein Verbrecher bist, sondern ein ganz normaler Mensch mit einem bürgerlichen Beruf. Plötzlich wird ein Unfallopfer eingeliefert, dessen Überlebenschancen schlecht stehen. Es stellt sich heraus, dass *du diesen Menschen kennst*. Und nicht nur das, du verabscheust ihn auch so sehr, dass du ihm den Tod wünschst. Am liebsten würdest du ihn umbringen. Und jetzt liegt er vor dir auf dem Tisch, und du beschließt ganz spontan, das gewaltige und vermutlich überflüssige Risiko einzugehen und ihn zu töten, und zwar so, dass alles auf dich als Täter hinweist.« Judith richtete sich auf und schüttelte spöttisch den Kopf. »Ich bitte euch.«

»Abgesehen davon, dass meinen Informationen zufolge so ziemlich genau das passiert ist«, sagte Elliot nüchtern.

Hardy hatte einen grässlichen Vormittag hinter sich. Da Rebecca Simms' Andeutungen irgendwo in seinem Unterbewusstsein brodelten, hatte er unruhig geschlafen. Einige der Träume, an die er sich noch undeutlich erinnerte, handelten von unbekannten Toten. Und deshalb war er schon vor sechs Uhr wieder auf den Beinen. Nachdem die Kinder in die Schule gegangen waren, unternahm er einen einstündigen Fußmarsch zum Strand und wieder zurück. Doch da er davor keine Aufwärmübungen gemacht hatte, fühlte er sich nach der körperlichen Anstrengung verspannt und alt. Einer von Freemans Mandanten hatte Hardys Stellplatz in der Tiefgarage zugeparkt, und als er sein Auto endlich aus der provisorischen Parklücke am Straßenrand umsetzen konnte, hatte er schon einen Strafzettel bekommen. Und schließlich, kurz vor dem Mittagessen, nach einem Vormittag, den er mit Rechnungen und anderer seit einer Woche angesammelter Post verbracht hatte, und kurz vor seinem geplanten Besuch beim *Chronicle* rief er Glitsky an. Und zwar in der Überzeugung, der Lieutenant würde ohnehin zu Tisch sein. Und Glitsky war – der erste Glücksfall an diesem Tag – tatsächlich nicht an seinem Schreibtisch.

Nun saß Hardy auf einem niedrigen Aktenschrank in dem Verschlag im Erdgeschoss des *Chronicle*-Gebäudes, den Elliot sein Büro nannte. Sein Zorn auf seinem Mandanten machte sich in einem übertrieben formellen Ton Luft. »Wie ich zugeben muss, bin ich einigermaßen erstaunt, erst jetzt zu erfahren, dass er eine Freundin hat. Gestern Abend haben wir stundenlang miteinander telefoniert. Ich habe ihn gebeten, mir alles über sich zu erzählen, was ihm wichtig erschien, und er hat sie mit keinem Wort erwähnt.«

»Judith«, sagte Elliot. »Ziemlich hübsch. Doch vielleicht bedeutet sie ihm nicht sehr viel. Kann sein, dass es sich um eine dieser modernen Beziehungen handelt, in denen man ein paar

Stunden lang leidenschaftlichen Sex hat und ansonsten nicht sehr viel miteinander anfangen kann. Wäre das nicht schrecklich?«

»Schauderhaft.« Hardy war nicht zum Scherzen aufgelegt. »Weißt du, seit wann sie zusammen sind?«

»Nein. Warum?«

»Weil es mich interessiert, ob schon was zwischen ihnen lief, als Eric und Ann noch verheiratet waren. Vielleicht hat es ihm ja gar nicht das Herz gebrochen, als seine Frau ihn verlassen hat.«

»Das solltest du ihn selbst fragen.«

»Wird gemacht. Aber es wäre trotzdem reizend, wenn er mir ein paar dieser Dinge freiwillig mitteilen würde. Ich hatte keine Ahnung, dass er es war, der der Presse die Sache mit Baby Emily gesteckt hat.«

»Hat er das?« Jeffs Miene war ein Sinnbild der Arglosigkeit.

Allerdings war Hardy nicht zum *Chronicle* gekommen, um über seinen Mandanten zu plaudern, sondern um zu erfahren, ob Elliot Gerüchte über eine Serie ungeklärter und überraschend aufgetretener Todesfälle im Portola Hospital zu Ohren gekommen seien.

»Nein.« Beim bloßen Gedanken an den Artikel, der vielleicht daraus entstehen konnte, begannen Elliots Augen zu leuchten. »Wie viele Todesfälle waren es denn?«

»Ich weiß nicht. Meine Informantin war sich, was Einzelheiten anging, nicht sicher und kannte auch die Fakten nicht genau. Allerdings machte sie einen recht vernünftigen Eindruck. Und sie hatte eindeutig Angst.«

»Und was hat sie gesagt?«

Hardy schilderte ihm sein Gespräch mit Rebecca Simms. Als er etwa bei der Hälfte seines Berichts angelangt war, griff Elliot nach einem Schreibblock und fing an, sich Notizen zu machen. Anschließend meinte er, er würde gern mit Ms. Simms sprechen.

»Ich kann sie fragen«, erwiderte Hardy. »Aber ich hatte das Gefühl, dass sie kaum wagte, sich mir anzuvertrauen. Offenbar ist die Verwaltung des Portola sehr bemüht, nichts an die Öffentlichkeit dringen zu lassen. Und wer zu gesprächig ist, macht sich sehr schnell unbeliebt.«

»Okay, dann gib mir wenigstens einen Tipp. Wo soll ich ansetzen?«

Und beide kamen gleichzeitig zu derselben Antwort: »Kensing.«

Jeff schloss die Tür seines Kabuffs, wählte die Nummer und schaltete den Raumlautsprecher ein. Kensing erwiderte, ja, Judith sei noch da. Allerdings habe sie Nachtschicht in der Klinik gehabt und schliefe jetzt. Er säße einfach nur herum und lese bei offenem Fenster ein Buch. Das erste in etwa einem Jahr. *Grant* von Max Byrd. Phantastisch. So einen guten ersten Satz habe er, soweit er wisse, noch nirgends gelesen: »›Beginnen Sie bei seiner grässlichen Mutter.‹ Ist das nicht großartig?«

Elliot stimmte zu, es sei ein sehr guter Satz. Allerdings riefe er an, weil Dismas Hardy bei ihm im Büro sei und sie beide eine Frage an ihn, Kensing, hätten. Nachdem Hardy ihm von Rebecca Simms' Äußerung, im Portola Hospital sei es zu unerklärlichen Todesfällen gekommen, berichtet hatte, schwieg Kensing so lange, dass Elliot sich erkundigte, ob er noch am Apparat sei.

»Ja. Ich überlege nur.« Dann fuhr er fort: »Ich kann nicht behaupten, dass ich nie an so etwas gedacht hätte. Andererseits sterben in der Intensivstation *ständig* Patienten. Schließlich werden sie nur dorthin verlegt, wenn ihr Zustand kritisch ist. Wenn ich Sie richtig verstehe, wollen Sie wissen, ob Patienten das Zeitliche gesegnet haben, die eigentlich hätten überleben sollen. Aber das ist jetzt ganz inoffiziell, Jeff. Noch mehr schlechte Presse kann ich zurzeit wirklich nicht gebrauchen.«

»Okay. Klar.« Jeff stimmte zwar nur sehr ungern zu, aber unter den gegebenen Umständen blieb ihm nichts anderes übrig.

»Wenn wir schon mal bei den Formalien sind« – und Hardy hatte nicht die Absicht, mit diesem Mandanten auf einer nicht formalen Ebene zu verkehren – »weise ich Sie darauf hin, dass dieses Gespräch nicht unter das Anwaltsgeheimnis fällt. Nur zu Ihrer Information.«

»Gut. Also worauf wollen Sie hinaus? Grassierende ärztliche Unfähigkeit? Oder etwas schwerer Wiegendes?«

»Ich will auf gar nichts hinaus«, sagte Hardy. »Mich interessiert nur, ob Ihnen etwas aufgefallen ist.«

»Tja, es würde mich wundern, wenn wir viele Acht-null-fünf-Fälle gemeldet hätten. So weit würde ich gehen.«

»Was ist das?«, fragte Hardy.

»Eine Meldung an die Ärztekammer des Bundesstaates. Wenn einem Arzt ein so schwerer Fehler unterläuft, dass die Verwaltung ihn länger als dreißig Tage beurlaubt, muss das Krankenhaus ein Formular Nummer 805 bei der Ärztekammer einreichen. Außerdem muss es den Betreffenden bei der bundesweiten Datenbank für Ärzte anzeigen, wo der Eintrag lebenslang erhalten bleibt. Wer da erst mal drinsteht, kann seine Karriere vergessen.«

»Und warum werden diese Formulare nicht eingereicht?«, fragte Hardy.

»Sie als Anwalt sollten das eigentlich wissen. Wenn Sie Arzt sind und ein Krankenhaus Sie anzeigt, was tun Sie dann? Natürlich verklagt man die Schweinehunde. Und wenn Sie Patient sind und rauskriegen, dass Ihr Krankenhaus einen unfähigen Arzt eingestellt hat, zerren Sie das Krankenhaus vor den Kadi. Die Sache landet in jedem Fall vor Gericht.«

Elliot konnte sich eine Bemerkung nicht verkneifen. »Ich habe immer gedacht, dass ihr Anwälte eure Freude daran habt«, sagte er zu Hardy.

Doch Hardy ließ sich nicht ablenken. »Soll das heißen, Eric, dass das Portola Hospital *wissentlich* solche Ärzte beschäftigt und sie nicht meldet?«

»Ich will es mal folgendermaßen ausdrücken: Wir haben Leute im Team, die ich mir nicht unbedingt als Hausarzt aussuchen würde.«

»Okay«, hakte Hardy nach. »Und was passiert jetzt, wenn ein Arzt Mist baut?«

»Verschiedenes. Wie Sie sich sicher erinnern, habe ich von einer dreißigtägigen Beurlaubung gesprochen. Also muss man nur neunundzwanzig Tage zu Hause bleiben, wodurch sich ein Acht-null-fünf erübrigt, richtig? Man bleibt im Limit. Und es gibt auch keinen Eintrag in die bundesweite Datenbank.«

»Beschäftigt das Portola Hospital Ärzte, die in dieser Datenbank stehen?« Jeff war wie immer scharf auf eine Story. »Wie komme ich da ran?«

»Gar nicht«, erwiderte Kensing mit Nachdruck. »Die Datenbank ist aus nachvollziehbaren Gründen nicht öffentlich zugänglich. Nur potenzielle Arbeitgeber können dort Auskünfte einholen. Aber es gibt noch eine weitere Methode, eine Meldung zu verhindern.«

»Und die wäre?«, fragte Hardy.

»Nun, ein Acht-null-fünf basiert auf einer Beurteilung durch Kollegen.«

»Also anderer Ärzte«, sagte Elliot.

»Richtig. Und unter Ärzten, besonders zurzeit im Portola Hospital, herrscht die Stimmung, dass wir diese Scheiße alle gemeinsam durchstehen und einander deshalb schützen müssen. Wenn ein Kollege eine falsche medizinische Entscheidung trifft, unterhält man sich unter vier Augen mit ihm und erklärt ihm, dass seine Arbeit nicht dem erwarteten Niveau entspricht. Wir haben alle unter dem enormen finanziellen Druck zu leiden und sind ständig total überarbeitet, und die Übereinkunft lautet, dass keiner den anderen verpfeift.«

»Nie?«, hakte Hardy nach.

»Vielleicht, wenn ein wirklich schwerer Fehler passiert. Das heißt, ein unentschuldbarer Schnitzer mit tödlichen Folgen. Und da muss schon einiges zusammenkommen. Ansonsten werden die Kollegen in ihrer Beurteilung niemals ein Acht-null-fünf empfehlen. Ich wette, dass es in den meisten Krankenhäusern in diesem Land dasselbe ist.«

Elliot und Hardy wechselten Blicke. »Was ist mit anderen Todesursachen?«, fragte Hardy. »Vielleicht mit absichtlich herbeigeführten Todesfällen?«

»Was meinen Sie mit absichtlich?«, fragte Kensing nach einer Pause.

»Dass möglicherweise jemand den Stecker rauszieht oder so.« Hardy überlegte und fügte hinzu. »Oder etwas wie die Sache mit dem Kaliumchlorid.«

»Sie sprechen von Mord, nicht wahr?« Darauf gab es nichts zu erwidern. »Glauben Sie, dass so etwas im Portola Hospital geschehen ist?«

»Und Sie?«, gab Hardy zurück.

»Nur, wenn ich meine paranoiden Anwandlungen habe.«

»Und haben Sie die öfter, Eric?«, mischte sich Elliot ein.

Kensing seufzte laut auf. »Wussten Sie, dass gleichzeitig mit Markham ein weiterer Patient auf der Intensivstation war?«

»Ich dachte, da wären sogar mehrere gewesen«, entgegnete Hardy.

»Stimmt. Ich meinte, dass noch ein weiterer Patient gestorben ist.«

»Wer?« Hardys Instinkte sagten ihm, dass er auf einer heißen Spur war und dass zwischen diesen Vorfällen ein Zusammenhang bestand.

»Der Mann hieß James Lector. Einundsiebzig, Nichtraucher. Nach einer Operation am offenen Herzen hatte es Komplikationen gegeben, und wir mussten ihn paar Wochen lang an lebensrettende Maschinen anschließen. Aber das hatte er bereits hinter sich, und er reagierte gut auf die Behandlung. Sein körperlicher Zustand besserte sich. Ich dachte, ich könnte ihn in ein paar Tagen auf eine normale Station verlegen.«

»Und er ist gestorben?«, fragte Hardy.

»Einfach so. Aus keinem ersichtlichen Grund. Er hat einfach ... aufgehört.«

»Ich würde niemals einen Informanten preisgeben«, sagte Elliot. »Ich würde Ihren Namen mit ins Grab nehmen.«

Hardy achtete nicht auf ihn. »Wie viele unerklärliche Todesfälle außer Lector hat es Ihrer Schätzung nach sonst noch gegeben?«

»Offen gestanden habe ich im vergangenen November angefangen, mir Notizen zu machen. Ich führe so ein kleines Tagebuch.«

Hardy und Elliot warteten ab.

»Ich dachte, es ließe sich vielleicht ein Muster erkennen«, fuhr Kensing fort. »Damit ich etwas in der Hand habe.«

Elliot erkundigte sich, warum er die Liste überhaupt begonnen hätte.

»Ich weiß nicht genau. Wenn Sie mich so fragen, war es wahrscheinlich, weil ich Material haben wollte, für den Fall, dass sie mich doch noch feuern. Ich ging nicht davon aus, dass irgendjemand absichtlich Patienten umbrachte. Doch wir verloren Patienten, die eigentlich hätten überleben sollen, den Lopez-Jungen zum Beispiel, Jeff. Und wenn die medizinische Versorgung unter dem Finanzgebaren litt, wollte ich ihnen das unter die Nase reiben. Ich dachte nur, dass der Laden sowieso den Bach runtergeht, und deshalb wollte ich ein paar Einzelheiten dokumentieren.«

Diesmal entstand langes Schweigen. »Wie viele, Eric?«, fragte Hardy schließlich.

»Wenn wir den Dienstag nicht mitzählen«, sagte Kensing. »Elf.«

17

Ganz gleich, welches Tagesgericht heute bei Lou, dem Griechen, auf der Speisekarte stehen mochte, Hardy hatte keinen Appetit darauf. Er wollte nur kurz zur Tür hereinschauen und einen Blick in den Raum werfen, in der Hoffnung, Wes Farrell dort anzutreffen.

So weit ging sein Glück nicht.

Es war Mittagszeit, das Lokal war voll besetzt, und vor dem Tresen drängten sich die Gäste in drei Reihen, um Drinks zu bestellen. Hardy kam zu dem Schluss, dass Recht und Gesetz offenbar immer noch ziemlich durstig machten. Er stürzte sich ins Getümmel, schob sich durch die Menschenmenge an der Theke, schritt rasch den Raum ab, begrüßte hie und da einen Bekannten, ließ sich jedoch von niemandem aufhalten. Wenn Farrell nicht hier war, sah er keinen Grund zu bleiben. Unter anderem auch deshalb nicht, weil er keine Lust hatte, Glitsky zu begegnen.

Er war immer noch stinksauer.

Hardy hatte Farrells Teilzeitsekretärin angerufen, sie glücklicherweise an ihrem Schreibtisch erwischt und von ihr erfahren, dass ihr Chef den ganzen Tag über Gerichtstermine hatte. Sie sei nicht sicher, ob beim Municipal, Superior oder Federal Court, aber sie tippe auf Muni, und das bedeutete, dass Farrell sich im Justizgebäude aufhielt. Also hatte Hardy damit gerechnet, dass er die Mittagspause beim Griechen verbringen würde, und seine Vorahnung entpuppte sich als richtig. Wes hatte sich eine Nische hinten im Raum gesichert, die von der Tür aus nicht einsehbar war. Er teilte sich einen großen, noch fast vollen Krug Bier mit zwei Männern, die Jeans und Arbeitshemden trugen – nicht gerade die richtige Aufmachung, um irgendeinen Richter zu beeindrucken, den Hardy kannte.

Hardy nahm neben Farrell Platz und erkundigte sich nach seinem Befinden. »So gut, dass es für Zwillinge reichen würde.« Wes machte Hardy mit seinen Begleitern bekannt. Es stellte sich heraus, dass die beiden – Jason und Jack – Vater und Sohn waren, was Hardy schon zu Anfang vermutet hatte. Der Jüngere, etwa zwanzig Jahre alt, war Farrells Mandant. Sie feierten (deshalb das Bier), weil der Beamte, der Jack verhaftet hatte, an diesem Morgen nicht zum Anhörungstermin erschienen war. Da es sich bei diesem Polizisten um den Hauptbelastungszeugen der Staatsanwaltschaft handelte, war die Klage in allen Punkten abgewiesen worden. Hardy war zu höflich, um nachzufragen, was genau sich der junge Mann hatte zuschulden kommen lassen.

Jedenfalls waren die beiden Männer überzeugt, in Wes einen Helden vor sich zu haben.

»Ich selbst bewundere ihn schon seit langem«, stimmte Hardy zu. »Und deshalb bin ich auch hier.« Er wandte sich an Wes. »Es ist etwas Wichtiges passiert. Kannst du ein paar Minuten für mich erübrigen? Sofern es die Herren nicht stört.«

Ja, natürlich, allerdings nur unter der Bedingung, dass Wes das Bier stehen ließ.

Die beiden Anwälte kämpften sich zur Seitentür durch, wo sich weniger Menschen drängten, und traten auf die Seitengasse hinaus. Es war kurz nach zwölf Uhr. Mülltonnen gärten in der warmen Mittagssonne. Nach dem Gestank zu urteilen, war der Verwesungsprozess in vollem Gang. Farrell blinzelte ins grelle Licht, holte tief Luft und runzelte die Stirn. »Ob hier irgendwo ein Toter liegt? Was gibt's denn?«

Hardy hatte diese Frage erwartet. Während sie in Richtung Bryant Street schlenderten, um dem Geruch zu entrinnen, griff er in die Jackentasche. »Ich habe hier eine Liste von Namen, und es würde mich interessieren, ob dir einer davon bekannt vorkommt.«

Farrell nahm das Blatt Papier und warf einen Blick darauf. »Worum geht es?«

»Dein Lieblingskrankenhaus.«

Noch ein rascher Blick auf die Liste. Hardy sah, wie Wes' Augenausdruck argwöhnisch wurde. Schließlich hob Farrell den Kopf. »Okay. Ich gebe auf.«

»Ein Bekannter dabei?«

»Eine Frau. Marjorie Loring.«

»Sie gehört doch zu deinen Mandanten in der Sache Parnassus, richtig?«

»Nicht ganz. Ich vertrete ihre Kinder. Sie ist tot.«

»Ich weiß. So wie alle anderen auf dieser Liste. Wurde bei ihr eine Leichenschau durchgeführt?«

Sie waren im Schatten vor dem Büro des Kautionsvermittlers stehen geblieben, das neben Lous Eingang lag. Farrell schaute in die Ferne und überlegte angestrengt. Dann schüttelte er den Kopf. »So wie immer. Aber wahrscheinlich hat man sich nicht allzu lange damit aufgehalten. Immerhin kannte man die Todesursache.«

»Und die war?«

»Krebs. Sie war einer dieser Hoppla-Fälle, wie in ›Hoppla, darum hätten wir uns wirklich ein bisschen eher kümmern müssen‹.«

»Und starb sie früher, als die Kinder erwartet hätten?«

»Sie wussten nicht genau, wie lange sie noch zu leben hatte.« Farrell schürzte die Lippen, ein Muskel zuckte an seinem Kiefer. Hardy ließ ihm Zeit zum Nachdenken. »Aber es ging ziemlich schnell, wenn ich mich recht erinnere. Angeblich hat man noch drei Monate, und drei Tage später ist man tot.«

»Drei Tage?«

»Nein, war nur so eine Redensart. Der Hang zum Übertreiben ist einer meiner Fehler. Ich glaube, es waren ein oder zwei Wochen. Etwas in dieser Größenordnung.«

»Und es hätten drei Monate sein sollen?«

Farrell schüttelte den Kopf. »Du weißt ja, wie das läuft, Diz. Es heißt, drei Monate, vielleicht sogar noch sechs. Und in Wirklichkeit sind es dann weniger. So was passiert ständig. Wahrscheinlich war es eine Erlösung für sie.«

Hardy konnte dem nur zustimmen, allerdings nicht, wenn jemand dazu beigetragen hatte, die Angelegenheit zu beschleunigen. »Denkst du, Mrs. Lorings Familie wäre mit einer Exhumierung einverstanden?«

Trotz des einleitenden Gesprächs war Farrell über diese Frage erschrocken. »Warum?«

»Um eine gründliche Autopsie durchzuführen.«

»Aus welchem Grund. Vermutest du einen Mord?«

»Ich halte es für möglich.«

Nun war Farrells Aufmerksamkeit geweckt. Er war ein paar Jahre älter als Hardy und trug ein kleines Bäuchlein vor sich her. Für gewöhnlich machte er einen zerstreuten Eindruck, der so manchen verleitete, ihn zu unterschätzen. Doch Hardy wusste, dass man Wes nicht hinters Licht führen konnte. Vor ein paar Jahren erst hatte er die gesamte Anwaltschaft der Stadt begeistert, und zwar durch die Verteidigung eines Kollegen und Freundes, dem die Ermordung seiner Frau zur Last gelegt wurde. Selbst ein bedeutender Mann wie David Freeman hatte es für unmöglich gehalten, diesen Prozess zu gewinnen. Aber Farrell hatte für seinen Mandanten einen glatten Freispruch erwirkt. Nun blickte er neugierig auf. »Was ist mit den anderen zehn Leuten auf deiner Liste? Liegt die Sache da genauso?«

Hardy wollte nicht übertreiben. »Sagen wir mal, dass sich ähnliche Fragen stellen. Natürlich möchte ich zuerst mit meinem Mandanten sprechen, ehe wir die nächsten Schritte unternehmen, aber dann ...« Er beendete den Satz nicht.

Farrell wich in das letzte winzige Fleckchen Schatten zurück. »Bei unserer letzten Unterhaltung hattest du noch keinen Mandanten«, sagte er.

»Jetzt habe ich einen. Kennst du Eric Kensing?«

»Und du möchtest ihn anrufen, bevor ich mit den Lorings rede, weil ...?«

»Weil er Dienst im Krankenhaus hatte, als einige dieser Patienten starben.« Hardy wies auf die Liste. »Bevor wir Mrs. Loring exhumieren und erfahren, dass sie doch nicht an Krebs gestorben ist, würde ich sehr gerne wissen, ob Mr. Kensing um diese Zeit auf der Station war, um ihr den Puls zu fühlen.«

Farrell musste einräumen, dass das ein unglücklicher Zufall wäre. »Ich nehme an, sie haben ihn noch nicht verhaftet.«

»Vor einer halben Stunde war er noch frei, aber noch während wir plaudern, könnten sich die Dinge ändern.«

Farrells Blick wurde argwöhnisch. »Spielst du auf Abe an?«

Hardy nickte. »Er scheint sich ein wenig verrannt zu haben«, sagte er knapp.

»Abe ist nicht blöd.«

»Nein, ist er nicht, doch er hat Kensing gestern Abend vernommen und ist dann wieder abgezogen. Keine Verhaftung. Ich glaube, mir kommt es im Augenblick hauptsächlich darauf an, ein bisschen Zeit für meinen Mandanten zu schinden. Vielleicht lässt sich Abe von seiner Begeisterung mitreißen. Wenn Kensing festgenommen oder angeklagt wird, kann er nie wieder als Arzt arbeiten. Und ich habe Freunde, die ihn für einen Helden halten.«

Kichernd wies Wes mit dem Daumen auf Lous Restaurant. »Diese beiden Spinner am Tisch da drin denken, dass *ich* ein Held bin. Das hat nichts zu bedeuten. Ist dein Junge der Täter?«

»Er hat es von Anfang an abgestritten.« Hardy führte das nicht weiter aus.

Farrells Blick wanderte unruhig hin und her. Diese Wendung im Gespräch – die Frage, ob ein Mandant schuldig oder unschuldig war –, drohte die unausgesprochene Regel zu verletzen, die unter Strafverteidigern galt. Doch plötzlich ahnte Hardy, warum Farrell es erwähnt hatte. Sein Freund, für den Wes diesen erstaunlichen Freispruch erreicht und an dessen Unschuld er mit ganzem Herzen geglaubt hatte, hatte sich schließlich doch als der Täter entpuppt. »Wenn du auf Nummer Sicher gehen willst«, sagte Wes nun, »solltest du denjenigen finden, der es gewesen ist.«

Hardy lächelte verkniffen. »Tja, genau nach diesem Menschen suche ich. Aber zuerst muss ich rauskriegen, ob zwischen den vorzeitig im Portola Hospital verstorbenen Patienten und der Sache Markham ein Zusammenhang besteht.«

»Und wie willst du das anstellen?« Farrells Miene war ausgesprochen zweifelnd. »Marjorie Loring ist sicher nicht ...« Er brach ab, und sein Blick wurde freundlicher. »Vielleicht komme ich da nicht ganz mit«, räumte er ein. »Nehmen wir mal an, dass ihre Kinder uns überhaupt gestatten, sie wieder ausgraben zu lassen, was übrigens eine ziemlich kühne Vermutung ist. Dann muss Strout sich noch mit einer Autopsie einverstanden erklären, was uns auch niemand garantiert. Und dabei stellt er meinetwegen fest, dass die Frau wirklich an einer Überdosis Kaliumchlorid gestorben ist. Was um alles in der Welt nützt das deinem Mandanten?«

»Zuerst einmal, wenn er nicht vor Ort war ...«

Farrell tat diesen Einwand ab. »Okay. Er war auch nicht dabei, als Lincoln erschossen wurde. Allerdings lässt das keine Rückschlüsse auf die Sache Markham zu. Und was, wenn kein Kaliumchlorid im Spiel war?«

Hardy hatte auch schon an dieses Problem gedacht und sich eine halbwegs zufrieden stellende Antwort zurechtgelegt. »Wenn ein anderer Patient, der nichts mit Markham zu tun hatte, im Portola Hospital ermordet wurde – insbesondere dann, wenn Kensing zur Tatzeit nicht anwesen war –, könnte das jemanden wie Glitsky auf den Gedanken bringen, dass er etwas übersehen haben könnte. Möglicherweise wird er es für angebracht halten, noch einige offene Fragen zu klären, bevor er Kensing einbuchtet. Es geht hauptsächlich um einen Zeitgewinn, doch etwas Besseres fällt mir offen gestanden nicht ein.«

»Tja, es ist immer eine gute Taktik, Zeit zu schinden, sofern es klappt.« Offenbar war Farrell noch nicht überzeugt. »Aber warum hat dein Mandant nicht gleich eine vollständige Autopsie gefordert, wenn er diese Todesfälle für verdächtig hielt?«

»Diese Frage habe ich ihm auch schon gestellt.«

»Das zeigt, wie intelligent du bist. Und was hat er gesagt?«

»Dass mit dem Tod dieser Leute gerechnet wurde und dass sie aus den zu erwartenden Gründen starben. Schließlich waren die besagten Patienten zum Zeitpunkt ihres plötzlichen Ablebens nicht gerade bei bester Gesundheit. Es kam nur ein wenig zu früh. Das Krankenhaus hat stets eine Leichenschau durchgeführt. Und natürlich wurden alle für tot erklärt.« Hardy zuckte die Achseln. »Mein Mandant bezeichnet den allgemeinen Niedergang des medizinischen Standards am Portola Hospital als die Ursache.« Er rückte näher heran und flüsterte verschwörerisch: »Und jetzt pass auf, Wes. Die Sache ist die:

Wenn jemand am Portola Hospital Marjorie Loring getötet hat, gewinnst du den Prozess auf jeden Fall.«

»Und warum ...?« Er brach ab, denn ihm war plötzlich ein Licht aufgegangen. Er konnte im Auftrag von Marjorie Lorings Kindern Einzelklage erheben, ohne Fahrlässigkeit oder ein anderes ärztliches Fehlverhalten nachweisen zu müssen. Und das hieß, dass er sofort ein Honorar würde einfordern können. Wenn Marjorie Loring nicht eines natürlichen Todes gestorben, sondern im Krankenhaus umgebracht worden war, würde Wes in sehr kurzer Zeit und mit verhältnismäßig wenig Aufwand ein ordentliches Sümmchen verdienen. »Ich spreche mit ihren Kindern«, sagte er. »Mal sehen, was sich machen lässt.«

Treya blickte von ihrem Schreibtisch hoch und auf die Wanduhr. Dann breitete sich ein Lächeln auf ihrem Gesicht aus. Sie stand auf. »Der ehrenwerte Dismas Hardy, um drei Uhr, pünktlich auf die Minute. Clarence erwartet dich, er wird dich gleich empfangen, aber er hat noch Besuch. Möchtest du dich setzen?« Sie wies auf den gepolsterten Stuhl neben Jackmans Tür.

»Ich bin sicher, dass es nicht so lange dauern wird«, erwiderte er – eine eindeutige Botschaft. »Ich bleibe lieber stehen.«

Sie kam um den Schreibtisch herum und lehnte sich an eine Ecke. »Warst du gerade oben?«, fragte sie, womit sie das Morddezernat meinte.

»Nein.«

»Also hast du nicht mit Abe geredet?«

»Noch nicht. Frannie hat mir ausgerichtet, dass er gestern Abend angerufen hat. Doch ich war erst sehr spät zu Hause.«

»Er will unbedingt mit dir sprechen.«

»Ich natürlich auch mit ihm. Vielleicht könntest du einen Termin für uns machen.«

»Wird er denn heute nicht dabei sein?«

»Ich habe ihn gefragt«, erwiderte Hardy, »aber manchmal kann er recht störrisch sein.« Genau genommen hatte Hardy Glitsky der Höflichkeit halber von diesem Treffen in Kenntnis gesetzt und eine Nachricht zu einer Zeit hinterlassen, während der Lieutenant wahrscheinlich zu Tisch sein würde. Falls Glitsky erst im Nachhinein von der Besprechung erfuhr, war es nicht Hardys Schuld.

Nun aber wäre er offenbar doch mit von der Partie. Hardy war nicht gerade erfreut.

Als er nun wartend bei Treya stand, spürte er, wie er nervös wurde und wie sich seine aufgestaute Wut wieder bemerkbar machte. Viele Stunden hatte er schon im Büro des Bezirksstaatsanwalts verbracht – damals als junger Staatsanwalt und dann später während seiner Prozesse als Strafverteidiger. Inzwischen hatte er den Eindruck, dass es in mehr als neunzig Prozent dieser Zeit zu einer Meinungsverschiedenheit zwischen ihm und dem Inhaber dieses Büros gekommen war. Seit Jackmans Ernennung zum Bezirksstaatsanwalt hatte sich das zwar geändert, doch Hardy wusste, dass er in wenigen Minuten, ganz wie früher, wieder auf der anderen Seite stehen würde: auf der der Verteidigung. Auch wenn diese Veränderung kaum merklich und hoffentlich in freundlicher Atmosphäre vonstatten ging, würde dennoch nichts mehr so sein wie zuvor.

Jackmans Tür öffnete sich, und Hardy stellte fest, dass sich Marlene Ash im Raum befand. Wenn er es sich genauer überlegte, hätte er eigentlich damit rechnen müssen, dass Jackman sie hinzubitten würde. Immerhin würde sie die Anklage gegen Parnassus und aller Wahrscheinlichkeit nach auch die gegen seinen Mandanten vertreten.

»Diz, wie geht es Ihnen?«, dröhnte Jackman. »Kommen Sie herein. Tut mir Leid, dass es ein wenig später geworden ist.«

Ein breites Lächeln auf den Lippen, trat Hardy über die Schwelle. »Wenn Sie und Marlene schon fertig sind«, begann er, um der Staatsanwältin die Möglichkeit zu geben, sich ohne Gesichtsverlust zu verabschieden. »Ich möchte Sie nicht hetzen. Treya und ich können ja noch ein bisschen miteinander plaudern.«

Jackman erwiderte sein Lächeln. Sie waren alle Freunde. »Marlene würde gern ein wenig bleiben, sofern es Sie nicht stört. Sie wollte Ihnen noch ein paar Dinge mitteilen. Soweit ich weiß, haben Sie Abe gebeten vorbeizukommen?«

»Treya sagte gerade, er sei unterwegs ...«

»Da ist er ja schon.«

Glitsky und Hardy nahmen auf den entgegengesetzten Seiten des Sofas Platz, ohne ein Wort oder einen Blick miteinander zu wechseln. Marlene verharrte auf ihrem Stuhl. Jackman zog sich auch einen heran. Eine gemütliche kleine Runde bildete sich rings um den Couchtisch.

Hardy kam sofort auf den Punkt. »Ich habe gehört, dass Sie die Grand Jury einberufen wollen, da man im Fall Markham inzwischen von einem Mord ausgeht. Außerdem untersuchen Sie offenbar nicht nur Markhams Tod, sondern die gesamte geschäftliche Situation bei Parnassus. Wie ich mich erinnere, war das sogar meine Idee, und zwar noch bevor es Tote gegeben hat. Ich möchte Ihnen allen nur sagen, dass ich kein öffentliches Aufsehen in Anerkennung meines Beitrages erwarte, obwohl eine geschmackvolle Büste in der Vorhalle oder eine kleine Gedenkplakette in einer Ecke bei Lou ganz nett wäre.«

Glitsky hatte die von seiner Narbe durchzogenen Lippen fest zusammengepresst. »Dieser Mensch könnte einem Wasserkrug den Henkel abschwatzen.«

Hardy lehnte sich zurück und legte betont lässig den Arm auf das Rückenpolster des Sofas. »Wie mein Freund Abe bereits angemerkt hat, bin ich nun mal ein überzeugter Anhänger des zwischenmenschlichen Gesprächs.« Er warf Glitsky einen bedeutungsschwangeren Blick zu und beugte sich dann vor. »Mir ist klar, worauf einige von Ihnen jetzt hinauswollen. Vor einer Stunde habe ich mit Dr. Kensing telefoniert. Er teilte mir mit, seine Frau behaupte inzwischen, er habe den Mord an Dr. Markham gestanden.« Endlich sah Hardy Abe in die Augen. »Wahrscheinlich hast du mich deshalb angerufen. Du wolltest mir ankündigen, dass du vorhast, ihn festzunehmen.«

Glitsky schwieg.

Hardy fuhr fort: »Aber da du meinen Mandanten trotz meiner ausdrücklichen Bitte, das zu unterlassen, verhört hast, plantest du vielleicht auch, dir den Höflichkeitsanruf zu sparen.«

Ein Muskel zuckte an Glitskys Kiefer. Die Narbe trat deutlich hervor.

Hardy sprach weiter. »Vermutlich sitzt Dr. Kensing nur deshalb noch nicht hinter Schloss und Riegel, weil du abwarten wolltest, bis Clarence den Haftbefehl unterschreibt.« Die Mienen der Anwesenden verrieten Hardy, dass er den Nagel auf den Kopf getroffen hatte. »Aber ich bin aus einem anderen Grund hier«, sagte er. »Nämlich, um eine Festnahme meines Mandanten zu verhindern.«

Glitsky lachte trocken. »Viel Glück.«

»Das werde ich nicht brauchen. Wenn du nichts weiter in der Hand hast als die Behauptungen seiner Frau, wirst du die Geschworenen nicht mit deinen Beweisen überzeugen können. Darüber bist du dir doch im Klaren.«

Marlene ergriff die Gelegenheit, sich einzumischen. »Laut Abe haben wir jede Menge Beweise, Dismas. Ein Mann, der fünf Menschen getötet hat, darf nicht frei herumlaufen.«

»Bitte, Marlene. Wir wollen uns nicht gegenseitig für dumm verkaufen. Dr. Kensing hatte kein ersichtliches Motiv, der Familie Markham Schaden zuzufügen.«

»Das sagst du«, erwiderte Glitsky.

Wieder wandte sich Hardy direkt an ihn. »Bedeutet das, du hättest ein Motiv entdeckt?«

Jackman räusperte sich und antwortete an Glitskys Stelle. »Wir gehen davon aus, Diz, dass zwischen dem Mord an Markham und dem an seiner Familie ein Zusammenhang besteht. Meiner Ansicht nach müssten Sie mit dieser Theorie leben können, oder? Doch das ist nicht der eigentliche Punkt. Dr. Kensing hatte mehr als genug Gründe, Markham ans Leder zu wollen. Außerdem die Mittel und die Gelegenheit zur Tat.«

»Aber es gibt keine Beweise, Clarence. Wenigstens keine richtigen. Nur ein vages Motiv.«

»Wollen Sie mich auf den Arm nehmen, Dismas?«, fragte Marlene. »Wir haben kein *vages* Motiv, sondern ein ausgesprochen *eindeutiges*. Außer Kensing hatte niemand einen Grund für die Tat. Zweitens wissen wir, wann Markham getötet wurde, und Ihr Mandant war zum fraglichen Zeitpunkt vor Ort. Darüber hinaus«, fuhr sie ruhig fort, »starb er an einem intravenös verabreichten Medikament, und ihr Mandant arbeitet dort schließlich nicht als Hausmeister. Er hatte Zugang zu dem Medikament. Also hatte er – und daran ist nicht zu rütteln – ein Motiv, die Mittel und auch die Gelegenheit, das Verbrechen zu begehen.«

Hardy wiederholte seine Litanei. »Doch es gibt keine Beweise. Keine stichhaltigen Beweise. Niemand hat ihn bei der Tat beobachtet, nichts deutet darauf hin, dass er es war. Sie können lediglich mutmaßen, dass er es möglicherweise gewesen sein könnte. Aber vielleicht ist er auch unschuldig, und das wären dann, wie ich Sie sicher nicht eigens erinnern muss, vernünftige Zweifel.«

»Seine Frau sagt, er hätte die Tat gestanden«, knurrte Glitsky. »Das ist ein Beweis. Kensing hat einen Tag vor der Autopsie ihr gegenüber geäußert, er habe Markham mit Scheiße voll gepumpt, und zwar noch ehe jemand ahnte, dass er ermordet worden war. Ach, das wusstest du wohl noch nicht?« Glitsky räusperte sich. »Ich habe dich gestern Abend angerufen, weil ich dachte, wir könnten darüber reden. Könnte es sein, dass du die Nachricht nicht erhalten hast?«, fügte er spitz hinzu.

»Ich habe dich gebeten, meinen Mandanten nicht zu vernehmen«, gab Hardy zurück. »Könnte es sein, dass du meine Botschaft nicht verstanden hast?« Hardy bemühte sich, sein irisches Temperament zu zügeln. Das Gespräch entwickelte sich ganz und gar nicht in die gewünschte Richtung. Er wandte sich an Ash. »Also behauptet die Ehefrau, die ihn hasst, er habe ihren Liebhaber umgebracht? War es so? Damit kriegen Sie nie eine Verurteilung.«

Doch Ash ließ sich nicht beirren. »In Anbetracht des übrigen Materials könnte ich damit durchkommen, Dismas.«

»›Könnte‹ klingt nicht besonders überzeugend, Marlene.«

»Und jetzt möchtest du uns wohl helfen, unsere Sache besser zu machen – ist es das?« Glitskys Tonfall war eisig.

»Ich habe wirklich einen Vorschlag, der in diese Richtung geht«, erwiderte Hardy. »Natürlich kann ich nicht verhehlen, dass es mir hauptsächlich auf Dr. Kensing ankommt. Ich weiß, dass du ihn festnehmen willst. Verdammt, vielleicht hast du den Haftbefehl ja schon in der Tasche.« Hardy wartete ab, aber niemand gab es zu. Und das hieß, dass es vielleicht noch nicht zu spät war. Hardy holte Luft. Jetzt ging es los. »Ich muss zuvor ein wenig ausholen«, begann er.

»Welche Überraschung!«

Ohne auf Glitsky zu achten, wandte sich Hardy direkt an Jackman. »Hören Sie. Sagen wir mal, Sie nehmen meinen Mandanten fest und klagen ihn wegen Mordes an. Abe könnte ihn noch heute verhaften. Ich gestehe Ihnen sogar zu, dass die Grand Jury ihn sicher anklagen wird, wenn sie die Aussage der Ehefrau hört. Dann müssten Sie mir natürlich die Beweise zugänglich machen.«

Damit meinte er sämtliches Material, das die Staatsanwaltschaft zusammengetragen hatte – Indizien, Beweise, Aussageprotokolle, Polizeiberichte und so weiter. Die Verteidigung hatte das Recht, Einsicht in die Unterlagen der Staatsanwaltschaft zu nehmen. Das war oberstes Gesetz, doch Hardy hielt es für keine schlechte Idee, die anderen daran zu erinnern, dass er alles, was sie in der Hand hatten, ohnehin zu sehen bekommen würde. Daran führte kein Weg vorbei.

»Allerdings wurde er noch nicht verhaftet«, fuhr er fort, »und auch noch nicht der Grand Jury vorgeführt. Also steht er noch nicht unter Anklage, weshalb niemand verpflichtet ist, mir irgendetwas mitzuteilen.«

»Bist du fertig mit deinem Exkurs?«, fragte Glitsky.

Hardy achtete nicht auf diese Unterbrechung. Sein Blick ruhte weiterhin auf Jackman. »Ich schlage Ihnen ein Tauschgeschäft vor.« Rasch fuhr er fort: »Eigentlich haben Sie es doch auf Parnassus abgesehen, Clarence. Sie wissen es, ich weiß, alle hier wissen es. Sie wollen die faulige Stelle finden und sie beseitigen. Aber Sie müssen vorsichtig sein, denn falls Sie dabei zu tief schneiden, führt das zum Tode des Patienten. Und wenn Parnassus den Löffel abgibt, sind die städtischen Angestellten am schwersten betroffen. Das würde einige anständige Menschen sehr traurig machen, und für Sie, Clarence, wäre es politisch betrachtet das Schlimmste, was passieren könnte. Schließlich wollen Sie diesen Job behalten und Ihre guten Werke fortsetzen.«

Jackman verzog angewidert die Mundwinkel. Hardy glaubte nicht, dass das ausschließlich mit seiner Schmeichelei zusammenhing. Wie gehofft hatte er einen wunden Punkt getroffen. »Also gut. Und was hat Ihr Mandant damit zu tun?«, fragte Jackman.

»Er ist insofern beteiligt, als die Lage bei Parnassus nur so lange ruhig bleiben wird, wie Sie nach dem Mörder des Geschäftsführers fahnden. Denn das erwarten alle von Ihnen. Und deshalb werden die Mitarbeiter beim Anblick Ihrer Leute nicht losstürzen, um ihre Akten zu vernichten oder Ihnen so viele Steine wie möglich in den Weg zu legen. Doch wenn Sie Dr. Kensing verhaften, fällt dieser Vorwand flach.«

Er machte eine Pause, damit der Gedanke sich setzen konnte. Allerdings brauchte Marlene diese Zeit nicht. »Mit allem Respekt, Diz, aber das ist doch Schwachsinn. Die Grand Jury kann ermitteln, wo und wann sie will. Mit Ihrem Mandanten hat das nicht das Geringste zu tun.«

»Ich widerspreche Ihnen nicht, Marlene. Natürlich können Sie ihn festnehmen und trotzdem weiter gegen Parnassus ermitteln. Sie sind dazu berechtigt. Dennoch ...« Er wandte sich wieder an Jackman. »Hier geht es um die Krankenversicherung der städtischen Angestellten, die bereits kurz vor dem Bankrott steht und unter Liquiditätsproblemen und einem miserablen Betriebsklima leidet. Nun hat sie auch noch ihren Geschäftsführer verloren. Wenn sich herumspricht, dass Sie den Laden dichtmachen wollen ...«

»Das liegt nicht in unserer Absicht«, protestierte Marlene.

Aber Hardy schüttelte den Kopf. »Das spielt keine Rolle. Wenn Sie Kensing verhaften und weiter herumstochern, wird es genauso aussehen. Und das heißt, dass die Kacke endgültig am Dampfen ist. Sie alle kennen diese Stadt. Alles wird aufgeblasen. Alles ist ein Thema. Und was wird wohl passieren, wenn der Eindruck entsteht, dass viele städtische Mitarbeiter nicht mehr krankenversichert sind? Das wird bestimmt nicht hübsch.«

Diese Einwände mochten zwar berechtigt und möglicherweise auch wahr sein, aber Glitsky war dennoch anderer Auffassung. »Und wir sollen diese mögliche Katastrophe abwenden, indem wir deinen Mandanten nicht verhaften?«

»Erst wenn die Grand Jury ihre Arbeit gemacht hat. Sagen wir in dreißig Tagen.«

»Dreißig Tage!« Glitsky war außer sich. »Bist du übergeschnappt? Wenn er Markham umgebracht hat, und darauf deuten die Beweise hin, hat er vermutlich die ganze Familie auf dem Gewissen. Mir ist es egal, ob deshalb die ganze Bundesregierung zusammenbricht – der Mann gehört ins Gefängnis.«

Hardy wandte sich an Ash. »Der Fall stinkt, Marlene. Sie wissen genau, was passieren wird, wenn Sie ihn festnehmen. Parnassus geht den Bach runter, und wenn Kensing den Prozess gewinnt, sind auch Ihre Tage gezählt.«

Jackman hatte trotz der Streiterei den roten Faden nicht verloren. »Sie haben von einem Tauschgeschäft gesprochen, Diz. Sie bitten uns um dreißig Tage ...«

»Und um Ihre Beweisakten«, ergänzte Hardy.

Glitsky hob die Hände und stand auf. »Warum nicht gleich noch einen Chauffeur? Und vielleicht ein paar Massagen?«

Hardy ignorierte ihn weiterhin.

Die Miene des Bezirksstaatsanwalts verriet angespannte Aufmerksamkeit. »Gut, nehmen wir mal hypothetisch an, das ginge, und die Beweisakten –«

»Das kommt nicht in Frage! Auf keinen Fall, Clarence! Da nehme ich ihn lieber sofort und ohne Haftbefehl fest.«

Jackman holte tief Luft, seine breite Brust wölbte sich. Er war knapp fünf Zentimeter größer und vierzehn Kilo schwerer als Glitsky, was durch seine beherrschte Körperhaltung noch auffälliger wurde als sonst. »*Das werden Sie hübsch bleiben lassen, Lieutenant*«, donnerte er mit aller Autorität. Er holte noch einmal tief Luft und fuhr dann im Plauderton fort: »Sie hatten bis heute ausreichend Zeit, um Dr. Kensing ohne Haftbefehl festzunehmen, Abe. Doch Sie haben mich gebeten, mich an der Entscheidungsfindung zu beteiligen, und jetzt habe ich das letzte Wort. Ich hoffe, ich habe mich klar genug ausgedrückt.«

Glitsky war sprachlos. Ungläubig, wenn nicht sogar feindselig, sah er sich im Raum um. Jackman achtete nicht auf ihn und drehte sich zu Hardy um. »Dreißig Tage und die Beweisakten? Für welche Gegenleistung?«

»Seine Aussage vor der Grand Jury.«

Man konnte die Enttäuschung fast mit Händen greifen. Glitsky schüttelte verdattert den Kopf. Er konnte offenbar nicht fassen, dass Hardy wegen einer solchen Kleinigkeit so viel Zeit vergeudet und alle Anwesenden rebellisch gemacht hatte. In Marlenes Miene malte sich eine ähnliche Empfindung. Selbst Jackman verschränkte die Arme vor der Brust und neigte den Kopf zur Seite. Doch sein Blick blieb fragend.

Hardy hatte den Eindruck, dass das Thema noch nicht erschöpfend behandelt worden war. »Hören Sie, Clarence, wenn Sie Kensing jetzt vor die Grand Jury zitieren, werde ich ihm raten, sich auf sein Aussageverweigerungsrecht zu berufen. Mit ein bisschen Glück verrät er Ihnen dann vielleicht seinen Namen. Und so wird Marlene ...«

Er wandte sich an sie. »Stellen Sie sich mal vor, Ihr Hauptverdächtiger würde alle Ihre Fragen ohne Anwesenheit seines Rechtsbeistandes beantworten. Das ist doch der Traum jedes Staatanwalts.«

Allerdings war sie noch nicht überzeugt. »Mein Traum ist das nicht, Diz. Auf diese Weise gewinnen Sie nur Zeit, um ihm eine Geschichte einzutrichtern, von der er dann nicht mehr abweichen wird.« Sie sah ihren Vorgesetzten an. »So geht das nicht, Sir. Er hat uns eigentlich gar nichts angeboten.«

»Ganz im Gegenteil, Marlene. Überlegen Sie mal. Ich ermögliche Ihnen den Einblick eines Eingeweihten in die Interna von Parnassus. Genau das wollten Sie doch.«

»Das kriegen wir so oder so, Diz.«

»Wo? Von wem? Alle anderen Angestellten, selbst die Ärzte, werden versuchen, sich selbst oder ihren Arbeitgeber zu schützen.«

»Das stimmt nicht. Die Grand Jury wird kein Sterbenswort von ihrer Aussage nach außen dringen lassen. Genau dazu ist sie ja da, Dismas. Um den Leuten die Möglichkeit zu geben, frei zu reden.«

»*Theoretisch* betrachtet schon, Marlene. Aber in der Praxis funktioniert das nicht immer. Sie werden wohl kaum einen Arzt finden, der Ihnen bei Ihren Bemühungen helfen wird, ihm den Arbeitsplatz zu nehmen. Selbst wenn es Ihnen nur darauf ankommt, meinem Mandanten den Mord an Markham nachzuweisen, könnten Sie ihn auf diese Weise in die Mangel nehmen, solange Sie wollen. Ohne sich um Relevanz oder Zulässigkeitsfragen kümmern zu müssen und ohne Einsprüche von Seiten der Verteidigung. Sie hätten absolut freie Bahn.« Marlene wirkte weiterhin unerbittlich.

Inzwischen lehnte Glitsky, einer mürrischen Statue gleich, am Türrahmen. »Was ist, wenn er in der Zwischenzeit wieder jemanden umbringt?«, erkundigte er sich. »Seine Frau zum Beispiel. Ich fände es ziemlich schade, wenn sie dran glauben müsste. Du nicht auch?«

Jackman mischte sich ein. »Ich denke, er hätte bis jetzt ausreichend Gelegenheit gehabt, sie zu töten, wenn er das gewollt hätte, Abe.«

»Aber jetzt, nach ihrer Aussage, hätte er einen besseren Grund dazu.«

»Dann bewachen wir sie eben«, erwiderte Jackman. »Wir bringen sie an einen geheimen Ort. Oder beides. Mir scheint, als hätte Dismas' Vorschlag etwas für sich. Dr. Kensing wird schon allein aus Selbstschutz nichts unternehmen. Schließlich ist er sich darüber im Klaren, dass er unser Hauptverdächtiger in einem Mordfall ist.«

Hardy fand, dass diese Bemerkung Jackmans mangelnde Erfahrung zeigte. Mörder verhielten sich nämlich nur höchst selten logisch. Dann jedoch dachte er spöttisch, dass gerade das eines der Kennzeichen der Politik war. Unerfahrene Menschen bekleideten leitende Posten. Aber er war zu allem bereit, um seinem Mandanten die Haft zu ersparen.

Jackman wandte sich wieder an Glitsky.

»Marlene und ich haben bereits vor Dismas' Eintreffen über diese Themen gesprochen, Abe. Wir waren uns darin einig, dass die Ermittlungen gegen Parnassus eine völlig andere Wendung nehmen werden, sobald wir jemanden wegen Mordes an Markham verhaften. Und wir haben versucht, eine Strategie zu entwickeln, um diesem Problem zu begegnen. Inzwischen habe ich den Eindruck, dass Diz' Vorschlag etwas für sich hat.«

Glitskys Narbe spannte sich, dick und straff wie ein Seil, durch seine Lippe. »Der Mann ist ein Mörder, Clarence.«

Deswegen wollte Jackman sich nicht herumstreiten. Statt dessen nickte er ruhig, weise und geduldig. »Natürlich ist das möglich. Doch wie wir bereits sagten, glaube ich wirklich nicht, dass er eine öffentliche Gefahr darstellt. Natürlich möchte ich mich nicht auf eine abschließende Beurteilung festlegen und werde sie gegebenenfalls revidieren. Aber bis dahin ...«

Er drehte sich zu Hardy um. »... bin ich geneigt, Dismas, Ihre Einschätzung der Lage bei Parnassus zu teilen. Ich möchte auf keinen Fall die Pferde scheu machen. Ich will verhindern ...«

Er wurde in seiner Ansprache unterbrochen, und zwar vom Knallen der Tür, die heftig hinter Glitsky ins Schloss fiel, als dieser hinausstürmte.

Außer Freiheit für seinen Mandanten und Einblick in die Beweisakten der Staatsanwaltschaft hatte Hardy ursprünglich noch ein drittes Anliegen an den Bezirksstaatsanwalt gehabt. Eigentlich wäre es Jackmans Entscheidung gewesen, und ihn um Erlaubnis zu bitten, hätte Hardy die Möglichkeit gegeben, sein kleines Theater fortzusetzen und sich als den Inbegriff der Hilfsbereitschaft darzustellen. Doch Glitskys brüsker Abschied hatte dafür gesorgt, dass die anderen wie vor den Kopf geschlagen dasaßen. Und Hardy kam zu dem Schluss, dass es unklug wäre, es mit seinen Bitten zu übertreiben.

Allerdings lag ihm noch etwas am Herzen. Und je länger er darüber nachdachte, desto weniger schien es eine Rolle zu spielen, ob er Jackman zuerst um Erlaubnis fragte. Er brauchte eine Antwort, und zwar sofort. Schließlich steckte sein Mandant in ernsthaften Schwierigkeiten. Er würde niemanden hintergehen, wenn er sich direkt an Jack Strout wandte. Falls der Gerichtsmediziner auf Hardys Aufforderung hin etwas entdeckte, würde er es ohnehin auf der Stelle bei Glitsky und Jackman melden.

Hardy versuchte nicht, seine Beweggründe oder Handlungen geheim zu halten. So sagte er sich wenigstens.

Er verließ das Justizgebäude durch die Hintertür und ging den überdachten Außenflur entlang; linker Hand lag das Gefängnis, rechts die Gerichtsmedizin. Die Luft roch leicht nach Salzwasser, doch Hardy nahm auch den Duft der Blumen des Großmarkts um die Ecke wahr. Er hatte das Gefühl, heute einiges erreicht zu haben, und nahm sich vor, nach seiner Unterredung mit Strout einen Blumenstrauß für seine Frau und vielleicht sogar einen für seine Tochter zu kaufen. Es war Freitagabend. Ein verlockend langes Wochenende erwartete ihn. Vielleicht würde es ihm gelingen, sich mit seiner Familie eine schöne Zeit zu machen, wenn beide Seiten daran arbeiteten.

Wie sich herausstellte, war Strout gerade damit beschäftigt, im Kühlraum jemanden aufzuschneiden. Doch die Empfangssekretärin teilte Hardy mit, dass es nicht mehr allzu lang dauern dürfte. Ob er warten wolle? Hardy entgegnete, heute sei sein Glückstag, weshalb er es darauf ankommen lassen werde.

Das Büro des Gerichtsmediziners war, im Gegensatz zur Leichenhalle selbst, ein wahres Museum für antike und moderne Folterwerkzeuge. Der Raum bot eine Menge Zerstreuung, war jedoch ohne Rücksicht auf Sicherheitsvorkehrungen ausgestattet worden. Strouts bizarre Sammlung lag offen herum, sodass jeder sie bewundern, anfassen und – wenn er leichtsinnig genug war – auch ausprobieren konnte. Falls einem städtischen Mitarbeiter einmal die Sicherung durchbrannte, würde er hier reichlich Ausrüstung zum Amoklauf vorfinden, dachte Hardy. Er konnte einige seiner Widersacher mit Schnappmessern oder Bowiemessern abstechen, ein paar andere mit Handgranaten in die Luft sprengen und den Rest mit den verschiedenen automatischen Waffen aus dem Arsenal niedermähen.

Hardy setzte sich auf die Bank neben die Garotte – komplett mit roten Seidentuch und allen Schikanen – und ließ seinen Sieg von vorhin noch einmal Revue passieren. Er überlegte, ob sein nächster Schritt wohl klug und außerdem Erfolg versprechend war. Doch wie er sich sagte, war es das Wichtigste, eine Verhaftung seines Mandanten zu verhindern. Ihm war klar, dass sich die von Jackman versprochenen dreißig Tage wegen Glitskys Beharrlichkeit, Marlenes Umgang mit der Grand Jury und Kensings schwierigem und unberechenbarem Verhalten jederzeit in Luft auflösen konnten. Hardy musste mit mehr aufwarten, trotz des Risikos, dass sein Vorschlag zu weiteren Beweisen gegen seinen Mandanten führen konnte.

Er war sich bewusst, dass es sich um ein Vabanquespiel handelte, und das bereitete ihm beträchtliches Unbehagen. Allerdings fand er, dass ihm nicht viel anderes übrig blieb. Die

Schlinge um den Hals seines Mandanten zog sich immer enger zusammen. Und sein Instinkt sagte ihm, dass sich das Risiko lohnte. Aber wenn er sich irrte ...

»Wenn Sie möchten, kann ich Ihnen das Rotztuch um den Hals legen und ein kleines bisschen zuziehen. Angeblich soll das die Libido fördern.« Damit meinte Strout die Garotte und spielte auf die erotische Asphyxie an, die Ejakulation, zu der es beim Erhängen und anderen Formen der Strangulation kam. »Seit einigen Jahren scheint es sehr in Mode zu sein, obwohl ich persönlich denke, dass die Mühe nicht lohnt. Doch vielleicht liege ich falsch. Viele Leute probieren es aus. Aber egal, wie geht es Ihnen?«

Die beiden Männer plauderten eine Weile, während Strout seine Telefonnachrichten durchsah. Nachdem er sich hinter den Schreibtisch gesetzt und Hardy auf einem Stuhl Platz genommen hatte, wandten sie sich ihrem Thema zu.

Als Hardy fertig war, kratzte sich Strout am Hals. »Lassen Sie mich eines klarstellen«, sagte er schließlich. »Sie sind als Privatmann hier und bitten mich, einen weiteren Patienten des Portola Hospitals zu obduzieren, der am selben Tag wie Mr. Markham starb?«

»Sofern das nicht bereits geschehen ist.«

»Wie ist der Name?«

»James Lector.«

Strout schüttelte den Kopf. »Nein, das habe ich nicht getan. Doch im Krankenhaus wird automatisch eine Leichenschau durchgeführt. Wussten Sie das?«

»Und dabei wird nie etwas übersehen?«

Das war ein berechtigter Einwand, dem Strout mit einer Handbewegung zustimmte. »Wie dicht lag sein Todeszeitpunkt an dem von Markham?«

»Wenige Minuten.«

»Und wonach genau soll ich suchen, wenn ich mir die Sache mal anschaue?«

»Das weiß ich nicht.«

Strout nahm die Hornbrille ab, blies dagegen und setzte sie wieder auf. Der Gerichtsmediziner hatte ein bewegliches Gesicht, das er in verschiedene Richtungen verziehen konnte.

»Ich glaube, ich komme da nicht ganz mit. Wenn es stimmt, dass Glitsky Ihren Mandanten für den Mörder von Mr. Markham hält, verstehe ich nicht, was es ihm nutzen sollte, wenn ein zweiter Kaliumchloridtoter am selben Tag auftaucht.«

»Das wird es nicht«, sagte Hardy. »Ich hoffe, dass kein Kaliumchlorid im Spiel war.« Seine wirkliche Hoffnung jedoch war, dass es sich bei James Lector um den zwölften ungeklärten Todesfall handelte. Auf diese Weise war Kensing zwar nicht von jeglichem Verdacht befreit, aber man konnte ihm nicht mehr allein die Verantwortung für Markhams Tod anlasten. »Wie dem auch sei«, fuhr er fort, »wäre es nicht besser, wenn wir sicher wüssten, woran Lector gestorben ist?«

»Natürlich«, stimmte Strout zu. Er überlegte eine Weile. »Und aus welchem Grund sollte ich diese Autopsie noch mal anordnen?«

Hardy zuckte die Achseln. »Weil Sie vermuten, dass bei Lectors Tod nicht alles mit rechten Dingen zugegangen ist, weil er nur wenige Minuten nach einem Mord starb, und zwar im selben Raum desselben Krankenhauses.«

Der Gerichtsmediziner nickte. Dann griff er nach einer Handgranate, die er als Briefbeschwerer benutzte, und ließ sie nachdenklich auf der Schreibtischunterlage kreiseln. Hardy beobachtete, wie die Tod bringende Kugel rotierte, und versuchte, nicht daran zu denken, was geschehen würde, wenn sich der Stift versehentlich löste.

Schließlich legte Strout die Hand auf die Granate und stoppte ihre Umdrehung. Er spähte Hardy über die Brillengläser hinweg an. »Sie haben was weggelassen«, sagte er.

»Nicht absichtlich. Ehrenwort.«

»Wenn ich es wirklich tue – doch das steht noch nicht fest, vergessen Sie das nicht –, will ich wissen, wonach Sie suchen und warum.«

Hardy breitete die Hände aus – er versteckte nichts darin. »Meiner Ansicht nach besteht eine kleine, aber realistische Chance, dass James Lector das jüngste Opfer einer Mordserie im Portola Hospital ist.« Strout fuhr hoch, und Hardy sprach weiter. »Also stellt sich mir die Frage, ob Lectors Tod natürliche Ursachen hatte oder nicht und ob möglicherweise ein Zusammenhang mit Tim Markham besteht«, sagte er. »Und falls Lector ermordet wurde und an einem anderen Medikament starb als Markham, geht im Portola Hospital mehr vor, als wir uns zurzeit träumen lassen.«

»Ich wiederhole: Ihrem Mandanten wird das nicht viel nützen.«

»Kann sein, John. Aber ich suche Hinweise auf andere unnatürliche Todesfälle, bei denen mein Mandant eindeutig nicht die Hände im Spiel hatte. Sie brauchen nicht zu betonen, dass das nicht seine Unschuld an Markhams Tod beweist. Aber es wäre wenigstens ein Anfang, und irgendwo muss ich ja ansetzen.«

Strout dachte gründlich nach. »Haben Sie die Erlaubnis der Familie Lector?«, fragte er. »Wann ist denn die Beerdigung?«

»Erstens nein, und zweitens, ich habe keine Ahnung. Wenn Sie die Autopsie anordnen, bräuchten wir die Familie nicht ...« Das klang nicht sehr überzeugend. »Was sollen wir tun?«

»Ich glaube, ich habe schon erwähnt, dass bereits eine Leichenschau stattgefunden hat. Wenn man sich zur allgemeinen Zufriedenheit von der Todesursache überzeugt hat und ich trotzdem eine Autopsie verlange, wird das zu Missstimmung sowohl im Krankenhaus als auch bei der Familie sorgen. Insbesondere, wenn die Beerdigung morgen ist oder vielleicht heute stattgefunden hat, sodass wir ihn wieder ausgraben müssten.« Doch der Vorschlag hatte offenbar Strouts Interesse geweckt. Falls wirklich jemand ungestraft Morde in einem Krankenhaus in San Francisco beging, war es seine Pflicht, darüber im Bilde zu sein. »Das heißt, dass wir natürlich auf eine Genehmigung verzichten könnten, wenn ich mit schlagkräftigen Argumenten aufwarte. Und da bin ich mir eben nicht so sicher. Doch ganz gleich, wie wir es anfangen, wäre es besser, höflich nachzufragen und uns die Erlaubnis der Familie zu beschaffen.«

»Ich rede mit ihnen«, erwiderte Hardy.

»Dann mache ich Ihnen einen Vorschlag, Diz. Wenn wir niemanden damit vor den Kopf stoßen, ziehe ich die Sache durch. Doch falls die Familie Zeter und Mordio schreit, werden Sie vor Gericht gehen und einen Richter dazu überreden müssen, eine Anordnung zu unterzeichnen. Ich nehme das nicht auf meine Kappe.«

Hardy kam zu dem Schluss, dass er nicht mehr erreichen würde. »Einverstanden«, sagte er, ohne zu zögern. »Sie werden noch froh sein, dass Sie es getan haben. Zehn zu eins, dass Sie was finden.«

Strout machte ein verschlagenes Gesicht. »Zehn zu eins, ja? Und wie viel setzen Sie ein?«

Hardy überlegte. »Einen Hunderter«, sagte er.

»Hundert Dollar. Das heißt, dass Sie mir einen Riesen schulden, wenn Sie verlieren?«

»Richtig.«

»Die Wette gilt.« Strout streckte die Hand aus. Hardy zögerte kurz und schlug dann ein.

18

Es war Freitag Nachmittag, der beste Zeitpunkt dafür. Mit ihrer angenehmen Stimme und in sachlichem Ton kündigte Joanne den Besucher an. Natürlich war sie bestens im Bilde, denn schließlich hatte sie das Kündigungsschreiben selbst getippt – doch sie hätte sich nie etwas anmerken lassen. Außerdem anwesend war Costanza Eu, genannt Cozzie, die Personalchefin von Parnassus, die ihm am Schreibtisch gegenübersaß. Alles würde – und musste – streng nach Vorschrift ablaufen. Ross, der hinter seinem Schreibtisch thronte, erhob sich nicht, als Driscoll hereinkam.

»Brendan.« Er sparte sich die Mühe eines Begrüßungslächelns. »Nehmen Sie Platz.«

Driscoll war Ende dreißig oder Anfang vierzig, stets makellos gepflegt und trug einen sorgfältig gestutzten Schnurrbart. Sein Gesicht war anziehend, wenn auch nicht sehr ebenmäßig. Mit seinem kräftigen Körperbau und dem kurzen dunklen, an den Spitzen diskret blondierten Haar wäre er die ideale Besetzung für die Rolle des leicht zwielichtigen Jungmanagers in einer Seifenoper gewesen. Aus seiner Körperhaltung hätte niemand geschlossen, dass er nur Sekretär – oder, wie es Markham mit seinem lächerlichen Hang zur Verbrüderung immer genannt hatte – Assistent der Geschäftsleitung war. Heute trug er eine Krawatte in gedecktem Blau und einen schwarzen Nadelstreifenanzug. Kaum hatte er Ross' Büro betreten und Cozzie bemerkt, ahnte er schon, was ihm bevorstand.

Anstatt sich auf den angebotenen Platz zu setzen, stellte er sich hinter den Stuhl und stützte die Arme auf die Rückenlehne. »Ich hatte gehofft, Tims Akten in Ordnung bringen zu können, bevor wir dieses Gespräch führen«, sagte er. »Natürlich verstehe ich Ihre Lage. Aber ich werde versuchen, in den nächsten beiden Wochen so viel wie möglich zu erledigen.«

Ross machte ein übertrieben enttäuschtes Gesicht. »Ich glaube, das wird nicht nötig sein, Brendan. Ich habe beschlossen, und der Vorstand stimmt mir zu, dass Sie ab heute nicht mehr gebraucht werden.« Vor ihm auf dem Schreibtisch lag ein dicker Umschlag, nach dem er jetzt griff. »Anstelle der zweiwöchigen Kündigungsfrist erhalten Sie von uns einen Scheck und außerdem eine Abfindung, zu der Sie gewiss nicht nein sagen werden. Aufgrund Ihrer langen Zugehörigkeit zu unserem Unternehmen und Mr. Markhams Wertschätzung Ihrer Arbeit hat der Vorstand bewilligt, Ihnen sieben Monate das volle und weitere fünf Monate das halbe Gehalt zu bezahlen, selbstverständlich zuzüglich Ihrer gesamten Pensionsansprüche. Weiterhin bekommen Sie Empfehlungsschreiben von mir und einigen anderen Vorstandsmitgliedern. Und darüber hinaus genießen Sie, wenn Sie möchten, weiterhin den Krankenversicherungsschutz für Mitarbeiter unseres Hauses.«

Driscoll stand da wie angewurzelt, in seinem Gesicht malte sich Verwirrung. Nach einer Weile nickte er, schluckte und fand sich mit dem Unvermeidlichen ab. »Vielen Dank, Dr. Ross. Das ist sehr großzügig. Ich nehme an, Sie möchten meine Schlüssel und den Parkausweis zurückhaben.«

Noch während des Sprechens holte er seine Brieftasche heraus und wühlte in seinen Taschen. Nachdem er die gewünschten Gegenstände auf Ross' Schreibtisch gelegt hatte, verharrte er eine Weile in Habachtstellung. Schließlich räusperte er sich. »Den Großteil seines Terminkalenders finden Sie im Computer auf seinem Schreibtisch. In der rechten oberen Schreibtischschublade liegt noch einer in gebundener Form, der allerdings nicht vollständig ist. Ich bin noch nicht dazu gekommen, alle seine Termine abzusagen. Außerdem sind da einige nicht abgeschickte Briefe und, wie ich glaube, ein paar interne Rundschreiben. Wenn Sie mir jemanden mitschicken, drucke ich gerne ...«

Aber Ross warf Cozzie einen auffordernden Blick zu. »Das ist nicht nötig, Brendan. Wir werden in den kommenden Wochen die gesamten Unterlagen durchgehen. Wie es üblich ist, werden wir Sie gleich im Anschluss an diese Besprechung von jemandem aus dem Gebäude begleiten lassen.« Sie lächelte mitfühlend wie eine Kobra. »Wir haben Verständnis dafür, dass das alles ein bisschen plötzlich kommt, aber Ihnen ist doch sicher klar, dass es nicht persönlich gemeint ist. Manche Leute ...« Sie beendete den Satz nicht, schüttelte den Kopf und fuhr fort. »Der Inhalt des Schrankes neben Ihrem Schreibtisch, einschließlich Ihres Pullovers und anderer persönlicher Gegenstände befinden sich in Kartons gleich vor der Tür. Der Sicherheitsdienst wird Ihnen beim Tragen helfen.«

Inzwischen merkte man Driscoll die Erschütterung an. Er wandte sich an Ross. »Was werden Sie mit Mr. Markhams privaten Unterlagen anfangen? Er hat mich ausdrücklich angewiesen, sie ... nun, was ich damit machen soll, falls ...«

»Wir kümmern uns darum«, versicherte ihm Ross. »Zerbrechen Sie sich nicht den Kopf darüber. Wie Sie wissen, hat Mr. Markham für den Fall einer solchen Tragödie Beschreibungen seiner Projekte und detaillierte Instruktionen für den Vorstand hinterlassen.« Ross erhob sich ein Stück aus seinem Stuhl und lächelte höflich. »Ich möchte Ihnen noch einmal für Ihre Treue und Ihre Diskretion danken. Und auch für Ihre Kooperation.«

Das war ein Rausschmiss. Auf Ross' unmerkliches Zeichen hin erhob sich Cozzie, kam plappernd um den Schreibtisch herum und führte den sichtlich verdatterten Driscoll zur Tür. »Sie haben sich einen wunderschönen Tag ausgesucht, um ein neues Leben anzufangen, das muss ich sagen. Schauen Sie sich nur den blauen Himmel an. Ich kann mich nicht erinnern, wann ich zuletzt einen so blauen Himmel gesehen habe. Vor allem, wenn man bedenkt, was für einen Sturm wir in den letzten Tagen hatten ...«

Seit Markhams Tod war es der erste, wenn auch winzige Lichtblick in seinem Leben gewesen, Brendan Driscoll, diese beflissene kleine Maus, vor die Tür zu setzen. Sobald Cozzie sein Büro verlassen hatte, stand er auf, ging zur Hausbar und schenkte sich einen ordentlichen Schluck eiskalten Wodka aus der Skyy-Flasche ein, die er im Tiefkühlfach aufbewahrte. Etwa zehn Minuten lang ließ er die zweifellos herzzerreißende Abschiedsszene mit Driscoll Revue passieren und labte sich dabei an seinem Drink. Nach einer Weile teilte ihm Joanne über die Gegensprechanlage mit, dass Driscoll sich nicht mehr im Gebäude befand.

Ross marschierte aus seinem Büro, machte gegenüber Joanne einen lahmen Witz und schritt nach rechts, den mit Teppichboden ausgestatteten Flur entlang. Die Glasfront links von ihm löste in ihm fast das Gefühl aus, in der Luft zu gehen. Unter ihm funkelte die Bucht, und die Bay Bridge, wo sich bereits ein Stau bildete, schien zum Greifen nah. Als er an Driscolls früherem Schreibtisch in Markhams Vorzimmer saß, überkam ihn einen Moment lang ein seltsames Gefühl der Orientierungslosigkeit. Ihm wurde klar, dass dieser Platz in wenigen Wochen Joanne gehören würde. Er selbst würde dann die prachtvolle Zimmerflucht bezogen haben, die sich dahinter befand. Das war die Spitze des glitschigen Pfostens, an dem er, wie es ihm schien, bereits sein ganzes Erwachsenenleben lang hinaufkletterte.

Warum fühlte er sich dann nur, als hätte er es nicht verdient?

Stets hatte er getan, was nötig war, um dieses Ziel zu erreichen. Es gab keinen Zweifel – und der Vorstand hatte es bestätigt –, dass er der beste Mann für diesen Posten war. Und jetzt, da Markhams Intrigenspielchen und seine überflüssige Heuchelei der Vergangenheit angehörten, glaubte er, das Unternehmen in wenigen Monaten sanieren zu können. Sofern er es schaffte, es so lange am Leben zu erhalten.

Seiner Ansicht nach war das durchaus machbar. Er hatte da schon ein paar Ideen. Der Stadt eine Rechnung über dreizehn Millionen Dollar für ambulante Zuzahlungen zu präsentieren war eine davon gewesen, auch wenn er einräumen musste, dass das nur eine Maßnahme zur Überbrückung war. Kurzfristig hatte er so die Stadt über den Tisch gezogen. Und langfristig plante er, die Kosten radikal zu senken, um aus Parnassus wieder ein finanziell gesundes Unternehmen zu machen.

Während er wartete, dass der Computerbildschirm aufleuchtete, zog er die Schubladen von Driscolls Schreibtisch eine nach der anderen auf und nickte zufrieden. Man hatte beim Aufräumen ganze Arbeit geleistet. Er rechnete damit, die Akten hinter der verschlossenen Tür von Markhams früherem Büro zu finden. Ross nahm sich vor, am Wochenende in die Firma zu kommen und jede Seite einzeln durchzusehen. Inzwischen jedoch hatte er nur noch eine Stunde bis zum Ende der Bürozeit und dann noch eine weitere bis zu einer Verabredung zum Abendessen. Er wollte sichergehen, dass Driscolls Computer nichts enthielt, was andere Leute in Verlegenheit bringen konnte.

Vor vielen Jahren, als Geld noch kein Problem gewesen war, hatte Ross eine hochmoderne Computeranlage angeschafft, die er immer noch für seine klügste Investition hielt. Die nach seinen Wünschen programmierte Firmensoftware erlaubte gewissen Mitarbeitern wie ihm und Cozzie, die über ein so genanntes »Benutzerprivileg« verfügten, uneingeschränkten Zugriff auf sämtliche Dateien, sodass Ross' Personalabteilung die Mitarbeiter jederzeit kontrollieren konnte. Die Überwachungssoftware des Systems zählte sogar die pro Stunde getippten Anschläge, und so wusste die Personalabteilung sofort Bescheid, wenn eine Sekretärin nicht ausgelastet oder – was häufiger vorkam – einfach nur faul war. Falls ein Angestellter zu viel Zeit im Internet verbrachte oder während der Arbeitszeit Liebesbriefe oder ein Drehbuch schrieb, war Cozzie am Ende der Woche, wenn die Berichte ausgedruckt wurden, darüber im Bilde. Sie sichtete diese Berichte gemeinsam mit Ross, und dann berieten die beiden, wen sie diesmal maßregeln würden, denn es gab niemanden, der eine wirklich reine Weste hatte. Nach Ross' Ansicht war es das, worauf der Faschismus letztendlich hinauslief, und außerdem eine wunderbare Sache – man stellte strenge Verhaltensregeln auf und setzte sie dann selektiv gegen die Leute ein, die man nicht leiden konnte.

Nur Brendan Driscoll, vermutlich der schlimmste Übeltäter im Unternehmen, hatte es geschafft, dem System immer wieder ein Schnippchen zu schlagen. Er schrieb auf seinem Computer Liebesbriefe, Kurzgeschichten und Gedichte und besuchte Pornoseiten im Internet. Wenn Markham auf Geschäftsreise war, telefonierte er manchmal den halben Tag lang mit seinen Freunden (natürlich waren die Telefone auch mit den Computern vernetzt). Doch niemand konnte Driscoll etwas anhaben, weil er unter Markhams Schutz stand.

Nun jedoch saß Ross an seinem Computer. Driscoll hatte seine persönlichen Dateien zwar mit einem Passwort gesichert, doch Ross' Passwort als »privilegierter Benutzer« besaß Vorrang. Ross tippte seine Initialen und sein Passwort ein, und ein zweites Unterverzeichnis erschien auf dem Bildschirm. Ross bemerkte das verkniffene Lächeln nicht, das um seine Lippen spielte.

Im Mandarin Oriental Hotel, einem der Schmuckstücke San Franciscos, herrschte eine Atmosphäre gediegener Pracht, die Malachi Ross als sehr ansprechend empfand. Außerdem befand sich das Hotel nur wenige Minuten zu Fuß von seinem Büro entfernt, und als er nun gemütlich dahinschlenderte, genoss er den Spaziergang an diesem wunderschönen Abend noch mehr als gewöhnlich. Da er einige grässliche Tage hinter sich hatte – verursacht nicht nur durch das Nachspiel von Markhams Tod, sondern auch von den Nachwirkungen der Breitseite in *Stadt-Gespräch* –, nutzte er jede Gelegenheit, sich ein wenig aufzuheitern.

Was Parnassus betraf, standen die Zeichen gut, denn er hatte in Driscolls Computerdateien mehr zum Thema Eric Kensing gefunden, als er je für möglich gehalten hätte. Außerdem existierten Briefe, die von Kensings Frau Ann handelten, und Markhams Antworten auf die offensichtlichen (zumindest) emotionalen Erpressungsversuche, die Kensing unternommen hatte, um seine Stelle zu behalten. Dazu Aktennotizen, Hinweise auf Barzahlungen, vertrauliche Rügen, Ultimaten. Wirklich erstaunlich! Er hatte alles ausgedruckt und Joanne angewiesen, die Unterlagen durch einen Boten zur Staatsanwaltschaft bringen zu lassen.

Auch ein paar andere Dateien hatte er ausgedruckt. Diese hatte er in seiner Aktentasche verstaut und dann die Originale aus dem Computer gelöscht.

Nancy und die Mädchen verbrachten das Wochenende am Lake Tahoe. Er hatte ihr vorgeschlagen, sich von Darren hinfliegen zu lassen. Er könne nicht mitkommen, da er die ganze Woche rund um die Uhr gearbeitet habe, ein Zustand, der wohl auch über das Wochenende und bis ihn absehbare Zukunft anhalten würde.

Am Mittwochabend hatte er sie davon in Kenntnis gesetzt. Sie waren im Schlafzimmer und zogen sich um, da sie zum Abendessen ausgehen wollten. Die Tür zum Flur stand offen. Sie hörten, dass die Mädchen draußen mit Bette, ihrem Kindermädchen, spielten. Nancy zog ein Schmollmündchen. Sie werde ihn schrecklich vermissen, vor allem *in der Beziehung*. Mit einem Blick auf die offene Tür öffnete sie den Reißverschluss ihres Rocks, schlüpfte hinaus und ließ das Kleidungsstück auf den Boden fallen. Die Stimmen draußen waren nur wenige Meter entfernt. Nancy wandte ihm den Rücken zu, beugte sich vor und stützte die Ellenbogen auf den antiken italienischen Sekretär am Fußende ihres Bettes. Dann wandte sie sich um und lächelte ihn über die Schulter an. »Worauf wartest du? Wir haben vielleicht zwei Minuten«, sollte das heißen, und sie flüsterte eindringlich: »Das Wegfahren würde mir nicht so schwer fallen, wenn du mir etwas mitgibst, an das ich mich erinnern kann.«

»Guten Abend, Mr. Ross, und willkommen im Silks. Sie sehen aus, als hätten Sie gerade an etwas besonders Schönes gedacht.«

Jäh aus seinem Tagtraum gerissen, lächelte Ross höflich. »Hallo, Victor. Ich freue mich, wieder hier zu sein.«

»Kommen Sie hier entlang«, verkündete der Empfangschef. »Ihr Gast erwartet Sie bereits.«

Er war mit Ron Medras verabredet, einem gut gebauten, sportlichen Mann von Mitte vierzig, stellvertretender Vorstandssprecher von Biosynth, einem bis vor acht Jahren unbedeutenden Pharmaunternehmen. Die Firma hatte sich ein ertragreiches Geschäftsfeld im Bereich der Generika erschlossen und warf hauptsächlich Kopien von nicht verschreibungspflichten Medikamenten wie Aspirin, Tylenol, Erkältungs- und Grippemitteln für Kleinkinder und Entzündungshemmer auf den Markt. Nach einer Weile hatten sich Medras und einige Gleichgesinnte bei Biosynth von der Gier nach immer dickeren Gehältern und dem Run auf die Börse, die vom Silicon Valley Besitz ergriffen hatten, anstecken lassen. Häuser mit vier Zimmern in Mountain View oder in Gilroy mochten ja ganz nett sein, konnten es jedoch nicht mit Sechs-Zimmer-Villen in Atherton oder Los Altos Hills aufnehmen.

Bei Biosynth wusste man, dass man mühelos gleichwertige oder zumindest fast gleichwertige Nachahmungen der Medikamente herstellen konnte, mit denen sich Merck, Bristol-Myers-Squibb und Pfizer dumm und dämlich verdienten. Allerdings fehlte dem Unternehmen der Kontakt zu Großkunden, also Krankenhäusern und Versicherungen. Statt dessen belieferte man die Drogeriemarktketten, was nicht genug Umsatz brachte. Doch nun sollte sich das ändern.

Für Medras handelte es sich um ein typisches Verkaufsgespräch. Ross war zwar bei weitem nicht sein größter Kunde, aber er blieb auch weiterhin ein wichtiger. Das lag daran, dass ein Medikament bei der Markteinführung häufig auf Widerstände stieß, während Ross immer gern bereit war, die neuen Präparate von Biosynth in die Positivliste von Parnassus aufzunehmen, sobald die Produktion anlief. Das führte häufig zu einem Schneeballeffekt. San Francisco war zwar kein großer Markt, jedoch einer mit viel Öffentlichkeitswirksamkeit. Und das machte die Stadt wichtig für Biosynth. Wenn Medras Unternehmen aufsuchte, die zehn oder zwanzig Mal so groß waren wie Parnassus, konnte er stets sagen: »Dieses Medikament ist so gut, dass es sogar auf der Positivliste der wichtigsten Krankenversicherung in San Francisco steht.« Dann waren die medizinischen Leiter dieser Firmen entweder beeindruckt oder beruhigt und kauften.

Bei ein paar Aperitifs beklagten die beiden Männer zehn oder fünfzehn Minuten lang wortreich den Verlust von Tim Markham, erinnerten sich an gemeinsam verbrachte schöne Stunden und lobten seine Weitsicht, seine Führungsqualitäten und seinen Charakter. Allerdings war es in dieser prachtvollen Umgebung und angesichts der Vorspeisenplatte – bestehend aus vielleicht dem besten Sashimi außerhalb Japans – schwierig, die ernste Stimmung zu bewahren. Als der Sommelier Medras aufforderte, den '89er Latour zu kosten, den sie zu ihren asiatischen Lammkoteletts bestellt hatten, hatten sie sich bereits angenehmeren Themen zugewandt. Sie sprachen über ihr Golf, neue Spielzeuge (Medras hatte gerade ein neues Saratoga-Flugzeug geleast), Börsentipps und Anlagemöglichkeiten.

Ross hatte eine Schwäche für Haselnussgeschmack in Form von Frangelico-Likör entwickelt und genehmigte sich gerade ein zweites Gläschen zum Kaffee, als Medras schließlich auf den eigentlichen Grund ihres Treffens zu sprechen kam. Biosynth hatte im vergangenen Jahr ein neues Produkt entwickelt, das bis jetzt streng geheim gehalten worden war, während man auf die Zulassung der Behörde für Nahrungsmittel und Medikamente, FDA, wartete. Nun hatte Medras aus sicherer Quelle erfahren, dass die Genehmigung innerhalb des kommenden Monats erteilt werden würde. Das Unternehmen hatte einen Weg gefunden, Insulin zu einem Fünftel der derzeitigen Kosten herzustellen.

Ross stellte sein Likörglas weg. »Ein Fünftel wie in zwanzig Prozent?«

Medras nickte, und Geldgier leuchtete in seinen Augen auf. »Und die Ersparnis würden wir direkt an Sie weiterreichen.«

Ross rechnete rasch im Kopf nach. »Ein Dollar pro Dosis? Das wäre bereits durch die Zuzahlungen gedeckt. Wir würden in diesem Bereich endlich schwarze Zahlen schreiben.«

»Ja, das haben wir uns auch gedacht. Obwohl es da natürlich noch einige Punkte zu klären gibt.«

»Das lässt sich wohl nie vermeiden.« Allerdings wusste Ross, dass sich die meisten dieser Probleme in Luft auflösten, sobald ein Unternehmen wie Parnassus mit an Bord war. Zum Beispiel erreichten Beschwerden wegen möglicher seltener Nebenwirkungen vielleicht nie die Regierung. Und wenn das neue Insulin in die Positivliste aufgenommen wurde, würden die Menschen ihm sofort vertrauen.

»Ich wollte Ihnen das nur mitteilen«, fuhr Medras fort, »weil unsere Vertreter in den nächsten Wochen bei Ihren Ärzten vorsprechen werden. Wir würden gern genug Warenproben und Informationen in Umlauf bringen, sodass Ärzte und Patienten bereits mit dem Produkt vertraut sind, wenn der tatsächliche Verkauf beginnt. Es ist wirklich ein unglaublicher Durchbruch, Malachi. Es könnte die Welt verändern.«

Ross glaubte ihm das gern, obwohl das gar nicht nötig gewesen wäre. Die FDA würde schon dafür sorgen. Und falls das Medikament doch versagte, ging das Ross nichts an. Schließlich war er nicht der Wachhund der FDA.

Ihm kam es eher darauf an zu beweisen, dass gute medizinische Versorgung und Profit nicht unbedingt Widersprüche sein mussten. Die Beziehungen, die er und andere, ähnlich gesinnte Medizinmanager zu Biosynth und vergleichbaren Herstellern geknüpft hatten, trugen dazu bei, eine Gesundheitsfürsorge für jedermann Wirklichkeit werden zu lassen. Billigeres Insulin war nur ein Beispiel von vielen. Und wenn die Menschen das nicht verstehen wollten, musste man sie eben dazu zwingen. Es gab keine andere Möglichkeit – im Leben bekam man eben nichts geschenkt.

Nachdem Medras sich vergewissert hatte, dass das neue Insulin sofort nach der Zulassung durch das FDA auf der Positivliste von Parnassus erscheinen würde, bezahlte er die Rechnung, leerte seine Kaffeetasse und verabschiedete sich. Als er fort war, blieb Ross am Tisch sitzen, um seinen Frangelico auszutrinken. Inzwischen wimmelte es im Raum von gut gekleideten Paaren und Vierergruppen, und er lehnte sich noch einmal zurück, um diesen Vorteil seiner Position auszukosten. Anschließend griff er neben seinen rechten Fuß, nach der dünnen Ledermappe, die Medras ihm mitgebracht hatte. Er schob seinen Stuhl ein Stück zurück, um die Mappe auf seinen Schoß zu legen und sie zu öffnen. Darin lagen drei eingewickelte Bündel Hundert-Dollar-Noten, eine Chipkarte zum Öffnen einer Hotelzimmertür und ein Bogen Briefpapier von Biosynth, auf dem Medras eine Zimmernummer notiert hatte.

Fünf Minuten später befand sich Ross einundvierzig Stockwerke über der Stadt. Die Aktenmappe in der Hand, stieg er aus dem Aufzug und durchquerte den verglasten Freigang, der die beiden Türme des Mandarin Oriental miteinander verband. Inzwischen war es völlig dunkel, tief unter ihm funkelten die

Lichter der Stadt. Ross blickte immer gern hier hinunter; er liebte das Schwindelgefühl, den Eindruck, über allem zu schweben.

An der Tür angekommen, steckte er die Karte in den Schlitz, klopfte und machte auf.

»Mr. Ross?« Die Stimme klang melodisch wie Musik, gebildet und honigsüß. Eine junge und sehr hübsche Japanerin kam nackt aus dem um die Ecke liegenden Schlafzimmer. Ross' Blick fiel auf einen winzigen eintätowierten Dolch über ihrer rechten Brust. Er wies nach unten, die Spitze endete an ihrer Brustwarze, durch die ein kleiner Goldring gebohrt war. »Hallo«, sagte sie und verbeugte sich respektvoll. »Ich heiße Kumiko. Kommen Sie, ich helfe Ihnen beim Ausziehen.«

19

Das Wetter verhielt sich wieder einmal launisch – die Nacht war fast mild geworden.

Bracco und Fisk hatten auf der Straße vor Glitskys Haus geparkt. Bracco saß am Steuer; er hatte das Fenster heruntergekurbelt, den Ellbogen darauf gestützt und kaute lässig an einem Zahnstocher, der vom Tresen eines Imbisses in der Clement Street stammte, wo sie sich Sandwiches und Kirschlimonade gekauft hatten.

Auch Fisks Fenster war offen, was nicht nur an der Wärme lag. Die Sandwichtüten lagen noch auf dem Vordersitz, und selbst mit einem schweren Schnupfen hätte man sofort gerochen, dass Sauerkraut dabei gewesen war. Keiner der beiden Männer hatte in den letzten fünf Minuten ein Wort gesprochen.

Fisk rutschte in seinem Sitz herum. Er leerte seine Limodose. »Er kommt nicht. Das ist doch dämlich.«

Bracco sah ihn an. »Du kannst ja gehen. Ich sage ihm einfach, dass du nach Hause musstest. Du kannst das Auto nehmen, ich komme schon irgendwie heim. Du hast Familie, Harlan. Er auch. Er wird dich verstehen.«

»Heute Morgen hat er aber nicht sehr verständnisvoll gewirkt.«

Bracco musste zugeben, dass das stimmte. Als Fisk hereingekommen war, war Glitsky an seinen Schreibtisch getreten und hatte ihm lautstark angeboten, sich in seine andere Abteilung versetzen zu lassen, falls es ihm im Morddezernat nicht mehr gefiele. Beim Morddezernat gebe es nämlich keinen Feierabend. Ob Inspector Fisk das verstanden hätte?

Allerdings war es inzwischen schon ziemlich spät. Neun Uhr, um genau zu sein. »Er erwartet uns nicht, Darrel. Ist mir egal, was er dir gesagt hat. Er ist früh nach Hause gegangen, weil er sauer war. Und jetzt ist er bestimmt unterwegs oder sogar übers Wochenende weggefahren.«

»Dann geh.« Darrel zog den Zündschlüssel ab und warf ihn seinem Partner auf den Schoß. »Ich bleibe.«

Fisk schlug mit der Hand gegen die Außenseite der Tür. »Allein kann ich nicht verschwinden. Wenn wir uns beide aus dem Staub machen, können wir behaupten, wir hätten es versucht. Aber wenn nur ich gehe und du noch da bist ...«

Bracco hatte noch viel Limonade übrig und steckte den Strohhalm in den Mund. Er zog ihn wieder heraus, schluckte und sagte: »Er hat mich angewiesen, ihm jeden Tag Bericht zu erstatten. Persönlich.«

»Ja? Er ist aber nicht da, falls dir das noch nicht aufgefallen sein sollte. Und als wir das letzte Mal nachgesehen haben, war er auch nicht im Büro. Er kann doch nicht von dir verlangen, dass du ihn erst suchen gehst, um ihn zu informieren. Wahrscheinlich hat er uns einfach vergessen.«

Ein Achselzucken. »Vielleicht.«

Aber Fisk schimpfte immer weiter. »Und wenn er gestorben wäre? Würdest du dann an seinem Grab Bericht erstatten? Man muss auch mal eine Ausnahme machen.«

»Es ist der erste Tag, Harlan. Am ersten Tag macht man noch keine Ausnahmen. Dadurch werden Ausnahmen nämlich zur Regel.« Er blickte in den Rückspiegel, und sah Scheinwerfer, die in die Straße einbogen. »Da kommt jemand.«

Fisk drehte sich um. »Das ist er nicht.«

»Ich wette fünf Dollar, dass er es doch ist.«

»Einverstanden.«

Glitsky schäumte vor Wut. Innerhin schränkten Jackman und Ash ihn – wie er es sah – in seinem Recht ein, Verhaftungen vorzunehmen. Und zu allem Überfluss trieb Hardy auf seine Kosten seine hinterhältigen Anwaltsspielchen. Für heute hatte er genug von der Arbeit. Sollten sie sich doch alle zum Teufel scheren

Als er sein Haus erreichte, hatte er beschlossen, sich ein ganzes freies Wochenende zu gönnen. Er warf Piepser und Mobiltelefon in die Kommode neben dem Bett und bemerkte dann Orels Zettel, der ihn daran erinnerte, dass er und Raney gleich nach der Schule mit ihrem Snowboard-Club weggefahren waren. Die letzte Gelegenheit, sich vor dem Sommer noch alle Knochen zu brechen. Also ein Wochenende ohne Kinder. Er hatte wirklich Glück.

Als Treya nach Hause kam, fragte er sie, ob sie Lust hätte, mal wieder auszugehen. Sie ließ sich nicht lange bitten. Die beiden besuchten ein marokkanisches Restaurant in der Balboa Street, wo sie auf dem Boden saßen, mit den Fingern aßen und alles mit süßem, heißem Tee hinunterspülten, den der Kellner aus Taillenhöhe in ihre Tassen goss, ohne dabei auch nur einen Tropfen zu verschütten. Gute Show.

Weil der Abend so warm war, beschlossen sie, einen Spaziergang zum Ocean Beach zu machen. Da sie auf dem Rückweg immer näher zusammenrückten, beschlossen sie, dass es wohl das beste war, nach Hause zu fahren.

Der freie Parkplatz, nur vier Einfahrten von ihrem Haus entfernt, verleitete sie zu dem Gedanken, dass sie heute Abend wirklich Glück hatten. Offenbar standen die Sterne gut und würden ihnen ein bisschen Ruhe und Frieden gönnen. Glitsky hatte den Arm um Treyas Schulter gelegt, sie ihren um seine Taille.

»Schau nur nicht hin«, sagte Treya. Zwei Männer stiegen gerade aus dem Auto und kamen auf sie zu. »Hoffentlich sind es irgendwelche Clowns, die uns überfallen wollen«, flüsterte sie. »Wir legen sie rasch um und gehen rein.«

»Clowns sind sie wirklich«, erwiderte Glitsky leise und fügte ein wenig lauter hinzu: »Machen Sie einen Abendspaziergang, meine Herren?«

»Sie haben mir den Befehl gegeben, Ihnen jeden Abend Bericht zu erstatten, Sir«, erwiderte Bracco.

»Wenn der Zeitpunkt ungünstig ist ...« Offenbar war Fisk dieser Auffassung.

»Nein, er eignet sich ausgezeichnet, Harlan.«

»Wirklich«, stimmte Treya zu. »Ein wirklich wunderbarer Zeitpunkt.«

Glitsky berührte sie am Arm. »Ich glaube, Sie beide kennen meine Frau noch nicht. Treya. Inspector Fisk. Inspector Bracco.«

»*Enchante*«, entgegnete mit einem passablen französischen Akzent. Ihr Lächeln wirkte fast aufrichtig. »Ich habe schon so viel von Ihnen beiden gehört.«

Einerseits war Glitsky beinahe froh, dass Darrel Bracco seine Anweisung so wörtlich genommen hatte. Andererseits sollten seine Leute sich nicht angewöhnen, ihn unangemeldet zu besuchen. Doch es war nun einmal geschehen. Den Rest des romantischen Abends mit seiner Frau verbrachte er neben ihr auf dem kleinen Wohnzimmersofa. Bracco und Fisk hatten auf ins Wohnzimmer gestellten Küchenstühlen Platz genommen.

»Also geht es um Parnassus?«, fragte sie reizend. »Hat jemand was dagegen, wenn ich bleibe?«

Niemand erhob Einspruch.

Bracco hatte seinen kleinen Notizblock vor sich auf den Couchtisch gelegt und zog immer wieder seine Aufzeichnungen zu Rate. »Zuerst waren wir im Krankenhaus. Wussten Sie, dass Dr. Kensing am Dienstag Morgen eine ganze Stunde zu spät zur Arbeit gekommen ist?«

»Nein«, sagte Glitsky. »Ich habe keine Ahnung, was Kensing an besagtem Tag getrieben hat. Aber warum halten Sie das für wichtig?«

»Das Auto«, entgegnete Fisk. »Wo war er zum Zeitpunkt des Unfalls?«

»Des ersten Unfalls?«, fragte Glitsky. »Der, bei dem Markham verletzt wurde?«

»Denkst du immer noch, dass das etwas mit dem Mord zu tun hat?«, erkundigte sich Treya. »Ich dachte, seit der Entdeckung des Kaliumchlorids wäre das erledigt.«

Eigentlich hatte das Auto Glitsky von Anfang an nicht interessiert, und das galt immer noch. Allerdings war ihm klar, dass Bracco und Fisk in diese Richtung ermittelten, und er wollte ihnen dieses Vergnügen nicht verderben. »Zurzeit sind wir für alle Theorien offen«, erwiderte er ihr deshalb in ihrem Geheimcode. Er wandte sich wieder an die Inspectors. »Also haben Sie Kensing gefragt, wo er gewesen ist?«

»Nein, Sir«, entgegnete Bracco. »Wir haben nicht wieder mit ihm gesprochen. Aber als Sie ihn gestern Abend vernommen haben, hat er es nicht erwähnt. Es hätte ihm doch eigentlich einfallen müssen.«

»An besagtem Morgen hat er etwas von einer Autopanne erzählt.«

Wieder ein Auto. Glitsky nickte gleichmütig, doch insgeheim war er überzeugt, dass es zwecklos war, sich weiter mit diesem Thema zu befassen. »Was geschah, nachdem Markham in die Notaufnahme eingeliefert wurde? Wie sah es zu diesem Zeitpunkt dort aus? War viel Betrieb? Was genau spielte sich dort ab?«

Bracco hatte auch darauf eine Antwort. »Eigentlich war an diesem Vormittag nicht viel los. Bei einem Kind musste eine Platzwunde am Kopf genäht werden. Eine alte Dame war gestürzt und hatte sich die Hüfte gebrochen. Doch diese Patienten waren bereits nach hinten gebracht worden, als der Krankenwagen eintraf.«

»Nach hinten?«, hakte Glitsky nach.

»Ja. Vorne beim Eingang befindet sich ein Wartesaal. Behandelt wird man dann in einem großen Raum mit vielen Rollbetten und einem Sprechzimmer in der Mitte, wo sich die Schwestern und Ärzte aufhalten. Dorthin wurde Mr. Markham gleich nach seiner Einlieferung geschafft. Anschließend in den Operationssaal, ein ziemliches Stück den Flur hinunter.«

»In dieser Etage gibt es ein halbes Dutzend OPs«, ergänzte Fisk. »In jedem steht ein Vorrat an Kaliumchlorid und anderen Notfallmedikamenten bereit.«

»Und in dem Sprechzimmer bei den Rollbetten haben sie auch Kaliumchlorid.«

»Okay.« Das war zwar schön zu hören, doch Glitsky hatte bereits vermutet, dass irgendwo in diesem Gebäude Kaliumchlorid vorhanden war. Man musste den beiden Inspectors zwar zugute halten, dass sie jede Menge Informationen gesammelt hatten, doch leider fehlte ihnen die Fähigkeit, das Wichtige vom Unwichtigen zu unterscheiden. Glitsky wurde klar, dass er die richtigen Fragen stellen musste, um zu erfahren, was er wirklich wissen wollte. »War Markhams Frau bei seiner Einlieferung dabei?«

Die beiden sahen einander an, als suchten sie nach Bestätigung. »Ja. Erst draußen und dann, während man den OP vorbereitete. Vielleicht zehn Minuten lang.«

»Was geschah später? Als man ihn in den OP brachte?«

Wieder wechselten die Inspectors Blicke, und Bracco erwiderte: »Bis die Operation zu Ende war, hielt sie sich im Wartesaal auf. Anschließend im Wartezimmer der Intensivstation.«

»Okay«, sagte Glitsky. »Aber war sie jemals allein in der Nähe des Schwesternzimmers bei den Rollbetten? Darauf will ich nämlich hinaus.« Doch ihm wurde klar, dass sich die beiden mit dieser Frage ganz sicher nicht beschäftigt hatten, weshalb er gleich die nächste hinterherschickte: »In welcher Verfassung war sie? Hat sich jemand dazu geäußert?«

Fisk ergriff das Wort. »Ich habe mit beiden Schwestern gesprochen, die an dem Tag Dienst hatten –«

»Wie viele sind es normalerweise pro Schicht?«, unterbrach Glitsky.

»In der Nachtschicht, also von zehn bis sechs, sind es zwei. Tagsüber vier.«

»Also hatten vier Schwestern Dienst? Wo waren die anderen beiden?«

Bracco sprang für seinen Partner in die Bresche. »Bei den anderen Patienten, Sir. Da einer der Ärzte in der Notaufnahme an diesem Tag zu spät gekommen war, hatten sie zu Schichtanfang einen Mann zu wenig. Sie bereiteten einen der OPs für die Hüftoperation vor, während eine Schwester mit der alten Dame auf den Arzt wartete. Die andere war bei dem Kind und seiner Mutter und dem Arzt, der gerade die Kopfwunde nähte.«

»Okay.« Glitsky glaubte, nun endlich Bescheid zu wissen. Zwei Ärzte, vier Schwestern, drei Patienten, zwei Besucher. Er wandte sich an Fisk. »Haben Sie mit den Schwestern, die Markham versorgten, über die Verfassung seiner Ehefrau gesprochen? Waren übrigens auch Pfleger dabei?«

»Nein, nur Frauen«, erwiderte Fisk. »Und ja, Sir, ich habe mich nach der Ehefrau erkundigt.« Glitsky wartete ab.

Treya, die die Ungeduld ihres Mannes bemerkte, sagte höflich: »Und wie fühlte sie sich, Inspector?«

»Sie war niedergeschlagen«, entgegnete Fisk. »Verzweifelt. Sie konnte kaum sprechen.«

»Das haben beide Schwestern bestätigt?«

»Ja, Sir. Ihre Aussagen decken sich.«

»Hat sie geweint?«

»Ja, Sir. Ich habe eigens danach gefragt. Sie hat immer wieder leise vor sich hingeschluchzt.«

Glitsky schwieg. Bracco, der dem Gespräch aufmerksam gefolgt war, blickte auf seine Notizen und beschloss, ebenfalls seinen Senf dazuzugeben. »Ich habe auch mit einer der Schwestern geredet, Sir, einer gewissen Debra Muller. Sie hat Mrs. Markham begleitet, als man Mr. Markham in den OP brachte, und ist dann mit ihr zurück in den Wartesaal gegangen, wo sie – Ms. Muller – eine Weile ihre Hand gehalten hat. Muller sagt, Mrs. Markham habe unter Schock gestanden. Sie wiederholte ständig Sätze wie: ›Sie dürfen ihn nicht sterben lassen. Sie lassen ihn doch nicht sterben, oder?‹«

Glitsky gingen einige Gedanken gleichzeitig im Kopf herum: Erstens hätte Mrs. Markham natürlich eine ausgezeichnete Schauspielerin sein können. Andererseits hatte sie sich nicht gerade wie eine Frau verhalten, die plant, in ein paar Stunden ihren Mann umzubringen. Zweitens hatte sie keine Gelegenheit gehabt, eine Ampulle Kaliumchlorid aus dem Arzneimittelschrank mitten im Raum zu entwenden, wenn Schwester Muller sie vom Bettensaal zum OP und wieder zurück begleitet hatte. Doch er wollte sich vergewissern. »Sie hat nicht etwa allein im Raum mit den Rollbetten gewartet?«

»Nein, Sir. Nur draußen im Wartesaal und dann oben vor der Intensivstation.«

»Gut«, sagte Glitsky. »Also weiter. Wie lange war Markham im OP?«

Fisk sah Bracco dankbar an, denn dieser hatte sich nicht nur ausführlich Notizen gemacht, sondern auch das Richtige aufgeschrieben. »Ein bisschen über zwei Stunden«, erwiderte Darrel und ergänzte: »Und als er von dort aus in die Intensivstation gebracht wurde, waren in der Zwischenzeit einige leitende

Mitarbeiter von Parnassus eingetroffen. Malachi Ross, der medizinische Leiter. Und außerdem Markhams Sekretär, ein Typ namens Brendan Driscoll, der offenbar einen kleinen Disput mit Dr. Kensing hatte.«

»Worüber?«

»Er wollte zu seinem Chef.«

»Markham? Aber der war doch ohne Besinnung? Ist er überhaupt je wieder zu Bewusstsein gekommen?«

»Nein, Sir.«

»Warum wollte dieser Driscoll dann zu ihm?

»Das scheint niemand zu wissen.« Bracco war sichtlich enttäuscht, weil es ihm nicht gelungen war, das herauszufinden. »Aber er hat es dann doch geschafft.«

Glitsky fuhr hoch. »Driscoll war in der Intensivstation? Wie lange?«

»Das kann auch niemand mit Sicherheit sagen«, erwiderte Bracco. »Doch als Kensing ihn dort ertappte –«

»Soll das heißen, er war allein?«

»Ja, Sir. Offenbar. Und als Kensing ihn erwischte, hat er die Krise gekriegt und ihn hochkant rausgeschmissen.«

»Ich glaube nicht, dass Sie das mit der Krise in einem Bericht schreiben sollten, Darrel«, sagte Glitsky übertrieben ruhig. »Sie sagen also, Kensing und Driscoll hätten sich gestritten.«

»Kurz, aber heftig. Kensing hat ihn am Kragen gepackt und rausgeworfen.«

»Aus der Intensivstation? Oder gleich aus dem Krankenhaus?«

»Nein, nur aus der Station. Aber Driscoll war noch im Haus, als Markham starb.«

»Erinnert sich jemand daran?«

»Ja. Er ist total ausgerastet und hat geflennt wie ein Baby.«

»Okay. Und woher haben Sie diese Informationen? Sind die Schwestern aus dem OP später auch oben gewesen?«

»Nein«, entgegnete Fisk. »Vor der Intensivstation befindet sich ein Schwesternzimmer.«

»Ich habe die Namen«, fügte Bracco hinzu. »In der Intensivstation arbeiteten mindestens zwölf Schwestern in drei Schichten, jeweils zwei pro Schicht. Aber sie wechseln sich in einem zweiwöchigen Turnus ab. Offenbar wird dort ziemlich intensiv geschuftet.«

»Daher der Name«, merkte Treya trocken an.

Glitsky tätschelte ihr unter dem Tisch die Hand. »Aber Sie sagen, dass trotz des vielen Personals manchmal außer den Patienten niemand in der Intensivstation ist«, fuhr er fort.

»Richtig.« Wieder konsultierte Bracco seine Notizen und sein Gedächtnis. »Jeder Patient hängt an einem Monitor, der Herzschlag, Blutdruck, Nierenfunktion und auch sonst noch alles Mögliche überwacht. Die Ärzte und Schwestern sehen regelmäßig nach dem Rechten, aber das heißt nicht, dass eine Schwester den ganzen Tag neben den Betten sitzt. Schließlich haben sie noch mehr zu tun – den Lagerbestand kontrollieren, Formulare ausfüllen; Pause müssen sie auch mal machen.«

Glitsky überlegte. »Kann man vom Schwesternzimmer aus sehen, wer die Intensivstation betritt oder verlässt?«

»Klar, wenn man dort ist. Der Eingang liegt gleich daneben.«

»Und wer ist reingegangen und rausgekommen?«

Bracco blätterte seinen Notizblock um und las vor: »Außer Kensing noch zwei weitere Ärzte, Cohn und Waltrip, dann zwei Pflegekräfte – die Namen stehen irgendwo weiter hinten.«

»Schon gut. Machen Sie weiter.«

»Außerdem Driscoll, Ross, drei Angehörige eines anderen Patienten. Sie waren zur morgendlichen Besuchszeit da. Ich könnte die Namen besorgen.«

»Vielleicht später, Darrel, falls wir sie brauchen. Haben Sie rausgekriegt, wann Markham starb?«

Auch auf diese Frage war Bracco vorbereitet. »Viertel vor eins, plus/minus ein paar Minuten.«

»Also war Markham etwa vier Stunden lang in der Intensivstation?«

»Das müsste hinkommen. Vielleicht ein bisschen kürzer.«

Glitsky fiel noch etwas ein: »Und Ross war auch drin? Warum?«

»Ich weiß nicht«, sagte Bracco.

»Er ist schließlich Arzt«, erklärte Fisk. »Und er leitet den Laden. Er war mit Kensing dort, gleich nachdem man Markham aus dem OP gebracht hatte.«

Glitsky schwieg eine Weile und nickte dann.«

»Okay. War das alles?«

Bracco blätterte noch ein paar Seiten um, hob den Kopf und sah Glitsky und Treya an. Er nickte. »Für heute, Sir. Tut mir Leid, dass wir Ihnen den Abend verdorben haben«, fügte er hinzu.

»Seien Sie nicht albern«, sagte Treya rasch und stand auf. »Aber tun Sie es bloß nicht wieder.« Sie drohte ihnen im Scherz mit dem Finger.

Glitsky nahm das Stichwort auf und erhob sich ebenfalls. »Überstunden gehören zu unserem Beruf.« Er hatte das nicht als Seitenhieb gemeint, sondern wollte nur eine Tatsache feststellen. Doch sobald er die Worte ausgesprochen hatte, erkannte er an Fisks Miene, dass dieser sie als weiteren Hinweis auf seine Schwächen als Cop verstanden hatte.

Und das war nicht gerecht. Immerhin hatten die beiden Grünschnäbel auf eigene Faust ermittelt. Sie hatten bis spätabends gewartet, um ihm Bericht zu erstatten, und sie gaben sich wirklich Mühe. Außerdem hatten sie einen langen Tag hinter sich. Glitsky wusste, dass er sich keinen Zacken aus der Krone brechen würde, wenn er sie auch einmal lobte. Er bemühte sich um einen fröhlichen Ton. »Sie haben gute Arbeit geleistet. Wirklich. Weiter so«, sagte er. »Nur noch eines. Kümmern Sie sich morgen früh als Erstes darum, Ihre Tonbänder so schnell wie möglich abtippen zu lassen. Ich möchte die Niederschriften in die Akte aufnehmen.«

Die beiden Männer erstarrten und sahen sich bestürzt an.

Glitsky deutete ihre Mienen richtig. »Sie *haben* die Befragungen doch auf Band aufgenommen, oder?«

Hardy vergaß nicht, die Blumen zu kaufen. Zwei wunderschöne Sträuße. Rosafarbene Moosröschen für seine Tochter und einen üppigen Frühlingsstrauß für seine Frau. Nun lagen die Blumen neben ihm auf dem Beifahrersitz, während er auf der Suche nach einem Parkplatz durchs Viertel kurvte. Er ging nicht davon aus, dass Frannie und Rebecca die Blumen jetzt zu würdigen wissen würden. Sicher schliefen sie schon.

Es war zehn Minuten vor Mitternacht.

Als er Strouts Büro verließ, war er bester Stimmung gewesen. Der Abend war warm, die Luft duftete, und er hatte das Gefühl, wirklich etwas erreicht zu haben. Es war ihm gelungen, eine für seinen Mandanten vorteilhafte Abmachung mit Jackman zu treffen und den Gerichtsmediziner zu überreden, James Lectors Leiche zu obduzieren, sobald die Erlaubnis von dessen Familie vorlag. Anschließend hatte er mit dem Mobiltelefon Frannie angerufen und ihr mitgeteilt, er werde in spätestens einer Stunde zu Hause sein. Vielleicht werde er auf dem Heimweg frischen Lachs besorgen, damit sie zum ersten Mal in dieser Saison den Grill anwerfen konnten.

Auch nach seiner Rückkehr in die Kanzlei hielt die Glückssträhne an. Lectors Todesanzeige war im gestrigen *Chronicle* abgedruckt und nannte die Namen der Angehörigen, die sogar im Telefonbuch standen. Hardy rief Clark, den ältesten Sohn, an und erreichte ihn in seinem Haus am Arguello Boulevard, der auf Hardys Heimweg lag. Er vereinbarte sofort einen Termin mit ihm. Am erstaunlichsten war, dass sein Anrufbeantworter nur eine Nachricht aufgezeichnet hatte – Pico mit der traurigen Mitteilung, dass Francis, der letzte Hai, es doch nicht geschafft hatte. Er habe gedacht, Hardy würde das wissen wollen.

Doch selbst Picos Enttäuschung konnte Hardys Hochstimmung nicht dämpfen. Er spielte sogar mit dem Gedanken, ihn im Steinhart zurückzurufen und ihn und seine Familie spontan zum Lachsgrillen einzuladen. Dann jedoch fiel ihm ein, dass er am Vortag ganz ähnlich mit Moses und Susan verfahren war. Vielleicht sollte er den heutigen Abend besser allein mit seiner Familie verbringen.

Aber nach der ersten halben Stunde mit Clark und Patti Lector und James' Witwe Ellen rief er Frannie noch einmal an, um ihr zu sagen, es täte ihm Leid, denn es werde doch noch ein wenig dauern. Die Lectors seien nicht mit einer Autopsie einverstanden. Es würde also eine langwierige und harte Überzeugungsarbeit werden. Er werde versuchen, so bald wie möglich nach Hause zu kommen. Allerdings bräuchten sie und die Kinder nicht mit dem Essen auf ihn zu warten. Sie klang nicht verärgert, ja, nicht einmal enttäuscht, als sie erwiderte, das sei schon in Ordnung. Er bemerkte nur eine abgrundtiefe Erschöpfung, und das belastete ihn mehr, als wenn sie wütend geworden wäre.

Drei Blocks von seinem Haus entfernt entdeckte er einen Parkplatz. Die zerzausten Sträuße in der Hand, entriegelte er das Tor im Lattenzaun und schloss es wieder hinter sich. Dann ging er die fünf Schritte den Pfad entlang, der durch seinen winzigen Vorgarten verlief. Wenigstens war es ihm schließlich gelungen, den Lectors die Erlaubnis abzuringen. Allerdings erst nach dem morgigen Trauergottesdienst; anschließend würde Mr. Lectors Leiche nicht im Familiengrab in Colma beigesetzt, sondern in die Gerichtsmedizin gebracht werden.

Als Hardy sich die Vortreppe hinaufschleppte, schwor er sich, dass mit diesen unregelmäßigen Arbeitszeiten endgültig Schluss sein musste. Veränderung war dringend angesagt, nicht nur seinetwegen, sondern auch seinen Kindern, seiner Frau und seiner Ehe zuliebe.

Natürlich brannte nirgendwo Licht. Leise öffnete Hardy die Eingangstür, obwohl sich das Holz wegen des warmen Wetters verzogen hatte, sodass er kräftig drücken musste, um sie wieder zu schließen. Gleich morgen würde er Abhilfe schaffen und die Tür abschleifen. Früher hatte er ein Händchen für Schreinerarbeiten und auch große Freude daran gehabt. Dann würde er sich vielleicht in den Haushalt stürzen. Frühjahrsputz. Sie würden alle Fenster aufreißen, frische Luft hereinlassen, den letzten Wintermuff vertreiben, eine alte Platte von den Beach Boys oder den Eagles auflegen, die Musik aufdrehen und sich glücklich und zufrieden gemeinsam ins Zeug legen, um das Haus fit für den Sommer zu machen. Alle Telefonleitungen aus der Wand ziehen.

Er knipste das Licht im Flur an, trat ins Wohnzimmer und ließ die Blumen auf seinen Lesesessel fallen. Frannies Brief klemmte unter einem der Elefanten auf dem Kaminsims, wo Hardy ihn, wie sie wusste, sofort beim Hereinkommen bemerken würde.

»Dismas. Habe beschlossen, übers Wochenende mit den Kindern nach Monterey zu fahren. Bin am späten Sonntag Nachmittag zurück. Fran.«

Kein »Lieber«, keine »lieben Grüße«, nicht mal »Frannie«.

Er zerknitterte den Zettel mit einer Hand und stützte die andere auf den Kaminsims. Sein Kopf sackte herunter, als hätte ihm jemand einen Schlag versetzt.

20

Um acht Uhr am nächsten Morgen machte sich Hardy auf den Weg.

Er hatte keine Ahnung, in welchem der Dutzende, wenn nicht Hunderte von Hotels und Motels sie abgestiegen waren. Doch wenn Frannie und die Kinder sich in Monterey aufhielten, würde er sie mit an Sicherheit grenzender Wahrscheinlichkeit im Aquarium antreffen.

Obwohl das Aquarium erst in einer Viertelstunde öffnete, reichte die Schlange vor dem Eingang bereits den Hügel hinauf. Hardy ging sie bis zum Ende ab und entdeckte eine niedrige Mauer auf der anderen Straßenseite, wo er sich hinsetzen und die Wartenden im Auge behalten konnte.

Auf seiner Fahrt auf der Küstenstraße hierher hatte er keinen Nebel gesehen, und auch jetzt war der Himmel klar. Für gewöhnlich war es in Monterey so nebelig wie in San Francisco, doch heute würde es offenbar Bilderbuchwetter geben – bald würde er sicher die leichte Jacke ausziehen können.

Etwa zwei Häuserblocks den Hügel hinauf bogen sie um die Ecke. Die Kinder alberten wie üblich herum – Vincents Gekicher und Rebeccas Kreischen, als ihr Bruder nach ihr schlug, waren selbst aus dieser Entfernung zu hören. Frannie ging, mit gesenktem Kopf, ein paar Schritte hinter ihnen. Entweder hatte sie beschlossen, das Treiben zu dulden, oder es interessierte sie einfach nicht. Sie hatte die Hände in die Taschen ihres Kapuzensweatshirts mit der Aufschrift »Stanford University« gesteckt und trug Shorts und Turnschuhe. Mit ihrem offenen langen roten Haar hätte sie leicht als die achtzehn- oder zwanzigjährige ältere Schwester der Kinder durchgehen können.

Hardy stand von seinem Mäuerchen auf und beobachtete sie, während sie näher kamen. Die Kinder tollten wie Welpen herum, schubsten und kitzelten einander und lachten. Dieses Herumgealber trieb Hardy meistens in den Wahnsinn, besonders in den letzten Monaten. Doch aus dieser Distanz konnte er es plötzlich sachlicher sehen: Die Kinder benahmen sich genauso, wie es ihrem Alter entsprach. Sie waren nette Kinder, denen ein unverhoffter Urlaub in diesem schönen Städtchen beschert worden war. Sie fühlten sich wohl und sorglos und verhielten sich, wie es gesunde, fröhliche Kinder eben nun mal taten.

Hardy fragte sich, was wohl mit ihm selbst nicht stimmte, weil sie ihm so häufig auf die Nerven gingen.

Inzwischen hatte Rebecca den Arm um Vincents Schulter gelegt – sie waren schon fast gleich groß. Auf einmal hüpfte Frannie ein paar Schritte bergab, holte die beiden mit einem Juchzer ein und kitzelte sie unter den Rippen. »Erwischt!« Mehr Gekreische und Gelächter. Die Kinder stürzten sich auf ihre Mutter und umtänzelten sie, während sie sie mit beiden Händen abwehrte. Hardy konnte sich kaum noch erinnern, dass er je so viel Spaß gehabt hatte wie die drei.

Gerade schickte er sich an, die Straße zu überqueren, als Vincent sich nach seinem letzten Angriff losriss. Mittlerweile waren sie nur noch einen Häuserblock entfernt. Sein Sohn blieb stehen und starrte ihn an. Im nächsten Moment hatte er ihn erkannt. »Dad!«, rief er aus und schien vor Freude ganz aus dem Häuschen zu sein. Kurz darauf warf er sich mit vollem Tempo auf Hardy, schlang Arme und Beine um ihn und drückte ihn nach Leibeskräften. »Ich dachte nicht, dass du kommen würdest. Mom sagte, du hättest zu viel zu tun.«

»Ich habe beschlossen, die Arbeit liegen zu lassen.«

Auch Rebecca rannte auf ihn zu und fiel ihm in die Arme. »Ich bin so froh, dass du hier bist, Daddy. Es ist so ein wunderschöner Tag – findest du nicht?«

»Oh ja.« Hardy umarmte sie rasch und hob dann mit einem verlegenen Lächeln die Hand, um seine Frau zu begrüßen. »Hallo.«

Sie hatte die Arme verschränkt. »Hallo.«

»Seid ihr sauer aufeinander?«, fragte Rebecca, der nie etwas entging. »Ihr lasst euch doch nicht etwa scheiden, oder?«

»Niemals«, erwiderte Hardy und hielt seine Tochter weiter an sich gedrückt. »Auch wenn wir sauer sind, würden wir uns nie scheiden lassen.«

»Bist du sicher?«

»Mein Gott, Beck.« Vincent hatte nicht viel Verständnis für den Verfolgungswahn seiner Schwester. »Wie oft sollen sie es denn noch wiederholen? Sie lassen sich nicht scheiden.« Er drehte sich zu seinen Eltern um. »Richtig?«

»Richtig«, sagte Hardy.

Frannie hatte sich bis jetzt noch nicht zu dem Thema geäußert. Doch ihr schicksalsergebenes Lächeln verflog, und sie ging auf Hardy zu, der – weiterhin die Arme um Rebecca gelegt – dastand. »Ich liebe euren Vater sehr«, sagte Frannie und küsste ihn auf die Wange. »Und wir lassen uns niemals, niemals scheiden.« Sie sah ihn lange an. »Obwohl ich mich eines Tages gezwungen sehen könnte, ihn umzubringen.«

Rebecca blieb der Mund offen stehen, und ihre Augen weiteten sich vor Schrecken. »Mom!«

»War nur ein Witz, Beck.« Vincent verbrüderte sich mit seinen Eltern und rollte angesichts der Dummheit seiner Schwester die Augen. »Als ob sie Dad wirklich umbringen würde.« Dann nützte er die günstige Gelegenheit, Rebecca den Finger in die Rippen zu bohren. Mit einem Freudenquietscher machte sie sich von Hardy los und verfolgte Vincent den Hügel hinunter.

Hardy und Frannie blieben allein zurück.

»Bist du froh, dass ich hier bin?«, fragte er.

»Natürlich, du Idiot. Obwohl es schön wäre, wenn ich nicht erst die Kinder entführen müsste, um deine Aufmerksamkeit zu erregen.«

»Das wünsche ich mir auch. Aber offenbar funktioniert es manchmal nicht anders.«

»Ich glaube nicht, dass das bei dir für alle Zeiten einprogrammiert ist. Vielleicht könntest du dran arbeiten.«

»Genau das versuche ich ja, Ehrenwort. Ich gebe mir Mühe.

Schon jetzt, während wir miteinander sprechen«, fügte er hinzu und schüttelte dann den Kopf. »Es tut mir Leid.«

Sie legte ihm den Arm um die Taille, und sie machten sich auf den Weg den Hügel hinunter. »Ich werd's überleben.«

Bracco bewohnte drei Zimmer über der Garage hinter dem Haus seines Vaters, und zwar im Sunset District, in der Pacheco Street.

In der vergangenen Woche hatte er einige Überstunden angesammelt. Also schlief er an diesem Morgen bis kurz nach neun und ging dann die Außentreppe in die Garage hinunter, wo er eine Stunde lang Gewichte stemmte. Um elf Uhr war er bereits vom Joggen zurück und hatte fünf Bananen und den Großteil einer Schachtel Frühstücksflocken verschlungen. Geduscht und anzogen klopfte er an die Hintertür seines Vaters und ließ sich von ihm auf einen Kaffee einladen.

Nun saßen Darrel und Angelo am Holztisch vor dem offenen Küchenfenster. Da die hintere Seite des Hauses nach Süden zeigte, fiel Sonnenlicht wie eine warme Decke über die Hälfte des Tisches. Hin und wieder ließ eine leichte Brise die Spitzenvorhänge am Fenster flattern.

Früher einmal hatte Angelo Bracco seinem Sohn sehr ähnlich gesehen, was im Gesicht noch immer zu bemerken war. Allerdings hatte er vor sechs Jahren seine Frau verloren. Sie hatte ihm ausgewogene Mahlzeiten gekocht und ihn in seiner Eitelkeit bestärkt. Doch nach ihrem Tod hatte er wieder angefangen, sich hauptsächlich von Fleisch und Kartoffeln zu ernähren. Außerdem verbrachte er, seit er als Chauffeur des Bürgermeisters angefangen hatte, den Großteil des Tages sitzend, hatte in diesen Jahren ziemlich zugenommen und wog nun bei einer Größe von eins fünfundsiebzig rund hundert Kilo. Heute trug er ein eng anliegendes T-Shirt, und nachdem sie den ersten Schluck Kaffee getrunken hatten, konnte Darrel sich eine Bemerkung nicht verkneifen. »Wenn du willst, kannst du gerne mal meine Gewichte benutzen. Die liegen sowieso nur rum.«

Sein Vater zog es vor, nicht direkt darauf einzugehen. »Ich habe dich heute Morgen loslaufen sehen. Wie weit bist du gekommen?«

Ein Achselzucken. »Ich weiß nicht. Vielleicht acht Kilometer. Das Wetter war einfach zu toll.«

»Und da konntest du nicht widerstehen, was? Mal so richtig Gas zu geben, wie man sagt.« Angelo trank einen Schluck Kaffee. »Wenn ich acht Kilometer laufen würde, würde ich tot umfallen.«

»Stimmt wahrscheinlich. Aber man fängt ja nicht gleich mit dieser Distanz an, sondern arbeitet sich langsam hoch.«

Angelo, der wusste, dass sein Sohn es nur gut meinte, nickte zustimmend. »Tja, vielleicht kann ich mich ja irgendwann aufraffen.«

»Wenn du magst, komme ich mit. Du musst unbedingt ein bisschen Sport treiben, Dad. Und ein wenig abspecken.« Er wies auf den Bauch seines Vaters. »Angeblich ist schnelles Gehen genauso gut wie Laufen.«

»Für was? Glaubst du das wirklich?«

Darrel grinste unwillkürlich. »Nein. Doch es wäre der erste Schritt. Und die Gewichte ... Heutzutage gibt es da ein großes Angebot. Du könntest sogar Mitglied in einem Fitnessclub werden.«

Angelo lachte laut auf. »Vielleicht überleg ich mir das mit dem Gehen. Versprochen. Aber ein Fitnessclub kommt nicht in Frage. Wenn ich mir so was schon antue, kann ich auf Zuschauer verzichten.« Er richtete sich gerade auf, zog ein wenig den Bauch ein und atmete dann wieder aus. »Hast du deshalb bei mir geklopft? Um mir Vorträge zum Thema Sport zu halten?«

»Nein«, sagte Darrel ernst. »Ich habe nur festgestellt, dass mein alter Herr ein bisschen zugelegt hat, was vermutlich nicht besonders gut für ihn ist. Es könnte ja sein, dass ich ihn gern noch länger um mich hätte.«

»Okay.«

»Eigentlich wollte ich mit dir über Harlan sprechen.«

»Was ist mit ihm?«

»Tja, heute ist Samstag, und wir haben beide frei. Wenn nichts los wäre, hätte ich auch kein Problem damit. Allerdings stecken wir jetzt in den Ermittlungen zu einem Mordfall, und wir müssen Zeugen vernehmen, wenn wir in der Sache weiterkommen wollen. Und wenn wir uns ranhalten, werden wir es vielleicht schaffen. Aber Harlan hat Familie, und es ist Samstag ... Ich habe gerade mit ihm telefoniert.«

»Und wo liegt das Problem?«

»Dass wir Partner sind und ich ihn nicht übergehen möchte. Doch ich will losziehen und mich mit einigen Leuten unterhalten.«

»Dann ruf ihn noch mal an, erkläre ihm, was du vorhast, und dann tu es.«

»So einfach ist das?«

Sein Vater nickte. »Das ist es meistens.«

Heute ist Samstag, der 14. April 2000; die Uhrzeit ist zwanzig nach zwölf. Ich bin Inspector Sergeant Darrel Bracco, Dienstnummer 1689. Zurzeit befinde ich mich in einem Wohnaus, Lake Boulevard Nummer 2555. Bei mir ist Mrs. Jamie Rath, geboren am 12.06.1958. Diese Vernehmung steht in Zusammenhang mit dem Fall Nummer 002231977.

F: Mrs. Rath, wie gut kannten Sie Carla Markham?

A: Sie war meine beste Freundin. Ich kenne sie, seit unsere Töchter zusammen im Kindergarten waren.

F: Und wann haben Sie sie zuletzt gesehen?

A: Am vergangenen Dienstag. Ich habe sie zu Hause besucht, nachdem ich erfahren hatte, was Tim zugestoßen war.

F: Wie lange blieben Sie bei ihr?

A: Ich habe sie zwischen halb zehn und Viertel vor zehn verlassen.

F: Wer außer der Familie Markham war noch im Haus, als Sie gingen?

A: Dr. Kensing saß im Wohnzimmer. Aber wir anderen verabschiedeten uns mehr oder weniger gleichzeitig.

F: Kannten Sie Dr. Kensing bereits?

A: Ich hatte von ihm gehört, doch wir waren uns noch nie persönlich begegnet. Ich wusste, dass Carla von seinem Erscheinen überrascht war.

F: Woraus schlossen Sie das?

A: Tja ... die Stimmung war ein wenig beklommen. Er und Mr. Markham verstanden sich nicht sehr gut. Zu allem Überfluss war er an diesem Tag auch noch der Dienst habende Arzt gewesen. Natürlich war das, bevor ich wusste, dass er Mr. Markham umgebracht hat.

F: Ich glaube, wir wissen noch nicht, ob er es war.

A: Nun, ich bin mir sicher. Und auf mich machte es den Eindruck, er erwartete fast, dass Carla sich bei ihm bedankte. Dafür, dass er ihr geholfen hat, ihn loszuwerden. Allerdings ahnte Dr. Kensing nicht, dass sie sich inzwischen wieder versöhnt hatten.

F: Soll das heißen, dass Mr. und Mrs. Markham vor seinem Tod nicht gut miteinander ausgekommen sind?

A: Das kann man behaupten. Doch dann, erst am letzten Wochenende, sagte mir Carla, sie hätten sich ausgesprochen. Tim habe sich alles von der Seele geredet und ihr seine Affären und seine beruflichen Probleme gebeichtet. Außerdem habe er ihr erzählt, unter welchem unglaublichen Druck er stehe. Der Mistkerl. Deshalb hatte sie wieder Hoffnung geschöpft. Das war die Situation am Dienstag, und darum konnte sie gar nicht glauben, dass er plötzlich nicht mehr da war. Sie war wie vor den Kopf geschlagen.

F: Machte Mrs. Markham einen deprimierten Eindruck auf Sie? Hatten Sie das Gefühl, dass sie sich umbringen wollte?

A: Keineswegs. Ich kenne Carla nun schon seit zwölf Jahren, Inspector. Und in den letzten drei Jahren hatte sie sich allmählich an den Gedanken an ein Leben ohne Tim gewöhnt. Warum? Eines Tages hätte sie ihn ohnehin verlassen. Das stand fest.

F: Aber Sie haben doch gerade gesagt, die Markhams hätten sich wieder versöhnt.

A: Diesmal vielleicht. Aber wie lange hätte sie es ausgehalten? Irgendwann wäre Tim bestimmt wieder rückfällig geworden – er konnte einfach nicht anders –, und dann hätte sie sich von ihm getrennt. Ich bin sicher, dass sie das tief in ihrem Herzen wusste. Aus diesem Grund war sie vielleicht traurig oder bedrückt über seinen Tod, aber in gewisser Hinsicht auch erleichtert. Und auf gar keinen Fall hätte sie deswegen Selbstmord begangen.

Kensing stieg die sechs Stufen hinauf und drückte auf den Knopf neben der Tür seines alten Hauses in der Anza Street. Er bezeichnete es bei sich immer noch als sein Haus. Und obwohl er nicht überkritisch sein wollte, ärgerte er sich über die Anzeichen der Verwahrlosung, die er bemerkte, wohin sein Blick auch fiel. Der ehemals frische hellgelbe Anstrich war zu einem kränklichen Blassgelb verschossen. Die früher weißen Bordüren waren grau geworden. Der Fensterladen gleich neben ihm hing schief herab. Die Blumenkästen hatten offenbar sogar die Erde verloren, ganz zu schweigen von den Pflanzen, die er so liebevoll darin gezogen hatte. Damals, als es zwischen ihm und Ann noch geklappt hatte, hatten sie sich trotz der vielen Arbeitsstunden um das Haus gekümmert. Sie hatten sich die Zeit dafür genommen.

Doch als er sich jetzt umsah, stellte er fest, dass sich in den Ecken der Treppe offenbar der Müll eines halben Jahres angesammelt hatte: zerdrückte Coladosen, alte Zeitungen und Werbebeilagen, durchweicht von den jüngsten Regenfällen, Bonbonpapierchen und genug Erde, um die Blumenkästen wenigstens zum Teil wieder aufzufüllen.

Wo steckte Ann bloß? Verdammt, falls sie immer noch im Bett lag, würde er etwas unternehmen müssen – auch wenn er nicht wusste, was. Sie hätte doch wach sein müssen, um den Kindern etwas zu essen zu geben. Wieder läutete er, und da er vermutete, dass die Klingel nicht mehr funktionierte, klopfte er an die Tür. Und zwar laut.

Er überlegte, ob sie ihm wohl absichtlich aus dem Weg ging und ihn versetzte, nur um ihn zu provozieren.

Drei Mal schlug er mit der Faust gegen die Tür, sodass sie in ihrem Rahmen erzitterte. Er wollte gerade gehen, als er ihre Stimme hörte.

»Wer ist da?«

»Ich bin es, Eric, Ann. Mach auf.«

»Hast du meine Nachricht nicht erhalten?«, fragte sie. »Ich hab vor zwei Stunden angerufen.«

»Hallo, Dad«, rief sein neunjähriger Sohn durch die Tür.

»Terry, sei still!«

»Hallo, Ter. Hallo, Mädchen. Seid ihr da?«

Er hörte, dass die beiden, Amber und Caitlin, sich hinter der Tür bewegten.

»Lasst das!«, schrie seine Frau die Mädchen an und wandte sich dann, durch die geschlossene Tür, wieder an ihren Mann. »Ich habe dir auf den Anrufbeantworter gesprochen, dass du nicht zu kommen brauchst.« Das war eines von Anns Lieblingsspielchen. Obwohl sie wusste, dass Eric ein Mobiltelefon und einen Piepser besaß, rief sie bei ihm zu Hause an und hinterließ eine Nachricht, von der er auf diese Weise natürlich nichts erfuhr. Das wiederum gab ihr einen Grund, ihm böse zu sein, weil sie ihn nicht erreichen konnte.

»Tja, davon weiß ich nichts. Hast du es auf dem Handy versucht.«

»Hab ich nicht dran gedacht.«

»Nun, es war ein schöner Morgen. Also bin ich frühstücken gegangen.«

»Mit deiner Freundin, wie ich annehme.«

Eric hielt es für überflüssig, darauf zu antworten. Stattdessen rüttelte er am Türknauf. »Komm schon, Ann. Möchtest du jetzt nicht die Tür aufmachen?«

»Ich glaube nicht. Nein.«

»Und wie soll ich deiner Ansicht nach dann mit den Kindern zum Baseball gehen?« Sein Dienstplan gestattete es ihm nur selten, seine Kinder während der Woche zu sehen, weshalb es ihm sehr wichtig war, am Wochenende etwas mit ihnen zu unternehmen. Da Ann ebenfalls genug um die Ohren hatte, war sie bis jetzt immer froh gewesen, die Kinder ein paar Stunden los zu sein. Doch heute war es offenbar anders.

»Ann? Was soll das?«

»Du kannst die Kinder nicht sehen.«

Erstaunlicherweise gelang es ihm, seinen Tonfall zu beherrschen. »Möchtest du nicht die Tür öffnen, damit wir darüber reden können?«

»Es gibt nichts zu reden. Wenn du nicht verschwindest, Eric, schwöre ich bei Gott, dass ich die Polizei hole.«

Er senkte noch ein wenig die Stimme. »Ann, nicht in Gegenwart der Kinder. Mach einfach auf.«

»Nein! Du kommst mir nicht ins Haus. Ich werde meine Kinder nicht einem Mörder überlassen.«

Jemand begann zu weinen. Es klang wie Amber, die mittlere. »Schluss jetzt!«, brüllte Ann, so laut sie konnte. »Haltet alle den Mund! Hört sofort auf!«

»Ann«, flehte Kensing durch die geschlossene Tür.

»Mom!«, schrie sein Sohn. »Ich gehe mit Dad. Du kannst mich nicht daran hindern.«

»Und ob ich das kann!« Ein Körper prallte gegen die Tür. Weitere Geräusche unsanfter Behandlung waren zu hören, und dann kreischte seine Frau: »Terry, ab in dein Zimmer! Hast du verstanden? Ihr Mädchen auch!«

Wieder rüttelte Kensing am Türknauf. »Ann, lass mich rein! Sofort! Was tust du da?«

Es klang, als scheuche sie die Kinder nach oben in ihre Zimmer. Eine Weile blieb Kensing auf der Vortreppe stehen. Dann eilte er die Stufen hinab und die zugewucherte Einfahrt entlang zur Seitentür, die ebenfalls abgeschlossen war. Doch im Gegensatz zur Vordertür verfügte sie über sechs kleine Glasscheiben in der oberen Hälfte.

Kensing wünschte, es wäre kälter gewesen, denn dann hätte er eine Jacke getragen, die er sich um die Hand hätte wickeln können. Doch er hatte nur ein Polohemd an. Dennoch ballte er die Faust. Er musste es tun. Dann aber fiel ihm der Mann ein, der im letzten Jahr ums Leben gekommen war, weil er sich beim Versuch, seine eigene Hintertür aufzubrechen, die Arterien aufgeschnitten hatte. Innerhalb von sechs Minuten war er verblutet. Dieses kurze Zögern gab Kensing einen Moment, in dem ihm ein Gedanke durch den Kopf schoss, der ihn erstarren ließ.

Er stand bereits unter Mordverdacht. Selbst wenn er gute Gründe dafür hatte, würde er sich nur selbst schaden, wenn er versuchte, ins Haus seiner Frau einzubrechen. Allerdings machte er sich inzwischen ernstliche Sorgen um die Kinder. Seine Frau war offenbar durchgedreht, und obwohl er nicht glaubte, dass sie die Kinder bisher je geschlagen hatte, war sie im Augenblick wahrscheinlich zu allem fähig.

Er holte sein Mobiltelefon heraus, wählte die Notrufnummer und lief die Einfahrt wieder zurück.

Er hatte die Vortreppe nur eine knappe Minute verlassen. Wahrscheinlich hatte Ann gar nicht bemerkt, dass er fort gewesen war.

Als die Zentrale antwortete, nannte er die Adresse und schilderte kurz die Situation. »Ich bin jetzt vor dem Haus und brauche sofort Hilfe.«

Er hörte immer noch Ann und die Kinder. Dann ihre Schritte, als sie die Treppe herunterkam und sich der Tür näherte. »Eric«, sagte sie. »Eric, bist du noch da?«

Er antwortete nicht, sondern presste sich gegen die Mauer und kauerte sich unter das Sims der Vortreppe. Sie würde ihn nicht sehen können, selbst wenn sie sich aus dem Fenster lehnte. Das Blut pulste heftig in seinen Ohren. In der Ferne hörte er eine Sirene jaulen.

Dann knirschte das Schloss, und er bemerkte, dass der Türknauf sich drehte. Er packte ihn, riss ihn rasch herum und stieß mit der Schulter die Tür auf. Mit einem Aufschrei taumelte Ann rückwärts.

Aber sie fiel nicht.

Stattdessen rappelte sie sich auf und stürzte sich auf Eric. »Verschwinde! Raus aus meinem Haus!«

Als er ihr die Arme festhielt, trat sie weiter nach ihm, zielte auf seine Knie und zwischen seine Beine und traf schließlich, sodass ihm die Luft wegblieb. Kurz lockerte sich sein Griff, sie riss sich los und fuhr ihm mit der freien Hand durchs Gesicht. Ein Brennen sagte ihm, dass sie ihn gekratzt hatte. Und als er ihre Hand wegzog, stellte er fest, dass er blutete. »Herrgott«, rief er aus.

»Daddy! Mommy!«, schrien die Kinder von oben.

»Bleibt, wo ihr seid!«, kreischte Ann. »Kommt nicht runter!« Schon im nächsten Moment stürzte sie sich wieder auf Kensing und versuchte, ihn zur Tür und auf die Vortreppe zu drängen. Erneut zielte sie zwischen seine Beine, traf daneben und stürmte mit ausgestreckten Krallen auf ihn zu.

Kensing hielt ihr die Hände fest und trat einen Schritt zurück. Sie hatte so viel Schwung genommen, dass sie an ihm vorbeitaumelte. Ihr Fuß landete auf einer der feuchten Zeitungen, die unter ihr wegrutschten, sodass sie mit einem Angstschrei und einem schrecklichen Aufstöhnen zu Boden fiel. Ihr Kopf prallte auf den Beton, und sie rollte die Stufen hinunter auf den Bürgersteig, wo sie liegen blieb, offenbar unfähig, sich zu bewegen.

Die Kinder eilten an Kensing vorbei die Stufen hinab. Gerade hatten sie sie erreicht und knieten weinend neben ihr, als ein Streifenwagen mit heulender Sirene eintraf und mit quietschenden Reifen stehen blieb. Zwei uniformierte Beamte stiegen mit gezogenen Pistolen aus und zielten auf Kensing.

»Keine Bewegung! Hände hoch!«

Glitsky und Treya waren spät aufgestanden. Als sie das schöne Wetter bemerkten, beschlossen sie spontan, zum etwa sechzig Kilometer entfernten Dylan's Beach, nördlich von San Francisco, zu fahren. Auf dem Weg dorthin machten sie einen Umweg über Hog Island, um Austern in allen erdenklichen Zubereitungsarten zu essen: roh, gegrillt mit drei verschiedenen Saucen, paniert und frittiert mit Remouladensauce. So gestärkt, glücklich und zufrieden machten sie sich auf die lange Fahrt die Küste entlang. Sie nahmen einspurige Straßen, die sich in scharfen Kurven vorbei an Milchfarmen, Redwood- und Eukalyptushainen schlängelten, und bewunderten die zeitlose und scheinbar vergessene Landschaft des westlichen Marin County.

Es war wirklich eine andere Welt und nicht zu vergleichen mit der sonstigen Umgebung der Bucht. Ihr Zauber wurde noch dadurch erhöht, dass die kitschige Touristenhochburg Sausalito und das schicke, von Yuppies überbevölkerte Mill Valley nicht weit waren. Auf dieser Seite des Tamalpais gab es nur von Holzhäusern gesäumte Hauptstraßen und aus etwa einem halben Dutzend hundert Jahre alter Gebäude bestehende Siedlungen, die sich als Stadt bezeichneten. Das einzige Lebenszeichen waren die zwanzig Harleys, die vor dem einzigen Saloon parkten – einen Saloon gab es immer. Sie kamen an handgepinselten, an alte Eichen genagelten Schildern am Straßenrand vorbei, auf denen lebende Hühner, Schweine und Schafe angeboten wurden. Alle paar Kilometer konnte man frische Eier und Milch kaufen.

Die meisten Ortschaften wirkten ein wenig schäbig. Glitsky war schon öfter hier gewesen, und die Gegend war ihm wegen des fast ganzjährig herrschenden Nebels und Windes fast unbewohnbar erschienen. Eine richtiggehende Einöde. Doch heute im warmen Sonnenlicht – die Temperaturen am Strand würden gegen Mittag sechsundzwanzig Grad erreichen – kam ihm die verlassene Landschaft mit ihren verfallenen Häusern fast wie ein Reservat vor. Viele Hippies aus den Sechzigern sowie Aussteiger und Gestrandete aus den Siebzigern und Achtzigern hatten sich hier niedergelassen und wehrten sich gegen jegliche Veränderung. Sie hielten neue Autos oder Villen im pseudo-antiken Stil für überflüssig und brauchten nichts weiter als Zurückgezogenheit, tolerante Nachbarn und ihre Ruhe. Meistens spottete Glitsky über diese Art zu leben – diese Leute hatten keine Ahnung, sie lebten in einer Traumwelt.

Heute am Strand jedoch beobachtete er einen Mann, den er normalerweise als Klischee eines alternden Hippies abgetan hätte. Er war etwa in seinem Alter, Anfang fünfzig, und flocht seiner kleinen Tochter gerade ein paar Frühlingsblumen ins Haar. Glitsky ertappte sich dabei, dass er den Mann fast um sein einfaches Leben beneidete. Die Frau, die bei ihm war – die Mutter des Mädchens? –, entsprach ebenfalls dem Klischee. Das Haar fiel ihr offen über den Rücken, und sie hatte sich die Mühe gespart, die grauen Strähnen zu überfärben. Sie zupfte an den Saiten einer Gitarre und sang dabei Stellen aus Liedern von Joni Mitchell, wie sie ihr gerade einfielen. Glitsky, der Polizist, hielt es für durchaus möglich, dass sie beide bekifft waren. Vielleicht aber auch nicht. Möglicherweise waren sie einfach nur glücklich über diesen schönen Tag, so wie er und Treya.

»Einen Schokokeks für deine Gedanken.« Sie setzte sich neben ihn, sodass ihr Schatten auf ihn fiel.

Glitsky lag auf der mitgebrachten Decke im warmen Sand. »Erst den Keks.« Er steckte ihn auf einmal in den Mund und kaute. »Danke.«

»Jetzt deine Gedanken«, sagte sie. »So lautete die Abmachung.«

»Es ist besser, wenn du meine Gedanken nicht erfährst. Sie sind beängstigend.«

»Du hast an so einem Ort beängstigende Gedanken?«

»Mir gefällt es hier. Ich bin fast absolut glücklich. Und das macht mir Angst.«

»Glück und Zufriedenheit sind beängstigend?«

»Weil sie normalerweise nicht von Dauer sind. Also sollte man sich besser nicht daran gewöhnen.«

»Nein, Gott bewahre.« Sie streichelte ihm den Arm. »Natürlich nur, wenn man vergisst, dass es für uns beide in den letzten Monaten recht gut gelaufen ist.«

Er tätschelte ihr die Hand. »Das habe ich keine Sekunde lang vergessen. Uns beide habe ich nicht gemeint.«

»Gut. Denn ich habe vor, dafür zu sorgen, dass es noch eine Weile so bleibt.«

»Eine Weile wäre schön. Ich stimme dafür.«

»Noch mindestens, sagen wir, neunzehn Jahre.«

»Was ist in neunzehn ...« Glitsky sah sie fragend an.

»Neunzehn Jahre.« Ihre Stimme klang ernst. Wegen ihres Altersunterschieds von neunzehn Jahren hatte die Frage, ob sie irgendwann ein Kind bekommen sollten, fast zu einer Trennung kurz vor der Hochzeit geführt. Glitsky hatte das, was er als »die Kinderkiste« bezeichnete, bereits dreimal hinter sich gebracht und das Thema eigentlich für sich abgeschlossen.

Obwohl es Treya sehr schwer gefallen war, hatte sie ihm gesagt, dass sie ihn in diesem Fall nicht wieder sehen könnte. Sie habe nicht vor, ihn unter Druck zu setzen oder Katz und Maus mit ihm zu spielen, und wenn er strikt dagegen sei, noch einmal Vater zu werden, habe sie Verständnis dafür. Er sei ein wunderbarer Mann, und sie liebe ihn, aber sie habe nun einmal andere Wünsche und Pläne.

Eine Weile hatte Glitsky mit seiner und ihrer Entscheidung leben können. Doch eines Tages war ihm beim Aufwachen klar geworden, dass er seine Meinung geändert hatte. Mit ihr zusammenzuleben war ihm wichtiger als alles andere. Er wollte sie nicht verlieren, nichts durfte zwischen ihnen stehen.

Nun aber, da der stets nur theoretisch angenommene Augenblick gekommen war, war Treya aus Angst vor der Reaktion ihres Mannes flau im Magen. »Ich glaube nicht, dass Kinder, die mit unzufriedenen, unglücklichen Eltern aufwachsen, gute Ausgangschancen haben. Und deshalb sollten wir uns wirklich Mühe geben, bis das Baby aus dem Haus und selbstständig ist. Findest du nicht?« Obwohl sie sich zu einem Lächeln zwang, biss sie sich vor Anspannung auf die Unterlippe. Sie umfasste seine Hand mit ihren beiden und sah ihn an. »Ich wollte es dir eigentlich schon gestern Abend beim Nachhausekommen sagen, aber dann sind deine Inspectors aufgekreuzt, und als sie wieder gingen, war es schon so spät …« Ihre zitternde Stimme verstummte.

Er sah ihr tief in die Augen, und Erstaunen malte sich in seinem Gesicht. »Warum, glaubst du, hat es so lange gedauert?« Er zog ihre Hände an die Lippen und küsste sie. »Es liegt sicher nicht daran, dass wir es nicht oft genug versucht hätten.«

21

»Was soll das heißen, *sie* ist verhaftet worden? Warum hat man nicht *ihn* verhaftet?«

Glitsky saß auf der Anrichte und bemühte sich um einen sachlichen Ton, obwohl er am liebsten losgeschrien hätte. Er sprach gerade am Wandtelefon mit einem Sheriff, der aus dem San Francisco General Hospital anrief. Der Beamte hatte sich wegen der Dame, die sie festgenommen und mit einem gebrochenen Knöchel und Gehirnerschütterung ins Krankenhaus eingeliefert hatten, an das Morddezernat gewandt. Schließlich wiederholte die Frau unablässig, ihr Mann sei ein Mörder, weswegen nicht sie ins Gefängnis gehöre, sondern er. Also hatte der Sheriff sich gedacht, dass es wohl besser sei, eine höhere Stelle zu verständigen, falls diese Frau wirklich in einen Mord verwickelt sein sollte. Doch im Morddezernat hatte nur eine Notbesetzung Dienst, und da niemand verstand, worauf der Sheriff hinauswollte, hatte man ihm Glitskys Privatnummer gegeben.

»Der Ehemann? Nein, Sir. Nicht, soweit ich weiß. Sie haben ihn nicht mitgebracht, aber vielleicht war er nicht verletzt.« Gesunde Menschen, die in San Francisco festgenommen wurden, wanderten ins Gefängnis hinter dem Justizgebäude. Wer irgendeine Form medizinischen Beistands brauchte, wurde in die geschlossene Krankenabteilung des General Hospital verfrachtet, behandelt und verwahrt. Und dorthin hatten die Beamten, die Ann Kensing verhaftet hatten, sie gebracht.

Zehn Minuten später hatte Glitsky die Privatnummern besagter Polizisten ermittelt. Und einer von ihnen, Officer Rick Page, hatte das Pech, zu Hause zu sein. Selbst am Telefon und ohne Glitskys zornige Miene zu sehen, versetzten Tonfall, Dienstgrad und Position des Anrufers den jungen Beamten in Panik. Beim Sprechen verhaspelte er sich und wiederholte sich ständig. »Es war ... es war ein Notruf, häusliche Gewalt. Als wir ankamen ... als wir ankamen, lag die Frau auf dem Boden. Ihre Kinder knieten daneben ... äh, daneben.«

»Und der Mann?«

»Nun, der, der blutete im Gesicht, ziemlich schlimm, wo sie ihn verletzt hatte ... äh, verletzt hatte.«

»Verletzt? Womit? Mit einem Messer?«

»Nein. Mit den Fingernägeln. Gekratzt. Ich meine gekratzt, nicht verletzt. Im Gesicht. Er stand draußen auf der Vortreppe, als wir am Tatort eintrafen. Ich und Jerry – mein Partner –, wir hielten an und wir zogen beide die Waffe und zielten auf ihn.«

»Auf ihn?«

»Ja, Sir.«

»Aber dann haben Sie *sie* festgenommen. Obwohl sie schwerer verletzt war. Ist das richtig? Wie konnte das passieren?« Glitsky war zwar mächtig verärgert, aber er hatte sich inzwischen ausreichend beruhigt, um zu bemerken, dass er auf diese Weise nichts aus Officer Page herausbekam. Also senkte er ein wenig die Stimme. »Lassen Sie sich Zeit, Officer. Berichten Sie mir einfach, was geschehen ist.«

»Ja, Sir. Zuerst einmal hatte er – dieser Kensing – selbst die Polizei angerufen. Wir haben das bei der Zentrale nachgeprüft, nachdem er es uns gesagt hatte. Er war aus dem Haus ausgesperrt und befürchtete, seine Frau könnte den Kindern wehtun. Er sagte, er brauche Hilfe.«

»Das kann ich mir denken.« Glitsky vermutete, dass Ann Kensing ihren Mann vielleicht für gefährlich gehalten und deshalb klugerweise nicht ins Haus gelassen hatte. »Und was geschah weiter?«

»Nun, zuerst sahen wir, dass sie am Boden lag, und zwar auf dem Bürgersteig, unten an der Vortreppe. Da führen nämlich Stufen zur Eingangstür hinauf. Der Mann stand immer noch oben und rührte sich nicht. Drei Kinder waren unten und schrien Zeter und Mordio. Wir wussten nicht, was los war, Sir. Es hätte alles Mögliche passieren können. Also haben wir beide die Waffe gezogen und uns dem Verdächtigen genähert; anfangs dachten wir ja, es wäre der Mann.«

»Und wie verhielt er sich?«

»Kooperativ. Verängstigt. Er wollte nach seiner Frau sehen, aber wir haben ihm befohlen, stehen zu bleiben. Er hielt die Hände hoch und bewegte sich nicht, was gut war. Wir wollten ihn nämlich verhaften und mit aufs Revier nehmen.«

»Okay«, sagte Glitsky. »Und weshalb haben Sie Ihre Meinung geändert?«

Nach kurzem Zögern begann Page: »Vor allem, weil ich mit ihm geredet habe. Das Erste, was er gesagt hat – und dabei hatte er die Hände oben und blutete wie ein Schwein –, als Erstes *bedankt* er sich *bei mir* dafür, dass wir so schnell gekommen sind.«

»Er hat sich bei Ihnen bedankt?«

»Ja, Sir, das ist mir bei einem Notruf wegen häuslicher Gewalt noch nie passiert. Verstehen Sie, was ich meine?«

Glitsky wusste es genau. Wenn sich die Polizei in einen Familienstreit einmischte, war für gewöhnlich nicht mit dem Austausch von Höflichkeiten zu rechnen, insbesondere nicht gegenüber den Polizisten, die die Streithähne trennen wollten. »Weiter.«

»Also gut. Jerry war bei der Frau und versuchte, die Kinder zu beruhigen. Er, dieser Kensing, fragte, ob er sich auf die Stufen setzen dürfte. Ich erwiderte, kommt nicht in Frage, umdrehen. Das Übliche eben, um ihm Handschellen anzulegen. Und in diesem Augenblick stürmt eines der Kinder, der Junge, die Stufen rauf und schreit: ›Was machen Sie mit meinem Dad? Lassen Sie meinen Dad in Ruhe. Er war es nicht. Mom war es.‹«

»Das hat der Junge gesagt?«

»Ja. Und Kensing blieb ganz ruhig. ›Ist schon in Ordnung, Terry‹«, hat er geantwortet. So heißt der Junge. ›Er weiß ja nicht, was geschehen ist.‹ Damit meinte er mich. Doch ich habe den Jungen nicht an ihn rangelassen.« Das war die übliche Vorgehensweise, denn aufgebrachte Eltern, insbesondere Väter, die annehmen mussten, dass ihnen in unmittelbarer Zukunft Gefängnis drohte, neigten nicht selten dazu, ihre eigenen Kinder als Geiseln zu nehmen, um das zu verhindern. »Also stelle ich mich vor ihn und rufe Jerry, der im Auto saß und per Funk einen Krankenwagen anforderte. Inzwischen hat sich die Frau aufgerichtet und drückt die beiden Mädchen an sich. Ein paar Bürger, Nachbarn, hatten sich versammelt, um zu gaffen. Der richtige Zeitpunkt, um die Waffe wegzustecken, was ich auch tat.«

»Gut.«

»Okay, die Lage beruhigt sich also. Kensing trägt Handschellen und fragt, ob er sich langsam umdrehen darf. Ich erlaube es ihm und weise die Kinder an, zu bleiben, wo sie sind. Keine Sorge, alles wird gut. Er sagt mir in aller Seelenruhe, dass er Arzt ist und seiner Frau helfen könnte. Allmählich kommt mir die ganze Sache sowieso komisch vor.«

»Warum?«

»Normalerweise ist es doch fast immer der Mann, der eine Bedrohung darstellt.«

»Ich weiß.«

»Aber dieser Typ, der war ganz gelassen. Er hat gar nicht getobt, wie sonst üblich. Er sagt, sie wäre einfach ausgerutscht, und ich meine: ›Ganz bestimmt.‹ Aber er sagt nur: ›Schauen Sie und zeigt mit dem Kopf auf diese Stelle auf der Treppe, die darauf hinweist, dass *irgendwer* offenbar wirklich dort ausgerutscht ist. Eine feuchte Zeitung. Und der Junge sagt: ›Das stimmt. Ich hab's gesehen. Sie ist ausgerutscht. Er hat sie nicht angefasst.‹«

»Also denke ich: ›Verdammt, was jetzt?‹ Schließlich sind wir wegen eines Falls von häuslicher Gewalt gerufen worden, und deshalb muss auch jemand mit aufs Revier. Normalerweise ist es der Typ, aber dass wir die beiden miteinander allein lassen, kommt nicht in Frage. Es ist echt lästig, wenn man zwei Stunden später wiederkommen muss, nachdem die beiden Turteltäubchen sich versöhnt haben, und dann hat der eine den anderen erschossen. Wissen Sie, was ich meine?«

»Ich verstehe«, erwiderte Glitsky.

»Was soll ich also tun? Ich begleite Kensing die Stufen runter, setzte ihn hinten in den Streifenwagen, und da kommt eine der Nachbarinnen. Ich habe mir ihren Ausweis zeigen und auch alle anderen Daten geben lassen, falls Sie selbst mit ihr reden wollen. Sie sagt genau dasselbe. Sie hätte alles gesehen: Kensing habe sich nur verteidigt. Er habe sie nicht geschlagen. Sie habe ihn gekratzt und sich auf ihn gestürzt und sei dabei ausgerutscht.« Page holte Luft. »Also halten Jerry und ich einen kleinen Kriegsrat und befragen dann die beiden Töchter getrennt voneinander zu der Sache: wieder die gleiche Geschichte. Die Frau ist allein schuld. Inzwischen ist der Krankenwagen da. Die Frau ist benommen und kann auf einem Fuß nicht auftreten. Außerdem muss ihre Kopfwunde genäht werden. Deshalb beschließen Jerry und ich, dass sie mitkommt und der Typ zu Hause bleibt.« Während des langen Berichts war Pages Tonfall selbstbewusster geworden. »Ich habe keine Ahnung, wie wir uns sonst hätten verhalten sollen, Lieutenant. Vier Zeugen haben der Frau die Schuld gegeben. Der Mann hatte nichts angestellt.«

Am liebsten hätte Glitsky Page gefragt, ob ihm klar gewesen sei, dass es sich bei dem nicht Festgenommenen um den Hauptverdächtigen in einem Mordfall handelte. Aber wie hätte der Streifenpolizist das wissen können? Und was hätte es auch gebracht? Wenigstens war Ann Kensing so vorübergehend in Sicherheit. Unglücklich und körperlich angeschlagen zwar, doch außer Gefahr. Damit konnte er leben. »Und jetzt ist er zu Hause bei den Kindern?«

»Ich weiß nicht, Sir. Er könnte auch bei sich zu Hause sein, ich habe die Adresse. Soll ich sie Ihnen diktieren?«

»Ich kenne sie bereits«, erwiderte Glitsky. »Vielleicht fahre ich mal zu ihm, um mich ein wenig mit ihm zu unterhalten.«

»Entschuldigung, dass ich Sie nicht hereinlassen kann, Lieutenant. Aber ich habe meine Kinder hier, und die haben für heute genug Polizisten gesehen. Eines schläft schon, und wir anderen schauen uns Videos an. Es war ein langer Tag.«

»Ich wollte Ihnen nur ein paar Fragen stellen. Es wird keine Viertelstunde dauern.«

»Eine Viertelstunde? Wenn ich Sie nicht reinlasse, dauert es überhaupt nicht. Ich denke, wir haben alles bereits vorgestern

Abend besprochen. Und mein Anwalt meint, ich hätte überhaupt nicht mit Ihnen reden sollen.«

»Das war vor dem heutigen Tag. Vor der Schlägerei mit Ihrer Frau.«

»Wir hatten keine Schlägerei, dazu gehören nämlich zwei. Sie hat mich angegriffen.«

»Warum waren Sie überhaupt dort?«

»Es war mein Tag, die Kinder zu besuchen. Ich hatte Karten für die Giants. Ganz einfach also. Hören Sie, der Zeitpunkt ist wirklich sehr ungünstig. Ich muss mich um meine Kinder kümmern, die einen Schock erlitten haben und völlig erschöpft sind.« Kensing trat von einem Fuß auf den anderen und seufzte. »Ich möchte Ihnen ja nicht auf die Nerven fallen, Lieutenant, aber wenn Sie keine richterliche Anordnung haben, müssen Sie mich jetzt bitte entschuldigen.«

Brendan Driscoll bewohnte ein Apartment mit hintereinander liegenden Zimmern in einem Zweifamilienhaus in der Noe Street. Er saß in der winzigen Kammer hinter der Küche am Computer. Trotz des wunderschönen Wetters verließ er das dunkle, muffige, schlecht belüftete Zimmer nicht, so sehr war er in seine Arbeit versunken; und zwar schon seit dem Morgen, eine Stunde nachdem er mit schlimmsten Kater seines Erwachsenenlebens aufgewacht war.

Nun, zwölf Stunden später, streckte er sich, rieb sich das Gesicht und schob seinen Stuhl vom Tisch zurück. Kurz darauf warf er in der Küche vier weitere Aspirin ein und füllte ein Glas mit Eistee, als Roger in der Tür erschien.

»Er bewegt sich ja«, sagte Roger.

Brendan sah ihn an. »Nur mühsam.«

»Wie geht's dem Kopf?«

»Dem Kopf geht's miserabel. Vielleicht erholt er sich nie wieder. Und mit dem Rest steht es auch nicht zum besten. Was genau ist denn in einem Long Island Iced Tea drin? Und wie viele habe ich getrunken?«

Roger zuckte die Achseln. »Du hast gesagt, ich soll zu zählen aufhören. Schon vergessen? Aber ich weiß noch, dass ich dir nach dem dritten geraten habe, lieber eine Pause zu machen.«

»Ich hätte auf dich hören sollen.«

»So wie immer. Also«, fuhr Roger fort. »Nachdem du heute so viele Stunden in deiner Höhle deine Sünden abgebüßt hast, ist der Gerechtigkeit doch Genüge getan, oder?«

»Mir geht es nicht um Buße«, erwiderte Brendan, »sondern um Rache.« Er zog sich einen Stuhl an den Küchentisch. »Ich fühle mich verraten und verkauft.«

Roger nahm neben ihm Platz. »Ich weiß. Ich kann dir daraus keinen Vorwurf machen.«

»Genau das ist ja mein Problem. Ich habe keine Ahnung, wem ich Vorwürfe machen könnte.« Er seufzte tief auf. »Soll ich Kensing oder seiner bescheuerten Alten einen Strick daraus drehen, dass sie Tim einen Grund gegeben haben, jeden Tag joggen zu gehen? Dadurch ist die Gelegenheit zur Tat ja erst entstanden.«

»Nun, am Joggen ist er nicht gestorben, Brendan.«

»Schon gut. Aber wenn er zu Hause geblieben wäre ...«

»Wäre er nicht überfahren worden und nicht im Krankenhaus gelandet. Das haben wir doch alles schon mal durchgekaut.«

Das hatten sie, und zwar bis zum Erbrechen, wie Brendan sich eingestehen musste. Seufzend rieb er sich die Schläfen und zuckte wegen des Katerschmerzes zusammen. »Du hast ja Recht. Allerdings verwundert es mich, dass Ross glaubte, er könne mich kaufen und meine Unterlagen säubern. Hat er wirklich gedacht, ich hätte nicht damit gerechnet und mich darauf vorbereitet?«

22

Jackman hielt Wort. Am Montagmorgen fand Hardy zwei weitere Ordner mit Beweisunterlagen im Fall Markham vor, als er ins Büro kam.

Er schenkte sich eine Tasse Kaffee ein, ließ sich an seinem Schreibtisch nieder und schlug den ersten Ordner auf. Offenbar hatte jemand den Schreibkräften Feuer unter dem Hintern gemacht, denn einige der Vernehmungen waren bereits abgetippt, auch die Befragungen von Dr. Kensing und der Haushälterin Anita Tong durch Glitsky und Braccos Gespräch mit Ann Kensing. Rasch blätterte Hardy weiter. Das Material war zwar noch nicht geordnet – das würde eine der langweiligeren Aufgaben werden –, doch er stellte zu seiner Zufriedenheit fest, dass alle erwarteten und erhofften Unterlagen dabei waren: der ursprüngliche Bericht vom Unfallort; die Erkenntnisse der Leichenschau, die sofort nach Markhams Tod durchgeführt worden war; Strouts Autopsiebericht und der offizielle Totenschein; dazu die ersten Untersuchungsresultate der Spurensicherung aus Markhams Haus.

Seit über einer Stunde saß Hardy nun schon über den Papieren und bemerkte gar nicht, wie die Zeit verging. Automatisch griff seine Hand nach der Kaffeetasse und führte sie an die Lippen. Der Kaffee war kalt geworden. Unvermittelt schreckte Hardy hoch, fast als hätte ihm jemand einen Schlag versetzt. Als er vom Ordner aufblickte, war er beinahe erstaunt, sein vertrautes Büro vor sich zu sehen. Während er, den bitteren Kaffeegeschmack noch auf der Zunge, über den Beweisen gebrütet hatte, war er auf einmal wieder in die Rolle des Staatsanwalts geschlüpft, der einen Beschuldigten anklagt, anstatt ihn zu verteidigen. Dieses Gefühl traf ihn unerwartet und war ein wenig beunruhigend.

Kopfschüttelnd stand Hardy auf. Er stellte sich vor seinen Schreibtisch, warf ein paar Dartspfeile und ging dann zum Fenster, um auf die Sutter Street hinunterzublicken. Nach dem traumhaften, sonnendurchfluteten Wochenende trug San Francisco wieder sein Alltagsgesicht. Eine kräftige Brise von der Bucht wirbelte Abfälle durch die Straßen, eine verschleierte Sonne durchstieß sporadisch die Wolkendecke.

Hardy wurde es klar, dass nicht der Kaffee die Erinnerung ausgelöst hatte. Die Wahrheit lautete eher, dass er tatsächlich nicht umhin kam, Anklage zu erheben: Um die Unschuld seines Mandanten zu beweisen, musste er darlegen, dass ein anderer Täter Tim Markham und wahrscheinlich dessen ganze Familie ermordet hatte. Und das hieß, dass Hardys Aufgabe einzig und allein darin bestand, diesen Menschen aufzuspüren und Beweise zu finden, die zu seiner Verurteilung ausreichten.

Eigentlich wunderte es ihn immer noch, dass er sich überhaupt für den Beruf des Verteidigers entschieden hatte. Denn es lag nicht in seiner Natur, für einen Schuldigen einzutreten. Wenn man ihn vor die Wahl zwischen Gerechtigkeit und Gnade gestellt hätte, hätte er immer die Gerechtigkeit gewählt. Nach seiner Dienstzeit bei der Marineinfanterie in Vietnam war er einige Jahre lang Streifenpolizist gewesen. Anschließend hatte er Jura studiert, und zwar in der Absicht, schlechte Menschen vor Gericht und ins Gefängnis zu bringen, ein Ziel, das sein Leben beruflich und auch privat geprägt hatte. Hätte ein früherer Bezirksstaatsanwalt ihn nicht wegen interner Missstimmigkeiten gefeuert, er hätte sicher noch im Justizgebäude gearbeitet, mit Marlene als Kollegin und Jackman als Vorgesetztem. Und obwohl er inzwischen schon so lange Verteidiger war und sich daran gewöhnt hatte, sehnte sich ein Teil von ihm immer noch nach klaren Verhältnissen – danach, Straftäter vor Gericht zu stellen.

Wie David Freeman so gerne sagte, war das Gesetz zwar eine wunderschöne, aber auch eine komplizierte Sache. Hardy fand, dass sich das an einem Beispiel ganz besonders gut darlegen ließ: Wurde ein Angeklagter freigesprochen, bedeutete das nicht zwangsläufig, dass er das ihm zur Last gelegte Verbrechen tatsächlich nicht begangen hatte, während ein Schuldspruch für gewöhnlich eindeutig auf die Täterschaft hinwies. Wenn Hardy als Verteidiger einem Mandanten mit einer guten Begründung oder der Berufung auf eine Formsache zur Freiheit verhalf, war er natürlich in gewisser Weise zufrieden mit sich, denn schließlich hatte er etwas geleistet und sich sein Honorar verdient. Aber das war nur selten mit dem erhebenden Gefühl von Rechtschaffenheit vergleichbar, das er manchmal empfunden hatte, wenn er die Verurteilung eines wirklich üblen Schurken erreichte und ihn aus der Gesellschaft entfernte.

Hardy lehnte sich zurück und trank noch einen Schluck von seinem kalten Kaffee. Dann beugte er den Kopf wieder über den Ordner.

Einige Schwestern aus dem Portola Hospital waren vernommen worden. Ein rascher Blick sagte Hardy, dass Bracco und Fisk einen Teil der Routinearbeit bereits erledigt und er dadurch vielleicht etwas Zeit gespart hatte. Ihm fiel auf, dass sie offenbar niemanden identifiziert hatten, der zum Zeitpunkt von Markhams Tod auf der Station gewesen war. Er blätterte weiter, doch er konnte keine Spur dieser wichtigen Information entdecken.

Erneut hob er den Kopf und starrte verärgert ins Leere. Sein Kiefer war vorgeschoben, sein Blick hart.

Jackman hielt sich an die Abmachung. Er hatte ihm die Ordner mit dem Beweismaterial zukommen lassen – allerdings waren die Unterlagen offensichlich nicht komplett. Hardy hielt das nicht für ein Versehen, doch er konnte sich auch nicht vorstellen, dass Jackman absichtlich Beweismittel zurückhielt. Nur Glitsky kam in Frage.

An diesem Tag waren Bracco und Fisk erst spät ins Büro gekommen. Denn trotz Braccos Widerspruch hatte Fisk darauf bestanden, weiter nach Hinweisen auf das Unfallauto zu fahnden. Also hatten sie zuerst noch einmal die Nachbarschaft abgeklappert und wirklich ein paar Leute angetroffen, die in der vergangenen Woche nicht zu Hause gewesen waren. Aber das Ergebnis blieb dasselbe: Niemand hatte den Unfall beobachtet oder einen davonfahrenden Wagen bemerkt. Anschließend hatte Fisk, der heute am Steuer saß, Bracco schier in den Wahnsinn getrieben, indem er darauf beharrte, ein paar alte Bekannte aus ihrer Zeit in der Abteilung Fahrerflucht zu besuchen: einige Autowerkstätten in der Lombard Street, der Van Ness Avenue und der Mission Street. Eine Woche zuvor hatte er ihnen Bescheid gegeben, nun wollte er nachfragen, ob sie in der Zwischenzeit ein verdächtiges Fahrzeug gesehen hatten.

In einer der Werkstätten war am gestrigen Nachmittag tatsächlich ein grüner Corvair aus den frühen siebziger Jahren abgegeben worden, der vorne rechts an der Stoßstange und an der Motorhaube Beschädigungen aufwies. Laut Aussage des Fahrzeughalters hatte sich auf einem der berüchtigten Hügel der Stadt die Bremse von allein gelöst. Da er vergessen habe, die Räder zum Bordstein einzuschlagen, sei der Wagen etwa sechs Meter weit gerollt und gegen einen Baum geprallt; anschließend sei ein heruntergefallener Ast auf die Motorhaube gestürzt. Jim Otis, der Eigentümer der Werkstatt, hatte geplant, irgendwann im Laufe des Tages die Abteilung Fahrerflucht anzurufen, selbstverständlich bevor er begann, das Auto zu reparieren.

Doch eine kleine Sprühdosis Luminol befreite den Wagen von jeglichem Verdacht. Luminol war die einfachste Methode, das Vorhandensein selbst der allerkleinsten Blutspuren zu ermitteln, sogar nachdem das Fahrzeug gewaschen worden war. Aber auf dem Corvair war nichts davon zu bemerken. Dennoch notierte sich Fisk pflichtbewusst Namen und Adresse des Halters und nahm sich fest vor herauszufinden, ob der Mann für den vergangenen Dienstagmorgen um halb sieben ein Alibi hatte.

Nun, nach dem Mittagessen, befanden sie sich auf Glitskys Anweisung hin endlich auf dem Weg ins Portola Hospital, um noch ein paar Vernehmungen durchzuführen. Der Lieutenant hatte ihre Arbeitsergebnisse vom Freitag gesichtet und wollte jetzt etwas über die anderen beiden Ärzte wissen, die am Dienstag in der Intensivstation Dienst gehabt hatten. Außerdem interessierte er sich für die genaue zeitliche Abfolge des

Kommens und Gehens auf der Intensivstation, soweit die Schwestern und Pfleger sich noch daran erinnern konnten.

Allerdings entpuppte sich dieser Auftrag als schwieriger, als die beiden Polizisten vermutet hatten. Am Anfang der neuen Woche hatte ein anderes Team die Station übernommen. Die beiden Pflegekräfte, die beim Tod von Markham und Lector anwesend gewesen waren, arbeiteten heute in anderen Abteilungen: Rajan Bhutan war in die Entbindungsstation versetzt worden und assistierte im Augenblick bei einer Risikogeburt. Connie Rowe, die dem allgemeinen Pflegedienst zugeteilt worden war, hatte gerade Mittagspause.

Nachdem Bracco Fisk gebeten hatte, kurz die Stellung zu halten, damit er etwas erledigen könne, überließ er es seinem Partner, auf Schwester Rowe zu warten, und ging wieder nach oben. In der Intensivstation sprach er noch einmal die Schwester am Empfangstisch an. Auf seine Frage hin erklärte sie, ihre Kollegin begleite den Arzt bei seiner Visite. Sie würden bald zurück sein und sicher gerne mit ihm reden.

Doch als Bracco erfuhr, dass es sich bei dem Arzt weder um Cohn noch um Waltrip handelte, die er wirklich gern gesprochen hätte, erkundigte er sich, ob es möglich sei, sich für ein paar Minuten ungestört zurückzuziehen, und bat um Erlaubnis, den schallgedämpften, gut ausgestatteten Warteraum gleich hier am Flur zu benutzen.

Auf einem der Sofas saß ein Paar mittleren Alters, das sich bedrückt bei den Händen hielt und leise miteinander sprach. Bracco ließ sich in einem Sessel neben der Tür nieder, von wo aus er den Eingang zur Intensivstation und das Schwesternzimmer im Auge behalten konnte. Wirklich kamen die zweite Schwester und der Arzt kurz darauf heraus. Nach einem kurzen Gespräch mitten auf dem Flur ließ der Arzt die Schwester stehen und wandte sich in Richtung Warteraum, während die Schwester zu ihrer Kollegin zurückkehrte.

Als der Arzt den Warteraum betrat, stand Bracco auf und ging auf den Flur hinaus. Eine der Schwestern – er konnte sie nicht auseinanderhalten – saß noch immer am Empfangstisch und tippte, von Bracco abgewandt, etwas in den Computer ein. Ihre Kollegin war nirgendwo zu sehen.

Mit zehn Schritten durchquerte Bracco den Flur und erreichte den Eingang zur Intensivstation. Durch die Drahtglasscheibe konnte man einen Blick in den Raum werfen. Bracco sah nichts als Betten. Nachdem er sich kurz zur der tippenden Krankenschwester und zum Wartezimmer umgeschaut hatte – niemand in Sicht –, trat er ein.

Er kontrollierte seine Uhr und ging weiter. Bewusst langsam näherte er sich jedem Bett und spähte – während er jedesmal bis fünf zählte, länger ertrug er es nicht – hinein. Der gesamte Rundgang dauerte achtundvierzig Sekunden.

Wieder warf er einen Blick auf die verglaste Eingangstür. Dann schob er sie auf, schlüpfte auf den Flur hinaus und schloss sie hinter sich.

Am Empfangstisch räusperte er sich, und dieselbe Frau, mit der er bereits gesprochen hatte, hob den Kopf vom Computer. »Ist Ihre Kollegin inzwischen zurück? Ich habe den Arzt gerade ins Wartezimmer gehen sehen und mich gefragt, ob sie mit ihm rausgekommen ist.«

Die Schwester lächelte ihn an. »Wahrscheinlich ist sie nur kurz zur Toilette. Sie müsste gleich wieder da sein.« Auch sie blickte den Flur hinunter, den der Arzt gerade entlanggegangen war. »Dann können Sie uns ja die Fragen stellen, die Sie erwähnt haben.«

»Darüber habe ich eben da drin nachgedacht.« Er wies auf das Wartezimmer. »Und wie sich herausstellt, muss ich Sie, glaube ich, nicht mehr behelligen. Danke, für Ihre Hilfe. Und entschuldigen Sie die Störung.«

»Keine Ursache«, erwiderte sie. »Gern geschehen.«

Unten erfuhr Bracco, dass Connie Rowe inzwischen die Mittagspause beendet hatte. Sie sei mit Inspector Fisk in die Kantine gegangen, um sich – mehr oder weniger unter vier Augen – unterhalten zu können. Als er sich zu den beiden gesellte, hatte Fisk bereits mit der Vernehmung begonnen. Der Polizist und die Krankenschwester saßen einander schräg gegenüber; zwischen ihnen auf dem Tisch stand der Kassettenrecorder. Bracco schickte ein Stoßgebet zum Himmel, dass Fisk das Gerät auch eingeschaltet hatte, und nahm Platz.

F: Sicher erinnern Sie sich noch von letzter Woche an Inspector Bracco. Ms. Rowe erzählt mir gerade von ihrem Kollegen. Rajan, ist das richtig?

A: Rajan Bhutan.

F: Was ist mit ihm?

A: Tja, wie ich Inspector Fisk schon gesagt habe, weiß ich eigentlich nichts über ihn. Wegen des Dienstplans arbeite ich vielleicht zehn Mal im Jahr zusammen mit ihm auf der Intensivstation. Doch ich habe den Eindruck, dass während seines Dienstes immer etwas schief läuft.

F: Meinen Sie einen Todesfall?

A: Nein, nicht nur das. Hier stirbt ständig jemand, denn schließlich befinden sich die Patienten, die zu uns kommen, in einem kritischen Zustand. Aber ich habe seit mindestens einem Jahr keine Schicht mehr mit Rajan gehabt, in der nicht irgendetwas vorgefallen wäre. Ich will ihn ja nicht schlecht machen, doch es ist ... trotzdem komisch. Der Typ selbst ist mir irgendwie unheimlich, wie er sich so rumdrückt und nie mit jemandem redet.

F: Glauben Sie, er hat etwas mit Mr. Markhams Tod zu tun?

A: Dazu kann ich nichts sagen. Das ist ein ziemlich schwerer Vorwurf. Aber Ihnen ist bestimmt auch aufgefallen, dass er kaum ein Wort von sich gegeben hat, als Sie letzten Freitag hier waren, um uns alle zu befragen. Kam Ihnen das nicht auch seltsam vor? Und dabei kennt er sich genau wie alle anderen mit dem Dienstplan aus und wusste, was an diesem Tag passiert ist und wer da war.

F: Entschuldigen Sie die Einmischung, Ms. Rowe, doch Inspector Fisk hat Sie gerade gefragt, ob es während Rajans Schicht zu außergewöhnlich vielen Todesfällen gekommen ist. Und Sie erwiderten: ›Nicht nur das‹. Habe ich Sie richtig verstanden? Was haben Sie damit gemeint? Was ist sonst noch geschehen?

A: Es sind nicht nur Patienten gestorben.

F: Aber auch?

A: Ja, aber wie ich schon sagte, passiert das jede Woche. Und außerdem fehlten Sachen, Materialien. Wissen Sie, was ich meine? Er schleicht sich herum, und er lauert. Wenn man um die Ecke biegt oder die Intensivstation betritt, steht er einfach da. Wortlos. Ich finde das unheimlich. Niemand kann ihn leiden.

F: War er am letzten Dienstag, als Mr. Markham starb, auch in der Intensivstation? Haben Sie das gemeint?

A: Wir waren beide dort, als es Alarm gab. Da bin ich sicher. Davor saß ich am Empfangstisch –

F: Am Computer?

A: Ich denke schon, ich bin aber nicht mehr ganz sicher. Ich glaube, ich habe Material bestellt. Wo Rajan war, weiß ich nicht.

F: Ms. Rowe, als der Alarm kam und Sie in die Intensivstation gingen, hielt Mr. Bhutan sich da schon dort auf?

A: Ja, an Mr. Lectors Bett. Das war der andere Patient, der gestorben ist.

F: War sonst noch jemand im Raum?

A: Nur Dr. Kensing.

F: Und wo genau?

A: Bei Rajan an Mr. Lectors Bett. Wegen ihm hat es den ersten Alarm gegeben.

F: Mit anderen Worten: Die beiden standen nicht an Mr. Markhams Bett?

A: Nein, sein Monitor gab erst ein paar Sekunden später Alarm.

Als Hardy um ein Uhr in seinem Büro ans Telefon ging, hörte er die ruhige, gedehnte Stimme des Gerichtsmediziners. »Sie schulden mir tausend Dollar. Offenbar hatten Sie es ziemlich eilig, da Sie die Leiche direkt nach der Trauerfeier zu mir bringen ließen. Also habe ich gestern, am Sonntag, den ganzen Tag lang gearbeitet und meine beste Laborantin dazu geholt. Dann noch zwei Stunden heute Morgen. Mr. Lector starb, weil sein Herz zu schlagen aufgehört hat, das ist alles.«

»Kein Kaliumchlorid?«

»Keine Spur, Diz. Ich habe alles gründlich untersucht. Der Mann hatte nicht mal ein überzähliges Aspirin im Leibe.«

»Ich hatte eigentlich auf etwas anderes gehofft.«

»Das weiß ich – Sie haben sich ja deutlich genug ausgedrückt. Aber sehen Sie die Sache doch mal positiv. Ganz gleich, was sonst passiert sein mag, Ihr Mandant hat Mr. Lector nicht umgebracht.«

Hardy kicherte. »Danke, John. Das beruhigt mich sehr.«

»Gern geschehen. Und, Diz?«

»Ja.«

»Ich liebe meinen Job zwar, aber an Arbeit herrscht bei mir kein Mangel. Für dieses Jahr haben Sie Ihr Pensum, was vage Verdachtsmomente angeht, abgefeiert.«

Rajan Bhutans Miene war bedrückt. Seine Stimme hatte den knappen, höflichen Singsangton des Subkontinents. »Diese Frau ist eine Idiotin«, sagte er schicksalsergeben. Er saß allein mit Bracco und Fisk im Aufenthaltsraum der Schwestern. »Seit sie hier angefangen hat, habe ich nichts als Schwierigkeiten mit ihr, denn sie ist faul und hat Vorurteile gegen mich. Und jetzt beschuldigt sie mich, ich hätte diese Herren umgebracht? Das ist unfassbar. Ich werde mit ihr sprechen müssen. Und vielleicht auch mit der Verwaltung.«

In seiner Unerfahrenheit hatte Bracco erwähnt, dass während der Befragung von Ms. Rowe Bhutans Name gefallen war. Nun war der Pfleger natürlich wütend auf Schwester Rowe und wollte sich lieber über ihr berufliches und menschliches Versagen äußern als über sein eigenes Verhalten am Dienstag Abend. Und natürlich ging Bhutan davon aus, dass die Polizei jedes seiner Worte gegenüber seinen Kollegen wiederholen würde. Das war nicht gerade die beste Methode, um eine Vernehmung zu beginnen. Nicht einmal die zweitbeste.

Bracco, der mit seinen Fragen das Gespräch zu diesem Punkt gebracht hatte, versuchte, zum eigentlichen Thema zurückzukehren. »Soll das heißen, Sie waren nicht im Raum, als Mr. Markhams Monitore Alarm gaben?«

»Doch. Bei ihm schon. Ich war wegen Mr. Lector gekommen, dessen Alarm zuerst losging.«

»Und wo hielten Sie sich kurz davor auf?«

Bhutan verzog angewidert das Gesicht. »Auch wenn Sie es nicht glauben, muss mich selbst Dr. Ross gesehen haben, als er beim ersten Alarm aus dem Wartezimmer kam. Ich stand neben einem der Rollbetten auf dem Flur, gleich da drüben. Soweit ich mich erinnere, waren es zwei oder drei. Wir waren absolut überbelegt. Das ist unfassbar«, wiederholte er.

»Lassen Sie mich das klarstellen«, fuhr Bracco fort, »Sie sagen, dass niemand in der Intensivstation war, als Mr. Lectors Alarm ausgelöst wurde?«

»Nur, dass es sich noch nicht um einen Alarm handelte. Dr. Kensing war kurz davor hineingegangen, und als ich Mr. Lectors Bett erreichte, wies er mich an, den Alarm auszulösen.«

»Und Sie alle waren mit Mr. Lector beschäftigt, als Mr. Markhams Monitore anfingen, die Geräusche zu machen, die sie dann machen?«

»Sie piepen ununterbrochen. Ja.«

»Und niemand hatte sich ihm genähert?«

»Nicht, soweit ich weiß.«

Hardy und Freeman gingen zu Fuß von ihrer Kanzlei bergab die Sutter Street entlang. Der Sonne war es nicht gelungen, die Wolkendecke zu durchbrechen, und die frische Brise von heute Morgen hatte sich in zu einem kräftigen Wind entwickelt. Eigentlich kein sehr guter Tag für einen Spaziergang, aber Freeman hatte Hardy mitgeteilt, er könne die Zeit für ihn nur erübrigen, wenn sich das Gespräch mit einem Besuch bei Freemans Zigarrenhändler verbinden ließe. Er habe fast keine Zigarren mehr. Wie Hardy vermutete, bedeutete das, dass er mindestens noch ein Dutzend auf Lager hatte.

Doch was blieb ihm anderes übrig?

»Das Problem ist, dass ich mit keinem anderen Verdächtigen aufwarten kann«, sagte Hardy. »Carla, die eifersüchtige Ehefrau, wäre eine gute Kandidatin gewesen. Aber sie ist mir leider weggestorben.«

Freeman schnalzte mit der Zunge. »Das ist bedauerlich.«

»Und dann glaubte ich, der andere Patient, Mr. Lector, der gleichzeitig mit Markham gestorben ist, würde mich auf eine heiße Spur bringen. Aber Strout sagt nein. Und inzwischen frage ich mich, ob ich Wes Farrell überhaupt damit hätte belästigen sollen, eine Erlaubnis für die Autopsie von Mrs. Lorings

Leiche zu besorgen. Ganz abgesehen davon, dass er das wahrscheinlich ohnehin nicht schafft.«

»Wer war dort?« Freeman hatte die Tür des Nob Hill Cigar erreicht und hielt sie für Hardy auf. Sofort schlug ihnen ein schwerer, feuchter Duft entgegen. In Hardys Augen handelte es sich bei diesem Ladenlokal um eines der schönsten Überbleibsel aus der guten alten Zeit, die es in dieser Stadt gab. Freeman, der beim Zigarren-Großeinkauf stets dasselbe Ritual einhielt, würdigte das Warenangebot im Erdgeschoss keines Blickes, sondern marschierte schnurstracks die Treppe hinauf. Hardy hatte keine andere Wahl, als ihm zu folgen. Die Räumlichkeiten erinnerten an einen viktorianischen Herrenclub, und obwohl Frauen vom Gesetz her zugelassen waren, hatte Hardy bei seinen etwa zwölf Besuchen noch nie eine hier gesehen. Nach ein paar Minuten Fachsimpelei mit Martin, dem Besitzer, saßen sie in bequemen Ledersesseln und ließen sich einen Cognac auf Kosten des Hauses schmecken. Man konnte ihn hier zwar nicht kaufen – ja, man durfte ihn offiziell nicht einmal trinken –, doch man bekam dennoch immer einen angeboten. Nach einer Weile kehrte Martin zurück, reichte die Cohibas herum, zündete sie an und verschwand dann wieder nach unten, um Freemans Bestellung zusammenzupacken.

Eine weitere Marotte von David war, den Anfang der Zigarre so lange schweigend zu genießen, bis die erste Asche kurz vor dem Herunterfallen war, was manchmal zehn Minuten dauern konnte. Allerdings stellte Hardy fest, dass er ganz froh über die Gelegenheit war, nur ruhig dazusitzen und nachzudenken, obwohl er Freeman doch um dieses Gespräch gebeten hatte.

Das restliche Wochenende in Monterey war ein Traum gewesen. Hardy hatte schon immer eine Schwäche für alles gehabt, was mit dem Meer zusammenhing, und nach dem Besuch im Aquarium hatte er sich innerlich ausgeglichener und seinen Kindern wieder näher gefühlt. Auf einmal hatte ihm das mehr bedeutet als sein Beruf. Seine Prioritäten waren gründlich durcheinander gerüttelt worden, und das hatte ihm die Augen geöffnet.

Am Nachmittag hatte er sich eine Badehose gekauft, und dann waren sie zum Strand gegangen, hatten die von der Flut zurückgelassenen Tümpel erkundet und sich, ausgelassen kreischend, ins eisige Wasser gestürzt. Anschließend hatten sie im Old House köstlich gegessen und dann einen Mondscheinspaziergang unternommen, um die Seehunde am Hafen zu füttern. Im Hotel hatten sie das Einzelzimmer, das Frannie für sich und die Kinder gemietet hatten, gegen eine Suite eingetauscht. Und während die Kinder selig hinter der geschlossenen Verbindungstür schliefen, hatten sie sich geliebt, zweimal, erst nachts und dann am Morgen, wie in den Flitterwochen.

Und nun saß Hardy hier im Rauchsalon. Freeman klopfte seine Asche ab. »Also, wer war da?«, wiederholte er. »Ich glaube, bei diesem Thema waren wir gerade.«

Natürlich hatte er Recht, was Hardy jedoch nicht weiter verwunderte. Aber er antwortete genauso wie soeben, nämlich mit einer Gegenfrage: »Wo, David?«

»Im Krankenhaus. Du hast mir gesagt, du bräuchtest Leute, die ein Motiv gehabt haben, Markham zu töten, aber dir fiele dazu kein anderer ein als dein Mandant, also nehmen wir für den Moment mal an, dass er unschuldig ist, obwohl mir das immer noch Magendrücken verursacht, auch wenn die Tatsache bleibt, dass der Täter nicht nur ein Motiv gehabt haben, sondern auch am Tatort anwesend gewesen sein muss, womit sich der Kreis wieder schließt.«

»Einen Dollar, wenn du es schaffst, diesen Satz grammatikalisch zu analysieren.«

Freeman versuchte, einen finsteren Blick aufzusetzen, aber da ihm das nicht gelang, trank er einen Schluck Cognac und zog an seiner Zigarre. »Gelegentlich«, sagte er, »lässt sich die Weisheit eben nicht ordentlich verpacken.«

Als Hardy in seine Kanzlei zurückkehrte, war es schon nach vier. Durch den Alkohol war er ein wenig benommen und fühlte sich gleichzeitig leicht aufgekratzt durch das Nikotin. Er riss beide Fenster auf, holte sich ein großes Glas Wasser und setzte sich an den Schreibtisch. In seiner Abwesenheit waren drei Anrufe eingegangen.

Der erste Anrufer war Jeff Elliot, der wissen wollte, ob und welche Fortschritte Hardy bis jetzt in der Sache Kensing gemacht hatte. Er schriebe an einem weiteren Artikel über Parnassus und wolle sich nach neuen Informationen erkundigen, die ihnen beiden vielleich weiterhelfen würden.

Danach hatte sich Wes Farrell gemeldet, um Hardy mitzuteilen, er habe die Lorings schließlich überzeugen können, den Behörden zu gestatten, ihre Mutter wieder auszugraben. Nun jedoch sei er bei Strout auf ziemlich heftigen Widerstand gestoßen, obwohl er geglaubt habe, Hardy habe das bereits geklärt. Was sei da los?

Der dritte Anruf kam von seinem Mandanten, den er schon den ganzen Tag lang zu erreichen versucht hatte. Als Hardy ihn zurückrief, erzählte ihm Kensing, die Kinder seien immer noch bei ihm nach dem Streit mit seiner Frau ...

»Moment mal, Eric. Nicht so schnell. Welcher Streit mit Ihrer Frau?«

Kensing schilderte ihm genau, was vorgefallen war, und berichtete von Glitskys Überraschungsbesuch am gestrigen Abend. »Mir scheint es, dass er denkt, ich wäre zu ihr gefahren, um sie zu verprügeln. Oder noch schlimmer.«

Hardy erinnerte sich an Glitskys Vorhersage, Kensing könnte genau das tun. »Aber Sie haben doch nicht etwa wieder mit ihm gesprochen? Bitte sagen Sie, dass Sie es nicht getan haben.«

»Nein. Ich habe ihn nicht reingelassen. Aber ich fand, ich sollte mich heute lieber rar machen.«

»Wahrscheinlich eine gute Idee. Wie haben Sie den Tag verbracht?«

Nachdem Kensing seine Kinder in der Schule abgeliefert hatte, hatte er beschlossen, sich einen freien Tag zu gönnen, ein wenig nachzudenken und sich einen Plan zu überlegen. Er war über die Golden Gate Bridge und wieder zurück spaziert und danach in die Innenstadt gefahren, um in Chinatown Dim-Sum zu essen. Anschließend war er ins Kino gegangen und hatte danach die Kinder von der Schule abgeholt. Außerdem hatte er gerade ein Gespräch mit Ann geführt. Sie war entlassen worden und verlangte, dass er ihr die Kinder zurückbrachte. Allerdings habe er kein gutes Gefühl dabei und wolle wissen, was Hardy davon hielte.

»Denken Sie, dass sie eine Gefahr für die Kinder bedeutet?«

»Vor dem, was am Samstag passiert ist, hätte ich mit nein geantwortet. Doch ich habe sie noch nie so erlebt, und dabei haben wir uns schon oft genug gestritten, das können Sie mir glauben.«

»Aber es ist nie zu einer körperlichen Auseinandersetzung gekommen? Sind Sie sicher?« Es war immer ratsam, diesen Punkt eindeutig zu klären. Denn es würde kein gutes Licht auf die Angelegenheit werfen, wenn die Grand Jury herausfand, dass Kensing seine Frau je misshandelt hatte. Deshalb war es besser, gleich reinen Tisch zu machen. »Haben Sie sie nie geschlagen, Eric? Nicht ein einziges Mal?«

»Ich denke, daran würde ich mich erinnern. Ich habe sie nie verprügelt, aber sie ist ein paarmal handgreiflich gegen mich geworden.«

Das gefiel Hardy zwar auch nicht sehr, doch für Kensing war es besser, als wenn es umgekehrt gewesen wäre. »Also gut. Was genau ist denn am Samstag passiert?«

»Ich habe heute lange darüber nachgedacht. Offenbar hat sie sich inzwischen endgültig eingeredet, dass ich Tims Mörder bin.«

»Das würde ich auch vermuten. Soll ich mit ihr reden? Denken Sie, sie wäre bereit dazu?«

Er hörte Kensing die Erleichterung an. »Das wäre großartig. Eine prima Idee.«

Das war zwar keine direkte Antwort auf seine Frage, doch eindeutig eine Zustimmung. Deshalb beschloss Hardy, dieses Thema abzuhaken und sich dem nächsten zuzuwenden. »Eric, können Sie mir sagen, wer außer Ihnen am vergangenen Dienstag noch im Krankenhaus war?«

»Wo? Meinen Sie in der Notaufnahme?«

»Oder irgendwo in der Nähe.«

»Klar, ich glaube schon. Ich selbst natürlich. Die Schwestern.« Er betete die Liste herunter, die länger war, als Hardy vermutet hatte. Er schöpfte wieder neue Hoffnung, auch wenn es eine Menge zusätzlicher Arbeit bedeutete. Allerdings erschien es ihm unerhört, dass er noch nicht sämtliche beteiligte Personen kannte.

Wieder wurde er von Zorn auf Glitsky ergriffen. Was zum Teufel dachte er sich bloß dabei? Vielleicht war er zu dem Schluss gekommen, dass die Abmachung zwischen Jackman und Hardy für ihn nicht galt. Doch Tatsache war, dass Jackman versprechen konnte, was er wollte, solange Glitsky querschoss.

Auch wenn dieser Gedanke bald wieder verflog, blieb die Wut. Hardy machte sich während des Telefonats Notizen. Kensing teilte ihm mit, dass außer Carla Markham auch noch Malachi Ross, Markhams Assistent Brendan Driscoll (den Kensing offenbar nicht leiden konnte), einige Schwestern und die beiden anderen Ärzte – einschließlich Judith Cohn – dort gewesen waren. Hardy ertappte sich bei der müßigen Überlegung, wie lange Eric und Cohn wohl schon zusammen waren. Außerdem war sie wegen ihrer Anstellung bei Parnassus ebenfalls eine Mitarbeiterin von Markham gewesen. Er würde mit ihr sprechen müssen.

Doch nach dem Telefonat mit Kensing war zuerst Ann an der Reihe. Sie hob sofort ab. Ja, natürlich sei sie bereit, mit ihm zu reden. Sie wolle ihre Kinder zurück. Wie sich herausstellte, lag ihr Haus auf Hardys Heimweg. Er versprach, in zwanzig Minuten bei ihr zu sein.

22

Auf Krücken und mit eingegipstem Fuß hinkte Ann Kensing, Hardy voran, ins unaufgeräumte Wohnzimmer. Nachdem sie ein paar schmutzige Kindersachen vom Sofa geschoben und auf den Boden geworfen hatte, forderte sie Hardy auf, Platz zu nehmen. Dann setzte sie sich ans andere Ende der Couch. Sie hatte Hardys einleitende Worte gehört, und er merkte ihr an, dass sie nicht wusste, was sie davon halten sollte.

»Sie sind sein Anwalt, Mr. Hardy. Natürlich müssen Sie so reden.«

»Ich könnte noch viel mehr sagen, Mrs. Kensing. Zum Beispiel, dass er schuldig ist, aber dass es nie jemand schaffen wird, ihm die Tat nachzuweisen. Oder dass er es war, es sich jedoch um einen Kunstfehler, ein Versehen handelt. Ich könnte sogar behaupten, dass er es war und gute Gründe dazu gehabt hat. Als er Mr. Markham daliegen sah, ihm auf Gedeih und Verderb ausgeliefert, hat er vorübergehend den Verstand verloren und war dem Gesetz nach nicht zurechnungsfähig. Lachen Sie nicht. Die Geschworenen haben schon schlechtere Geschichten geschluckt. Doch ich bin hier, um Ihnen mitzuteilen, dass er unschuldig ist. Ich bin seit vielen Jahren Anwalt. Glauben Sie mir, ich habe schon öfter erlebt, dass Mandanten mich belogen haben, und ich bin daran gewöhnt. Doch es weist einfach nichts darauf hin, dass Ihr Mann der Täter ist.«

»Er hat mir gesagt, dass er es war. Er hat es mir gesagt, bevor es sonst jemand wusste. Was halten Sie davon?«

Hardy nickte nachdenklich. »Das hat er mir erzählt. Er war wütend auf Sie und außerdem gekränkt, weil Sie ihm einen Mord zutrauten. Und deshalb ist er sarkastisch geworden.«

»Er hat gesagt, er hätte ihn mit Scheiße voll gepumpt.«

»Ja, das hat er. Aber hören Sie, schließlich ist er Arzt. Wenn er sauer würde und nur versuchen wollte, Sie zu provozieren, würde ihm eine Infusion sicher zuerst einfallen.« Allerdings wartete er ihre Antwort nicht ab. Er wollte verhindern, dass sie sich aufregte und in einen Streit hineinsteigerte. Kensing hatte ihn gewarnt, dass sie, wenn sie sich von ihren Gefühlen mitreißen ließ, rücksichtslos um sich schlug. Außerdem würde sie wegen ihrer Trauer um Markham und ihrer Erbitterung über die Situation überhaupt vernünftigen Argumenten nicht gerade zugänglich sein. Nun beugte er sich zu ihr hinüber. »Eigentlich wollte ich mit Ihnen darüber sprechen, wie schnell Sie die Kinder zurückbekommen können.«

Wie erwartet beruhigte sie das ein wenig. Selbst sie begriff, dass es sie nicht weiterbringen würde, wenn sie ihm eine Szene machte. Schließlich hatte sein Mandant die Kinder, und wenn sie zu toben anfing, würde Hardy ihm möglicherweise berichten müssen, dass sie immer noch labil und vielleicht sogar gefährlich war.

Sie hob die Hand vor den Mund und nahm sich erkennbar zusammen. »Ich habe Eric gebeten, sie mir heute zu bringen. Aber er weigert sich.«

Hardy nickte verständnisvoll. »Das hat er mir gesagt. Ich habe ihn aufgefordert, sich einmal in Ihre Lage zu versetzen. Was wäre, wenn Sie ihn wirklich eines Mordes verdächtigten? Hätte er dann an Ihrer Stelle nicht alles daran gesetzt zu verhindern, dass Sie die Kinder mitnehmen?« Er lehnte sich zurück und zwang sich zu einem Gleichmut, den er nicht empfand. »Wenn Sie meine Einschätzung hören wollen, ist das Problem, dass Sie beide ausgezeichnete Eltern sind. Sie beide haben den Wunsch, Ihre Kinder zu beschützen. Und das ist doch etwas Gutes, finden Sie nicht?«

»Ja, schon.« Ihre vor Erschöpfung rot geränderten Augen füllten sich mit Tränen. Als ein Tropfen über ihre Wange rann, wischte sie ihn mit einer müden automatischen Handbewegung weg. Hardy hatte den Eindruck, sie hätte das in letzter Zeit so oft getan, dass es ihr gar nicht mehr auffiel. »Er hat ihnen noch nie Schaden zugefügt. Und ich habe es ihm auch nicht zugetraut, doch dann, nach dem, was letzte Woche passiert ist, als ich dachte ...« Sie schüttelte den Kopf.

»Als Sie dachten, dass er Tim Markham getötet hat?«

Sie nickte.

»Mrs. Kensing, glauben Sie das wirklich? Tief in Ihrem Herzen?«

Sie biss sich auf die Unterlippe. »Es könnte möglich sein. Ja. Er hasste Tim.«

»Ständig höre ich, dass er Markham hasste. Wurde das in den letzten Jahren schlimmer?«

»Nein, wahrscheinlich nicht.«

»Weniger also?«

»Kann sein. Vermutlich hatte er sich daran gewöhnt.«

»Gut. Hat er damals, als er ihn am meisten hasste, davon geredet, ihn umzubringen? War er so aufgebracht?«

»Nein, nein. Das war nicht Erics Art. Er würde nie ...« Sie brach ab und sah Hardy trotzig an. »Er hat mir gesagt, dass er es war.«

»Ja, das hat er. Er hat diese Worte ausgesprochen. Das stimmt.«

»Und wie hätte ich die Ihrer Ansicht nach deuten sollen?«

»Wann hat er es denn gesagt, Mrs. Kensing? War das nicht am vergangenen Dienstag, kurz nachdem Sie von Mr. Markhams Tod erfahren hatten? Als Sie gemutmaßt haben, er könnte ihn umgebracht haben?«

Sie antwortete nicht.

Hardy bohrte weiter. »Er hat mir erzählt, Sie wären sehr bedrückt gewesen. Soeben hatten Sie gehört, dass der Mann, den Sie liebten, nicht mehr am Leben war. Aus Wut über diese Ungerechtigkeit schlugen Sie wie wild um sich und griffen Eric an, vielleicht weil Sie glaubten, dass er sich nicht wehren würde. Ist es nicht so gewesen?«

Es war Hardys letzte Chance. Vor Gericht, in Gegenwart der Geschworenen, würde sie die auswendig gelernte Geschichte herunterbeten, die ihr die Staatsanwaltschaft wieder und immer wieder eingebläut hatte. Nie hätte sie sich blamiert, indem sie zugab, dass sie Eric vielleicht missverstanden oder seine Worte übertrieben gedeutet hatte. Wahrscheinlich würde sie bis dahin sämtliche Zweifel verdrängt haben. Schließlich hatte sie sich durch ihre Behauptung, Eric hätte ihr die Tat gestanden, bereits schon weit genug aus dem Fenster gelehnt. Hardy hoffte, ihr eine Möglichkeit eröffnen zu können, ihre Aussage zurückzuziehen, ohne vollends das Gesicht zu verlieren.

Doch so schnell gab sie nicht nach. Sie presste die Fingerspitzen so fest gegen die Lippen, dass sie sich weiß verfärbten. Sie schloss die Augen, um sich konzentrieren zu können, und dachte nach. »Ich war einfach so ... einsam und gekränkt. Ich wollte ihm weh tun.«

»Sie meinen Eric. Und deshalb beschuldigten Sie ihn des Mordes an Markham, weil Sie wussten, dass ihn das verletzen würde.«

»Ja.« Unvermittelt riss sie die Augen auf und stieß einen Seufzer aus. »Ja. Und er erwiderte: ›Aber natürlich.‹ Aber natürlich«, wiederholte sie.

»Und das deuteten Sie als Geständnis des Mordes an Markham, den Sie ihm vorwarfen?«

»Ja, ich denke schon.«

»Kommt Ihnen das rückblickend betrachtet immer noch wahrscheinlich vor? Glauben Sie, dass er das wirklich so gemeint hat? Dass er tatsächlich der Mörder ist? Oder haben Sie beide sich in diesem Moment nicht vor Wut einfach alles Mögliche an den Kopf geworfen?« Hardy senkte die Stimme und schlug einen vertraulichen Ton an. »Mrs. Kensing, darf ich Sie noch etwas fragen? Nachdem Sie an jenem Tag das Krankenhaus verlassen hatten und hierher, in Ihren Alltag, zurückgekehrt waren, hatten Sie da nicht noch etwa einen Tag Zeit, die Tragödie zu verarbeiten, bevor die Polizei Sie aufsuchte?«

»Was sonst? Es war mitten in der Woche. Die Kinder mussten zur Schule? Ich war mit ihnen allein.«

»Klar, ich verstehe. Aber in dieser Zeit, ehe Sie von dem Kaliumchlorid hörten, verstrich doch einige Zeit, in der Sie angeblich bereits wussten, dass Eric Mr. Markham umgebracht hatte. Und dennoch haben Sie keinen Versuch unternommen, die Polizei zu verständigen?«

Diese Frage überraschte sie; sie zögerte einen Moment und überlegte offenbar, was sie darauf antworten sollte. »Nein. Ich weiß nicht, warum.«

»Und weshalb nicht, wenn ich mir die Frage erlauben darf.«

»Weil ich dachte ... Ich meine, ich glaube, ich vermutete ... Ich hatte gehört, Tim wäre durch den Unfall gestorben.«

»Und das haben Sie wirklich geglaubt? Zwei Tage lang? Selbst nachdem Eric Ihnen den Mord angeblich gestanden hatte? Mrs. Kensing, konnten Sie in diesen zwei Tagen schlafen?«

Sie schüttelte den Kopf und begann, leise zu schluchzen. Doch Hardy durfte kein Mitleid mit ihr haben. »Und als Sie erfuhren, er habe Markham vorsätzlich getötet, es sei kein Unfall gewesen, was haben Sie da gedacht?«

»Ich weiß nicht. Als ich hörte ... es war so unwirklich. Fast so, als wäre er noch mal gestorben.«

»Und da fiel Ihnen ein, was Eric Ihnen gesagt hatte?«

»Ja.«

»Und dennoch waren Sie trotz Erics angeblichem Geständnis bis dahin davon ausgegangen, dass Tim bei einem Unfall mit Fahrerflucht ums Leben gekommen war?«

»Aber er sagte doch –«

»Und damals haben Sie ihm nicht geglaubt, richtig? Sie haben ihm nicht geglaubt, weil Ihnen klar war, dass er es nicht so gemeint hatte und dass es sich nicht um die Feststellung einer Tatsache handelte. Er hat es gesagt, um Sie zu verletzen, richtig? Es war eine sarkastische und verletzende Weise, Sie als dumm hinzustellen, weil Sie ihm eine solche Frage gestellt hatten.«

Als sie ihn entgeistert anstarrte, versuchte er, seine Worte ein wenig abzumildern. »Ich möchte Ihnen nichts in den Mund legen, Mrs. Kensing, sondern nur herausfinden, was wirklich geschehen ist. An was Sie sich jetzt, heute, erinnern.«

Hardy wartete ab, bis sie endlich antwortete. »Dadurch, dass Tim ermordet worden ist, ändert sich doch alles, oder etwa nicht?«

»Nur insofern, als man nicht mehr von einem Unfall ausgeht.« Er gab ihr eine Weile Zeit, das zu verdauen. »Mrs. Kensing, Ann, ich will Ihnen nichts vormachen. Ihre Aussage ist von großer Bedeutung, und wie Sie bereits zu Anfang festgestellt haben, bin ich Erics Anwalt. Also habe ich großes Interesse daran, seine Verhaftung zu verhindern.« Er schwieg, bis sie ihn endlich ansah. »Wenn Sie tief in Ihrem Herzen glauben, dass Eric Tim umgebracht und es ernst gemeint hat, als er zu Ihnen sagte, er hätte es getan, werde ich nicht versuchen, Ihnen das auszureden. Sie wissen eben, was Sie wissen. Doch Eric gehört zu den Menschen, die Sie am besten kennen, im Guten und im Bösen. Er war immer ein guter Vater, wie Sie selbst zugeben, und auch ein guter Arzt. Vielleicht halten Sie ihn sogar für einen guten Menschen.«

Sie nickte und drängte die Tränen zurück. »Das habe ich immer gedacht. Das ist er.«

Und schließlich kam er zum springenden Punkt. »Trauen Sie ihm wirklich den Mord an Tim zu? Dass er es tatsächlich getan hat? Denn wer er nicht der Täter ist, Mrs. Kensing, muss es ein anderer gewesen sein. Diesen Menschen, egal, wer es ist, möchte ich gerne finden. Und dazu brauche ich Ihre Hilfe.«

Allerdings ahnte Hardy nichts von dem wahren Problem, das der Versöhnung von Eric und Ann Kensing im Wege stand. Glitsky hatte nämlich einen Polizisten damit beauftragt, Mrs. Kensing vor ihrem Mann zu schützen, falls dieser zurückkommen sollte, um sie umzubringen. Als Hardy eine Stunde zuvor bei Mrs. Kensing erschienen war, hatte der Polizist ihn nicht aufgehalten. Allerdings hatte er Glitsky angerufen, um ihn davon in Kenntnis zu setzen.

Also stand Glitsky um 17 Uhr 35 höchstpersönlich vor der Tür. Ann Kensing, die dachte, dass es ihr Mann mit den Kindern war, öffnete die Tür. Hardy, der noch auf dem Wohnzimmersofa saß, sprang auf, als er die Stimme erkannte. Aber es war zu spät – Glitsky hatte bereits den Fuß im Haus. Er hatte mit hochgehaltener Polizeimarke gefragt, ob er hineinkommen dürfe, und Ann hatte keinen Grund gesehen, ihm seine Bitte abzuschlagen.

Hardy kochte vor Wut und stellte sich schützend vor die Frau seines Mandanten, als Glitsky den Flur erreichte. »Was zum Teufel tust du hier? Beschattest du mich?« Dann sagte er zu Ann: »Sie können ihn auffordern zu gehen. Er hat keine richterliche Genehmigung.«

Allerdings hatte Glitsky diese Runde bereits gewonnen. »Tut mir Leid, das ist nicht möglich, Ma'am. Sie haben mich selbst reingelassen. Also brauche ich keine Genehmigung.«

»Und was willst du?«, fragte Hardy und machte noch einen Schritt auf ihn zu. »Der armen Frau ein bisschen zusetzen? Die Regeln einfach in den Wind schlagen?«

Ohne auf ihn zu achten, wandte sich Glitsky an Mrs. Kensing. »Ich dachte, Sie könnten ein wenig Unterstützung gebrauchen, bevor Ihr Mann und dieser Mr. Hardy Sie aufs Kreuz legen. Hat er Sie irgendwie bedroht?«

»Nein.« Sie blickte zwischen den beiden zornigen Männern hin und her. »Tja, nur –«

Hardy unterbrach sie mit einer Handbewegung. »Bitte, Ann.«

»Nur was, Mrs. Kensing? Soll das heißen, er hat Sie doch bedroht?«

»Nein, aber er hat mir ein paar Dinge erklärt, die vielleicht –«

Diesmal fiel Glitsky ihr ins Wort. »Ist er jetzt etwa auch Ihr Anwalt? Mein Gott, hoffentlich haben Sie sich nicht von ihm beschwatzen lassen.«

»Nein, er ...«

Inzwischen war der allgemeine Tonfall gereizt. Hardy konnte der Versuchung nicht widerstehen, ihren Gedanken zu beenden, der – und da war er sicher – dazu beitragen würde, dass der Sieg in der nächsten Runde an ihn ging. »Sie gibt zu, dass das Geständnis nicht ernst gemeint war. Sie zieht ihre Aussage zurück.«

Glitsky stand da wie vom Donner gerührt. Obwohl er mit etwas Ähnlichem gerechnet hatte, war es wie ein Schlag in die Magengrube, seine Vermutung nun bestätigt zu sehen. Seine Narbe leuchtete weiß, und seine Augen funkelten. Es dauerte eine Weile, bis er sich wieder gefasst hatte. »Gut«, sagte er schließlich leise. »Aber jetzt hört ihr beide mir mal zu.« Und dann hielt er ihr in möglichst ruhigem Ton eine Gardinenpredigt, die jedem erzürnten Polizisten alle Ehre gemacht hätte.

»Mrs. Kensing«, sagte er zum Beispiel. »Sie haben doch gesagt, Ihr Mann habe einen Mord gestanden. Ihre Aussage gehört zu den Beweisen in diesem Fall. Wenn Sie sie unter Eid ändern, könnten Sie in große Schwierigkeiten geraten. Haben Sie mich verstanden?«

Oder: »Begreifen Sie denn nicht, dass Mr. Hardy Ihre Kinder als Köder einsetzt, damit Sie ihm helfen, seinen Mandanten rauszupauken? Das ist doch offensichtlich.«

Oder: »Natürlich wird Ihr Mann wegen des Zwischenfalls am Samstag keine Anzeige gegen Sie erstatten. Er hat eher Glück, dass Sie ihn nicht angezeigt haben. Aber eines möchte ich klarstellen, vergessen Sie das bloß nicht: Nicht er, sondern die Staatsanwaltschaft entscheidet, welcher Fall vor Gericht geht. Begreifen Sie denn nicht, dass er Ihnen mit einer Anzeige wegen einer Ordnungswidrigkeit droht, damit er nicht wegen Mordes belangt wird.«

Oder: »Sie haben es nicht nötig, so eine Abmachung zu treffen. Sicher wird es uns gelingen, durch einen Richter eine einstweilige Verfügung zu erwirken, damit Sie die Kinder zurückbekommen.«

Schließlich hatte Hardy genug. Glitsky übertrieb es eindeutig. Außerdem lag es nur in seinem eigenen Interesse, für Ann Kensing in die Bresche zu springen. »Offen gestanden liegt der Lieutenant ein wenig falsch. Kein Richter der Welt würde angesichts dessen, was hier passiert ist, einer einstweiligen Verfügung zustimmen.« Er wandte sich an Mrs. Kensing. »Außer natürlich, und das will ich Ihnen nicht verhehlen, diese würde gegen Sie verhängt. Schließlich haben Sie sich etwas zuschulden kommen lassen, nicht Ihr Mann.«

Zurück zu Glitsky, in schärferem Ton. »Und du weißt, dass diese Frau absolut berechtig dazu ist, mit mir zu sprechen, Abe. Wir müssen genau erfahren, was Dr. Kensing wirklich gesagt hat und ob deine Mitarbeiter vielleicht ein bisschen übereifrig waren. Inzwischen ist Mrs. Kensing nämlich klar geworden, dass sie ihren Ex-Mann falsch verstanden hat, und sie möchte das freundschaftliche Verhältnis zu ihm wieder herstellen, damit sie wie bisher gemeinsam ihre Kinder großziehen können. Ich begreife nicht, was dich daran so stört.«

Glitskys Narbe schien im Dämmerlicht rot zu leuchten. »Wirklich nicht? Du findest also nicht, dass das, was du hier treibst, Zeugenbeeinflussung ist?«

»Ganz und gar nicht.«

»Du streitest also ab, dass du die Zeugin ungebührlich unter Druck setzt?«

Hardy verkniff sich die Bemerkung, die ihm auf der Zunge lag, denn sie hätte hauptsächlich aus den Kraftausdrücken bestanden, die Glitsky so verabscheute. Stattdessen wandte er sich an Mrs. Kensing. »Habe ich Sie zu irgendetwas gezwungen?«

»Das hat er nicht getan, Lieutenant.«

Glitsky fand das in etwa so glaubwürdig wie die Existenz des Osterhasen. Am liebsten hätte er Hardy in ein Nebenzimmer gezerrt, um seine momentanen Meinungsverschiedenheiten mit ihm nicht in Gegenwart dieser Frau erörtern zu müssen. Doch wenn er das vorschlug, würde sie davon ausgehen, dass sie ihr etwas verheimlichen wollten. Und das kam auf keinen Fall in Frage. Dann aber hatte er einen anderen Einfall, der vielleicht genauso zum Ziel führen würde.

»Nun, wenn du mich fragst, ich *würde* das Zeugenbeeinflussung nennen. Außerdem Ausübung von ungebührlichem Druck, um nicht zu sagen Zwang. Jackman hat dir ein nettes Angebot gemacht, aber das ist noch lange kein Freibrief, unsere Ermittlungen zu behindern. Meiner Ansicht nach wird auch er zu dem Schluss kommen, dass du es diesmal zu weit getrieben hast. Ganz zu schweigen von dem Theater mit der Autopsie, von dem mir Strout erzählt hat. Außerdem hat er mir gesagt, dass Wes Farrell jetzt auch für dich arbeitet und ihn mit demselben Unsinn behelligt.«

»Wes arbeitet nicht für mich, Lieutenant. Er hat seine eigenen Mandanten und seine eigenen Probleme.«

»Klar, und zu denen gehört ganz zufällig auch jemand, der im Portola Hospital gestorben ist. Das soll ich dir abkaufen? Ich finde, dass das zu viele Zufälle auf einmal sind.«

»In deinem augenblicklichen Zustand würdest du mir wahrscheinlich nicht mal glauben, dass ich Hardy heiße. Ich versuche wirklich nicht, die Ermittlungen zu behindern. Ich will nur wissen, was passiert ist, und den Fall aufklären.«

»Das ist aber meine Aufgabe«, zischte Glitsky.

»Dann tu es doch«, gab Hardy zurück.

»Das wollte ich ja, aber Jackman hat mir Knüppel zwischen die Beine geworfen.«

»Damit hat er dir einen Gefallen getan.«

Glitsky schnaubte höhnisch. »Du behauptest also, ich wäre hinter dem Falschen her. Woran liegt es dann, dass du, sobald ich dir den Rücken zukehrte, irgendwelche juristischen Tricks abziehst, um ihm den Hintern zu retten? Deine Abmachung mit Jackman, dein Verwirrspiel mit Strout, dein Gespräch mit meiner Zeugin hier. Und all diese Nebelwolken führen bei mir eben zu der Vermutung, dass du etwas zu verbergen hast. Dass es dir auf nichts weiter ankommt, als deinen Mandanten rauszupauken, zum Teufel mit dem Gesetz und zum Teufel mit der Wahrheit.«

»Du weißt ganz genau, dass das nicht meine Art ist.«

»Nun, in letzter Zeit habe ich aber diesen Eindruck.« Nun sah Glitsky Ann Kensing an. »Sie machen einen Fehler«, sagte er zu ihr. »Wenn Sie es sich noch mal anders überlegen wollen, nachdem Sie sich beruhigt haben, rufen Sie mich einfach an.«

Inzwischen kochte Hardy vor Wut. Er wirbelte zu den beiden herum. »Falls Sie das tun, muss er Ihnen vorher versprechen, dass er Sie nicht wegen Meineids anzeigt«, höhnte er.

Glitsky starrte ihn finster an. »Findest du das komisch?«

»Nein«, sagte Hardy scharf. »Ganz im Gegenteil.«

Während die Kinder sich wieder an ihre Mutter, den Gipsverband an ihrem Fuß und die Kompresse an ihrem Hinterkopf, gewöhnten, hielt Kensing Abstand. Er rief den Pizzaservice an und verbrachte die nächste halbe Stunde damit, das Haus aufzuräumen. Er sammelte die Wäsche ein und ließ eine Maschine laufen, stellte jedes Stück Geschirr, das herumstand, in die Spülmaschine und wischte den Küchenfußboden.

Hardy meldete sich bei Frannie und sagte ihr, dass es ein wenig später werden könnte. Ja, es täte ihm Leid, schon gut. Aber er plane immer noch, rechtzeitig zum Abendessen zu Hause zu sein, das sie am vergangenen Wochenende von halb sieben oder sieben auf acht Uhr verlegt hatten, damit es sich besser mit Hardys Arbeitstag vereinbaren ließ. Außerdem nahm er sich die Zeit, Frannie einen Teil seines heftigen Streits mit Glitsky zu schildern, der ihm sehr an die Nieren gegangen war. Er müsse unbedingt mit ihr reden, er brauche sie so sehr. Deshalb werde er bestimmt um acht zu Hause sein. Und zwar pünktlich wie die Uhr.

Hardy ging ins Bad, um sich das Gesicht zu waschen, in der Hoffnung, die Übelkeit, die er seit der Auseinandersetzung mit Glitsky empfand, würde sich dadurch ein wenig legen. Er fühlte sich, als hätte er einen Stein im Magen. Als er zurückkam, verschlangen die Kinder am Küchentisch ihre Pizza. Im Fernsehen lief ein absichtlich laut gestellter Actionfilm.

Im Wohnzimmer hatten sich Ann und Eric in neutrale Ecken zurückgezogen. Sie saßen schweigend da, ohne sich anzusehen, und warteten auf Hardy.

Hardy wollte sich schon auf seinen alten Platz auf dem Sofa zu Ann setzen, kam dann aber zu dem Schluss, dass das parteiisch wirken konnte. Deshalb blieb er neben dem Kamin stehen, wo sich Asche und Abfälle häuften. »Sie beide tun das Richtige«, begann er. »Ich weiß, wie schwierig es ist.« Er blickte zwischen Ann und Eric hin und her. Die Wut der beiden war offenbar noch nicht verraucht. »Seit einer Woche bin ich nun schon mit dem Fall befasst, und es gibt immer noch zu viel, was ich noch nicht weiß. Wir müssen darüber reden, wer Mr. Markham umgebracht haben könnte.«

Ann verstand das als Stichwort und kam sofort auf den Punkt. »Gut. Dein Anwalt hat mir gesagt, dass du es nicht warst, Eric. Ich gebe dir noch eine Chance. Warum bestätigst du es mir nicht selbst?«

Er drehte sich zu ihr um und schüttelte angewidert und erschöpft den Kopf. Dann sah er sie mit stumpfem Blick an und erwiderte tonlos: »Leck mich.«

»Sehen Sie!«, schrie sie auf. »Haben Sie das gehört? So ist er nun mal. Jetzt zeigt er sein wahres Gesicht.«

Kensing erhob sich aus seinem Sessel und ging auf sie los. »Du hast doch keine Ahnung mehr, wer ich bin«, zischte er leise, damit die Kinder es nicht hörten. »Ich habe deine Mätzchen inzwischen satt. Ob ich Tim ermordet habe, verdammt? Scheiß drauf, du kannst mich mal.«

»Eric«, begann Hardy.

Doch nun wandte sich sein Mandant voller Wut an ihn. »Ich habe es nicht nötig, mir das alles noch mal anzuhören. Sie sehen ja selbst, dass diese Frau wahnsinnig und gefährlich ist. Ich verschwinde, und die Kinder nehme ich mit.«

»Finger weg von den Kindern!« Ann brauchte zum Gehen zwar ihre Krücken, doch wenn es sein musste, war sie ziemlich schnell zu Fuß. Noch ehe Eric Gelegenheit hatte, auch nur einen Schritt zu machen, stand sie schon an der Tür zum Flur und versperrte ihm den Weg.

Hardy bewegte sich, so schnell er konnte, und stellte sich zwischen die beiden. Einen Moment befürchtete er, es könnte zwischen ihm und seinem Mandanten zu einer handgreiflichen Auseinandersetzung kommen. »Gehen Sie mir aus dem Weg, Diz.«

»Keine Chance«, erwiderte Hardy. »Oder wollen Sie mich dazu zwingen?«

»Provozieren Sie mich nicht.«

»Sehen Sie?«, mischte sich Ann ein. »Genauso hat er es am Samstag auch gemacht!«

»Ich habe am Samstag überhaupt nichts gemacht!« Über Hardys Schulter hinweg zeigte er mit dem Finger auf sie. Wegen der unterdrückten Wut klang seine Stimme noch fürchterlicher. »Wir sollten lieber darüber reden, was diese Frau für Probleme hat. Dass Sie eine Gefahr für die Kinder bedeutet, dass sie nicht mehr ganz richtig im Kopf ist.« Er wandte sich direkt an sie. »Glaubst du wirklich, ich hätte jemanden umgebracht, Ann? Ich bitte dich. Bei mir dreht sich alles darum, andere Menschen am Leben zu erhalten. Aber du sperrst mich aus und kreischst rum, ich wäre vielleicht nur hier, um meine eigenen Kinder zu ermorden? Das ist doch verrückt. Ein Wahnsinn, der einem Angst machen kann.«

Hardy musste einen Weg finden, die beiden zu stoppen, Denn sonst war es aus mit der Versöhnung, bevor sie noch richtig angefangen hatte. »Apropos Angst: Sie hatte wirklich Angst, Eric.«

»Sie hat keinen Grund, Angst vor mir zu haben. Ich habe ihr noch nie etwas getan. Wenn sie das nicht kapiert ...« Sein Blick wanderte von Hardy zu Ann, und die Bestürzung war ihm deutlich anzuhören. »Was hast du dir bloß dabei gedacht, Ann? Was ist los mit dir? Würde ich je einem Kind wehtun?«, fügte er in flehendem Ton hinzu. »Einem meiner eigenen Kinder? Traust du mir so was zu?«

Ann keuchte fast, ihr Atem ging stoßweise. »Als die Polizei mir mitteilte, war ich einfach ... Ich hatte Angst ... Ich habe nicht ...« Hardy glaubte schon, sie würde in Tränen ausbrechen, doch diesmal gelang es ihr, sich zu beherrschen. »Ich wusste nicht, was ich glauben sollte, Eric. Kannst du das nicht verstehen? Ich habe Tim geliebt, und nun ist er tot. Ich hatte zwei Tage lang nicht geschlafen. Ich hatte solche Angst.«

»Vor mir? Wie kannst du vor mir Angst haben?«

Nun bat sie ihn um Verständnis. »*Ich hatte einfach Angst, okay*. Vor allem.« Ihre Stimme war leise. »Ich wollte nicht noch einen Fehler begehen, und dann habe ich natürlich doch etwas falsch gemacht.«

Mit einer weiteren Entschuldigung brauchte Kensing nicht zu rechnen. Hardy, der das erkannte, packte die Gelegenheit beim Schopf. »Warum setzen wir uns nicht?«

»Ist Ross reingegangen?«, fragte Hardy. »Das muss ein paar Minuten vor dem Auslösen des Alarms gewesen sein.«

»Vielleicht. Ist möglich. Ich weiß es einfach nicht.«

»Wo warst du denn?« Anns Wut war noch nicht ganz verraucht. »Ich dachte, du wärst auf der Station gewesen. So groß ist die nun auch wieder nicht. Du hättest ihn doch bemerken müssen.«

Kensing bemühte sich, nicht rechtfertigend zu klingen, und richtete seine Antwort nicht nur an Ann, sondern auch an Hardy. »Wir hatten drei Patienten auf dem Flur liegen. Einer von ihnen schien Schwierigkeiten zu haben, aus der Narkose aufzuwachen. Deshalb haben Rajan, das ist ein Pfleger, und ich den Gesundheitszustand dieses Patienten gründlich im Auge behalten. Während dieser Zeit hätte irgendjemand hinter mir vorbeigehen können – und das ist ganz sicher passiert –, ohne dass ich etwas davon mitgekriegt hätte. Eine Stunde zuvor war Brendan Driscoll einfach in die Intensivstation spaziert.«

»Wie konnte das geschehen?«, fragte Hardy.

Kensing zuckte die Achseln. »Niemand hat ihn aufgehalten. Sie müssten ihn mal erleben. Er benimmt sich, als gehöre ihm die Welt. Wenn ihn eine der Schwestern angesprochen hätte, hätte er einfach geantwortet: ›Schon gut, ich habe die Erlaubnis.‹ Und wahrscheinlich hätte kein Mensch nachgehakt.«

»Ich verabscheue diesen kleinen Stinker«, fügte Ann hinzu. »Er hat allen Ernstes geglaubt, er könnte Tim herumkommandieren.«

»Und hat er ihn wirklich herumkommandiert?«, fragte Hardy.

»Er hat es versucht, vor allem, wenn es um seinen Zeitplan ging. Termine.«

»Und was hielt Markham davon?«

»Er konnte ohne ihn nicht leben«, mischte sich Eric in unverhohlen gehässigem Ton ein. »Brendan hat ihm etwa die Hälfte der Arbeit abgenommen.«

»Das stimmt nicht!« Ann Kensing war nicht bereit, Erics Seitenhiebe gegen Tim zu dulden. »Tim dachte in großen Zusammenhängen. Brendan hatte ein Händchen fürs Detail. Aber Brendan hat nie Tims Arbeit erledigt. Er hat Anweisungen ausgeführt ...«

Eric schnaubte abfällig.

» ... es stand außer Frage, wer der Chef war.«

»Also gab es Reibereien zwischen ihnen?«

»Größere«, sagte Eric. »Um Brendan einzuschätzen, muss man ihn besser kennen lernen. Ein richtiger kleiner Streber.«

Hardy wandte sich wieder an Ann. »Worüber, außer über Sie, haben die beiden noch gestritten?«

Sie zögerte. »Ich glaube, es ging um einige von Tims finanziellen Entscheidungen. Tim liebte das Risiko.«

»Und er riskierte das Geld von Parnassus?« Hardy interessierte sich zwar hauptsächlich für den Mord, aber er hatte nichts dagegen, nebenbei noch ein paar unlautere geschäftliche Machenschaften aufzudecken, die Jackman weiterhelfen würden.

»Tja, ich weiß nicht genau. In den letzten Jahren mussten sie ziemlich viele Kürzungen vornehmen ... und dann hatten sie noch ein paar Personalprobleme –«

»Mich zum Beispiel.«

Ann zuckte die Achseln. Es stimmte. »Nun ja. Unter anderem.«

»Brendan hat schon vor drei oder vier Jahren von Tim verlangt, mich zu feuern, um ein Exempel zu statuieren«, erklärte Kensing.

»Warum? Was hatten Sie ausgefressen?«

»Es ging um meine allgemeine Einstellung. Mangelnder Respekt. Ich habe mich in Geldangelegenheiten immer für die Patienten stark gemacht.«

Ann meldete sich zu Wort, um das zu spezifizieren: »Tim sagte, indem du dich gegen das Unternehmen stellst –«

Hardy fiel ihr ins Wort, um das Ausbrechen eines erneuten Streites zu verhindern. »Und was hatte er als Sekretär mit alldem zu tun? Er verfügte doch nicht über Entscheidungsgewalt.«

»Wie hat Rasputin es geschafft?«, entgegnete Eric. »Der hatte doch auch keine wirkliche Macht.«

Hardy verstand den Vergleich nicht. »Aber der Typ ist doch nur Sekretär.«

Zum ersten Mal zeigten Ann und Eric dieselbe Reaktion – gespielte Empörung angesichts dieses Wortes und dann ein nervöses, verschwörerisches Lächeln. »Mr. Driscoll«, erläuterte Eric, »war Assistent der Geschäftsleitung – wagen Sie es nicht, ihn als Sekretär zu bezeichnen.«

»Und ich hoffe, dass ich mich klar genug ausgedrückt habe«, ergänzte Ann. Der Anflug eines Lächelns spielte noch um ihre Lippen.

»Nur um zu verdeutlichen, auf welche Weise er es so weit gebracht hat«, fuhr Eric fort. »Er war, wie Ann schon sagte, für die Details zuständig. Und wenn man sich fortwährend mit Details befasst, sieht es bald aus, als leite man selbst den Laden.«

Als Ann etwas einwenden und vermutlich wieder Markham verteidigen wollte, unterbrach Eric sie mit einer Handbewegung. »Sie müssen es sich folgendermaßen vorstellen. Wenn

Sie ins Büro des Geschäftsführers zitiert werden, sind Sie ohnehin schon ein wenig nervös. Also warten Sie draußen im Vorzimmer neben Brendans Schreibtisch, und seine ganze Miene verrät Ihnen, dass Sie – egal was Sie dachten, als Sie reingekommen sind – in großen Schwierigkeiten stecken.

Und während Sie draußen schmoren, erklärt Ihnen Brendan, der ausgesprochen gut angezogene und äußerst förmliche Assistent der Geschäftsleitung, wie der Hase läuft: Mr. Markham verabscheue Streit. Er bevorzuge kurze Besprechungen. Innerhalb einer Woche würden Sie eine schriftliche Zusammenfassung der wichtigsten Gesprächspunkte und der vorgeschlagenen Maßnahmen erhalten. Dieses Schreiben müssten Sie als Zeichen der Kenntnisnahme des Inhalts abzeichen und zurückschicken.

Und die Methode funktionierte. Dieser Typ hat ein wahres Labyrinth an Regeln und Vorschriften entwickelt, alle mit dem Zweck, seinen Chef abzuschirmen und vor missliebigen Zeitgenossen zu schützen. Er schrieb sogar unsignierte Zusätze unten auf die Briefe, sodass man glaubte, sie stammten von Tim.«

Als Hardy diese Einzelheiten kannte, fiel es ihm wie Schuppen von den Augen. Schließlich war Phyllis, David Freemans Sekretärin, eine abgemilderte Version von Brendan Driscoll. Schon seit etwa fünf Jahren drängte Hardy Freeman öfter im Scherz, sie zu feuern, doch der alte Mann wollte nichts davon hören. Er erwiderte stets, dass er es ohne sie niemals schaffen würde, seine Arbeit zu erledigen. Allerdings beschränkte Phyllis Hardys Erfahrung nach den Zugang zu Freeman zuweilen derart – und ließ es dabei nie an aufrichtigem Mitgefühl und Verständnis fehlen –, dass Mitarbeiter, die sie nicht leiden konnte, deshalb die Kanzlei verlassen hatten, in der irrigen Annahme, dass Freeman sich ihnen gegenüber verleugnen ließ.

Auch bei Hardy hatte sie das schon häufiger versucht. Doch da er kein Angestellter von Freemans Kanzlei war, fühlte er sich nicht verpflichtet, sich den dort herrschenden ungeschriebenen Gesetzen zu beugen.

Allerdings war das Thema noch nicht erschöpfend behandelt worden. »Und Tim war damit einverstanden?«, fragte Hardy.

»Eigentlich nein. Aber es wurde ihm erst nach einer Weile klar, welche Ausmaße es angenommen hatte, denn es hatte ganz schleichend angefangen und war mit der Zeit aus dem Ruder gelaufen.«

»Wäre das kein Anlass gewesen, Driscoll rauszuwerfen?«, fragte Hardy.

Ann zögerte und strich sich eine Haarsträhne aus der Stirn. »Offen gestanden machte Tim gerade eine Art Midlife-Krise durch. Sein Unternehmen drohte Bankrott zu gehen, seine Ehe war im Scheitern begriffen, mit seinen Kindern klappte es auch nicht so recht. Deshalb ist er ja zu Carla zurückgekehrt. Er wollte versuchen, das Leben, das er sich jahrelang aufgebaut hatte, zu retten. Und das war auch ein Grund, warum er Brendan nicht kündigen konnte, obwohl ihm klar war, dass es das Beste gewesen wäre. Doch es war nicht möglich, solange ansonsten alles drunter und drüber ging. Er war völlig abhängig von ihm.«

Hardy wusste nicht, wie viel davon stimmte. Vielleicht hatte Markham seiner Geliebten gegenüber ja einiges beschönigt, um einfühlsam und sensibel auf sie zu wirken. Aber eines stand jedenfalls fest – Ann war überzeugt davon.

»Hat Markham mit ihm darüber gesprochen und ihn zur Rede gestellt?«, fragte Hardy.

»Klar. Ich glaube, Brendan ahnte, dass Tim ihn vor die Tür setzen wollte. Es war nur eine Frage der Zeit. Ich denke nicht, dass Tim ihm das hätte verheimlichen können, wenn Sie darauf hinauswollen.«

Und plötzlich keimte in Hardy der Verdacht, dass Driscoll durchaus der Täter sein konnte. »Wie stand er zu Carla Markham?«

»Meinen Sie, ob er fähig gewesen wäre, sie und die Kinder umzubringen? Wozu?«

»Genau das interessiert mich ja.«

Sie überlegte immer noch, als Kensing eine Antwort einfiel. »Wenn er wirklich den Verdacht hatte, dass Tim persönlich ihn rausschmeißen wollte, wäre es schon vorstellbar, dass er den Wunsch gehabt haben könnte, jede Spur von ihm zu beseitigen. Die ganze Familie.«

Aber sie waren hier immerhin in San Francisco, und deshalb musste Hardy diese Frage stellen. »Sind Sie sicher, Ann, dass

Markham ausschließlich heterosexuell war? Lief da vielleicht etwas zwischen ihm und Brendan?«

»Tim war nicht schwul«, sagte Ann und tat den Gedanken sofort ab. »Das kann ich beschwören.«

Was, wie Hardy wusste, auf keinen Fall einen Beweis darstellte.

»Aber Brendan hätte sich durch den Mord an Tim doch selbst den Ast abgesägt«, wandte Eric ein.

»Ihm ist nicht gekündigt worden, richtig? Bis zum Schluss war er der treue und tüchtige Assistent der Geschäftsleitung. Er würde keine Viertelstunde brauchen, um einen neuen Job zu kriegen.« Hardy fiel noch etwas ein. »Wohin ist er gegangen, nachdem Sie ihn aus der Intensivstation vertrieben hatten?«

»Keine Ahnung. Jedenfalls ist er aus der Station verschwunden.« Die ursprüngliche Situation musste ziemlich unerfreulich gewesen sein, aber die Erinnerung schien Kensing persönliche Genugtuung zu bereiten. »Er konnte gar nicht glauben, dass ich die Befugnis hatte, ihn dort hinauszuwerfen. Doch ich habe ihn rasch eines Besseren belehrt.«

»Und Sie sind sicher, dass er vor dem Alarm nicht zurückgekommen ist?«

»Ich denke nicht, aber ich kann es natürlich nicht beschwören. Wie ich bereits sagte, war ich auf dem Flur beschäftigt.«

»Aber er hielt sich eindeutig noch im Krankenhaus auf?«

»Ja, natürlich. Nach Tims Tod ...« Kensing seufzte auf. »Er hat ziemlich heftig reagiert, es war erbärmlich. Wirklich peinlich.«

Hardy blickte auf die Uhr. In einer Dreiviertelstunde musste er zu Hause sein, und er wollte kein Thema mehr anschneiden, das er nicht zu Ende führen konnte. Allerdings war es offenbar eine gute Idee gewesen, die beiden gemeinsam zu vernehmen. Ann hatte als Markhams Geliebte Einblicke in sein Seelenleben gehabt, die anderen sicher verwehrt geblieben waren. »Darf ich Sie etwas fragen, Ann«, begann er. »Was stand denn in den Aktennotizen, über die Tim sich so aufgeregt hat?«

»Lassen Sie mich raten«, sagte Kensing. »Sinustop?«

Ann nickte. »Genau.« Sie sah Hardy an. »Wissen Sie, was das ist?«

»Ein neues Heuschnupfenmedikament?« Hardy erinnerte sich dunkel. »Doch es hat Probleme damit gegeben.«

»Bei den meisten Patienten nicht«, sagte Kensing. »Bei einigen jedoch trat leider als unerwünschte Nebenwirkung der Tod ein. Das war, nachdem die Vertreter uns mit Probepackungen zugeschüttet hatten und die Anweisung von oben kam –«

»Von Dr. Ross«, fiel Ann ihm ins Wort. »Er traf diese Entscheidungen, nicht Tim.«

»Wenn du das sagst.« Kensings Blick verriet Hardy, dass der Arzt das nicht glaubte. »Aber egal«, fuhr er fort, »es handelte sich bei diesem Zeug um eine preiswerte Wunderdroge, und uns wurde dringend empfohlen, sie allen unseren Patienten mit allergischen Symptomen zu verordnen. Wissen Sie, wie das mit den Arzneimittelproben funktioniert?«

»Eher nein«, entgegnete Hardy. »Erklären Sie es mir.«

»Tja, ein neues Medikament kommt auf den Markt, und dann ziehen die Vertreter los, um die Ärzte dazu zu überreden, es kostenlos an ihre Patienten zu verteilen. Dahinter steht natürlich das Ziel, den Markennamen bekannt zu machen. Das Zeug wirkt, es steht auf der Positivliste, wir verschreiben es und Bingo, ein neues Wundermittel ist geboren. Doch die Werbekampagne für Sinustop war einfach unglaublich. Die müssen landesweit rund eine Milliarde Tabletten verschenkt haben.«

»Und das war ungewöhnlich?«

Kensing nickte ernst. »Ja, die Mengen waren unüblich.«

»Und was war das Problem zwischen Markham und Ross?«, fragte Hardy.

Ann blickte zwischen Eric und Hardy hin und her. »Als Tim von dem ersten Todesfall erfuhr, wurde ihm ziemlich mulmig. Er bat Ross, die Proben zurückzurufen und das Medikament von der Positivliste zu streichen, bis man weitere Untersuchungen durchgeführt hätte.«

»Doch das tat er nicht?«

Ann schüttelte den Kopf. »Nein, ganz im Gegenteil. Er und Tim hatten schon öfter derartige Auseinandersetzungen gehabt, aber in diesem Fall hat er sich richtig reingehängt. Er teilte Tim einfach mit, er sei der medizinische Leiter und deshalb der Fachmann für solche Dinge. Tim sei nur fürs Geschäftliche verantwortlich. Also solle er dabei bleiben und seine Nase nicht in medizinische Belange stecken, von denen er ohnehin keine Ahnung hätte.«

»Also ignorierte er die Bedenken?«

Offenbar konnte Kensing nicht mehr an sich halten. »Moment mal. Du behauptest doch nicht etwa, Tim hätte auf der Seite der Guten gestanden?«

Sie bedachte ihn mit einem wütenden, kalten Blick. »Was hätte er denn machen sollen, Eric? Verrat es mir.«

Hardy wollte einen weiteren Streit unbedingt vermeiden. Kensing hatte mehr als genug persönliche Gründe, Markham zu verabscheuen, und er würde seine Meinung auch dann nicht ändern, wenn Tim sich im Nachhinein als besserer Geschäftsführer entpuppte, als er vermutet hatte. »Wie lange arbeiteten Markham und Ross denn schon zusammen?«

»Sie gehörten zu den Unternehmensgründern.« Ann zuckte die Achseln. »Das könnten Sie nachlesen.«

»Und in letzter Zeit hatten sie mehrere Auseinandersetzungen wie die wegen Sinustop?«

Sie nagte an ihrer Unterlippe. »Ein paar. Tim hielt Ross' Entscheidungen für medizinisch fragwürdig. Er vertrat die Auffassung, dass man ein gutes Produkt verkaufen –«

»Produkt«, schnaubte Eric. »Das gefällt mir.«

Hardy versuchte den Meinungsaustausch in Gang zu halten. »Aber mit Sinustop verschlechterte sich das Klima? Was geschah schließlich?«

»Nun, Ross hat sich durchgesetzt. Sie haben die Arzneiproben nicht zurückgerufen ...«

Kensing beendete den Satz für sie. »Und in den Vereinigten Staaten haben sechzehn weitere Patienten dran glauben müssen. Zwei davon waren bei Parnassus versichert.«

Die Schilderung hatte Hardys Erinnerung an den Skandal wieder aufgefrischt. Doch obwohl in den Nachrichten viel darüber berichtet worden war, war der Name Parnassus nie gefallen. Er wies die Kensings darauf hin.

Ann sprang sofort für Markham in die Bresche. »Weil Tim die Sache für Ross vertuscht hat – das ist der Grund.«

Kensing schüttelte ungläubig den Kopf. »Bitte nicht.« Dann wandte er sich an Hardy. »Tim hatte eine Pressemitteilung herausgegeben, derzufolge die beiden Patienten nach der Einnahme von Medikamentenproben gestorben seien, die sie vor dem Bekanntwerden des ersten Todesfalls bei uns erhalten hatten. Offenbar stimmte das auch. Wir hätten sämtliche Proben zurückgerufen und Sinustop von der Positivliste gestrichen, sobald sich die ersten Probleme gezeigt hätten. Das ist aber nicht wahr. Und wenn du das als Vertuschungsarbeit für Ross bezeichnest ...«

»Das hat er aber getan«, sagte Ann spitz.

Hardy merkte Kensing an, dass ihm eine zornige Antwort auf der Zunge lag, und er mischte sich ein, bevor die beiden erneut aneinander gerieten. »Schön und gut«, sagte er. »Genau solche Beispiele interessieren mich.« Er sah die beiden nacheinander an. Doch die Spannung hatte sich nicht gelegt.

Er wagte nicht, es darauf ankommen zu lassen. Also stand er auf und plauderte dabei weiter, um die Streithähne zu trennen. »Ich fürchte, ich muss jetzt gehen. Mrs. Kensing, vielen Dank, dass Sie mir Ihre Zeit geopfert haben. Mit den Kindern ist doch alles geklärt, oder? Eric, ich möchte draußen noch ein paar Worte mit Ihnen reden. Ich warte, während Sie sich von den Kindern verabschieden.«

»Schatz, ich bin zu Hause!« Er hatte zwar keine Ähnlichkeit mit Ricky Ricardo aus *Hallo Lucy*, doch zu Beginn ihrer Ehe war er jahrelang stets mit dieser perfekten Imitation zur Haustür hereingekommen. Laut Armbanduhr war er vier Minuten zu früh. Und angesichts der Tatsache, dass dieser Fall immer zeitaufwendiger wurde, war er mächtig stolz auf diese Leistung.

Mit den schlaksigen Armen und Beinen rudernd, stürmte Rebecca den Flur entlang. »Daddy! ich bin ja so froh, dass du da bist.« Sie sprang ihn an, sodass er zurücktaumelte. Doch es gelang ihm, sie festzuhalten und herumzuwirbeln.

Im Esszimmer war der Tisch gedeckt. Frannie kam, die Arme vor der Brust verschränkt, aus der Küche. Aber sie lächelte. »Das war knapp, Alter. Äußerst knapp.«

»Ich werde mich bessern. Ehrenwort.«

Sie tauschten einen keuschen Kuss unter Eheleuten. »Igitt«, rief Vincent, der noch im Wohnzimmer stand.

Die beiden Erwachsenen sahen sich an, fielen sich in die Arme und küssten sich wie die Teenager. Als Hardy Frannie hochhob, strampelte sie mit den Beinen.

»Ihr seid echt widerlich«, rief Vincent.

»Aber, aber. Bitte, lasst das«, ergänzte Rebecca, die Wächterin über korrekte Umgangsformen in der Familie.

»Ich bin machtlos dagegen«, erwiderte Hardy, als er schließlich aufhörte. »Eure Mutter bringt mich um den Verstand.«

»Küss mich, küss mich, küss mich«, flehte Frannie.

Hardy gehorchte. Der Liebestaumel sorgte dafür, dass die beiden Kinder, lautstarke Würgegeräusche ausstoßend, aus dem Zimmer flohen. Der letzte Kuss war fast ein richtiger, und als Frannie danach wieder zu Atem gekommen war, sagte sie: »Ach, da fällt mir noch was ein. Treya hat heute Vormittag angerufen, und wir haben uns fast eine Stunde lang unterhalten.«

Hardy fand das prima. Die beiden Frauen spielten Schiedsrichter, und am Ende würden sie sich alle hassen.

»Und worüber?«, fragte er.

»Sie ist schwanger.«

23

Malachi Ross saß schräg gegenüber von Marlene Ash an einem großen Tisch im Sitzungssaal des Polizeipräsidiums, die Mitglieder der Grand Jury vor sich. Ross war nach Betreten des Raums vereidigt worden; er hatte sich gesetzt, es allerdings abgelehnt, das Sakko auszuziehen, was sich als Fehler erwies. Da er die erste Gelegenheit nicht ergriffen hatte, ergab sich nun keine weitere mehr, denn schließlich wollte er nicht nervös erscheinen – auch wenn er das in Wirklichkeit war. Inzwischen schwitzte er stark.

Die Räumlichkeiten im Justizgebäude waren stets entweder überhitzt oder viel zu kalt. Wegen der Energiekrise hatten die Haustechniker in gegenseitiger Absprache jeden Thermostat im Gebäude neu eingestellt, mit dem Ergebnis, dass alle früher zu kühlen Räume nun zu heiß waren und umgekehrt. In diesem stickigen Zimmer herrschten wahrscheinlich um die achtundzwanzig Grad.

Eigentlich hatte Ross beabsichtigt, so viel wie möglich zur Aufklärung des Mordes an Tim Markham beizutragen. Und deshalb war der Anfang der Zeugenbefragung auch recht erfreulich verlaufen. Fast eine halbe Stunde lang war diese attraktive und tüchtige junge Frau mit ihm die vielen Jahre durchgegangen, die er mit Tim zusammengearbeitet hatte. Die Gründung von Parnassus. Der gemeinsame Bekanntenkreis der beiden Männer. Ms. Ash suchte nach Tims Mörder; Ross hatte mit diesem Herumstochern in der Vergangenheit gerechnet und sich sogar darauf vorbereitet.

Gerade hatte er einige Minuten damit verbracht, den Geschworenen die Natur seiner und Markhams beruflicher Beziehung zu erläutern. Er hatte ausgesagt, zwischen ihnen habe es in zwölf Jahren kaum Auseinandersetzungen gegeben, obwohl sie natürlich hin und wieder unterschiedlicher Meinung gewesen seien. Doch im Grunde hätten sie einander respektiert und vertraut.

Marlene erhob sich und trat ein paar Schritte in die Mitte des Raums. Und schon im nächsten Moment änderte sich der Ton der Befragung. »Dr. Ross«, begann sie und drehte sich zu ihm um. »Wie ist es um die augenblickliche finanzielle Lage von Parnassus bestellt?«

Ross beging den Fehler, diese Bemerkung auf die leichte Schulter zu nehmen. »Wir schlagen uns in etwa so wacker wie die meisten Krankenversicherer in unserem Land, was nicht viel zu bedeuten hat. Aber wir sind noch handlungsfähig, wenn Sie das meinen.«

Ein eisiges Lächeln. »Nicht ganz. Ich habe gehofft, Sie würden ein wenig genauer werden. Schließlich kann man noch handlungsfähig sein und trotzdem kurz vor der Pleite stehen. Sie sind doch zurzeit amtierender Geschäftsführer des Unternehmens?«

»Ja.« Er bemühte sich um Ruhe und betrachtete seine ineinander geflochtenen Finger. Als er den Blick zu den Geschworenen hob, war ihm deutlich anzusehen, was für eine schwere Last er zu tragen hatte. »Nach Tim Markhams Tod am vergangenen Dienstag hat mich der Vorstand zum amtierenden Geschäftsführer bestimmt.«

»Also müssten Sie mit der finanziellen Situation des Unternehmens doch gut vertraut sein.«

»Tja, ich bin ja erst eine knappe Woche im Amt. Ich möchte nicht behaupten, dass ich mich bereits so gut auskenne wie Mr. Markham. Doch die Zahlen sind mir nicht fremd. Offen gestanden befasse ich mich schon seit einer Weile damit.«

»Dann würden Sie es auch wissen, falls Parnassus unter finanziellem Druck stünde?«

»Ja.«

»Und verhält sich das so?«

Da Ross davon ausging, dass die Staatsanwältin in finanziellen Schwierigkeiten bei Parnassus ein mögliches Motiv für den Mord an Markham sehen würde, hatte er mit dieser Frage gerechnet. Allerdings wusste er dennoch nicht genau, was er darauf erwidern sollte. Er strich sich mit den Fingern über die feuchte Stirn und überlegte, ob er um Erlaubnis bitten sollte, das Sakko abzulegen. Oder sollte er es einfach ausziehen? Doch schließlich tat er keines von beidem. »Es wurde definitiv darüber gesprochen.«

In der folgenden Dreiviertelstunde zwang Ash ihn dazu, sich mit quälender Gründlichkeit durch die Bücher von Parnassus zu arbeiten. Sie fragte ihn in allen Details nach Einkommensgrenzen, Zuzahlungen, Kosten, Gehältern, Prämien und den Bezügen der Vorstandsmitglieder. Offenbar war dieses verdammte Weib so gut im Bilde, dass es ihr gelingen würde, seine Verschleierungstaktik zu durchschauen und einen genauen Blick hinter die Kulissen des Unternehmens zu werfen. Ross wusste, dass einige andere Mitarbeiter ebenfalls vorgeladen worden waren. Da er davon ausging, dass die meisten von ihnen die Wahrheit sagen würden, blieb ihm nichts anderes übrig, als sich ebenfalls mehr oder weniger an die Fakten zu halten.

»Mr. Ross, wird Parnassus Ihres Wissens nach innerhalb der nächsten sechs Monate Konkurs anmelden? Wenn nein, erkären Sie uns bitte, wie Sie die Liquidität des Unternehmens aufrecht erhalten wollen.«

Er empfand diese Frage als derart unverschämt, dass er am liebsten zurückgefaucht hätte, das ginge sie einen feuchten Dreck an, aber ihm war klar, dass er in der Falle saß. Er stand unter Eid und war in die Untersuchung des Mordes an Tim Markham verwickelt.

Was nun begann, konnte man nur als Katz-und-Maus-Spiel bezeichnen. Ross schilderte seine Pläne für Parnassus so vage und allgemein wie möglich, woraufhin Ash – ruhig, geduldig und offenbar überhaupt nicht in Eile – eine Einzelheit nach der anderen aus ihm herauspresste. Ross fühlte sich, als würde er ganz langsam durch einen Fleischwolf gedreht.

Als sie fertig waren, war der Wasserkrug, der vor ihm stand, leer. Ross selbst war so nassgeschwitzt, als hätte er sich den Inhalt des Kruges über den Kopf geschüttet, anstatt ihn zu trinken. Das einzig Gute war, dass sich die Fragen zur Positivliste auf finanzielle Aspekte beschränkt hatten. Ash interessierte sich offenbar lediglich für die Preise der einzelnen Posten und das Verschreibungsvolumen, nicht dafür, nach welchen Kriterien die Medikamente überhaupt in die Liste aufgenommen wurden. Ross empfand es als quälend, abwarten zu müssen, bis sie die Bombe platzen ließ. Was war, wenn sie Bescheid wusste? Oder einen Verdacht hatte? Hätte sie ihm dann nicht mitteilen müssen, dass gegen ihn ermittelt wurde? War es besser, wenn er die Aussage verweigerte und auf die Anwesenheit eines Anwalts bestand?

Doch diese Befürchtungen erwiesen sich als unbegründet, denn Ash hatte andere Prioritäten. »Um es noch einmal zusammenzufassen, Dr. Ross: Sie haben unter Eid ausgesagt, dass Parnassus nicht innerhalb der nächsten sechs Monate Konkurs anmelden muss, auch wenn die Stadt die Rechnung über dreizehn Millionen Dollar nicht bezahlt?«

Ross setzte, den dreizehn Geschworenen zuliebe, eine zuversichtliche Miene auf. Er war überrascht, dass die meisten Anwesenden seinen Ausführungen konzentriert und mit offensichtlichem Interesse lauschten. Sie warteten auf seine Antwort, und er spürte, dass sie allmählich ungeduldig wurden. Aber vielleicht bildete er sich das auch nur ein. »Nun ja, man sollte niemals nie sagen. Es stimmt, dass ein Konkursverfahren das Unternehmen vor seinen Gläubigern schützen würde. Und wir könnten wirklich ein wenig Unterstützung vertragen, wenn die Stadt ihren Verpflichtungen nicht nachkommt. Allerdings würde das die zurzeit ohnehin nicht sehr hohe Glaubwürdigkeit einer Unternehmensgruppe wie unserer, deren größter Kunde die Stadt und das County San Francisco ist, nachhaltig schwächen. Wie einige von Ihnen sicher schon bemerkt haben, zieht die Presse seit einiger Zeit ziemlich über uns her.«

»Gut, dass Sie das erwähnen, Dr. Ross.« Ashs Miene wirkte völlig aufrichtig. »Ich habe gehofft, Sie könnten uns Einblicke in die Auseinandersetzungen geben, die gewiss innerhalb von Parnassus geführt wurden, zum Beispiel im Fall Baby Emily.

Ich muss Ihnen mitteilen, dass die Grand Jury über die Vorfälle bereits informiert ist. Wäre es Ihnen vielleicht möglich, ein paar der Wissenslücken zu füllen? Insbesondere, was Mr. Markhams Rolle und die Reaktionen verschiedener Mitarbeiter angeht? Bitte beginnen Sie mit Mr. Markham.«

»Wollen Sie behaupten, sein Tod hinge mit Baby Emily oder einem ähnlichen Zwischenfall zusammen?«

»Diese Untersuchung befasst sich mit dem Tod von Mr. Markham.« Sie war einen Schritt näher getreten. Und da er saß und sie ihn stehend überragte, wirkte sie ein wenig bedrohlich auf ihn. »Jemand hat ihm intravenös eine tödliche Dosis Kaliumchlorid verabreicht. Würden Sie als Arzt zustimmen, dass dies wahrscheinlich kein Versehen gewesen ist?«

Ross wusste nicht, was Ash hören wollte. Er wünschte sich, man hätte ihm gestattet, seinen Anwalt mitzubringen, denn nun musste er die Wahrheit sagen, was ihm nicht sehr gefiel. »Es kann immer vorkommen, dass ein Medikament falsch dosiert wird. Falls Mr. Markhams Herz unregelmäßig schlug, ist es durchaus vorstellbar, dass es nötig war, ihm eine therapeutische Dosis Kaliumchlorid zu verabreichen. Außerdem weicht die Konzentration des Medikaments in der Lösung manchmal, wenn auch selten, von den auf dem Etikett vermerkten Werten ab.«

Zu seinem Entsetzen war Ash auf diese Antwort vorbereitet. »Natürlich. Sie können davon ausgehen, dass uns der Infusionsbeutel, der in diesem Fall das Kaliumchlorid enthielt, vorliegt und dass die Konzentration korrekt war. Darüber hinaus sollten Sie wissen, dass nichts darauf hinwies, Mr. Markhams Herz könne vor dem durch die Überdosis hervorgerufenen Infarkt nicht richtig funkioniert haben. Haben Sie angesichts dieser Voraussetzungen eine andere Erklärung für diesen Zwischenfall, außer dass es eine absichtlich verabreichte Überdosis war?«

Ross wischte sich den Schweiß von der Oberlippe. »Offenbar gibt es keine andere. Haben Sie etwas dagegen, wenn ich mein Jackett ausziehe?«

»Nicht im Geringsten.« Kurz darauf hatte er sich wieder gesetzt. Doch Ash hatte sich von dieser Unterbrechung nicht ablenken lassen. »Also, Dr. Ross. Wenn Mr. Markham absichtlich eine Überdosis erhalten –«

»Das habe ich nicht behauptet. Das heißt, mir war nicht klar, dass Sie davon ausgehen«, ergänzte er.

Bei diesen Worten drehte sich Ash theatralisch um. Sie schwieg, wie in Gedanken versunken, und sah Ross finster an. »Genau davon gehen wir aber aus, Dr. Ross. Hatten Sie und Mr. Markham eine schwere Auseinandersetzung, vielleicht über die Unternehmensstrategie?«

Empört reckte Ross das Kinn. »Soll das ein Witz sein?«, fragte er.

»Wie kommen Sie darauf?«

»Wenn ich Sie recht verstehe, haben Sie gerade gefragt, ob eine berufliche Meinungsverschiedenheit in mir den Wunsch geweckt hätte, meinen langjährigen Freund und Geschäftspartner umzubringen. Ich empfinde diese Frage als Zumutung.«

»Ich habe diese Frage nicht gestellt«, entgegnete Ash. »Sie haben den Schluss selbst gezogen. Aber da die Frage nun einmal auf dem Tisch ist, könnten Sie eigentlich auch darauf antworten.« Sie sah ihn unverwandt an.

Er erwiderte ihren Blick. »Nein, keineswegs. Egal, was auch geschehen wäre, ich hätte niemals etwas Derartiges auch nur in Erwägung gezogen.« Er wandte sich an die Geschworenen: »Tim war mein Freund, ein guter Freund.«

Ross zwang sich zur Ruhe. Ein neuer Wasserkrug war gebracht worden – vielleicht stand er ja schon seit einer Weile da. Er schenkte sich etwas ein und trank einen Schluck. »Ich muss Sie darauf hinweisen, Ms. Ash, dass die medizinische Entscheidung im Fall Baby Emily zwar nicht sonderlich populär, aber dennoch nicht völlig falsch war. Baby Emily hat die Fahrt zur Frühchenstation des County General Hospital überstanden und war auch beim Rücktransport in die Intensivstation des Portola Hospital noch am Leben. Ich habe das Kind weder umgebracht noch seine Gesundheit unnötig gefährdet.«

»Und was hielt Mr. Markham davon?«

»Er war einverstanden, bis der Medienrummel losging.«

»Sie beide haben sich nicht deswegen gestritten?«

»Natürlich, später, nachdem wir unter Beschuss geraten waren. Er fand, ich hätte die Angelegenheit mit ihm absprechen und nicht ausschließlich aus finanziellen Überlegungen heraus handeln sollen.« Wieder wandte er sich an die Grand Jury. »Es stimmt, dass ein paar heftige Worte gefallen sind. Wir beide leiteten gemeinsam ein großes, kompliziert strukturiertes Unternehmen, und zuweilen überschnitten sich unsere Zuständigkeitsbereiche. Das haben wir seit zwölf Jahren so gemacht.« Er sah einigen der Geschworenen in die Augen. Auf gar keinen Fall würde er Ashs Unterstellung einer weiteren Antwort würdigen.

Als sich die Dienstagsrunde bei Lou, dem Griechen, zum Mittagessen versammelte, entschuldigte Treya Glitskys Abwesenheit. Er sei in letzter Minute zu einem Tatort in Hunter's Point gerufen worden. Hardy war überzeugt, dass es sich um eine faule Ausrede handelte.

Ein Tatort in Hunter's Point, dachte er, dass ich nicht lache. Als ob dort nicht jede Woche ein Mord geschehen würde. Hardy wusste, dass man Glitsky, den Chef, nie »zu einem Tatort in Hunter's Point« rufen würde, außer ein paar Gangs hätten sich gegenseitig und dazu noch weitere zwanzig bis dreißig Passanten niedergemäht, und zwar in einer Schießerei am hellichten Tage, bei der außerdem Kinder, Drogen und und der Zodiac-Mörder mit im Spiel gewesen wären.

Nach Hardys Ansicht enthielt diese Ausflucht zudem noch eine Botschaft zwischen den Zeilen. Sie war so einfach, auf den ersten Blick betrachtet so glaubwürdig und dennoch so lahm, dass Hardy sie als an ihn gerichtete persönliche Beleidigung verstand. Tatort am Arsch, sagte er sich. Das fiel in dieselbe Kategorie wie »Meine Großmutter ist gestorben« oder »Der Hund hat meine Hausaufgaben gefressen«.

Abe, der auf die meisten der Anwesenden wütend war, insbesondere aber auf ihn, Hardy, hatte beschlossen, ihnen heute aus dem Weg zu gehen. Wahrscheinlich hatte die Nachricht an diesem Vormittag, Jackman habe Strout angewiesen, Wes Farrells Ansinnen zu entsprechen und die Mutter seines Mandanten exhumieren zu lassen, nicht eben dazu beigetragen, Glitskys Laune zu bessern. Beim Hinsetzen hatte Strout Hardy erzählt, er habe Abe der Höflichkeit halber angerufen, um ihm von dieser Entscheidung zu berichten. Er habe sich eine erboste Tirade von Glitsky anhören müssen, sich anschließend beim Lieutenant bedankt und ihm mitgeteilt, er werde sich dennoch an Jackmans Anweisung halten.

Allerdings schien niemand, nicht einmal Treya, an Glitskys Abwesenheit Anstoß zu nehmen. Kaum hatten sich alle gesetzt, als das Gespräch auch schon in vollem Gange war. David Freeman machte mit einigen Bemerkungen über die Situation bei Parnassus den Anfang, sie alle hätten in der letzten Woche große Weitsicht bewiesen. Bald hatte jeder am Tisch etwas beigetragen, und nach einer Weile wandte man sich Jeff Elliots erstem Artikel über Malachi Ross zu. Das wiederum veranlasste Jeff dazu, Marlene Ash zu fragen, ob sie bereits mit Ross gesprochen habe und wie es ihm vor der Grand Jury ergangen sei.

Marlene warf Jackman lächelnd einen Blick zu und trank von ihrem Eistee. »Kein Kommentar, fürchte ich, auch wenn ich weiß, dass es unter uns bleibt.«

»Wie ich gehört habe, waren Ross und Markham enge Freunde«, sagte Hardy. »Nie ein böses Wort zwischen ihnen.« Er sah Treya an, die ihm am Tisch gegenübersaß. »So ähnlich wie bei mir und Abe.«

Aber Elliot glaubte, eine Story zu wittern. »Darf ich Sie was fragen, Marlene?«, begann er. »Diz glaubt, dass die beiden enge Freunde waren. Und dennoch habe ich erfahren, dass sie in den letzten Jahren mit keiner Entscheidung des anderen mehr einverstanden waren – Baby Emily, Sinustop, die Positivliste, was Sie wollen.«

Marlene Ash trank wieder von ihrem Eistee. »Ich darf nicht darüber reden, Jeff. Der Fall wird vor der Grand Jury verhandelt, verstanden? Ich werde nicht einmal erwähnen, mit wem ich gesprochen habe. Wenn Sie annehmen, dass es Ross war, kann ich Sie nicht daran hindern.«

»Das war doch heute, richtig? Tritt die Grand Jury immer noch dienstags und donnerstags zusammen?«

»Ist hier noch jemand dafür, den ersten Verfassungszusatz aufzuheben?«, sagte Gina Roake. Doch das war ein Scherz und nur so dahingesagt. »Sie darf nicht drüber reden, Jeff. Wirklich nicht. Nicht einmal mit einem Starreporter wie dir.«

»Nichts stünde mir ferner, als sie dazu bringen zu wollen.« Elliot schüttelte den Kopf. Ihn amüsierten die Spielchen wirklich, die diese Anwälte trieben und die sie überdies ernst zu nehmen schienen. Er lächelte die Anwesenden an. »Wie dem auch sei. Zu Ihrer Erbauung möchte ich Ihnen mitteilen, dass Dr. Ross eine Sekretärin hat, Joann mit Namen, die mir, als ich anrief, erwiderte, er sage gerade vor der Grand Jury aus. Anscheinend hat ihr niemand erklärt, wie streng geheim die Sache ist.«

»Sie hat mit dir gesprochen?«, fragte Roake ungläubig. »Nach dem, was du ihrem Chef letzte Woche angetan hast?«

Elliot nickte ernst. »Wahrscheinlich hatte sie den Eindruck, dass ich mich entschuldigen wollte.«

Während Freeman und Jackson sich einer ernsthafteren Debatte über das Thema von letzter Woche – die möglicherweise betrügerischen ambulanten Behandlungsgebühren – zuwandten, beugte sich Hardy zu Elliot hinüber und flüsterte ihm zu. »Woher weißt du von Sinustop?«

»Durch dieselbe Methode, mit der ich rausgekriegt habe, dass Ross vor der Grand Jury aussagt. Ich bin Reporter und stelle Fragen. Es würde dich wundern, wie viele Leute darauf antworten.«

»Nicht so sehr, wie du glaubst. Ich habe ebenfalls mit ein paar Leuten geredet. Hast du etwas über Kensings Liste erfahren?«

Elliot bejahte mit einer Handbewegung, sagte aber nichts, als Lou an den Tisch trat, um die Zusammensetzung des Tagesgerichts zu erläutern: Auberginen, Tofu und Tintenfisch in einer süßsauren Sauce auf Sesamölbasis. Ausgezeichnet, versicherte er. Vielleicht sogar ein kulinarischer Durchbruch, auch wenn er das nicht in diese Worte kleidete.

Nachdem alle das Gericht bestellt hatten – es gab nichts anderes –, wandte sich Lou dem nächsten Tisch zu, und sie konnten sich weiter unterhalten. Elliot beugte sich zu Hardy hinüber. »Wegen der ungeklärten Todesfälle? Eines weiß ich genau, nämlich dass es nur ein Gerücht ist.«

Hardys Miene verdüsterte sich. War Jeff ihm, was die Überprüfung der Namen auf der Liste betraf, einen Schritt voraus? Vielleicht hatte er ja entdeckt, dass acht der übrigen Patienten wie James Lector eines natürlichen Todes gestorben waren. »Was meinst du damit?«, fragte Hardy.

»Ich glaube, ich habe mich falsch ausgedrückt. Immer mit der Ruhe.« Elliot berührte Hardy am Arm. »Das soll nicht heißen, dass es sich nur um ein Gerücht handelt, dass nichts Wahres daran ist. Ich meinte vielmehr, dass es ein Gerücht ist, das in aller Munde ist. Wenn ich noch mehr rauskriege, würde ich gerne einen Artikel drüber schreiben. Aber bis jetzt reicht es noch nicht. Ich habe mit ein paar Leuten im Portola Hospital geredet, und die haben mir Zahlen zwischen fünf und zwanzig genannt. Doch kein Mensch kann auch nur mit der kleinsten Tatsache aufwarten. Außerdem ist über Parnassus sonst nicht viel herauszufinden. Einfach zum Kotzen.«

»Was ist mit unserem Freund Ross?«

Ein Achselzucken. »Wie du dich vielleicht erinnerst, habe ich mir den schon mal vorgeknöpft. Und das Ergebnis ist ziemlich eintönig. Ross und Mutter Theresa vertreten nicht dieselbe Weltanschauung, doch abgesehen davon, dass er geldgeil, herzlos und reich ist, kann ich da keine einzige Zeile rausholen.«

»Vielleicht hab ich was für dich. Spitz die Ohren.«

Dann wandte sich Hardy der anderen Seite des Tischs zu. »John«, rief er, damit Strout ihn hören könnte. »Fast hätte ich es vergessen.«

Er nahm einen Briefumschlag aus der Tasche und reichte ihn über den Tisch. »Tun Sie mir den Gefallen, mich an diese Niederlage zu erinnern, wenn ich Ihnen noch mal eine Wette von zehn zu eins anbieten sollte.«

Wie Hardy beabsichtigt hatte, zog das kleine Theater die allgemeine Aufmerksamkeit auf sich. Eigentlich hatte er geplant, Glitsky auf diese Weise eine indirekte Botschaft zu vermitteln. Falls es ihm gelang, das allgemeine Gespräch auf die Autopsie von James Lector zu lenken, ohne sich dabei ein Bein auszureißen, würde Abe vielleicht begreifen, dass Hardy nicht aus egoistischen Motiven heraus handelte. Dass es kein billiger Anwaltstrick war, sondern ein Gedanke, der etwas für sich hatte und den man vielleicht weiter verfolgen sollte. Allerdings wurde ihm klar, dass es auch genügte, diesen Eindruck bei Treya zu hinterlassen, denn sie würde es sicher brühwarm Abe berichten. An einem gab es nämlich nun einmal nichts zu rütteln: Wenn es ihm nicht gelang, Glitsky auf seine Seite zu ziehen, würde er es nie schaffen, seinen Mandanten von jeglichem Verdacht zu befreien.

Außerdem war er nicht gewillt, obwohl er immer noch wütend war und sich ungerecht behandelt fühlte, wegen dieses Falls seinen besten Freund zu verlieren. Schließlich hatte er schon genug von seinem Privatleben auf dem Altar seines Berufs geopfert.

Als sich ein Chor von Fragen erhob, entgegnete Hardy, er bezahle hier nur eine Ehrenschuld. »Ich war ziemlich sicher, dass James Lector ebenso wie Tim Markham im Portola Hospital getötet worden ist, wenn vielleicht auch nicht auf dieselbe Weise. Und auf diese Vermutung hin habe ich Geld gesetzt.«

Jackman und Freeman waren sich nicht einig, ob Hardy ein edler Mensch oder ein Idiot war. Allerdings gab diese Debatte Hardy die Gelegenheit, Wes Farrells Problem mit Mrs. Loring einfließen zu lassen. Und das war von Anfang an seine Absicht gewesen.

Er bemerkte, dass Elliot sich Notizen zu machen begann.

Doch Jackman hatte nicht vor, Hardy ziehen zu lassen, ohne ihm eine Ermahnung mit auf den Weg zu geben. Kurz nach dem Mittagessen standen sie an der Ecke 7th und Bryant Street und warteten darauf, dass die Ampel umsprang. Jackman hatte Hardy unter dem Vorwand zurückgehalten, er müsse ihm einen schmutzigen Witz über Vasektomien in Arkansas erzählen. Offenbar kamen die ziemlich häufig vor und standen zumeist im Zusammenhang mit Bierdosen, Knallerbsen und der Unfähigkeit, bis zehn zu zählen, ohne dazu die Finger zu Hilfe zu nehmen. Als Hardy zu Ende gelacht hatte, stellte er fest, dass sie hinter den anderen zurückgeblieben waren und nun allein am Straßenrand standen. Jackman war ein ausgezeichneter Witzeerzähler, da er nie über seine eigenen Pointen lachte. Inzwischen war er todernst. »Wenn Sie eine Minute erübrigen können, Diz, habe ich Ihnen noch etwas Wichtiges mitzuteilen.«

Sein Tonfall hatte sich so schlagartig verändert, dass sich Erstaunen in Hardys Gesicht malte. »Na klar«, sagte er. »Natürlich.«

»Aufgrund der Art unserer Abmachung bin von einer Annahme ausgegangen, die ich für wahr hielt. Allerdings habe ich gestern Abend, kurz bevor ich entschieden habe, Ihrer Bitte zu entsprechen, John eine weitere Autopsie durchführen zu lassen, von Marlene erfahren –«

»Es war nicht meine Bitte, sondern die von Wes Farrell, Sir. Es geht um seine Mandantschaft.«

»Diz.« Jackmans Stimme klang dunkel, ja, fast liebevoll. Väterlich legte der Bezirksstaatsanwalt eine schwere Hand auf Hardys Schulter. »Lassen wir das.«

Hardy fand, dass diese wenigen Silben so eindrucksvoll und wirksam waren, wie er es nur selten erlebt hatte. »Tut mir Leid«, erwiderte er, und er meinte es ernst.

»Wie ich soeben sagte« – Jackman hatte die Hand wieder in die Tasche gesteckt, und sie schlenderten über den Fußgängerüberweg – »bin ich unter der Annahme an diesen Fall herangegangen, dass wir einander keine Informationen vorenthalten. Wir händigen Ihnen die Beweise aus, und Sie sichern uns die Kooperation Ihres Mandanten vor der Grand Jury zu, falls es überhaupt dazu kommt. Aber ich hatte gehofft, dass Sie uns – insbesondere Abe –, sämtliche Ergebnisse Ihrer Recherchen zur Verfügung stellen, sofern diese Ihren Mandanten nicht belasten.«

Schweigend gingen sie ein paar Schritte. »Er ist zurzeit nicht in der richtigen Stimmung, um mir zuzuhören«, erwiderte Hardy schließlich.

»Das ist mir klar, aber ich würde mich dennoch freuen, wenn Sie es weiter versuchten.«

»Das habe ich auch vor. Allerdings lautet die Abmachung, dass mein Mandant vor der Grand Jury aussagt, nicht vor ein paar Cops in einem kleinen Zimmer mit einem Videorecorder.«

»Ich habe Sie verstanden. Doch Abe scheint zu dem irrtümlichen Schluss gelangt zu sein, dass wir uns alle miteinander verschworen haben, um seine Ermittlungen zu behindern.« Sie hatten die Vortreppe des Justizgebäudes erreicht und blieben stehen. Jackman runzelte die Stirn. »In diesem Punkt bin ich sehr empfindlich. Nicht mal den Anschein möchte ich erwecken.«

»Hat Abe das wirklich gesagt?«

»Nein. Allerdings mag er es nicht, wenn man ihm verbietet, jemanden zu verhaften.«

»Mit allem Respekt, Clarence, aber das haben Sie doch auch nicht getan. Als wir die Vereinbarung trafen, haben Sie selbst zugegeben, dass Sie trotz des so genannten Geständnisses nicht genug für eine Verurteilung in der Hand haben. Und jetzt hat er nicht mal mehr dieses Geständnis.«

»Ich muss wohl nicht betonen, dass genau das der Grund seiner jüngsten Beschwerde ist.«

Hardy nickte. »Er fühlt sich im Augenblick ungerecht behandelt, Clarence. Und er unterstellt mir, ich hätte die Gelegenheit genützt, um die Zeugin emotional zu erpressen. Und *ich* muss wohl nicht betonen, dass mich das wütend macht. So etwas würde ich niemals tun, Clarence. Und vor allem Abe sollte das wissen.«

»Tja, einer von euch beiden großen Jungs wird einen Weg finden müssen, diesen Streit aus der Welt zu schaffen. Außerdem würde Marlene sicher gerne erfahren, was Sie herausgefunden haben, ganz gleich ob es von Abe kommt oder von Ihnen. Offenbar haben Sie ein paar Eisen im Feuer. Zum Beispiel diese Autopsien. Nebenbei möchte ich bemerken, dass es der Höflichkeit halber und auch im Sinne unserer Zusammenarbeit angemessen gewesen wäre, wenn Sie uns etwas früher davon in Kenntnis gesetzt hätten.« Als Hardy sich entschuldigen wollte, ließ er ihn nicht zu Wort kommen. »Es spielt keine Rolle. Vorbei und vergessen. Aber denken Sie daran, dass ich mich, indem ich Strout grünes Licht gab, beim Leiter des Morddezernats ziemlich unbeliebt gemacht habe. Hoffentlich erfüllt diese ... ungewöhnliche Vorgehensweise einen Zweck, und hoffentlich macht Ihr Mandant keine Dummheiten, überlegt es sich anders oder verweigert vor der Grand Jury die Aussage. Dann würde ich nämlich ganz schön dumm dastehen.«

»Keine Sorge, Clarence. Ich bin noch nicht so weit, Ihnen eine bessere Alternative zu Kensing anbieten zu können. Aber ich könnte mit ein paar Leuten aufwarten, die nicht viel schlechter sind.«

Jackman reagierte gelassen auf diese Mitteilung. »Dann sollte Abe sich mal mit diesen Leuten befassen.«

»Das wäre mein größter Wunsch, Clarence. Ehrlich. Gleich nach dem Wunsch, dass die von Wes Farrell beantragte Autopsie zu einem Ergebnis führt.«

»Zu welchem?«

Hardys Miene war besorgt. »Inzwischen, Clarence, wäre mir fast alles recht.«

Sie verabschiedeten sich. Hardy blickte Jackmans Rücken nach, als der Bezirksstaatsanwalt im Gebäude verschwand. Dann ging er ein paar Schritte die Treppe hinunter, um sich ein Stück von der spiegelnden Glasscheibe zu entfernen und die Sonnenstrahlen zu genießen.

Draußen drängten sich die Leute, um sich noch eine Zigarette zu genehmigen oder juristischen Rat in letzter Minute einzuholen. Jemand, der vermutlich drinnen etwas zu erledigen hatte, hatte zwei riesige Dänische Doggen draußen ans eiserne Geländer gebunden. Alle machten einen großen Bogen um die beiden Hunde, die auf dem warmen Stein schliefen – nachdem eine junge Frau von einem Hund totgebissen worden war, hatte die Beliebtheit des besten Freundes des Menschen in dieser Stadt einen historischen Tiefpunkt erreicht. Am anderen Ende der Treppe verzehrte ein junges Chinesenpärchen sein Mittagessen; zwischen ihnen stand ein tragbarer Gettoblaster, aus dem eine Art asiatischer Rap dröhnte.

Als Hardy der Geruch des Bao – ein köstliches Klößchen aus klebrigem Teig, gefüllt mit würzigem Schweinefleisch – in die Nase stieg, bemerkte er plötzlich, wie hungrig er war. Auch wenn Lous Tagesgericht neue kulinarische Wege beschritten hatte, waren die meisten am Tisch offenbar zu altmodisch gewesen, um diesen Umstand würdigen zu können. Hardy hatte höchstens drei Gabeln davon gegessen.

Nachdem Hardy gewartet hatte, bis Jackman nicht mehr zu sehen war, betrat er das Gebäude und fuhr mit dem Aufzug in den dritten Stock. Der Lieutenant war nicht in seinem Büro. Es war überhaupt kein Mensch da. Hardy ging auf den Flur hinaus, nahm sein Mobiltelefon und wählte Glitskys Handynummer.

Es klingelte zweimal, dann kam eine seidenweiche Stimme. »Glitsky.«

»Wie war's in Hunter's Point?«

»Wer spricht da?«

»Dreimal darfst du raten.«

Eine Pause entstand. »Was willst du?«

»Fünf Minuten. Wo bist du jetzt?«

»Gerichtssaal zweiundzwanzig.«

Das war im zweiten Stock. Falls gerade eine Verhandlung im Gange gewesen wäre, hätte Glitsky sicher sein Telefon ausgeschaltet, um nicht den Zorn von Richter Chomorro auf sich zu ziehen. Also wurde der Gerichtssaal entweder nicht benutzt oder es war gerade Verhandlungspause. Offenbar versteckte sich Glitsky.

Wenn Hardy Abe vorwerfen wollte, dass er ihm Beweise vorenthielt – und das lag ganz in seiner Absicht –, musste er es ihm ins Gesicht sagen. Der Lieutenant saß in der letzten Reihe, auf einem Platz weit entfernt vom Mittelgang. Als Hardy hereinkam, blickte er kurz auf, machte aber keine Anstalten, ihm entgegenzugehen. Dazu schien Hardy auch keine Lust zu haben.

»Ich habe gerade mit Clarence gesprochen. Er findet, wir beide sollten zusammenarbeiten.« Hardys Stimme hallte in dem leeren, riesigen Saal wider. »Ich hätte ihm antworten sollen, dass dazu zwei gehören, aber das habe ich mir verkniffen.«

»Wie edel von dir.«

»Allerdings frage ich mich, warum deine Inspectors sich nicht die Mühe gemacht haben zu überprüfen, wer sich zum Zeitpunkt von Markhams Tod in der Nähe der Intensivstation aufgehalten hat. Hast du ihnen einfach erklärt, dass Kensing sowieso der Täter ist, deshalb könnten sie sich die Arbeit sparen?«

Glitsky drehte sich zum ihm. »Wovon redest du?«

»Von Bracco und dem anderen Typen, seinem Partner, und dem, was die beiden in der letzten Woche so getrieben haben.«

Glitsky verschränkte die Arme vor der Brust und schüttelte abweisend den Kopf. Hardy nahm sein Schweigen als Antwort. »Denn mir fällt es schwer zu begreifen, warum sie sich nicht in dem Krankenhaus umgehört haben, wo Markham gestorben ist. Findest du das nicht seltsam? Das ist doch der erste Ort, wo man nach Zeugen suchen würde, meinst du nicht?«

»Worauf willst du hinaus?«

»Ich denke, du hast sie angewiesen, ins Krankenhaus zu gehen. Du hättest dort nämlich zuerst ermittelt.«

»Richtig. Und da waren wir auch gleich zu Anfang. Also frage ich dich noch einmal: Worauf willst du hinaus?«

»Darauf, dass in den kompletten Ermittlungsakten, die du mir eigentlich hättest zukommen lassen müssen, keine Spur davon vorhanden war. Die Abmachung lautet, dass ich alles bekomme, was du hast, schon vergessen?«

»Das hast du doch gekriegt.«

»Ich habe nichts über Zeugenaussagen aus dem Krankenhaus gelesen. Und nun behauptest du, deine Männer wären dort gewesen. Welchen Eindruck, glaubst du, macht das auf mich?«

Glitsky schien zu überlegen. Nach einer Weile sah er Hardy an. »Vielleicht waren die Vernehmungen noch nicht getippt.«

»Könnte sein. Und wo sind dann die Tonbänder ohne Abschrift? Von denen sind nämlich auch ein paar dabei.« Allerdings war Hardy nun schon lange genug als Strafverteidiger tätig und kannte die Tricks, mit der die Polizei der Staatsanwaltschaft unter die Arme griff. »Vielleicht«, fügte er spitz hinzu, »hast du ihnen ja gesagt, sie können sich das mit der Bandaufnahme schenken.« Das war eine beliebte und nicht selten angewandte Methode, die sich fast unmöglich nachweisen ließ.

»Ich habe so den Verdacht«, sprach Hardy weiter, »dass du dich von mir aufs Kreuz gelegt fühlst und deshalb beschlossen hast, auch mit faulen Tricks zu arbeiten.« Glitsky presste die Lippen zusammen. Seine Narbe trat hervor. Hardy wusste, dass er bei Abe einen wunden Punkt getroffen hatte, aber er musste ihn irgendwie aus der Reserve locken. »Die Folge war, dass ich vier Tage gebraucht habe, um Dinge herauszufinden, die du bereits wusstest.«

»Und was soll das gewesen sein?«

»Dass es verschiedene Personen gibt, die die Gelegenheit und vielleicht sogar ein Motiv hatten, Markham umzubringen.«

Doch Glitsky gab nicht nach. »Wenn du das Zeug nicht finden konntest, ist das dein Problem. Meine Inspectors sind hingegangen und haben Fragen gestellt. Sie können den ganzen Tag lückenlos nachvollziehen, von Markhams Einlieferung in ...« Unvermittelt brach Glitsky ab, warf Hardy einen raschen Blick zu und starrte dann in die Ferne. Seine Nasenlöcher blähten sich.

»Was ist?«, fragte Hardy.

Plötzlich veränderte sich Glitskys Miene. Offenbar war ihm etwas eingefallen, denn er holte tief Luft und presste dann störrisch die Lippen zusammen.

Hardy wartete eine Weile. »Ich höre«, sagte er und übte sich dann weiter in Geduld.

Schließlich wiegte der Lieutenant ärgerlich und verlegen den Kopf. »Sie haben vergessen, ein Band mitlaufen zu lassen. Du weißt ja, dass es Braccos und Fisks erster Fall ist. Sie haben sich nicht an die Vorschriften gehalten und ...« Wieder unterbrach er sich; es war zwecklos, weitere Erklärungen abzugeben. Kein Mensch, am allerwenigsten Hardy, würde ihm glauben. Und unter diesen Umständen konnte Glitsky das niemandem verdenken.

Hardys erste Reaktion fiel auch wie erwartet aus. »Das ist doch nur eine Ausrede«, entgegnete er barsch. »Wie praktisch, dass du dich erst jetzt, als ich dich ertappt habe, wieder erinnerst. Wirklich sehr bequem.«

Seine Stimme triefte vor Sarkasmus.

»Da wäre noch etwas.« Hardy machte einen Schritt auf die Tür des Gerichtssaals zu und sah seinen Freund an. Als er weitersprach, kamen seine Worte aus tiefstem Herzen. »Ich kenne dich, Abe. Ich weiß, was für ein Mensch du bist, und ich vertraue dir. Wenn du sagst, dass es so gewesen ist, dann war es eben so. Thema erledigt.«

»Es war wirklich so.« Glitsky konnte ihn nicht ansehen.

»Gut. Dann könnte jemand vielleicht einen Bericht über die Ermittlungsergebnisse für mich schreiben, damit ich wieder auf dem Laufenden bin.« Er schob die Tür auf, hörte aber wieder auf damit und drehte sich um. »Ach, herzliche Glückwünsche übrigens. Treya hat angerufen und es Frannie erzählt.«

Im nächsten Moment stand er draußen auf dem Flur und ließ Glitsky mit seinen finsteren Gedanken allein zurück.

Teil drei

25

Bracco verstand seinen Partner einfach nicht. Manchmal war er desinteressiert und zu nichts zu gebrauchen und dann wieder hatte er einen Spontaneinfall, der sie sogar weiterbrachte.

Gestern waren sie den ganzen Tag in der Stadt herumgefahren, hatten sich die Füße platt getreten, mit verschiedenen Leuten geredet und die Angestellten im Krankenhaus, die Damen vom Kaffeekränzchen und die Mitarbeiter der Judah Clinic befragt. Zehn Stunden Plackerei, und als sie endlich ins Morddezernat zurückkehrten, um Glitsky Bericht zu erstatten, war der Lieutenant wie vom Erdboden verschluckt. Er habe einen Anruf erhalten und sei sofort aufgebrochen; angeblich sei er sehr verärgert gewesen. Bracco und Fisk hatten beim letzten Mal ihre Lektion gelernt – nämlich, ihm lieber am nächsten Morgen im Büro Meldung zu machen, anstatt ihn zu Hause aufzusuchen. Allerdings hatte es damit auch heute nicht geklappt. Als sie zu ihrer Verabredung mit Kathy West fuhren, war der Lieutenant immer noch nicht da, und dabei war es bereits kurz nach zehn.

Nun saßen sie schon seit mehr als zwei Stunden auf der Terrasse eines italienischen Restaurants am Union Square. Die Sonne schien, und es war völlig windstill. Soweit Bracco es beurteilen konnten, verspeisten sie gerade ein Mittagessen, wie es sich bessere Leute jeden Tag gönnten, und ihm war rätselhaft, wie sie es auf diese Weise schafften, nicht fett zu werden. Bei Harlan jedoch zeigte es bereits deutliche Folgen. Aber zwei

Stunden lang zu Mittag zu essen, ohne dass ein Ende abzusehen gewesen wäre? Gewiss erschien das seinem Vater, der sich ständig im Dunstkreis des Bürgermeisters aufhielt, ebenso merkwürdig.

Doch Bracco musste zugeben, dass sein Partner sich geschickt an Nancy Ross heranmachte. Natürlich halfen ihm dabei die Anwesenheit und die Vermittlung seiner Tante Kathy weiter, die den Vierer am Tisch vervollständigte. Dennoch musste Bracco Fisk zugute halten, dass er die Befragung mit viel Fingerspitzengefühl durchführte – trotz des Kassettenrecorders, der zwischen den halb vollen Kaffeetassen und den Tellern mit Tiramisu mitten auf dem Tisch stand. Nancy – sie durften sie inzwischen Nancy nennen – verhielt sich völlig ungezwungen.

Allerdings vermutete Bracco, dass dieser Gleichmut bei ihr situationsunabhängig war. Sie stammte aus einer Patrizierfamilie und schien von Geburt an dafür bestimmt zu sein, bedient zu werden und Befehle und Anweisungen zu erteilen. Nancy Ross verfügte zwar nicht über Ann Kensings körperliche Anziehungskraft – diese Augen, diese Kurven –, verbreitete aber eine Aura zeitloser Eleganz. Dabei wirkte sie keineswegs unterkühlt, sondern hatte ein herzliches, fröhliches Lachen und eine schalkhafte Art, die Dinge in Worte zu kleiden. Im Augenblick amüsierten sie und Kathy West sich köstlich über das Wort »lang«. »Du meine Güte, was für lange ... Brötchenstangen es hier gibt.« Oder: »Sind dir die langen ... Ohrläppchen von unserem Kellner aufgefallen?« Die beiden wollten sich vor Lachen schier ausschütten.

Fisk fühlte sich offenbar wohl in dieser Gesellschaft. Er trug einen maßgeschneiderten Designeranzug, eine bunte Seidenkrawatte, Slipper mit Troddeln und ein cremefarbenes Hemd aus einem glänzenden Stoff. Natürlich hatte er einige Mühe auf sein Aussehen verwendet, doch Bracco musste einräumen, dass das Ergebnis stimmte. Die Kleider passten zu diesem Mann und sorgten darüber hinaus noch dafür, dass er fast fünfzehn Kilo leichter wirkte.

Da Fisk ihn gebeten hatte, anlässlich dieses Mittagessens etwas Gutes anzuziehen, trug er ein Cordsakko, ein Polohemd und eine gebügelte Baumwollhose. Trotzdem hatte er den Eindruck, schäbig gekleidet zu sein, weshalb er zu befangen war, das Wort zu ergreifen. Das lag nicht nur daran, dass er sich, was seine Herkunft betraf, unterlegen fühlte; der Grund war auch, dass bis vor zehn Minuten von Polizeiarbeit nicht die Rede gewesen war. Er wusste, dass ein Inspector beim Morddezernat seinen Dienst nicht nach Stempeluhr versah, doch die Kehrseite davon – dass er mitten an einem Werktag einfach zwei Stunden freinehmen konnte – war für ihn immer noch ungewohnt.

Inzwischen war ihm klar, dass Fisk eine bestimmte Absicht verfolgte. Die Anekdoten und das Geplauder stellten nur die Einleitung dar. Nancy Ross wollte diesem netten jungen Mann, dem Neffen der Stadträtin Kathy Ross, der zufällig auch Polizist war, helfen, so gut sie konnte.

»Ich weiß«, sagte sie gerade. »Malachi war heute Morgen so nervös. Können Sie fassen, dass er zum ersten Mal vor der Grand Jury erscheinen musste? In seinem ganzen Leben hat er noch nicht einmal einen Strafzettel für Falschparken bekommen, geschweige denn mit einem leibhaftigen Polizisten gesprochen, der in einem so schweren Verbrechen ermittelt. Ich wünschte, er hätte Sie früher kennen gelernt, Harlan, und Sie auch, Darrel. Dann hätte er sich nicht solche Gedanken gemacht.«

Fisk schnalzte mitfühlend mit der Zunge. »Es gab doch sicher keinen Grund zur Sorge. Hauptsächlich wollte man deshalb mit ihm reden, weil man sich für die angespannte Situation bei Parnassus interessiert. Meiner Ansicht nach ist Ihr Mann nun, nach Mr. Markhams Tod, wahrscheinlich die beste Informationsquelle.«

»Das stimmt ganz sicher. Manchmal dachte ich, dass er und Tim eigentlich denselben Job hatten. Und jetzt hat Malachi Tims Posten übernommen, auch wenn er unter diesen Umständen lieber darauf verzichtet hätte. Es ist eine Tragödie.«

»Wissen Sie, ob er bereits einen Nachfolger für seinen alten Posten bestimmt hat?«

Sie schüttelte majestätisch den Kopf. »Nein. Er sieht sich noch um, aber ... nun, offen gestanden gibt es, wie er sagt, nicht allzu viele Ärzte, die in der Lage sind, derart schwierige

Entscheidungen zu fällen. Malachi hat im Laufe der letzten Jahre gelernt, damit zu leben, und es belastet ihn wirklich sehr, obwohl dieser schreckliche Reporter ihn wie ein Ungeheuer hingestellt hat.«

Wieder gab Fisk ein verständnisvolles Geräusch von sich. Bracco stellte fest, dass Nancy darauf reagierte, wie Fisk beabsichtigt hatte: Sie deutete es als Aufforderung zum Weitersprechen. »Als ob dieser Jeff Elliot auch nur die leiseste Ahnung hätte, wie schwierig es ist, ein Unternehmen wie Parnassus zu leiten. Verlangt er etwa, dass Vorstandsmitglieder und Manager für den Mindestlohn arbeiten? Ich muss schon sagen, er weiß einfach nicht, wovon er redet.«

»Vermutlich geht es den meisten Leuten so.« Auch Fisk hielt das offenbar für ein Trauerspiel.

»Ich meine nur«, fuhr Nancy fort, »Sie würden nicht glauben, was für Leute an dem Tag, als der Artikel erschienen ist, bei ihm im Büro angerufen haben. Ich weiß nicht, wie Malachi das ertragen hat, warum er nicht zusammengebrochen ist, denn er war völlig erschöpft. Denn in der Nacht, als Tim ermordet wurde ... ach, schon gut.«

»Es ist in Ordnung, Nancy. Was war da?«

Sie seufzte. »Er hat sich doch immer solche Mühe gegeben, das Richtige zu tun, so ist er nun mal. Er ist länger geblieben, um mit diesem *Mr. Elliot* zu reden. Dazu wäre er nicht verpflichtet gewesen. Er wollte erreichen, dass er ihn versteht, aber das lag offenbar gar nicht in Mr. Elliots Absicht. Das Gespräch dauerte bis nach Mitternacht, und das obwohl mein Mann völlig übermüdet war. Und trotzdem hat ihm dieser Elliot jedes Wort im Mund umgedreht.«

Fisk war ganz ihrer Ansicht. »Ich habe meinen Augen nicht getraut, als ich las, dass er in seinem Artikel Ihr Einkommen erwähnt hat, auch wenn das angeblich öffentlich bekannt ist.« Er sah seinen Partner an. »Darrel und ich fanden das beide ziemlich unverschämt. Als ob das für all die Arbeit, die er leistet, ein übertrieben hohes Gehalt wäre.«

Auch Kathy West musste ihren Senf dazugeben. »Und es ist Malachis einzige Tätigkeit, richtig, Nany? Schließlich sitzt er nicht in zwanzig Aufsichtsräten und sahnt ab.«

»Richtig. Wir leben von seinem Gehalt. Es ist nicht so, dass wir über Treuhandfonds, Erbschaften oder weitere Einkünfte verfügen würden. Abgesehen von ein paar Partys – ohne die einige wichtige wohltätige Organisationen Einbußen erleiden würden – leben wir sehr sparsam.«

Fisk ermunterte sie weiter. »Die Hälfte fressen sowieso die Steuern. Und von dem Rest geht wiederum die Hälfte für den Unterhalt der Häuser und Bewirtungskosten ab. Ich kann Sie wirklich gut verstehen.«

Bracco machte ein paar Kopfrechenübungen. Im Gegensatz zu seinem Partner überstieg es seine Vorstellungskraft, 1,2 Millionen Dollar jährlich auszugeben. Selbst wenn die Hälfte – 600.000 Dollar – für Steuern aufgebracht werden musste und ein weiteres Viertel – 300.000 Dollar – für die Häuser (man beachte den Plural) und Festivitäten draufging, blieben immer noch dreihundert Riesen netto, um damit ein bescheidenes Dasein zu führen. Das war das Dreifache von Braccos Bruttogehalt, einschließlich Überstunden. Vieler Überstunden.

Doch Fisk hatte ihm vor dem Treffen erklärt, der Sinn der Befragung bestünde darin herauszufinden, ob Ross und seine Familie sich als wohlhabend betrachteten oder befürchteten, im Armenhaus zu landen. Zu Braccos Erstaunen schien sich Letzteres herauszukristallisieren.

»Ich kann Ihnen gar nicht sagen, Harlan, wie angenehm es ist, mit jemandem zu sprechen, dem die Zahlen ein Begriff sind. Eine Million Dollar klingt natürlich wie eine schrecklich hohe Summe, richtig?« Dann fügte sie, ein wenig ernster, hinzu: »Früher war es das wahrscheinlich auch. Aber heute nicht mehr.«

Fisk schien sich königlich zu amüsieren und tat die Zahl mit einem Lachen ab. »Vor ein paar Jahren glaubte ich mal, ich könnte mich mit einer Million zur Ruhe setzen. Können Sie sich das vorstellen?«

Auch Nancy lachte über seine Naivität. »Falls Sie vorhätten, danach nur noch ein oder zwei Jahre zu leben, vielleicht. Und auch das nur, wenn Sie kein Personal haben. Damit meine ich nicht mal fest angestellte Mitarbeiter. Oder gar welche, die im Haus wohnen? Vergessen Sie's. Das reicht nur für ein Hausmädchen ein paar Mal pro Woche, den Gärtner und eine Küchenhilfe.«

»Vergiss die Parteispenden nicht«, fügte Kathy West halb im Scherz hinzu.

»Und die Wohltätigkeitsorganisationen, die Oper, die Spende an die Schule der Mädchen, zusätzlich zu den zwanzigtausend Dollar Schulgebühren. Wenn ich es mir genauer überlege, ist es wirklich ein wenig beängstigend.«

Bracco konnte diese Litanei kaum noch ertragen. In seinem Leben gab es nicht einen der halben Dutzend Kostenpunkte, die sie soeben erwähnt hatten. Doch er hatte keine Ahnung, wie er den vertraulichen Ton anschlagen sollte, der Fisk so leicht zu fallen schien. Insbesondere dann nicht, wenn es um Geld ging. Er konnte nur hoffen, dass sein Partner sein Ziel erreichen würde.

Aber Fisk, der Nancys Leiden offenbar nachvollziehen konnte, fuhr fort: »Vor allem fand ich unfassbar«, sagte er, »dass Elliot Ihren Mann als geldgierigen Raffke darstellt. Er hätte besser einen Artikel über Lebenshaltungskosten in der wirklichen Welt schreiben sollen. Meiner Ansicht nach wäre es Dr. Ross nicht zu verübeln, wenn er Parnassus den Krempel vor die Füße werfen würde. Bestimmt ist er ein gefragter Mann und würde sicher rasch einen Posten finden, der seinen Fähigkeiten nach angemessen dotiert ist.«

»Offen gestanden hätte er das beinahe getan. Im vergangenen Jahr hat er einige Gespräche geführt. Natürlich streng geheim. Selbst Tim wusste nichts davon.« Bracco hatte den Eindruck, dass sie gern noch weiter ausgeholt hätte. Doch dann brach sie ab – offenbar hatte sie es sich anders überlegt – und wandte sich wieder ihren eigenen Sorgen zu. »Ich kann Ihnen gar nicht sagen, wie unglaublich schwierig es ist, Jahr um Jahr von der Hand in den Mund zu leben«, sagte sie mit einem reizenden Seufzer. »Nichts sparen oder für das Studium der Mädchen zurücklegen zu können, während Malachi aus irgendeinem Pflichtgefühl heraus nicht von Parnassus loskommt. Und dann unterstellen uns alle plötzlich, wir wären steinreich. Das ist doch ein Witz.«

Fisk erbot sich, einmal mit Mr. Elliot zu reden. »Wenigstens könnte ich versuchen, ihm Ihren Standpunkt begreiflich zu machen.«

»Nein, danke, Harlan. Das ist wirklich sehr nett von Ihnen, aber ich halte es für unklug. Er würde es nur wieder gegen uns verwenden. Obwohl ich nicht wüsste, wie er das anstellen sollte.«

»Es wird schon nicht so schlimm kommen«, sagte Kathy West, tätschelte Nancy die Hand und griff nach der Rechnung. »Mach dir keine Sorgen, Nancy, bald ist Gras über die Sache gewachsen. Am besten vergisst man solche Artikel einfach.«

Fisk nahm den Kassettenrecorder und ließ ihn geschickt in seiner Tasche verschwinden. »Tut mir Leid, dass wir Sie mit einem so unangenehmen Thema belästigt haben«, sagte er. »Das ist ein Teil meines Berufs, den ich gar nicht mag. Aber Sie waren sehr hilfsbereit, und das Mittagessen war phantastisch.«

Als Nancy Ross die Hand nach der Rechnung ausstreckte, protestieren Harlan und seine Tante. Doch Nancy setzte sich durch. Ein sehr erleichterter Bracco stammelte einen Dank – er hatte einen Blick auf die Summe erhaschen können: 147,88 Dollar, ohne Trinkgeld. Das war die Hälfte der Miete, die er monatlich an seinen Vater zahlte.

Nun standen alle auf und küssten einander auf beide Wangen. Offenbar hatte sich Nancy Ross inzwischen von den deprimierenden Gesprächen über Geld erholt. Bracco schüttelte erst Nancy, dann Kathy die Hand, sagte, es sei ausgesprochen nett gewesen und er habe es sehr genossen. Ihm wurde klar, dass das in gewisser Weise zutraf. Er hatte einen vertraulichen Einblick in eine Welt erhalten, die völlig unabhängig von seiner eigenen existierte.

Und in dieser Welt hatte Malachi Ross finanzielle Schwierigkeiten.

Fünf Minuten nachdem Wes Farrell in die Kanzlei gekommen war, wurde er von Strouts Büro über den Stand der Dinge im Fall Mrs. Loring informiert. Er überlegte eine Weile und entschied dann, dass man diese Art von Nachrichten lieber nicht sofort seinem Mandanten unter die Nase reiben sollte: »Hallo, Chuck, ich bin's, Wes Farrell. Gute Neuigkeiten. Sie graben die

Leiche Ihrer Mutter wieder aus und sezieren sie zu wissenschaftlichen Zwecken.« Nein. So ging das nicht.

Für ihn jedoch war es ein Grund zum Feiern, und dazu hatte er in den vergangenen Monaten weiß Gott keinen Anlass gehabt. Er unternahm einen heldenhaften Versuch, bis zum Mittagessen andere anstehende Arbeiten zu erledigen. Doch sobald er die Tür hinter sich geschlossen und sich auf den Nachhauseweg gemacht hatte, wurde ihm schlagartig klar, dass seine Willenskraft nicht ausreichte, um vor Anbruch des neuen Tages in die Kanzlei zurückzukehren.

Er hatte sich eine Artischocke und eine Dose Tunfisch zum Mittagessen genehmigt und dann auf dem Wohnzimmersofa ein einstündiges Stärkungsnickerchen gehalten. Inzwischen stand er auf der anderen Straßenseite, gegenüber von seiner Doppelhaushälfte, und schickte sich an, Bart, seinen dreißig Kilo schweren Boxer, im Buena Vista Park Gassi zu führen. Er trug eine abgewetzte Hose, todschicke Tennisschuhe und ein Sweatshirt, auf dem aus der Ferne der Schriftzug »BUSH« zu lesen war. Aus der Nähe konnte man dann den in kleineren Buchstaben gedruckten Zwischentext »_ _ ll _ _it« erkennen. Farrell war stolz darauf, dass in seinem Kleiderschrank die womöglich weltgrößte Sammlung auf Stoff gebannter Aufkleber-Lebensweisheiten hing.

Die Sonne hatte die Wolkendecke durchdrungen, und der Tag versprach, beinahe warm zu werden. Da es erst vor zwei Tagen warm gewesen war, rechnete kein vernünftiger Einwohner San Franciscos mit einer so baldigen Wiederholung dieses Umstandes. Und dennoch schien es wahr werden zu wollen. Es geschahen eben manchmal noch Wunder.

Zu den freudigen Überraschungen zählte auch das plötzliche Auftauchen von Samantha Duncan, der Frau in Wes Farrells Leben. Niedlich, sportlich, überschwänglich und Ende dreißig. Vor mehr als fünf Jahren war Sam bei Wes eingezogen, ein Arrangement, das von beiden Seiten auf Dauer angelegt war, obwohl sie sich nicht mit Heiratsplänen trugen. Wes hatte diese Erfahrung bereits gemacht, abgehakt, seine Vorbehalte dagegen, und Sam fand daran nichts auszusetzen.

Gleich als er nach Hause gekommen war, hatte er sie im

Notrufzentrum für vergewaltigte Frauen in der Haight Street angerufen, wo sie arbeitete, und sie gefragt, ob sie nicht Lust habe, ein paar Stunden freizunehmen, um vielleicht einer einverständlichen Aktivität unter Erwachsenen zu frönen. Normalerweise verabscheute Sam solche Witze, aber sie duldete sie bei Wes. Allerdings war sie sehr beschäftigt und sagte, sie werde es vermutlich nicht einrichten können.

Doch nun war sie plötzlich da, schlenderte neben ihm her und griff nach seiner Hand. Er blieb stehen, küsste sie und drückte sie kurz an sich. »Wie hast du es geschafft zu fliehen?«

»Das Schicksal war auf meiner Seite. Eine der freiwilligen Helferinnen hat spontan beschlossen, heute eine Schicht zu übernehmen.« Als Bart an der Leine zog, setzten die beiden sich in Bewegung. Sam sah Wes an. »Was ist denn passiert, dass du heute auf einmal einen freien Tag einlegst?«

Er erklärte ihr alles und versuchte, ihr ein Bild von Hardys Idee, Strouts ursprünglichen Einwänden, der Wendung dieses Vormittags und den möglicherweise anstehenden heilsamen Auswirkungen auf sein Bankkonto zu vermitteln. Zum ersten Mal in etwa fünf Jahren hatte er einen wichtigen Fall an der Hand, und wenn sein Name in die Zeitung kam, würde das vielleicht weitere Mandanten anziehen.

»Aber ich habe dich doch mehr als einmal sagen hören, dass du das gar nicht willst.«

»Wenn ich das wirklich gesagt habe, muss es wohl stimmen«, gab er zu. »Aber genau das ist ja das Problem. Man kriegt eine Menge Leute dazu, einen zu bezahlen, und ehe man sich's versieht, wollen sie, dass man für sie arbeitet. Das kann ziemlich kräftezehrend sein.«

»Doch du willst es trotzdem drauf ankommen lassen?«

»Ich muss. Du hast ja gesehen, was passiert, wenn man versucht, nur mit fünf oder sechs Mandanten eine Kanzlei über Wasser zu halten, was mir übrigens sehr geschickt gelungen ist. Man stellt fest, dass man sich zu einem Spezialisten entwickelt, der jeden Antrag fünfmal einreicht, nur mit einem anderen Namen und ein paar veränderten Details. Auf diese Weise reduziert man den Arbeitsaufwand auf ein Fünftel und kann fünfmal die gleiche Rechnung schreiben. Es ist eine wundervolle Lizenz zum Gelddrucken. Zum Glück bin ich Manns genug, meine Prinzipien herunterzuschlucken und diesen Leuten Rechnungen zu stellen, dass es nur so kracht. Und natürlich leiste ich dabei weiterhin glänzende Arbeit.«

»Natürlich.« Sie ließ seine Hand los, legte ihm den Arm um die Taille und griff nach Barts Leine. »Ich habe keine Ahnung, warum ich dich mag. Ist dir das klar?«

»Weil ich amüsanter bin als alle anderen, das ist der Grund. Aber ich bin sogar *noch* amüsanter, wenn ich Geld in der Tasche habe. Daher mein Fünf-Mandanten-Plan. Das Problem ist nur, wie wir kürzlich gesehen haben, dass nichts Unerwartetes passieren darf. Eine Entscheidung des Supreme Court, und die ganze Sache fällt in sich zusammen, die Geldquelle versiegt, du verlässt mich, und ich muss mich wahrscheinlich umbringen. Ein schreckliches Schicksal, und all das nur wegen der Erbsenzähler vom Supreme Court.«

»Diese verflixten Kerle«, sagte Sam.

»Es sind auch zwei Frauen dabei, das darfst du nicht vergessen, doch da mache ich mir bei dir keine Sorgen. Aber egal. Jedenfalls habe ich mir gedacht, dass es gut fürs Image und deshalb eine ausgezeichnete Gelegenheit ist. Ich kann mein Geschäftsfeld wieder erweitern, und dann suche ich mir die guten Mandanten heraus, die es sich leisten können, für wenig Arbeit meinerseits fürstliche Honorare zu bezahlen. Und du und ich können weiter ein Leben in Saus und Braus führen.«

»Du *klingst* wie ein ganz schrecklicher Mensch. Weißt du das eigentlich?«

»So bin ich nun mal. Wie oft soll ich dir das noch sagen?«

»Und das will der Mann sein, der im letzten Sommer nächtelang im Büro gesessen und sich abgemüht hat, damit die Sache Mackey mit in die Sammelklage eingeschlossen wird – und der dann vergessen hat, all die Arbeitsstunden in Rechnung zu stellen.«

»Ich weiß.« Farrell verzog bedrückt das Gesicht. »Ich hätte mich deshalb fast selbst rausgeschmissen. Außerdem war mein wirklicher Plan, dass sie, wenn sie im Lotto gewinnen, das Geld aus lauter Dankbarkeit mit mir teilen würden. Schau mich nicht so an, es könnte immer dazu kommen.«

Sie hatten die Wiese im oberen Teil des Parks erreicht. Sam tastete den Boden mit der Handfläche ab, entdeckte eine trockene Stelle und setzte sich. Wes legte den Kopf auf ihren Schoß, damit ihn die strahlende Sonne nicht blendete. Bart, der auch nicht mehr der Jüngste war, hatte sich müde gelaufen und legte die Schnauze auf Farrells Bauch.

Nach einer Weile hörte Sam auf, Wes mit den Fingern durchs Haar zu streichen. »Etwas kapiere ich trotzdem nicht«, sagte sie.

»Das glaube ich nicht«, erwiderte er. »Du blickst doch sonst immer so schnell durch.«

»Du versuchst, das Glück zu erzwingen, richtig?«

»Ich bin entsetzt und enttäuscht, dass du mir so etwas zutraust.« In einer dramatischen Geste legte er einen Finger an die Stirn und fuhr fort, als spräche er mit sich selbst. »Oh, nein, warte. Beides geht nicht.« Dann wandte er sich wieder an sie. »Ich bin entsetzt, Sam, dass du mir so etwas zutraust. Nie würde ich mich so weit erniedrigen, dir zu schmeicheln, um dich dazu zu verleiten, mir deine fleischliche Gunst zu gewähren. Dazu ist unsere Liebe zu kostbar und zu echt.«

»Ich hätte rutschfeste Schuhe anziehen sollen«, erwiderte sie. »Es wird ein bisschen schmierig hier.«

Wes zuckte die Achseln. »Also gut, nun mal im Ernst. Was verstehst du denn nicht?«

»Das ganze Gerede über freie Betten. Auch nicht im Fall Mrs. Loring. Dismas Hardy meint, sie wäre möglicherweise umgebracht worden, damit ihr Bett wieder frei wird. Aber wozu soll ein freies Bett denn gut sein?«

»Dass man jemand anders hineinlegen kann.«

»Richtig. Und das kapiere ich nicht. Man hat ein Bett, in dem ein Kranker liegt. Der Patient stirbt, und anderntags liegt der nächste Kranke in diesem Bett. Das Bett kostet immer dasselbe, richtig? Was hätte also jemand davon, den Patienten A zu beseitigen, um Platz für den Patienten B zu schaffen? Das finde ich einfach unlogisch.«

Farrell hob seinen Kopf den Bruchteil eines Zentimeters. »Bart, möchtest du es ihr erklären? Autsch! Die Haare brauche ich noch.«

Der Hund antwortete nicht. Also legte Wes den Kopf wieder auf Sams Schoß und rieb die Stelle, an der sie ihm ein paar Haare ausgerissen hatte. »Du musst doch nicht gleich zickig werden. Also gut, es funktioniert folgendermaßen: Die Stadt hat einen Vertrag mit Parnassus abgeschlossen, um den Krankenversicherungsschutz all ihrer Mitarbeiter zu gewährleisten, und zwar auf der Basis einer so genannten Pauschalabdeckung.«

»Und was ist das?«

»Schön, dass du fragst. Es bedeutet, dass Parnassus jeden Monat einen festen Betrag erhält, um sämtlichen städtischen Mitarbeitern, die dort versichert sind, ärztliche Behandlung und stationäre Therapie zur Verfügung stellen zu können. Das steht in dem Vertrag mit der Stadt.«

»Okay. Und was ist jetzt mit dem Bett?«

»Moment, dazu komme ich noch. In der Realität läuft das so, dass Parnassus von der Stadt einen monatlichen Scheck erhält. Dieses Geld wird zur Deckung der allgemeinen Betriebskosten eingesetzt. Von der nächsten Pauschale bezahlt Parnassus Festkosten, Gehälter und so weiter. Und wenn Parnassus dazu verdonnert wird, bei einem Versicherten besonders teuere Leistungen erbringen zu müssen – zum Beispiel Chemotherapie oder eine Herzoperation –, hat die Versicherung den Eindruck, dafür zu wenig Geld erhalten zu haben.«

»Aber man hat sich doch im Vorfeld darauf geeinigt –«

Wes wackelte mit dem Finger. »Darum geht es nicht. Das Problem sind die übrigen Patienten – egal ob städtische Mitarbeiter oder nicht –, die sich für einen teureren Versicherungsschutz entschieden haben. Bei diesen Patienten bekommt Parnassus für die erbrachten Leistungen bares Geld.«

»Von der Stadt bekommen sie doch auch Geld. Oder etwa nicht? Ich sehe den Unterschied immer noch nicht.«

»Okay, nehmen wir mal an, ein bei Parnassus versicherter Patient verbringt fünf Tage in der Intensivstation. Die Stadt schickt dafür keinen zusätzlichen Scheck. Parnassus kriegt seine hundertfünfzig Dollar im Monat, nicht mehr und nicht weniger. Liegt jedoch ein Patient mit Zusatzversicherung ebenfalls fünf Tage auf der Intensivstation, kassiert Parnassus dafür fünf Riesen täglich. Also behaupten manche, dass ein normal versicherter städtischer Mitarbeiter Parnassus möglicherweise fünftausend Dollar pro Tag kostet.«

»Pro Tag?«

»Jeden Tag, mein Schatz. Und wenn man nicht aufpasst, kann daraus ein ordentliches Sümmchen werden. Schauen wir uns jetzt mal die liebe Marjorie Loring an, die ein ziemlich gutes Beispiel für unser Thema ist. Sie arbeitete bei der Stadt und war bei Parnassus versichert. Wenn sie trotz der ärztlichen Prognosen sechs weitere Monate überlebt hätte, was hätte sie das Portola Hospital dann wohl gekostet? Mindestens hundert Riesen, vielleicht sogar mehr.

Und wen würdest du als Leiterin des Portola Hospital lieber in diesem Bett haben wollen – Marjorie Loring oder einen Patienten mit einer Zusatzversicherung, die unter denselben Umständen jeden in Rechnung gestellten Dollar ersetzt?«

Sam brauchte nicht lange zu überlegen. »Wenn die Umstände gleich sind, habe ich den Eindruck, dass Dismas Hardy auf einer heißen Spur ist.«

26

Der Nachmittag verging, und Glitsky konnte keine Reiswaffeln mehr sehen.

Auf der Seite des Justizgebäudes, die auf die 7th Street hinausging, befand sich eine wenig benutzte, überdachte Treppe, die Glitsky nun hinunterstieg. An der Straßenecke wartete er an der roten Ampel, um die Straße zu überqueren und sich bei Lou ein Päckchen Erdnüsse zu holen – selbst auf das Risiko hin, dass er durch den Verzehr auf der Stelle und noch am Tresen von einem Herzinfarkt niedergestreckt würde. Auf einmal stand er vor seinen beiden Inspectors, die ihm auf dem Fußgängerüberweg entgegenkamen. Fisk sah aus, wie aus einem Modemagazin entstiegen, und selbst Bracco hatte sich ziemlich fein gemacht. »Wo findet die Party denn statt?«, fragte Glitsky. »Haben Sie Lust auf ein paar Erdnüsse?«

Da die Frage von ihrem Chef kam, verstanden die beiden sie als Einladung, die man nicht ablehnen konnte. Die Ampel schaltete um, und die drei Männer gingen los.

Da am Tresen bei Lou kein Barhocker mehr frei war, bestellte Glitsky im Stehen drei Tütchen Erdnüsse und einen halben Liter Eistee. Bracco und Fisk folgten seinem Beispiel und entschieden sich ebenfalls für Alkoholfreies – zwei Tassen säuerlich schmeckenden Kaffee. Sie machten es sich mit ihren Getränken an einem Tisch gemütlich, der Lieutenant saß auf der einen Seite, die beiden Inspectors ihm gegenüber. Glitsky warf jedem ein Tütchen Erdnüsse zu und riss das dritte auf. »Warum haben Sie beide sich denn so in Schale geworfen?«

Da das Mittagessen mit Nancy Ross und Kathy West Harlans Idee gewesen war, hielt Bracco es für das Beste, wenn sein Partner die Frage beantwortete. Zu seiner Überraschung schien der Lieutenant erfreut zu sein. Als der Bericht zu Ende war, nickte Glitsky. »Jetzt wissen wir also, was wir schon immer vermutet haben. Man kann nie genug verdienen, und jeder glaubt, zu kurz gekommen zu sein. Sonst noch was?«

Bracco beschloss, etwas zu sagen. »Ein paar Dinge«, erwiderte er. »Erstens könnte es interessant sein, die Steuererklärungen der Ross' aus den letzten Jahren mit ihren Ausgaben zu vergleichen. Mrs. Ross hat es vermutlich nicht bemerkt, aber sie hat mehr oder weniger zugegeben, dass sie über ihre Verhältnisse gelebt haben.«

»Das ist bei mir genauso«, sagte Glitsky. »Bei wem nicht?« Er kaute eine Weile auf einem Eiswürfel herum. »Also haben sie ihre Kreditkarten überzogen. Na und? Was würde das beweisen? Was hat es mit Markham zu tun?«

»Wenn Ross irgendwie Geld bei Parnassus veruntreut hat und Markham dahintergekommen ist ...«

»Meinen Sie Unterschlagung oder etwas in dieser Richtung?«

»Keine Ahnung«, gab Bracco zu.

Glitsky gefiel das gar nicht. »Wenn er sich nachweislich unkorrekt verhalten hätte, wäre er doch fristlos rausgeflogen, denken Sie nicht?« Stirnrunzelnd trank er noch einen Schluck Tee. »Mein Problem mit dieser ganzen Theorie ist die Tatsache, dass Markhams Mörder das Verbrechen nicht geplant haben kann. Er muss sich spontan dazu entschlossen haben, nachdem das Opfer ins Krankenhaus eingeliefert wurde«, sagte Glitsky schließlich. »Deshalb bin ich mehr oder weniger überzeugt davon, dass Kensing es gewesen ist. Er hatte nicht nur ein Motiv, sondern eine ganze Menge, die er schon seit einer Weile mit sich herumtrug. Und als sich ihm plötzlich eine Gelegenheit bot, hat er seine Chance genützt und zugeschlagen.

Ross hingegen hätte – lassen Sie mich ausreden – doch sicher die nötigen Vorbereitungen getroffen, wenn er sich von Markham derart bedroht fühlte, dass er ihn umbringen wollte. Er hätte ihn zum Beispiel überfahren können, anstatt einfach abzuwarten, bis das Schicksal ihn ihm in die Hände spielt. Die Wahrscheinlichkeit, dass so etwas passiert, ist doch gleich null.«

»Wenn ich mir eine Bemerkung erlauben darf, Sir?«, sagte Harlan.

»Sie dürfen.« Glitskys Miene entspannte sich ein wenig.

»Ross und Markham haben viele Jahre lang zusammengearbeitet. Also hätte sich zwischen ihnen doch derselbe Konfliktstoff anstauen können wie bei Kensing. Heute Nachmittag haben wir erfahren, dass Ross auf sein Einkommen angewiesen ist. Dennoch wollte er aus irgendeinem Grund bei Parnassus kündigen.«

Das jedoch bedeutete für Glitsky keinen Beweis. »Er hat die Vorzeichen rechtzeitig erkannt. Das Unternehmen steht kurz vor der Pleite, und er wollte nicht mit ihm untergehen.«

»Meinetwegen.« Allmählich merkte man Fisk an, dass er genug von Glitskys Einwänden hatte. »Aber er hat es nicht geschafft, eine andere Stelle zu kriegen. Seine Frau sagte uns, er habe sich mehrfach beworben, sei aber nirgendwo eingestellt worden. Warum nicht? Und wer profitiert letzlich am meisten von Markhams Tod? Dr. Ross, der seinen Posten übernommen hat, was so ganz nebenbei eine Gehaltserhöhung von zweihunderttausend Dollar im Jahr mit sich bringt.«

Glitsky stülpte seine Erdnusstüte um, steckte den Rest des Inhalts in den Mund und kaute nachdenklich. »Aber wir wissen nicht, ob es tatsächlich ernste – das heißt todernste – Schwierigkeiten zwischen ihm und Markham gab. Oder?«

Die beiden Inspectors wechselten einen niedergeschlagenen Blick und sahen dann ihren Vorgesetzten an. »Nein, Sir«, erwiderte Bracco. »Doch es könnte interessant sein, ein bisschen weiter zu suchen.«

»Suchen Sie, so viel Sie wollen«, entgegnete Glitsky. »Aber soweit mir bekannt ist, waren nur Kensing, die Schwester und der Pfleger im Raum, als Markham starb. Und die beiden letzteren hatten keine persönliche Beziehung zu Markham. Das schränkt den Kreis doch ziemlich ein, finden Sie nicht? Hat sich daran etwas geändert?«

»Könnte sein«, sagte Bracco. »Gestern war ich noch einmal in der Intensivstation, während Harlan unten auf die Schwester wartete, die wir befragen wollten.« Er schilderte, wie er sich, offenbar unbemerkt und ungehindert, in die Intensivstation eingeschlichen hatte. Als er fertig war, runzelte Glitsky – sofern das überhaupt möglich war – die Stirn noch stärker als zuvor.

»Um wie viel Uhr war das?«

»Etwa um die Zeit, als Markham gestorben ist, am frühen Nachmittag.«

»Und was war mit dem Schwesternzimmer?«

»Eine Schwester saß am Computer.«

»Wie lange waren Sie drin?«

Bracco zuckte die Achseln. »Ungefähr eine Minute. Ich bin von Bett zu Bett gegangen.«

»Und sonst war niemand ...«

»Keine Menschenseele. Ich habe mich einfach hinter der Schwester am Computer vorbeigeschlichen, die Tür aufgemacht, und dann bin ich verschwunden. Und das heißt, dass jeder dasselbe hätte tun können.«

Glitskys Miene war wie versteinert. Als sein Mobiltelefon läutete, nahm er es vom Gürtel, knurrte seinen Namen und lauschte. Die Narbe auf seiner Lippe trat reliefartig hervor. »Sind Sie sicher?« Eine knappe Minute später klappte er das Telefon zu und starrte über die Köpfe seiner Inspectors hinweg ins Leere.

Die Stadt Colma, gleich hinter der Grenze zwischen San Francisco und San Mateo County, hat um einiges mehr tote Einwohner als lebendige.

Hardy stand an einem der mehreren tausend Gräber. Es befand sich fast am Ende einer Reihe von Grabsteinen unter einem Eukalyptusbaum. Mit Erlaubnis der Friedhofsverwaltung hatte er den Baum vor achtundzwanzig Jahren selbst gepflanzt.

Es war der 16. April, der Tag an dem Hardys Sohn Michael geboren war. Sieben Monate später war er aus seinem Bettchen gefallen und gestorben, wahrscheinlich bei dem Versuch, zum allerersten Mal aufzustehen. Denn weder Hardy noch Jane, seine damalige Frau – die Ehe war an den Folgen dieser Tragödie gescheitert –, hatten ihn je auf eigenen Füßen gesehen. Ihnen war es erschienen, als krabbelte er erst seit ein paar Wochen. Es gab noch ein paar Rollen Filmaufnahmen davon.

Sie hatten die Gitterstäbe seines Bettchens nur bis zur Hälfte hochgeklappt. Sie hatten zwar das gesamte Haus kindersicher eingerichtet, aber die Gitterstäbe des Bettchens nie als mögliche Gefahr betrachtet. Dafür war Michael ja noch viel zu klein. Aber offenbar hatte er es geschafft, sich hochzuziehen. Ansonsten hätte er nicht hinausfallen und so unglücklich landen können.

Hardy dachte nicht an diesen längst vergangenen Augenblick, der sein ganzes Leben, seine Persönlichkeit und seine Zukunft unwiederbringlich unter das Zeichen der Trauer gestellt hatte. Als er nun vor dem mittlerweile alten Grab seines kleinen Sohns stand, war sein Gehirn wie leer gefegt. Er hatte noch nie zuvor an dieser Stelle gestanden, obwohl er das Datum immer in seinem Kalender vermerkt hatte und schon oft in Colma gewesen war. Er hatte bis jetzt nicht den Mut aufgebracht.

Heute hatte ihn ein Gefühl hierher gezogen, das er nicht in Worte fassen konnte, und er scheute noch immer davor zurück, sich näher damit zu beschäftigen. In letzter Zeit konnte er sich des Eindrucks nicht erwehren, dass ihm zu viele Dinge entglitten, die ihm in seinem Leben etwas bedeuteten. Doch tief in seinem Innersten hatte er noch immer die Hoffnung, dass es sich um einen schrittweisen Prozess handelte, der sich – im Gegensatz zu einem plötzlichen Absturz – noch aufhalten ließ. Vielleicht war ja noch etwas zu retten.

Er hatte Frannie angerufen und ihr gesagt, wo er hinfuhr, und er hatte ihr angemerkt, dass sie sich Sorgen machte. Sie fragte, ob sie auch hinkommen solle und ob alles in Ordnung sei.

Ohne die wirkliche Antwort darauf zu kennen, hatte er erwidert, es gehe ihm gut. Er liebe sie. Bis heute Abend also, nach Vincents Baseballtraining, wenn der Alltag ihn wieder haben würde.

In der Innenstadt, wo sein Büro lag, hatte es ausgesehen, als würde es heute wieder ein schöner Tag werden. Bis zum Little

Shamrock war Hardy sogar mit offenen Fenstern gefahren. Hier draußen jedoch herrschte – bis auf den Eukalyptus, die vom Wind zerzauste, gebogene und verkrüppelte Zypresse und die üppige, riesige Rasenfläche – ein graues Einerlei. Selbst Himmel und Luft waren grau. Grau und kalt.

Hardy trug einen Anzug, der, obwohl er das Sakko zugeknöpft hatte, nicht reichte, um die Kälte abzuhalten. Er spürte das Heulen des Windes in den Baumgruppen mehr, als dass er es hörte. Hie und da hatte sich die Wolkendecke bereits gesenkt, Nebelfetzen trieben dahin und verschmolzen mit der trüben Landschaft.

Seit dreißig Jahren hatte er nicht mehr gebetet. Vielleicht tat er es auch jetzt nicht. Doch er ging erst auf eines, dann auf beide Knie und verharrte eine Weile in dieser Stellung. Schließlich stand er auf und warf einen letzten Blick auf den Namen, der sich immer noch deutlich vom marmornen Grabstein abhob – Michael Hardy.

Inzwischen unvorstellbar fern.

Hardy holte Luft und bemühte sich um Fassung. Als er zu seinem Wagen zurückkehrte, stand Glitsky etwa zehn Meter entfernt davon auf der Straße.

Er trug seine lederne Pilotenjacke und hatte die Hände in den Taschen. Gleichzeitig mit Hardy trat er einen Schritt vor. Als sie einander erreicht hatten, blieben sie stehen. »Ich habe es bei dir im Büro probiert«, sagte Glitsky. »Dann mobil und anschließend bei Frannie.« Er zögerte. »Alles in Ordnung?«

Hardy wies hinter sich. »Heute wäre er neunundzwanzig geworden. Ich dachte, ich bin ihm einen Besuch schuldig.«

Eine Windbö pfiff an ihnen vorbei. Glitsky wartete, bis sie sich gelegt hatte. »Das ist meine größte Angst«, sagte er.

»Und eine berechtigte.«

»Ich habe drei fast erwachsene Söhne, Diz. Ich habe dem Schicksal ein Schnippchen geschlagen. Warum soll ich mir das noch einmal antun?«

Hardy ließ sich Zeit mit seiner Antwort. »Weil es in den meisten Fällen nicht so endet. Meistens begraben sie uns.«

Glitsky war in Gedanken versunken und blickte über Hardys

Schulter hinweg in die Ferne. »Ich konnte mir nicht erklären, warum ich so ...« Er wusste nicht, wie er es ausdrücken sollte. »Was ist, wenn sie uns nicht begraben? Was ist, wenn etwas wie das hier passiert?«

»Dann tust du, was nötig ist«, erwiderte Hardy. »Du weißt zwar, dass die Zeit vorbeigeht, aber du gehörst irgendwie nicht mehr dazu. Und dann, eines Tages, hat etwas, dass du isst, plötzlich wieder Geschmack. Oder vielleicht empfindest du es als angenehm, wenn dir die Sonne auf den Rücken scheint. Irgendetwas. Du fängst wieder von vorne an.« Er zuckte die Achseln. »Das war doch bei Flos Tod auch so, also müsstest du es eigentlich wissen.«

»Ja, richtig. Aber komischerweise habe ich inzwischen nur noch größere Angst davor. Und mit Angst kann ich nicht gut umgehen.«

»Das ist mir auch schon aufgefallen.« Der Anflug eines Lächelns spielte um Hardys Lippen. »Aber ich würde das als ein gutes Zeichen betrachten. Vor allem verglichen mit deinem Zustand, bevor du Treya begegnet bist. Nach Flos Tod bist du lange Zeit herumgelaufen wie ein Schlafwandler. Und nun ist dir das Leben wieder wichtig. So ein Mist aber auch.«

»Nein, es ist gut so, aber ...«

»Da gibt es kein Aber, Abe. Es ist gut so.« Wieder wies Hardy hinter sich auf das Grab. »Der Kleine wollte mir etwas mitteilen. Ich glaube, das war der Grund.«

Als er sich wieder zu Glitsky umdrehte, wurde ihm klar, dass sie einander gerade ihre innersten Gefühle anvertraut hatten. Es war wieder wie früher. Ohne es eigens erwähnen zu müssen, wussten die beiden, dass der Streit vorbei war. Auch wenn es immer noch ernste berufliche Meinungsverschiedenheiten zwischen ihnen gab, hatte ihre Freundschaft darunter nicht gelitten.

Gemeinsam gingen sie zu ihrem Autos. »Da ist noch etwas«, sagte Glitsky. »Der Grund, warum ich dich überhaupt angerufen hatte.«

»Schieß los.«

»Strout hat sich gemeldet. Wegen der Autopsie von Marjorie Lorings Leiche.«

»Ist er etwa schon fertig?« Das war zwar sehr schnell gegangen, aber eigentlich war Hardy nicht erstaunt darüber. Schließlich hatte Jackman deutlich gemacht, dass diese Angelegenheit ganz oben auf seiner Liste stand. Außerdem hatte Strout beim Mittagessen gesagt, die Leiche befände sich bereits in der Gerichtsmedizin.

Glitsky nickte. »Du hattest Recht. Sie ist nicht an Krebs gestorben.«

Hardy wurde von Erleichterung ergriffen. Er hatte mehr auf dieses Ergebnis gehofft, als ihm selbst bewusst gewesen war. »Woran dann?«, fragte er. »Kaliumchlorid?«

»Nein. Irgendwelche Medikamente zur Muskelentspannung. »Pavulon und Soundsochlorid. Beides bringt die natürliche Atmung zum Erliegen. Das Zeug muss ihr im Krankenhaus verabreicht worden sein.«

»Aber Kensing ist nie in ihre Nähe gekommen, Abe. Er hat mit seinen Kindern Urlaub in Disneyland gemacht. Und bevor du es sagst, ja, ich weiß, das bedeutet nicht, dass er nicht doch Markhams Mörder sein kann. Allerdings ist es ein deutlicher Hinweis darauf, dass da etwas nicht mit rechten Dingen zugeht.«

Glitsky hatte keine Lust, sich zu wiederholen. »Wir beide müssen uns unterhalten. Du sagtest doch, da wären noch mehr verdächtige Todesfälle.«

Hardy nickte. »Zehn, um genau zu sein. Und das sind nur die, die auf Kensings Liste stehen. Ich kenne mindestens eine Krankenschwester, die sich auch schon ihre Gedanken gemacht hat. Vielleicht kann sie uns ein paar weitere Namen nennen, auch wenn ich dir darin zustimme, dass ein Mord kein Hinweis auf zehn weitere sein muss.«

»Das habe ich nicht gesagt.«

»Ja, schon gut. Ich kann deine Gedanken lesen. Aber es heißt, dass wir es mit einem Mord zu tun haben und dass Kensing nicht der Täter sein kann. Leider war diesmal kein Kaliumchlorid im Spiel, denn darauf hatte ich eigentlich gehofft.«

Glitsky sah ihn fragend an. »Warum?«

»Weil dieselbe Vorgehensweise darauf hindeuten würde, dass es sich in allen Fällen um denselben Täter handelt.«

»Könnte sein«, gab Glitsky zu. »Doch soweit es mich betrifft, reicht es, um unsere kleine Auseinandersetzung zu beenden.« Sie hatten Glitskys Auto erreicht. Er blieb an der Fahrertür stehen. »Ich glaube, ich muss mich bei dir entschuldigen.«

»Ganz deiner Ansicht. War das alles?«

Ein leises Kichern. »Das muss genügen.« Doch zu Hardys Überraschung fügte er noch etwas hinzu. »Ich kann dir nur sagen, dass du nicht so oft mit Strafverteidigern zu tun hast wie ich. Nach einer Weile kann man da ein bisschen zynisch werden, selbst wenn es um gute Freunde geht.«

Das war die traurige Wahrheit, und Hardy hatte Verständnis dafür. Er hätte dagegenhalten können, dass er, Dismas Hardy, Abes bester Freund, kein dahergelaufener Strafverteidiger war, der unsaubere Tricks aus dem Ärmel zauberte, damit seine Mandanten straffrei ausgingen. Aber er wusste auch, dass derartige Beteuerungen in der Welt des Strafrechts fehl am Platz waren. Er selbst hatte mindestens zwei kleinere Fälle aufgrund von Formalien gewonnen, die für Glitsky, den Cop, vermutlich unter die Kategorie Betrug fielen.

Erst vor ein paar Tagen hatte Wes Farrell seinen Mandanten nur deshalb rauspauken können, weil der Beamte, der die Verhaftung vorgenommen hatte, nicht zum Gerichtstermin erschienen war. Hardy konnte sich durchaus vorstellen, dass Wes ihn am Vorabend zu ein paar Drinks eingeladen hatte. Vielleicht hatte er ihn ja so unter Alkohol gesetzt, dass er zu verkatert gewesen war, um zu pünktlich anzutreten. Selbst ein Staranwalt wie Freeman wäre sich für so etwas nicht zu fein gewesen. Und genau das warf Glitsky Hardy ja vor. Eine Zeugin unter Druck zu setzen, indem man ihre Kinder ins Spiel brachte? Den Gerichtsmediziner zu überreden, halb Colma zu exhumieren? So zu tun, als müsse man sich ausgerechnet am ersten Tag der Geschworenenauswahl einen plötzlich schmerzenden Zahn ziehen lassen? Alles, was dem Mandanten nützte, indem es die Verhandlung auf unabsehbare Zeit hinauszögerte, war erlaubt, moralisch vertretbar, löblich, gewissermaßen eine moralische Pflicht.

»Und wie machen wir weiter?«, fragte Hardy.

Glitsky war sich seiner Sache sicher. »Mit Kensings Liste. Wenn es bei Parnassus einen Todesengel gibt, möchte ich das gerne wissen. Inzwischen befasst sich Marlene weiter mit der Grand Jury. Etwa fünf Minuten vor Strouts Anruf habe ich noch eine andere unangenehme Überraschung erlebt.« Er berichtete Hardy, Bracco habe Sicherheitsmängel in der Intensivstation des Portola Hospitals entdeckt.

»Willst du damit sagen, dass jeder einfach hätte reinspazieren können?«

»Bracco ist offenbar dieser Ansicht.« Glitsky dachte nach. »Ich habe keine Lust auf zwei potenzielle Mörder«, sagte er. »Ganz und und gar nicht. Der bloße Gedanke erschreckt mich.«

»Geht mir genauso. Aber drei wären noch schlimmer«, hielt Hardy ihm vor Augen.

»Drei?«

»Wer immer am Steuer des Wagens gesessen hat.«

Den Großteil des Nachmittags hatte Brendan Driscoll vor der Grand Jury ausgesagt, eine ausgesprochen unerfreuliche Erfahrung, wie er fand. Offenbar hatten die Geschworenen vor ihm jemanden gehört, der ihn, Brendan, nicht ausstehen konnte. Und so schien die Staatsanwältin, Ms. Ash, von Anfang an gegen ihn eingenommen zu sein. Eigentlich hatte Brendan Driscoll vorgehabt, über Ross, Kensing, Kensings verdammte Frau und all die anderen zu reden, die ihm das Leben bei Parnassus zur Hölle gemacht hatten.

Stattdessen jedoch erkundigte sich Ms. Ash nach seiner persönlichen Beziehung zu Tim, was ihm einiges Unbehagen verursachte. Er hatte sich große Mühe gegeben, es nicht herumzuposaunen – denn natürlich hatten er und sein Chef ihre Meinungsverschiedenheiten gehabt. Wenn man so lange Zeit eng mit einem Menschen zusammenarbeitete, kam es zwangsläufig zu Reibereien. Doch im Großen und Ganzen waren sie ein ausgesprochen gutes Team gewesen.

Allerdings wusste Ms. Ash, dass Tim ihn abgemahnt hatte und dass er eine ordentliche Gardinenpredigt über sich hatte ergehen lassen müssen. Driscoll war sicher, dass diese Information von Ross stammte. Anschließend befasste sich Ms. Ash eine halbe Ewigkeit mit der Frage, was Brendan am letzten Dienstag im Krankenhaus getrieben hatte. Und schließlich – noch ehe er Gelegenheit hatte, ihr die Namen weiterer Personen zu nennen, die mit Tim zusammengerasselt waren – hatte sie ihm Fragen nach Mr. Markhams Korrespondenz gestellt. Sie erkundigte sich, wie gut Driscoll darüber Bescheid wisse, insbesondere was die erst kürzlich getroffene Entscheidung anging, der Stadt bislang nicht berechnete ambulante Leistungen in Rechnung zu stellen.

Diese Frau hatte keine Ahnung, dachte Brendan. Zu seinem Bedauern gelang es ihm einfach nicht, das Gespräch auf andere Mitarbeiter von Parnassus zu bringen. Stattdessen bohrte sie nach den Hintergründen dieser geschäftlichen Entscheidung, die, soweit Driscoll wusste, ihren Grund einzig und allein in den Liquiditätsproblemen des Unternehmens hatte. Aber wenn sie dieses Thema von seinem Verhältnis zu Tim – insbesondere während des letzten schwierigen Monats – ablenkte, sollte es ihm auch recht sein. Allerdings wäre es ihm auch weiterhin lieber gewesen, wenn sie sich ein paar seiner Intimfeinde vorgenommen hätte, und er versuchte ein paar Mal, ihr das Stichwort dafür zu liefern.

»... die Rechnung für die ambulanten Leistungen zu stellen, fiel eigentlich in Mr. Markhams Zuständigkeitsbereich, und er war strikt dagegen. Dr. Ross aber ...«

»... allerdings war Mr. Markham in der fraglichen Zeit nicht in der Lage, sich wie sonst auf seine Arbeit zu konzentrieren, denn Dr. Eric Kensings Frau Ann stellte große Ansprüche an seine ...«

Doch da Ms. Ash einfach nicht anbiss, beschloss er, es dabei bewenden zu lassen.

Mit Jeff Elliot hingegen war es eine andere Sache. Brendan hatte den Reporter bereits am Vortag angerufen und mit ihm einen Gesprächstermin nach der Befragung vor der Grand Jury vereinbart. Nachdem er – um einiges stärker erschüttert, als erwartet – den Sitzungssaal verlassen hatte, machte er sich zu Fuß auf den Weg zu Elliot ins *Chronicle*-Gebäude.

Nun saß er einigermaßen bequem auf einem Stuhl in Elliots winzigem Büro und hatte eine Tasse Kaffee vor sich stehen. Er wusste genau, wen er in den Schmutz ziehen wollte, und hatte zu diesem Zweck Markhams Briefe an Kensing und Ross und außerdem mehrere Hundert Aktennotizen ausgedruckt, die Tims Unzufriedenheit mit diesen beiden Mitarbeitern in verschiedenen Punkten eindeutig dokumentierten. Driscoll wollte darauf hinaus, dass diesen Papieren einige sehr plausible Motive für einen Mord an Tim zu entnehmen waren.

Elliot blätterte die Seiten mit mäßigem Interesse durch. »Das ist gutes Material, Brendan. Allerdings sieht es aus, als ginge es da drüben inzwischen um etwas völlig anderes.«

Driscoll richtete sich auf. Nachdem er seinen Krawattenknoten zurechtgerückt hatte, räusperte er sich. »Was soll das heißen? Wo drüben?«

»Im Portola Hospital. Anscheinend ist eine Dame, die dort vor ein paar Monaten starb, vergiftet worden. Und wie ich höre, gab es möglicherweise noch ein paar weitere Opfer.« Der Reporter erläuterte Driscoll einen Teil dessen, was er bis jetzt erfahren hatte. »Ich muss wohl nicht hinzufügen, dass das zu Zweifeln führt, ob Mr. Markham tatsächlich aus persönlichen Motiven umgebracht wurde. Vielleicht war er nur das letzte Opfer in einer Mordserie im Portola Hospital, und in diesem Fall wären die Motive, die irgendjemand gehabt haben könnte, der ihn töten wollte, nicht weiter wichtig. Finden Sie nicht auch?«

»Ich denke, das klingt logisch.« Entgeistert lehnte Driscoll sich zurück. Drei Tage lang plante er nun schon, sich wegen der vielen Schwierigkeiten, die dieser ihm verursacht hatte, an Kensing zu rächen. Und auch an Ross wegen der Kündigung. Er hatte seinen Plan für perfekt gehalten. Schließlich hatte er eine Menge Beweise gegen die beiden in der Hand. Wenn Elliot einen Teil davon veröffentlichte, wäre der Vorstand – und vieleicht sogar die Polizei – gezwungen zu handeln.

Und nun hatte er nicht die Möglichkeit erhalten, seine Anschuldigungen vor der Grand Jury oder Elliot gegenüber anzubringen. Das war ungerecht, auch wenn er aus dem Ablauf der Vernehmung vor der Grand Jury und Ms. Ashs Fragen schließen musste, dass nicht mehr so eifrig nach Markhams Mörder gefahndet wurde wie bisher. »Was passiert jetzt. Interessieren Sie sich denn nicht für das Material?«

»Aber natürlich. Solche Papiere würde ich niemals ablehnen. Sie sind wirklich höchst aufschlussreich.« Elliots Begeisterung war ehrlich gemeint. »Ich wollte Ihnen nur keine falschen Hoffnungen machen. Möglicherweise werde ich mich weder in dieser Woche noch im kommenden Monat mit dieser Sache befassen. Doch Parnassus bleibt für den Rest des Jahres ein wichtiges Thema.« Der Reporter klopfte auf den Papierstapel. »Das wird eine spannende Bettlektüre.«

Brendan hatte noch eine letzte Frage. »Was ist mit den übrigen Todesfällen im Portola Hospital? Hält die Polizei Eric Kensing nicht mehr für Tims Mörder?«

»Ich denke, die anderen Morde werden ihn entlasten. Warum?«

Driscoll schüttelte den Kopf. »Ich weiß nicht genau. Wahrscheinlich hatte ich mich einfach an den Gedanken gewöhnt, dass er der Täter ist. Er hatte eindeutig mehr Gründe als jeder andere. Da werde ich wohl umdenken müssen.«

Die Tigers, Vincents Jugend-Baseballmannschaft, trainierten nur ein paar hundert Meter von Hardys Haus entfernt. Sie hatten die Genehmigung erhalten, sich in einem ansonsten unbenutzten Teil des Golfplatzes im Lincoln Park, an der Clement Street, ein Spielfeld einzurichten. Hardy konnte zwar nicht die Zeit aufbringen, die Mannschaft zu managen, doch er bemühte sich, so oft wie möglich da zu sein und als Hilfstrainer einzuspringen. Er hatte auf der Highschool auch Baseball gespielt, und dass sein Sohn sich so für diesen Sport begeisterte, machte ihn sehr glücklich.

Er war rechtzeitig für die Wurf- und Schlagübungen aus Colma zurückgekommen. Glitsky, der auf der anderen Seite des Zauns wartete, hatte zu Hause angerufen und seiner Familie gesagt, sie würden sich alle zum Grillen bei den Hardys treffen. Hier, zwanzig Häuserblocks im Landesinneren, herrschte kein Nebel. Als sich das Team zum Training im Infield verteilte, stellte sich Hardy neben Abe. Mitch, der Manager, hatte einen Ball zur dritten Base geworfen, wo Vincent ihn mit einer Rückhand auffing und zur ersten schlenderte. Abe nickte beifällig. »Dein Junge macht einen ziemlich guten Eindruck.«

Nach dem Training fuhren sie zum Supermarkt und kauften Koteletts, scharf gewürzte Würstchen, abgepackte Salate, Limonade und einen Sechserpack Bier. Vincent nahm eine Zwei-Liter-Packung Eiscreme aus der Gefriertruhe. Glitsky hatte zwei Viererpacks Eistee in vier verschiedenen Geschmacksrichtungen in der Hand.

Hardy, der hinter Glitsky und seinem Sohn stand, sah zu, wie die beiden die Einkäufe auf das Förderband an der Kasse legten. Er hatte das Gefühl, dass wahrscheinlich nicht einmal Ludwig XIV. – der Sonnenkönig selbst – über eine solche Lebensmittelauswahl verfügt und so schönes Wetter gehabt hatte. Er, Hardy, lebte in einem goldenen Zeitalter, und es wäre dumm von ihm, das jemals zu vergessen. Und wenn es ihm manchmal das Herz zu brechen drohte, war das eine gute Sache.

Er legte eine Hand auf Glitskys Schulter und eine auf die seines Sohnes.

»Rebecca Simms? Ich bin es, Dismas Hardy.«

Er glaubte zu hören, wie sie nach Luft schnappte. Schwester Simms hatte ihm beim letzten Mal unmissverständlich klar gemacht, dass sie nichts mehr von ihm hören und nicht noch tiefer in die Sache hineingezogen werden wollte. Hardy sprach weiter, bevor sie Gelegenheit hatte, ihm ins Wort zu fallen oder einzuhängen. »Ich weiß, dass es schon ein bisschen spät ist, aber ich dachte, ich bin Ihnen einen Anruf schuldig. Haben Sie die Fernsehnachrichten gesehen?«

»Nein«, erwiderte sie. »Ich gebe mir Mühe, nicht zu viel fernzusehen und lieber mehr zu lesen. Was ist denn passiert?«

27

Jackman hatte die Parole ausgegeben, dass alle Beteiligten sich noch vor acht Uhr in seinem Büro versammeln sollten. Und der Wille des Bezirksstaatsanwalts war nun einmal Befehl. Bracco und Fisk – heute wieder in Alltagskleidung – standen schweigend an der offenen Tür. Wes Farrell und Hardy saßen Kaffee trinkend auf dem Sofa, während Glitsky im Vorzimmer mit seiner Frau sprach. Kurz nach acht erschien Jackman in Begleitung von Marlene Ash und John Strout. Nachdem der kräftige Mann alle Anwesenden herzlich begrüßt hatte, nahm er hinter seinem Schreibtisch Platz und gab Treya ein Zeichen. Sie schob Glitsky in den Raum und schloss die Tür hinter ihm.

Jackman hielt sich nicht mit einleitenden Worten auf. »Diz«, begann er, »ich höre, Sie hätten noch zehn Namen auf ihrer geheimnisvollen Liste. Ich nehme an, dass Sie die an Abe weitergeben werden.«

»Ja, Sir. Ist bereits geschehen. Mit einer Kopie an Dr. Strout. Außerdem habe ich gestern Abend mit einer anderen potentiellen Zeugin – einer Schwester im Portola Hospital – gesprochen. Sie wird sich bei ihren Kollegen umhören. Dr. Kensing hat die Liste erst vor etwa sechs Monaten begonnen. Vielleicht kann die Krankenschwester uns weitere Namen nennen.«

»Und das schließt nicht die Dinge ein, die wir sonst noch zutage fördern«, ergänzte Marlene Ash. »Ich habe den Eindruck, dass inzwischen jeder Todesfall im Portola mit Argwohn zu betrachten ist.«

Jackman nickte zustimmend, denn das hatte er sich bereits gedacht. »Deshalb werde ich Dr. Strout auffordern, die vermutlich zahlreich eingehenden Anträge auf Exhumierung und Autopsie durch einen seiner Assistenten prüfen zu lassen. Wenigens stellen wir auf diese Weise sicher, dass auch ein zweiter Arzt den plötzlich eingetretenen Todesfall verdächtig fand, bevor wir etwas unternehmen.«

»Viel Glück dabei«, sagte Farrell. »Sie erwarten doch nicht ernsthaft, dass diese Leute eine in ihrem eigenen Krankenhaus durchgeführte Leichenschau anzweifeln? Ihr Ansinnen wird bei den dort angestellten Ärzten nicht auf viel Gegenliebe stoßen. Und die Verwaltung wird sich bestimmt noch mehr sperren.«

»Wenn wir es anordnen, dürfen sie sich nicht widersetzen.«

»Mag sein«, sagte Farrell, »doch wir können keinen Arzt und keine Schwester zwingen, gegen ihren Willen einen Verdacht zu äußern – oder überhaupt einen zu haben.«

Jackman focht das nicht weiter an. »Verstehen Sie mich nicht falsch. Ich hoffe, dass es nicht viele solcher Anträge geben wird.«

»Aber sie werden kommen. Wenn von niemandem sonst, dann von den Familien.« Ash sah die Anwesenden an. »Also sollten wir darauf vorbereitet sein.«

»Einverstanden.« Jackman kam auf das nächste Thema zu sprechen. »John, warum fassen Sie nicht kurz Ihre gestrigen Resultate für uns zusammen? Auch wenn ich glaube, dass wir im Großen und Ganzen wissen, worum es geht.«

Der Gerichtsmediziner berichtete über den Stand der Untersuchungen. Mrs. Loring war an einer Überdosis Pavulon und Suxanethoniumchlorid gestorben. Bei beiden Mitteln handelte es sich um Muskelentspanner, die möglicherweise – insbesondere bei einem Komapatienten – einen scheinbar natürlichen Tod hervorriefen.«

»Nicht nur möglicherweise«, meldete sich Wes Farrell zu Wort. »Niemand hatte auch nur den geringsten Verdacht, bis Diz mir den Namen der Frau genannt und mir den Tipp gegeben hat, dass es ratsam wäre, die Sache zu überprüfen. Ich hatte ursprünglich sogar vor, das Krankenhaus wegen Fahrlässigkeit zu verklagen. Nie hätte ich vermutet, dass die Patientin ermordet worden ist.«

Strout fuhr mit seinen Erläuterungen fort. Die Medikamente seien hochwirksam und würden stets per Infusion verabreicht. Abgesehen davon sei Mrs. Loring bereits bettlägrig und Patientin in der Intensivstation gewesen, weshalb es höchst unwahrscheinlich sei, dass sie, in der Absicht, ihr Leben zu beenden, selbst Tabletten eingenommen habe. Sie hätte keinen Zugang zu derartigen Medikamenten gehabt. Strout zog daraus den Schluss, dass es sich hier um »Tod durch Fremdeinwirkung« handelte. In anderen Worten: um Mord unter noch näher zu klärenden Umständen.

»Aber Kaliumchlorid war nicht im Spiel?« Glitsky wollte ganz sicher gehen.

»Keine Spur davon. Nein.«

Nach einer Weile brach Jackman das Schweigen, das sich nun im Raum ausbreitete. »Ich habe den Eindruck, dass es hier nicht so sehr um die Frage geht, welche Medikamente benutzt wurden, um diese beiden Todesfälle herbeizuführen. Und ich möchte nicht über die Fakten spekulieren, auf die wir vielleicht noch stoßen werden. Viel wichtiger als die Verwendung unterschiedlicher Medikamente ist, dass diese beiden Todesfälle übereinstimmende Merkmale aufweisen: Offenbar wusste oder vermutete jemand, dass Leichenschauen im Portola Hospital als Formsache behandelt oder sogar überhaupt nicht durchgeführt werden, insbesondere dann, wenn die Todesursache festzustehen scheint.«

»Ich habe ein paar Erkundigungen eingezogen«, sagte Strout. »Es sieht aus, als hätten dem Krankenhaus wegen der Mittelkürzungen in diesem Bereich zu wenig Gelder zur Verfügung gestanden. Außerdem geht man bei Leichenschauen im Krankenhaus in der Regel ohnehin nicht besonders gründlich vor. Im Grunde tut man es nur der Form halber. Inzwischen ist dort nicht einmal mehr ein Pathologe beschäftigt. Stattdessen nimmt man im Labor ein paar Standarduntersuchen vor –«

»Wenn überhaupt«, sagte Farrell.

Strout nickte. »Ich stimme zu, dass selbst das zuweilen versäumt wird.«

»Und was sind das für Standarduntersuchungen, John?«, fragte Hardy.

»Das ist unterschiedlich«, sagte Strout. »Und hängt von den Kosten und davon ab, wie sehr man in die Tiefe gehen will. Auf der ersten Stufe sucht man nach Alkohol und den üblichen Medikamenten und Drogen, beispielsweise Aspirin, Kokain und so weiter. Für gewöhnlich findet man so eine plausible Todesursache. Wenn man etwa toxische Mengen von Coca-Ethylin entdeckt, Kokain und Alkohol also, ist die Sache erledigt. Doch wenn man möchte, kann man auch weitermachen und nach einer Reihe weiterer Substanzen Ausschau halten. Wie dem auch sei, mit jeder Testreihe wird es teurer. Und deshalb hört man meistens auf, wenn man gleich am Anfang auf eine Todesursache stößt.«

»Glauben Sie, dass das auch im Fall von Mrs. Loring so abgelaufen ist?«, erkundigte sich Jackman.

Strout nickte freundlich. »Das vermute ich wenigstens. Niemand hat sich richtig Mühe gegeben. Denn wenn man richtig hingeschaut hätte, wäre man sicher darauf gekommen.«

»Haben Sie auch aufgehört, nachdem Sie die Todesursache ermittelt hatten, John?«, wollte Marlene wissen. »Oder haben Sie weitergesucht?«

»Ja, Ma'am, natürlich habe ich das. Die Patientin hatte Chemotherapie und Morphium gegen die Schmerzen erhalten. Als ich die Leiche anforderte, wurde mir auch ihre Krankenakte ausgehändigt. Die Patientin hat sich das Morphium im Krankenhaus selbst dosiert. Aber die Menge war auf keinen Fall tödlich.«

»Sie hat es also selbst dosiert«, wiederholte Farrell. »Das heißt doch, dass sie bei verhältnismäßig klarem Verstand war.«

»Mehr oder weniger«, stimmte Strout zu. »Sie spürte, dass sie Schmerzen hatte, und wenn es unerträglich wurde, drückte sie auf den Knopf, um eine Dosis Morphium zu bekommen.«

»Und das Morphium ist vorportioniert, richtig, John?«, hakte Ash nach. »Zudem verfügt das Gerät über eine Zeitschaltuhr.«

»Richtig. Die Patientin hatte nicht die geringste Möglichkeit, sich selbst eine Überdosis zu verabreichen, wenn Sie das meinen.«

»Also lag sie nicht im Koma?« Das hatte Hardy nämlich aus irgendeinem Grund bis jetzt vermutet. Dass Mrs. Loring bei vollem Bewusstsein gewesen war, ließ ihren Tod noch tragischer erscheinen. »Sie sagen also, dass sie hellwach war, und dann ist jemand einfach reinspaziert und hat sie umgebracht?«

»Das weiß ich nicht genau, Diz. Sie hätte zu diesem Zeitpunkt auch schlafen können. Aber wenn es Sie interessiert, ob sie ansonsten bei vollem Bewusstsein war, lautet die Antwort: vermutlich ja.«

Farrell beugte sich zu Hardy hinüber und flüsterte ihm ins Ohr, er werde mit dieser Sache ein hübsches Sümmchen verdienen. Die übrigen Anwesenden, bis auf Jackman, schienen in Gedanken versunken. Der Bezirksstaatsanwalt nickte ein paarmal und sagte dann: »Mr. Farrell, ich danke Ihnen, dass Sie zu diesem frühen Termin erschienen sind. Ich denke, wir werden bald wieder von Ihnen hören, und ich weiß Ihre Mitarbeit zu schätzen.«

Es dauerte eine Weile, bis Farrell begriff, dass Jackman ihn zum Gehen aufgefordert hatte. Als der Groschen fiel, nahm er es mit Würde hin, dankte dem Bezirksstaatsanwalt für die Einladung, Strout für seine Bemühungen und Hardy erneut für seinen Einsatz.

»Wenn Sie mich nicht mehr brauchen, Clarence«, meldete sich nun Strout. »Ich habe nämlich das Gefühl, dass mir ein langer Tag bevorsteht, und ich würde mich gern an die Arbeit machen.«

Nachdem die beiden Männer fort waren, erhob sich Jackman, umrundete seinen Schreibtisch und ließ sich darauf nieder. »Diz, wir teilen Ihnen alles mit, was wir über den Fall Markham wissen. Außerdem haben wir es Ihnen zu verdanken, dass wir auf Mrs. Loring aufmerksam geworden sind. Wir wissen das zu schätzen. Dennoch erwarten wir, dass Ihr Mandant ohne Einschränkung vor der Grand Jury aussagt. Insbesondere angesichts der Liste, die er uns zur Verfügung gestellt hat und die Hinweise auf eine ganze Reihe von Verbrechen enthält.« Er sah erst Ash und Glitsky und dann die beiden an der Wand lehnenden Inspectors an. »Wenn jemand möchte, dass Mr. Hardy sich verabschiedet, wird er sicher Verständnis dafür haben.«

Doch niemand sagte etwas. Jackman wartete noch eine Weile und wandte sich schließlich an Glitsky. »Also, Abe, uns allen ist klar, dass wir den Fall Markham nun in einem anderen Licht betrachten müssen. Welche Vorgehensweise würden Sie empfehlen?«

Als Hardy hereinkam, blickte David Freeman von dem zweifellos brillanten Schriftsatz auf, den er gerade auf seinen gelben Block kritzelte. »Ach, Mr. Hardy«, sagte er erfreut. »Komm rein, komm rein.« Er hatte eine halbe kalte Zigarre zwischen den Lippen. Der oberste Knopf seines Hemdes stand offen, und seine Krawatte war so weit gelockert, dass sich der Knoten fast löste. Hardy vermutete, dass es sich um dieselben Sachen wie am Vortag handelte. Obwohl es bereits heller Vormittag war, waren die Rollläden noch halb heruntergelassen. Hatte Freeman im Büro übernachtet? Das wäre nicht das erste Mal gewesen, doch Hardy beschloss, lieber nicht nachzufragen. Wahrscheinlich war es besser, es nicht so genau zu wissen.

»Du wolltest mich sprechen? Wenn es um die Miete geht: Ich weigere mich, mehr zu bezahlen, und das ist mein letztes Wort. Sie ist sowieso schon viel zu hoch.«

Freeman räusperte sich. »Die Sache mit der Frau im Portola Hospital ist doch auf deinem Mist gewachsen.«

»Mag sein.«

»Entweder bist du der größte Pechvogel oder der schlimmste Idiot auf Gottes Erdboden. Mich würde interessieren, was du dir bloß dabei gedacht hat, Strout darum zu bitten, die Gebeine der armen Frau wieder auszubuddeln.«

»Woher weißt du, dass ich es war? Und offen gestanden war ich es auch nicht, sondern Wes Farrell. Obwohl ich zugeben muss, dass ich mein Scherflein dazu beigetragen habe.«

»Während dieses Theaters gestern beim Mittagessen, das du in deiner Aufregung vielleicht schon vergessen hast, hat John Strout sowohl Mr. Farrell als auch Mrs. Loring namentlich erwähnt. Und zufällig habe ich diese beiden Namen heute Morgen wieder in der Zeitung gelesen. Auf der Titelseite, wenn ich mich nicht irre.«

»Und Jeff Elliots Kommentar, falls ich mich recht entsinne. Ich werde ihn anrufen und ihm sagen, dass er mir ein Mittagessen schuldet.«

Freeman lehnte sich zurück und musterte ihn. »Du nimmst die Sache nicht ernst.«

Hardy schob sich einen Sessel vor Freemans Schreibtisch und setzte sich. »Doch. Und mit allem Respekt vor deinem ergrauten Haar war das weder Pech noch Idiotie. Ich habe mich zuvor vergewissert, dass mein Mandant nicht am Tatort war, als Mrs. Loring starb. Er konnte sie also nicht umbringen.«

»Nein, sie vielleicht nicht. Aber womöglich besteht gar kein Zusammenhang mit dem Fall Markham.«

»Theoretisch betrachtet richtig, aber nicht relevant. Sie hat eine ganze Menge damit zu tun.«

»Und was genau, wenn ich fragen darf? Wie ich es verstehe – und selbst Mr. Elliots Artikel macht das deutlich –, ist deine Mrs. Loring an der Überdosis eines völlig anderen Medikaments gestorben als Mr. Markham. Und das weist für sich genommen schon auf einen anderen Täter hin. *Res ipsa loquitur, n' est-ce pas?* Wie kommt es, dass du das nicht kapierst.«

Allmählich ahnte Hardy beklommen, worauf Freeman hinauswollte. Dennoch konnte er nicht anders, als dessen Fähigkeit zu bewundern, Englisch, Latein und Französisch in einem einzigen Satz miteinander zu kombinieren, ohne dabei ins Stocken zu geraten. So etwas hörte man nicht alle Tage. »Klar, kapiere ich, David«, erwiderte Hardy deshalb mit einem leichten Grinsen. »Ich verstehe nur nicht, wo das Problem liegt.«

Freeman beugte sich vor, nahm die Zigarre aus dem Mund und stützte die Ellenbogen auf den Schreibtisch. »Das Problem ist, dass es weder beweist noch widerlegt, dass dein Mandant in den Fall Markham verwickelt ist – obwohl du genau das behauptest. In Wirklichkeit aber gerät Mr. Jackman dadurch nur noch mehr unter Druck, irgendeinen Mitarbeiter des Portola Hospital unter Anklage zu stellen. Und wer käme ihm da wohl gerufener als dein Mandant?«

Hardy schüttelte den Kopf. »Ich muss dir sagen, dass ich gerade bei Clarence war. Er vertritt ganz und gar nicht diese Auffassung.«

»Das wird er schon noch. Gib ihm nur etwas Zeit.«

»Ich denke, du irrst dich. Er wird den Menschen suchen, der Mrs. Loring und möglicherweise auch noch weitere Patienten des Portola Hospital auf dem Gewissen hat. Und dann wird er annehmen, dass diese Person auch der Mörder von Mr. Markham ist.«

»Und warum sollte er das?«

»Mein Gott, David, weil es logisch ist. Findest du es nicht auch ein wenig unglaubwürdig, dass zwei verschiedene Mörder die Flure des Portola Hospital unsicher machen? Ich meine, schon.«

Freeman ließ den Kopf hängen und seufzte tief auf. »War O. J. Simpsons Verfolgungsjagd im Schneckentempo nicht auch unglaubwürdig? Oder die Tatsache, dass Monika Lewinskys ungewaschenes blaues Kleid aus heiterem Himmel wieder auftauchte? Oder die Neuauszählung der Wahlergebnisse in Florida – zweihundert Stimmen von sechzig Millionen? Vertrau mir, Diz, die Leute sind heutzutage daran gewöhnt, dass die Glaubwürdigkeit endlos dehnbare Grenzen hat. Ich habe den Eindruck, du wiegst dich in der Illusion, die Sache bereits erledigt und Dr. Kensing rausgepaukt zu haben. Und ich sage dir, dass das nicht stimmt. Du hast nichts weiter getan, als dafür zu sorgen, dass die Mitarbeiter des Portola Hospital nur noch gründlicher unter die Lupe genommen werden, und zu denen gehört auch dein Mandant. Das darfst du nicht auf die leichte Schulter nehmen. Und wie ich es sehe, hast du genau das vor.«

Hardy machte einen letzten Versuch, keine trübe Stimmung aufkommen zu lassen. »Ich hielt es für eine gute Idee.«

Aber für Freeman war das Gesetz eine todernste Angelegenheit. Er schüttelte nur den Kopf. »Die Sache hat sich hochgeschaukelt, Diz. Sie werden einen Grund finden, jemandem Handschellen anzulegen, sonst gibt es einen Bauernaufstand. Es besteht die große Wahrscheinlichkeit, dass sie deinen Mandanten wegen Mordes an Markham drankriegen und dann andeuten, er wäre auch für die meisten anderen, wenn nicht gar für alle übrigen Todesfälle verantwortlich, was sie aber leider nicht beweisen könnten.« Seine Augen unter den Brauen aus Stahlwolle funkelten. »Du hättest dieses Argument in einem Strafprozess gegen Kensing vorbringen können. Doch inzwischen ist es verdammt viel wahrscheinlicher geworden, dass es zu einer Verhandlung kommt.«

Hardy hatte wirklich angenommen, dass Kensing mehr oder weniger aus dem Schneider war. In seiner Begeisterung, weil er im Fall Loring richtig getippt hatte, und auch in seiner Freude über Glitskys Sinneswandel hatte er sich – wie er jetzt zugeben musste –, was die Bedeutung der Autopsieergebnisse anging, zu voreiligen Schlussfolgerungen hinreißen lassen. Freeman hielt ihm jetzt vor Augen, dass sein Mandant noch nicht außer Gefahr war und weiterhin unter Verdacht stand – vielleicht mehr als je zuvor. Also musste Hardy wachsam sein, bis sich die Geschichte endgültig erledigt hatte.

»Darf ich dich etwas fragen?«, sagte der alte Mann. »Was ist, wenn bei den noch anstehenden Autopsien wieder Kaliumchlorid entdeckt wird? Denkst du, das nützt deinem Mandanten?«

»David, er war nicht da, als Mrs. Loring starb. Kapiert? Und wenn er sie nicht umgebracht hat, hat er auch die anderen nicht getötet.«

»Falsch. Reines Wunschdenken. Und nun wirst du wütend, was nur verständlich ist, weil dein Gedankengebäude in sich zusammenstürzt. Aber lass es nicht an mir aus.« Er griff nach seiner Zigarre und kaute nachdenklich darauf herum. »Pass auf. Ich will dir die Sache nicht vermiesen, Ehrenwort. Ich muss zugeben, dass du einen Weg beschritten hast, der dich vielleicht sogar ans Ziel führt. Das wünsche ich dir wenigstens. Ich hoffe, wir haben es mit einem Serienmörder zu tun, der alle seine Taten beichtet, noch ehe die Sonne untergeht.

Aber überleg mal weiter. Von wem hast du die Namen der toten Patienten? Von Kensing. Warum hat er es nicht schon früher erwähnt, wenn er schon so lange eine Vermutung hat? Warum ist er erst damit herausgerückt, als man ihn des Mordes an Mr. Markham verdächtigte? Passt das nicht ein bisschen zu gut? Und ist es so abwegig, dass er mit jemandem im Portola Hospital zusammengearbeitet hat, vielleicht sogar mit einer der Krankenschwestern? Dann hätte er nämlich nicht jedesmal anwesend sein müssen, wenn jemand starb. Hast du schon mal an die Möglichkeit gedacht, dass Kensing und einige Krankenschwestern unter der Hand für jedes frei gemachte Bett eines chronisch kranken unterversicherten Patienten ohne Überlebenschance einen Bonus bekommen? Derartige Dinge können geschehen, vor allem, wenn dem Unternehmen finanziell die Luft ausgeht.« Freeman schwieg einen Moment, lehnte sich zurück und trommelte mit den Fingerspitzen auf die Schreibtischplatte. »Ich behaupte nicht, dass es auch nur im Entferntesten so gewesen ist, Diz. Doch es macht mir Sorgen, dass du eine ganze Reihe von Morden in einen Korb steckst, in den sie vielleicht nicht gehören, ohne dir einzugestehen, dass sich dein Mandant vielleicht in diesem Korb befindet.«

Hardy rutschte unbehaglich auf seinem Stuhl herum. Er hatte Freeman in dieser Sache zwar nicht um Rat gebeten, doch der alte Mann war nun schon lange in gewisser Weise sein Mentor, der – auch wenn er häufig ins Fettnäpfchen trat – niemals etwas Dummes sagte. Es lohnte sich, ihm zuzuhören.

Und er hatte noch etwas auf dem Herzen; nach seiner Miene zu urteilen, handelte es sich vielleicht um den wichtigsten Einwand. »Wie ich es verstehe, Diz, waren die etwa zehn Personen auf der Liste deines Mandanten alle chronisch kranke Patienten ohne Überlebenschance. Ist das richtig?«

Ein Nicken. »Deshalb kam es Kensing ja auch so seltsam vor. Sie sind alle unerwartet früh gestorben.«

»Nehmen wir an, dass sich das als wahr erweist. Fällt dir dazu vielleicht etwas ein, insbesondere im Zusammenhang mit Markham?«

Hardy erkannte das Problem sofort. »Er entspricht nicht dem Profil, denn er litt nicht an einer chronischen und tödlichen Krankheit.«

»Genau.« Endlich schien Freeman zufrieden. »Und wenn sich jetzt herausstellt, dass die anderen zehn samt und sonders an diesem Muskelentspannner und nicht an Kaliumchlorid gestorben sind, ergibt sich daraus, dass die Diagnose und die Todesursache bei Markham anders liegt als in allen übrigen Fällen. Das muss zwar nicht unbedingt etwas bedeuten, aber es bringt einen ins Grübeln. Findest du nicht?«

»Zum Beispiel stellt man sich die Frage, wer Markham umgebracht hat und warum? Das meinst du doch.« Hardy stand auf. »Wenn ich mir vorstelle, wie gut es mir vor nur fünfzehn Minuten ging, weil ich glaubte, endlich weitergekommen zu sein.«

»Du wirst dich noch viel besser fühlen, wenn alles zusammenpasst, Diz. Glaub mir.«

»Ganz bestimmt, David. Ganz bestimmt.«

Als er gehen wollte, hielt Freeman ihn noch einmal zurück. »Wenn ich es mir genauer überlege, gibt es vielleicht noch einen Weg, deinem Mandanten zu helfen.«

»Ich höre.«

»Falls es stimmt, dass du Clarence und Abe mit den nach den Ergebnissen im Fall Loring entstandenen Fragen den Mund wässrig gemacht hast, könntest du dich möglicherweise noch ein bisschen eingehender nach Dr. Kensing erkundigen, ohne Argwohn zu erregen. Wenn er, wie du glaubst, weniger unter Verdacht steht als zuvor, könnten sich die Zungen lockern und Perlen der Weisheit von sich geben.«

Damit hatte Hardy eigentlich schon heute Morgen in Jackmans Büro gerechnet, denn anfangs schienen sich alle spontan der Meinung angeschlossen zu haben, dass Kensing unschuldig war. Allerdings hatte Freeman wahrscheinlich Recht mit seiner Vermutung, dass dieser Zustand nicht von Dauer sein würde. Wenn Hardy sich die allgemeine Stimmung zunutze machen wollte, durfte er keine Zeit verlieren.

Glitsky hatte nicht vor, seine Grünschnäbel allein losziehen zu lassen. Er wusste, dass sein erfahrenster Inspector, Marcel Lanier, im Januar die Prüfung zum Lieutenant abgelegt hatte und befördert worden war. Nun sehnte sich Lanier nach einer Gelegenheit, seine Fähigkeiten in der Verwaltung unter Beweis zu stellen. Bald würde er das Morddezernat verlassen, um selbst eine Abteilung zu leiten. Und nun sollte er eine Chance erhalten, sich zu bewähren.

Während Bracco und Fisk zu Übungszwecken Beschlagnahmungsbefehle für Krankenhausunterlagen ausfüllten, übertrug Glitksy Lanier das Kommando und fuhr ins Portola Hospital. Er schlüpfte durch die Flotte von Fernseh-Übertragungswagen, die sich auf dem Parkplatz drängten, und ging an den in der Vorhalle wartenden Reportern vorbei.

Im Vorzimmer des Verwaltungschefs teilte eine Sekretärin Glitsky mit, dass Mr. Andreotti keine Reporter empfinge. In etwa einer halben Stunde werde er im Sitzungssaal, gleich neben der Vorhalle, eine Pressekonferenz abhalten. Bei diesen Worten zückte der Lieutenant seine Polizeimarke und erkundigte sich, ob der Verwaltungschef jetzt sofort ein paar Minuten für ihn erübrigen könne.

Michael Andreotti war mindestens so groß wie Glitsky. Ein maskenhaftes Lächeln auf den Lippen, umrundete er seinen Schreibtisch und umfasste verzweifelt Abes ausgestreckte Hand. Sein Gesicht war hohlwangig und fahl, unter seinen Augen lagen dunkle Ringe. Bekleidet war er mit einem grauen Anzug und einer leuchtend blauen Krawatte. Offenbar war er gleichermaßen verstört und erschöpft. Glitsky konnte ihm daraus keinen Vorwurf machen. In der Woche seit Tim Markhams Ermordung waren die Schwierigkeiten im Krankenhaus eskaliert. Die Bombe, die heute Morgen geplatzt war, war die Krönung. Nicht nur, dass die im Portola Hospital durchgeführten Leichenschauen bestenfalls als schlampig und schlimmstenfalls als sträflich nachlässig zu bezeichnen waren. Nun waren vielleicht sogar bis zu zehn Patienten in ihren Betten in der Intensivstation getötet worden.

Es war kurz vor zehn Uhr. Andreotti, der gehetzt und fahrig wirkte, hatte bereits mit *Time, Newsweek, USA Today* und der *New York Times* telefoniert. Außerdem hatte er sich mit Vertretern des Personalrats, der Parnassus-Ärztegruppe und des Managements von Parnassus getroffen. Der Bürgermeister hatte ihn für vierzehn Uhr zu sich zitiert.

Nachdem Andreotti Glitsky einen Platz angeboten hatte, setzte er sich wieder an seinen Schreibtisch. »Was können wir tun, um Sie bei Ihren Ermittlungen zu unterstützen, Lieutenant?«, begann er. »Sagen Sie mir nur Bescheid. Wir werden uns Mühe geben, Ihnen die Arbeit so weit wie möglich zu erleichtern. Ich habe entsprechende Anweisungen erteilt. Wir haben nichts zu verbergen.«

»Es freut mich, das zu hören, Sir. In Kürze werden meine Mitarbeiter mit einer vermutlich langen Einkaufsliste hier eintreffen. Hauptsächlich handelt es sich dabei um Durchsuchungsbefehle für die Personalkartei der Intensivstation, auch für die Zeit, in der Mrs. Loring bei Ihnen stationär behandelt wurde.«

»Ja, natürlich.«

»Wie Sie vielleicht wissen, gibt es Vermutungen, es könnten auch weitere Patienten hier getötet worden sein. Uns liegt eine Liste vor, auf deren Grundlage –«

»Kensings Liste, richtig?«

»Ja, Sir, das stimmt.«

»Gut. Sie müssen ja wissen, was Sie tun. Aber es hieß doch ... Ich habe gehört, dass Kensing Ihr Hauptverdächtiger in der Sache Markham ist?« Obwohl er es als Frage formuliert hatte, fühlte Glitsky sich nicht bemüßigt zu antworten. Stattdessen wartete er ab. »Wie dem auch sei«, sagte Andreotti schließlich. »Ich an Ihrer Stelle würde jedenfalls einer Liste, die von einem Mordverdächtigen stammt, nicht allzuviel Glauben schenken.«

Glitsky nickte nachdenklich und schlug ein Bein über das andere. »Unter normalen Umständen würde ich Ihnen im Prinzip zustimmen. In diesem Fall jedoch haben wir gleich beim ersten Versuch etwas gefunden. Mrs. Loring wurde hier getötet.«

»Mein Gott, das brauchen Sie mir nicht zu sagen«, murmelte Andreotti.

»Befassen wir uns kurz mit der Vergangenheit. Sie meinten, Sie hätten gehört, dass Dr. Kensing unser Hauptverdächtiger im Mordfall Mr. Markham ist. War das hier die allgemeine Ansicht?«

»Nun ja, nein. Ich meine ...« Andreotti blickte zur Tür und sah dann wieder Glitsky an. »Ich möchte niemanden des Mordes beschuldigen. Dr. Kensing war bei den Mitarbeitern hier sehr beliebt.«

»Den Mitarbeitern?«

»Nun, den anderen Ärzten und den Schwestern. Er ist ein sehr guter Arzt, aber ein wenig ... halsstarrig. Ich denke, dass viele seiner Kollegen seine Kompromisslosigkeit bewunderten, auch wenn die Zusammenarbeit mit ihm ein wenig schwierig sein konnte. Er hielt nichts von Teamarbeit.«

»Also hatte er Meinungsverschiedenheiten mit der Verwaltung?«

Diese Feststellung schien Andreotti zu kränken. »Ja, die hatte er. Außerdem verstand er sich nicht mit Mr. Markham. Das war allgemein bekannt.«

»Richtig.« Glitskys Miene erinnerte vage an ein Lächeln. »Das ist uns auch schon zu Ohren gekommen. Also hat er Mr. Markham umgebracht? Wollten Sie darauf hinaus?«

»Tja, er hatte große Schwierigkeiten mit ihm, und er befand sich im selben Raum ...« Andreotti breitete flehend die Hände aus. »Ich habe wohl daran gedacht, auch wenn ich es nur ungern ausspreche.«

»Das sei Ihnen unbenommen«, erwiderte Glitsky. »Allerdings bin ich heute nicht wegen Mr. Markham hier. Ich wollte mit einigen Ihrer Mitarbeiter sprechen und möchte Sie bitten, mir die Dienstpläne, insbesondere die der Intensivstation, zur Verfügung zu stellen, und zwar für den Zeitpunkt von Mrs. Lorings Tod.«

»Ich bin sicher, dass sich das machen lässt. Haben Sie eine Minute Geduld.«

Es dauerte eher zehn Minuten, doch als Glitsky den Namen Rajan Bhutan las, erkannte er ihn aus den Niederschriften der Vernehmungen wieder, die Bracco und Fisk hier durchgeführt hatten. Er fragte Andreotti, ob Bhutan noch im Krankenhaus tätig sei, und wenn ja, wo er ihn finden könne.

Rajan war überrascht, als er schon wieder zu einem Gespräch mit der Polizei zitiert wurde. Die Beamten waren in der vergangenen Woche häufig hier gewesen und hatten alle Mitarbeiter verhört. Er hatte nicht recht gewusst, was er auf ihre Fragen antworten sollte. Er habe Dr. Kensing begleitet und Mr. Lector versorgt, als der Alarm losgegangen sei. Danach sei alles wie in solchen Fällen üblich verlaufen, nur dass sie sich mit zwei Patienten gleichzeitig hätten befassen müssen. Er sei nicht sicher, wer während dieser Zeit den Raum betreten oder verlassen habe. Er habe Dr. Kensings Anweisungen befolgt und versucht, diese vorauszuahnen. Alles sei so schnell gegangen, dass er sich eigentlich nicht richtig erinnern könne. Aber natürlich sei er dort gewesen.

Als er den Aufenthaltsraum betrat, fiel ihm auf, dass dieser neue Mann älter war als die anderen und härter. Seine Haut war so dunkel wie Rajans, aber er hatte blaue, sehr müde dreinblickende Augen. Eine Narbe, die knapp oberhalb seines Kinns begann, verlief quer durch die Lippen und endete unter dem rechten Nasenloch. Etwas an diesem Mann machte Rajan Angst, und er spürte, wie er innerlich zu zittern begann. Seine Händflächen fühlten sich auf einmal feucht an, und er wischte sie an seiner Tracht ab. Ohne auch nur einmal zu blinzeln, beobachtete der Mann, wie Rajan quer durch den Raum zu dem Tisch ging, wo er saß.

Rajan blieb vor dem Polizisten stehen und zwang sich zu einem Lächeln. Wieder wischte er sich die Hände ab und streckte die rechte Hand aus. »Guten Tag. Sie wollten mich sprechen?«

»Nehmen Sie Platz. Ich möchte Ihnen ein paar Fragen über Marjorie Loring stellen. Erinnern Sie sich an sie?«

Marjorie Loring? Natürlich erinnerte er sich an sie. Er gab sich stets Mühe, seine Patienten nicht zu vergessen, auch wenn viele Namen im Laufe der Jahre seinem Gedächtnis entglitten waren. Aber Marjorie Loring war schließlich noch nicht so lange her. Sie war immer noch bei ihm. Er konnte ihr Gesicht sehen. Sie wäre einen langsamen, qualvollen Tod gestorben, ganz so wie Chatterje.

Doch das Schicksal hatte sie vor der Zeit erlöst.

28

Durch die Frühlingsluft schlenderte Hardy zurück zum Justizgebäude, obwohl er erst vor einer Stunde dort gewesen war. In der Gerichtsmedizin hinter dem Gebäude war es erstaunlich ruhig. Eigentlich hatte Hardy erwartet, dass die Entdeckung im Fall Marjorie Loring zu einer regen Nachfrage nach Exhumierungen und Autopsien führen würde. Doch im Augenblick war noch nichts von einem bevorstehenden Ansturm zu bemerken.

Zu Hardys großem Erstaunen hatte Strout die Füße auf dem Tisch liegen und schaute in einen kleinen Fernseher, wo gerade die letzten Minuten einer Vormittags-Talkshow liefen. Hardy kannte diesen Fernseher zwar, hatte aber stets vermutet, dass er nicht mehr funktionierte, da er sicher als Mordwaffe verwendet worden war. Strout bat seinen Gast mit einer Handbewegung um Ruhe und bedeutete ihm, Platz zu nehmen und sich die Sendung anzusehen. Die beiden Moderatoren – ein Mann und eine Frau –, plauderten mit einem Mann, offenbar einem Fernsehschauspieler, den Hardy nicht kannte. Und zwar über einen Film, von dem Hardy noch nie gehört hatte. Nun hatte dieser Schauspieler offenbar neue Wege beschritten und vor kurzem eine CD herausgebracht. Im Anschluss an das Gespräch trug er das angeblich erfolgreichste Lied daraus vor, das nicht der Rede wert und offenbar unter großem Werbeaufwand auf den Markt gedrückt worden war. Als die nächste Werbeunterbrechung begann, griff Strout zur Fernbedienung und schaltete den Fernseher ab. »Ich liebe diesen Typen«, sagte er.

»Wen? Den Sänger?«

»Nein. Regis.«

»Regis?«

»Bitte, Diz. Philbin.«

»War er das?«

Strout konnte es nicht fassen, dass Hardy das bekannteste Gesicht Amerikas fremd war. »Haben Sie noch nie die Millionärs-Show gesehen? Das ist er. Sind Ihnen nicht die Krawatten aufgefallen, die ich seit einem Jahr trage? Der Typ hat eine ganze Serie davon entworfen. Meine Frau findet, dass ich mit den frischen Farben zehn Jahre jünger aussehe.«

»Ich wusste, dass da etwas war«, sagte Hardy.

»Und wissen Sie, warum ich ihn sonst noch liebe? Haben Sie je bemerkt, wie glücklich er ist?«

»Eigentlich nicht. Ich kann nicht behaupten, dass ich Regis öfter begegne.«

»Wie schaffen Sie es nur, ihm aus dem Weg zu gehen? Der Mann ist überall. Und verstehen Sie mich nicht falsch – ich finde das gut. Wollen Sie hören, warum? Weil er immer glücklich ist. Begeistert. Das erkennt man an seinen Augen. Er liebt das Leben, und in dieser Zeit muss man sich eine solche Fähigkeit bewahren. Ein Mann in meinem Beruf – ach, zum Teufel, in jedem Beruf – sieht nicht zu viele lächelnde Gesichter. Und manchmal fehlt einem das wirklich, lassen Sie sich das gesagt sein.« Er nahm ein Stilett vom Schreibtisch, drückte auf den Knopf und ließ die schmale Stahlklinge einrasten. »Und was führt Sie so rasch wieder zu mir? Ich hoffe, nicht dieselbe Bitte wie die beiden letzten Male.«

»Die beiden letzten Male haben Ihnen eine Schlagzeile und leicht verdiente tausend Dollar eingebracht. Eigentlich sollten Sie hoffen, dass es wieder etwas Ähnliches ist.«

Strout reinigte sich mit dem Messer die Fingernägel. »Offen gestanden habe ich mit dem Gedanken gespielt, Ihnen das Geld zurückzugeben, denn wie sich herausstellte, hatten Sie fast richtig geraten. Es war die Mühe wert. Und nach dem Ergebnis bei Loring wird mir niemand mehr die erste Autopsie – Lector – vorwerfen.«

»Tja, tun Sie, was Sie nicht lassen können, John. Wenn Sie

mir das Geld zurückgeben wollen, nur zu. Aber Sie haben es auf ehrliche Weise gewonnen. Könnten wir, während Sie weiter überlegen, kurz über Carla Markham sprechen?«

Strout ließ sich Zeit mit seiner Antwort. Er klappte das Messer auf und wieder zu. Auf und zu. »Ich habe mich schon gefragt, wann Sie deshalb zu mir kommen würden.«

»Soll das heißen, es gibt dafür einen Grund?«

»Nein. Das will ich nicht behaupten. Meine Entscheidung steht ziemlich fest: Mord und Selbstmord kommen gleichermaßen in Frage.«

»Aber etwas daran erscheint Ihnen suspekt?«

Strout nickte. »Eine ganze Menge sogar. Doch da es keine Beweise dafür gibt, dass es sich nicht um einen Selbstmord handelt, kann ich diese Möglichkeit nicht ausschließen. Haben Sie eine Kopie meines Berichts erhalten?«

Hardy nickte. Er hatte ihn am Sonntagabend zum ersten Mal gelesen. Ein zweites Mal gestern im Büro. Inzwischen hatte er sich angewöhnt, Berichte und Zeugenaussagen zweimal zu studieren, denn die Wahrheit verbarg sich häufig hinter Massen von Details. »Mir ist aufgefallen, dass die Waffe von unten abgefeuert wurde, und zwar hinter dem rechten Ohr nach vorne.«

»Richtig.« Strout klappte das Stilett wieder zu, erhob sich und ging zu dem deckenhohen Bücherregal, das links von Hardy stand. Nachdem er sich auf die schmale Ablage darunter gesetzt hatte, nahm er einen alten sechsschüssigen Revolver vom ersten Regalbrett und drehte die Trommel. »Das habe ich schon mal gesehen.«

»Wie oft?«

Wieder ließ Strout die Trommel rotieren. »Vielleicht zweimal.«

»Während Ihrer dreißigjährigen Laufbahn?«

Ein Nicken. »So in etwa. Möglicherweise auch dreimal.«

Hardy ließ das auf sich wirken. »Also muss ich davon ausgehen, dass Mrs. Markham Rechtshänderin war?«

»Nein. Das stimmt nicht.« Bis auf ein unwillkürlich wippendes Bein saß der Gerichtsmediziner reglos da. »Außerdem hatte sie sich von innen in die Unterlippe gebissen.«

»Das habe ich gelesen. Hat ihr jemand den Mund zugehalten?«

»Jemand, der sich von hinten an sie angeschlichen hat? Möglich, aber auf keinen Fall zwingend. Sie hätte sich genauso ohne äußeren Anlass auf die Lippe beißen können.«

Hardy saß da und starrte auf die Jalousien hinter Strouts Schreibtisch, ohne sie wirklich zu sehen. Staubflocken schwebten in den Sonnenstrahlen, die durch die Lamellen fielen. Die Trommel des Revolvers wurde noch ein paar Mal gedreht. Schließlich blickte Hardy auf. »Warum war dann überhaupt die Rede von Selbstmord?«

»Sie hatte Schmauchspuren an der rechten Hand. Und ich weiß, was Sie jetzt sagen werden.« Strout unterbrach ihn mit einer Handbewegung. »Es beweist nicht, dass sie die Waffe wirklich abgefeuert hat. Vielleicht stammen die Spuren ja von dem Schuss, der sie getötet hat. Und Sie haben hundertprozentig Recht. Doch die Waffe lag neben ihrer Hand ...« Strout verstummte und sah Hardy an. »Ich hatte keinen medizinischen Grund, einen Selbstmord auszuschließen, Diz.«

»Also könnte sich jemand Mühe gegeben haben, einen Selbstmord vorzutäuschen?«

»Das liegt im Bereich des Möglichen, Diz. Ganz eindeutig. Darf ich Ihnen eine Frage stellen? Warum wäre es Ihnen lieber, wenn es ein Mord gewesen wäre?«

»Weil es meine letzte Chance ist.«

»Bis auf Ihre Liste, meinen Sie.«

Hardy schüttelte den Kopf. »Wie Mr. Freeman sagt, besteht kein klarer Zusammenhang zwischen den Todesfällen auf der Liste und der Identifikation von Tim Markhams Mörder. Doch wenn Carla Markham umgebracht wurde, dann ganz sicher von demselben Täter, der auch ihren Mann getötet hat.«

»Aber war Ihr Mandant nicht der letzte Besucher im Haus, bevor ...?« Strout beendete den Satz nicht.

Hardy zwang sich zu einem Lächeln, obwohl die Frage nicht komisch war. »Die Theorie hat noch ihre Schwächen, John. Ich arbeite daran.«

Bewaffnet mit ihrem Durchsuchungsbefehl, näherten sich Bracco und Fisk Donna, der Archivarin des Portola Hospital. Sie war etwa dreißig, leicht übergewichtig und anfangs ein wenig nervös, als plötzlich zwei leibhaftige Polizisten vor ihr standen. In ihren lilafarben geschminkten Lippen trug sie einen Ring, ein zweiter zierte ihre rechte Augenbraue. Fisk bemerkte sofort, dass Bracco sich in ihrer Gegenwart unwohl fühlte, und übernahm deshalb das Reden. Es dauerte nicht lange, und sie waren alle die besten Freunde. Donna war sehr tüchtig; sie brauchte keine halbe Stunde, um die Personal- und Patientenlisten des fraglichen Tages aufzurufen und auszudrucken.

Eine weitere halbe Stunde später saßen sie in einem Konferenzraum der Krankenhausverwaltung und hatten Glitskys Auftrag mehr oder weniger erfüllt. Wie sich herausstellte, wechselten sich die Schwestern und Pfleger der Intensivstation nach einem festen Dienstplan ab, auch wenn es im gesamten Krankenhaus weitaus mehr von ihnen gab, als die beiden Inspectors anfangs vermutet hatten. Insgesamt hatten während der zehn Schichten, in denen laut Kensings Liste Patienten überraschend gestorben waren, neun Schwestern und Pfleger Dienst in der Intensivstation gehabt. Allerdings nur zwei von ihnen in jeder Schicht, in der ein Todesfall aufgetreten war – Patricia Daly und Rajan Bhutan.

»Nur, dass wir noch nicht genau wissen, ob es sich bei jedem dieser zehn Todesfälle um einen Mord handelt«, sagte Bracco. »Nur bei Loring und Markham können wir sicher sein.«

»Okay.« Obwohl es sich um eine eher langweilige Tätigkeit handelte, hatte der unberechenbare Fisk offenbar beschlossen, sich aktiv daran zu beteiligen. »Aber uns ist bekannt, dass Daly keinen Dienst hatte, als Markham starb, richtig? Bhutan hingegen schon. Seine Kollegin an diesem Tag war ... wie heißt sie noch mal?«

Da sie zu den sieben Mitarbeitern gehörte, die regelmäßig Dienst in der Intensivstation versahen, hatte Bracco den Namen sofort parat. »Connie Rowe.«

»Es ist mir rätselhaft, wie sich jemand so ein Detail merken kann. Ich erkenne den Namen zwar, wenn ich ihn höre, aber spontan würde er mir nicht einfallen, und wenn es um mein Leben ginge.«

»Schon gut, Harlan. Deshab haben sie uns ja zusammengespannt. Du kannst dafür Dinge, die ich niemals schaffen würde. Wie zum Beispiel die Plauderei mit Donna gerade. Oder das Suchen nach der Schicht, in der Mrs. Loring starb. Ich hätte das total verschwitzt.«

Erfreut über dieses Lob, stand Fisk auf und streckte sich. »Was ist schon eine weitere halbe Stunde, wenn wir uns so gut amüsieren.«

Die beiden machten sich auf den Rückweg ins Archiv. Da sie inzwischen alte Freunde von Donna waren, sagten sie ihr, sie müssten noch eine weitere Schicht überprüfen. Bracco, der Mann für die Details, wusste das Datum: der 12. November. Marjorie Loring hatte in der Abendschicht zwischen sechzehn Uhr und Mitternacht ihren letzten Atemzug getan.

Donnas Finger flogen über die Tastatur. Dann blickte sie auf. »Das ist echt komisch«, sagte sie. »Ich glaube, in jedem Dienstplan, den Sie sich bis jetzt angeschaut haben, steht der Name R. Bhutan. Jetzt auch wieder. Suchen Sie beide nach jemand Bestimmtem?«

»Nein. Aber er taucht immer wieder auf, richtig?«

Die junge Frau klopfte mit den schwarz lackierten Fingernägeln auf die Theke. »Was ist eigentlich so wichtig an diesen Daten? Können Sie mir das verraten?«

Fisk beugte sich vor und blickte sich verschwörerisch im Raum um. »Wir könnten schon«, erwiderte er. »Aber dann müssten wir Sie umbringen.«

Kurz weiteten sich Donnas Augen wie Untertassen, dann kicherte sie und betätigte eine Taste, um den Dienstplan auszudrucken. Fisk nahm das Blatt Papier entgegen und warf einen Blick darauf: wieder Connie Rowe, nicht Patricia Daly. Mit einem bedeutungsvollen Blick zeigte er die Seite seinem Partner.

»Darf ich Sie etwas fragen, Donna?« Entweder hatte Bracco seine Vorurteile überwunden oder etwas von seinem Partner gelernt. »Gibt es auch Aufzeichnungen darüber, welche Ärzte während der Schichten, die wir uns gerade ansehen, anwesend waren?«

Sie überlegte eine Weile. »Tja, natürlich kommen die Ärzte der einzelnen Patienten zur Visite. Meinen Sie das?«

»Nicht ganz. Eher alle Ärzte, die irgendeinen Grund hatten, an besagten Tagen die Intensivstation zu betreten.«

»Alle?«

Bracco zuckte die Achseln und lächelte sie an. »Ich weiß nicht. War nur so eine Frage.«

Ihre Zunge betastete den Ring in ihrer Lippe. »Vielleicht führen sie im Schwesternzimmer Buch darüber. Sie könnten sich dort erkundigen, obwohl ich nicht sagen kann, ob es wirklich aufgeschrieben wird. Die Ärzte kommen und gehen. Irgendeinen Grund gibt es immer.«

Jack Langtry, der Leiter der Spurensicherung, empfand die Situation als absurd.

Kurz vor dem Mittagessen hatte Marlene Ash ihn in ihr Büro gebeten, um über den Fall Carla Markham zu sprechen. Als Langtry hereinkam, stand ein Mann neben ihr, beugte sich über den Schreibtisch und betrachtete die Fotos vom Tatort. Langtry konnte Rechtsanwälte auf einen Kilometer Entfernung riechen, und er war sicher, dass dieser Typ ein Vertreter dieser Gattung war. »Mr. Hardy ist Dr. Kensings Anwalt«, erklärte Ms. Ash. »Lieutenant Glitsky und Mr. Jackman haben sich bereit erklärt, als Gegenleistung für die Aussage seines Mandanten mit ihm zusammenzuarbeiten. Er möchte Ihnen ein paar Fragen stellen.«

Langtry wusste nicht, was er davon halten sollte. Doch wenn Marlene Ash es befürwortete, konnte er auch nichts dagegen haben. »Na klar doch, Kumpel«, erwiderte er. »Keine Bedenken.«

Hardy studierte das Farbfoto, das Mrs. Markhams Leiche auf dem Küchenfußboden zeigte, wo Langtry sie vorgefunden hatte. Die Waffe befand sich am oberen Bildrand, und nun deutete der Anwalt mit dem Finger darauf. »Woher stammte die Waffe?«

»Obere linke Schublade von Markhams Schreibtisch, der im Arbeitszimmer neben der Küche steht. Wenigstens lagen dort Waffenschein, Munition und Reinigungsmittel. Irgendwo im Stapel muss ein Foto davon sein.«

»Ich glaube, das habe ich gesehen. Eine Zweiundzwanziger, richtig?«

Langtry hob den Blick von dem Foto und sah den Mann an.

»Sie haben die Waffe doch in der Asservatenkammer. Wie viele Patronen passen hinein?«

»Sechs, aber wir haben nur fünf leere Hülsen gefunden.«

Der Anwalt runzelte die Stirn. »Also sind fünf Schuss abgefeuert worden?«

Langtry zuckte die Achseln. Woher zum Teufel sollte er das wissen? »Vier Tote, ein erschossener Hund, jeweils eine Patrone.«

»Worauf wollen Sie hinaus, Diz?«

Hardy drehte sich zu Marlene um. »Ich glaube, dass jemand anders die ersten fünf Schüsse abgegeben und Mrs. Markham dann die Waffe in die Hand gedrückt hat. Anschließend hat er noch mal geschossen und die letzte Patronenhülse mitgenommen –«

»Und wo ist dann die Kugel?«, fragte Langtry.

»Keine Ahnung. Durchs Fenster geflogen?«

»Das war zu.«

»Vielleicht stand es in der Nacht zuvor ja offen. Was ist mit den Kindern?«, fragte Hardy. Er blätterte die Fotos bis zum Anfang zurück, sah auf, wandte sich kurz ab und holte tief Luft. Langtry ging es nicht viel anders; der Anblick verursachte ihm Übelkeit.

»Was wollen Sie wissen?«

»Einfach nur, was passiert ist.«

Während Langtry die Einzelheiten des Verbrechens schilderte, ging Hardy weiter die Fotos durch. Als Langtry fertig war, hatte er noch ein paar Fragen an ihn. »Wie laut ist eigentlich ein Zweiundzwanziger-Revolver?«

»Er macht einen ziemlichen Knall. Natürlich nicht zu vergleichen mit einem Drei-Siebenundfünfziger oder einem Achtunddreißiger, aber laut genug. Wenn man so ein Ding nachts abfeuert, weckt man das ganze Haus.«

»Selbst in einem großen Haus wie dem der Markhams? Auch von draußen?«

»Ich weiß nicht. Vielleicht nicht.«

»Gut. Mich würde noch was interessieren. Welchen Grund hatte Markham, einen Zweiundzwanziger zu besitzen?«

»Das kann ich Ihnen auch nicht sagen, Kumpel. Zur Selbstverteidigung eignet er sich nicht. Einen wirklich entschlossenen Verbrecher könnte man damit nicht aufhalten, außer man erwischt ihn aus nächster Nähe. Oder mit einem aufgesetzten Schuss wie in diesen Fällen.«

»Okay.« Hardy betrachtete noch ein paar Fotos. »Wenn Sie nichts dagegen haben, Marlene, Sergeant, würde ich mir gern das Haus ansehen.«

Sie fuhren in getrennten Wagen hin. Langtry erwartete Hardy an der Vordertür der Markhams, und während er sich am Schloss zu schaffen machte, trat ein Mann aus dem Nachbarhaus und kam, freundlich winkend, über den Rasen auf sie zu. »Entschuldigen Sie«, sagte er. »Ich habe Sie hier vor der Tür warten sehen. Sie sollten wissen, dass niemand ... dass hier niemand mehr wohnt.«

»Ja, Sir, vielen Dank.« Langtry holte Dienstausweis und Polizeimarke heraus und zeigte sie dem Mann. »Polizei. Wir wissen Bescheid. Und wer sind Sie?«

»Der Nachbar von dort drüben. Frank Husic.« Offenbar war es dem Mann peinlich, sich eingemischt zu haben. Er wies auf sein Haus. »Ich halte nur die Augen offen.«

»Nett von Ihnen. Vielen Dank«, erwiderte Langtry. »Wir wollten uns noch mal umsehen.«

»Tun Sie das. Entschuldigen Sie die Störung.«

»Kein Problem.«

Der Mann machte sich über den langen, abschüssigen Rasen auf den Rückweg. Langtry blickte ihm schweigend nach. Nach einer Weile sah er Hardy an, und der Anwalt lächelte höflich. »Sind Sie einverstanden, wenn wir jetzt reingehen?«, fragte er.

Nun stand Hardy in der Küche und betrachtete die Kreidezeichnung auf dem Terrakottaboden. Warme Sonnenstrahlen schienen in den Raum. Durch ein Oberlicht zeichnete die Mittagssonne ein großes, helles Rechteck an die Wand über dem Herd. Über dem Spülbecken befanden sich zwei weitere Fenster. Hinter der Küche lag eine sonnige Waschküche. Ein kleiner

Flur neben dem Kühlschrank – hier war der Hund getötet worden – führte zu einer halb verglasten Hintertür.

Langtry saß hinter ihm auf einem Stuhl, den er aus dem Esszimmer geholt hatte. Hardy kniete sich hin, weniger, um besser sehen zu können, als um die Perspektive zu überprüfen. Schließlich stand er auf, ging zum Spülbecken, entriegelte das rechte Fenster und schob es mühelos hoch. Nachdem er einen Schritt zur Seite getreten war, wiederholte er dasselbe mit dem linken Fenster und kehrte dann zu der Kreidezeichnung zurück. »Wenn ich irgendwo hier in der Nähe auf dem Boden kauere und einen Schuss durch eines der beiden Fenster abgebe«, sagte er wie zu sich selbst, »treffe ich nicht das Nachbarhaus, sondern schieße in die Luft. Könnten Sie mir noch einen Gefallen tun und sich kurz hierher in die Küche stellen?«

Langtry folgte der Aufforderung, und Hardy ging durch das Esszimmer hinaus. Seine Schritte hallten auf der Haupttreppe wider, dann ertönte seine Stimme: »Zählen Sie bis zehn, und dann rufen Sie nach mir, so laut Sie können.«

Kurz darauf stand Hardy wieder in der Küche. »Ich habe Sie kaum gehört. Ich war in Ians Zimmer.«

»Und was bedeutet das?«

»Dass niemand aufgewacht ist, als Carla Markham und der Hund erschossen wurden. Und dass der Hund getötet wurde, damit er nicht bellt, ist eigentlich die einzig logische Erklärung.«

»Warum hat der Täter dann auch die Kinder umgebracht?«

»Weil er befürchtete, jemanden geweckt zu haben. Entweder das, oder die Kinder hatten beim Zubettgehen gewusst, dass er noch im Haus war. Die Schüsse waren zwar nicht zu hören, doch das Risiko war dennoch zu groß. Also tötet er zuerst Ian, dabei benützt er das Kopfkissen als Schalldämpfer. Anschließend die Mädchen. Was halten Sie davon?«

Alle waren zwar ein Herz und eine Seele, doch Hardy machte dennoch nicht den Fehler, in Anwesenheit eines Polizisten das erste Gespräch mit einem Zeugen zu führen. Also folgte er Langtry ein paar Blocks, hupte dann zum Abschied, und kehrte in Markhams Straße zurück, wo er anhielt, parkte, wieder ausstieg und an Frank Husics Tür klopfte. Wahrscheinlich hielt der Mann Hardy ebenfalls für einen Polizeibeamten, denn schließlich hatte er ihn mit Langtry und dessen Dienstmarke vor der Tür des Nachbarhauses angetroffen. Hardy beließ ihn in diesem Glauben.

Husic bat Hardy hinein und bot ihm Eistee an, was dieser annahm. Dann gingen sie zur Hintertür hinaus auf eine aus soliden Redwood-Bohlen gezimmerte Terrasse. Hardy konnte sich nicht erinnern, wann er das letzte Mal so eine Unmenge sorgfältig gepflegter Blumen gesehen hatte. Husic hatte sie rings um die Terrasse in den Boden und außerdem in Töpfe gepflanzt, die auf den Bohlen standen. Jetzt, Ende April, herrschte eine üppige Blütenpracht. In der Mitte hatte Husic Platz freigelassen und einen schmiedeeisernen Tisch unter einem großen Sonnenschirm aus Leinen aufgestellt. Sie setzten sich auf bequem gepolsterte Gartenstühle.

Aus den Abschriften, die er studiert hatte, wusste Hardy, dass Husic Zahnarzt im Ruhestand war. Er war zweiundsechzig Jahre alt und hatte ein sonnengebräuntes Gesicht, glatte Haut und kurz geschnittenes graues Haar. Heute trug er eine ausgeblichene, ehemals dunkelblaue Hose, Mokassins ohne Socken und ein Oberhemd mit offenem Kragen. Husic machte einen hilfsbereiten, freundlichen und intelligenten Eindruck, und Hardy kam zu dem Schluss, dass er, wenn nötig, einen ausgezeichneten Zeugen abgeben würde.

»Ja, den Schuss habe ich gehört«, sagte er. »Es ist ja nur einen Steinwurf entfernt. Das habe ich bereits der Polizei mitgeteilt.«

Hardy wusste das zwar, doch eine der Enttäuschungen bei der Lektüre der Unterlagen war gewesen, wie ungeschickt sich Fisk und Bracco bei den Verhören angestellt hatten. Hardy bezweifelte, dass die beiden je von dem verhältnismäßig simplen Grundsatz gehört hatten, einen Zeugen zu fragen, wo er zum Zeitpunkt des Mordes gewesen sei und was er gesehen, gedacht oder getan habe. Schließlich handelte es sich dabei nicht um ausgeklügelte Verhörtechniken. Und Husics Vernehmung – nur zusammenhangloses Geplauder über Blumen und und Börsenkurse, fast kein Wort über Markham – war Hardys

Meinung nach eines der schlimmsten Beispiele für Unfähigkeit.

Also musste er noch einige Wissenslücken füllen. »Das ist mir bekannt«, erwiderte er. »Ich habe sogar eine Abschrift Ihrer Aussage gelesen, aber ich möchte noch ein paar andere Dinge wissen. Sie haben gerade ›Schuss‹ gesagt. Heißt das, Sie haben nur einen gehört? Ich dachte, Sie hätten irgendwo von ›drei‹ Schüssen gesprochen.«

Husic trank nachdenklich einen Schluck Eistee und stellte langsam sein Glas ab. »Das haben die mich auch gefragt, und ich fürchte, ich kann es nicht eindeutig beantworten. Ich glaube, ich habe den Beamten erzählt, dass ich zu diesem Zeitpunkt schon im Bett lag. Der Tag drüben bei Carla hatte mich ziemlich ermüdet. Es hat mich schrecklich belastet, das kann ich Ihnen sagen. Aber ich wollte für sie da sein, wenn sie mich braucht.« Er schlug sich leicht gegen die Stirn und verzog das Gesicht. »Doch das war ja keine Antwort auf Ihre Frage. Tut mir Leid. Als Zahnarzt verbringt man sein ganzes Leben im Gespräch mit Leuten, die nichts erwidern können. Das hat Einfluss auf die Gesprächsführung, und jetzt geht es schon wieder los. Also gut. Wie viele Schüsse habe ich gehört? Ganz deutlich nur einen.«

Hardy blickte über den Rasen hinweg in die Richtung, wo, wie er wusste, die Küche der Markhams lag. Ihm fiel ein, dass sie vorhin die Küchenfenster offen gelassen hatten.

»Ich hielt es für eine Fehlzündung oder so. Schließlich denkt man in diesem Viertel nicht als Erstes an einen Schuss.«

»Aber es könnten auch drei Schüsse gewesen sein?«

»Nun ja, das ist merkwürdig. Ich erinnere mich an drei. Doch wenn ich versuche, sie mir zu vergegenwärtigen, ist es eher, als hätte ich nur einen tatsächlich gehört und mir die anderen bloß gedacht. Das klingt ziemlich wirr, richtig? Es soll heißen, dass es offenbar der letzte war, der mich geweckt hat. Ich bin sogar hochgeschreckt. Die ersten beiden sind eher, als hätte ich sie geträumt. Sicher kennen Sie das.«

»Klar.« Hardy nickte. Die Sirene, die sich als Wecker entpuppte. Allerdings konnte es sich hier durchaus um die nicht gedämpften beiden Schüsse handeln, mit denen die Mädchen –

nur wenige Meter entfernt – getötet worden waren. Der letzte Schuss war durchs offene Küchenfenster gegangen und hatte deshalb sicher viel lauter geklungen. »Aber als Sie die Schüsse hörten, lagen Sie noch im Bett? Wissen Sie, wie spät es war?«

»Ja, ganz genau. Die Uhr neben meinem Bett zeigte zehn Uhr zweiundvierzig. Ich erinnere mich, wie verärgert ich war. Seit Megs Tod – das ist jetzt vier Jahre her – habe ich Schwierigkeiten beim Einschlafen. Und wenn ich geweckt werde, ist die Nacht normalerweise für mich vorbei. Ich bin hellwach. Und am letzten Dienstag, der sehr anstrengend war, habe ich mir, als ich von Carla nach Hause kam, ein Glas Wein genehmigt und bin noch vor zehn eingeschlafen. Dann, nach dem Schuss ...«

»Waren Sie die restliche Nacht wach?«

»Jedenfalls bis drei. Von elf bis drei kann einem die Zeit sehr lang werden.«

Hardy gab ein mitfühlendes Geräusch von sich. »Ich kenne das ziemlich gut. Und wann sind Sie endgültig zu dem Schluss gekommen, dass es Schüsse waren?«

»Oh, erst am nächsten Morgen.« Es schien ihn zu erschüttern, wieder daran zu denken. »Mein Gott, was für eine Tragödie.«

»Waren Sie eng mit den Markhams befreundet?«

Er zögerte. »Tja, bei Carla würde ich das bejahen. Tim war kalt wie ein Fisch, wenigstens mir gegenüber.« Als er sich glücklicheren Erinnerungen zuwandte, erhellte sich seine Miene. »Aber Carla kam manchmal vorbei und half mir bei der Gartenarbeit. Wir tranken Kaffee ... und unterhielten uns nett. Ich kann nicht fassen ...« Kopfschüttelnd senkte er den Blick. Als er wieder aufsah, lächelte er zwar, doch Tränen standen ihm in den Augen.

Hardy wartete eine Weile. Dann fragte er leise: »Also haben Sie nicht nach der Ursache des Geräuschs geforscht, als Sie es hörten?«

»Nein. Nach einer Minute bin ich natürlich aufgestanden und habe aus dem Fenster geschaut. Doch es war alles still. Totenstill.«

»Macht es Ihnen etwas aus, mir genau zu beschreiben, was Sie sahen?«

»Nun ja, eigentlich nichts Außergewöhnliches. Carlas Haus da drüben.« Die Frage schien Husic zu verwirren. »Einfach nur ihr Haus.«

Hardy fiel auf, dass er nur von »Carlas Haus« gesprochen hatte.

»Allerdings wusste ich, dass Besuch da gewesen war, und da inzwischen offenbar alle nach Hause gegangen waren, wollte ich Carla nicht stören, nicht in dieser Nacht. Lass sie schlafen, dachte ich mir.«

»Also war alles dunkel?«

Wieder war Husic verwirrt. »Nun ja ... nein. In der Küche brannte Licht, und wie ich mich erinnere, auch auf der vorderen Veranda. Und die Flurbeleuchtung oben war ebenfalls an.« Er drehte sich um und zeigte mit dem Finger. »Das mittlere Fenster da drüben.«

»Und was taten Sie dann?«

Offenbar hatte Husic genug von den Fragen, auch wenn er sich selbst vielleicht gar nicht dessen bewusst war. Er seufzte tief auf. »Tut mir Leid, Mr. Hardy, aber habe ich das nicht schon bei der ersten Vernehmung erklärt?«

»Vielleicht nicht alles, Sir. Haben Sie noch fünf Minuten Geduld mit mir. Ich würde mich sehr darüber freuen.«

Noch ein Seufzer, Husic ließ sich erweichen. »Ich habe die Letterman-Show eingeschaltet. Ich dachte, wenn ich was zu lachen habe, könnte ich vielleicht wieder einschlafen. Aber in dieser Nacht konnte mich nichts zum Lachen bringen. Nicht einmal David Letterman. Ich machte mir immer noch große Sorgen um Carla und musste ständig an sie denken. Was sollte jetzt aus ihr werden?« Geistesabwesend griff er nach seinem Glas und rührte das Eis mit dem Finger um. »Doch in dieser Nacht konnte ich nichts mehr für sie tun. Ich musste abwarten, bis die Zeit ... jedenfalls war ich noch wach. Ich bin rausgegangen – sehen Sie das kleine Gewächshaus da drüben? – und habe mich ein oder zwei Stunden lang mit meinen Bonsais beschäftigt. Anschließend – inzwischen war es etwa zwei Uhr – habe ich gesehen, wie die Lichter ausgeknipst wurden. Also ist Carla endlich eingeschlafen, dachte ich mir. Und dann, plötzlich, war ich auch wieder müde.«

29

Der erste Brief war vor fast sieben Jahren geschrieben worden.

Sehr geehrter Herr Dr. Kensing,

dieses Schreiben fasst die Punkte zusammen, in denen eine Einigung zwischen Ihnen, der Parnassus-Ärztegruppe und der Parnassus-Versicherungsgruppe (im Folgenden: die Gruppe) anlässlich der Sitzung des Disziplinarausschusses in der vergangenen Woche erzielt wurde. Sie haben zugegeben, seit Beginn Ihrer Beschäftigung bei der Gruppe mehrfach und an verschiedenen Orten nicht genau bezeichnete Mengen Morphium und Vicodin für Ihren persönlichen Gebrauch entwendet zu haben. Darüber hinaus geben Sie zu, dass Sie Alkoholiker sind. Weiterhin räumen Sie ein, dass Ihr beruflicher Einsatz im durch den Alkoholkonsum verursachten Zustand verminderter geistiger Leistungsfähigkeit des öfteren nicht dem üblichen medizinischen Standard entsprach.
Die Gruppe erkennt Ihre erhebliche Qualifikation als Arzt und Kollege an und schätzte Sie vor Bekanntwerden der hier festgehaltenen Erkenntnisse als wertvollen Mitarbeiter unseres Hauses. Aufgrund dieser Überlegungen und nach eingehender Erörterung hat der Disziplinarausschuss trotz der Einwände des medizinischen Leiters beschlossen, diesmal nur eine Abmahnung auszusprechen und unter

den folgenden Bedingungen von einer Beendigung des Arbeitsverhältnisses und der Erstattung einer Strafanzeige abzusehen: 1) Sie werden sich ab sofort und endgültig des Konsums von Alkohol und Drogen enthalten; ausgenommen sind die Medikamente, die Ihnen ärztlicherseits aus nachvollziehbaren medizinischen Gründen verordnet werden. 2) Sie werden sich freiwillig nichtangekündigten Urintests unterziehen, um das Vorhandensein von Drogen und Alkohol in Ihrem Organismus zu überprüfen. 3) Sie werden ab sofort die Anweisungen unseres Suchtberaters befolgen und freiwillig an sämtlichen von der Gruppe empfohlenen Therapieprogrammen teilnehmen. 4) Zusätzlich zu den regelmäßigen Terminen mit Ihrem Therapeuten werden Sie im folgenden Kalenderjahr *täglich* an einem so genannten von der Gruppe genehmigten »12-Punkte-Programm« teilnehmen, um Ihre Suchtprobleme und Ihre Drogenabhängigkeit in den Griff zu bekommen. 5) Nach dem ersten Therapiejahr werden Sie während Ihrer gesamten Beschäftigungszeit weitere »12-Punkte-Programme« absolvieren, sofern die Gruppe dies für nötig erachtet. Die Sitzungen dürfen keinesfalls seltener als einmal wöchentlich stattfinden.
Sie haben sich aus freien Stücken zu oben genannten Vorwürfen bekannt und sich weiterhin damit einverstanden erklärt, dass jeder Verstoß gegen die erwähnten Auflagen ohne Möglichkeit eines Einspruchs zu Ihrer sofortigen Entlassung führt. Wir behalten uns in diesem Fall straf- und zivilrechtliche Schritte vor.

Hochachtungsvoll
Timothy G. Markham

Sehr geehrter Herr Dr. Kensing,

angesichts der Tatsache, dass ich der Gruppe empfohlen habe, mit Milde und nicht mit Härte auf Ihre Verfehlungen zu reagieren, um Ihnen zu helfen, Ihre schon seit einigen Jahren bestehenden Probleme zu lösen – wie ich hinzufügen möchte, trotz Widerspruchs von hoher Stelle –, möchte ich eine persönliche Bitte an Sie richten. Ich fordere Sie auf, sich mit Ihren kritischen Bemerkungen sowohl Ihren Kollegen als auch der Presse gegenüber zurückzuhalten, was die verschiedenen unternehmensinternen Vereinbarungen in Bezug auf die Positivliste angeht. Damit möchte ich Ihnen keinen Maulkorb anlegen und auch keineswegs Ihr Recht auf freie Meinungsäußerung beschneiden; allerdings dürfte Ihnen sicher bekannt sein, dass wir in einigen Bereichen in finanziellen Schwierigkeiten stecken. Unser Ziel ist es, die Zahlungsfähigkeit unseres Unternehmens aufrecht zu erhalten, damit wir die optimale medizinische Versorgung unserer Versicherten auch weiterhin sicherstellen können. Natürlich sind wir nicht vollkommen, aber wir tun unser Bestes. Falls Sie Anregungen oder Einwände gegen die Unternehmenspolitik haben sollten, werde ich diese jederzeit gern mit Ihnen erörtern.

Mit freundlichen Grüßen
Timothy G. Markham

Sehr geehrter Herr Dr. Kensing,

mir ist zu Ohren gekommen, dass Sie beabsichtigen, im Politmagazin Bay Area Beat aufzutreten. Ich möchte Sie daran erinnern, dass die verschiedenen medizinischen Gremien, denen Sie im Rahmen der Ärztegruppe angehören, mit der Versicherung ein Stillschweigeabkommen getroffen haben. Jeden Verstoß gegen diese Vereinbarung sehe ich als Anlass für eine fristlose Kündigung. Persönlich möchte ich hinzufügen, dass Sie gewiss von den schwierigen Verhandlungen gehört haben, die wir zurzeit mit der Stadt San Francisco führen. Ich halte Ihre öffentlichen Auftritte und Schmähungen, was einige Entscheidungen unseres Unternehmens betrifft, für im höchsten Maße undankbar und moralisch nicht zu entschuldigen, insbesondere angesichts der Milde und des Verständnisses, welche das Unternehmen in der Vergangenheit Ihnen gegenüber hat walten lassen.

Hochachtungsvoll
Malachi Ross
Medizinischer Leiter und Finanzdirektor

Sehr geehrter Herr Dr. Kensing,

selbstverständlich steht es Ihnen als Arzt frei, Ihren Allergiepatienten Sinustop nicht zu verordnen. Jedoch handelt es sich dabei um ein wirksames Medikament, dessen Aufnahme in die Positivliste ich bewilligt habe. Ihre ständigen Versuche, dem Unternehmen finanziell zu schaden, indem Sie meine Entscheidungen in Frage stellen, sind gänzlich unangebracht. Ich habe in dieser Angelegenheit lange genug Geduld mit Ihnen bewiesen. Beim nächsten Mal wird es disziplinarische Folgen geben.

Malachi Ross

»Wo hast du die her?«, fragte Hardy Jeff Elliot. Er blätterte die rund zwanzig Seiten in seiner Hand durch. Die beiden Männer saßen am Tresen bei Carr's, einem nichtssagenden – und wegen der Neueröffnung einer Starbucks-Filiale gleich um die Ecke – vermutlich bald nicht mehr existierenden Café in der Mission Street. »Besonders diesen ersten.«

Elliots Augen funkelten. »Wie du weißt, Diz, darf ich dir meine Quellen nicht nennen.«

Aber Hardy brauchte nicht lange zu überlegen. »Driscoll. Markhams Sekretär.«

Elliot zog leicht die Augenbrauen hoch. Hardy war sicher, Jeff beim Poker bis aufs letzte Hemd ausplündern zu können. »Wie kommst du darauf?«

»Sein Name ist öfter gefallen. Er hat den Job verloren, und vermutlich rechnete er schon seit einer Weile damit. Also hat er die Akten per E-Mail an seine eigene Adresse geschickt, für den Fall, dass er das Material später gegen einen früheren Kollegen würde verwenden können. Oder einfach nur, um jemandem rein zum Spaß eins auszuwischen.«

Elliot kratzte sich am Bart. »Ohne deinen Verdacht hinsichtlich meiner Quelle abstreiten oder bestätigen zu wollen, muss ich zugeben, dass Driscoll der Traum eines jeden Reporters ist. Er hat mir an die fünfhundert Seiten geliefert.«

»Alles Material über Kensing?«

»Nein, nein.« Als Elliot Hardys Entsetzen bemerkte, lachte er auf. »Nein, soweit ich feststellen kann, über jeden bei Parnassus.«

»Weiß Marlene davon?«

»Wenn das so wäre, würde sie versuchen, an die Informationen ranzukommen. Aber natürlich dürfte ich sie ihr ebensowenig geben wie dir. Doch ich habe ihm – meinem Informanten, meine ich – gesagt, er solle die Dateien, wenn er weiter allein über ihre Verwendung bestimmen will, auf Disketten kopieren und diese irgendwo verstecken, wo Marlene und Glitsky sie sicher nicht vermuten würden.«

»Und dennoch hast du sie hier.«

»Ich weiß.« Elliot grinste. »Manchmal mag ich meinen Job.«

Hardy nahm seinen Löffel und rührte ein paarmal in seiner Kaffetasse herum. »Jeder hätte diese Briefe schreiben können. Sie müssen nicht echt sein.«

»Du hast Recht. Vielleicht sind sie ja gefälscht. Allerdings muss man ganz schön schnell tippen, um in einer Woche so viel Text zu produzieren.«

Dagegen konnte Hardy nichts einwenden. Eigentlich zweifelte auch er nicht an der Echtheit der Briefe. Vor Gericht würden sie ohne Originale und Unterschriften zwar nie als Beweis durchgehen, aber schließlich handelte es sich hier nicht um eine juristische Frage. Jeff war Journalist, und es lag bei ihm zu entscheiden, ob er das Material und seinen Informanten für glaubwürdig hielt. »Und was machst du jetzt damit?«

Sie beide wussten, dass genau das der kritische Punkt war. Jeff hatte Hardy, der schließlich Kensings Anwalt war, aus reiner Freundschaft angerufen. Und da die Vorgänge bei Parnassus seit Markhams Tod ins Licht der Öffentlichkeit gerückt waren, würden sich die Medien, wie der Reporter einräumte, gewiss auch für Kensings Alkohol- und Drogenprobleme interessieren. »Andererseits«, sagte er, »steht zurzeit der Fall Loring im Vordergrund. Wenn in der Intensivstation des Portola Hospital tatsächlich ein Serienmörder sein Unwesen treibt, ist das wichtiger als Kensings Privatleben. Eigentlich würde ich dieses Material am liebsten gar nicht veröffentlichen, Diz. Ich mag den guten Doktor. Doch wenn sich die Informationen als bedeutsam entpuppen, bleibt mir nichts anderes übrig.«

»Und wodurch könnten sie bedeutsam werden, Jeff?«

»Was ist, wenn er unter Drogeneinfluss stand, als er Markham in der Intensivstation versorgte?«

Hardy musste gestehen, dass das ein Grund war. »Hat jemand etwas Derartiges angedeutet?«

»Nein. Aber ich sag dir mal was. Wenn mein Informant den Großteil dieser Seiten wirklich gelesen hat und lange genug darüber nachdenkt, wird es sicher irgendwann aufs Tapet kommen.«

Hardy schüttelte den Kopf. Es versetzte ihn immer wieder in Erstaunen, wie bösartig manche Menschen sein konnten. Eric Kensing war nur einer der zwei- oder dreihundert Ärzte, die bei Parnassus arbeiteten. Doch er hatte das Pech gehabt, dass er Driscoll auf den Schlips getreten war. Und dann hatte er zu allem Überfluss auch noch die Todsünde begangen, den Chef zu kritisieren, mit dem Driscoll sich stark identifizierte.

Nun jedoch fiel ihm noch etwas ein. Möglicherweise war es ja gar nicht der Durst nach Rache für tatsächliche oder eingebildete Kränkungen, der Driscoll dazu trieb, Kensing und andere in den Schmutz zu ziehen. Es konnte durchaus sein, dass er einfach nur den Verdacht von sich selbst ablenken wollte.

»Was denkst du gerade?« Elliot hatte ihn beobachtet.

»Eigentlich gar nichts«, erwiderte Hardy ausweichend. »Nur, ob du mir verraten wirst, was auf den anderen vierhundertfünfundneunzig Seiten steht.«

»So weit bin ich noch nicht. Ich kann nicht schneller lesen. Die Kensingbriefe lagen ganz oben, und ich fand, das bin ich dir schuldig.«

»Stimmt, und wenn du mir jetzt noch einen Gefallen tust, schulde ich dir was, richtig?«

Elliot überlegte und nickte. »Vielleicht. Worum geht es?«

»Wenn du von deiner anonymen Quelle weitere Gerüchte über Kensings mangelnde Nüchternheit am Dienstag vor einer Woche hörst, bring die Geschichte erst, wenn du irgendwo eine Bestätigung bekommen hast.«

»Ich halte diese Briefe nicht für Gerüchte, Diz.«

»Das habe ich auch nicht behauptet. Aber ich weiß etwas, das auch kein Gerücht ist. Wir könnten ja tauschen.«

Als Hardy so gegen halb vier in seine Kanzlei zurückkehrte, stellte er, gleichzeitig erleichtert und niedergeschlagen, fest, dass weitere Beweisakten in der Sache Markham aus dem Justizgebäude angeliefert worden waren. Er freute sich zwar über Glitskys offenbaren Sinneswandel, hätte aber auf weitere sechs Stunden langweiliger Lektüre gerne verzichtet. Dennoch öffnete er den Karton, nahm den Inhalt heraus und legte ihn mitten auf seinen Schreibtisch. Ein Blick aufs Telefon sagte ihm, dass während seiner Abwesenheit zwei Nachrichten eingegangen waren.

»Diz, hier spricht Eric Kensing. Ich wollte mich nur melden. Ich bin zu Hause, falls Sie mich brauchen.« Als Hardy Kensings Stimme hörte, fiel ihm wieder ein, wie wütend er eigentlich auf seinen Mandanten war. Auch wenn er seine Probleme mit Drogen und Alkohol möglicherweise schon längst gelöst hatte, konnte er doch nicht ernsthaft annehmen, dass diese Informationen für seinen Anwalt nicht wichtig waren.

Der nächste Anrufer war Glitsky. Natürlich – schließlich handelte es sich um Abe – gab es keine einleitenden Floskeln. »Wenn du da bist, heb ab.« Eine Pause, in der lautlos bis drei gezählt wurde. »Gut, dann ruf mich an.« Ein reizender Mensch, dachte Hardy.

Er griff zum Telefon, allerdings nicht, um Abe anzurufen, sondern seinen Mandanten. Als er fertig war, schwieg Kensing. »Eric.«

»Ich bin noch dran. Was hätte ich tun sollen?«

»Mir alles erzählen, zum Beispiel.«

»Warum?«, fragte Kensing. »Die Sache liegt hinter mir. Ich bin zu jung in den Beruf eingestiegen und habe mich zu früh mit einer Familie belastet. Es war ein Riesenfehler. Seitdem habe ich nichts mehr –« Er brach ab und sagte einfach: »Ich bin ein anderer Mensch.«

Hardy hörte die Worte und glaubte, dass sie die Tatsachen wahrheitsgemäß wiedergaben. Allerdings kam es ihm momentan nicht darauf an. »Sie behaupten also, Sie wären kein Alkoholiker? Wie lautet der erste Satz bei einem Treffen der Anonymen Alkoholiker?« Hardy kannte die Antwort: »Mein Name ist Eric, und ich bin Alkoholiker.« Im Präsens, ein Dauerzustand für alle, die an diesem Programm teilnahmen. »Das mag Schnee von gestern sein, Eric. Aber Jeff Elliot ist im Besitz dieser Informationen, und immerhin verdient er mit solchen Dingen seine Brötchen.«

»Er wird es doch nicht etwa drucken?« Kensing klang entsetzt. »Wie ist er überhaupt dahintergekommen? Es war doch alles vertraulich.« Hardy hatte keine Zeit, sich eine Antwort zu überlegen, denn Kensing fügte bereits hinzu: »Scheiße, Driscoll.«

»Er ist sauer, weil er gefeuert wurde, und lässt es nun an der Welt aus. Die Sache ist, dass sich das Krankenhaus ohnehin im Belagerungszustand befindet. Wenn nun rauskommt, dass man dort geheime Absprachen getroffen hat oder immer noch trifft, um Schwierigkeiten mit den Ärzten zu vertuschen ... das wird die Öffentlichkeit zweifellos interessieren, Eric.«

»Driscoll versucht offenbar, das ganze Unternehmen mit sich in den Abgrund zu reißen.« Ein Seufzer. »Selig sind die Kleingeister, denn sie werden das Land erben.«

»Hoffen wir das Beste. Jedenfalls habe ich mit Jeff vereinbart, Sie noch ein paar Tage lang aus der Sache rauszuhalten. Vielleicht auch für immer. Ich habe ihn gebeten, die Informationen erst zu verwenden, wenn ich ihm grünes Licht gebe. Das allerdings heißt auch, dass Sie noch nicht aus dem Schneider sind. Jetzt hängt es nur von Ihnen ab.«

»Ich bin mit allem einverstanden.«

»Gut.« Hardy stellte fest, dass er den Hörer fest umklammert hielt. Er lockerte seinen Griff und zwang sich zu einem ruhigen Tonfall. »Sie erinnern sich doch noch, dass Sie in der Nacht von Markhams Todestag bei ihm zu Hause waren.«

»Klar. Das habe ich nie abgestritten.«

»Ich möchte, dass Sie darüber nachdenken, was Sie anschließend getan haben. Um wie viel Uhr war das übrigens?«

»Ich glaube, kurz vor zehn. Dieser Inspector, Bracco, der hat mich wegfahren sehen. Möglicherweise hat er es sich notiert.«

»Kann sein«, räumte Hardy ein. »Aber er ist nicht vor Ort geblieben, was heißt, dass Sie auch hätten zurückkommen können.«

»Was ich nicht getan habe. Warum auch? Aus welchem Grund?« Kensings Stimme wurde wieder drängend. »Worauf wollen Sie hinaus?«

»Es geht um den Mord an Mrs. Markham. Deshalb möchte ich wissen, was Sie anschließend gemacht haben.«

»Das habe ich doch bereits ausgesagt. Ich bin nach Hause gefahren und ins Bett gegangen.«

»Ich weiß, dass Sie das ausgesagt haben, aber das bringt mich nicht weiter. Bitte versuchen Sie, sich zu erinnern. Sind Sie im Treppenhaus jemandem begegnet? Haben Sie mit jemandem auf der Straße gesprochen oder eines Ihrer Telefone benutzt? Irgendetwas, das beweist, dass Sie zwischen zehn und elf, oder noch besser zwischen zehn und zwölf, nicht in der Nähe von Markhams Haus waren.«

Eine kurze Pause entstand. »Ich habe mit dem Mobiltelefon in der Klinik angerufen, um meine Nachrichten abzufragen.«

Sehr gut, dachte Hardy. Dieser Anruf war sicher aufgezeichnet worden. Man konnte sogar den genauen Ort, von dem er getätigt worden war, innerhalb eines Radius von ein paar Straßenzügen genau bestimmen. »Ausgezeichnet. Wann war denn das?«

»Gleich, nachdem ich losgefahren war. Ich glaube, ich war erst zwei Straßen weit gekommen.«

Falsche Antwort. Kensing hätte telefonieren, einmal um den Block fahren und kurz darauf wieder zurücksein können. »Überlegen Sie weiter«, flehte Hardy.

»Warum? Was ist los?«

Am liebsten hätte Hardy ihn angeschrien, jetzt endlich mit der Sprache herauszurücken. Offenbar verstand der Mann nicht, dass er ein Alibi brauchte. Stattdessen erwiderte er: »Ich habe mit einem Zeugen gesprochen, der die Schüsse gehört hat, Eric. Er sagt, sie seien etwa gegen Viertel vor elf gefallen.«

»Damit steht der Todeszeitpunkt fest.«

»Ja. Um Viertel vor elf war Mrs. Markham tot, und die Lichter brannten noch. Um zwei Uhr wurden sie alle ausgeschaltet. Vermutlich hat der Täter noch eine Weile abgewartet, dann das Licht ausgeknipst und sich verdrückt.«

»Warum sollte jemand das tun?«

»Ich weiß nicht. Vielleicht hat er etwas gesucht. Oder seine Spuren verwischt. Oder er befürchtete, gesehen zu werden, wenn er so kurz nach den Schüssen das Haus verließ. Wir können nur raten. Aber jetzt wissen wir, um wie viel Uhr der Mord verübt wurde. Und Sie sind aus dem Schneider, wenn Ihnen was einfällt, das –«

»Nein!«, brüllte Kensing. »Einfach nur nein, okay? Verdammt, ich habe niemanden umgebracht, Diz. Ich bin Arzt. Ich *rette* Leben, zum Teufel. Ich war es nicht. Können wir es nicht dabei belassen?«

Hardys Geduld war am Ende. »Klar können wir, Eric. Allerdings werden wir da leider die Einzigen sein. Warum opfern Sie also nicht Ihre wertvolle Zeit, überlegen sich, was Sie in dieser Nacht gemacht haben, und rufen mich dann zurück? Wenn es nicht zu viel verlangt ist, verdammt noch mal.«

Hardy knallte den Hörer hin.

30

Brendan Driscoll konnte die Leere nicht mehr ertragen. Es war ein traumhafter Frühlingsnachmittag. Brendan war wie immer kurz nach sieben aufgestanden und hatte für sich und Roger Frühstück zubereitet – hausgemachtes Müsli mit köstlichen Himbeeren und Brombeeren, die sie bei ihrem Spaziergang am Abend zuvor an einem neuen Stand in der 24th Street gekauft hatten.

Dann, nachdem Roger in die Bank gefahren war, hatte Brendan noch ein paar Stunden mit den Parnassus-Akten verbracht. Doch auch die konnten ihn inzwischen nicht mehr fesseln. Schließlich hatte Jeff Elliot klipp und klar gesagt, er werde nicht das gesamte Material verwenden, zumindest noch nicht. Und zu allem Überfluss hatte Brendan den Eindruck, die durch den Mord an der Patientin entstandene neue Situation im Portola Hospital könnte Jeff wichtiger erscheinen als seine Informationen, die belegten, warum alles in den letzten Monaten bergab gegangen war.

Also hatte er nach einer Weile den Computer abgeschaltet.

Anschließend hatte er, um die bohrende Langeweile zu bekämpfen, beschlossen, für ein paar Stunden ins Fitness-Studio zu gehen. Als er nach Hause kam, duschte er und machte sich einen appetitlichen, hübsch dekorierten Rohkostsalat mit roter Bete und Schafskäse zum Mittagessen, das er allein auf der sonnigen Terrasse einnahm. Doch auch das konnte ihn nicht aufmuntern. Niedergeschlagen rief er Roger in der Bank an, aber der war gerade mit Kunden beschäftigt und meinte, es werde heute Abend vermutlich sogar etwas später werden. Obwohl das Brendan eigentlich nicht weiter beunruhigte, machte es ihn dennoch ein bisschen nervös. Schließlich konnte man nie wissen, und jetzt, als Arbeitsloser ...

Nun, er fühlte sich einfach verunsichert – und wer konnte ihm einen Vorwurf daraus machen? Nie hätte er auch im Traum daran gedacht, dass Tim ihm den Laufpass geben würde. Menschen änderten sich eben. Und deshalb musste man immer auf der Hut, flexibel und auf alles vorbereitet sein.

Ein endloser Nachmittag stand ihm bevor. Er legte Musik auf, warf hinten im Haus die Waschmaschine an und spülte das Geschirr vom Mittagessen. Da ihm zu Hause die Decke auf den Kopf fiel, zog er sich an, ging in die Garage, ließ das Verdeck seines Miata herunter und machte sich auf den Weg.

Nun kurvte er schon seit zwei Stunden ziellos herum. Er hatte die Brücke überquert und war sogar bis nach Novato gefahren. Auf dem Rückweg hatte er zwanzig Minuten in Corte Madera Rast gemacht und einen Cappuccino getrunken, ohne ein Wort mit jemandem zu wechseln. Trotz des roten Cabrios schien ihn niemand wahrzunehmen. Er fühlte sich so unbeschreiblich einsam, als er wieder die Golden Gate Bridge überquerte. Unter ihm erstreckte sich der mit weißen Schaumkronen getupfte Ozean.

Plötzlich fand er sich im Seacliff Drive wieder und hielt vor Tims Haus. Ein Immobilienmakler hatte bereits ein Verkaufsschild im Vorgarten aufgestellt. Die Sonne stand in seinem Rücken und wärmte seine Schultern. Als er es im Auto nicht mehr aushielt, stieg er aus und näherte sich dem Haus, das in der Nachmittagssonne rosafarben zu leuchten schien.

Auf der Vortreppe blieb er stehen, drückte ohne nachzudenken auf die Klingel und lauschte dem lauten Glockenton. Schließlich drehte er sich um und setzte sich auf die oberste Stufe. Er hatte keine Ahnung, wie oft er heute schon auf die Uhr gesehen hatte. Jetzt tat er es wieder.

Die Sonne wanderte noch ein Stückchen. Brendan rührte sich nicht. Ein Mercedes fuhr vorbei. Ein wenig später erschien ein weiterer Wagen, aus dem Zeitungen in einige Auffahrten – allerdings nicht in die der Markhams – geworfen wurden. Eine große Krähe landete auf dem Bürgersteig, hüpfte laut kreischend ein paar Schritte auf Brendan zu.

Es war der längste Tag in Brendans Leben, und es würde noch Stunden dauern, bis die Sonne unterging.

Er brach in Tränen aus.

Glitsky, Bracco und Fisk trafen sich in der Krankenhauskantine, setzten sich abseits an einen Tisch und verglichen ihre Ergebnisse.

»Ich habe mich eine Weile mit Mr. Bhutan unterhalten«, sagte Glitsky. Vor ihm standen ein trockener, ungewürzter Bagel und eine Tasse mit heißen Wasser, das sich langsam in Tee verwandelte. »Der Typ ist ziemlich verklemmt und scheint weder hier noch anderswo sehr beliebt zu sein. Aber auf mich hat er eher einen traurigen als einen gewalttätigen Eindruck gemacht. Das Leiden der Patienten nimmt ihn offenbar mehr mit, als das bei Leuten, die tagtäglich damit umgehen müssen, üblich ist.«

»Soll das heißen, er könnte Ihrer Ansicht nach einigen von ihnen zum Gnadentod verholfen haben?«, fragte Fisk, der diesen Verdacht schon seit einiger Zeit hegte.

»Mag sein. Es ist zwar noch ein wenig früh, aber wir könnten ihn später wieder in die Mangel nehmen.«

Aber Fisk hatte sich für seine Theorie begeistert. »Ist Ihnen klar, dass er als einzige Pflegekraft jedes Mal Dienst hatte, wenn einer der Patienten von Kensings Liste starb?«

»Ja. Allerdings weiß ich noch nicht, wie viele dieser Leute Mordopfer sind. Und ob es weitere Morde gab, die nicht auf Kensings Liste stehen und die stattfanden, als Bhutan frei hatte.«

Die beiden Inspectors wechselten einen Blick, und dann räumte Bracco ein, er habe diesen Punkt auch vor einiger Zeit angesprochen. Er nahm einen Schluck aus seiner Dose Cola Light und sagte, er wolle zuerst Beweise für weitere Morde finden. »Hatten Sie in dieser Hinsicht Glück?«, fragte er Glitsky. »Sie sagten doch, da wäre noch jemand, der Verdacht geschöpft hat.«

Glitsky nickte. »Eine Krankenschwester namens Rebecca Simms. Sie hat noch keine Namen von Opfern genannt, aber sie will sich umhören. Außerdem sollte ich Ihnen nicht verschweigen, dass sie Mr. Bhutan namentlich erwähnt hat.«

»Mir ist der Typ sowieso suspekt«, sagte Fisk.

»Diesen Eindruck habe ich auch, Harlan. Mir ging es eine Weile genauso, doch dann habe ich mit ihm über Dienstagnacht gesprochen.«

»Dienstagnacht?«

»Als Carla Markham starb.« Glitsky wartete ab, bis seine Worte sich gesetzt hatten, und fuhr fort: »Mich interessiert der Tod von Mrs. Loring genauso wie alle anderen, und ich bin neugierig, was wir vielleicht sonst noch auf Kensings Liste finden. Doch ich möchte Ihnen beiden offen sagen, dass mir die Theorie, wir könnten es mit einer Reihe voneinander unabhängiger Morde zu tun haben, reichlich unglaubhaft erscheint.«

Bracco schnippte mit den Fingern gegen seine Coladose. »Sie meinen, ob es überhaupt eine Verbindung zwischen Kensings elf Toten und dem Fall Markham gibt?«

»Genau«, entgegnete Glitsky. »Ein roter Faden verläuft durch die Pavulon-Morde, und ein weiterer geht vom Kaliumchlorid aus – die Frage ist nur, ob sich diese beiden Fäden irgendwo treffen.« Sein Tee war inzwischen dunkel genug. Er kostete ihn, biss in seinen Bagel, kaute nachdenklich und schüttelte dann den Kopf. »Ich weiß, es ist möglich. Es könnte sogar so gewesen sein. Und ich würde mich sehr über einen Zusammenhang freuen. Doch ich kriege den logischen Sprung einfach nicht hin.«

»Es muss aber einen geben«, protestierte Fisk.

»Warum das, Harlan?«

»Tja, ich meine ... die Sache mit Markham hat uns doch erst auf die Vermutung gebracht, richtig?«

»Das dachte ich auch zuerst, als wir von Mrs. Lorings Tod erfuhren. Aber inzwischen habe ich so meine Zweifel. Vielleicht können Sie mir die Frage ja beantworten. Warum muss ein Zusammenhang bestehen? Verfügen wir über Beweise, die darauf hindeuten? Handelt es sich um ein vergleichbares Medikament? Dieselbe Vorgehensweise? Irgendetwas? Reden Sie schon, es interessiert mich brennend.«

Glitsky wusste, dass er ein wenig barsch klang. Vor allem war er wütend auf sich selbst, weil er sich durch die Einbeziehung von Mrs. Lorings Tod in die Sache Markham zu voreiligen Schlüssen hatte verleiten lassen. Doch wenn er Fisk genug Druck machte, anstatt sich selbst zu zermürben, würde es ihm vielleicht gelingen, ihm einen wertvollen Tipp zu entlocken.

Nachdem Fisk eine Weile überlegt hatte, sagte er: »Die Morde wurden am selben Ort verübt, Lieutenant. Und die Medikamente wurden auf dieselbe Weise verabreicht, nämlich intravenös. Das ist doch schon mal was.«

»Richtig«, stimmte Glitsky zu. »Aber belegt es wirklich einen Zusammenhang zwischen den Fällen Loring und Markham? Dieselbe Vorgehensweise, aber ein anderes Gift? Ich weiß nicht recht. Das Problem sind Carla Markham und die Kinder. Es will mir nicht in den Kopf, dass ihre Ermordung nichts mit der ihres Mannes zu tun haben soll. Das kann ich mir einfach nicht vorstellen.«

Bracco kam wieder auf das ursprüngliche Thema zu sprechen. »Okay. Was ist dann mit Bhutan? Sie sagten gerade, Sie hätten mit ihm über Dienstagnacht geredet.«

»Das war eigentlich nicht geplant und ergab sich aus dem Gespräch. Wie sich herausstellte, ist er ein hervorragender Bridgespieler, und an besagtem Abend fand im Drake in der Innenstadt ein Seminar statt. Es wurde bis nach Mitternacht gespielt. Wenn das stimmt, und darauf wette ich, kann er nicht Carla Markhams Mörder sein – und daher auch nicht der ihres Mannes.«

»Aber für Mrs. Loring und die übrigen kommt er immer noch in Frage.« Endlich begriff Fisk Glitskys Problem.

»Richtig. Man kann nicht vom einen aufs andere schließen. Falls Bhutan Mrs. Loring tatsächlich getötet hat, kann gar kein Zusammenhang bestehen.«

Sie verstummten, als ihnen die zwingende Logik dieser Aussage dämmerte. Glitsky biss noch einmal von seinem Bagel ab. Bracco trank Cola. Fisk, der auch eine Stärkung nötig zu haben glaubte, schob seinen Stuhl zurück und ging in Richtung Snackbar. Die beiden anderen blickten ihm nach. »Was sollen wir jetzt tun, Lieutenant?«

Glitsky wusste, worauf Bracco hinauswollte. Rein dienstlich betrachtet konnte im Rahmen der Ermittlungen im Fall Markham nicht mehr nach dem Mörder der Patienten auf Kensings Liste gefahndet werden. Das stand inzwischen mehr oder weniger fest. Die beiden Neulinge hatten kein Anrecht auf diesen Fall, der sich durchaus als äußerst brisante Mordserie entpuppen konnte. »Was schlagen Sie vor, Darrel?«

»Ich möchte immer noch rauskriegen, was hinter dem Fall Markham steckt«, erwiderte Bracco, ohne zu zögern.

»Und wie wollen Sie das anstellen? Sie ermitteln jetzt schon seit über einer Woche. Oder haben Sie einen Verdächtigen, von dem ich noch nichts weiß?«

»Nein, nur Fragen, die ich noch nicht gestellt habe, wenn Sie das meinen. Und ein paar Ideen.«

»Gut. Schießen Sie los.«

»Lassen wir Markham erst einmal außen vor. Schließlich haben wir keinen einzigen Zeugen. Aber da wäre immer noch der Mord an seiner Frau, und Sie sagten, wenn ich Sie richtig verstehe, doch selbst, dass ihr Mörder auch ihren Mann ermordet haben muss.«

»Und wie wollen Sie beweisen, dass etwas nicht so war?«

»Mit allem Respekt, Sir, aber wir haben doch noch gar nicht nach Beweisen gesucht. Sie selbst haben es uns verboten.« Glitsky wusste, dass Bracco Recht hatte. Er hatte die beiden Neulinge von Anfang an in ihren Ermittlungen behindert, indem er sie angewiesen hatte, sich von den wichtigsten Beteiligten, einschließlich Kensing, fern zu halten. Auf diese Weise war, was Alibis, zeitliche Abläufe und Gelegenheiten zur Tat anging, eine Informationslücke entstanden, die es eigentlich nicht hätte geben dürfen. Bracco fuhr fort: »Seit einer Woche bohren wir jetzt schon in vagen Motiven und Weiberklatsch herum. Doch für den Mord an Carla Markham kommt nur ein sehr kleiner Kreis Verdächtiger in Frage.«

»Warum glauben Sie das?«

In Braccos Augen funkelte das Jagdfieber. »Zuerst einmal sollten wir die Pflegekräfte außer Acht lassen. Ich denke, wir haben gerade bewiesen, dass keiner von ihnen etwas mit Markhams Tod zu tun haben kann. Carla Markham und ihre Kinder sind nicht von einer Schwester oder einem Pfleger getötet worden, darauf würde ich eine Million Dollar wetten.«

»Ich auch.«

»Gut, und wer bleibt dann noch übrig? Wer sonst war am letzten Dienstag am Tatort?« Er zählte die Personen an den Fingern ab. »Kensing. Driscoll. Ross. Waltrip. Cohn. Einer von ihnen muss es gewesen sein.«

»Von wem redest du?« Fisk kehrte mit einem Eiscremetörtchen zurück.

Glitsky nickte zufrieden. Darrel würde eines Tages ein Cop werden.

»Was ist los?«, fragte Fisk wieder.

Glitsky wies auf Bracco. »Darrel wird es Ihnen gleich verraten, Harlan. Erinnern Sie beide sich eigentlich an Hardy?«, fragte er dann. »An Kensings Anwalt? Er war heute Morgen in Jackmans Büro.«

»Der Typ mit Kensings Liste«, sagte Bracco.

»Genau. Wie Ihnen heute Morgen vielleicht aufgefallen ist, hat er mit Jackman eine Abmachung getroffen. Wir haben ihm Ihre Niederschriften und weitere Beweisakten ausgehändigt.« Als er die ungläubigen Mienen der beiden Inspectors bemerkte, nickte er. »Fragen Sie nicht. Aber in der Theorie tauschen wir unsere Informationen aus. Also sollten Sie sich dafür interessieren, was er weiß, bevor Sie loslegen. Mit wem er gesprochen hat. Was diese Leute geantwortet haben. Er war früher Polizist und –«

»Wer?«, fragte Fisk. »Hardy?«

»Vor vielen Jahren, Harlan. Er war sogar mein Partner. Wir sind zusammen in Uniform Streife gegangen.« Er gab ihnen Zeit, das zu verdauen, und weidete sich an ihren verdatterten Mienen. »Der Mann ist nicht dumm, und er könnte bereits mit einigen Leuten geredet haben, was Ihnen Zeit sparen würde. Wenn Sie denken, dass er Ihnen etwas verschweigt, verhaften Sie ihn und bringen Sie ihn zu mir. Oder noch besser, Sie erschießen ihn gleich und verstecken die Leiche.«

Aber Bracco schien noch nicht zufrieden. »Und wenn Hardy auf unserer Seite steht, streichen wir Kensing von der Liste?«

Glitsky gestattete sich den Anflug eines Lächelns. »Nein, aber es wäre nicht das Schlechteste, ihn in diesem Glauben zu wiegen.«

Für Hardy war das Dartspiel eine Form der Meditation. »Wie Sherlock Holmes mit seiner Geige«, hatte er einmal zu Freeman gesagt. Allerdings wussten Bracco und Fisk das nicht. Fast zwei Stunden lang, gleich nachdem er von seiner Besprechung mit Jeff Elliot zurückgekehrt war, hatte Hardy über den Ordnern mit den Beweisakten gebrütet. Als die beiden Inspectors eintrafen, war er gerade aufgestanden, hatte sich gestreckt und beschlossen, ein paar Pfeile zu werfen, damit die neuen Erkenntnisse Zeit hatten, sich zu setzen. Offenbar dachten Bracco und Fisk, dass er am Ende des Arbeitstags ein wenig ausspannte, und Hardy hielt es für überflüssig, sie eines Besseren zu belehren. Er warf wieder einen Pfeil. »Was möchten Sie zuerst hören?«

»Die Lieutenant meinte, Sie würden uns alles sagen, was Sie wissen«, erwiderte Bracco.

»Nur, dass das meiste, was ich weiß, aus Ihren Akten stammt. Es könnte also ein wenig langweilig werden.« Der letzte Pfeil traf die Doppel-Elf. Ein zufriedenes Grinsen huschte über Hardys Gesicht. Er ging zur Dartscheibe und zog die Pfeile heraus. »Gut, da wäre etwas, das Ihnen möglicherweise noch nicht bekannt ist. Erinnern Sie sich an Frank Husic?«

»Der Nachbar?«

»Richtig. Er hat um Viertel vor elf die Schüsse gehört. Als er nach nebenan geschaut hat, brannte Licht. Eine Stunde später war es immer noch hell. Und dann, zwei Stunden danach, hatte jemand das Licht ausgeschaltet. Und noch ein Tipp – Carla Markham war es nicht.«

»Ich war kurz vor zehn dort.« Bracco der, kerzengerade auf dem Sofa gesessen hatte, beugte sich vor. »Weiß Lieutenant Glitsky davon?«

»Ich wollte ihn später anrufen. Also weiß er es wahrscheinlich noch nicht.« Er sah Bracco an. »Um wie viel Uhr sind Sie weggefahren?«

»Ein paar Minuten nach Ihrem Mandanten, ich würde sagen, um Punkt zehn«, erwiderte Bracco tonlos.

»Und er war der letzte Besucher?«

»Sein Auto war das letzte vor dem Haus. Außerdem sagte er mir, dass außer der Familie niemand mehr da sei. Und die wolle sich jetzt hinlegen.«

»Nachdem er gegangen war«, Hardy warf einen Pfeil, »sind Sie dann zur Haustür gegangen?«

Fisk, der müßig in einer von Hardys Zeitschriften blätterte, blickte auf, als er die Frage hörte.

»Nein«, erwiderte Bracco. »Ihr Mandant hat mich davon überzeugt, dass die Familie an diesem Tag genug hatte. Was hat er denn am Abend noch gemacht?«

»Er ist nach Hause gefahren und zu Bett gegangen. Und, Inspector«, wieder warf Hardy einen Pfeil, »er ist nicht zurückgekehrt.«

»Hat er Beweise dafür?«

»Haben Sie einen Beweis fürs Gegenteil?«

Fisk räusperte sich, klappte die Zeitschrift zu und legte sie auf den Beistelltisch. »Mr. Hardy. Darrel. Was haltet ihr davon, wenn wir Kensing in Ruhe lassen, solange er sich nicht wieder verdächtig macht. Wie hört sich das an?«

Hardy war wieder an die Dartscheibe getreten, um die Pfeile herauszuziehen. Nun ging er zum Schreibtisch, legte sie dort ab und holte sich einen Stuhl heran. »Ein guter Vorschlag, Inspector. Dr. Kensing wird nichts dergleichen tun.« Er betrachtete die beiden Männer. »Es tut mir Leid, dass ich bei meinem Mandanten empfindlich reagiere.«

Obwohl Bracco sich keinen Millimeter von der Stelle gerührt hatte, schienen sich seine Schultern zu straffen. »Wir haben den Kreis der Verdächtigen auf die fünf Personen eingeengt, die an besagtem Morgen in der Intensivstation anwesend waren, die beiden Pflegekräfte ausgeschlossen. Sind Sie damit einverstanden?«

Hardy war ein wenig bestürzt, wenn auch nicht überrascht, dass Freemans Vorhersage von heute Morgen so rasch wahr geworden war. Wenn im Fall Markham nicht mehr gegen die Pflegekräfte ermittelt wurde, wurde auch Kensing nicht mehr des Mordes an Marjorie Loring verdächtigt – sofern das überhaupt jemals der Fall gewesen war. Doch er nickte nur, ohne sich etwas anmerken zu lassen. »Wenn die Pflegekräfte ein Alibi für Dienstagnacht haben.«

»Das haben sie beide«, erwiderte Bracco. »Rajan Bhutan hat die ganze Nacht in der Innenstadt Bridge gespielt, auch wenn er laut Lieutenant Glitsky nach Einschätzung einiger Kollegen sehr wohl für den Mord an Mrs. Loring in Frage käme. Harlan und ich finden ebenfalls, dass diese Vermutung nicht von der Hand zu weisen –«

»Und er hat Markham gepflegt?«, fiel Hardy ihm ins Wort.

»Ja. Aber er hat für den Mord an Mrs. Markham ein Alibi. Und die Schwester, Connie Rowe, war zu Hause bei ihrer Familie – Ehemann und zwei Kinder. Sie ist nicht mehr weggegangen.«

»Okay.«

»Also ist es bei den Markhams wahrscheinlich folgendermaßen abgelaufen. Zwischen zweiundzwanzig Uhr und zweiundzwanzig Uhr fünfundvierzig kam ein Besucher, dem Carla Markham die Tür geöffnet hat. Die Kinder gingen schon zu Bett, während Carla sich mit Mr. X. unterhielt. Irgendwann betrat Mr. X unter einem Vorwand Markhams Arbeitszimmer, wo die Pistole aufbewahrt wurde.«

»Woher hätte der Betreffende das wissen sollen?«, fragte Hardy. »Nicht nur, dass eine Waffe im Haus war, sondern auch, wo sie sich befand?«

»Ein berechtigter Einwand«, sagte Fisk. »Aber wenn Mr. X ein Bekannter von Carla Markham ist – und es macht ganz den Eindruck –, hätte er es wissen können.«

Hardy hielt diese Erklärung für ziemlich logisch. »Gut. Dann schauen wir uns doch an, wer übrig bleibt.« Er versuchte, die Situation mit einem Lächeln zu entspannen. »Abgesehen von meinem Mandanten natürlich.«

Bracco hatte die Namen parat. »Driscoll. Ross. Waltrip. Cohn.«

Erst vor einer Stunde war Hardy bei seiner Lektüre auf den Namen Cohn gestoßen – in dem Bericht von Bracco und Fisk über ihre Vernehmungen am vergangenen Freitag, die sie vergessen hatten, auf Band aufzuzeichnen. Er war ihm sofort ins Auge gefallen, und das Herz hatte ihm geklopft bis zum Halse.

Als er nun wieder diesen Namen hörte, ließ er sich nichts anmerken und gestattete sich sogar ein Kichern. »Ist Ihnen klar, dass ich bis jetzt mit keinem dieser Leute gesprochen habe? Wer sind Waltrip und Cohn?«

Soweit Hardy aus den Abschriften und Berichten bekannt war, hatten auch die beiden Inspectors noch kein Wort mit diesen Personen gewechselt, doch das behielten sie tunlichst für sich. »Nur zwei Ärzte, die an diesem Tag auch in der Intensivstation waren – Kent Waltrip und Judith Cohn«, erwiderte Bracco ausweichend.

»Aber nichts weist darauf hin, dass sie Carla Markham zu Hause besucht haben?«

»Nein«, entgegnete Fisk. »Wir nehmen an, dass beide Markham kannten, aber sonst wissen wir kaum etwas über sie.«

»Nur ihre Namen«, ergänzte Bracco. »Ich denke nicht, dass einer von ihnen etwas mit der Sache zu tun hat, wir haben sie nur noch nicht ausgeschlossen, um ja nichts zu übersehen.«

Hardy nickte. »Also Driscoll oder Ross?«

Nun musste Bracco schmunzeln. »Wenn wir uns an die Abmachung halten.« Das hieß, Kensing nicht zu erwähnen.

Hardy nickte wohlwollend. »Und was ist mit Driscolls und Ross' Alibis?«

Die beiden Inspectors wechselten einen offensichtlich verlegenen Blick. »Wir hatten noch keine Gelegenheit, sie zu vernehmen.«

»Vielleicht sollten Sie das nachholen«, riet Hardy ihnen väterlich. »In der Zwischenzeit versuche ich, mich mit Waltrip und Cohn in Verbindung zu setzen.«

Die Patienten Nummer zwei und drei auf Kensings Liste waren eingeäschert worden, was die Möglichkeit einer forensischen Untersuchung stark einschränkte. Der Name der vierten Patientin lautete Shirley Watrous.

Sie war vor dreieinhalb Monaten am zweiten Weihnachtstag gestorben. Man hatte sie eine Woche davor wegen einer akuten Venenentzündung ins Krankenhaus eingeliefert. Dort hatte sie im Bett einen Schlaganfall erlitten, der zu einer vollständigen Lähmung und Sprachverlust führte. Zur Beobachtung und für weitere Untersuchungen war sie in die Intensivstation verlegt worden, wo sie am fünften Tag verstarb, ohne das Bewusstsein wiederzuerlangen. Die Leichenschau im Krankenhaus hatte eine Hirnblutung als Todesursache ergeben.

Diesmal wusste Strout genau, wonach er Ausschau halten musste – dem Pavuloncocktail –, und er wurde fündig: Auch Mrs. Watrous war ermordet worden.

Glitsky, Ash und Jackman drängten sich in Marlenes Büro und hielten einen Kriegsrat ab. Da der Kollege, mit dem Marlene das Büro teilte, schon Feierabend gemacht hatte, hatte Jackman sich an dessen Schreibtisch gesetzt. Glitsky hatte sich einen Stuhl herangezogen und thronte nun rittlings darauf.

»Natürlich hat er keine Ahnung, was er am 12. November gemacht hat« – damit war Rajan Bhutan gemeint – »aber an den zweiten Weihnachtsfeiertag erinnert er sich vielleicht.«

»Ist er denn Christ?«, fragte Marlene. »Möglicherweise feiert er ja gar nicht Weihnachten.«

»Jedenfalls ist es ein Feiertag.« Jackman wandte sich an Glitsky. »Abe, ist er, was Carla Markham betrifft, außer Verdacht?«

»Etwa zwanzig Personen können beschwören, wo er war war, als Mrs. Markham erschossen wurde. Für mich heißt das, dass er weder den Mord an ihr noch den an Markham begangen haben kann.«

Jackman schob ein paar Büroklammern auf der Schreibtischunterlage herum. »Es ist ziemlich weit hergeholt, dass Kensing hinter den Vorfällen im Portola Hospital stehen soll, wenn kein Zusammenhang zu Markham besteht«, sagte er wie zu sich selbst.

»Ich halte den Zeitpunkt für gekommen, ihn vor die Grand Jury zu laden und endlich herauszufinden, was er weiß«, fügte Marlene hinzu. »Glauben Sie, dass er Carla Markham nicht ermordet hat, Abe?«

Fast hätte Glitsky laut gelacht. »Weit gefehlt. Meiner Ansicht nach gehört er weiterhin zu den Hauptverdächtigen. Ich wollte ihm auf dem Heimweg noch einen Besuch abstatten.« Mit einem diabolischen Lächeln zog Glitsky ein Stück Papier aus der Jackentasche. »Diesmal mit einem Durchsuchungsbefehl.«

Marlene stand auf. »Wenn Sie noch fünf Minuten warten, können Sie ihm auch gleich die Vorladung von mir überbringen. Macht es Ihnen etwas aus?«

31

Dr. Kent Waltrip antwortete Hardy, er habe zunächst seine Morgenvisite in der Intensivstation abgehalten. Einer seiner Patienten genese gerade von einer spinalen Meningitis. Etwa um Viertel nach zehn sei er fertig gewesen und in die Tagesklinik gegangen, um sich seinen ambulanten Patienten zu widmen. Er habe den gesamten Tag dort verbracht.

Judith Cohns Praxisnummer war ebenfalls aufgeführt, und Hardy erlebte zu seiner freudigen Überraschung schon zum zweiten Mal hintereinander, dass ein leibhaftiger Mensch den Anruf entgegennahm, obwohl es schon kurz nach fünf war. Hardy nannte seinen Namen, erklärte seine Beziehung zu Dr. Kensing und bat, Dr. Cohn auszurichten, sie solle ihn zurückrufen.

»Ich könnte sie sofort anpiepsen«, erwiderte die Stimme hilfsbereit. »Wenn Sie mir Ihre Nummer geben, tippe ich sie einfach ein, um den Mittelsmann auszuschalten. Oder in diesem Fall besser die Mittelsfrau.«

Drei Minuten später stand Hardy am offenen Fenster und blickte auf die Sutter Street hinunter, als sein Telefon klingelte. In drei Schritten war er am Schreibtisch, hob ab und meldete sich mit seinem Namen. Er hörte, wie am anderen Ende der Leitung nach Luft geschnappt wurde. »Erics Anwalt, richtig? Geht es ihm gut?«

»Ausgezeichnet. Danke, dass Sie so schnell zurückgerufen haben. Ich hätte nämlich ein paar Fragen an Sie.«

»Klar. Wenn es Eric nützt, helfe ich gern.«

»Wunderbar.« Hardy hatte überlegt, wie er an die Sache herangehen sollte, und sich dazu ein paar Notizen gemacht. Schließlich wollte er Dr. Cohn nicht verschrecken. Nun setzte er sich und griff nach einem Schreibblock. »Ich versuche, herauszufinden, was Eric an Tim Markhams Todestag gemacht hat, und zwar in genauer zeitlicher Abfolge.«

»Glaubt die Polizei etwa immer noch, dass er etwas mit dieser Sache zu tun hat?«

»Ich denke, davon müssen wir ausgehen.«

Er hörte, wie sie tief aufseufzte. »Haben die denn überhaupt keine Menschenkenntnis? Hat schon jemand mit ihm gesprochen?«

»Verschiedene Male.«

»Mein Gott, dann sind sie eben Vollidioten.«

»Mag sein«, erwiderte Hardy. »Aber damit müssen wir uns abfinden. Und uns auf ihr Spiel einlassen.«

Sie schien verärgert zu sein. »Gut, und was wollten Sie mich fragen?«

»Soweit ich informiert bin, hatten Sie an diesem Tag, also am Dienstag vor einer Woche, selbst einen oder mehrere Patienten in der Intensivstation.«

»Oh, an diesen Tag erinnere ich mich nur zu gut. Er hat schrecklich angefangen, und es wurde immer schlimmer. Wissen Sie, wie das mit der Einteilung der Dienstpläne in der Intensivstation und der Notaufnahme funktioniert?«

Ganz zu Anfang hatte Kensing Hardy die Maßnahmen erklärt, mit denen Parnassus eine maximale Auslastung erreichen wollte. Die Ärzte der Judah Clinic, die ebenfalls zur Parnassus-Ärztegruppe gehörten, arbeiteten für gewöhnlich auch im Portola Hospital und waren dafür verantwortlich, dass mindestens jeweils ein Arzt für die Intensivstation und für die Notaufnahme eingeteilt wurde. Dieses Wechselschichtsystem erfüllte, wie Eric es sah, hauptsächlich den Zweck, mindestens das Gehalt eines Arztes einzusparen. Die Nebenwirkung war, dass in der Klinik ständig Personalknappheit herrschte, weshalb diese Methode nicht auf viel Gegenliebe stieß.

»Mehr oder weniger«, erwiderte Hardy. »In jeder Station hat ein Arzt Dienst.«

»Richtig. In der Intensivstation sind, wenn überhaupt, lediglich wenige Betten mit den tatsächlichen Patienten des betreffenden Arztes belegt. Nur wenn jemand direkt aus der Notaufnahme oder dem Operationssaal verlegt wird. Oder ein Baby nach einer Risikogeburt. Jedenfalls war ich an besagtem Morgen unten in der Notaufnahme. Ich war sowieso schon zu spät gekommen, und als der Wahnsinn mit Markham losging, brach erst richtig das Chaos aus –«

»Moment mal. Waren Sie mit Markham im OP? Haben Sie ihn operiert?« Hardy wurde klar, dass sie nicht nur kurz in die Intensivstation gekommen war, um nach einem Patienten zu sehen. Sie hatte den ganzen Vormittag lang im Portola Hospital gearbeitet.

»Ja. Er war übel zugerichtet. Ich war erstaunt, dass er es lebend in den OP geschafft und den Eingriff überstanden hat. Jedenfalls kam ich rein, völlig aufgelöst, weil ich zu spät dran war – normalerweise bin ich nämlich immer pünktlich –«

»Was war passiert?«, fragte Hardy rasch. »Warum sind Sie zu spät gekommen?«

»Es war so dämlich. Ich habe einfach verschlafen. Ausgerechnet ich, die ich sonst nie schlafen kann. Wahrscheinlich habe ich den Wecker ausgeschaltet, als er klingelte, und bin eben nicht aufgewacht. Das einzige Gute daran war vermutlich, dass ich wenigstens gut ausgeruht war, als Markham eingeliefert wurde. Und das war dringend nötig, das können Sie mir glauben. Auch wenn Phil – Dr. Beltramo, der gerade die Schicht von zehn bis sechs hinter sich hatte – nicht gerade begeistert war.«

»Und wann sind Sie schließlich in die Intensivstation gegangen?«

»Ich habe Markhams Rollbett begleitet, und dann haben Eric und ich ihn aufgenommen und in sein Bett gelegt. Dann bin ich immer wieder rasch raufgelaufen. Ich weiß nicht genau, aber es müssen vier oder fünf Mal gewesen sein, bevor er starb. Vielleicht jede Dreiviertelstunde, immer wenn ich eine kleine Pause hatte. Schließlich hatte ich ihm das Leben gerettet. Er war mein Patient.« Sie schwieg eine Weile. »Ich habe wirklich nicht mit seinem Tod gerechnet.«

»Er ist nicht einfach gestorben, Dr. Cohn. Jemand hat ihn umgebracht.« Hardy hatte Mühe, all diese unerwarteten Informationen zu verdauen, und er musste zugeben, dass Cohn sehr mitteilungsfreudig war. Soweit er es am Telefon beurteilen konnte, heuchelte sie weder Mitleid für Markham, noch zögerte sie, ihre Aktivitäten an besagtem Tag zu schildern. »Und die Polizei hält Eric immer noch für schuldig. Waren Sie in der Intensivstation, als Markhams Alarm losging?«

»Nein, ich war unten in der Notaufnahme. Aber natürlich bin ich, als ich davon erfuhr, sofort nach oben gekommen.«

»Doch Sie haben Eric nicht dort bemerkt, so etwa zehn oder fünfzehn Minuten davor?«

»Nein. Zuletzt hatte ich ihn auf dem Flur mit Rajan Bhutan gesehen. Das ist ein Pfleger. Die beiden kümmerten sich um einen Patienten, der auf einem Rollbett lag.«

Das stimmte genau mit dem überein, was Hardy bis jetzt über die Minuten wusste, bevor Mr. Lectors Monitor Alarm geschlagen hatte. Und wie zuvor nützte es seinem Mandanten nicht viel, außer vielleicht, dass es einen Verdacht auf Cohn warf.

»Noch eine Frage, Dr. Cohn. Hat Eric Ihnen von seinem Besuch bei Mrs. Markham später an diesem Abend erzählt?«

»Eigentlich nicht so richtig«, erwiderte sie. »Als er endlich nach Hause kam, schlief ich schon. Und wir hatten erst ein paar Tage später Gelegenheit, miteinander zu reden. Was hätte er auch sagen sollen? Ganz bestimmt war es schrecklich deprimierend.«

Aber Hardy war etwas anderes aufgefallen. »Was bedeutet ›Als er endlich nach Hause kam‹«?

»Nach seinem Besuch bei Mrs. Markham, das meinten Sie doch, oder?«

»Ja. Also waren Sie in der fraglichen Nacht in Erics Wohnung?«

Ein leises Auflachen. »Das wussten Sie nicht? Hoppla, da sind wir wohl aufgeflogen.« Dann fügte sie ein wenig ernster hinzu: »Ich dachte, er könnte nach so einem Tag ein wenig Gesellschaft vertragen. Mir ging es jedenfalls so.«

Von dieser letzten Eröffnung aus dem Konzept gebracht, hatte Hardy Mühe, seinen Tonfall zu beherrschen. »Wie genau lief das ab? Haben Sie ihn nach der Arbeit nach Hause begleitet?«

Wieder ein Lachen. »Nein, nein. Wir haben das Planen schon längst aufgegeben. Schließlich haben wir beide den Großteil der Zeit Bereitschaft. Unsere Schichtpläne sind zu chaotisch.« Eine Pause entstand. »Ich bin einfach hingefahren und reingegangen. Ich besitze einen Schlüssel.«

»Aha«, sagte Hardy erwartungsvoll.

»Aber er hat offenbar länger im Portola Hospital gearbeitet und ist dann gleich zu Mrs. Markham. Als er nach Hause kam, war ich endlich eingeschlafen.«

»Wieder die Schlaflosigkeit?«

»Mein Gott, das kann man sagen. Wahrscheinlich, weil ich am Morgen so lange im Bett geblieben war. Wenn ich – abgesehen von meinem krausen Haar – etwas an mir verändern könnte, dann wäre das die Schlaflosigkeit.«

»Hemingway fand, dass man Menschen, die nie darunter gelitten haben, misstrauen sollte.«

»Ja, und schauen Sie sich an, was aus ihm geworden ist. Es ist einfach zum Kotzen, nicht schlafen zu können. Ich kann mir gar nicht mehr vorstellen, wie es ist, sich hinzulegen, die Augen zuzumachen, und schwupps ist man weg. Für mich wäre das das Paradies. Nur für ein bisschen davon würde ich den Rest meiner Seele verkaufen.«

»Aber am Dienstagabend hatten Sie dieses Problem nicht?«

»Mein Gott.« Der bloße Gedanke schien sie müde zu machen. »Es muss etwa eins gewesen sein. Und ich habe so gegen zehn mit den Vorbereitungen angefangen – das heißt, ab ins Bett und Licht aus.«

»Und Eric war noch nicht da?«

»Nein. Er war noch immer bei Mrs. Markham. Offenbar hat es etwas länger gedauert.«

Glitsky hielt ihm den Durchsuchungsbefehl hin. »Und zwar sofort«, sagte er. Marcel Lanier, der ihn begleitet hatte, drängte sich mit einer herrischen Geste vorbei und betrat die Wohnung.

»Wo soll ich anfangen, Sir?«, fragte er.

»Von hinten nach vorne, aber vielleicht zuerst im Schlafzimmer. Ich komme gleich nach.«

»Wonach suchen Sie?« Kensing war gerade vom Joggen zurückgekehrt. Er trug immer noch Turnschuhe und ein ärmelloses T-Shirt. Als es an der Tür geläutet hatte, hatte er am Küchentisch gesessen und eisgekühlten Orangensaft getrunken. Nun hörte er, wie Lanier in seinem Zimmer herumwühlte, und drehte sich um. »Sie können doch nicht einfach hier reinspazieren und meine Wohnung auseinander nehmen.«

Glitsky tat, als läse er den Durchsuchungsbefehl, und wandte sich dann wieder Kensing zu. »Richter Salter ist da anderer Ansicht. Ach, bevor ich es vergesse.« Er überreichte ihm auch Ashs Vorladung.

»Was ist das?«

»Eine Einladung zu einem Gespräch mit der Grand Jury. Morgen um halb zehn.«

»Das können Sie nicht machen«, sagte Kensing. »Das ist nicht in Ordnung. Ich rufe Mr. Hardy an.«

»Bitte sehr.« Glitsky trat über die Schwelle. »Doch während einer Hausdurchsuchung darf er ohne unsere Erlaubnis nicht herein. Er könnte ja etwas einstecken. Aber wenn Sie möchten, rufen Sie ihn ruhig an. Dann können Sie beide warten, bis wir fertig sind. Regen Sie sich nicht auf, Herr Doktor. Schließlich habe ich Ihnen beim letzten Mal den Rat gegeben, mir die Tür aufzumachen, damit wir uns in einer gemütlicheren Umgebung unterhalten können. Sie lassen mir keine andere Wahl.«

»Wonach suchen Sie?« Vergeblich bemühte sich Kensing um Ruhe.

Glitsky las aus dem Durchsuchungsbefehl vor. »Medizinische Gerätschaften, insbesondere Spritzbestecke und verschreibungspflichtige Medikamente –«

»Ich bin Arzt, Lieutenant. Wenn Sie möchten, kann ich Ihnen die Sachen gleich bringen.« Er drehte sich und wischte sich wieder den Schweiß von der Stirn. »Ich fasse es nicht. Wir leben doch hier in den Vereinigten Staaten. Kann so etwas in diesem Land passieren?«

»Sie sollten lieber Gott danken, Herr Doktor, dass wir in den Vereinigten Staaten sind und auf diese Weise vorgehen. Anderswo wäre es um einiges unangenehmer.« Glitsky verlas weiter den Durchsuchungsbefehl. »Kleidungsstücke mit Spritzern oder Flecken, die Blut sein –«

»Auch das werden Sie hier finden. In meinem Beruf komme ich täglich mit Blut in Berührung. Meine Patienten sind nämlich voll davon.«

Glitsky sah ihn mit scheelem Blick an.

»Ich möchte Hardy anrufen.«

»Sehr gerne. Ich habe nicht vor, Sie daran zu hindern. Aber er darf nicht herein.« Glitsky trat einen Schritt näher. »Er hat uns bereits zugesichert, Herr Doktor, dass Sie vor der Grand Jury eine vollständige Aussage machen werden. Also morgen, damit Sie den Termin ja nicht vergessen. Und Sie werden sich auch nicht auf Ihr Recht zu schweigen berufen. Außerdem wird Mr. Hardy zu dieser Vernehmung nicht zugelassen, da können Sie Gift drauf nehmen. Vielleicht sollten Sie das hier als Vorübung betrachten.«

Wieder war ein Poltern aus dem Schlafzimmer zu hören.

Glitsky erhob die Stimme. »Vorsicht, Marcel! Bitte genau nach Vorschrift. Mach kein Durcheinander.« Kensing entnahm seiner Miene, dass er ihm damit einen Gefallen tat.

Der Arzt ließ eine Weile den Kopf hängen und blickte dann auf. »Mist«, sagte er. »Das ist doch alles Blödsinn.« Aber er drehte sich um und ließ sich auf einen Schaukelstuhl fallen.

»Wonach haben sie gesucht?«

»Ich glaube, nach nichts Bestimmtem. Wahrscheinlich wollten sie mich nur einschüchtern. Allerdings haben sie ein paar Sachen zum Anziehen mitgenommen.«

»Warum das?«

»Angeblich suchten sie nach Blutspuren, und sie haben offenbar welche gefunden.«

»Gütiger Himmel.«

Bracco machte sich daran, entweder Malachi Ross oder Brendan Driscoll zu erreichen. Er war gerade dabei, auf dem Anrufbeantworter des Letzteren eine Nachricht zu hinterlassen, als auf der anderen Leitung ein Anruf einging. Sein Partner nahm ihn entgegen. »Fisk, Morddezernat.«

»Sergeant Fisk. Ich bin es wieder, Jamie Rath von Carla Markhams Kaffeekränzchen.«

»Guten Tag, Ma'am. Wie geht es Ihnen?«

»So einigermaßen. Ich rufe an, weil ich schon den ganzen Tag lang darüber nachdenke. Gestern Abend hat meine Tochter etwas gesagt, und ich habe mir überlegt, dass Sie sie vielleicht deshalb befragen wollen.«

»Was war es denn?«

»Nun ja, sie spielt Fußball. Im Moment ist sie beim Training. Aber außerdem joggt sie und steht jeden Morgen früh auf, um zum Grüngürtel am Park Presidio und hoch zum Park zu laufen und dann wieder zurück.«

»Okay.«

»Wir haben über Tims Unfall gesprochen. Und da ich nun mal eine überbesorgte Mutter bin, habe ich sie noch einmal ermahnt, dass es auf der Straße gefährlich sein kann, auch wenn man die Augen offen hält. Sie erwiderte, daran bräuchte ich sie nicht zu erinnern. Denn an dem Tag, als Tim überfahren wurde, wäre ihr ein paar Blocks entfernt fast dasselbe passiert.«

Fisk schnippte mit den Fingern und gab seinem Partner ein Zeichen, den anderen Hörer aufzunehmen. Mrs. Rath sprach weiter. »Sie hat sich furchtbar erschrocken. Sie war gerade von der Lake Street in die 15th Street eingebogen, um nach Hause zu laufen, und wollte dazu die Straße überqueren. Sie sah das Auto zwar kommen, aber schließlich war da ein Stoppschild, und sie befand sich mitten auf dem Fußgängerüberweg. Da hörte sie plötzlich die Reifen quietschen, schaute hin und machte einen Satz rückwärts. Das Auto konnte noch rechtzeitig anhalten. Lexi stand da, die Hände auf der Motorhaube, und war völlig außer sich. Sie sagt, sie hätte die Fahrerin angebrüllt, sie solle besser die Augen aufmachen; dann hat sie auf die Motorhaube geschlagen und ist weitergelaufen. Ich müsse ihr also keine Vorträge halten, wie gefährlich es sei. Sie wisse das selbst.«

»Hat sie das Auto möglicherweise beschrieben? Zum Beispiel, welche Farbe es hatte?«

»Oh ja. Es war grün, und deshalb musste ich wahrscheinlich auch an Tim denken. Ich habe doch gelesen, dass er von einem grünen Auto überfahren wurde.«

»Um wie viel Uhr kommt Ihre Tochter vom Fußballtraining nach Hause, Mrs. Rath?«, mischte sich Bracco ein.

Lexi saß zwischen ihrer Mutter und Doug, ihrem Dad, auf der Wohnzimmercouch. Sie hatte nach dem Nachhausekommen noch genug Zeit gehabt, zu duschen und Jeans, Tennisschuhe und einen dünnen Pullover anzuziehen. Lexi war eine hoch gewachsene, schlanke Vierzehnjährige mit Zahnspange und einer einigermaßen in Schach gehaltenen Akne. Ihr langes braunes Haar war noch feucht. Sie hielt die Hände ihre Eltern, denn offenbar machte es sie nervös, im Mittelpunkt zu stehen und mit den beiden Polizisten sprechen zu müssen, die ihr in Sesseln gegenübersaßen. »Es war wirklich nicht so schlimm. Ich meine« – sie sah ihre Mutter verständnisheischend an – »dass mir so was beim Joggen schon öfter passiert ist. Vielleicht war es nicht immer so knapp wie dieses Mal, aber fast. Die Leute fangen am Steuer an zu träumen. Doch das weiß ich, und darum passe ich gut auf.«

»Ganz bestimmt tust du das«, sagte Fisk. »Und da du so aufmerksam bist, ist dir sicher etwas an dem Auto aufgefallen, das dich fast überfahren hätte.«

Lexi blickte konzentriert zur Decke und sah dann Jamie, Doug und schließlich die Polizisten an. »Ich habe es eigentlich nur aus dem Augenwinkel gesehen, als es näher kam. Sie wissen ja, dass da ein Stoppschild steht. Ich bemerkte also das Auto und dachte, dass es anhalten würde. Deshalb bin ich einfach weitergejoggt. Ich glaube, sie hat mich erst bemerkt, als ich direkt vor ihr war.«

»Also war es eine Frau?«

»Klaro. Ich meine, ja, Sir. Eindeutig.«

»Saß sonst noch jemand im Auto?«

»Nein, nur sie.«

»Hast du sie dir genau anschauen können?«

Sie nickte. »Aber bloß kurz.«

Bracco hatte Fisk die Vernehmung überlassen. Den ganzen Weg zu den Raths hatte sein Partner gejubelt, nun hätten sie endlich das Auto gefunden. Außerdem hatte Jamie Rath ihn, Fisk, im Morddezernat angerufen – zumindest hatte er das Gespräch entgegengenommen. Fisk sagte, er habe die ganze Zeit über gewusst, dass das Auto ein wichtiger Hinweis sei. Doch Bracco störte das nicht weiter. Fisk war gut darin, andere Menschen mit Samthandschuhen anzufassen, auch wenn er nach Braccos Ansicht zuweilen den einen oder anderen Punkt vergaß. »Hast du sie dir in dieser kurzen Zeit trotzdem gut ansehen können? Glaubst du, du würdest sie wieder erkennen?«

»Ich bin nicht sicher. Vielleicht. Kann sein.«

Doug tätschelte ihr beruhigend das Bein. »Schon gut, Liebling. Du machst das prima.«

»Wirklich prima, Lexi«, schloss Fisk sich an. »Wir wollten dich fragen, ob wir möglicherweise unseren Polizeizeichner herschicken können, damit der das Gesicht der Frau so zeichnet, wie du dich daran erinnerst. Bist du einverstanden?«

Sie zuckte die Achseln. »Ich könnte es ja mal versuchen.«

Bracco fragte sie nach der genauen Uhrzeit, um den Zeitrahmen einzuengen.

»Ich weiß genau, wie spät es war, weil ich, nachdem sie mich fast überfahren hätte und ich stehen geblieben war, vor dem Weiterlaufen auf die Uhr geschaut habe. Ich wollte feststellen, wie viel Zeit ich verloren hatte. Es war fünfundzwanzig Minuten nach sechs.«

Das passte zum Zeitpunkt von Markhams Unfall. »Da wäre noch etwas, Lexi. Mach mal kurz die Augen zu und versuche, dir alles vorzustellen, was dir zu dem Auto oder der Fahrerin einfällt. Ich weiß, dass es nur eine Sekunde gedauert hat, aber erzähl uns einfach, was du siehst.«

Gehorsam lehnte sie sich zwischen ihren Eltern auf dem Sofa zurück. Nachdem sie die Augen geschlossen hatte, holte sie tief Luft. »Okay. Ich war auf der Lake Street und lief so vor mich hin. Dann biege ich normalerweise in die 25th Street ein und überquere sie. Als ich die Ecke erreichte, war da ein Auto auf der Fahrbahn, vielleicht ein paar Meter entfernt. Doch weil da ein Stoppschild war, dachte ich, dass es anhalten würde.«

»Ist das Auto mit überhöhter Geschwindigkeit gefahren?«, fragte Bracco.

»Ich weiß nicht. Wahrscheinlich nicht, kann sein, aber dann wäre es mir bestimmt mehr aufgefallen.«

»Okay.«

»Ich war etwa einen Schritt vom Bordstein entfernt, und da habe ich Bremsen quietschen hören, oder die Reifen, Sie wissen schon, wie man das eben nennt. Also habe ich mich umgedreht, und weil ich glaubte, dass sie mich umfahren würde, bin ich nach hinten gesprungen, sodass ich genau vor ihr stand. Zum Glück hat sie gebremst, als ich die Arme ausstreckte. Sie wissen schon, für den Fall, dass sie mich doch erwischt hätte.«

»Gut«, sagte Fisk freundlich. »Du stützt dich also auf die Motorhaube des Wagens. Ist er irgendwie beschädigt? Vielleicht ein bisschen eingedellt?«

»Ja, der Scheinwerfer. Der vordere, links von mir. Ich erinnere mich, weil ich Angst hatte, mich an den Scherben zu schneiden.«

»Also an der vorderen rechten Wagenseite.«

»Ja, ich glaube schon.« Sie schlug die Augen auf und schien ihre Eltern wortlos zu fragen, ob sie alles richtig gemacht hatte. Als diese bestätigend nickten, machte sie die Augen wieder zu, schüttelte aber ratlos den Kopf. »Ich habe total gezittert und ziemliche Angst gehabt. Doch dann bin ich richtig wütend geworden und habe ganz fest mit beiden Händen auf die Motorhaube geschlagen. Und ich habe sie richtig angebrüllt.«

»Erinnerst du dich, was du gesagt hast?«

»Sie haben mich fast umgebracht! Sie haben mich fast umgebracht, Sie blöde Kuh. Ich glaube, das habe ich zweimal gerufen. Ich war wirklich wütend und habe laut geschrien.«

»Und dann?«

»Sie hob die Hände, als wäre es nicht ihre Schuld und als täte es ihr Leid.«

»Lexi«, sagte Bracco in eindringlichem Ton. »Wie sah sie aus?«

Es war fast komisch, wie Lexi das Gesicht verzog, doch die Stimmung im Raum blieb ernst. »Vielleicht ein paar Jahre jünger als Mom, glaube ich. Bei Erwachsenen kann ich das Alter so schlecht schätzen. Und dunkle Haare, ein bisschen kraus.«

»Eine besondere Frisur?«

»Nein. Einfach offen. Und kraus.«

»Welche Hautfarbe hatte sie?«

»Es war keine Schwarze und auch keine Asiatin. Mehr weiß ich nicht.«

»Was hatte sie an? War da etwas Auffälliges?«

»Nein. Ich habe ja nur eine Sekunde hinschauen können.« Ihr Tonfall wurde abwehrend. »Wir haben uns einfach angestarrt.«

»Okay, sehr gut, Lexi«, sagte Fisk. »Vielen Dank.«

Aber Bracco war noch nicht fertig. »Noch ein paar Fragen zum Wagen, einverstanden? War es ein altes oder ein neues Auto? Wie würdest du es beschreiben?«

Wieder schloss sie die Augen. »Kein Sportwagen, doch auch nicht sehr groß, wissen Sie. So wie ein ganz normales Auto eben, aber nicht neu, wenn ich es mir überlege. Der Lack war stumpf. Er sah einfach aus, als wäre er schon älter. Nicht glänzend.« Plötzlich runzelte sie die Stirn. »Die Rücklichter waren irgendwie komisch.«

»Die Rücklichter«, hakte Bracco nach. »Was war denn daran komisch? Aus welchem Winkel hast du sie gesehen?«

»Gleich nachdem ich wieder zu laufen angefangen hatte, bin ich nach rechts abgebogen. Die Rücklichter sind ab der Mitte hochgestanden, fast wie Flügel.«

»Heckflossen?«, fragte Fisk.

»Wie bei Onkel Dons T-Bird«, ergänzte Mrs. Rath. »Da biegen sie sich hinten auch nach oben. Man nennt das Heckflossen.«

Aber Lexi schüttelte den Kopf. »Nein, nicht so. Niedriger, ganz hinten, wo man den Kofferraum öffnet. Oh, und ein Aufkleber.«

»Du machst das ganz prima, Lexi«, begeisterte sich Fisk. »Das ist super. Was stand denn auf dem Aufkleber?«

Wieder kniff sie fest die Augen zu. Doch kurz darauf schlug sie sie wieder auf und schüttelte den Kopf. »Das weiß ich nicht. Ich kann mich nicht erinnern. Vielleicht war es kein Englisch.«

Der Abend dämmerte schon, als die beiden Inspectors ihre letzte Station, das Stoppschild an der Ecke Lake Street und 25th Street, ansteuerten. Sie hatten bereits beschlossen, einen Polizeizeichner zu den Raths zu schicken, damit dieser mit Lexis

Hilfe ein Phantombild anfertigte. Fisk hatte ein Buch zu Hause, das Abbildungen der Vorder- und Rückseite jedes Autos enthielt, das in den letzten fünfzig Jahren in den Vereinigten Staaten gebaut worden war. Er plante, es Lexi zu zeigen, damit sie vielleicht Fabrikat und Modell erkannte.

Die beiden Polizisten stiegen aus und gingen vom Stoppschild bis zur nächsten Ampel. Fisk hatte gehofft, den Reifenspuren weitere Hinweise entnehmen zu können, doch nirgendwo war etwas zu sehen. Und dann fiel es Bracco wieder ein. »Das Gewitter«, sagte er. »Wir können es also vergessen.«

Eigentlich hatte Hardy vorgehabt, das Mobiltelefon auszuschalten, als er und Frannie zu ihrem wöchentlichen Ausgehabend aufbrachen. Das gehörte zu den Regeln, aber er hatte nicht daran gedacht. Und natürlich hatte es sofort geklingelt. Er hatte das Gespräch angenommen und Frannie gesagt, es werde nur ein paar Sekunden dauern. Das war jetzt fast fünf Minuten her. Denn da er Kensing nun einmal an der Strippe hatte, wollte er unbedingt von ihm erfahren, warum es zwischen seiner und Judiths Aussage Widersprüche gab. Sie hatte Hardy erzählt, er sei Dienstagnacht erst nach ein Uhr nach Hause gekommen, während sein Mandant behauptete, es sei bereits um 22 Uhr 30 gewesen.

Anschließend erörterten sie die Hausdurchsuchung und den morgigen Auftritt vor der Grand Jury. Und als Terry, der Kellner, sich näherte und Hardy ein Zeichen gab, wurde ihm klar, dass er nun wirklich auflegen musste. Mobiltelefone waren in diesem Lokal nicht gern gesehen. Eigentlich teilte Hardy diese Auffassung. Nur eben nicht in diesem Augenblick.

Er gestattete sich noch einen letzten Satz. »Aber wir müssen wirklich miteinander reden, ehe Sie vor der Grand Jury aussagen.«

Wenn Glitsky oder einer seiner Inspectors Dr. Cohn ebenfalls befragten, würden sie die Ergebnisse sofort an Marlene Ash weiterleiten. Und in diesem Fall stand Kensing bei seinem Termin mit der Grand Jury ein ziemlich unschönes Erlebnis bevor. Da er jede Menge Motive hatte und Glitsky ihm nicht eben wohlgesonnen war, würde das wackelige Alibi vielleicht schon für eine Anklage genügen. Und wenn er nicht wusste, was seine Freundin gesagt hatte, würde er in der Luft zerrissen werden.

Und deshalb verabredeten Kensing und Hardy ein Treffen um Viertel nach acht am nächsten Morgen in Kensings Wohnung.

Sie hatten zwar fest vereinbart, es zu unterlassen, doch inzwischen hatte Frannie sich damit abgefunden, dass sie einen guten Teil ihrer gemeinsamen Abende mit Gesprächen über einen von Hardys Fällen verbrachten. Allerdings musste sie einräumen, dass auch sie in dieser Hinsicht nicht über jeden Tadel erhaben war. Schließlich neigte sie dazu, jeden Aspekt im Leben ihrer Kinder überzuinterpretieren, und ihr Mann ließ diese langatmigen Ergüsse für gewöhnlich widerspruchslos über sich ergehen. Vor kurzem hatte Frannie sich wieder an der Universität eingeschrieben und machte eine Ausbildung zur Familientherapeutin. Häufig unterhielten sie sich angeregt über aktuelle Themen aus diesem Bereich, und Frannie musste zugeben, dass das auch etwas mit Arbeit zu tun hatte. Aber Hardy schien sogar Freude daran zu haben.

In einer Ehe war es eben nötig, Kompromisse zu schließen. Und heute hatte er sogar ihr zuliebe auf das Baseballtraining der Jugendmannschaft verzichtet. Da der eigentlich für gestern geplante gemeinsame Abend, ebenfalls wegen Baseball, ausgefallen war, hatten sie beschlossen, ihn heute nachzuholen. Deshalb war Frannie bereit, ihrem Mann nicht nur das Telefonat zu verzeihen, sondern sich auch die Klagen über seinen Fall anzuhören.

Sie saßen im Pacific Café, ihrem zweitliebsten Treffpunkt. Das kleine Ecklokal lag am Ende ihrer Straße, weshalb sie sich die Autofahrt, die enervierende Parkplatzsuche und die Absprache, wer von ihnen beiden auf die Promillegrenze achten musste, hatten sparen können. Da es hier eine mehr als ordentliche Weinkarte und den frischesten Fisch außerhalb der Innenstadt gab, war es vielleicht sogar noch mehr ihr Stammlokal als das Little Shamrock. Schon Hunderte von Malen waren sie bei Lokalschluss die Letzten gewesen, sie kannten die Kellner und den Küchenchef beim Namen und bekamen auf wundersame Weise immer einen Tisch, selbst wenn sich die Warteschlange meterlang die Straße entlang erstreckte.

Nun hob Frannie ihr Glas Kendall Jackson Chardonnay und stieß mit Hardy an. »Das muss aber ein sehr angenehmes Gespräch gewesen sein«, sagte sie.

Demonstrativ schaltete Hardy das Mobiltelefon ab und steckte es in die Jackentasche. »Es war wirklich ein Versehen, Ehrenwort«, sagte er. »Aber wenigstens habe ich keinen so schweren Fehler gemacht wie Dr. Kensing, als er mit Abe geredet hat. Oder als er mir verschwiegen hat, wann er Dienstagnacht tatsächlich nach Hause gekommen ist.«

Frannie setzte das Glas ab. »Ich höre es gar nicht gern, dass deine Mandanten dich anlügen.«

»Ich bin auch nicht unbedingt begeistert davon. Ehrlich gesagt steht Verlogenheit ganz oben auf der Liste der zehn Eigenschaften, die ich bei einem Mandanten gar nicht gerne sehe.«

»Und Abe hat gerade seine Wohnung durchsucht?«

Hardy tunkte ein Stück Sauerteigbrot in ein flaches Schälchen mit Olivenöl und streute eine Prise Meersalz darüber. »Macht ganz den Eindruck.«

»Aber gestern schien Abe noch zu glauben, dass Kensing es doch nicht gewesen ist.«

»Richtig. Allerdings waren wir gestern Abend alle begeistert wegen der Ergebnisse der Autopsie von Mrs. Lorings Leiche. Denn da wir genau wussten, dass Eric nicht vor Ort war, als sie ermordet wurde, sah es aus, als wäre er aus dem Schneider. Heute hat sich allerdings leider herausgestellt, dass die anderen Todesfälle im Portola Hospital vielleicht doch nichts mit dem Mord an Markham und seiner Frau zu tun haben. Offenbar gibt es keinen Menschen auf diesem Planeten, der die Möglichkeit hatte, Mrs. Loring zu töten, und gleichzeitig Carla Markham kannte, geschweige denn, dass er einen Fuß in ihr Haus gesetzt hätte. Und in diesem Fall besteht kein Zusammenhang.«

»Und in diesem Fall kommt dein Mandant wieder auf Abes Liste.«

»Genau. Aber offen gestanden bezweifle ich, dass er ihn je gestrichen hat. Du kennst doch Abe. Er fängt gern mit einer langen Liste an und arbeitet sie dann ab.«

»Bedeutet das, dass er weitere Verdächtige hat?«

»Klar. Es ist ja noch früh.«

»Wie viele?«

»Zwei, vielleicht drei.«

Frannie stieß einen leisen Pfiff aus. »Eine wirklich lange Liste. Und ist jemand dabei, der es nach Abes Ansicht genauso gewesen sein könnte wie dein Mandant?«

Hardy, der gerade die Speisekarte studierte, blickte auf und grinste Frannie an. »Jetzt aber genug vom Geschäft! Ich esse heute Scholle. Es gibt keinen saftigeren Fisch als eine frische Scholle aus dem Pazifik, und hier ist sie besonders gut. Zitrone, Butter, Kapern. Ein Gedicht. Du solltest sie mal probieren.«

32

Kensing saß im Anzug an seinem Küchentisch. Er hatte ihnen beiden zwar Kaffee eingeschenkt, doch die Tassen standen noch unberührt da, und ihr Inhalt war mittlerweile kalt geworden.

Hardy hatte sich zwischen Tisch und Spülbecken niedergelassen und den Stuhl ein wenig zurückgeschoben, damit er die Beine übereinander schlagen konnte. Sein Knöchel ruhte auf dem Knie des anderen Beins. »Also haben Sie das Glitsky gestern Abend auch gesagt?«

»Ja, natürlich. Warum auch nicht? Es ist die Wahrheit. Herrgott, Diz, warum müssen wir das ständig von neuem durchkauen. Es gibt nichts zu erzählen!«

Hardy holte tief Luft und zählte bis zehn. Natürlich war es möglich, wenn auch nicht sehr wahrscheinlich, dass Judith die Nacht verwechselt hatte. »Offen gestanden gibt es da doch etwas, Eric. Ich fange deshalb immer wieder mit diesem Thema an, weil Sie mir verschwiegen haben, dass Dr. Cohn am fraglichen Abend bei Ihnen übernachtet hat. Und das kann ich mir wirklich nur schwer erklären, denn sie hätte Ihr Alibi ja bestätigt.« Hardys Stimme wurde barsch. »Wenn Sie mir das erklären, gebe ich Ruhe. Ansonsten sollten Sie sich vielleicht einen anderen Anwalt suchen.«

Kensing blickte sich unruhig im Raum um und starrte dann geradeaus. »Als ich nach Hause kam, schlief sie schon.« Er fuhr mit den Fingernägeln über die Tischkante. »Und wie sich herausstellte, ist sie auch nicht aufgewacht. Also hat sie gar nicht bemerken können, ob ich da bin. Ich wollte sie nicht in die Sache hineinziehen.«

Hardy wartete ab, ob Kensing die offensichtliche Frage stellte. Als das nicht geschah, übernahm er es. »Interessiert es Sie denn nicht, wie ich herausgefunden habe, dass sie bei Ihnen gewesen ist?«

Schweigen.

»Wissen Sie, ich habe gestern Abend mit ihr gesprochen und mich danach erkundigt. Sie haben Recht, sie hat geschlafen, als Sie nach Hause kamen. Allerdings war das nicht um halb elf, sondern erst um ein Uhr morgens. Wollen Sie behaupten, dass sie lügt?«

Kensing hielt etwa fünf Sekunden lang die Luft an und seufzte dann tief auf. Seine Schultern sackten zusammen, und er ließ den Kopf hängen. Unvermittelt stand er auf und ging zum Waschbecken, das sich hinter Hardy befand, sodass dieser ihn nicht ansehen konnte. Da Hardy Kensing die Zeit geben wollte, sich wieder zu fangen, drehte er sich nicht um. Doch plötzlich lief ihm ein Schauder den Rücken hinunter, und er spürte, wie sich ihm die Nackenhaare aufstellten. Hinter ihm an der Wand hing ein Sortiment Küchenmesser an einer Magnetschiene. Kensing hätte jederzeit eines der Messer nehmen und zustechen können, ohne dass Hardy auch nur die geringste Chance zur Gegenwehr gehabt hätte.

Er wirbelte herum.

Sein Mandant hatte ihm den Rücken zugekehrt, und einen Moment lang empfand Hardy so etwas wie Scham. Kensing lehnte, beide Hände auf den Rand gestützt, am Spülbecken und starrte aus dem Fenster. Ohne sich zu Hardy umzudrehen, begann er mit leiser, heiserer Stimme zu sprechen. »Ich war sieben Jahre lang trocken, Diz. Sieben Jahre lang, immer einen Tag nach dem anderen. Wissen Sie, wie lang das ist?« Er lachte bitter auf. »Die Antwort lautet: nein. Dann, am vergangenen Dienstag wird der Mann, der meine Ehe zerstört und mir die Kinder weggenommen hat, in meine Station eingeliefert, und drei Stunden später ist er tot. Einfach tot. Höhere Gewalt, soweit ich das beurteilen kann. Endlich Gerechtigkeit, endlich Fairness. Doch wegen Carlas und Driscolls Theater ist im

Krankenhaus die Hölle los. Dann stattet Ann mir einen Besuch ab, tobt wie eine Wilde und beschuldigt mich tatsächlich, ich hätte ihn umgebracht. Und kurz frage ich mich ernsthaft, ob ich wirklich alles Menschenmögliche getan habe.«

Kensing füllte ein Glas mit Leitungswasser, trank es aus und wischte sich mit der Hand den Mund ab. »Irgendwie habe ich den restlichen Tag überstanden und bin zu Carla gefahren, um zu versuchen, eine Erklärung für diese ... diesen *Vorfall* zu finden. Anschließend traf ich vor Carlas Haus diesen Polizisten namens Bracco an, und auch der machte Andeutungen, Tim wäre getötet worden. Endlich ließ er mich wegfahren, ich war frei, durfte nach Hause. Ich bin sogar dort angekommen und habe ein Stück die Straße hinauf geparkt. Als ich das Licht sah, wusste ich, dass Judith da war.«

Ein tiefer Seufzer. »Und dann bin ich weiter zu Harry's gegangen und habe mir einen Drink genehmigt. Einen Doppelten, um ehrlich zu sein. Scotch mit Soda. Ich saß nur da und genoss ihn, das Köstlichste, was ich seit einer Ewigkeit getrunken hatte. Danach bestellte ich noch einen und trank auf die Gesundheit des guten Mr. Markham und die Fügung des Schicksals. Mein Gott, es war so schön.« Er setzte sich wieder an den Tisch. »Anschließend *noch* einen auf all die verlorenen Nächte, auf meine Kinder und auf Annie und den *Mist,* den ich mir von ihr hatte gefallen lassen. Und noch ein paar auf Parnassus und darauf, was aus mir geworden ist. Auf den Betrug, den es bedeutet, Menschen unter minimalem finanziellem Einsatz heilen zu wollen, während man sich als Sinnbild der Tugend und Weisheit ausgibt. Dann noch einen, weil ich nichts weiter als ein Säufer und ein Verlierer bin. Und als ich danach noch einen bestellen wollte, hat der Barkeeper, Gott segne ihn, mich daran gehindert. Er sagte, es sei gleich Feierabend, und er würde mich sogar nach Hause fahren, wenn ich wollte.«

»Glauben Sie, dass er sich noch an Sie erinnert?«, fragte Hardy.

»Zweifellos. Aber wenn das herauskommt, verliere ich meinen Job. Und so schnell werde ich keinen mehr finden.«

Hardy überlegte eine Weile. »Ist Ihnen klar, dass es sich hierbei um Ihr Alibi in einem Mordfall handelt, Eric?«

Doch Kensing ließ sich nicht beirren. »Es muss geheim bleiben.«

Hardy sah ihn erschöpft an. »Dann sollten Sie hoffen, dass Glitsky noch nicht mit Judith gesprochen hat.«

»Wenn doch, behaupte ich einfach, sie hätte sich geirrt und die Nacht verwechselt.«

Der Rest des Gesprächs verlief weniger kompliziert und fand in der Vorhalle des Justizgebäudes statt. Beide Männer hatten Zeit gehabt, sich auf der Fahrt in die Innenstadt in ihren Autos ein wenig zu beruhigen. Allerdings wuchs in Hardy der beunruhigende Gedanke, dass Judith Cohn nun für die Zeit von Carla Markhams Ermordung kein Alibi hatte. Doch das wollte er seinem Mandanten gegenüber heute Morgen lieber nicht erwähnen. Er hatte etwas Dringenderes auf dem Herzen.

Zuerst erklärte er Kensing noch einmal, dass es keine Indizien gäbe, die auf seine Schuld an Markhams oder Carlas Tod hinwiesen. In Prozessen ginge es jedoch um Beweise. Falls die Staatsanwältin zu sehr auf Motiven oder gar möglichen Motiven herumhackte, sagte Hardy zu Kensing, solle er ihre Fragen nur höflich beantworten. Er brauche sich nicht zu rechtfertigen. Widersprechen Sie ihr nicht. Bleiben Sie beim Thema. »Und das Thema ist, Eric, Sie von der Liste der Verdächtigen zu streichen.«

Der Vortrag war noch nicht zu Ende. Hardy ermahnte seinen Mandanten, die Wahrheit zu sagen, auch wenn diese scheinbar ein schlechtes Licht auf ihn warf, insbesondere über sein Verhältnis zu Markham, Markhams Affäre mit Ann und seine, Erics, Beziehungen mit Parnassus. Und das brachte ihn wieder zu seinem ursprünglichen Anliegen. Eric sollte nichts verschweigen, auch nicht den Ausflug in die Kneipe in der Nacht von Carlas Tod. Auch wenn Eric es nicht glaubte, war die Wahrheit die beste Freundin der Unschuldigen. Und außerdem bestünde der Sinn und Zweck der Grand Jury ja gerade darin, Zeugenaussagen diskret zu behandeln.

»Soll das heißen, dass es keine undichten Stellen gibt?«

Jetzt hätte Hardy seinerseits am liebsten gelogen, aber er widerstand der Versuchung. »Nein. Es kann immer wieder mal passieren, dass etwas durchsickert, Eric. Doch bei der Grand Jury kommt das nur äußerst selten vor. Wenn Sie sachlich bleiben, die Lage schildern und kein großes Aufhebens darum machen, wird sich später keiner mehr dafür interessieren, und Sie sind aus dem Schneider.« Er hielt es für dringend angebracht, das seinem Mandanten begreiflich zu machen. »Warum sollte es die Grand Jury kümmern, dass Sie sich nach einem anstrengenden Tag ein paar Drinks genehmigt haben? Okay, Sie sind Alkoholiker und sollten eigentlich nicht trinken – doch schließlich werden Sie des Mordes und nicht des Alkoholismus verdächtigt.«

Hardy musste unbedingt erreichen, dass Kensing diesen entscheidenden Punkt verstand. Sie hatten sich zu der Wand zurückgezogen, in die die Namen getöteter Polizisten eingemeißelt waren. Es war bereits nach neun, und Kensing wurde um neun Uhr dreißig oben erwartet. In der riesigen Vorhalle ging es immer geschäftiger zu – Polizisten, Anwälte und Horden zuweilen ungepflegter Menschen, wie man sie besonders hier häufig antraf. Hardy trat einen Schritt näher an seinen Mandanten heran, drängte ihn an die Wand und sah ihn eindringlich an.

»Hören Sie zu, Eric. Sie sind ein kluger Mann. Doch im Moment lassen Sie zu, dass die Angst Ihre Urteilsfähigkeit trübt, und schaden sich damit selbst. Ich kann es Ihnen nicht verdenken, dass Sie sich Sorgen machen. Sie haben allen Grund, sich zu fürchten, doch das darf keinen Einfluss darauf haben, welchen Eindruck Sie bei den zwanzig Mitgliedern der Grand Jury erwecken. Sie sind Arzt, ein unbescholtener Bürger, und stellen sich freiwillig als Zeuge in einem Mordfall zur Verfügung. Niemand darf Sie verdächtigen, denn Sie waren einfach nicht in Carla Markhams Haus, als sie erschossen wurde. Sie waren anderswo – *und wo genau das war,* wird keine Rolle spielen. Wenn die Geschworenen das hören, liegt der psychologische Vorteil auf Ihrer Seite. Wo Sie sich aufhielten, während Sie Carla Markham nicht umgebracht haben, wird nicht interessanter sein als die Farbe Ihrer Krawatte, weshalb es auch niemand der Presse hinterbringen wird. Es gibt nur einen einzigen Menschen, dem es nicht scheißegal ist, ob Sie in einer Kneipe

Alkohol getrunken haben, und das sind Sie selbst. Also lassen Sie es nicht zu, dass Marlene Ash – das ist die Staatsanwältin – Sie da drin als Mörder darstellt. Denn das sind Sie nicht. Und das ist die reine Wahrheit.« Hardy ging sogar so weit, Kensing den Zeigefinger in die Brust zu stoßen. »Das müssen Sie kapieren. Glauben. Und sich entsprechend verhalten.«

Doch sein Mandant hatte immer noch Zweifel. »Und Sie sind bereit, dafür meine Karriere aufs Spiel zu setzen?«

Hardy überlegte und erwiderte dann ruhig: »Wenn Sie der Grand Jury etwas verheimlichen wollen, werden Sie es aus jeder Pore ausdünsten, und die Geschworenen werden es riechen. Und wenn es, was unweigerlich geschehen wird, doch herauskommt, haben Sie einen Meineid geschworen, und das ist ein Schwerverbrechen. Wenn Sie den Raum als Unschuldiger betreten, werden Sie ihn auch als solcher wieder verlassen. Ertappt man Sie aber bei einer Lüge, und Glitsky wird das schaffen, wenn Sie ihm genug Zeit geben, dann werden Sie vermutlich angeklagt. In diesem Fall haben Sie einen Meineid auf dem Kerbholz, sind immer noch ein Säufer und darüber hinaus vielleicht sogar noch ein Mörder. Was wird dann aus Ihrer Karriere?«

Marlene Ash wollte auf zwei verschiedene Dinge hinaus, wusste aber genau, was sie zuerst in Angriff nehmen wollte. Der Mann, der in Abe Glitskys Augen der Hauptverdächtige in einem Mordfall war, saß am Tisch neben dem Podium, auf dem sie stand. Sie respektierte zwar Clarence Jackmans Meinung und war bereit, sich an die Abmachung mit Hardy zu halten, doch sie glaubte keine Minute lang, dass einer der Ärzte bei Parnassus Kenntnisse von betrügerischer Rechnungstellung durch den Vorstand hatte. Also kam es ihr nur auf eine Anklage wegen Mordes an.

In den letzten Tagen hatte sie stundenlang über den Computerausdrucken gebrütet, die ihr von Parnassus zur Verfügung gestellt worden waren. Sie behandelten zum Großteil Kensing, seine Frau und seine Beziehung zu Tim Markham, die alles andere als gut gewesen war. Die beiden Männer hatten einander zweifellos gehasst. Interessanterweise war Kensing, wie Marlene nach der Lektüre nur einer Seite des Schriftwechsels fand, immer kühner und aggressiver geworden, je enger das Verhältnis zwischen seiner Frau und Markham wurde. Markham hatte sich offenbar die größte Mühe gegeben, Kensings Forderungen zu erfüllen – vermutlich aus dem Grund, weil Kensing die Möglichkeit hatte, die beiden öffentlich bloßzustellen.

Und nun bekam sie Kensing einfach nicht zu fassen, obwohl sie schwere Geschütze auffuhr. Seit einer Stunde saß er nun schon im Zeugenstand und parierte jeden ihrer Angriffe freundlich mit einer Antwort, die logisch klang und der Wahrheit zu entsprechen schien.

Er habe sich keine Sorgen gemacht, er könne wegen Markham seinen Job verlieren (das sei ja der Korrespondenz zu entnehmen). Dagegen sei er durch die Affäre zwischen Markham und seiner Frau abgesichert gewesen. Hätte Markham ihm ans Leder gewollt, hätte er, Kensing, Parnassus verklagt und den Prozess sicher gewonnen. Markhams Tod habe das Beschäftigungsverhältnis eher gefährdet. Seit Dr. Ross die Leitung übernommen habe, sei er zwangsweise beurlaubt, ein eindeutiger Beweis dafür, dass Markham sein – wenn auch widerwilliger – Beschützer und keine Bedrohung gewesen sei.

Natürlich habe er zu Anfang einen Groll gegen Tim Markham und auch gegen seine Frau gehegt. Das sei doch nur allzu verständlich. Mittlerweile lebe er jedoch in einer glücklichen Beziehung. Rückblickend betrachtet sei ihm klar, dass die Trennung von seiner Frau, obwohl er darunter gelitten habe, eine Chance für einen Neuanfang gewesen sei. Er sei nicht mehr wütend. Eigentlich ginge es ihm ja besser als Ann. Die Scheidung verliefe in gegenseitigem Einvernehmen. Sie teilten sich das Sorgerecht.

Ms. Ash sei falsch unterrichtet. Es habe am letzten Wochenende keine Schlägerei stattgefunden. Ann habe einen Unfall gehabt. Er habe keine Anzeige gegen sie erstattet und sie auch nicht gegen ihn. Sie sei gekränkt und zornig und wolle sich an der Welt rächen, weil Tim Markham ihr eine Woche vor seinem Tod den Laufpass gegeben habe. Er könne ihre Wut verstehen; er sei nicht wütend gewesen. Er habe die Kinder zu sich genommen, bis sie aus dem Krankenhaus entlassen worden sei.

Erst vor zwei Tagen habe er ein stundenlanges Gespräch mit Ann geführt. Die Polizei habe die Situation leider – allerdings aus verständlichen Gründen – nicht richtig gedeutet.

Und wieder sei Ms. Ash falsch informiert. Er habe den Mord an Tim Markham nie gestanden. Nein, natürlich nicht. Er sei nicht sicher, was Ann verstanden zu haben glaubte. Vermutlich habe sie sich geirrt. Er habe ihre Aussage nicht vorab mit ihr erörtern wollen, da sein Anwalt ihm davon abgeraten habe.

Bereitwillig räumte er ein, dass der Fall Baby Emily das bereits angespannte Verhältnis zwischen ihm und Parnassus noch mehr belastet habe. Doch er, Kensing, habe sich eindeutig richtig verhalten und damit das Management seines Unternehmens gegen sich aufgebracht. Der Widerspruch zwischen finanziellen Interessen und dem Wohl des Patienten sei im Gesundheitswesen allgegenwärtig. Und da er nun mal Arzt sei, nehme er, was seinen Standpunkt in dieser Sache anginge, kein Blatt vor den Mund. Sei das, wollte er wissen, irgendwie strafbar?

Er sei freiwillig hier und habe deshalb jederzeit die Möglichkeit, sich auf sein Aussageverweigerungsrecht berufen. Aber das habe er nicht vor. Stattdessen wolle er reinen Tisch machen und seinen guten Ruf retten, um wieder ein normales Leben führen und seine Patienten versorgen zu können.

»Also gut, Dr. Kensing«, sagte Ms. Ash schließlich. »Sie waren doch der Letzte, der Carla Markham lebend gesehen hat.«

»Das kann ich nicht sagen, Ma'am. Ich nehme an, das dürfte ihr Mörder gewesen sein.«

Die Geschworenen kicherten.

»Wann haben Sie in der Nacht von Mr. Markhams Tod das Haus der Markhams verlassen?«

»Kurz nach zehn.«

»Und Sie haben Lieutenant Glitsky erklärt, Sie seien sofort nach Hause gefahren. Stimmt das?«

»Ja, Ma'am, das habe ich dem Lieutenant geantwortet.« Kensing holte tief Luft und sprach dann weiter. »Aber das stimmte nicht.« Er verschränkte die Hände auf der Tischplatte und wandte sich an die Geschworenen. »Lieutenant Glitsky hat mich zu diesem Thema befragt, und ich wollte ihm nicht sagen, wo ich gewesen bin. Als ich mit meinem Anwalt sprach, sagte er mir, dass ich heute unter Eid stünde. Er erläuterte mir, meine Aussage werde niedergeschrieben, und Sie würden mein Geheimnis bewahren. Es tut mir Leid, dass ich den Lieutenant angelogen habe, doch ich bin nicht direkt nach Hause gefahren. In Wahrheit bin ich Alkoholiker, und ich ...«

Sie hatten sich vorgenommen, zuerst die Fakten zu beschaffen, die ihnen bis jetzt noch fehlten. Und um das möglichst schnell zu bewerkstelligen, beschlossen sie, die Arbeit unter sich aufzuteilen. Bracco hatte Brendan Driscoll gezogen, rief ihn vom Justizgebäude aus an und vereinbarte einen Gesprächstermin. Der Verdächtige schien begeistert.

Driscoll hatte sich für das Treffen herausgeputzt – gebügelte Anzughose, blitzblanke elegante Schuhe, Sakko und Krawatte. Als er die Tür öffnete, war Braccos erste Frage, ob er noch eine Verabredung hätte.

Die Antwort überraschte ihn. »Kenne ich Sie nicht?«

»Ich glaube nicht.« Er hielt seine Polizeimarke hoch. »Inspector Bracco, Morddezernat.«

»Ja, ich weiß. Kommen Sie rein.«

Sie gingen ins Wohnzimmer, links vom Flur im vorderen Teil der Doppelhaushälfte. Es war ein hell erleuchteter Raum, ein Eindruck, der von den durch die offenen Fenster hineinströmenden Sonnenstrahlen und die weiße Möblierung noch verstärkt wurde. Ein japanischer Zimmerspringbrunnen in der Ecke gab ein beruhigendes Plätschern von sich.

Auf einmal fühlte sich Darrel ausgesprochen unbehaglich. Obwohl er das Gesicht seines Gegenübers nicht einordnen konnte, erschien es ihm eindeutig vertraut, was das Klima zwischen ihnen veränderte. Driscoll wies auf einen der Sessel, setzte sich dann auf das Sofa, lehnte sich ganz bequem zurück und legte einen Arm oben auf die Polster. Bracco holte den Kassettenrecorder heraus, schaltete ihn ein und stellte ihn auf die Glasplatte des Tisches, neben eine große, flache Schale voller weißer und glatter Steine, die jemand zu einem Gewirr geometrischer Muster angeordnet hatte.

Nachdem er durch das Aufsprechen der vorgeschriebenen Einleitung Zeit gewonnen hatte, sah er seinen potenziellen

Verdächtigen schließlich wieder an. »Ich komme sofort auf den Punkt, Mr. Driscoll. Soweit ich informiert bin, waren Sie am späten Nachmittag und frühen Abend des Tages, an dem Mr. Markham getötet wurde, in Carla Markhams Haus.«

»Ja. Das stimmt.«

»Erinnern Sie sich, was Sie danach getan haben?«

Offenbar hatte Driscoll nicht mit dieser Frage gerechnet, und er war empört. »Was *ich* getan habe? Warum?«

»Könnten Sie einfach die Frage beantworten?«

»Nun, das kann ich nicht, solange ich den Grund dafür nicht kenne. Warum interessiert Sie, wo ich den restlichen Abend war? Ich dachte, Sie wären hier, um über Dr. Ross oder Dr. Kensing zu sprechen. Oder dass Mr. Elliot vielleicht in den Unterlagen, die ich ihm gegeben habe, auf etwas gestoßen ist.«

»Jeff Elliot? Was haben Sie ihm für Unterlagen gegeben?«

Inzwischen hatte sich Driscoll ein wenig von seiner Entrüstung erholt. »Ein paar meiner Akten aus dem Büro. Vermutlich würden Sie sie als Beweismittel bezeichnen. Obwohl die Grand Jury nicht interessiert schien, als ich darüber berichtete.«

»Denken Sie, dass diese Unterlagen Indizien im Mordfall Markham enthalten?«

»Aber natürlich. Natürlich tun sie das. Es muss so sein.«

»Und haben Sie noch Kopien davon hier?«

Nach kurzem Zögern schüttelte Driscoll den Kopf. »Nein, ich habe alles Mr. Elliot gegeben.«

Bracco glaubte ihm kein Wort. »Und dennoch nahmen Sie an, ich wäre hier, um mit Ihnen darüber zu sprechen?«

»Ich ging davon aus, Sie hätten schon mit ihm geredet.«

»Nein.« Bracco sah Driscoll in die Augen. »Aber vielleicht sollte ich das tun.«

»Wenn ich es mir genauer überlege, wird er sie Ihnen vermutlich nicht zeigen. Geheime Quellen, Sie wissen schon. Aber ich könnte ihn anrufen und die Papiere zurückverlangen. Dann gebe ich Ihnen Bescheid.«

»Das wäre hilfreich«, erwiderte Bracco. »Eine Alternative wäre, dass wir uns einen Durchsuchungsbefehl für die Büros von Parnassus besorgen und sie uns selber holen.«

Driscoll schüttelte herablassend den Kopf. »Da kommen Sie zu spät, Sergeant. Inzwischen hat Ross alle interessanten Dateien sicher gelöscht. Zumindest die, die ihn und Tim betrafen.«

»Und Sie hatten das Material angeblich und haben es Jeff Elliot ausgehändigt?«

Ein überhebliches Achselzucken. »Ich habe nicht alles gelesen, doch einiges davon war ziemlich kontrovers, wenn Sie wissen, was ich meine. Er hatte eindeutig vor, Ross zu feuern.«

»Markham?«

»Ich bin sicher, dass Ross Schmiergelder dafür kassierte, dass er Medikamente in die Positivliste aufnahm. Tim ist ihm nach der Sache mit Sinustop auf die Schliche gekommen. Er brauchte aber noch weitere Beweise, bevor er es ihm auf den Kopf zusagen konnte. Doch wenn man zwischen den Zeilen liest, sieht man es deutlich. Es war aus zwischen ihnen.«

Bracco beschloss, nicht weiter nachzubohren, ob Driscoll wirklich keine Kopien der Unterlagen aufbewahrt hatte und was wohl darin stehen mochte. Schließlich war er hier, um über die Dienstagnacht zu sprechen, und er wandte sich wieder diesem Thema zu. »Ich würde gern immer noch wissen, was Sie gemacht haben, nachdem Sie bei den Markhams waren.«

Ein trotziger Blick und dann ein schicksalsergebener Seufzer. »Also gut. Ich bin nach Hause gefahren.«

»Danke. Und wann war das?«

»Ich bin nicht sicher. Neun, halb zehn. Sie müssen begreifen, dass soeben meine Welt zusammengebrochen war. Also habe ich nicht so auf die Uhrzeit geachtet.«

Ein knappes Nicken. »Waren Sie allein?«

In einer erschöpften Geste nahm Brendan eine Hand vor die Stirn und schloss lange die Augen. »Ja. Roger musste lange arbeiten, was er in letzter Zeit ständig zu tun scheint. Aber ich habe ihn angerufen. Und da er nur dabei war, Zahlen zu addieren, und keinen Kunden hatte, konnten wir uns unterhalten. Wenigstens das war möglich. Es war ein grauenhafter Tag gewesen, einfach grauenhaft. Fast wäre ich zu ihm in die Bank gefahren, nur um bei ihm zu sein. Doch er sagte, er werde gleich nach Hause kommen.«

»Sie haben ihn, als Sie um halb zehn nach Hause kamen, sofort in der Bank angerufen?«

»Ja. Ich war einfach außer mir.«

»Haben Sie lange mit Roger telefoniert?«

»Ich weiß nicht. Mir kam es viel zu kurz vor, aber das kennen Sie sicher. Ich kann Ihnen nicht sagen, wie lange es gedauert hat. Beim besten Willen nicht.«

Ross hatte weniger Probleme, sich zu erinnern. »Ich habe hier in meinem Büro bis in die Abendstunden mit Jeff Elliot gesprochen«, erklärte er Fisk. »Die genaue Uhrzeit weiß ich nicht, vielleicht neun oder so. Es war ein höllischer Tag, das können Sie mir glauben. Als Elliot mit mir fertig war – obwohl er erst wirklich mit mir fertig war, nachdem er seine beschissene Kolumne geschrieben hatte –, bemerkte ich, dass ich völlig erschöpft war, und bin sofort ins Auto gestiegen und nach Hause gefahren.«

Fisks jungenhaftes offenes Gesicht verfinsterte sich. »Also waren Sie so gegen halb zehn zu Hause?«

»Ja, so in etwa. Stört Sie etwas daran?«

Fisk kratzte sich hinter dem Ohr. »Nur, dass Ihre Frau, wie ich mich entsinne, gesagt hat, Sie seien in jener Nacht erst nach Mitternacht zurückgekehrt.«

Ross überlegte und lachte dann humorlos auf. »Nein. Das muss sie verwechselt haben. In letzter Zeit komme ich so oft erst nach Mitternacht nach Hause, dass sie das vermutlich für meine normale Zeit hält. Aber so spät war es ganz sicher nicht. Vielleicht zehn, allerhöchstens.«

Glitsky hatte es so lang wie möglich vor sich hergeschoben, doch als er an diesem Morgen ins Büro kam, setzte er sich an seinen Papierkram. Drei Stunden lang befasste er sich mit spannenden Dingen wie dem Addieren der Kilometer, die seine Inspectors mit ihren Dienstfahrzeugen zurückgelegt hatten. Nun knabberte er das letzte Stück Reiswaffel und trank den Rest seines Tees, der inzwischen Zimmertemperatur angenommen hatte. Also war er dementsprechend guter Laune, als Marlene Ash an seine Tür klopfte und diese gleichzeitig öffnete.

Erleichtert lehnte er sich zurück und schob die Papiere weg. »Sie haben ihn kleingekriegt«, sagte er.

Sie schloss leise die Tür, drehte sich zu ihm um, lehnte sich an die Wand und verschränkte die Arme vor der Brust. »Die Bestätigung seines Alibis steht noch aus, doch ich erwartete sie in den nächsten Stunden. Dr. Kensing ist nicht länger verdächtig, wenigstens nicht, was den Mord an Carla Markham betrifft. Und vermutlich heißt das, dass er bei Markham auch nicht als Schuldiger in Frage kommt.«

Glitksy sah sie kopfschüttelnd an. »Er hat kein Alibi.«

»Er hat es Ihnen verschwiegen, weil er auf die Geheimhaltungspflicht der Grand Jury gehofft hat.«

»Als ob ich es irgendjemandem erzählen würde.«

»Er wollte auf Nummer Sicher gehen.«

»Und Sie glauben ihm? Wo war er denn?«

Sie ließ die Arme hängen und setzte sich auf einen der Klappstühle gegenüber von Glitskys Schreibtisch. »Sie kennen doch die Geschichte vom Mann aus dem Wilden Westen, der mit der Frau seines besten Freundes schläft, während ein Mord passiert. Er wird gehängt, weil er nicht zugeben will, wo er gewesen ist. So ähnlich war es auch hier, nur dass Kensing mit niemandem im Bett war.«

»Also an einem Ort, wo er nicht hätte sein dürfen?«

»Ziemlich nah dran, Abe. Und mehr verrate ich nicht einmal Ihnen. Wenn sich das herumspricht, und so etwas kann immer geschehen, möchte ich sagen können, dass ich geschwiegen habe wie ein Grab. Ich glaube ihm. Er kann es nicht gewesen sein.«

Glitsky saß immer noch zurückgelehnt da und ließ diese Eröffnung eine lange Zeit auf sich wirken. »In solchen Situationen, Marlene, finde ich, dass das Fluchen durchaus etwas für sich hat. Sind Sie wirklich überzeugt davon, dass er nicht bei Carla Markham war? Wer überprüft das?«

»Nicht um zehn Uhr fünfundvierzig, Abe. Es sei denn, die Zeitangabe ist ungenau. Ich habe gerade einen Ermittler darauf angesetzt.«

Glitsky hatte nach Hardys Hinweis selbst ein Gespräch mit Frank Husic geführt und war zu dem Schluss gekommen, dass es an der Aussage des Nachbarn nichts zu rütteln gab. Mrs.

Markhams Todeszeitpunkt stand also fest. Wenn Kensing um Viertel vor elf nicht im Haus gewesen war, war er unschuldig. Abe hätte viel darum gegeben zu wissen, wo der gute Doktor sich aufgehalten hatte, doch ihm war klar, dass er diese Information von niemandem erhalten würde, am allerwenigsten von Marlene Ash. »Danke, dass Sie mir Bescheid gegeben haben«, sagte er. »Haben Sie sonst noch jemanden im Auge?«

»Eigentlich nicht, Abe. Heute Nachmittag plaudere ich mit dem Buchhalter und vielleicht noch mit ein paar Mitgliedern des Vorstands. Wenn ich meine Ermittlungen nicht ausdehne und ein paar Fortschritte in der Finanzfrage mache, wird Clarence gar nicht zufrieden mit mir sein. Dass uns die Abmachung mit Dismas kaum weitergebracht hat, wird ihn sowieso nicht erfreuen.«

»Mich hat es weitergebracht«, sagte Glitsky reumütig. »Ich habe ihn nicht festgenommen, und allmählich sieht es so aus, als wäre das richtig gewesen.«

Dagegen gab es nichts einzuwenden. Marlene fuhr fort: »Nun, wie dem auch sei. Ich habe alle Finanzunterlagen der letzten drei Jahre beschlagnahmen lassen, und wir werden sehen, wer sie uns zufrieden stellend erklären kann. Außerdem werde ich die Grand Jury auffordern, sich nun in erster Linie mit dem Betrugsfall zu befassen. Später komme ich vielleicht noch mal auf den Mord zurück, aber meine Priorität …«

»Wovon redet ihr beiden da?«

Eigentlich konnte man das, was Bracco und Fisk taten, nicht als Reden bezeichnen. Nach ihren Vernehmungen am Vormittag hatten sie sich wieder im Justizgebäude getroffen. Und das lautstarke Gespräch, das sie nun am Schreibtisch führten, hatte den Lieutenant aus seinem Büro gelockt und dafür gesorgt, dass er seine Sitzung mit Marlene Ash unterbrach.

»Nichts, Sir. Entschuldigen Sie.« Darrel Bracco wollte seinen Partner nicht anschwärzen, obwohl er ziemlich enttäuscht von ihm war.

»Wie nichts hat es sich aber nicht angehört.« Glitsky ragte über ihrem Schreibtisch auf, in dessen Mitte die Ampel an der Wand prangte. Er blickte zwischen den beiden hin und her.

Schließlich gab Fisk nach. »Malachi Ross behauptet, er sei am Dienstag nach Hause gefahren. Allerdings um eine andere Zeit, als seine Frau sagt.«

»Und Harlan hat Ross verraten, was sie gesagt hat«, beendete Bracco den Satz.

»Sie haben es ihm erzählt?« Glitskys Stimme war tonlos. Ash war aus dem Büro gekommen, stand hinter dem Lieutenant und schüttelte über diese Clowns den Kopf.

Bracco nickte. »Sie behauptet, es sei nach Mitternacht gewesen, er meinte, um zehn Uhr. Also erwiderte er einfach, sie hätte sich geirrt. Sie hätte es verwechselt.«

»Und sobald Harlan den Raum verlassen hat, hat er sie angerufen. Um wie viel willst du wetten?«

»Immer mit der Ruhe, Darrel.« Glitsky bedachte Fisk mit einem erstaunlich milden Blick. »Wenn man von zwei Zeugen, vor allem, wenn sie eine enge Beziehung zueinander haben und beispielsweise verheiratet sind, widersprüchliche Aussagen erhält, erklärt man dem einen normalerweise nicht, was der andere gesagt hat. Das tut man erst in einer Gegenüberstellung, in der man sie dann auf diesen Widerspruch hinweist. So etwas kann sehr aufschlussreich sein.«

»Ja, Sir, das habe ich jetzt verstanden. Ich habe einen Fehler gemacht. Glauben Sie, er hat seine Frau angerufen?«

»Ganz bestimmt«, sagte Bracco.

»Jedenfalls ist es wahrscheinlich«, ließ sich Ash vernehmen, die immer noch hinter Glitsky stand. »Haben Sie ihre Nummer? Sie könnten sie anrufen und selbst fragen.«

Fisk erbot sich, es zu versuchen. Während er anrief, schilderte Bracco Glitsky und Ash sein Gespräch mit Brendan Driscoll. Als die Staatsanwältin von dem Schriftwechsel und den Computerdateien erfuhr, sagte sie: »Was sind das für Papiere? Vor der Grand Jury hat er sie nicht erwähnt.«

»Er sagte mir, Sie hätten ihn nicht danach gefragt.«

»Wie sollte ich? Ich hatte ja keine Ahnung, dass außer den Dateien in den Firmencomputern weitere Unterlagen existierten. Was hat er getan? Sie gestohlen?«

»Vermutlich hat er sie sich selbst als E-Mail geschickt, bevor er gefeuert wurde.«

»Also doch gestohlen. Sind sie noch bei ihm zu Hause?«

»Ich habe das Gefühl. Wenigstens die Disketten.«

Ash wandte sich an Glitsky. »Wir brauchen das Zeug unbedingt, Abe.«

»Es liegt bereits bei Jeff Elliot«, verkündete Bracco.

»Vergessen Sie's«, sagte Glitsky. »Der Mann ist Reporter und wird es nicht rausrücken.«

»Also besorgen wir uns Driscolls Originale«, sagte Ash. »Wo haben Sie die Vordrucke für Durchsuchungsbefehle? Hier oben drin?«

»Vielleicht brauchen Sie die gar nicht«, sagte Bracco. »Driscoll brennt darauf, bei Parnassus Sand ins Getriebe zu streuen. Er ist wütend, weil er gefeuert wurde, und will sich an allen rächen, insbesondere an denen, die Markham das Leben schwer gemacht haben.«

Ash nickte, forderte ihn aber trotzdem auf, einen Vordruck zu holen. Inzwischen war Fisk zurückgekehrt. »Sie streitet zwar ab, dass er sie angerufen hat, aber sie meinte, sie habe sich geirrt und wolle sich korrigieren. Sie sei froh, dass ich angerufen habe, sie habe sich nämlich schon bei mir melden wollen.« Bedrückt sah er sich um. »Zehn Uhr.«

»Er hat sie angerufen«, zischte Bracco.

»Das spielt keine Rolle.« Nach der Schlappe mit Kensing war Glitsky eher fatalistisch eingestellt. »Als Ehefrau müsste sie ohnehin nicht gegen ihren Mann aussagen. Also schadet es uns nicht – ganz im Gegensatz zu der Sache mit Kensing.«

Die beiden Inspectors wechselten einen raschen Blick. »Was ist mit Kensing?«, fragte Bracco.

»Sie können ihn von Ihrer Liste streichen«, erwiderte Ash an Glitskys Stelle. »Er hat für den Mord an Carla Markham ein Alibi. Ich habe es Abe gerade erzählt.«

Schweigen entstand. »Also hängt jetzt alles von dem Mord an Mrs. Markham ab?«, sagte Bracco schließlich.

Glitsky nickte. »Sieht fast so aus. Ist noch jemand übrig, der kein Alibi hat? Haben Sie schon mit Driscoll gesprochen?«

»Das habe ich übernommen. Heute Vormittag«, sagte Bracco. »Offenbar hat er telefoniert.«

»Mit wem?«

»Seinem Lebensgefährten Roger. Ich habe mir vorgenommen, seine Telefonunterlagen zu überprüfen.«

Inzwischen schien sich Fisks Stimmung wieder gebessert zu haben. »Ich weiß nicht, ob Sie es schon gehört haben, Lieutenant«, sagte er. »Aber wir haben Fortschritte gemacht, was das Auto angeht.«

Eigentlich hätte Hardy in Hochstimmung sein sollen. Immerhin wurde sein Mandant nicht länger des Mordes verdächtigt. Hardy wartete auf einer Bank vor dem Sitzungssaal des Polizeipräsidenten im vierten Stock auf Kensing und verzichtete auf die Gelegenheit, Glitsky oder Jackman einen Besuch abzustatten. Eric schilderte ihm, wie die Vernehmung verlaufen war, und zwar ziemlich genau so, wie Hardy es vorhergesehen hatte. Ash hatte die Lust an dem Verhör verloren. Kensing wusste nichts von in betrügerischer Absicht gestellten Rechnungen für ambulante Leistungen oder weitere unlautere Machenschaften des Unternehmens. Er war Arzt. Er behandelte Patienten. Für das Rechnungswesen waren andere zuständig. Schließlich hatte Ash ihn entlassen.

Hardy und Kensing gingen zu Fuß zu John's, um den Sieg beim Mittagessen zu feiern. Doch bei Tisch herrschte eine nüchterne Stimmung, in jeder Hinsicht. Hardy forderte seinen Mandanten ein paar Mal – wie er dachte – dezent auf, ihm mehr über seine Freundin zu verraten. Wie war sie mit Markham ausgekommen? Oder mit Ross? Welche Einstellung hatte sie zu den finanziellen und sonstigen Entscheidungen bei Parnassus, die Kensing offenbar solche Schwierigkeiten bereiteten? Wie sahen ihre gemeinsamen Zukunftspläne aus?

Eric antwortete mehr oder weniger offen. Sie sei erst ein Jahr im Portola Hospital tätig. Zuvor habe sie ihr Praktikum an der Universitätsklinik abgeleistet, als Assistenzärztin am Johns Hopkins gearbeitet und für die Organisation »Medecins Sans Frontieres« jeweils vier Monate in Afrika und Südamerika Hilfsdienst geleistet.

»Sie wissen schon, ›Ärzte ohne Grenzen‹. Sie benützt immer den französischen Namen. Überall in ihrem Zimmer hängen Poster dieser Organisation, und sie hat sogar einen Aufkleber am Auto. Außerdem ist sie stolz auf ihre Fremdsprachenkenntnisse – sie kann Französisch und Spanisch. Und sie ist wirklich sehr engagiert. Inzwischen hat sie mich schon fast überredet, sie das nächste Mal zu begleiten. In diesem Sommer will sie nach Nigeria, obwohl es in unserem Land weiß Gott genug zu tun gibt. Doch wenn Parnassus mich ziehen lässt ... und meine Kinder – ich weiß nicht, wie die damit umgehen würden. Erinnern Sie sich noch an die Zeit, als Entscheidungen noch einfach waren?«

Nachdem sie sich voneinander verabschiedet hatten, stand Hardy im Sonnenschein auf der Ellis Street, etwa auf halbem Wege zwischen seiner Kanzlei und dem Gebäude des *Chronicle*. Eigentlich war es nun vorbei, aber Hardy wurde das Gefühl nicht los, dass er sich zu früh freute. Ihm fehlte die vertraute Erleichterung nach einem gewonnenen Prozess; sicher würde es noch ein Nachspiel geben.

Schließlich lief der Mörder von Tim Markham und seiner Familie noch frei herum. Und auch der Mensch, der im Portola Hospital eine Reihe von Patienten umgebracht hatte.

Außerdem galt seine Abmachung mit Glitsky weiterhin. Sie hatten vereinbart, einander ihre Erkenntnisse mitzuteilen, und nun hatte Hardy Informationen, von denen Abe noch nichts wusste. Es wollte ihm nicht aus dem Kopf, denn er hatte das Gefühl, seinem Freund etwas schuldig zu sein. Allerdings war das absurd, denn eigentlich hatte Hardy Glitsky ja schon einen großen Gefallen getan.

Doch Hardy war sich darüber im Klaren, dass er bereits zu tief in die Angelegenheit verwickelt war, um einen Rückzieher zu machen, ganz unabhängig davon, dass er jetzt keinen Mandanten mehr zu verteidigen hatte.

Das konnte nicht das Ende sein. Es war noch nicht vorüber.

Teil vier

33

Inzwischen sah Jeff Elliot keinen Grund mehr, das skandalträchtige Material über Eric Kensing zu verwenden, das Driscoll ihm zugespielt hatte. Da Kensing nicht mehr des Mordes an der Familie Markham verdächtigt wurde, war er wieder ein Normalbürger, und seine privaten Probleme gingen die Öffentlichkeit nichts an. Außerdem passten Meldungen wie diese nicht in eine Kolumne wie *StadtGespräch*.

Hardy saß in Elliots winzigem Büro. Vor ihm auf einem fahrbaren Tisch lag ein hoher Papierstapel, durch den er sich im Laufe des Nachmittags Seite für Seite hindurcharbeitete, während Jeff über seinem nächsten Artikel brütete. Die Unterlagen waren völlig ungeordnet. Die Briefe an Kensing, die Elliot Hardy vor ein paar Tagen gezeigt hatte, waren in einem Zeitraum von mehreren Monaten verfasst worden und in großen Abständen zwischen den übrigen Unterlagen verteilt. Dasselbe galt für die Aktennotizen von Ross und dem Vorstand zu verschiedenen Themen wie dem Baby-Emily-Skandal und dem Fall Lopez, die willkürlich zwischen den Seiten steckten. Hardy kam zu dem Schluss, dass er die Schriftstücke nach Themen sortieren und gründlich studieren musste, um sich nur annähernd ein Bild von der Zuspitzung der Krise machen zu können.

Der Stapel enthielt mindestens hundert Aktennotizen für die Ablage – anscheinend von Driscoll nach Diktat niedergeschrieben –, in denen die Ergebnisse verschiedener Besprechungen und diverse Entscheidungen offiziell dokumentiert worden waren. Allerdings stieß Hardy weder auf neue Erkenntnisse noch auf wichtige Informationen. Um einiges aufschlussreicher erschienen ihm die etwa dreißig bis vierzig von geheimnisvollen Abkürzungen wimmelnden Notizen und Anmerkungen, die Markham offenbar selbst getippt hatte. Offenbar hatte er sich in dem Glauben gewiegt, die Dateien – gewiss durch ein Passwort – ausreichend gegen fremden Zugriff abgesichert zu haben. Doch es sah ganz so aus, als wäre es Driscoll geglückt, den Code zu knacken. Aber so sehr Hardy sich auch abmühte, er kam einfach nicht dahinter, was diese Aufzeichnungen zu bedeuten hatten.

Markhams frühe Aktennotizen an die Verwaltung des Portola Hospital befassten sich hauptsächlich mit den Fakten im Fall Lopez. Sie behandelten versicherungsrechtliche Fragen und zählten eine Litanei von medizinischen Begründungen der verschiedenen Beschlüsse auf, mit denen sich die unvermeidliche Schadensersatzklage vielleicht abschwächen ließ. Im Gegensatz dazu war das Schreiben, in dem Markham empfahl, Dr. Cohn bei der Ärztekammer und der Nationalen Ärzte-Datenbank zu melden, in ausgesprochen schonungslosen und scharfen Worten gehalten: »... Dass Dr. Cohn es versäumt hat, die frühen Symptome einer nekrotischen Gewebeentzündng zu erkennen und eine Behandlung mit hochwirksamen Medikamenten zu beginnen, war eindeutig der Hauptgrund für den Tod des Patienten. Bei seiner Einlieferung in die Intensivstation war die Krankheit bereits so weit fortgeschritten, dass die ärztliche Kunst nichts mehr ausrichten konnte. Wir raten dem Portola Hospital, Dr. Cohn dreißig Tage lang zu beurlauben und vorschriftsmäßig Meldung zu erstatten. Außerdem halten wir es für angebracht, eine eingehende Untersuchung dahingehend durchzuführen, ob eine Weiterbeschäftigung von Dr. Cohn bei der Parnassus-Ärztegruppe zu befürworten ist.«

Hardy wusste genau, welches Ziel Markham damit verfolgt hatte – er wollte sich und das Krankenhaus absichern, indem er Judiths Fehldiagnose in den Vordergrund rückte. Wieder ging es nur um versicherungsrechtliche Gründe, um die Angst vor einer Klage und um Geld. Aus Kensings – wenn auch ziemlich voreingenommener – Perspektive war Malachi Ross der wahre

Schuldige. Denn schließlich hatte er die Fäden gezogen und dem Patienten durch eine Entscheidung des Vorstands eine angemessene Behandlung verweigert. Doch anstatt das zuzugeben, machte man eine junge Ärztin, die noch nicht lange am Krankenhaus tätig war, zum Sündenbock. Möglicherweise war Judith bei ihrer Diagnose wirklich ein Fehler unterlaufen, aber trotzdem war es im höchsten Maße ungerecht, sie zur Hauptschuldigen am Tod des Jungen zu erklären. Denn dazu hatten viele Menschen und nicht zuletzt die Unternehmenspolitik beigetragen. Hardy fand die Sache ziemlich unappetitlich.

Allerdings hatte Judith deshalb einen guten Grund, Markham zu hassen.

Hardy blätterte zur nächsten Seite um und starrte verständnislos darauf. Es ging hier um Ross, dessen war er sicher. Die Initialen MR. Dann »priv. E.«. Bezog sich das auf eine private Einlage in eine der Pharmafirmen, mit denen Parnassus Geschäftsbeziehungen unterhielt, oder auf einen privaten Ermittler, den Markham zur Überwachung seines medizinischen Leiters angeheuert hatte? Das herauszufinden war schlichtweg unmöglich.

Hardy widmete sich der nächsten Seite.

»Ich erinnere mich nicht.« Bedrückt schüttelte Rajan Bhutan den Kopf.

Da Fisk noch einige Fragen zum Thema Auto klären und ein paar Erkundigungen einziehen wollte, hatte Glitsky Darrel Bracco angeboten, am Verhör von Rajan Bhutan teilzunehmen. Der Pfleger war einverstanden gewesen, am frühen Nachmittag ins Justizgebäude zu kommen. Dennoch machte er einen nervösen Eindruck, als er pünktlich zum Termin, eintraf. Mehrere Male erkundigte er sich bei Glitsky, ob er einen Anwalt brauche, und einmal wollte er sogar wissen, ob ihm eine Festnahme drohte. Glitsky versicherte ihm, es stehe ihm jederzeit frei zu gehen. Heute werde hier niemand verhaftet.

Bhutan erklärte Glitsky, er sei empört darüber, dass viele Menschen ihn für einen Mörder hielten. Darauf erwiderte der Lieutenant, er wolle nur einige Punkte in Bhutans Aussage noch einmal durchgehen und so vielleicht mehr Licht in die Sache bringen. Allerdings könne Bhutan (wiederholte Glitsky) jederzeit einen Anwalt anrufen, falls er das Geld dafür ausgeben wolle.

Nun saß Bhutan – ohne Anwalt – da und beteuerte, er könne sich an den zweiten Weihnachtsfeiertag nicht entsinnen. »Sie wissen nicht einmal, ob Sie an diesem Tag Dienst hatten?« Bracco spielte den bösen Cop. Glitsky, der bereits bei der ersten Vernehmung Bhutans Vertrauen gewonnen hatte, zog es vor, es dabei zu belassen.

»Bestimmt steht es im Dienstplan«, erwiderte Bhutan, der gerne helfen wollte. »Sie könnten ja in der Personalabteilung nachfragen.«

»Das haben wir bereits getan, Rajan, und man hat uns die Auskunft erteilt, dass Sie gearbeitet haben. Deshalb denken wir, dass Sie sich eigentlich daran erinnern müssten. Und wissen Sie, warum? Sagt Ihnen der Name Shirley Watrous etwas? Sie starb an diesem Tag. Sie wurde ermordet.«

Glitsky hatte sich am Kopfende des Tisches niedergelassen, die beiden anderen Männer saßen links und rechts von ihm. Nun brachte er Bracco mit einer Handbewegung zum Schweigen, damit Bhutan sich nicht unter Druck gesetzt fühlte. »Fällt Ihnen etwas Besonderes zu Shirley Watrous ein, Rajan? War sie vielleicht eine schwierige Patientin?«

Bhutan ließ den Kopf hängen und blickte dann gequält auf. »Ich kenne den Namen. Nein, sie war überhaupt nicht schwierig. In der Intensivstation gibt es keine schwierigen Patienten. Es sind einfach nur Menschen, die leiden müssen.«

»Und all das Leid geht Ihnen nahe, richtig, Rajan?«, fragte Bracco. Im Luftschacht in einer Zimmerecke unter der Decke war eine Videokamera angebracht, unter dem Tisch lief unsichtbar ein Tonband mit.

»Ja, deshalb bin ich auch Pfleger geworden. Meine Frau hat vor ihrem Tod schrecklich gelitten, und ich habe die Erfahrung gemacht, dass ich helfen kann.«

Glitsky goss Wasser aus einem Krug in Bhutans Pappbecher. »Hatten Sie je den Gedanken, dass Sie Patienten noch besser helfen könnten, indem Sie sie von ihren Leiden erlösen?«

»Nein. So etwas habe ich noch nie getan. Kein einziges Mal.«

»Sie haben noch nie den Stecker rausgezogen, wenn jemand sowieso dem Tode geweiht war? Oder etwas Ähnliches?«, fragte Glitsky freundlich.

Rajan nahm einen Schluck aus seinem Becher und schüttelte den Kopf. »Nein. Das ist immer die Entscheidung des Arztes. Meine Aufgabe ist es zu helfen, nicht, Entscheidungen zu fällen. Wenn ich eine Frage habe, wende ich mich an einen Arzt.« Wieder trank er einen Schluck Wasser. »Außerdem kann ich gar nicht feststellen, ob jemand sterben wird. Das weiß niemand, nicht einmal die Ärzte. Nur Gott allein. In den Jahren, die ich nun schon in der Intensivstation arbeite, habe ich erlebt, dass Leute eingeliefert wurden, von denen ich glaubte, sie würden die Nacht nicht überleben. Und dann, eine Woche später, standen sie auf und gingen nach Hause. So etwas passiert öfter.«

Bracco hakte sofort nach. »Nun, bei Shirley Watrous war es aber kein Zufall. Jemand hat bei ihrem Tod nachgeholfen. Genauso war es bei Marjorie Loring. Und Sie hatten an beiden Tagen Dienst. Was haben Sie dazu zu sagen?«

Hilfsbereit beugte Glitsky sich vor. »Vielleicht waren die beiden ja störrisch, Rajan. Sie haben sich gesträubt, als Sie ihnen Spritzen gaben oder ihr Bett machten. Möglicherweise haben sie ja die anderen Patienten im Raum gestört.«

Bhutan blickte zwischen den beiden Polizisten hin und her. »Ich weiß nicht, was ich darauf antworten soll. Was wollen Sie hören?«

»Sie sind der Einzige, der in den beiden Schichten, in denen diese Frauen starben, anwesend war, Rajan.« Bracco, der sich seinem Ziel nahe glaubte, wurde kühner. »Außerdem hat es in der Intensivstation acht oder neun weitere Todesfälle gegeben, und Sie hatten jedes Mal Dienst. Was würden Sie denn an unserer Stelle daraus schließen?«

Rajan Bhutan rieb sich die Augen, unter denen tiefe Ringe langen. »Ich würde auch annehmen, dass ich sie umgebracht habe.« Er sah die beiden Polizisten flehend an. »Aber ich schwöre Ihnen, dass ich es nicht war.«

Bracco warf Glitsky einen raschen Blick zu und rief dann: »Sollen wir Ihnen etwa abnehmen, dass Sie mit dem Tod dieser beiden Frauen und der übrigen Patienten nichts zu tun haben? Wer war sonst noch da, Rajan? Wer sonst hatte eine Gelegenheit?«

»Ich weiß es nicht. Ich habe keine Ahnung, wer so etwas tun könnte. Vielleicht ein Arzt. Oder eine Reinigungskraft. Ein Wachmann. Die Leute kommen und gehen. Begreifen Sie das denn nicht?«

Glitsky berührte Bhutan am Ärmel. »Erinnern Sie sich an eine bestimmte Person, Rajan?«

Bracco schlug auf den Tisch und sprang so heftig auf, dass sein Stuhl dabei umfiel. »Diese Putzfrau oder der geheimnisvolle Arzt sind doch nur erlogen, Rajan! Nur Sie waren da, verstehen Sie? Wir haben es Schwarz auf Weiß. Bei jedem uns bekannten Todesfall hatten Sie Dienst. Auch als Tim Markham starb.«

»Oh, nein.« Rajans Augen weiteten sich angesichts dieser Anschuldigung vor Entsetzen. »Ich habe ihn nicht getötet.«

»Aber die anderen schon?«

»Nein! Das habe ich doch bereits gesagt. Nein.«

»Rajan«, sagte Glitsky leise. »Hören Sie mir zu. Wir werden nicht aufgeben und weiter ermitteln, bis wir die nötigen Beweise finden. Und wir werden dahinterkommen. Wenn man zehn oder noch mehr Menschen ermordet, kann man nicht verhindern, dass man Spuren hinterlässt. Entweder bei der Beschaffung der Medikamente oder sonst irgendwie. Vielleicht haben Sie die Ampullen irgendwo versteckt. Oder Sie haben sich einem Ihrer Bridgepartner anvertraut. Oder einer Krankenschwester. Ganz gleich, was es auch ist, wir fahnden weiter, bis wir ein Ergebnis haben. Wir werden Ihre Freunde und Kollegen befragen. Das alles wird sehr unschön für Sie werden, und irgendwann wird die Wahrheit trotz Ihrer Versuche, sie zu verbergen, ans Licht kommen. Das muss Ihnen klar sein. Wir werden es erfahren.«

Bracco: »Oder Sie sagen es uns einfach jetzt gleich.«

»Tun Sie sich den Gefallen«, fuhr Glitsky fort. »Erleichtern Sie Ihr Gewissen. Ich weiß, dass es Sie bedrückt und dass Sie jemandem erklären wollen, warum Sie es tun mussten.« Er stand auf und gab Bracco ein Zeichen. »Lassen wir ihn eine Weile allein, Darrel.«

Glitsky hatte nicht vor, in einer Nachricht auf Hardys Anrufbeantworter den Fehler zuzugeben, den er in Kensings Fall gemacht hatte. Wenn er sich geirrt hatte – und es sah ganz danach aus –, dann war es eben so, und es wäre sicher auch nicht das letzte Mal. Aber er würde Hardy sein Eingeständnis nicht auch noch auf Tonband liefern. Seinem Freund war nämlich durchaus zuzutrauen, dass er diese Äußerung auf eine Endloskassette überspielen und sie in die Ansage seines eigenen Anrufbeantworters einbauen würde. Also sagte er nur wie immer fröhlich: »Glitsky – ruf mich zurück!« und wartete ab.

Der Rückruf kam kurz nach fünfzehn Uhr. »Ich habe eine Frage«, begann Hardy.

»Warte! Gib mir eine Sekunde. Vierundfünfzig.«

»Gute Antwort, aber leider nicht die richtige.«

»Du wolltest nicht wissen, wie alt ich bei der Geburt meines Kindes sein werde?«

»Nein, obwohl mich die Tatsache erschreckt. Vierundfünfzig? Das ist doch viel zu alt für ein Baby. Schau, ich selbst bin noch keine vierundfünfzig, und meine Kinder sind schon fast erwachsen und aus dem Haus.«

»Meine auch«, knurrte Glitsky. »Und was wolltest du mich wirklich fragen?«

»Genau genommen zwei Dinge. Ich dachte, wir hätten uns darauf geeinigt, dass du mich informierst, bevor du etwas gegen meinen Mandanten unternimmst.«

»Ist das eine Frage?«

»Sie lautet, warum du gestern Abend beschlossen hast, seine Wohnung zu durchsuchen, ohne mir das mitzuteilen?«

»Zum zweiten Teil sage ich nichts. Und für gestern haben wir uns deshalb entschieden, weil wir vor seinem Auftritt vor der Grand Jury klar Schiff machen wollten. Es wäre peinlich gewesen, wenn er einen Grundriss des Markham-Hauses mit Markierungen an den Fundstellen der Leichen gehabt hätte, ohne dass Marlene vor seiner Befragung davon wusste. Verstehst du, was ich meine?«

Hardy verstand sehr wohl, und es war absolut logisch – ebenso wie der Umstand, dass er nicht vorgewarnt worden war. Wenn Glitsky ihn vorab von der Hausdurchsuchung informiert hätte, wäre Hardy zuerst da gewesen, um alles zu beseitigen, was seinen Mandanten auch nur im Mindesten hätte belasten können. Also wandte er sich seinem nächsten Thema zu. »Die zweite Frage ist einfacher. Hast du mit deinen beiden Cowboys geredet oder weißt du, wo sie sich rumtreiben? Wir wollten uns noch einmal treffen, und ich dachte, ich vereinbare einen Termin mit ihnen.«

»Sie sind unterwegs, um sich wegen des Unfallfahrzeugs umzuhören. Schließlich heißen sie bei uns nicht umsonst die Verkehrspolizei. Aber sie müssten noch vor fünf zurücksein. Inspector Fisk hat etwas gegen Überstunden – was immer das auch sein mag. Wenn du auf dem Heimweg hier reinschaust, triffst du sie vermutlich an. Außerdem gratuliere ich dir dazu, dass du deinen Mandanten rausgepaukt hast.«

»Du hast es also auch schon gehört.«

»Von Marlene, kurz vor der Mittagspause.«

»Und wie weit bist du mit den übrigen Verdächtigen?«

»Ganz dicht dran.«

Hardy kicherte. »Gute Antwort.«

»Warum interessiert es dich? Es ist doch nicht mehr dein Fall.«

»Es ist immer noch mein Fall, Abe. Ich habe nur keinen Mandanten mehr.« Eine Pause entstand. »Wir hatten eine Abmachung. Vielleicht habe ich ja was rausgekriegt.«

Glitsky fand das ziemlich viel versprechend. »Dann sehen wir uns in zwei Stunden«, erwiderte er.

Als Hardy das letzte Mal beschlossen hatte, einen Arzt unangekündigt während seiner Schicht in der Judah Clinic zu besuchen, war das Gespräch nicht sehr erfreulich verlaufen. Damals hatte er Kensing zu überzeugen versucht, mit ihm zu sprechen, obwohl dieser von seinen Patienten erwartet wurde. Das war nicht so gut gelaufen.

Doch nach mehr als zwei Stunden, die er mit Jeff Elliots Unterlagen im fensterlosen Keller des *Chronicle* verbracht hatte, konnte Hardy den Gedanken nicht ertragen, in sein Büro zurückkehren zu müssen. Er war sicher, dass Dr. Cohn – ganz gleich, wie beschäftigt sie auch sein mochte – sich Zeit für ihn nehmen würde, wenn er ihr erklärte, was es mit seinem unerwarteten Erscheinen in der Klinik auf sich hatte.

Vielleicht aber auch nicht. Denn nun wartete er schon über zwanzig Minuten und zermarterte sich das Hirn, ohne dass sie sich hätte blicken lassen. Er beschloss, ihr noch zwanzig Minuten zu geben, und dann wieder hineinzugehen, um seinem Anliegen Nachdruck zu verleihen. Schließlich schien heute am sechsten Tag hintereinander die Sonne, und Hardy hatte vor, das schöne Wetter auszunutzen, bevor sich der Juninebel wieder über die Stadt senkte.

»Mr. Hardy?«

Er hob den Kopf, stand auf und streckte die Hand aus. »Schuldig.«

Sie war schlank, ziemlich groß und eher apart als hübsch. Ihre vollen, sinnlichen Lippen lächelten ihn zur Begrüßung an. Allerdings spürte er eine gewisse Reserviertheit und Besorgnis, deren Grund ihm jedoch sofort klar wurde. Sie stellte ihm dieselbe Frage wie zuletzt am Telefon. »Geht es um Eric? Ist mit ihm alles in Ordnung?«

»Er fühlt sich pudelwohl. Genau genommen sogar besser als in den vergangenen Wochen.« Er erklärte ihr nur, Erics Aussage vor der Grand Jury habe alle davon überzeugt, dass er nicht der Täter sein konnte. Das tatsächliche Alibi – den Abend in Harrys Kneipe – erwähnte er nicht. Es war Kensings Sache, ihr das zu beichten.

»Also steht er nicht mehr unter Verdacht?«

»Offenbar nicht.«

»Oh Gott.« In einer theatralischen Geste schlug sie die Hand vors Herz und grinste ihn breit an. »Ich bin ja so erleichtert und so froh.« Dann aber dämmerte ihr die unangenehme Wahrheit. »Sie sind sicher nicht hergekommen, um mir das mitzuteilen.«

»Stimmt.«

Ihre Hand lag immer noch über ihrem Herzen. »Worum geht es?«

Hardy fing ganz von vorne an. Sein gestriger Anruf bei ihr, der ergeben habe, dass sie für Dienstagnacht Viertel nach zehn kein Alibi hatte. Der Fall Lopez. Ihre Schwierigkeiten mit

Markham. Dass sie an dem Morgen, als Markham überfahren worden war, verschlafen habe. »Damit will ich nicht behaupten, dass Sie etwas mit der Sache zu tun haben. Doch die Polizei könnte das anders sehen, wenn sie dahinter kommt. Und da sich der Kreis der Verdächtigen inzwischen sehr verkleinert hat, könnte das durchaus geschehen. Es wäre also besser, wenn Sie auf die Fragen vorbereitet wären.«

Sie lauschte eindringlich, und ihre Miene verfinsterte sich. »Aber ich ... ich war bei Eric. Ich hätte nie gedacht, dass ich das mal würde beweisen müssen.«

»Haben Sie mit jemandem gesprochen oder im Treppenhaus einen Nachbarn getroffen? Erinnern Sie sich, ob Sie vielleicht gesehen worden sind?«

Sie schüttelte den Kopf. Offenbar war sie entsetzt von der Wendung, die die Ereignisse genommen hatten, und fragte sich, wozu all das noch führen mochte. »Und deshalb glauben die ... es könnte passieren, dass sie glauben, ich hätte Mrs. Markham und ihre Kinder getötet?«

»Jedenfalls könnte man Ihnen das unterstellen. Das ist das Problem. Und man nimmt an, dass Tim Opfer desselben Täters wurde.«

»Im Krankenhaus?«

»Ja.«

Im ersten Moment befürchtete Hardy, sie könnte in Panik geraten. Sie starrte ihn an und blickte dann auf die Straße hinaus, als suche sie nach einem Fluchtweg. Doch dann verschwand ihre verängstigte Miene ebenso plötzlich, wie sie gekommen war. Sie berührte Hardy am Ärmel. »Das würde doch nur zutreffen, wenn ich ein paar Minuten vor Tims Tod in der Intensivstation gewesen wäre, richtig?«

»Das weiß ich nicht genau. Jedenfalls in einem zeitlichen Abstand, der reichte, dass das Kaliumchlorid wirken konnte.«

»Also sagen wir mal eine Viertelstunde, und das ist ziemlich großzügig kalkuliert. Um diese Zeit hätte ich dort sein müssen, stimmt's?«

»Richtig. Doch ich hatte es so verstanden – so haben Sie es jedenfalls gestern Abend ausgedrückt –, dass Sie gleich nach dem Alarm ...«

»Ja, danach, aber nicht kurz davor. Da war ich nämlich mindestens eine halbe Stunde lang, wenn nicht noch länger, in der Notaufnahme, um die Lippe eines Babys zu nähen. Die Kleine hatte ihr Fläschchen fallen gelassen und war dann darauf gestürzt. Es hat ziemlich heftig geblutet. Eine Krankenschwester war bei mir und natürlich die Mutter des Kindes. Also alle. Und jeder hat mich gesehen. Als Alarm gegeben wurde, habe ich mir gerade nach dem Nähen die Hände gewaschen. Ich habe mich zur Krankenschwester umgedreht und gesagt: ›Ich muss nachschauen, ob es Mr. Markham ist.‹ Bestimmt erinnert sie sich daran.«

Als Hardy, selbst sehr erleichtert, ins Morddezernat kam, war dort offenbar die Häuslichkeit ausgebrochen. Bracco und Fisk waren zwar noch nicht zurück, doch acht der vierzehn Mitarbeiter des Morddezernats hielten sich an ihren Schreibtischen oder zumindest in deren Nähe auf. Hardy fand die Menschenansammlung in diesem Raum rekordverdächtig. Allerdings fiel ihm auf, dass die Streiche gegen die beiden Neuen noch nicht aufgehört hatten: Ein Kinderspielzeug – zwei Polizeipüppchen mit einer Grünen Minna – stand unter der Verkehrsampel auf ihrem Schreibtisch. Während Hardy wartete, demonstrierten ihm drei Inspectors nacheinander, dass das Auto »lalü-lala« quietschte, wenn man darauf drückte. Als er ablehnte, es selbst einmal zu probieren, waren alle enttäuscht. Zu der ausgelassenen Stimmung trug bei, dass Jackman kurz vor Büroschluss mit Treya erschienen war. Auf die Nachricht, dass Hardy jede Minute eintreffen würde, hatte er beschlossen, auf ihn zu warten. Marlene Ash hatte die Grand Jury für heute entlassen. Sie wollte wissen, was Glitsky von Rajan Bhutan erfahren hatte. Außerdem war sie neugierig auf weitere Informationen über die noch aktuellen Verdächtigen im Fall Markham, wer immer sie auch sein mochten. Da Glitskys Büro nicht genug Platz für eine solche Menschenmenge bot, hatte man sich gerade ins nächstbeste Vernehmungszimmer gesetzt, als Hardy sich dazugesellte.

Nachdem Hardy sich die erwartete Klage von Jackman, man habe sich mehr von der Abmachung mit seinem Mandanten versprochen, angehört hatte, lauschte er interessiert, als Glitsky von dem zweiten bewiesenen Mord im Portola Hospital und seinem Verdacht gegen Rajan Bhutan im Fall Shirley Watrous erzählte. Offenbar teilten alle die Auffassung, dass zwischen den beiden Mordserien kein Zusammenhang bestand und dass Bhutan offenbar für die Todesfälle auf Kensings Liste verantwortlich war. Der Pfleger war heute Nachmittag ausführlich vernommen worden. Außerdem hatte Glitsky kurz darauf zwei Inspectors mit einem Durchsuchungsbefehl zu ihm nach Hause geschickt.

Als die beiden Neulinge eintrafen, brachen die alt gedienten Inspectors in lautes Gejohle aus. Glitsky wandte sich um, warf ihnen einen strafenden Blick zu und winkte Fisk und Bracco heran, damit sie ihnen Bericht erstatteten.

Hardy war der Ansicht, dass Darrel und Harlan in kurzer Zeit ziemlich viel herausgefunden hatten. Da sie gerade aus dem früheren Wohnviertel der Markhams kamen, wo sie sich noch einmal nach dem Wagen erkundigt hatten, gestattete Glitsky Fisk, ein wenig auszuholen, auch wenn man ihm die Skepsis deutlich anmerkte. Stolz zeigte Fisk das Phantombild der Fahrerin herum. Zu Hardys Erleichterung wies die Frau bis auf den wirren Haarschopf keinerlei Ähnlichkeit mit Judith Cohn auf.

Während die Zeichnung von Hand zu Hand ging, verkündete Fisk, die Zeugin, ein junges Mädchen namens Lexi Rath, habe unter Vorbehalt die Marke und das Modell des Autos bestimmt, das sie um ein Haar und vermutlich auch Tim Markham angefahren hatte. Es handelte sich um einen Dodge Dart, wahrscheinlich aus den späten Sechzigern oder frühen Siebzigern. Fisk hatte sich bereits mit der Zulassungsstelle in Verbindung gesetzt und die Auskunft erhalten, dass es im gesamten County San Francisco nur dreiundzwanzig von diesen Fahrzeugen gab. Als er den Beamten erklärte, er ermittle in einem Mordfall, hatten sie ihm sofort eine Liste der Namen gefaxt. Nun kannte er Namen und Adresse der Fahrzeughalter und hoffte, mit ein wenig Glück, im Laufe des morgigen Tages mit den meisten von ihnen sprechen zu können.

»Haben Sie einen dieser Namen schon mal gehört, Harlan? Hat jemand von der Liste irgendwas mit Parnassus oder mit Markham zu tun?«

»Nein, Sir.«

»Nun ja, trotzdem war es einen Versuch wert. Vielleicht bringt es uns ja weiter, das Auto zu finden. Also bleiben Sie dran.«

Hardy kannte Glitsky gut genug, um zu wissen, dass er Fisk nur einen Gefallen tun wollte, indem er ihn mit dieser angeblichen Detektivarbeit beschäftigte. Wahrscheinlich wollte er dem Inspector nicht die Laune verderben oder seinem Enthusiasmus einen Dämpfer aufsetzen. Immerhin gab sich der Mann Mühe, und vielleicht würde er bei seinen Ermittlungen ja auf wichtige Details stoßen. Also beschloss Hardy, auch ein wenig Interesse zu heucheln. »Könnte ich vielleicht eine Kopie der Liste haben, Inspector?«

Fisk sah Glitsky an, und dieser nickte. Doch der Lieutenant war eindeutig gedanklich anderweitig beschäftigt, nämlich mit der Frage, wer für den Mord an Carla Markham kein Alibi hatte. »Darrel«, sagte er deshalb und wandte sich an Bracco. »Haben Sie noch was über Driscoll erfahren?«

»Ich glaube, Harlan war noch nicht fertig, Sir.«

Glitsky, der sichtlich um Geduld rang, erteilte Fisk wieder das Wort. »Ich dachte, ich wetze meine Scharte bei Dr. Ross wieder aus.« Damit meinte er, dass er sich bei Ross verplappert hatte, seine Frau habe sein Alibi nicht bestätigt. Gewiss hatte Ross seine Frau sofort angerufen. Denn diese hatte daraufhin Harlan gegenüber ihre Aussage zurückgenommen. Und das wiederum bedeutete, dass Ross nun über ein wasserdichtes Alibi verfügte. »Deshalb habe ich mich an meine Tante Kathy – Kathy West –«, erklärte er den übrigen Anwesenden, »gewandt und ihr mein Problem erklärt.«

»Und worum ging es genau, Harlan?«, hakte Glitsky, sehr zu Hardys Genugtuung, nach.

Er schilderte ihnen die Zusammenhänge und fuhr dann fort: »Ich habe sie, Tante Kathy also, gefragt, ob sie sich rein freundschaftlich mit Nancy Ross in Verbindung setzen und rauskriegen könnte, ob ihr Mann sie gebeten hat, ihre Geschichte zu ändern.«

»Aber das spielt doch keine Rolle. Als Ehefrau müsste sie sowieso nicht gegen ihn aussagen«, wiederholte Marlene Ash Glitskys Einwand von vorhin.

»Und außerdem würde die Aussage Ihrer Tante als Hörensagen gewertet und aus diesem Grund so oder so nicht zugelassen werden«, ergänzte Jackman. »Richtig, Diz?«

Aber Hardy war im Moment nicht daran interessiert, juristische Feinheiten zu erörtern. Er brauchte Antworten und Informationen. Außerdem merkte er Fisk an, dass er sich durch die Einwände der Anwälte verunsichert fühlte und bestimmt gleich verstummen würde. Doch Hardy wollte, dass er weitersprach und ihm erklärte, was geschehen war. »Und was hat Ihre Tante gesagt, Inspector?«

»Dass Ross seine Frau angerufen und sie davon überzeugt hat, sie habe die Nacht verwechselt. Er sei um zehn nach Hause gekommen. Daran müsse sie sich doch erinnern. Es sei wichtig.« Wieder ließ er den Blick durch den Raum schweifen. »Allerdings hat Nancy Tante Kathy gestanden, er sei um zehn wirklich noch nicht da gewesen. Aber natürlich werde sie das bestätigen, wenn Malachi so viel daran liege. Gewiss ginge es um irgendeinen großen Geschäftsabschluss, der noch geheim bleiben müsse. Allerdings sei sie sicher, dass er erst spät nach Mitternacht zurückgekehrt sei, denn um diese Zeit habe sie sich selbst schlafen gelegt.«

»Dennoch«, wandte Glitsky ein, »heißt das nur, dass er nicht auf direktem Weg nach Hause gefahren ist.« Hardy musste an Eric Kensing und die vielen Dinge denken, die einem auf dem Heimweg dazwischenkommen konnten. »Gibt es denn Hinweise darauf, dass er bei Carla Markham war? Haben Sie Indizien, Zeugenaussagen oder Verdachtsmomente, die in diese Richtung deuten?«

Als Fisk die Frage seines Vorgesetzten hörte, zuckte er die Achseln. »Nein, Sir.«

Glitsky, dem klar wurde, dass er zu barsch gewesen war, fügte in versöhnlichem Ton hinzu: »Damit will ich nicht abstreiten, dass diese Information wichtig sein könnte. Und Sie haben Ihren Fehler vom Vormittag damit wieder gutgemacht. Okay. Nur weiter so. Also, Darrel, was ist jetzt mit Driscoll?«

»Er hat tatsächlich telefoniert. Ich habe mit Roger, dem Mitbewohner, gesprochen und mir die Telefonrechnung besorgt. Achtundvierzig Minuten, Gesprächsbeginn einundzwanzig Uhr sechsundvierzig.«

Alle rechneten nach. »Also hätte er es nicht zu Carla Markhams Haus schaffen können?«, fragte Glitsky.

»Dazu hätte er fliegen müssen«, erwiderte Bracco.

Die zweite Hälfte des vierten Innings hatte begonnen, und Hardy stand in der Trainerbox an der dritten Base auf dem Pop Hicks Field im Presidio Park. Es war ein ausgezeichnetes Spielfeld und in sehr gutem Zustand für eine Stadt, in der Sportstätten Mangelware waren. Doch die Jugendliga würde, typisch für San Francisco, diese Trainingsmöglichkeit vermutlich bald aufgeben und vielleicht sogar nach Treasure Island mitten in der Bucht umziehen müssen. Der Grund war, dass jemand den Verdacht geäußert hatte, der Boden dort könnte chemisch verseucht sein. Zwar hatte bis zum heutigen Tag niemand Giftstoffe feststellen können, aber in den Nachrichten hieß es, der Presidio Park sei schließlich jahrelang als Militärstützpunkt genützt worden. Und man wisse ja, wie bei der Armee mit Schadstoffen umgegangen werde. Bestimmt sei hier überall Gift verbuddelt – Senfgas, Milzbrandbakterien, Batteriesäure. Für Hardy war es so sicher wie das Amen in der Kirche, dass man den Sportplatz schließen würde.

An diesem Abend jedoch konnten die Kinder hier nach Herzenslust Baseball spielen. Gerade hatte Vincent für die Tigers die Lücke im linken Outfield für ein Double genutzt – schon das zweite Mal an diesem Abend hatte er es als Batter bis zur zweiten Base geschafft. Nun tanzte er auf der Linie zur dritten Base auf und ab und versuchte, einen Wurf des Pitchers auf sich zu ziehen.

Allerdings waren Hardys Gedanken nicht ganz bei dem Spiel. Nachdem sich die Spontansitzung im Vernehmungszimmer des Morddezernats aufgelöst hatte und Fisk und Bracco gegangen waren, war Hardy noch ein wenig geblieben, um kurz mit Glitsky, Treya, Marlene und Clarence zu plaudern. Offenbar brannte Marlene darauf, Brendan Driscolls Computerdisketten in die Finger zu bekommen. Doch Hardy, der den Großteil des Nachmittags mit den Ausdrucken verbracht hatte, konnte ihre Begeisterung nicht so recht teilen. Die Kopien von Markhams geheimnisvollen Aufzeichnungen hatte er immer noch in der Aktentasche. Er nahm sich vor, in den nächsten Tagen, in seiner Freizeit, ein wenig darüber nachzugrübeln.

Genau das tat er jetzt, aber er kam einfach nicht weiter.

Clarence war eindeutig nicht mit dem bisherigen Tempo der Ermittlungen zufrieden und verkündete, der Bürgermeister habe ihn angerufen. Seine Ehren habe von dem zweiten bestätigten Mord auf Kensings Liste gehört und kritisiere, dass die Staatsanwaltschaft das Unternehmen Parnassus mit Samthandschuhen anfasse. Schließlich sei die Stadt der wichtigste Kunde einer in großen Schwierigkeiten steckenden Versicherung, deren Geschäftsgebaren mehr als anrüchig sei. Inzwischen stand Clarence kurz davor, loszuziehen und sämtliche Unterlagen zu beschlagnahmen, um sie der Grand Jury zur Begutachtung vorzulegen. Die Strategie, keine Panik bei den städtischen Mitarbeitern auslösen zu wollen, könne man getrost vergessen. Die Leute bekämen es nämlich bereits mit der Angst zu tun – im Büro des Bürgermeisters gingen täglich etwa fünfzig Anrufe ein. Allmählich sei es wirklich an der Zeit, Parnassus unter Zugzwang zu setzen und die Grand Jury und weitere Mitarbeiter des Morddezernats auf diese zweite Mordserie anzusetzen. Es sei unerheblich, ob es zwischen diesen Morden und dem Tod der Familie Markham einen Zusammenhang gebe, denn sie seien an sich schon Skandal genug.

Der Bürgermeister beharrte darauf, man müsse zumindest den Anschein erwecken, dass Fortschritte gemacht würden. Er deutete sogar an, man werde eine Sonderkommission bilden, wenn sich nicht bald die ersten Resultate zeigten. Alle wussten, was das zu bedeuten hatte – Einmischung durch Laien, politische Winkelzüge und vermutlich niemals ein greifbares Ergebnis. Die Botschaft war unmissverständlich: Wenn Jackman die Lorbeeren für die Lösung dieses Problems ernten wollte, war das hier seine letzte Gelegenheit, die er nicht ungenutzt verstreichen lassen durfte.

Der nächste Batter schlug den Ball hart gegen den Boden ins linke Infield und erreichte die erste Base. Vincent war sofort losgerannt vorbei an der dritten Base und Hardy, bevor dieser seine Aufmerksamkeit wieder dem Spiel zuwandte. Als der Wurf die Homebase erreichte, fehlten seinem Sohn noch fast fünf Meter. Kurz darauf kam Mitch, der Manager, zu ihm. »Diz«, sagte er drängend, »du musst ihm sagen, das er bei so einem Ball nicht aufs Ganze geht. Gib ihm ein Zeichen. Los jetzt. Schließlich bist du der Trainer. Wir schaffen das schon.«

Die Tigers gewannen trotz Hardys Geistesabwesenheit. Anschließend ging die Mannschaft in eine Pizzeria in der Clement Street. Die ganze Familie hatte das Spiel besucht und kehrte erst um halb zehn nach Hause zurück. Frannie und Rebecca hatten eine Leidenschaft für die Fernsehsendung *Survivor* entwickelt und die neueste Folge auf Video aufgenommen. Nun setzten sie sich vor den Fernseher und sahen sich die Aufzeichnung an, während Vincent duschte, seine restlichen Hausaufgaben erledigte und sich für die zweite Hälfte zu ihnen setzte. Das Zubettgeh-Ritual nahm eine weitere Stunde in Anspruch, und deshalb war es fast Mitternacht, als Hardy und Frannie sich die Treppe hinauf in ihr Schlafzimmer schleppten.

Als Frannie sich die Zähne putzte, trat er hinter sie und strich mit den Lippen seitlich über ihren Hals. »Wenn du noch halbwegs lebendig bist, komme ich gleich ins Bett.« In letzter Zeit hatten sie sich körperlich einander wieder angenähert, und er wollte ihr sagen, dass er auch heute nichts dagegen einzuwenden gehabt hätte. Allerdings merkte er ihr an, wie erschöpft sie war.

Sie lehnte sich an ihn und schickte ein Zahnpastaschaumlächeln in den Spiegel. »Ich glaube, lieber nicht. Bist du denn nicht müde?«

»Nicht wirklich. Offenbar habe ich während Vincents Spiel geschlafen.«

»So schlecht war es nun auch wieder nicht. Hast du noch etwas vor?«

»Ich habe ein paar Papiere in der Aktentasche. Wenn ich lange genug hinstiere, kapiere ich vielleicht, was drinsteht.«

Er saß am Schreibtisch im Schlafzimmer. Vor ihm ausgebreitet lagen fünf der Seiten, die Driscoll unterschlagen hatte. Hardy war nicht sicher, warum er sich gerade für diese fünf Seiten entschieden hatte. Die Texte waren ziemlich kurz, schienen jedoch eine zwischen den Zeilen liegende Botschaft zu enthalten, die Hardy neugierig machte.

»Treffen MA wg. Empf. SS. Vergl. MR Notiz 24/10.«

»Reden mit MR – Beschwerde wg. Prax. Port. PAG Ult.«

»Medras/Biosynch/MR.«

»Foley. Invest. $$$. Saratoga. SA? Disk. w/c.«

»Treffen Coz. wg. Straf-Beurlaubung – MR. Alles dokum. Vorb. Ber. Vorst. Schadensersatz?«

Und dann sagte eine innere Stimme: »Geh schlafen. Das alles passiert gar nicht.« Offenbar hatte er es wirklich bis ins Bett geschafft, denn dort wachte er auf.

34

An der Vordertür verabschiedete sich Glitsky mit einem Kuss von seiner Frau. »Wenn ich zum Mittagessen da bin, rufe ich an.«

»Wenn ich auch da bin, gehe ich vielleicht sogar mit dir essen.« Treya setzte eine gespielt traurige Miene auf. »Vor nur einem Jahr hätte der bloße Gedanke an ein Mittagessen mit mir deinen Tag gerettet. Du hättest deinen ganzen Zeitplan darauf eingestellt.«

»Ich weiß, aber jetzt sind wir verheiratet, und du bist schwanger. Es ist ganz natürlich, dass der Alltag die Romantik tötet.«

Sie legte ihm den Arm um den Hals und hielt den Mund dicht an sein Ohr. »Und was soll das letzte Nacht gewesen sein?«

»Letzte Nacht?« Glitsky kratzte sich am Ohr und tat, als müsse er sich mühsam erinnern. »Letzte Nacht?«

Sie holte mit dem Ellenbogen aus und traf ihn im Bauch. »Ach, tut mir Leid.« Ein Grinsen. »Also dann bis zum Mittagessen.«

Er rieb sich den Bauch, schloss die Tür und kehrte in die Küche zurück, wo Hardy am Tisch saß. Vor einer Stunde hatte er angerufen und sich erboten, Glitsky zur Arbeit zu bringen, obwohl dieser normalerweise mit seiner Frau fuhr. Doch Hardy glaubte, etwas über Markham herausgefunden zu haben, auch wenn er noch nicht wusste, was genau es zu bedeuten hatte. Vielleicht konnte Abe, der sich nun rittlings auf einem Stuhl niederließ, ihm ja einen Tipp geben.

Hardy klopfte mit den Fingern auf die Tischplatte. »Kannst du nicht damit aufhören?«, brummte Glitsky nach etwa zwanzig Sekunden. Dann fügte er hinzu: »Sieht aus, als steckte Ross in der Klemme.« Kurz darauf zog er eine Seite näher heran. »Hier könnte es um Mike Andreotti gehen.«

»Den kenne ich nicht«, erwiderte Hardy.

»Den Verwaltungschef des Portola Hospital. Wenn du ihn schön bittest, redet er sicher mit dir. Was die Morde betrifft, ist er die Hilfsbereitschaft in Person. Möglicherweise komme ich sogar mit. Woher hast du denn die Papiere?«

»Jeff Elliot konnte sich keinen Reim darauf machen. Er meinte, wenn ich daraus schlau würde, könnte ich sie haben.«

»Ja, aber woher stammen sie ursprünglich?«

»Ursprünglich von Markham. Dann hatte sie Driscoll. Und der hat sie Elliot gegeben.«

»Und jetzt hast du den Stab in der Hand.«

»Und wir sollten ihn ins Ziel tragen.«

»Inzwischen«, Glitsky erhob sich, »bin ich zu allem bereit.«

Andreotti, der bei seiner letzten Begnung gewirkt hatte wie kurz vor einem Nervenzusammenbruch, erinnerte heute an einen Untoten. Er stand nicht einmal von dem Stuhl hinter seinem Schreibtisch auf und schien sich auch nicht dafür zu interessieren, ob der fremde Mann – Soundso Hardy – Polizist, Staatsanwalt oder Reporter war. Offenbar war er am Ende seiner Kräfte angelangt. Die ganze Nacht hatte er über einer Umstellung der Dienstpläne gebrütet, da unter den Krankenschwestern plötzlich eine Epidemie ausgebrochen zu sein schien. Entweder waren sie, in Panik wegen der Gerüchte, zu Hause geblieben, oder sie witterten eine Gelegenheit, durch Arbeitsverweigerung eine Gehaltserhöhung zu erpressen. Andreotti wusste es nicht, und eigentlich war es ihm mittlerweile auch ziemlich egal. Das Schiff würde sinken, und er sah keinen Weg mehr, den Untergang aufzuhalten.

Und jetzt hatten die beiden Besucher auch noch ein Rätsel für ihn mitgebracht. Fast hätte er hysterisch losgekichert. Er war so erschöpft, dass er wahrscheinlich sogar die Regeln von Mensch-ärgere-dich-nicht durcheinander gebracht hätte, und jetzt verlangten die beiden von ihm, dass er eine Denksportaufgabe löste. Eigentlich ein Witz, doch er war zu müde, um zu lachen.

»Treffen MA wg. Empf. SS. Vergl. MR Notiz 24/10.«

»Keine Ahnung«, sagte Andreotti.

Der Fremde, Hardy, beugte sich ein Stück vor. »Wir glauben, dass MR für Malachi Ross steht. Hilft Ihnen das weiter?«

Glitsky hatte in seinem Beruf schon viele todmüde Menschen erlebt, und er kannte die Symptome. Er griff nach dem Blatt Papier und sah Andreotti an. »Treffen Mike Andreotti, wegen der Empfehlung von SS. Vergleich mit Malachi Ross' Notiz vom 24. Oktober. Fällt jetzt der Groschen? Was ist SS?«

Diesmal kam die Antwort ohne Zögern: »Sinustop.«

»Und was haben Sie empfohlen?«

»Nun, es war nicht meine Empfehlung. Ich bin nur der Verwaltungschef. Aber die PAG hat –«

»Verzeihung«, sagte Hardy. »Was ist die PAG?«

Andreotti blinzelte, holte tief Luft und seufzte auf. »Die Parnassus-Ärztegruppe. Das sind die Ärzte, die hier arbeiten.«

»Gut«, sagte Glitsky, der sich nicht von seiner Frage ablenken ließ. »Und was haben die im Zusammenhang mit Sinustop empfohlen?«

»Wir waren mit Proben überhäuft worden. Ihr Rat lautete, dass wir bei der Verordnung dieses Medikaments zurückhaltend vorgehen, bis weitere Forschungsergebnisse vorliegen. Rückblickend betrachtet, war das ein kluger Rat.«

»Aber Sie haben ihn nicht befolgt?«

»Nein. Ross hat sein Veto eingelegt und seinen Standpunkt in einer langen Aktennotiz erläutert. Ich habe sie irgendwo hier. Wie ich es verstehe, war das Zeug von minderer Qualität. Ich bin zwar kein Mediziner, aber einige unserer erfahrenen Ärzte waren entsetzt darüber, dass unser medizinischer Leiter ein derartiges Medikament billigte. Also schlossen wir wie gewöhnlich einen Kompromiss, und Malachi bekam, was er wollte.«

»Sie mögen ihn wohl nicht sehr.« Glitsky formulierte das nicht als Frage.«

Aber Andreotti zuckte nur leicht die Achseln. »Wenn es um Geld geht, zeigen sich die meisten Menschen von ihrer schlechten Seite. Und hier herrscht schon so lange Ebbe in der Kasse ...« Wieder ein Achselzucken. »Wenn er es nicht gewesen wäre, dann eben ein anderer.«

»Vor zwei Wochen war es noch Markham«, erinnerte ihn Hardy.

»Nein, Ross hatte immer die Zügel in der Hand. Geld ist sein ein und alles. Markham wollte einfach nur profitabel arbeiten. Das ist ein Unterschied.«

»Und der wäre?«, fragte Glitsky.

»Nun, nehmen wir zum Beispiel Sinustop. Es hätte überhaupt kein großes Thema werden müssen, aber Ross witterte Einsparungen von einer Million Dollar jährlich. Er war bereit, Nachteile in Kauf zu nehmen, nur um die Verluste aufzufangen.«

»Markham etwa nicht?«

»Manchmal schon, doch lange nicht in dem Maße wie Ross. Sie denken bestimmt, es war Markham, der die Entscheidung im Fall Baby Emily gefällt hat. Aber nein.« Andreotti wies auf Hardys Blatt Papier. »Deswegen hat er sich bestimmt diese Notiz gemacht. Er fand, dass Ross wieder einmal zu weit gegangen war. Der Mann fing an, über die Stränge zu schlagen.«

»Was ist mit Ihnen, Mr. Andreotti?«, fragte Glitsky. »Was hielten Sie von der Sache?«

Wieder ein erschöpfter Seufzer. »Ich weiß, wie schrecklich das klingt, aber ich bin Verwaltungsfachmann und widerstehe der Versuchung, Arzt zu spielen. Ich halte mich an Anweisungen.«

Doch Hardy, dessen Neugier in diesem Punkt gestillt war, wandte sich der nächsten Notiz zu. »Wenn Sie gestatten, Sir«, begann er, und übersetzte nach Glitskys Beispiel den Inhalt der zweiten Seite: »Mit Ross reden und die Praxis in Portola ansprechen. Parnassus-Ärztegruppe Ult. Das heißt sicher Ultimatum.«

»Richtig.« Für Andreotti war diese Anmerkung nicht im Mindesten geheimnisvoll. Er schien sogar wieder ein wenig munterer zu werden. »Vor etwa einem Jahr fing Ross an, ständig unangemeldet im Krankenhaus aufzutauchen. Stippvisiten nannte er das. Er sah unseren Ärzten überall – im Kreißsaal, im

OP und in der Notaufnahme – auf die Finger und gab Empfehlungen ab, wie man hier und dort einen Dollar einsparen könnte. Wenn man bedenkt, dass sich selbst der kleinste Allgemeinmediziner für einen Halbgott in Weiß hält, kann man sich gut vorstellen, dass sich diese Besuche keiner großen Beliebtheit erfreuten. Schließlich stellte die Ärztegruppe ihm ein Ultimatum, damit aufzuhören. Und im Großen und Ganzen tat er es auch, zumindest so, dass sie zufrieden waren.«

»Aber er hat die Besuche nicht völlig eingestellt?« Hardy wollte sichergehen.«

»Nein. Doch die Anzahl der Stippvisiten sank von etwa zwanzig im Monat auf vielleicht fünf. Und er hörte auf, als Ratschläge getarnte Anweisungen zu geben.«

»Gibt es über die Tage, an denen er herkam, irgendwelche Aufzeichnungen? Die genauen Daten zum Beispiel?«, fragte Hardy.

Andreotti überlegte kurz. »Nein, das bezweifle ich. Weshalb auch? Er gehörte nicht zu unseren Mitarbeitern, weshalb auch keine Personalakte existiert. Er kam einfach vorbei. Warum?«

»Kein besonderer Grund. Nur Neugier.« Hardys Antwort war absichtlich ausweichend. Er schob die anderen Seiten über den Schreibtisch. »Wenn wir Sie noch kurz belästigen dürfen, Mr. Andreotti. Fällt Ihnen vielleicht noch etwas anderes auf?«

Der Verwaltungschef griff nach den Seiten und musterte gründlich eine nach der anderen. »Medras kenne ich nicht, aber Biosynch ist ein Pharmahersteller, der hauptsächlich rezeptfreie Billigware produziert. Es ist kein besonders bedeutendes Unternehmen, aber ich habe Gerüchte gehört, sie hätten bei der Arzneimittelbehörde eine wichtige Erfindung angemeldet.« Er betrachtete die nächste Seite und blickte auf. »Foley ist Patrick Foley, der Justitiar des Unternehmens. SA habe ich nie gehört.«

Darauf kannte Glitsky die Antwort: »Die Staatsanwaltschaft.«

Andreottis Augen funkelten, aber er sagte nichts und wandte sich stattdessen der letzten Seite zu. »Treffen Coz. wg. Straf-Beurlaubung - MR. Alles dokumentieren. Vorb. Ber. Vorst. Schadensersatz?«

»Coz ist Cozzie Eu, unsere Personalchefin.« Er brütete eine Weile über dem Rest der Notiz und hob dann langsam den Kopf. »Tim wollte Ross entlassen, richtig?«

Glitsky hatte die Lippen zusammengepresst. »Es ist noch ein wenig früh, um das zu sagen, Sir. Aber vielen Dank, dass Sie uns Ihre Zeit geopfert haben.«

Auf der Fahrt zur Firmenzentrale von Parnassus am Embarcadero beschlossen sie, dem Justitiar Hardy als Anwalt vorzustellen, der im Auftrag der Staatsanwaltschaft handelte, was zwar nicht ganz, aber wenigstens teilweise den Tatsachen entsprach. Pat Foley empfing Hardy und Glitsky auf der Schwelle, bat sie herein, sah sich in beiden Richtungen auf dem Flur um und schloss die Tür wieder. Bevor sie eine Chance hatten, ihre Erklärung an den Mann zu bringen, begann Foley zu sprechen. »Ich wollte gerade gehen, aber da ich einen Termin gleich drüben in Chinatown habe, können wir uns ja auf dem Weg dorthin unterhalten.«

Fünf Minuten später standen sie auf dem Portsmouth Square, inmitten von Pagoden, Tai-Chi-Kursen, einigen asiatischen Pornoläden und einer Autoschlange, die am Eingang der Tiefgarage auf einen freien Platz wartete. Über Nacht war Bewölkung aufgezogen, und die dunstverschleierte Morgensonne tat nur wenig, um die kühle Morgenluft zu erwärmen.

Foleys Halbglatze schimmerte selbst in diesem fahlen Licht. Die wenigen verbliebenen Haare waren blond, dasselbe galt für den dünnen Schnurrbart. Mit seinen schmalen Schultern und dem leichten Bauchansatz war Foley ein ausgezeichnetes Beispiel dafür, was ein Leben am Schreibtisch und unter großem finanziellem Druck aus einem jungen Mann machen konnte. Obwohl er erst Anfang vierzig zu sein schien, musste er sich auf das Betonmäuerchen einer Grünanlage setzen, um sich nach dem Fußmarsch zu verschnaufen.

»Entschuldigen Sie«, sagte er. »Ich wollte da drinnen nicht reden. Manchmal haben die Wände Ohren.«

»Worüber reden?«, fragte Glitsky freundlich.

»Nun ja, Susan sagte, Sie wären vom Morddezernat. Wie ich annehme, geht es um Mr. Markham oder die Todesfälle im

Portola Hospital. Allerdings muss ich Ihnen die Mitteilung machen, dass ich mich fast ausschließlich mit unternehmensrechtlichen Belangen befasse. Ich kann mir nicht denken, dass ich über Informationen verfüge, die für Ihre Ermittlungen sachdienlich sein könnten. Falls das so wäre, hätte ich mich als Organ der Rechtspflege natürlich sofort bei Ihnen gemeldet.«

Glitsky starrte ihn ungläubig an. »Reden Sie zu Hause auch so?«

Hardy mischte sich ein, bevor Foley etwas darauf erwidern konnte. »Glauben Sie wirklich, dass Ihr Büro verwanzt ist?«

Die rasche Abfolge von Fragen schien den Anwalt zu verwirren. Da er sich nicht entscheiden konnte, welche er zuerst beantworten sollte, stellte er selbst eine. »Also geht es um Mr. Markham?«

In Wahrheit wussten weder Hardy noch Glitsky genau, worauf sie eigentlich hinauswollten. Die verräterischen Initialen MR erschienen nicht einmal in Markhams Notiz. Obwohl sie vermuteten, dass Ross die Hände im Spiel hatte, wollten sie ihren Verdacht nicht preisgeben. »Haben Sie eine Ahnung, was mit dem Wort Saratoga gemeint sein könnte, Mr. Foley?«, fragte Glitsky.

»Ist das die Stadt unten auf der Halbinsel hinter San Jose? Soweit ich weiß, gibt es eine Stadt im Staat New York, die genauso heißt. Geht es darum?«

Da Hardy und Glitsky ein mehr oder weniger eingespieltes Team waren, hakte Hardy sofort nach. »Ist Ihnen eine dieser Städte schon einmal im Rahmen Ihrer Tätigkeit für das Unternehmen untergekommen?«

Foley wandte sich dem zweiten Frager zu und überlegte eine Weile, bevor er antwortete. »Nicht, dass ich wüsste«, erwiderte er, anscheinend ehrlich enttäuscht, ihnen nicht helfen zu können. »Wir stehen mit keinem Unternehmen in einer dieser beiden Städte in Geschäftsbeziehungen. Vielleicht wohnen ein paar unserer Patienten in dem hiesigen Saratoga, aber das wäre dann schon alles.«

Glitsky: »Also ist der Name Saratoga nicht kürzlich gefallen? Oder hat Mr. Markham ihn Ihnen gegenüber erwähnt?«

Foley strich sich über die Glatze und runzelte die Stirn.

»Vielleicht nicht nur Saratoga«, schlug Hardy vor. »Ein Saratoga-Irgendwas?«

Endlich fiel der Groschen. »Ah«, rief Foley aus. »Das ist ein Flugzeug. Entschuldigen Sie. Wenn ich Saratoga höre, denke ich sofort an Cupertino. Ich bin dort aufgewachsen und habe in Bellarmine studiert. Aber es ist ein Flugzeug. Das, mit dem John Kennedy junior abgestürzt ist.«

Hardy und Glitsky wechselten einen Blick. »Wollte Ihr Unternehmen ein Flugzeug kaufen?«, sagte Glitsky.

»Nein, Mr. Ross. Auf diese Weise bin ich darauf aufmerksam geworden.«

»Wie genau?«, fragte Hardy.

Als Foley diese Worte hörte, drehte er sich tatsächlich um und blickte hinter sich. Nachdem er sich ein paar, möglicherweise eingebildete, Schweißtropfen von der Stirn gewischt hatte, zwang er sich ohne großen Erfolg zu einem Lächeln. »Na ja, da ist nichts draus geworden.«

Glitskys Tonfall duldete keinen Widerspruch. »Lassen Sie uns das beurteilen. Was ist geschehen?«

»Eines Abends gegen Ende des letzten Sommers, es war schon ziemlich spät, rief Mr. Markham an. Er wollte wissen, ob ich noch im Büro sei, und bat mich, zu ihm hochzukommen. Das war ein wenig ungewöhnlich. Nicht, dass ich noch arbeitete, sondern dass er noch im Haus war. Wie ich mich erinnere, war es schon stockfinster, also muss es zwischen neun und halb zehn gewesen sein. Dennoch forderte er mich auf, die Tür zu schließen, als ob uns um diese Zeit noch jemand belauschen könnte.

Als ich mich gesetzt hatte, sagte er, er wolle ganz im Vertrauen mit mir sprechen, unter vier Augen, sonst dürfe niemand davon erfahren. Er sagte, es handle sich um ein sehr heikles Thema, und er wisse trotz der Beweise, die ihm vorlägen, nicht genau, was gespielt würde. Deshalb wolle er all seine Entscheidungen dokumentieren, für den Fall, dass er diese Aufzeichnungen später einmal brauchen sollte.«

»Was hatte er vor?«, fragte Hardy.

»Das wusste er noch nicht genau. Er spielte inzwischen mit den Gedanken, einen privaten Ermittler auf Ross und dessen Finanzen anzusetzen.«

Glitsky gönnte ihm keine Verschnaufpause. »Aus welchem Grund?«

»Aus verschiedenen, glaube ich. Aber die Saratoga war der Auslöser.« Foley erwärmte sich für sein Thema. Offenbar empfand er es als Erleichterung, sich endlich alles von der Seele reden zu können. »Mr. Markham und Dr. Ross waren eine Woche zuvor auf einer Party gewesen, und zwar während eines Ärztekongresses, den sie in Las Vegas besuchten. Sie wissen ja, dass sie seit Jahren eng befreundet waren. Nach der Party sind sie noch zusammen einen trinken gegangen, um ein bisschen über persönliche Dinge zu plaudern. Und Dr. Ross hat, nun ja, in den folgenden Stunden vielleicht ein bisschen zu viel getrunken. Jedenfalls hat er Mr. Markham ausführlich seine finanzielle Situation erläutert, die offenbar nicht sehr rosig war. Damit meine ich seine persönlichen Finanzen, nicht die von Parnassus, mit denen es sowieso nicht zum Besten stand.«

»Also hat Ross sich bei Markham ausgeweint?«, fragte Glitsky.

»Im Grunde genommen, ja. Er sagte, er sei pleite, habe keine Rücklagen, und seine Frau gebe das Geld schneller aus, als er es verdienen könne. Die Alimente für seine erste Frau und das Luxusleben seiner zweiten trieben ihn in den Ruin. Er sei mit seinem Latein am Ende.«

Hardy hatte sich zwar aus Braccos und Fisks Bericht über Nancy Ross ein ähnliches Bild machen können, aber es war nicht schlecht, dies aus einer anderen Quelle bestätigt zu bekommen. »Und welchen Rat hat Mr. Markham ihm gegeben?«

»Wahrscheinlich den üblichen. Die Kosten senken, sich ein festes Limit setzen. Schließlich war Dr. Ross nicht arbeitslos. Er verfügte über ein beträchtliches Einkommen und regelmäßige Geldeingänge. Allerdings wollte Mr. Markham an jenem Abend nicht darüber mit mir sprechen.«

»Worüber dann?«, fragte Glitsky.

Foley hatte lange genug auf dem harten, kalten Beton gesessen. Er stand auf, klopfte sich die Kleider ab und blickte auf die Uhr. »Am Nachmittag desselben Tages hatte Mr. Markham einen Anruf von seiner Frau erhalten. Das war, als sie sich wieder ...« Foley verstummte, und Hardy nahm an, dass er nichts über Ann Kensing sagen wollte. »Jedenfalls rief seine Frau an und fragte, ob er schon das Neueste gehört habe. Dr. Ross habe sein altes Flugzeug in Zahlung gegeben und ein anderes gekauft, eine nagelneue Saratoga. Er und seine Familie wollten zu ihrem Ferienhaus am Lake Tahoe fliegen. Mrs. Ross habe die Markhams eingeladen, sie zu begleiten.

›Wissen Sie, wie viel eine nagelneue Saratoga kostet, Pat‹?, fragte mich Markham. ›Etwa eine halbe Million Dollar, abhängig von der Ausstattung. Also‹, fuhr er fort, ›habe ich es eingerichtet, dass ich Malachi zufällig in der Kantine traf, und habe ihn auf das Flugzeug angesprochen. Ich sagte ihm, ich sei neugierig, wie er das bezahlen wolle‹.

Dr. Ross erinnerte sich entweder nicht daran, was er Markham im Suff erzählt hatte, oder er glaubte, sein Freund hätte es nicht so ernst genommen. Jedenfalls lächelte er und sagte: ›Bargeld lacht.‹«

Nach seinem Bericht war Foley sichtlich erleichtert. Wieder fuhr er sich mit der Hand über den Kopf und versuchte ein Lächeln, diesmal erfolgreicher als zuvor. »Das war der Grund«, fuhr er fort. »Mr. Markham wollte meine Meinung hören, wie wir als Unternehmen darauf reagieren und was wir als Nächstes tun sollten. Er hielt es für möglich, dass Dr. Ross Bestechungsgelder oder Provisionen dafür kassierte, dass er Medikamente auf die Positivliste setzte. Er konnte sich keinen anderen Weg vorstellen, wie Dr. Ross sonst auch nur annähernd zu einer halben Million hätte kommen sollen. Er hatte bereits mit Carla darüber geredet –«

»Mit seiner Frau?« Glitsky war höchst erstaunt, dass die beiden noch miteinander gesprochen hatten. »Soweit ich im Bilde bin, verstanden sich Markham und seine Frau schon vor der Trennung nicht gut.«

»Das stimmt nicht ganz. Sie waren lange Zeit ein Herz und eine Seele. Bevor sie ... Vor ihren Problemen sprachen sie über alles. Carla nahm manchmal sogar an den Vorstandssitzungen teil, und sie wusste mehr als so mancher von uns. Einigen Leuten war das gar nicht recht, doch niemand wagte, etwas zu sagen. Und schließlich bezog sie kein Gehalt. Sie war sehr direkt, hatte einen klaren Standpunkt und war ausgesprochen klug.

Geschäftstüchtig. Sie war ein Mensch, der den Stier stets bei den Hörnern packte.«

Für Hardy löste sich damit ein kleines Rätsel. Er hatte über der Notiz »Red./C.« nachgegrübelt und angenommen, Cozzie, die Personalchefin, sei gemeint. Doch nun hielt er es für wahrscheinlicher, dass C. für Carla stand. Doch er wollte von Foley wissen, was Markham weiterhin unternommen hatte. »Und wozu haben Sie sich schließlich entschieden? Sie sagten doch, es sei nichts dabei herausgekommen.«

Foleys Miene verriet, dass ihm die Erinnerung unangenehm war. »Nun, ich habe Mr. Markham geantwortet, wenn er wirklich diesen Verdacht gegen Dr. Ross habe, sollten wir die Staatsanwaltschaft und das Finanzamt einschalten und die Sache den Behörden überlassen.«

»Aber das haben Sie nicht getan«, sagte Glitsky. »Warum nicht?«

Foley überlegte unnötig lang. »Einfach deshalb, weil Mr. Markham mich am nächsten Tag zurückpfiff, bevor ich etwas unternehmen konnte. Er sagte, er habe Dr. Ross zur Rede gestellt. Das habe die Freundschaft verlangt. Ross habe ihm erklärt, er hätte ihm die gute Nachricht nicht verschweigen sollen, doch sie hätten ein unerwartetes Geldgeschenk erhalten. Eine Tante seiner Frau sei gestorben und habe ihnen ein hübsches Sümmchen hinterlassen.«

Eine Morgenbrise wirbelte eine kleine Staubwolke und Autoabgase auf, sodass die drei Männer sich abwenden mussten. Hardy hatte die Hände in den Taschen. Er sah den Firmenjustitiar an. »Und nachdem Sie zu Ende gelacht hatten, was haben Sie dann gemacht?«

»Gar nichts. Mir waren die Hände gebunden.«

»Und Sie haben Markham geglaubt?«

»Das war nicht die Frage.«

Doch Glitsky hatte kein Verständnis für solche Kindereien. »Dann habe ich eine an Sie, Mr. Foley. Was haben Sie wirklich gedacht? Was denken Sie jetzt?«

Der bedauernswerte Mann lief hochrot an, sodass Hardy schon befürchtete, er könne an Ort und Stelle einen Schlaganfall erleiden. Foley brauchte fast eine Minute, um eine Antwort zu formulieren. »Sie müssen verstehen, dass mir keinerlei Beweise für unlautere Machenschaften vorliegen. Ich möchte niemanden beschuldigen. Das möchte ich klarstellen.«

»Genauso, wie Sie niemanden beschuldigen wollten, er höre Ihr Büro ab?«, erkundigte sich Hardy freundlich. »Aber jetzt sind wir einen halben Kilometer weit weg. Uns interessieren Ihre Rechtfertigungen nicht. Sagen Sie uns einfach, was Sie denken.«

Diesmal mussten sie nicht so lange warten. »Ross hatte auch etwas gegen Markham in der Hand. Vielleicht war anfangs bei der Firmengründung nicht alles mit rechten Dingen zugegangen. Jedenfalls drohte er Markham, ihn bloßzustellen, und so konnte keiner dem anderen was anhängen.«

»Und er hat das Gespräch zwischen Ihnen und Markham belauscht, weil die Büros verwanzt sind?« Die Narbe spannte sich quer über Glitskys Lippen.

»Das vermute ich wenigstens.«

»Warum haben Sie die Wanzen nicht entfernen lassen?«

Foleys Blick drückte aus, dass das völlig unmöglich war. Insbesondere jetzt, da Ross, der die Abhöraktion angeordnet hatte, das Unternehmen leitete. »Wer Dr. Ross' Unwillen erregt, muss mit einer Menge Schwierigkeiten rechnen«, sagte er und fügte dann zur Erklärung hinzu: »Schließlich habe ich eine Familie zu ernähren.«

Da war es wieder, dachte Hardy, das traurige alte Lied. Heute war offenbar der Tag der Allgemeinplätze – zuerst Andreotti, der nur Befehle befolgte, jetzt Foley und seine Familie. Kurz fragte sich Hardy, was er selbst hier verloren hatte. Warum mischte er sich überhaupt ein? Schließlich handelte er nicht im Auftrag eines Mandanten und stand für einen Strafverteidiger auf der falschen Seite – und zwar unter Gefährdung seines Seelenfriedens, wenn nicht gar von Leib und Leben. Er wusste keine Antwort darauf, doch eines war sicher: Er würde sich nicht hinter seiner Familie oder seinem Beruf verschanzen. Er tat, was er tun musste. Einen anderen Weg gab es nicht. Er war überzeugt davon, richtig zu handeln. Und auch wenn sich diese Einschätzung als Irrtum entpuppen mochte, musste sie für den Augenblick genügen.

Hardy hatte sich an Glitskys Fersen geheftet, als dieser versuchte, seinen nächsten Durchsuchungsbefehl richterlich absegnen zu lassen. Heute war Richter Leo Chomorro zuständig, was sich als ausgesprochenes Pech erwies, denn er weigerte sich strikt, den Durchsuchungsbefehl für Ross' Privathaus und Büroräume zu genehmigen. Chomorro, der mit seiner dunklen Haut, dem kurz geschorenen Haar und dem kantigen Kinn an einen Aztekenhäuptling erinnerte, hatte Hardy in der Vergangenheit schon viele Tage verdorben und Glitsky mehr als ein paar. Doch das meinte er nicht persönlich; er vertrat nur das Gesetz.

»Ich setze meine Unterschrift nicht unter einen weiteren Durchsuchungsbefehl in einem Fall, in dem die Verdachtsmomente immer spärlicher werden. In den letzten Tagen bin ich unter Druck gesetzt, ausgetrickst und schlicht verarscht worden, damit ich Durchsuchungsbefehle gegen alle möglichen Leute und ihre Anverwandten ausstelle, die ein Motiv gehabt haben könnten, jemanden im Portola Hospital umzubringen. Dieser Arzt, den Sie letzte Woche für schuldig hielten – schon vergessen, Lieutenant? Oder der Pfleger, der angeblich das halbe County vergiftet haben soll? Und dann, gestern Abend, erzählte Marlene mir, der Sekretär könnte auch ein Motiv gehabt haben.«

»Das war nicht meine Dienststelle. Ich –«

Chomorro unterbrach ihn mit einer warnenden Handbewegung. »Das kümmert mich nicht. *Hinreichender Tatverdacht*, Lieutenant. Klingelt da etwas bei Ihnen? Ich unterschreibe keinen Durchsuchungsbefehl, der, wie ich Sie erinnern darf, ein gewaltiger Eingriff in die Rechte eines Bürgers darstellt, solange keine hinreichenden Verdachtsmomente erkennbar sind. Und das heißt, eindeutige Beweise dafür, dass sich der Betreffende zumindest in derselben Zeitzone aufhielt, als das Verbrechen verübt wurde, und dabei Spuren hinterlassen hat, die auf seine Täterschaft hindeuten.«

Glitsky schluckte seinen Stolz hinunter. »Die hoffen wir mithilfe eines Durchsuchungsbefehls zu finden, Euer Ehren.«

»Aber Sie müssen zumindest etwas vorweisen können, bevor Sie sich weiter umsehen können. So lauten die Regeln, und die kennen Sie ebenso gut wie ich. Wenn nicht« – Chomorro zeigte drohend mit dem Finger auf Hardy – »würde ich darauf wetten, dass Ihr Freund als Verteidiger mit jeder auch noch so kleinen Vorschrift zur Durchführung eines Strafverfahrens vertraut ist und Sie gerne auf den neuesten Stand bringen wird. Ganz zu schweigen davon, dass die in diesem Antrag genannte Person weder irgendein recht- und anwaltloser Trottel ist, sondern der Geschäftsführer eines Unternehmens, mit dem die Stadt umfangreiche Verträge abgeschlossen hat. Das geht einfach zu weit, Lieutenant, allein dass Sie es in Erwägung ziehen.«

»Euer Ehren.« Hardy rechnete sich zwar keine großen Chancen aus, doch er wollte trotzdem für seinen Freund in die Bresche springen. »Bei Dr. Ross liegen die Antworten zu der wichtigsten Frage, die man sich stellen muss, wenn man in einem Mordfall ermittelt: *cui bono*? Er hat nicht nur Mr. Markhams Gehalt und Position übernommen –«

Offenbar stand Chomorro kurz vor einem Wutanfall. »Maßen Sie sich nicht an, mir juristische Vorträge zu halten, Mr. Hardy. Auch wenn es sich hier eher um realitätsferne Phantastereien handelt, die vielleicht einem Kriminalautor zur Ehre gereichen würden. Ich weiß, was *cui bono* bedeutet, und wenn Sie glauben, jemanden in diesem Gerichtsbezirk beeindrucken zu können, indem Sie mit Fachlatein um sich werfen, anstatt Beweise zu präsentieren, sollten Sie sich einen anderen Beruf suchen. Habe ich mich klar genug ausgedrückt? Haben Sie beide mich verstanden?« Chomorros Augen funkelten zornig, und es sah aus, als würde er gleich die Geduld verlieren. »Ohne Beweise kein Durchsuchungsbefehl! Und damit basta!«

»Ich wünschte, dieser Mensch wäre kein Richter.« Auf wundersame Weise hatten sich die Erdnüsse wieder in Glitskys Schreibtischschublade eingefunden. Hardy hatte bereits ein kleines Häufchen Schalen vor sich. »Dann würde ich ihn nämlich umlegen.«

»Dass er Richter ist, braucht dich nicht daran zu hindern. Einen Richter kann man genauso gut umlegen wie einen Normalbürger. Wenn du wirklich so fest entschlossen bist, tu dir keinen Zwang an. Schließlich bin ich der Leiter des Morddezernats. Ich wette, ich könnte den Großteil der Beweise verschwinden lassen. Nein, das ist uns hier schon öfter passiert, ohne dass wir uns Mühe gegeben hätten. Stell dir vor, wie es wäre, wenn wir es einmal wirklich darauf anlegen! Ich könnte *alle* Beweise verschlampen. Und du hast Seine Ehren ja selbst gehört – keine Beweise, kein Durchsuchungsbefehl. Vielleicht müsste ich dich nicht mal verhaften, obwohl ich mir diesen Spaß nur ungern entgehen lassen würde. Was hältst du davon, wenn ich dich festnehme und dich aus Mangel an Beweisen wieder auf freien Fuß setze?«

Hardy knackte noch eine Nuss und steckte sie in den Mund. »Das ist die längste zusammenhängende Menge an Wörtern, die ich je von dir gehört habe.«

»In der Highschool habe ich die ›Mitbürger, Freunde, Römer‹-Rede aus *Julius Cäsar* aufgesagt, das waren noch viel mehr Wörter.«

»Aber die sind nicht auf deinem Mist gewachsen. Das ist ein Unterschied.«

Glitsky zuckte die Achseln. »Gar kein so großer. Du wärst überrascht.«

»Warst du Mark Anton?«

Wieder ein Achselzucken. »Es war eine liberale Schule. Im nächsten Jahr war *Othello* dran, und ich durfte ihn nicht lesen, weil er schwarz ist.«

»Hast du sie denn nicht darauf hingewiesen, dass du auch schwarz bist?«

»Ich dachte, das würden sie von selbst merken. Aber offenbar nicht.«

»Also bist du diskriminiert worden?«

»Muss wohl so gewesen sein. Dass jemand anders besser für die Rolle geeignet war, kommt als Grund natürlich nicht in Frage.«

»Sei still. Wenn du die Rolle nicht gekriegt hast, kann es nur daran gelegen haben, weil du schwarz bist. Frag nicht weiter nach. Die Wahrheit wird dich befreien. Jetzt wohnst du schon so lange in San Francisco und hast die Regeln immer noch nicht kapiert. Ich wette, du könntest selbst nach all den Jahren noch jemanden wegen dieses erlittenen Unrechts verklagen und reich dabei werden. Und wenn ich die Schriftsätze für dich erledige, komme ich vielleicht auch noch zu Geld. Du wärst bestimmt ein toller Othello gewesen.«

»Im ersten Highschool-Jahr durfte ich auch nicht den Shylock geben, und dabei bin ich Halbjude.«

Hardy kicherte. »Kein Wunder, dass du ein Cop geworden bist. Um gegen die Ungerechtigkeit zu kämpfen.«

»Na ja«, sagte Glitsky mit unbewegter Miene, »entweder deshalb oder weil die Mädchen auf Uniformen standen.«

»Ihr habt in der Schule aber viel Shakespeare gelesen.«

Langsam verspeiste Glitsky eine Erdnuss. »Das war eine andere Ära«, sagte er. »Die gute alte Zeit.«

35

Rajan Bhutan umklammerte den Telefonhörer, als hinge sein Leben davon ab. Er saß an dem kleinen viereckigen Tisch in der Küche, den er zum Essen und zum Lesen, für seine Puzzles und zum Bridgespielen benutzte. Heute Abend stand nichts weiter darauf als ein Glas mit Leitungswasser gegen die Trockenheit im Mund, denn er befürchtete, dass ihm die Wörter im Hals stecken bleiben würden, wenn er zu sprechen anfinge.

Seit Chatterjees Tod hatte er sich immer weiter eingeschränkt und alle überflüssigen Annehmlichkeiten abgeschafft, die die meisten Menschen zu brauchen glaubten. Inzwischen lebte er wie ein Mönch.

Er bewohnte ein Einzimmerapartment an der Kreuzung Cole und Frederick Street, nicht weit vom Portola Hospital. Die Wohnung bestand aus einem winzigen, dunklen Schlafzimmer und einer etwas größeren Küche, die dennoch niemand als geräumig bezeichnet hätte. Da es keinen Flur gab, stand man mitten im Raum, sobald man durch die Eingangstür trat. Der Türrahmen hatte dieselbe Farbe wie der Putz und war deshalb kaum zu sehen. Die Tür selbst war mit einem – inzwischen rissigen, abblätternden – roten Lack gestrichen und in die Seitenmauer des dreistöckigen Mietshauses eingelassen, sodass man sie fast für das *trompe-l'oeil*-Gemälde eines begabten Malers mit einem Sinn fürs Skurrile hätte halten können. Die Straße ging steil bergauf, weshalb der Großteil der Wohnung im Souterrain lag und das ganze Jahr über kalt, dunkel und feucht war.

Doch Rajan störte das nicht.

Dank der Mietpreisbindung würde die Miete wenigstens in den nächsten Jahren nicht über siebenhundert Dollar steigen. Rajan besaß eine Kochplatte, auf der er Reis und Curryeintöpfe zubereitete. Die sanitären Anlagen waren in erstaunlich gutem Zustand. In Küche und Duschkabine gab es immer warmes Wasser. Die Toilettenspülung funktionierte. In den kleinen Kühlschrank, der unter die Resopalplatte an der fensterlosen vorderen Wand geklemmt war, passte ein Gemüsevorrat, der für eine Woche, manchmal sogar länger reichte. Ein tragbarer Heizstrahler machte die Wohnung morgens ein wenig wärmer.

Als er das erste Freizeichen hörte, blickte er zum einzigen Fenster, das mit einem vergilbten Musselintuch verhängt war. Draußen würde es erst in einer Stunde hell werden, doch der Schatten des Hauses fiel bereits dunkel auf die Straße. Ein Pärchen schlenderte lachend vorbei, Rajan konnte die Umrisse ihrer Beine erkennen, denn das Fenster befand sich knapp fünfzig Zentimeter über dem Bürgersteig.

Die Muskeln an seinem Mund zuckten, entweder vor Nervosität oder im Anflug eines Lächelns – auch wenn er sich nur noch schwach erinnern konnte, was Lächeln bedeutete. Er schaute hin, als er eine Bewegung auf der Resopalplatte bemerkte; eine Küchenschabe marschierte über das Schachbrett. Seit einem Jahr schon spielte Rajan per Post eine Partie mit Chatterjees Vater in Delhi und glaubte, in zwei weiteren Zügen – vielleicht in einem knappen Monat – ein Patt erreichen zu können, obwohl es lange so ausgesehen hatte, als würde er matt gesetzt. Für Rajan war ein Patt einer Niederlage bei weitem vorzuziehen. Wer anderer Meinung war, hatte seiner Ansicht nach den Sinn des Spiels nicht verstanden.

Wieder tutete es in der Leitung. Rajan strich mit der Hand über die abwechslungsreiche Maserung des Tisches, der sein einziger Luxus war. Holz war schon immer sein liebstes Material gewesen. Er und Chatterjee hatten ihre Wohnung hauptsächlich mit Teakmöbeln aus skandinavischen Fabrikresteläden eingerichtet. Das Holz war preiswert und strapazierfähig, und Rajan gefiel es, wie zierlich die Möbel wirkten und wie sich ihre Oberfläche anfühlte. Sie hatten die Möbel mit

Sandelholzöl behandelt, und manchmal hatte er beim Meditieren noch den Geruch in der Nase.

Doch das war in einer fernen Vergangenheit gewesen. Diesen Tisch hier hatte er erst viel später angeschafft. Er bestand aus unterschiedlichen dunklen, in einem Fischgrätmuster angeordneten Harthölzern. An jedem Sitzplatz befand sich rechts eine Schublade, die man ausziehen konnte, um sein Glas darauf zu stellen. Alle vier Wochen hatte Rajan seine Bridgepartner zu Gast, und die anderen drei Männer bewunderten stets das stabile, praktische und nüchterne Design.

»Hallo, hier bei Ross.«

»Hallo. Könnte ich bitte Dr. Malachi Ross sprechen?«

»Dürfte ich bitte Ihren Namen wissen?«

»Ich heiße Rajan Bhutan. Möglicherweise kennt er mich nicht, aber sagen Sie ihm bitte, dass ich Pfleger im Portola Hospital bin, und zwar in der Intensivstation. Vielleicht erinnert er sich dann an mich. Es ist sehr dringend.«

»Einen Moment bitte.«

Wieder musste er warten. Rajan schloss die Augen und zwang sich zur Ruhe. Es würde ihm überhaupt nichts nützen, wenn er verängstigt oder nervös wirkte. Schließlich überbrachte er nur eine Nachricht und ein Angebot. Er richtete sich in seinem Stuhl auf. Dann atmete er lange und tief ein und hielt die Luft in seiner Mitte, bis sie sich erwärmte und er sie langsam wieder ausatmen konnte. Er trank einen Schluck Wasser und räusperte sich.

»Hier ist Dr. Ross. Mit wem spreche ich?«

»Dr. Ross, ich bin Rajan Bhutan vom Portola Hospital. Vielleicht erinnern Sie sich. Ich war mit Dr. Kensing in der Notaufnahme, als Mr. Markham starb. Verzeihung, dass ich Sie zu Hause störe.«

»Woher haben Sie meine Privatnummer?«, fragte Ross. »Sie steht nicht im Telefonbuch.«

»Wenn man Sie braucht, kann man sie finden. Sofern man weiß, wo man suchen muss.«

Ross schwieg kurz und fuhr dann in argwöhnischem Ton fort: »Also gut. Wie kann ich Ihnen helfen? Das Hausmädchen sagte, es sei dringend.«

Rajan griff wieder nach dem Wasserglas und nahm einen raschen Schluck. »Das ist es. Ich muss offen mit Ihnen sprechen. Sind Sie an einem Ort, wo Sie frei reden können?«

Inzwischen klang Ross merklich gereizt. »Worum geht es?«

»Um ein Thema, das wir miteinander erörtern müssen.«

»Das tun wir doch gerade. Aber ich fürchte, ich habe nicht mehr allzu viel Zeit. Meine Frau und ich wollten in ein paar Minuten ausgehen. Wenn es warten kann –«

»Nein! Tut mir Leid, aber das kann es nicht. Entweder hören Sie mir zu, oder ich bin gezwungen, mich an die Polizei zu wenden.«

»Einen Moment«, erwiderte Ross nach einer kurzen Pause. Rajan hörte seine Schritte, dann schloss sich eine Tür, und die Schritte kehrten zurück. »So, da bin ich wieder. Aber fassen Sie sich kurz.«

»Wie Sie vielleicht wissen, untersucht die Polizei den Tod einiger Patienten in der Intensivstation und vermutet eine Mordserie.«

»Natürlich bin ich darüber im Bilde. Ich leite das Unternehmen. Obwohl ich die Angelegenheit genau verfolge, habe ich persönlich natürlich nichts damit zu tun.«

»Ich fürchte, ich könnte darin verwickelt sein, Dr. Ross. Die Polizei hat mich mehrere Male vernommen. Ich habe als einzige Pflegekraft in allen Schichten Dienst gehabt, in denen einer der fraglichen Patienten verstorben ist. Wahrscheinlich wird man zu dem Schluss kommen, dass ich diese Menschen getötet habe.«

Er lauschte, während Ross zwei Atemzüge machte. »Wenn das stimmt, haben Sie von mir kein Mitgefühl zu erwarten.«

»Nein, damit habe ich nicht gerechnet. Nicht mehr als umgekehrt, falls man Sie des Mordes an Mr. Markham und den anderen beschuldigen würde.«

Diesmal dauerte das Schweigen ein wenig länger. »Was reden Sie da?«

»Ich glaube, Sie wissen, was ich meine. Wenn Sie es nicht wüssten, wäre dieses Telefonat bereits zu Ende. Ich habe Sie gesehen.«

»Was wollen Sie gesehen haben? Ich habe keine Ahnung, wovon Sie reden.«

»Bitte, Dr. Ross, bitte«, erwiderte Rajan. Als er ein Kratzen im Hals spürte, griff er nach dem Wasserglas. »Wir haben es nicht nötig, unsere Zeit mit Leugnen zu verschwenden. Die Sache drängt. Stattdessen möchte ich Ihnen einen Vorschlag machen.«

»Ach, wirklich? Wie amüsant. Offenbar haben Sie eine lebhafte Phantasie, Mr. Bhutan. Außerdem bin ich neugierig, was Sie mir zu sagen haben, auch wenn Sie offenbar einem bedauerlichen Irrtum aufgesessen sind.«

»Das werden wir sehen. Mir ist nämlich Folgendes eingefallen. Vielleicht erinnern Sie sich noch an den zweiten Weihnachtsfeiertag vor vier Monaten, als Sie überraschend in der Notaufnahme erschienen sind? Wissen Sie, welchen Tag ich meine? Ich hatte damals Dienst, und wir hatten eine Patientin namens Shirley Watrous.«

»Und die Polizei glaubt, Sie hätten die Frau getötet? Ist das der Grund?«

Rajan ging nicht auf die Frage ein. »Sie waren ebenfalls dort. Ich führe Tagebuch, doch außerdem weiß ich es noch genau. Wir beide haben angenehm über die Feiertagsarbeit geplaudert. Viele Leute mögen sie nicht, aber sie ist in vieler Hinsicht den familiären Verpflichtungen und dem Erwartungsdruck vorzuziehen. Wissen Sie noch?«

»Mag sein, aber worauf wollen Sie hinaus? War das am zweiten Weihnachtsfeiertag? Daran erinnere ich mich nicht.«

»Sie haben es ganz sicher nicht vergessen.«

»Ich lege jetzt auf«, sagte Ross.

Aber er tat es nicht, und Rajan fuhr fort: »Natürlich war mich nicht klar, was Sie da trieben. Später, als die Polizei mir die Namen einiger anderer Verstorbener nannte, wusste ich sofort, dass Sie jedes Mal da gewesen waren und was Sie getan hatten.

Ich kam mir ziemlich dumm vor. Vielleicht hatte ich es die ganze Zeit über geahnt, doch wie könnte ein Mann in meiner Position es jemals wagen, auch nur anzudeuten, Sie hätten ... Ich bin ja schließlich kein Arzt.

Und wer darf sich das Urteil erlauben, dass es falsch war, diese Menschen von ihrem Leid zu erlösen, selbst wenn ich mir sicher gewesen wäre? Niemand fand diese Todesfälle verdächtig, wie hätte ich Ihnen also Vorwürfe machen sollen, solange jeder andere derartige Dinge für selbstverständlich hielt?«

Rajan bemerkte, dass er immer schneller sprach, und zwang sich zur Ruhe. »Als ich dann sah, dass Sie sich an Mr. Markhams Infusion zu schaffen machten, dachte ich wieder, ich hätte mich geirrt. Ich wollte es nicht wissen. Ich traute mich nicht, etwas zu sagen. Und dann bekam ich Angst, weil ich so lange geschwiegen hatte. Inzwischen fürchte ich mich sehr, denn mir ist klar, dass Sie mich beschuldigen werden, wenn ich Sie anzeige. Aber ich war nicht jedes Mal im Krankenhaus, wenn jemand getötet wurde. Sie jedoch müssen dort gewesen sein, denn Sie haben die Morde begangen.«

Rajan war am Ende seiner Ansprache angelangt und schloss kurz die Augen, um sich zu sammeln. »Also bitte, Dr. Ross, bitte. Sie müssen der Polizei erklären, dass ich bei Ihnen war, als diese Leute starben. Sie sind mein Alibi. Und natürlich bin ich auch Ihres.«

»Das soll wohl ein Scherz sein.« Ross' Tonfall war barsch, ungläubig, sogar empört.

Doch er legte nicht auf. Rajan hatte diese Entrüstung bei Spielern erlebt, denen in Bridge- oder Schachturnieren die Felle davonschwammen und die wussten, dass alles verloren war. Ross spiegelte immer noch Fassungslosigkeit und Entsetzen vor, doch wenn er wirklich so empfunden hätte, hätte er das Gespräch schon längst abgebrochen.

»Ihre Kühnheit erstaunt mich, Mr. Bhutan. Sind Sie sicher, dass Sie nicht mehr verlangen?«

»Stimmt, da wäre noch etwas. Ich fürchte, ich werde bald das Land verlassen müssen. Also würde ich mich sehr über fünfzigtausend Dollar freuen. Heute Abend. In bar.«

Panik war der Anfang vom Ende.

Ross' oberstes Prinzip lautete, dass sich Weisheit in der Vermeidung von Verzweiflungstaten zeigte. Und manchmal dachte er, dass es zu seinen Talenten gehörte, es anderen Menschen anzumerken, wenn sie nicht mehr weiterwussten.

Ein Notfall im Büro, erklärte er Nancy. Es habe mit einer Steuerprüfung zu tun. Ja, obwohl es Freitagabend sei. Diese Finanzbeamten kannten keinen Feierabend. Er müsse in die Firma, aber er werde den Abend nachholen. Sie solle den Sullivans ausrichten, es täte ihm Leid, dass er die Einladung zum Essen in letzter Minute absagen müsse. Vielleicht hätten sie ja Lust, am nächsten Wochenende mit zum Lake Tahoe zu kommen.

In seinem Büro schloss er die Tür hinter sich und nahm zehn kleine Geldbündel aus dem Safe. Dieser Bhutan ... Ross schüttelte den Kopf und schmunzelte fast über die Naivität des Mannes. Fünfzigtausend Dollar für sein Wissen? Das war das Problem mit den meisten Leuten – die wenigsten hatten eine Vorstellung vom Wert des Geldes. Ross hätte an Bhutans Stelle das Zehnfache verlangt, und das wäre noch ein gutes Geschäft gewesen. Aber vielleicht war Bhutan doch nicht so dumm. Natürlich würde Ross mit einer Gegenanzeige reagieren, wenn er ihn beschuldigte. Auch wenn das zu unangenehmen Fragen führen würde, beispielsweise zu der, warum er sich nicht schon früher gemeldet habe.

Einen kurzen Moment blieb Ross still stehen und versuchte sich zu erinnern. Er war sicher, dass er allein im Raum gewesen war. Bhutan war erst hereingekommen, nachdem er alles erledigt hatte. Hatte er ihn wirklich vom Flur aus beobachten können? Hatte er ihn gesehen, ohne selbst gesehen zu werden?

Allerdings spielte das keine Rolle. Er durfte nicht riskieren, dass Bhutan in Panik geriet und sich trotz des Geldes an die Polizei wandte. Oder dass er die Ruhe bewahrte und einen Nachschlag forderte. Oder eine Dummheit machte und sie beide verriet.

Und wenn Bhutan bluffte? Wenn er gar nicht Zeuge gewesen war, als Ross sich an der Infusion zu schaffen machte? Dann umso schlimmer für ihn. Denn er bot Ross eine ausgezeichnete Möglichkeit, sich dieses zunehmend heiklen Problems zu entledigen.

Morgen früh würden die Banknoten wieder an Ort und Stelle liegen – auch wenn Ross seine so genannte James-Bond-Pistole sehr vermissen würde. Er hing an der Walther PPK, die sein Vater eines Abend zufällig in der Innenstadt in einem Rinnstein gefunden und ihm irgendwann überlassen hatte. Sie hatte etwas Verbotenes an sich und verlieh ihm das Gefühl heimlicher Macht.

Carla hatte es sich selbst zuzuschreiben. »Ich weiß, was du getan hast«, hatte sie ihm an jenem Morgen im Krankenhaus gesagt. Er war fast sicher gewesen, dass sich das auf seine zweite Einkommensquelle, die Provisionen, bezog. Doch es hätte auch die andere Sache, die mit den Patienten, sein können. Er hatte das Gefühl, dass Tim im Begriff war, die Sache aufzudecken. Dass er seine Besuchszeiten im Krankenhaus überprüfte. Dass er Fragen stellte, die er offenbar für unverfänglich hielt.

Der Unfall hatte Carla in Panik versetzt. Und hinter dieser Panik lauerte eine wahnsinnige, unverrückbare Entschlossenheit. Dass sie trotz aller Beherrschtheit kurz vor einem Nervenzusammenbruch stand, hatte er sofort bemerkt, als er sie auf dem Flur vor der Intensivstation traf. Der Anblick ihres Mannes, schwer verletzt, künstlich beatmet und bewusstlos, hatte ihr einen Schlag versetzt. Ross war näher gekommen, um sie tröstend zu umarmen und mit Allgemeinplätzen – Du schaffst das schon; wir stehen das gemeinsam durch – zu beruhigen. Doch ihre Augen waren weit aufgerissen, als sie mit verzweifeltem Blick zu ihm herumwirbelte. »Wage es nicht, mich mit deinem geheuchelten Mitleid zu beleidigen.«

»Was ist, Carla?«

»Egal, was passiert, wir sind geschiedene Leute, Mal. Deine Zeit hier ist vorbei. Du glaubst wohl, dass du jetzt endlich frei bist. Dass sich die Sache damit erledigt hat.«

Er unternahm noch einen Versuch und legte ihr beschwichtigend die Hand auf den Arm.

»Fass mich nicht an! Du bist nicht unser Freund. Mich kannst du nicht mehr täuschen. Du bist nicht Tims Freund, und das warst du auch nie. Glaubst du, er hätte mir nicht erzählt, was du hier treibst? Nun weiß ich alles, und ich werde es nicht vergessen. Was auch mit ihm geschieht – ganz gleich, wie es ausgeht –, ich schwöre dir, dass ich dir das Handwerk legen werde. Er plante, das Unternehmen vor deinen zerstörerischen Machenschaften zu retten. Und ich werde dafür sorgen,

dass das auch geschieht, und wenn es das Letzte ist, was ich tue.«

»Carla, bitte. Du bist aufgebracht. Du weißt nicht, was du sagst.«

Aber sie hatte immer weiter geredet und damit ihr eigenes Todesurteil besiegelt. »Auch wenn Tim nicht durchkommt, bin ich es seinem Andenken schuldig, die Angelegenheit vor den Vorstand zu bringen. Und die Polizei zu verständigen.«

Ahnte sie denn nicht, dass er nach dieser eindeutigen Drohung gezwungen sein würde, zu handeln? Hatte sie wirklich geglaubt, er würde die Hände in den Schoß legen? Wenn er nicht rasch, kühn und gnadenlos zuschlug, war er verloren.

Da Ross wusste, was zu tun war, musste er ihr zuerst den Wind aus den Segeln nehmen. Er umfasste fest ihre Hände und sah ihr in die Augen. »Carla. Lass uns erst diese Sache durchstehen und abwarten, bis Tim sich wieder erholt hat. Ich habe Fehler gemacht, und ich bereue sie. Doch das gilt für uns alle. Ich verspreche dir, wir werden eine Lösung finden. Und wenn ich meinen Hut nehmen muss, dann soll es eben so sein. Aber sag nicht, es hätte etwas mit unserer Freundschaft zu tun. Die kann durch nichts angetastet werden. Die dauert ewig.«

Der Plan war eigentlich ganz einfach. Kaliumchlorid hinterließ keine Spuren, und die Leichenschau im Krankenhaus wurde hoffnungslos schlampig durchgeführt. Wenn Tim nicht in der Gerichtsmedizin obduziert worden wäre – und damit hatte er nie gerechnet –, hätte alles geklappt wie am Schnürchen. Er hatte vermutet, dass die Polizei nie nach einem Mörder fahnden würde, wenn es ihm gelang, die Situation so darzustellen, als hätte Carla sich selbst und ihre Familie getötet – mit der Pistole, die Tim zu Hause in seinem Arbeitszimmer aufbewahrte.

Als er vor dem Haus eintraf, brannte oben kein Licht mehr. Er wollte, dass die Kinder schon schliefen, damit er sie nicht ansehen musste. Diesen Teil wollte er im Dunkeln erledigen. Sie würden nichts spüren, nichts ahnen. Schlafen.

Doch Carla stand innen an der Tür und wollte ihm zunächst nicht aufmachen. »Wir haben nichts mehr zu besprechen, Mal. Außerdem sind wir alle erschöpft und können nicht mehr. Am besten treffen wir uns morgen.«

Aber er hatte sie überredet. »Bitte, Carla. Ich weiß, dass Tim dir einiges anvertraut hat; wir waren dabei, die Probleme zu lösen, so wie wir es immer getan haben. Ich habe ihn gern gehabt. Ich muss dir einiges erklären, und es ist mir sehr wichtig, dass du mich verstehst.«

»Da gibt es nichts zu verstehen.«

»Es würde mir viel bedeuten, wenn du mir wenigstens verzeihen könntest.«

Nach kurzem Zögern hatte sie schließlich die Kette ausgehakt. Beim Eintreten hatte er die Walther aus der Tasche geholt und sie angewiesen, leise zum hinteren Teil des Hauses zu gehen.

Nun würde er es wieder tun. Inzwischen hatte er Erfahrung. Es musste wie ein Selbstmord aussehen: Bhutan, der wusste, dass die Polizei ihm auf den Fersen war, hatte beschlossen, sich wie ein Feigling zu verabschieden. Ross zweifelte nicht daran, dass die Polizei dann gezwungen sein würde, die Ermittlungen wegen Mordes im Portola Hospital einzustellen – auch die im Fall Markham.

Allerdings musste er sichergehen, dass niemand den Schuss hörte. Er vermutetete, dass die Walther 9mm lauter war als Tims .22er, und die war schon ziemlich laut gewesen. Es war Ross' Glück gewesen, dass man Geräusche aus der Küche oben kaum hören konnte. Sonst wären die Kinder aufgewacht, und das hätte die Angelegenheit nur erschwert.

Zuerst würde er Bhutan ablenken und ihn dann mit Chloroform betäuben. Nein, das würde zu lange im Körper verbleiben und deshalb vielleicht nachweisbar sein. Also Äther? Den hatte er hier in seiner Arzttasche, und er würde dieselbe Wirkung haben. Natürlich konnte er Bhutan auch einfach erschießen, damit es wie ein versuchter Raubüberfall aussah. Aber ein Selbstmord war viel besser. Er würde sich auf der Hinfahrt einen Plan zurechtlegen und sich spontan auf die Situation einstellen.

Bhutan war offensichtlich verzweifelt. Wahrscheinlich rechnete er damit, jeden Moment von der Polizei verhaftet zu werden. Deshalb wollte er die fünfzigtausend Dollar noch heute Abend haben. Er war verzweifelt, befand sich also in einem Zustand, in dem man sich unklug verhielt und gefährliche Entscheidungen fällte.

Wie Tim zum Beispiel. Das mit Tim wollte ihm immer noch nicht in den Kopf. Als sie sich beide abgemüht hatten, das Unternehmen auf die Beine zu stellen, hatten sich viele Gelegenheiten für einen kleinen Nebenverdienst unter der Hand ergeben. Natürlich waren das nur kleine Fische gewesen, und so manche Gelder waren in Form von Naturalien und anderen Vergünstigungen geflossen: die Wochenenden im Napa Valley oder in Mexiko, die erlesenen Weine, die von den Firmen gestellten Begleiterinnen zu Kongressen und Partys, wenn die Ehefrauen nicht mitkommen konnten. Wie Ross war auch Tim zunächst diesen Versuchungen erlegen. Doch als zum ersten Mal bares Geld ins Spiel kam, war ihm mulmig geworden. Er hielt es für unmoralisch, während es sich für Ross nicht von ihrer bisherigen Praxis unterschied – nur dass es noch größere Vorteile bot.

Und Tim, dieser Idiot, hatte sich weiterhin an den Glauben geklammert, dass er tief in seinem Herzen ein ehrlicher, guter Mensch war. Deshalb hatte er sich auch mit Vorwürfen zermürbt, weil er die zugegebenermaßen sehr attraktive Ann Kensing unbedingt bumsen wollte. Ross begriff es einfach nicht, dass dieser Mann wegen eines amüsanten Abenteuers fast sein Leben ruiniert hatte. Aber nein, er war »verliebt«, was immer das auch zu bedeuten hatte. Nichts als Dummheit. Noch dümmer war es allerdings gewesen zu glauben, dass Ross seinem edlen Beispiel folgen und ebenfalls kein schmutziges Geld mehr annehmen würde. Ja, natürlich, Markham hatte vor vielen Jahren seine kleine Gewissenskrise gehabt und Ross aufgefordert, damit aufzuhören. Nicht nur, weil es die Gesundheit der Patienten und des Unternehmens gefährdete, sondern weil es einfach falsch war. Und Ross hatte so getan, als sei er einverstanden. Warum auch nicht? Welchen Sinn hätte es gehabt, den selbstgerechten Trottel mit diesem Wissen zu belasten? Warum das Geld mit jemandem teilen, der es gar nicht wollte? Ross war sicher, dass er den Patienten in Wirklichkeit gar nicht schadete, indem er das schmutzige Geld der Pharmahersteller einstrich. Wenn es Markham glücklich machte, in der Illusion zu leben, Ross habe endlich zum wahren Glauben gefunden, sollte er doch in seiner Traumwelt selig werden.

Doch selbst während Markham Kensing Hörner aufsetzte und heimlich seine Frau betrog, kam er hinter das geschickt eingefädelte betrügerische Rechnungswesen, das Ross entwickelt hatte, um die Liquidität des Unternehmens noch ein weiteres Jahr zu erhalten. Nun musste sich Markham plötzlich der Tatsache stellen, dass sein langjähriger Geschäftspartner und medizinischer Leiter möglicherweise immer noch nebenbei in die eigene Tasche wirtschaftete. Sein Gejammer und seine moralische Entrüstung lösten in Ross Brechreiz aus.

Tim, dieser Heuchler, hatte sich händeringend und verzweifelt an Ross gewandt – was solle er tun? Er sei völlig ratlos. Es sei ihm zu Ohren gekommen, und so weiter und so fort. Begreife Ross denn nicht? hatte Tim gefragt. Er sei zu weit gegangen, und nun müsse, er, Tim, etwas unternehmen und die nötigen Schritte einleiten. Dieser Konflikt zerrisse ihm das Herz. Schließlich sei Ross schon so lange sein Freund und sein Geschäftspartner, dem er vertraue. Ihre Familien, bla, bla, bla.

Doch selbst angesichts dieser direkten Drohung hatte Ross die Ruhe bewahrt und Tim erwidert, er, Ross, habe keine andere Wahl, als seinerseits mit dem Finger auf ihn zu zeigen, falls er sich gezwungen sehe, ihn öffentlich einer Straftat zu beschuldigen. Dann wären sie beide ruiniert, und wem würde das nützen?

Eine Pattsituation.

Allerdings wusste er, dass Markham eine Zeitbombe war. Irgendwann würde er das Thema wieder zur Sprache bringen, und Ross würde sich etwas einfallen lassen müssen. Es war genauso wie mit seinem Liebesleben – Ann, Carla, dann wieder Ann und dann wieder Carla. Aber Ross würde nicht in Hektik verfallen. Er würde in aller Ruhe abwarten, während Markham mit der Entscheidung rang. Und wenn nicht – wie so oft – etwas Unvorhergesehenes geschah, würde Ross irgendwann eine endgültige Lösung finden müssen, die das Problem ein für alle Mal aus der Welt schaffte.

Und dann wurde ihm Tim plötzlich auf einem silbernen Tablett serviert, dem Tode nahe, und nur ein kleiner Schubs, den niemand bemerken würde, war nötig, um das Werk zu vollenden.

An der Tür verabschiedete er sich mit einem Kuss von Nancy und ermahnte die Kinder, brav zu sein. Auf der kreisförmigen Auffahrt beschloss er spontan, den alten Toyota zu nehmen. Bhutan wohnte in Haight Ashbury, wo ein teurer Wagen nur die Aufmerksamkeit irgendwelcher Vandalen auf sich ziehen würde. Die alte grüne Kiste würde ihn ebenfalls an sein Ziel bringen, und zwar ohne aufzufallen, genau das, was die Situation erforderte.

Er warf die Aktenmappe auf den Beifahrersitz, fädelte sich in den Verkehr ein und klappte den Sonnenschutz herunter, denn die Strahlen der Sonne durchdrangen die dünne Wolkendecke am Horizont und tauchten die Straße in ein goldenes Licht.

36

Als Ross am Haus vorbeifuhr, bekam er beim Anblick der Tür einen leichten Schreck. In was für einem Loch wohnte dieser Mensch bloß? Wenn seine Behausung wirklich nur aus dieser Tür und dem einen Fenster dicht über dem Bürgersteig bestand, konnte die Wohnung nicht viel größer als ein Wandschrank sein. Auf so engem Raum würde man einen Schuss überall hören. Zum Glück gab es kein Treppenhaus. Also konnte er einfach anklopfen, eintreten, seine Sache erledigen und unbeobachtet wieder hinausspazieren. Dennoch schlug sein Herz genauso heftig wie vor dem Besuch bei Carla. Er tat, was getan werden musste, aber das Blut strömte rascher durch seine Adern.

Schließlich parkte er anderthalb Häuserblocks entfernt auf der anderen Straßenseite. Es dämmerte schon. Ross versuchte, sich Rajan Bhutans Gesicht vorzustellen. Gewiss war er ihm schon Dutzende Male im Krankenhaus begegnet, ohne ihn jedoch richtig wahrzunehmen. Dunkel erinnerte er sich, dass er ein zurückhaltender, sehr zierlicher Mann war. Wenn das stimmte, würde es ihm nicht schwer fallen, ihn zu überwältigen, solange er sich das Überraschungsmoment zunutze machte.

Doch wie sollte er den Äther anwenden? Als Krankenpfleger würde Rajan den Geruch sicher erkennen. Womöglich würde er ihn bemerken, sobald er die Tür öffnete, wenn Ross schon vorab die Flasche entkorkte, ein wenig auf ein Stück Gaze goss und diese in die Jackentasche steckte. Und wie sollte er sich dem Mann von hinten nähern? Denn anders funktionierte es nicht.

Er sagte sich, dass kein Grund zur Eile bestand. Schließlich hatte er den Anruf erst vor höchstens einer Stunde erhalten und wortreich darüber geklagt, wie schwierig es sei, so kurzfristig fünfzigtausend Dollar aufzutreiben. Doch Bhutan hatte ihm das nicht abgenommen. Er hatte nur erwidert, er solle sich eben etwas einfallen lassen und um neun Uhr bei ihm vor der Tür stehen. Anderenfalls würde er die Polizei verständigen.

Wieder sah Ross auf die Uhr. Es war zehn vor acht. Also hatte er alle Zeit der Welt. Er streckte die Hände aus und betrachtete sie eine lange Zeit. Keine Spur des Zitterns, die ihn nach der Sache mit Tim und sogar nach dem Mord an Carla befallen hatte. Offenbar stimmte der Spruch, dass man sich mit der Zeit an alles gewöhnte.

Diesmal, bei Bhutan, ging es sogar noch weiter: Er freute sich regelrecht darauf. Dieses Planen in letzter Minute hatte etwas von einem Spiel an sich. Es war erstaunlich, wie arglos dieser Mann war. Offenbar hatte er gehofft, seine Probleme durch einen Anruf und entschlossenes Auftreten aus der Welt zu schaffen.

Und während er noch dasaß, fiel ihm plötzlich – wie immer in solchen Situationen – die Lösung ein. Er hatte es mit der Planung übertrieben. Es war gar nicht nötig, Bhutan zu überraschen und mit Äther zu betäuben. Sobald er in der Wohnung war, würde er einfach die Waffe zücken und das Kommando übernehmen. Setzen Sie sich, Mr. Bhutan. Legen Sie die Handfläche auf Ihre Schläfe. Ein bisschen mehr Abstand zwischen den Fingern, damit ich den Lauf direkt an den Haaransatz halten kann, wo er hingehört. Vielen Dank. Auf Wiedersehen.

Schmunzelnd nahm er die Ätherflasche aus der Jackentasche und verstaute sie und die Gaze wieder in dem Arztkoffer. Die Waffe steckte – klein und nicht zu sehen – in seiner rechten Jackentasche. Ross griff nach der Aktenmappe, öffnete die Wagentür und stieg aus.

Inzwischen wurde es rasch dunkel. Als er auf der Straßenseite gegenüber von Bhutans Tür stand, konnte er kaum noch erkennen, dass sie rot war. Durch das niedrige Fenster schimmerte Licht, doch über der Tür hing zum Glück keine Lampe. Ross blieb stehen, wartete eine Weile und ging dann bergauf zur Frederick Street, wo die Cole Street in eine Sackgasse mündete. Dann überquerte er die Straße. Von der Ecke aus konnte er über sein Auto hinweg den Hügel hinabsehen und die Frederick Street in beide Richtungen überblicken. Auf beiden Straßenseiten standen einige geparkte Wagen, doch es war kein Fußgänger in Sicht.

Einmal noch schlenderte er am Fenster vorbei und beugte sich vor, um hineinzuspähen. Es war mit einem billigen Tuch verhängt, durch das er beim Näherkommen hindurchschauen konnte. Drinnen saß Bhutan, allein und wartend, an einem Tisch. Nun erinnerte er sich wieder an ihn – ein Mensch ohne Bedeutung. Kurz blieb er an der Tür stehen und genoss seine Macht.

Es war Zeit.

Die Wartezeit war Rajan ziemlich lang erschienen, und er weinte fast vor Angst und Anspannung, als es endlich an der Tür klopfte. Er griff nach seinem Wasserglas und trank, damit ihm nicht die Stimme versagte. Dann stellte er das Glas auf den Tisch, wischte sich die Hände an den Hosenbeinen ab und rief: »Kommen Sie bitte herein! Es ist offen.«

Fast hätte er erwartet, dass Malachi Ross sich verändert hatte, doch er sah noch genauso aus wie der Mann, der – insbesondere in den letzten Jahren – so häufig im Krankenhaus erschienen war. Hoch gewachsen, mager, beherrscht und gebieterisch. Ross strahlte in den Fluren des Portola Hospital eine ruhige, schreckliche Macht aus. Und sobald er den Raum betreten hatte, spürte Rajan, wie sich diese körperliche Präsenz auch hier ausbreitete. Ihm wurde flau im Magen, und allmählich befürchtete er, einen Fehler gemacht zu haben. Es würde nicht funktionieren. Er könnte es womöglich nicht durchziehen.

Ross schloss die Tür hinter sich und musterte abfällig den winzigen Raum. »Hier wohnen Sie?«

»Ich habe noch ein Zimmer«, rechtfertigte sich Rajan und wies durch die offene Tür in das dunkle Schlafzimmer. »Ich bin anspruchslos.«

»Offensichtlich.«

Ross blieb an der Tür stehen. Rajan zeigte auf die Aktenmappe in seiner Hand. »Haben Sie« – er musste sich räuspern – »das Geld mitgebracht?«

»Meinen Sie das hier?« Der Mann hielt die Aktenmappe hoch und schien die Situation fast komisch zu finden, was Rajan sich nicht vorstellen konnte. »Wie viel war es noch mal?«

Rajan wusste, dass Ross mit ihm spielte, aber er kannte die Regeln nicht. »Fünfzigtausend Dollar.«

»Und warum soll ich die Ihnen noch mal geben? Vielleicht könnten Sie meinem Gedächtnis auf die Sprünge helfen.«

»Das spielt keine Rolle. Sie wissen genau, warum. Deshalb sind Sie ja gekommen.«

»Vielleicht auch nicht. Vielleicht bin ich aus einem anderen Grund hier, als Sie denken.«

Rajans Blick huschte die Wände entlang. Dann griff er wieder nach seinem Wasserglas und trank schnell.

Mit zwei Schritten durchquerte Ross den Raum und zog einen Stuhl unter dem Tisch hervor. »Sie wirken nervös, Rajan. Haben Sie etwa Angst?«

»Ja, ein bisschen.«

»Dass wir beide uns jetzt gegenübersitzen, ist schon etwas anderes, als Drohungen am Telefon auszustoßen, was?« Ross legte die Aktenmappe mitten auf den Tisch.

Rajan wollte etwas erwidern, brachte aber keinen Ton heraus. Rasch senkte er den Kopf und versuchte zu schlucken. Als er aufblickte, hielt Ross eine Pistole in der rechten Hand und zielte damit auf sein Herz. »Oh, mein Gott«, flüsterte Rajan.

Ross fuhr, immer noch im Plauderton, fort: »Möchten Sie wissen, was ich an dieser Situation besonders amüsant finde? Interessiert Sie das? Ich glaube schon.«

Rajan konnte nur nicken. Wie gebannt starrte er auf die Waffe. Fast scherzhaft sprach Ross weiter. »Das Komische ist nämlich, dass Sie befürchten, die Polizei könnte Sie wegen des Verdachts festnehmen, Sie hätten all die armen kranken Seelen im Portola Hospital getötet. Und Sie möchten weglaufen, weil Sie zu Ihrer Verteidigung nichts weiter vorbringen können, als dass Sie es nicht waren. Stellen Sie sich das mal vor. Ich möchte nicht abstreiten, dass es sehr schlecht für Sie aussieht, und ich mache Ihnen keinen Vorwurf. Aber etwas möchte ich Ihnen doch noch sagen. Wollen Sie es hören?«

»Ja. Was ist es?«

»Ich glaube, Sie werden der Polizei helfen, diesen Fall aufzuklären, Rajan. Ich weiß es sogar genau.«

»Und wie das? Ich würde niemals reden. Welchen Grund hätte ich dazu?«

»Ich denke, darauf werden Sie selbst kommen, Rajan. Die Antwort lautet nämlich, dass Sie gar nichts zu sagen brauchen. Und wissen Sie, was der größte Witz ist? Nach Ihren Selbstmord heute Nacht wird die ganze Welt darüber im Bilde sein, dass Sie nicht nur all diese Patienten umgebracht haben – die armen Patienten, die mich Tausende von Dollar täglich gekostet haben –, sondern auch Tim Markham und seine Familie.«

»Sie können das Geld behalten.« Rajans Stimme hallte in dem kleinen Raum wider. »Eine Pistole! Es besteht doch kein Grund zu schießen!«

Ross schob seinen Stuhl zurück und machte Anstalten, sich zu erheben.

»Keine Bewegung! Polizei! Lassen Sie die Waffe fallen!« Glitsky trat aus der Dunkelheit. Die Pistole mit beiden Händen vor sich gestreckt, stand er im Durchgang zum Schlafzimmer. »Fallen lassen!«

Ross erstarrte kurz und ließ dann die Hände langsam auf den Tisch sinken. Mit einem dumpfen Geräusch landete die Pistole auf der hölzernen Tischplatte.

»Gut. Und jetzt schieben Sie sie auf den Boden. Runter damit.«

Ross wandte den Blick nicht von der Waffe ab, die auf ihn gerichtet war. Er hielt die Hände immer noch so wie vorhin, als er die Waffe hatte fallen lassen. Nun holte er mit der rechten Hand aus, als wolle er sie auf den Boden stoßen.

Glitsky bemerkte diese Bewegung, deutete sie jedoch falsch. Vielleicht war er auch für den Bruchteil einer Sekunde unaufmerksam geworden, denn seine Pistole senkte sich ein winziges Stück.

Ross schlug so blitzschnell zu wie eine Schlange. Er packte die Aktenmappe und schleuderte sie mit viel Schwung quer durch den winzigen Raum nach Glitsky. Dieser drückte ab – ein gewaltiger Knall in dem kleinen Zimmer –, sodass das Geschoss die Aktenmappe zerriss, bevor diese ihn traf und ihm die Waffe aus der Hand schlug. Geldbündel fielen auf den Fußboden. Putz rieselte von der Wand auf die Resopalplatte.

Noch ein Knall, eine weitere Putzwolke.

»Keine Bewegung!« Ross hatte wieder nach seiner Waffe gegriffen und auf den Boden geschossen, als Glitsky die Hand nach seiner Pistole ausstreckte. »Stehen Sie auf und stoßen Sie sie mit dem Fuß hierher. Wird's bald?«

Rajan hatte sich in die Ecke neben den Kühlschrank geflüchtet. Ross sah ihn an und befahl ihm, ebenfalls aufzustehen. Dann wies er Glitsky an, in die Küche zu kommen. Ross' Atem ging schwer, doch sein Blick war klar und konzentriert. Nun hatte er eine Waffe in jeder Hand. Sein Mund verzog sich zu einem schiefen Grinsen. »Sie haben mich wirklich überrascht«, sagte er belustigt. »Ich bin beeindruckt. Vor allem von Ihnen, Rajan – gute Arbeit!« Doch dann presste er finster entschlossen die Lippen zusammen. »Aber ich kann Ihnen sagen, was jetzt hier passieren wird. Ein Cop kommt, um Mr. Bhutan zu verhaften, muss aber feststellen, dass der Mann Widerstand leistet. Also sieht es fast so aus, als würde es hier gleich eine Schießerei geben. Und leider wird die keiner von Ihnen überleben.«

Hardy, der immer noch – wie die ganze Zeit über – auf der anderen Seite der Wand im dunklen Schlafzimmer stand, hatte keine Wahl. Er konnte nicht voraussagen, auf wen von beiden Ross zuerst schießen würde. Also musste er sofort etwas unternehmen, und zwar schnell.

Die Lichtschalter befanden sich direkt neben ihm an der Wand. Hardy drückte den Schalter nach unten; nun war es stockfinster in der Wohnung.

Auf einmal brach ein ohrenbetäubendes Getöse los. Hardy ließ sich auf den Boden fallen und zählte vier Schüsse, die in unmöglich rascher Folge abgefeuert wurden. Sie schienen miteinander zu verschmelzen, und fast war es, als wäre nur eine Sekunde verstrichen. Dann hörte er das scheußliche unverkennbare Geräusch zweier zusammenprallender Körper, ein Aufstöhnen und ein Krachen, als einer von beiden gegen eine harte Fläche geschleudert wurde. Gleichzeitig ertönte das Klirren zerbrechender Gegenstände. Dann noch ein Schuss, wieder Gerangel und dann ein letztes dumpfes, lautstarkes Poltern. Schließlich vernahm Hardy Glitskys Stimme, fast nicht zu erkennen, doch es war eindeutig seine. »Licht, Diz, Licht!«, schrie sie.

Hardy erreichte den Lichtschalter gerade noch rechtzeitig, als schon die Eingangstür aufflog. Bracco erschien mit gezogener Pistole in den ausgestreckten Händen. Das Ein- und Ausschalten des Lichts war das vereinbarte Signal, dass sie Verstärkung brauchten. Bracco stürmte ins Zimmer, gefolgt von Fisk, der ebenfalls die Waffe gezogen hatte. Erschöpft lehnte sich Hardy an den Rahmen der Schlafzimmertür.

Rajan Bhutan kauerte noch immer in seiner Ecke. Er hatte den Kopf auf die Knie gestützt und schluchzte leise vor sich hin. Glitsky, eine Pistole in jeder Hand, hatte sich aufgerappelt und stand, leicht wankend, vor dem immer noch benommen daliegenden Malachi Ross, der aus der Nase und am Kiefer blutete.

Glitsky drehte sich um und reichte Bracco beide Waffen mit dem Griff zuerst.

Dann machte er einen unbeholfenen Schritt rückwärts, taumelte und verlor das Gleichgewicht.

Hardy machte einen Schritt auf ihn zu.

»Abe, bist du –«

Glitsky sah ihn an und öffnete den Mund, um zu antworten. Doch es kam nur ein Rinnsal Blut heraus, das ihm die Narbe herunterlief. Er sank zu Boden.

37

StadtGespräch
Von Jeffrey Elliot

Der tragische Tod von Lieutenant Abraham Glitsky, Leiter von San Franciscos Morddezernat, beschließt das traurige letzte Kapitel der Geschichte der Parnassus Medical Group und ihrer Bemühungen, ohne Rücksicht auf die Versicherten und die Allgemeinheit im Geschäft zu bleiben. Glitsky, 53, war während seines gesamten dreißigjährigen Arbeitslebens im Dienste der Polizei dieser Stadt tätig. In dieser Zeit, von der er die Hälfte beim Morddezernat verbrachte, war er fast ständig mit den Schattenseiten unserer Stadt konfrontiert, verhörte häufig feindselig gesinnte Zeugen und nahm Mörder fest, die nichts mehr zu verlieren hatten und auch nicht zögern würden, ein zweites Mal zu töten. In seinem Beruf hatte er Tag für Tag mit Gewalt, Drogen, Grausamkeit und Menschen zu tun, die anderen das Recht auf Leben absprachen. Dennoch war es der größte Stolz dieses im Grunde seines Herzens bescheidenen Mannes, dass er noch nie im Zorn die Waffe gezogen hatte.

Gestern Abend war er zum ersten Mal dazu gezwungen. Und es hat ihn das Leben gekostet.

Er war nicht mit einem der Fälle befasst, die die Polizei abwertend als solche ohne Beteiligung von Menschen bezeichnet und bei denen jeder Zeuge und jeder Verdächtige über ein el-

lenlanges Vorstrafenregister verfügt. Diesmal war der Mörder ein klassischer Geschäftsmann, ein Manager, dem vor kurzem an dieser Stelle eine Kolumne gewidmet worden ist: Dr. Malachi Ross, der Geschäftsführer von Parnassus Health. Glitskys Ermittlungen, die mit dem Tod von Tim Markham, Ross' Vorgänger, in der Intensivstation des Portola Hospital begannen, beschäftigten sich zum Schluss auch mit der Ermordung von Markhams Familie und schließlich mit dem unerwarteten Ableben einer Reihe schwer kranker Patienten in besagtem Krankenhaus. Inzwischen befindet sich Dr. Ross in Haft. Ihm wird vorgeworfen, die oben erwähnten Personen und auch Lieutenant Glitsky umgebracht zu haben.

Glitsky war ein persönlicher Freund des Autors. Er trank und fluchte nicht. Er liebte Football, Musik und Bücher. Er neigte zu trockenem Humor und Sarkasmus und war vielseitig interessiert und intelligent. Obwohl er sich stets die größte Mühe gab, abweisend auf seine Mitmenschen zu wirken, war er im Umgang mit Freunden und mit Angehörigen von Opfern stets der Inbegriff des Mitgefühls. Für seine Kollegen beim Morddezernat war er ein strenger und doch einsichtiger Vorgesetzter; den Vertreterinnen und Vertretern des Rechtswesens gegenüber legte er stets ein Höchstmaß an Aufrichtigkeit und Fairness an den Tag. Auch wenn er, halb Jude und halb Schwarzer, sehr wohl wusste, was Diskriminierung bedeutete, ließ er nie zu, dass diese Erfahrungen sein Urteilsvermögen trübten oder seinen Glauben an den Rechtsstaat ins Wanken brachten. Er behandelte alle Menschen gleich, nämlich gerecht. Und er hatte allen Grund, stolz auf seine Arbeit zu sein. Wir werden ihn sehr vermissen.

Er hinterlässt seinen Vater Nat, seine drei Söhne Isaac, Jacob und Orel, seine Frau Treya Ghent und seine Stieftochter Lorraine. Die Beisetzung findet –

Das Läuten des Telefons riss ihn aus der Arbeit.

Müde überflog er die letzten Passagen und stellte fest, dass er noch lange nicht genug gesagt hatte. Es war ihm nicht gelungen, den Menschen zu beschreiben, seine Persönlichkeit, das, was er seinen Freunden und Kollegen bedeutet hatte. Er sah auf die Uhr. Es war schon fast eins. Er hatte noch eine Stunde, um den

Artikel einzureichen, anstelle des Textes, den er am Nachmittag geschrieben hatte. Er überlegte, ob er im Archiv nach ein paar Anekdoten suchen sollte. Oder nach einem Foto – falls es eines gab –, auf dem Glitsky wenigstens annähernd lächelte. Auch wenn er wusste, dass das ziemlich unwahrscheinlich war, wollte er ihn möglichst menschlich darstellen. Das Telefon auf seinem Tisch läutete zum zweiten Mal. Es war zwecklos, es zu ignorieren, es würde sowieso nichts ändern.

Er griff nach dem Hörer: Hardy.

»Was ist los?«, fragte er.

Am folgenden Dienstagmorgen saß Hardy im Sitzungssaal des Polizeipräsidenten, um die Ecke von Marlene Ash auf dem Podium. Er hob den Kopf, sah die Wolken, die draußen vorbeijagten, und fand, dass das Wetter den Umständen entsprach. Es würde ein kalter Frühling und vermutlich auch ein kalter Sommer werden. Wenn das Schuljahr zu Ende war, wollte er sich zwei Monate Auszeit gönnen, einen Campingbus mieten und mit Frannie und den Kindern bis nach Alaska und zurück fahren. Er würde angeln und wandern und die Zeit genießen, da man nie wusste, wie lange einem noch blieb. In jedem Moment konnte alles vorbei sein. Er musste darüber nachdenken und etwas an seinem Leben ändern.

»Tut mir Leid. Wie war noch mal die Frage?«

»Es ging um die Umstände, die zu Lieutenant Glitskys Anwesenheit in Mr. Bhutans Wohnung führten.«

»Gut.« Hardy richtete das Wort direkt an die Mitglieder der Grand Jury, die vor ihm saßen. »Wie ich bereits sagte und wie Ms. Ash erklärt hat, habe ich unabhängig, aber in Absprache mit der Staatsanwaltschaft in Teilbereichen der Mordfälle im Portola Hospital ermittelt. Ich hatte Zugang zu einigen von Mr. Markham verfassten Schriftstücken erhalten und Lieutenant Glitsky gebeten, mich bei meinen Nachforschungen zu begleiten. Am Vormittag hatten wir mit Mike Andreotti, dem Verwaltungschef des Portola Hospital, gesprochen. Anschließend mit Patrick Foley, dem Justitiar von Parnassus.

Lieutenant Glitsky hielt die Informationen für ausreichend, einen Durchsuchungsbefehl, insbesondere für Dr. Ross' Privathaus, zu beantragen. Er wollte seine Kleidung sicherstellen, damit sie im Polizeilabor auf Spuren von Mrs. Markhams Blut untersucht werden konnte, das – wie ich gehört habe – offenbar auf einem seiner Anzüge gefunden worden ist. Allerdings wurde Glitsky dieser Durchsuchungsbefehl auf der Basis der uns vorliegenden Informationen verweigert.

Daraufhin befasste sich Lieutenant Glitsky wieder mit seinen Aufgaben als Leiter des Morddezernats. Er konnte dem Gesetz nach ohne weitere Beweise nicht mehr gegen Dr. Ross ermitteln. Ich war den Rest des Tages mir selbst überlassen. Während unseres Gesprächs mit Mr. Andreotti war in mir die Vermutung gewachsen, Dr. Ross könnte auch im Portola Hospital gewesen und an den Morden an den Patienten beteiligt gewesen sein, die auf der so genannten Liste Dr. Kensings stehen. Hierbei handelt es sich um tödlich kranke Patienten, die im vergangenen Jahr unerwartet verstorben sind. Ein weiterer Verdächtiger in diesen Mordfällen war ein Pfleger im Portola Hospital namens Rajan Bhutan. Mr. Bhutan schien der Einzige gewesen zu sein, der Gelegenheit hatte, diese Mordserie zu begehen. Außerdem hatte er auch ein Motiv – Euthanasie. Seine Frau starb vor einigen Jahren, und den Inspectors fiel auf, dass er für eine Pflegekraft auffällig empfindlich auf menschliches Leiden reagierte. Die Polizei hatte Bhutan bereits vernommen, doch der Lieutenant und ich waren uns einig, dass ich noch einmal mit ihm sprechen sollte, in der Annahme, dass ich weniger bedrohlich auf ihn wirken würde, da ich kein Polizist bin.

Jedenfalls fragte ich Glitsky, ob ich mit ihm reden dürfe, worauf er mir die Erlaubnis gab und mir Mr. Bhutans Privatadresse und Telefonnummer nannte. Nach Büroschluss fuhr ich zu Bhutan, und wie ich gehofft hatte, äußerte er endlich einen Verdacht gegen Dr. Ross. Außerdem gestand er mir, er habe große Angst, die Polizei könne ihm die Morde in die Schuhe schieben. Es stellte sich heraus, dass Dr. Ross ziemlich häufig im Portola Hospital gewesen war, und zwar auch an einigen der Tage, an denen sich die Morde vermutlich ereigneten.

Ich hielt den Zeitpunkt für gekommen, Dr. Ross aus der Reserve zu locken. Aufgrund weiterer Informationen, die uns vorlagen, nahm ich an, dass er große Summen Bargeld zu Hause aufbewahrte. Also spiegelten wir mit Mr. Bhutans Hilfe eine Erpressung vor, um zu sehen, ob wir ihn dazu verleiten könnten, einen Fehler zu begehen.«

Hardy, der die Ereignisse wieder Revue passieren ließ, ließ den Kopf hängen und wischte sich über die Stirn. »Rückblickend betrachtet, war das wahrscheinlich ein Fehler. Ich hätte Mr. Bhutans Anruf einfach auf Band aufnehmen sollen, denn das hätte Richter Chomorro sicher genügt, um einen Durchsuchungsbefehl zu unterzeichnen. Doch das tat ich nicht. Mr. Bhutan rief also an. Nachdem Ross offenbar angebissen hatte, verständigte ich Lieutenant Glitsky, der etwa eine halbe Stunde später mit Inspector Bracco und Inspector Fisk eintraf.

Ich möchte hinzufügen, dass Lieutenant Glitsky und die beiden Inspectors starke Vorbehalte gegen meinen Plan äußerten. Der Lieutenant sagte sogar voraus, dass Dr. Ross unberechenbar und gewalttätig reagieren könnte, falls er schuldig war. Außerdem widerstrebte es ihn, einen Laien wie Mr. Bhutan in eine derartige Situation hineinzuziehen. Doch da die ersten Vorbereitungen nun einmal getroffen worden waren und da Mr. Bhutan nicht nur bereitwillig, sondern sogar begeistert seine Mitarbeit anbot, beschlossen wir, weiterzumachen. Außerdem sahen wir keine Möglichkeit, die Sache abzublasen, ohne Dr. Ross dadurch zu warnen.

Also warteten Lieutenant Glitsky und ich im dunklen Schlafzimmer, gleich hinter der Küche, während Inspector Bracco und Inspector Fisk in ihrem Wagen an der Ecke Posten bezogen. Sie hatten die Anweisung, uns sofort zu Hilfe zu kommen, wenn die Lichter aus- und wieder eingeschaltet wurden.«

Bedrückt zuckte Hardy die Achseln. »Der Plan erschien uns vernünftig und nicht über die Maßen riskant. Doch ich hatte nicht damit gerechnet, dass Dr. Ross so rasch zuschlagen würde. Hätte Mr. Bhutan nicht die Möglichkeit ergriffen, uns lautstark vor der Waffe zu warnen, ohne unsere Anwesenheit zu verraten, und hätte Lieutenant Glitsky nicht so schnell und unter Gefährdung seines eigenen Lebens reagiert, wäre Mr. Bhutan wahrscheinlich erschossen worden.«

Als Hardy eine Woche später nach einem Mandantengespräch aus dem Wintergarten in Freemans Kanzlei kam, stand zu seinem Erstaunen Harlan Fisk vor ihm. Der Inspector wartete verlegen neben Phyllis' Empfangstisch und sah mit seinem jungenhaften Mondgesicht und in Zivilkleidung nicht älter aus als zwanzig. Er schien sich unwohl zu fühlen und zuckte bei Hardys Anblick fast zusammen. Dann eilte er auf ihn zu, um ihm die Hand zu schütteln.

»Ich wollte Ihnen nur sagen«, sagte er, als sie oben in Hardys Büro saßen, »dass ich bei der Polizei aufhören werde. Anders als Darrel oder der Lieutenant eigne ich mich nicht zum Cop. Ich weiß nicht, ob Sie es schon gehört haben, aber Darrel fängt noch mal von vorne an, in Uniform, bei der Motorradstaffel. Meine Tante hat mir angeboten, mir etwas in ihrem Büro zu besorgen, aber das werde ich ablehnen. Offenbar macht man sich damit bei anderen Leuten unbeliebt.«

»Ein guter Ansatz«, sagte Hardy.

Fisk nickte zweifelnd. »Jedenfalls habe ich ein paar Freunde, die Risikokapital zu vergeben haben und die mir Erfolg zutrauen. Ich würde gern versuchen, mich selbständig zu machen. Mein eigener Herr sein. Sie wissen schon, was ich meine.«

Hardy, der keine Ahnung hatte, warum Fisk ihm das alles anvertraute, antwortete mit einem nichts sagenden Lächeln. »Das ist immer eine gute Idee. Kann ich vielleicht etwas für Sie tun?«

»Nun ja, wissen Sie«, seufzte Fisk. »Ich hatte gehofft, ich könnte etwas über das Auto finden, das Mr. Markham getötet hat. Mir ist klar, dass die Leute über mich gelacht haben, aber ich war wirklich sicher, dass es da eine Verbindung gibt, und ich wollte es ihnen allen zeigen. Sie waren der Einzige, der mich ernst genommen hat. Sie haben mir zugehört, sich meine Liste von Dodge Darts angesehen und mich sogar um eine Kopie gebeten. Ich wollte Ihnen nur sagen, dass ich mich darüber gefreut habe.«

Dieser Junge würde ein großartiger Politiker werden, dachte Hardy. Jeder Kontakt war eine Gelegenheit, einen Freund zu gewinnen, einen guten Eindruck zu machen, sich jemanden zu verpflichten. »Ich dachte auch, dass es vielleicht zu etwas führt, Harlan.«

»Nun, das wollte ich Ihnen auch noch sagen. Es hat nichts gebracht. Ich habe jeden der dreiundzwanzig Wagen in der Stadt überprüft. Es waren eigentlich nur zwanzig. Drei waren wie vom Erdboden verschluckt. Ich dachte, es würde Sie interessieren, wie die Sache ausgegangen ist.«

»Vielen Dank«, entgegnete Hardy. »Wenn Ihre neue Firma einen Anwalt braucht, rufen Sie mich an.«

»Befassen Sie sich auch mit Wirtschaftsrecht?«

»Manchmal. Ich bin nicht wählerisch.«

»Okay, nun ...« Fisk streckte die Hand aus. »Es war nett, mit Ihnen zusammenzuarbeiten.« An der Tür drehte er sich noch einmal um. »Niemand gibt Ihnen die Schuld. Falls Sie das geglaubt haben.«

Die Spur führte Hardy zu einem der Würfel in Western Addition – zweistöckigen Klötzen aus Beton und Putz, früher einmal grellbunt, heute pissefarben und von oben bis unten mit Graffiti bedeckt. Wie er erwartet hatte, zuckten alle nur die Achseln.

Doch Hardy wusste, dass Elsi Court Nummer 1921, Apartment 2D, Luz Lopez' letzte Adresse war. Und sie war die eingetragene Halterin von einem der drei Dodge Darts, die Fisk nicht hatte finden können. Schließlich überzeugte er eine der Nachbarinnen, dass er kein Polizist, sondern Mitarbeiter der Versicherungsgesellschaft war, die Luz suchte, um ihr Geld auszuzahlen. Wegen ihres Sohnes.

Sie war weggezogen, die Nachbarin hatte keine Ahnung, wohin. Eines Morgens, vielleicht vor drei Wochen, war sie früh weggefahren und nicht wieder gekommen. Doch die Nachbarin glaubte, sie habe jahrelang im Hotel Osaka gearbeitet. Vielleicht hatte man dort ja eine Nachsendeadresse.

Das Auto? Ja, das sei grün. Auf der Stoßstange habe es einen Aufkleber mit der Aufschrift »FINATA«.

Hardy recherchierte ein wenig im Internet. FINATA war eine Landwirtschaftsreformbewegung in El Salvador gewesen, wo zehn Prozent der Bevölkerung neunzig Prozent von Grund

und Boden besaßen. Vor etwa zehn Jahren hatte die Regierung unter der Bezeichnung FINATA eine radikale Umverteilung des Reichtums in diesem Land versucht. Doch die meisten Befürworter waren inzwischen umgebracht oder ins Exil vertrieben worden.

Luz Lopez war mit ihrem Sohn nach San Francisco gekommen, überlegte Hardy. Und dann hatte Parnassus ihn getötet. Als Sprecher des Konzerns hatte Markham öffentlich die Verantwortung übernommen; doch Hardy wusste, dass Ross der wahre Schuldige war. Doch in Luz Lopez' Augen hatte Markham ihren Sohn auf dem Gewissen. Allerdings verfügte sie als Ausländerin ohne Aufenthaltserlaubnis weder über die Macht noch das Geld, um etwas zu unternehmen, und hatte offenbar kein Vertrauen in das Gesetz. Kein Richter würde einem so einflussreichen Mann etwas anhaben können. Also lag es allein an ihr, den Tod ihres Kindes zu rächen. Und so hatte sie beschlossen, dieses geldgierige, gefühllose, gleichgültige Schwein zu überfahren.

Es war vier Uhr, ein Samstagnachmittag, der zweite Tag im Juni. Draußen schien hell die Sonne, und ein kalter Nordwind wehte. Aber drinnen im Little Shamrock, wo Hardy eine Privatfeier veranstaltete, war es angenehm warm. Die Kneipe war voll besetzt mit städtischen Mitarbeitern, Polizisten, Anwältern, Richtern, Reportern, verschiedenen Gratulanten und einer Unmenge von Kindern.

Sie hatten die Sägeböcke aus dem hinteren Raum herausgeholt und Bretter darüber gelegt, sodass nun ein langer Tisch in der Mitte des Lokals stand. Nach dem Austauschen von Geschenken und ein paar kurzen Ansprachen stand nichts mehr auf dem Programm, außer sich zu amüsieren. Die beiden Rollstuhlfahrer saßen am Kopf des Tisches, hinten, wo auch die Sofas standen. Das erste Geschenk kam von Jeff Elliot, und er klopfte an sein Glas, um für Ruhe zu sorgen. McGuire schaltete die Musikbox aus, und zwar mitten in dem Lied, das Hardy eigens für diese Gelegenheit ausgewählt hatte – es war der einzige Disco-Song in dem Gerät: »I Will Survive« von Gloria Gaynor.

»Ich glaube, das entspricht dem Anlass«, sagte Elliot und reichte ein flaches Päckchen über den Tisch hinweg.

»Was ist das?«, fragte Glitsky.

»Die Druckfahne der *StadtGespräch*-Kolumne, die ich geschrieben habe, als es ganz danach aussah, dass du sterben würdest. Nichts als Lügen.«

»Ich hatte niemals vor zu sterben. Ich habe mich nur ausgeruht. Es war ein anstrengender Fall.«

»Nun, da hast du uns aber gut reingelegt.«

Als die Anwesenden ihn lautstark dazu aufforderten, hielt Glitsky zum allgemeinen Amüsement die gerahmte Seite hoch; die Gäste applaudierten.

Hardy, Frannie und Treya saßen am anderen Ende des Tisches. »Der Rollstuhl ist doch ein bisschen übertrieben, findest du nicht?«, fragte Hardy. »Gestern bei euch zu Hause konnte er doch prima gehen.«

»Er soll sich in den nächsten Wochen nicht überanstrengen«, sagte Frannie.

»Anweisung des Arztes«, fügte Treya hinzu, beugte sich hinüber und flüsterte: »Der Idiot hat letzte Woche versucht, Sit-ups zu machen, und sich dabei eine Wunde wieder aufgerissen. Ist das zu fassen!«

»Wie viele hat er denn geschafft?«, wollte Hardy wissen.

»Dismas!«, schimpfte Frannie.

»Acht, der Idiot!«

Hardy schüttelte den Kopf. »Nur acht, und da macht er schon schlapp.« Er blickte den Tisch hinunter und war froh, seinen besten Freund, ganz gleich, in welchem Zustand, dort sitzen zu sehen. »So ein Weichei.«

Luz brauchte dreizehn Tage für die Fahrt. Sie war erstaunt, dass sie nach all den Jahren noch auf Anhieb das Haus fand, in dem sie aufgewachsen war. Das lag daran, dass hier im Gegensatz zu San Francisco alles logisch war. Sie war von der Schnellstraße abgebogen und durch die Stadt gefahren. Das Erste, was sie sah, machte ihr ein wenig Hoffnung. Sie hatten das Gebäude, in dem die Zeitungsredaktion gewesen war und aus dem man ihren Vater verschleppt hatte, wieder aufgebaut.

Bei ihrer Flucht war es eine ausgebrannte Ruine gewesen, was jetzt niemand mehr vermuten würde.

Dann die Klinik ihres Bruders. Albertos alte Klinik. Sie stand immer noch da, an derselben Stelle, und sah mit den bunten Blumenbeeten ringsherum sehr gepflegt aus. Luz erinnerte sich nicht mehr an die Blumen, daran, ob sie schon dort gestanden hatten, als sie gegangen war. Auf dem Parkplatz davor standen ein paar Autos. Menschen betraten das Gebäude, vielleicht, um einen Arzt aufzusuchen, den sie kannten. Einen, dem sie vertrauen konnten.

Sie spürte, wie Schmerz und Wehmut sie ergriffen. Doch sie wollte nicht zulassen, dass sich diese Gedanken wieder in ihr breit machten. Seit Monaten bemühte sie sich nun schon, die Verbitterung hinter sich zu lassen; sie hatte sie durch Tränen bekämpft und schließlich dadurch, dass sie das Schwein, den Mörder ihres Sohnes, getötet hatte. Auch wenn sie die Trauer um Ramiro für den Rest ihres Lebens begleiten würde, hatte sie wieder ein wenig Frieden gefunden.

Vielleicht hatte ihr die Tragödie eine Botschaft vermitteln sollen, die sie von allein nie erkannt hätte: Sie hatte nur dieses eine Leben, und zehn Jahre davon hatte sie mit dem Versuch verschwendet, sich an die Bedingungen in einem fremden Land anzupassen. Sie hatte ihr eigenes Glück geopfert, um ihrem Jungen eine bessere Zukunft zu ermöglichen. Doch was hatte ihr das eingebracht? Eine niedere Arbeit, ein Dasein, an dem sie keinen Tag lang Freude gehabt hatte, einen Sohn, der nie ein glückliches Familienleben oder die Liebe eines Vaters hatte erfahren dürfen. Nichts als sinnloses Leiden.

Sie war zweiunddreißig Jahre alt und hatte einen Hochschulabschluss. Und sie wusste, dass es hier in El Salvador genug für sie zu tun gab. Nicht nur Hausarbeit, vielleicht einen Neuanfang mit Jose, sondern eine Aufgabe, die der Allgemeinheit nützte, damit das Land endlich den Menschen gehörte. Dafür wollte sie sich einsetzen.

Das Haus ihrer Mutter war renoviert worden. Die Bananenbäume wucherten üppig über die Veranda und spendeten wohltuenden Schatten. Die Fassade war frisch gestrichen, die Läden an Türen und Fenstern waren ordentlich festgeschraubt.

Sie hatte seit drei Wochen nicht angerufen. Bestimmt machten sie sich schreckliche Sorgen. Sie war einfach nur gefahren, hatte alle Kräfte zusammengenommen, um ihr Ziel zu erreichen. Durch Kalifornien, Mexiko und Guatemala. Die Grenzen, die Wachposten und die Männer. Aber sie hatte es geschafft, und nun hielt sie an. Nach den vielen Pannen in San Francisco hatte das Auto jetzt, wo es wirklich darauf ankam, sich als fuerte *erwiesen. Sie stoppte am Straßenrand, stieg aus, streckte sich und stellte fest, dass sie stank.*

Aber das kümmerte sie nicht. Es spielte keine Rolle. Sie war nicht mehr in Amerika.

Irgendwo hinter dem Haus sprang ein Motor an. Luz ging dem Geräusch nach. José – der starke, schweigsame, hässliche José – arbeitete mit nacktem Oberkörper an dem Generator, der noch immer den Großteil des elektrischen Stroms produzierte. Nach all den Jahren kannte sie immer noch seinen Körper.

Etwa drei Meter entfernt von ihm stand sie im Gras und wartete angespannt. Wie sehr merkte man ihr die Verletzungen an? Hatte sie sich so verändert, dass er sie nicht mehr erkennen würde? Und wenn nein, würde er sie immer noch lieben?

Plötzlich brach der Lärm ab. José richtete sich auf und wischte sich die Stirn mit einem Taschentuch ab. Und dann bemerkte er sie.

Eine Weile schien die Welt stehen zu bleiben. Dann lächelte er, so wie damals als Junge. Er breitete die Arme aus, machte einen Schritt auf sie zu, und sie lief ihm entgegen.

Danksagung

Sämtlichen Mitarbeitern in Redaktion und Vertrieb bei E. P. Dutton bin ich wegen ihrer Hilfe und ihres Engagements zu großem Dank verpflichtet. Insbesondere möchte ich Louise Burke, Glenn Timony, Lisa Johnson und Kathleen Matthews-Schmidt für ihre heldenhaften Bemühungen danken. Carole Baron war wie immer eine phantastische Verlegerin, Cheerleaderin und Freundin; unsere häufigen Gespräche über literarische und andere Themen haben mir stets große Freude gemacht und mich dazu angeregt, mehr Zug und Tempo in diesen Roman zu bringen. Mitch Hoffman ist ein wunderbarer Mensch und ein hervorragender Lektor; der fertige Roman hat seinen Vorschlägen und seiner Geschmackssicherheit eine Menge zu verdanken.

Als ich zu schreiben begann, war mein Wissen über die Medizin und das Gesundheitswesen gelinde gesagt ziemlich bruchstückhaft. Vor allem möchte ich Marcy St. John, Chefjustitiarin der Krankenkasse Blue Shield im Bundesstaat Kalifornien, und Pat Fry, Geschäftsführerin von Sutter Health, für die Einblicke und Informationen danken, die dazu beigetragen haben, meine Bildungslücken und Informationsdefizite zumindest teilweise auszuräumen. Außerdem bin ich zwei Krankenschwestern wegen ihrer Unterstützung zu Dank verpflichtet: meiner Schwester Pat Barile und Cheri Van Hoover.

Was die Juristerei betrifft, habe ich mich wie immer hauptsächlich auf die Fachkenntnisse meines guten Freundes und Mitstreiters Alfred F. Giannini von San Franciscos Staatsanwaltschaft verlassen. Inspector Joe Toomey von der Polizei von San Francisco hat mir ebenfalls großzügig seine Zeit und wichtige Informationen zur Verfügung gestellt.

Mein Alltag wird vor allem durch die Tüchtigkeit und die sympathische Art meiner außergewöhnlichen Assistentin Anita Boone erhellt. Es ist eine wahre Freude, mit ihr zusammenzuarbeiten und sie zu kennen.

Ebenso herzlich danke ich – aus einer Reihe unterschiedlicher Gründe – Tom Hedtke, Poppy Gilman, Jesse Tepper (Präsident und Gründer der Little League in San Francisco), Peter J. Diedrich und Dee Scocos. Richard Herman, selbst ein hervorragender Schriftsteller – Lektüre dringend empfohlen –, hat mir zu einem Geistesblitz verholfen.

Die Namen dreier Romanfiguren habe ich Gewinnern wohltätiger Auktionen entlehnt. An dieser Stelle möchte ich die großzügigen Spenden von Margie Krystofiak an die Serra High School in San Mateo, Kalifornien, von Frank Husic an *Imagine* und von Catherine Treinen an Cal-State Fullerton würdigen.

Barney Karpfinger ist und bleibt der beste Agent, den ein Schriftsteller sich wünschen kann, und außerdem ein wahrer Freund. Sein künstlerische Beratung, sein gesunder Menschenverstand, seine Geschäftstüchtigkeit und sein Sinn für Humor sind seltene Fähigkeiten und bedeuten mir sehr viel. Barnie, du trägst das Herz am rechten Fleck, und ich kann dir gar nicht genug für alles danken.

Was mein Privatleben angeht, ist Don Matheson ein echter Kumpel, bei dem man sich einfach wohlfühlen muss. Frank Seidl ist auch weiterhin der König von Wein und Gesang. Und schließlich tragen meine beiden Kinder Justine und Jack jeden Tag dazu bei, mein Leben zu bereichern. Meine Anleihen bei ihren Sorgen und Erfahrungen sind ein wichtiger Bestandteil meiner Romane und meines Lebens, die leer wären ohne sie.